JN178384

分断されるアメリカ

サミュエル・ハンチントン
鈴木主税 訳

集英社文庫

分断されるアメリカ　目次

第三部　アメリカのアイデンティティに危機

本文中の（　　）の用い方は著者および原著の表現に準じ、〔　　〕内は訳者によるものです。また、数値や呼称等は、二〇〇四年当時のまま掲載しています。

分断されるアメリカ

キャンディス、マックス、イライザへ
そして
彼らが迎えるアメリカの未来に

はじめに

本書は、アメリカ人のナショナル・アイデンティティ〔国民としての自己認識〕の「顕著《けんちょ》性」とその「実体」に生じつつある変化を扱ったものである。顕著性というのは、アメリカ人がその他もろもろのアイデンティティと比較して、ナショナル・アイデンティティをどれだけ重視しているかをあらわす。実体は、アメリカ人が自分たちに共通していると考えるものを指し、他の人びとと彼らを区別しているものである。本書は三つの主要な議論を提案する。

第一に、アメリカ人にとってのナショナル・アイデンティティの顕著性は、歴史を通じて変化してきた。大西洋岸に定住したイギリスの入植者が、それぞれの植民地の住民であるだけでなく、自分たちはアメリカ人なのだと認識しはじめたのは、十八世紀に入ってからだ。独立してのち、アメリカ国民という概念は十九世紀を通じて徐々に、断続的に根を下ろしていった。南北戦争のあと、ナショナル・アイデンティティは他のアイデンティティよりも顕著になり、つづく一世紀のあいだにアメリカのナショナリズムは開花した。ところが、一九六〇年代になると、国家内の集団を優先するサブナショナル・アイデンティティ、二つの国にまたがったデュアルナショナル・アイデンティティ、または国家の枠を超えたトランスナショナル・アイデンティティが拮抗《きっこう》し、ナショナル・アイデンティティの卓越性を脅かしはじめた。二〇〇一年九月十一日の悲劇的事件は、ナショナル・アイデンティティを再び劇的に前面に押しだした。自分たちの国に危険が迫っていると考えるかぎり、アメリカ人は国にたいして強い帰属意識を抱くようだ。だが、脅威を感じなくなれば、他のアイデンティティが再びナショナル・アイデンティティより優先するかもしれない。

　第二に、過去何世紀ものあいだ、アメリカ人は自分たちのアイデンティティの実体を、程度の差こそあれ、人種、民族性《エスニシティ》、イデオロギー、および文化によって定義してきた。人種と民族性はいまではほとんど除外されている。アメリカ人は自分たちの国を多民族、多人種社会と見なしているからだ。もともとトマス・ジェファソンによってまとめられ、多くの人びとが練り上げてきた「アメリカの信条」は、アメリカのアイデンティティを定義づける重要な要素と一般に見なされている。だがこの信条は、十七世紀と十八世紀にアメリカに入植してこの国を築いた人たちの、アングロ－プロテスタント独自の文化の産物だった。その文化の主たる要素には、英語、キリスト教、信心深さ、法の支配に関するイングランドの概念、支配者の責任、個人の権利、非国教派プロテスタントの個人主義の価値観、勤労を善とする労働倫理、人間には地上の楽園である「山の上の町」〔マタイ伝5章14節〕をつくりだす能力と義務があるという信念が含まれていた。過去において、何百万もの移民がアメリカに惹きつけられてきたのは、主にこの文化と、それが生みだした経済的な機会ゆえだった。

第三に、アングロ－プロテスタントの文化は三世紀にわたってアメリカのアイデンティティの中心をなしてきた。それこそアメリカ人に共通するものであり、多くの外国人が述べてきたように、他の国民とアメリカ人を区別してきたものでもあった。ところが、二十世紀末になると、この文化の顕著性は、中南米やアジアから新しい移民の波が押し寄せたことによって挑戦を受けた。あるいは、知識人や政治家のあいだで多文化主義と多様性を重視する政策が人気を博したことや、アメリカの第二言語としてスペイン語が普及してアメリカ社会の一部がヒスパニック〔スペイン語を母語とする集団〕化したこと、人種、民族性、ジェンダーをもとにした集団的なアイデンティティが主張されたこと、国外離散者《ディアスポラ》と彼らの祖国の政府の影響力が高まったこと、エリート層がますます世界主義的《コスモポリタン》でトランスナショナルなアイデンティティをもつようになったことによっても、その優越性はおびやかされた。

　これらの挑戦に応じて、アメリカのアイデンティティは次のような方向に発展していくだろう。（1）信条にもとづくアメリカ——歴史的な文化の中心を失い、アメリカの信条の原則にたいする共通の義務によってのみ結びつけられたもの、（2）二分化されたアメリカ——スペイン語と英語という二つの言語と、アングロ－プロテスタントとヒスパニックという二つの文化をもつもの、（3）排他主義のアメリカ——再び人種と民族性によって定義され、ヨーロッパ系の白人以外を排除するか従属させるもの、（4）活気を取り戻すアメリカ——伝統的なアングロ－プロテスタントの文化、信仰心、価値観を再確認し、非友好的な世界と対峙することで強化されるもの、（5）これらや他の可能性をいくつか組み合わせたものである。

アメリカ人が自分たちのアイデンティティをいかに定義するかが、ひるがえって世界の国々との関係のなかでアメリカをどの程度、世界主義的な国として、あるいは帝国主義やナショナリズムの国として見なすのかという問題にも影響をおよぼすのである。

本書は、愛国者であり学者である私のアイデンティティによってかたちづくられている。愛国者としては、自由、平等、法、および個人の権利にもとづく社会としてのわが国の統一と耐久力に深い懸念を覚えている。学者としては、アメリカのアイデンティティの歴史的な発展とその現状が、徹底的に研究し分析する価値のある魅力的かつ重要な問題を提起していると考える。だが、愛国心からの動機と学問上のそれとは、相容れないかもしれない。私はこの問題点を認識し、できるかぎり客観的かつ綿密に分析するよう心がけるとともに、私がその証拠として選び提示するものが、アメリカの過去および考えうる将来に意味と価値を見出そうとする愛国的な願望に影響されている可能性があることを、読者のみなさんにお断りしておく。

どんな社会も、その存在をおびやかす脅威にたびたび直面するものであり、やがてはそれに屈服することになる。それでも、深刻な脅威にさらされながら、衰退のプロセスを止め、あるいは逆行させて崩壊を遅らせている社会もある。アメリカにはそれが可能だと、私は考える。過去三世紀半にわたってあらゆる人種、民族、宗教のアメリカ人によって受け入れられてきたアングロ－プロテスタントの文化と伝統および価値観に、アメリカ人はもう一度立ち返るべきなのだ。これらのものこそ、自由、統一、力、繁栄の根源だったのであり、そして世界における持続した勢力として道徳的なリーダーシップを発揮してきたもとだったのである。

ここで明言しておくが、これはアングロ－プロテスタントの文化の重要性についての主張であり、アングロ－プロテスタントの人びとの重要性を述べるものではない。アメリカがなしとげた功績の一つ――おそらくは最大の功績そのもの――は、歴史的にこの国のアイデンティティの中心をなしていた人種と民族性という要素をここまで排除してきたことであり、各人はその長所によって評価されるべきだとする多民族、多人種の社会になったことだと、私は考える。思うに、それがなしとげられたのは、何世代にもわたるアメリカ人がアングロ－プロテスタントの文化とこの国を築いた入植者たちの「信条」を奉じてきたからなので ある。こうした信念を今後もちつづけられれば、建国者たちのＷＡＳＰ〔アングロサクソン系白人新教徒〕の子孫が影響力をもたない少数派になったのちも、アメリカは末永くアメリカでありつづけるだろう。

それが、私の知る、私の愛するアメリカなのだ。それはまた、本書にあげた証拠が示すように、ほとんどのアメリカ人が愛し、望んでいるアメリカでもある。

第一部　アイデンティティの問題

第1章　ナショナル・アイデンティティの危機

「顕著性」——国旗はまだそこにひるがえっているか？

ボストンはビーコンヒルの目抜き通り、チャールズ・ストリートは、四階建ての煉瓦《れんが》づくりの建物が立ち並ぶおちついた通りだ。地上階は骨董品などを扱う店舗になっており、上階にはアパートメントがある。かつてここの、ある街区では、郵便局と酒屋の入口にいつもアメリカの国旗が掲げられていた。やがて、郵便局は国旗を掲揚するのをやめ、二〇〇一年九月十一日には酒屋の旗だけがひるがえっていた。二週間後、この街区には一七もの国旗が並び、さらにその少し先では巨大な星条旗が通りの真上に吊り下げられた。アメリカが攻撃されたいま、チャールズ・ストリートの住民は彼らの国を再発見し、自分もその国民の一人なのだということを実感したのである。

にわかに愛国心が高まるなかで、チャールズ・ストリートの住民はアメリカ中の人びとと一体になった。南北戦争以来、アメリカ人はつねに国旗を重視する国民だった。星条旗は聖像のように扱われ、他国の旗がその国民にとって意味する以上に、アメリカのナショナル・

アイデンティティの中心をなす象徴となってきた。とはいえ、おそらく過去には同時多発テロの直後ほどあちこちに国旗が掲揚されたことはなかった。どこでも国旗が目についた。家庭でも会社でも、車や衣服、家具や窓、店舗の正面、街灯や電柱など、まさにいたるところで。十月の初め、アメリカ人の八〇パーセントは国旗を掲げていると答え、そのうち六三パーセントは家庭で、二九パーセントは衣服に、二八パーセントは車にだった。報道によると、ウォルマートは「九月十一日に一一万六〇〇〇枚、翌日に二五万枚の星条旗を売ったが、一年前の同日にはそれぞれ六四〇〇枚と一万枚だった」。国旗の需要は湾岸戦争のときの一〇倍になり、国旗をつくる会社は残業して二倍、三倍、あるいは四倍に生産量を増やしたという。

国旗はアメリカ人にとってナショナル・アイデンティティの顕著性が、その他のアイデンティティとくらべて急激に高まったことをあらわす物理的な証拠だった。その変容ぶりは、十月一日にある若い女性が述べた感想に端的に示されている。

十九歳のときニューヨークにでてきました……あのころ、自分がどういう人間か説明してくれと言われたら、ミュージシャン、詩人、アーチストだと答えていたと思う。もっと政治的なレベルで言えば、女性でレズビアン、そしてユダヤ人でしょうね。アメリカ人だというのは、私のアイデンティティには含まれなかった。

（ジェンダーと経済学に関する大学の授業で）ガールフレンドと私は、アメリカにおける不平等に憤慨していたから、別の国へ行こうかと相談していたところでした。九月十一日に、そうしたことのすべてが変わった。この国で得ている自由を当然のものとして考えていたことに気づいたからです。いまではデイパックにアメリカの旗をつけているし、頭上を戦闘機が通過すれば歓声をあげる。自分を愛国者だと言っているくらいなのよ。

レイチェル・ニューマンのこの言葉は、9・11以前、一部のアメリカ人のあいだでナショナル・アイデンティティの顕著性がいかに低かったかを反映している。一部の高学歴のアメリカ人エリートのあいだでは、ナショナル・アイデンティティはときとして視界から消えたかのようだった。グローバリゼーション、多文化主義、世界主義、移民、サブナショナリズム、そして反ナショナリズムといった現象が、アメリカ人の意識に入りこんだからだ。民族と人種およびジェンダーのアイデンティティが浮上してきたのである。かつての移民とは異なり、いまの移民の多くは二重の忠誠心と二重国籍を保ちつづける、いわばかけもち状態にある。大量のヒスパニック系の流入は、アメリカの言語および文化的な統一に疑問を投げかけた。企業幹部も、知的専門職も、情報時代のテクノクラートも、ナショナル・アイデンティティ以上に世界主義を奉じていた。アメリカ史の授業は、民族と人種の歴史の教育に取って代わられた。アメリカ人に共通するものを重視するかわりに、多様性が称えられるようになったのだ。

十八世紀と十九世紀の人びとと戦争によって生みだされ、二十世紀の世界大戦によって強化された国家の統一性と、国民としての一体感は崩れつつあるように見えた。二〇〇〇年には、アメリカはさまざまな意味で、それ以前の一世紀間とくらべて、一つの国家としてのまとまりを欠くようになった。アメリカのアイデンティティの旗竿では、星条旗が半旗の位置に掲げられ、そのうえに他国の国旗がひるがえっていたのである。

アメリカのナショナル・アイデンティティの顕著性を脅かす他国民としてのアイデンティティや、サブナショナルあるいはトランスナショナルなアイデンティティは、一九九〇年代に起こった次のような出来事に見ることができる。

他国民としてのアイデンティティ

一九九八年二月に開催された〔北中米諸国による〕ゴールドカップ・サッカーゲームのメキシコ対アメリカ戦では、九万一二五五人のファンは「赤と白と緑に染め分けられたおびただしい数の旗」で埋めつくされた。観客はアメリカ国歌『星条旗』が演奏されると非難のブーイングをした。アメリカの選手に「水かビールあるいは得体の知れぬものが入った紙コップとごみ」を投げつけ、アメリカ国旗を掲げようとした少数のファンを「果物とビールの紙コップ」で攻撃した。この試合の開催地はメキシコシティではなくロサンゼルスだったのだが。

「自分の国でアメリカ国旗を掲げられないなんて、どこか間違っている」と、アメリカのファンは頭上をかすめるレモンをよけながら言った。「ロサンゼルスで試合をするのは、アメリカのチームにとってホームゲームとはならない」と『ロサンゼルス・タイムズ』紙の記者も同感の意をあらわした。

昔の移民は、困難と危険を克服して自由の女神を見たとき歓喜の涙を流した。自由と仕事と希望を与えてくれる新しい国に身を捧げ、最も愛国心の強い市民になることもしばしばだった。二〇〇〇年には、外国生まれの移民の比率は一九一〇年よりもいくらか少ない程度だったが、アメリカに住みながら他国に忠誠心と帰属意識をもつ人の割合は、独立戦争の時代以来、間違いなく最高だったと思われる。

サブナショナル・アイデンティティ

著書『人種、プライド、アメリカのアイデンティティ』のなかで、ジョゼフ・レアは二度の大統領就任式で暗誦された詩をそれぞれ引用している。一九六一年のジョン・F・ケネディ大統領の就任式では、ロバート・フロストがアメリカ建国の「英雄的行為」を熱烈に称え、それは神の「承認」を得て「新しい時代の風潮」の先触れとなったと語った。

革命と無法行為におけるわれわれの冒険は

自由の物語のなかで正当化された
栄光につぐ栄光のなかで現在にいたるまで

アメリカは新しい「詩と権力の黄金時代」に入ったのだと、彼は言った。

三二年後、ビル・クリントン大統領の就任式で詩を暗誦したマヤ・アンジェローは、アメリカの異なったイメージを伝えた。彼女は「アメリカ」あるいは「アメリカ人」という言葉を一度も使わずに、二七の人種、宗教、部族および民族グループ――アジア系、ユダヤ教徒、イスラム教徒、ポーニー族〔アメリカ先住民〕、ヒスパニック、イヌイット、アラブ系、〔アフリカの〕アシャンティ族など――をあげ、アメリカの「利益追求のための武力闘争」と「冷笑」による「血まみれの傷」のせいで、彼らがこうむる不道徳な抑圧を非難した。アメリカは「永遠に恐怖と結びつけられ、永久に残虐さにつながれている」のだろうか、と彼女は言った。フロストはアメリカの歴史とアイデンティティを、誉めたたえ不滅のものにすべき栄光と見た。アンジェローは、アメリカのアイデンティティを顕示することを、人びとがサブナショナルなグループに抱く真のアイデンティティと幸福にたいする恐ろしい脅威と見なした。

こういう対照的な姿勢は、一九九七年に『ニューヨーク・タイムズ』紙の記者がウォード・コナーリーに電話インタビューしたさいにも同様に見られた。コナーリーは当時、カリフォルニアで州政府による積極的差別是正措置《アファーマティブ・アクション》を禁ずるイニシアティブ（直接発案）法案を率先して提唱した人物である。そこでは、次のようなやりとりが交わされた。

記者「あなたはどういう人ですか？」
コナーリー「私はアメリカ人だ」
記者「いいえ、いいえ、そうじゃありません！　あなたはどういった人ですか？」
コナーリー「いや、いや、そうなんだ！　私はアメリカ人だよ」
記者「そういう意味ではありません。あなたはアフリカ系アメリカ人だと伺いました。アフリカ系アメリカ人であることを恥ずかしく思うのですか？」
コナーリー「そんなことはない。ただアメリカ人であることに誇りをもっているだけだ」

コナーリーはそこで自分の先祖には、アフリカ人、フランス人、アイルランド人、そしてアメリカ先住民（インディアン）がいたことを説明し、対話は次の言葉で終わった。

記者「そうなると、どういう人になるんですか？」
コナーリー「生粋のアメリカ人だよ」

一九九〇年代には、レイチェル・ニューマンをはじめとする多くのアメリカ人は、「あなたはどういう人ですか?」という質問に、ウォード・コナーリーほど積極的にナショナル・アイデンティティを肯定した答えを返さなかっただろう。多くの人はむしろ『ニューヨーク・タイムズ』の記者が明らかに予想していたように、サブナショナルな人種、民族、あるいはジェンダーのアイデンティティを主張していただろう。

トランスナショナル・アイデンティティ

一九九六年にラルフ・ネイダーはアメリカの大企業一〇〇社の最高経営責任者(CEO)に手紙を送り、連邦政府から各社が受けてきた税に関する多くの優遇措置とその他の補助金(ケイトー研究所の見積もったところでは年額六五〇億ドル)について指摘し、「自分たちの会社を生んで築きあげ、援助および保護してくれた国」にたいする支持の念を、国旗とそれがあらわす共和国への「忠誠の誓い」を毎年の株主総会で役員が復唱することによって、表明すべきだとうながした。一社(フェデレーテッド・デパートメント・ストアーズ)は好意的に回答した。半数の企業は返事をしなかった。残りは強く拒絶した。フォード・モーター社の回答者は明確にトランスナショナル・アイデンティティを主張した。「多国籍企業として……フォードはほとんどの場合、オーストラリアではオーストラリアの企業であり、イギリスではイギリスの、ドイツではドイツの会社なのです」

エトナ社のCEOはネイダーの考えを「われわれの民主主義がもとづく原則に反する」と

した。モトローラの回答者は「政治的かつナショナリスティックな含意」を非難した。プライス・コストコ社のCEOは「次は何を提案されるつもりか。個人的な忠誠宣誓ですか？」と尋ねた。そして、キンバリー・クラークの経営幹部は、「一九五〇年代の忠誠宣誓を思い出させる不快なものである」と主張した。

アメリカの企業のリーダーたちが激しく反発したのは、おそらく一つにはネイダーが長年、彼らを責め立ててきたからだろう。企業幹部たちは、ネイダーを現代のジョゼフ・マッカーシーとしてこきおろす絶好のチャンスに抗しきれなかったのだろう。だが、アメリカのエリートのなかで国への帰属意識を軽視または否認していたのは、企業幹部だけではない。著名な知識人や学者もナショナリズムを攻撃し、生徒に国にたいする誇りと責任を繰り返し教えこむことの危険を促し、ナショナル・アイデンティティは望ましくないと主張した。

こうした発言は、アメリカのビジネス界や金融業界のエリート集団のあいだで、あるいは識者や知的専門職、さらには政府関係者のあいだでも、どれほど無国籍化が進み、ナショナル・アイデンティティ以上に、国家の枠を超えた世界主義的なアイデンティティが発達していたかを示す。だが、アメリカの一般大衆に関しては、これは当てはまらない。その結果、ほとんどのアメリカ人にしてみれば最優先するナショナル・アイデンティティと、アメリカ社会のなかで権力と富および知識を支配する人びとのなかで強まってきたトランスナショナル・アイデンティティのあいだに格差が生じた。

同時多発テロによって、こうしたその他のアイデンティティの顕著性はいちじるしく減り、国家の旗竿のてっぺんには再び星条旗がひるがえるようになった。国旗はそこに存在しつづけるだろうか？　チャールズ・ストリートに掲げられた一七旒《りゅう》の旗は、十一月には一二本に減り、十二月には九本に、一月には七本に、そして三月には五本になり、事件から一周年を迎えるころには四本にまで減少した。9・11以前とくらべれば四倍だが、テロ直後とくらべると四分の一でもある。ナショナル・アイデンティティの顕著性を示す指標として、これは9・11以後の修正された正常な状態をあらわすのだろうか？　それともいくらか手直しされた9・11以前の常態なのか、はたまたポスト9・11のさらにあとの新しい常態なのか？

レイチェル・ニューマンの場合のように、われわれがアメリカ人であることに気づくためには、オサマ・ビンラディンが必要なのだろうか？　破壊的な攻撃が続発しなければ、われわれは9・11以前のような分裂状態に戻り、蝕まれたアメリカニズムに逆戻りするのか？　それとも、復活したナショナル・アイデンティティを見出すのだろうか？　それは海外からの悲惨な脅威とは無関係で、かつ二十世紀の最後の数十年間に欠けていた統一感を与えてくれるのか？

「実体」――われわれは誰なのか？

同時多発テロ後の国旗はアメリカを象徴していたが、そこからはアメリカのもつどんな意味も伝わってこなかった。他国の旗のなかには、フランスの三色旗やイギリスのユニオン・

ジャック、あるいは星と三日月を配したパキスタンの緑色の旗のように、それがあらわす国のアイデンティティについて、きわめて重要なことを物語る旗もある。星条旗を見て明らかに伝わってくるメッセージは、単にアメリカが当初、一三の州からなり、現在は五〇の州をもつ国だということでしかない。それ以外には、アメリカ人も外国人も、この国旗にどんな意味でも好きなように付与できる。

9・11以後、国旗が巷《ちまた》にあふれたのは、アメリカ人にとってナショナル・アイデンティティの重要性が高まっただけでなく、そのアイデンティティの実体に確信がもてなくなったことの証拠でもあろう。ナショナル・アイデンティティの顕著性は外部からおよぼされる脅威しだいで大きく変わりうるが、ナショナル・アイデンティティの実体のほうは相反することの多いさまざまな社会、経済、政治の長期にわたるトレンドによって徐々に、そしてより根本的に形成されていく。九月十日に存在したアメリカのアイデンティティの実体に関する重要な問題は、翌日に消え去ったわけではないのだ。

「われわれアメリカ人」が直面するナショナル・アイデンティティの本質的な問題は、この文章の主語に如実に示されている。われわれは一つの「われわれ」、つまり一つの国民なのか、それともいくつもの民族なのか？　われわれが一つの「われわれ」だとすれば、われわれでない彼らと自分たちを区別するものは何なのか？　人種、宗教、民族、価値観、文化、富、政治、それとも別の何かか？

アメリカは、誰かが言ったように、すべての人類に共通する価値観にもとづく「普遍的な国家」であり、原則としてあらゆる民族を受け入れるのだろうか？　それともわれわれは西洋の国であり、われわれのアイデンティティはヨーロッパの伝統と慣習によって定義づけられているのか？　あるいは、「アメリカ例外主義」の提唱者たちがアメリカの歴史を通じて主張してきたように、われわれは独自のきわだった文明をもつ独特な存在なのか？

われわれは、基本的には政治的な共同体であり、その唯一のアイデンティティは独立宣言をはじめとする建国の文書に記された社会契約に存在するのか？　われわれは多文化国家なのか、二文化あるいは単一文化国家なのか、モザイクなのか、るつぼなのか？　一つの国民として意味のあるアイデンティティをわれわれはもっているのか？　それはサブナショナルな、民族、宗教、人種面のアイデンティティに勝《まさ》るのか？

こうした疑問は、9・11以後の時代に、アメリカ人のなかに残る。これらはある意味では単に言葉のうえでの疑問だが、それはまたアメリカ社会とアメリカの内外における政策に深くかかわるものでもある。

一九九〇年代に、アメリカ人は移民と同化、多文化主義と多様性、人種間の関係とアファーマティブ・アクション、公共の場における宗教、二言語併用教育、学校および大学のカリキュラム、学校での祈りと妊娠中絶、市民権の意味と国民性、アメリカの選挙への外圧、治外法権の行使、および国の内外にいるディアスポラの政治的役割の増加について、激しい議論を戦わせた。こうした問題すべての根底にあるのは、ナショナル・アイデンティティの問題だ。これらのどの問題にも、そのほぼどんな立場にも、アイデンティティに関する何らかの前提が含まれているのである。

外交政策についても同様だ。一九九〇年代には、冷戦後のアメリカの国益をめぐって、幅広い分野でかなり入り乱れた激しい議論が交わされた。こうした混乱のほとんどは、その世界の複雑さと新しさによるものだった。それでも、アメリカの役割を不確かなものにした原因はそれだけではない。国益とはナショナル・アイデンティティにもとづくものだからだ。われわれの国益が何であるか知る前に、われわれとは誰なのかを知らなければならないのだ。

アメリカのアイデンティティが自由と民主主義という一連の普遍的な原則によって定義されるなら、おそらくこれらの原則を他の国でも推進することが、アメリカの外交政策の主たる目標となるべきだろう。だが、アメリカが「例外的」な国であるとすれば、その他の国で人権と民主主義を推進する理論的根拠はなくなってしまう。アメリカが主にいくつもの文化および民族の統一体が集まったものであれば、その国益はそれらの統一体の目標を推進することであり、われわれは「多文化的な外交政策」を取るべきだとなる。

アメリカが主に西洋の国としてヨーロッパの文化遺産によって定義されるなら、その関心を西欧諸国とのつながりを深めることに向けるべきである。移民によってアメリカがよりヒスパニックの国家になりつつあるのなら、われわれは主に中南米の方向に目を向けるべきだ。ヨーロッパの文化もヒスパニックの文化もアメリカのアイデンティティの中心でないとすれば、アメリカはおそらく他国との文化的な絆とは無縁の対外政策を取るべきだろう。ナショナル・アイデンティティの定義が違えば、異なった国益と政策の優先権が生まれてくる。われわれが海外で何をなすべきかをめぐる論争は、われわれが国内において誰であるかの論争に端を発しているのである。

グレート・ブリテン＝北アイルランド連合王国〔イギリス〕は一七〇七年に成立し、アメリカ合衆国は一七七六年に、ソビエト社会主義共和国連邦〔旧ソ連〕は一九一八年にそれぞれ建国された。これらの国はその国名が示すように、いずれも連邦化と征服のプロセスを通じてまとめられた統一体の連合だった。一九八〇年代初期には、これらの国はみな適度に結合力をもつ成功した社会のように見え、各政府はそれなりの実力をもち、程度の差こそあれ正統な政権として認められていた。そして、それぞれの国民はイギリス人、アメリカ人、ソ連人としてのアイデンティティを強く感じていた。

一九九〇年代初めに、もはやソ連は存在しなくなった。一九九〇年代末になると、イギリスは以前のような結束力を失いはじめ、北アイルランドでは新しい政権の誕生を目指す努力が重ねられ、スコットランドとウェールズでは権限委譲が進み、スコットランド人の多くはいずれ独立する日を待ち望み、イングランドの人びとは徐々に自分たちを「ブリティッシュ（イギリス）」ではなく「イングリッシュ（イングランド人）」と定義づけるようになった。イギリス国旗のユニオン・ジャックは三つの十字に分解しかけており、イギリスはいずれ二十一世紀の早い段階で、歴史的にソビエト連邦と同じ道をたどる可能性があるようだった。

ソ連が解体し、イギリスでも分裂に向かう動きがでてくることを、そうなる一〇年前から予測した人はほとんどいなかった。現在、アメリカが解体すると予想する人はまずいないし、根本的な変化をとげると考える人ですら、いたとしてもごく少数だ。とはいえ、冷戦の終結、ソ連の崩壊、一九九〇年代の東アジア経済危機、そして同時多発テロといった事件を見れば、歴史がいかに驚きに満ちているかがわかる。最も驚くべきことは、実は二〇二五年になってもアメリカがまだ二〇〇〇年と同じ状態の国でありつづけることなのかもしれない。四半世紀前とくらべて、まるで異なる国の概念とアイデンティティをもつ、まるで異なった国家（あるいは複数の国）になるかわりに。

十八世紀末に独立を勝ち取ったアメリカ人は、少数の同質の人びとだった。つまり、圧倒的に白人で（黒人とアメリカ先住民は国民から除外されていたので）、イギリス出身のプロテスタントであり、ほぼ共通の文化をもち、独立宣言や合衆国憲法のような建国の文書に具体化された政治原則に徹する人びとである。二十世紀の終わりになると、アメリカの人口はほぼ一〇〇倍に増えた。アメリカは多人種（およそ白人六九パーセント、ヒスパニック一二パーセント、黒人一二パーセント、アジア系および太平洋諸島民四パーセント、その他三パーセント）で、多民族（多数を占める民族集団《エスニック・グループ》はない）、かつプロテスタントが六三パーセント、カトリックが二三パーセント、その他の宗教を信仰する人が八パーセント、および無宗教の人が六パーセントの国になった。

アメリカ共通の文化と「アメリカの信条」の中心である平等と個人主義の原則は、アメリカ社会内の多数の個人と集団から非難された。冷戦の終結は悪の帝国を消滅させ、それとともにアメリカを定義づけていた相手も消えてしまった。われわれアメリカ人はかつての自分たちではないし、これからどんな人間になるのかも定かではない。

どんな社会も不滅ではない。ルソーが言ったように、「スパルタとローマが滅びたなら、どんな国家が永遠に存続することを望めようか?」。どれほど成功した社会も、いずれは国内の崩壊と腐敗、また外部からの精力的かつ無慈悲な「野蛮人」勢力によって脅かされる。最終的には、アメリカもスパルタやローマなど人類のさまざまな共同体が担った宿命を担うことになるだろう。アメリカのアイデンティティの実体は、歴史的には人種、民族、文化（なかでも言語と宗教）およびイデオロギーという四つの主要な要素を含んできた。人種および民族としてのアメリカは、もはや存在しない。文化としてのアメリカも包囲されている。そして、ソ連の体験が物語るように、イデオロギーは、人種、民族、文化上の共通項のない人びとを結びつけるしごく弱い接着剤にすぎない。

ロバート・カプランが述べたように、「アメリカが、他のどの国にも増して、滅びるために生まれたのかもしれない」理由は確かに存在しうるのだ。だが、社会によっては、その存在を深刻に脅かされたとき、国民としての一体感や国としての目的、共有する文化的価値観を刷新することによって終焉を遅らせ、崩壊に歯止めをかけられるものもある。9・11のあと、アメリカ人はこれを実行した。第三千年紀の初めにアメリカ人が直面する難題は、攻撃を受けていないときもアメリカ人がそれを継続できるかどうかである。

世界的なアイデンティティ危機

アメリカのアイデンティティ問題は固有のものだが、アメリカだけが特にかかえているわけではない。ナショナル・アイデンティティをめぐる議論は、われわれの時代を広く一般に特徴づけるものだ。地球上のほぼどこでも、人びとは何が共通点で、何が他の人びとと自分たちをへだてているのかについて質問し、考え直し、再定義してきた。われわれは誰なのか？　われわれはどこに属するのか？　日本人は地理上の位置と歴史および文化ゆえに自分たちの国がアジアに属するのか、それとも経済力と民主主義および近代性ゆえに欧米に近いのかという問題に苦しむ。

イランは「アイデンティティを探し求める国」として描かれ、南アフリカは「アイデンティティを探すこと」に没頭しているとされ、中国は「ナショナル・アイデンティティの追求」をしており、一方、台湾は「ナショナル・アイデンティティの解消と再構築」にかかわっているという。シリアとブラジルは「アイデンティティ危機」に直面していると言われ、カナダは「アイデンティティ危機がつづいている」し、デンマークは「切実なアイデンティティ危機」に瀕しており、アルジェリアは「破壊的なアイデンティティ危機」を迎え、トルコでは「特有のアイデンティティ危機」が熱をおびた「ナショナル・アイデンティティに関する討議」に発展し、ロシアの「深刻なアイデンティティ危機」はスラブ派と西欧派のあいだにおける十九世紀の古い論争、すなわちロシアが「通常の」ヨーロッパの国なのか、それとも明らかに異なるユーラシアの国なのかという議論を再燃させた。メキシコでは、「メキシコのアイデンティティに関する」疑問が表面化している。異なるドイツ、つまり民主主義で西欧のドイツと共産主義で東欧のドイツにそれぞれ帰属すると考えていた人びとは、共通のドイツのアイデンティティを築くために苦労している。イギリス諸島の住民は「ブリティッシュ」としてのアイデンティティに確信がなくなり、自分たちが主としてヨーロッパ人なのか、北大西洋地域の人間なのかも不確かになってきた。ナショナル・アイデンティティの危機は、地球規模の現象になったのである。

これらの国をはじめとする各国のアイデンティティ危機は、その形態も実体も度合いも異なる。それぞれの危機には、総じて特有の原因があるにちがいない。それでも、アメリカだけでなく、これほど多くの国でこの問題が同時に顕在化したということは、共通の要因が働いている可能性がある。アイデンティティの探求や疑問が生じる一般的な原因には、グローバル経済の出現と、通信および交通手段の飛躍的な進歩、国外移住の増加、民主主義の世界的な広まり、そして冷戦が終結し、ソビエト式の共産主義が実現可能な経済および政治システムとしては終わりを告げたことがある。

近代化と経済の発展、都市化、そしてグローバリゼーションが世界的な趨勢《すうせい》となった結果、人びとはアイデンティティを再考し、より狭くより親密な、共同社会間の関係によってそれを再定義するようになった。サブナショナルな民族、文化、および宗教上のアイデンティティが、より広い意味をもつナショナル・アイデンティティよりも優先しはじめたのだ。人びとは自分と最も似ていて、明らかに共通の民族、宗教、伝統、および共通の血統と共通の歴史という神話を共有する人を仲間と見なすのである。アメリカでは、このアイデンティティの細分化は多文化主義と人種と民族とジェンダー意識の高まりのなかで明らかになった。その他の国では、それはより極端なかたちの共同社会的な運動として表面化し、政治的な認知、自治、あるいは独立を要求するようになった。

こうした例としては、ケベック人、スコットランド人、フラマン人、カタルーニャ人、バスク人、ロンバルディア人、コルシカ人、クルド人、コソボ人、ベルベル人〔北アフリカ〕、メキシコ先住民、チェチェン人、パレスチナ人、チベット人、ミンダナオ島のイスラム教徒、スーダンのキリスト教徒、アブハズ人〔グルジア〕、タミル人、アチェ人〔インドネシア〕、東ティモール人などが含まれる。ところが、アイデンティティのこうした縮小と並行して、アイデンティティの拡大も起こっていた。まったく異なる文化や文明の人びととのかかわりが深まり、同時に新しい通信手段によって、地理的に離れていても似たような言語と宗教または文化をもつ人びとのなかに自分の仲間を見出すことが可能になるにつれ、アイデンティティは拡大もしたのである。

国家を超えた広いアイデンティティの出現はヨーロッパで特に顕著であり、その出現が同時にアイデンティティの縮小にも拍車をかけている。スコットランドの人びとが「ブリティッシュ」である以上にますます「スコティッシュ」だと考えるようになったのは、自分たちをヨーロッパ人と考えることもできるからだ。スコットランド人としてのアイデンティティは、ヨーロッパ人としてのアイデンティティに根差しているのだ。これはロンバルディア人、カタルーニャ人などにも言えることだ。

これと関連した理論は、共同社会のグループ同士の混合と雑居、交流と離反のあいだでも生じている。大がかりな人口移動が起これば、それが一時的なものであれ永住のためであれ、ますます多様な人種と文化の人同士がまじりあうようになる。アメリカにアジア人と中南米人がやってきて、西欧にアラブ人、トルコ人、ユーゴスラビア人などが移住するといったぐあいである。

通信と交通の手段が発達した結果、これらの移住者は出身地の文化と地域社会の一員でもありつづけられる。そのために、彼らのアイデンティティは移住者のそれよりもディアスポラのそれに近い。すなわち、トランスナショナルな国の枠組みを超えた文化的共同体の一員である。彼らは他の民族とまじわりながら、自分の民族同士でも集まる。アメリカにおけるこうした展開は、メキシコなどの中南米諸国からの移民が、それ以前の移民の波とはかなり異なった同化の結果をもたらしうることを意味する。

十九世紀と二十世紀に、ナショナリズムは学界や政界、そしてときには財界のエリートによって強力に推進された。これらのエリートは熱っぽく洗練された語り口で訴え、同胞と見なす人びとのあいだに国民としての一体感をかきたて、ナショナリズムの大義のもとに彼らを結集させた。一方、二十世紀末期は、アメリカだけでなく他の多くの国でも、エリートのあいだで無国籍化が進んだ。グローバル経済とグローバル企業が出現したうえに、国を超えた提携関係を結んで世界的な規模で改革（女性の権利、環境、地雷、人権、小火器などについて）を推進することが可能になったため、多くのエリートは超国家的なアイデンティティをもつようになり、ナショナル・アイデンティティを軽んずるようになった。

かつては、移動できる人びとが国のなかで農村から都市部に移動し、一つの都市から別の都市へと移りながら、頭角を現わして財産を築いた。いまではそうした人びとは一つの国から別の国へ移住することが多くなった。そして、国内における移動が特定の土地への帰属意識を弱めたように、国家間の移動は特定の国への帰属意識を弱めることになる。彼らは二つの国や多数の国を股にかけた、あるいは世界主義的な人間になるのである。

ヨーロッパでナショナリズムが興った当初、ナショナル・アイデンティティは主として宗教的な意味で定義されることが多かった。十九世紀と二十世紀には、ナショナリズムのイデオロギーはおおむね非宗教的なものになった。ドイツ人やイギリス人、フランス人などは、共通の祖先と言語、または文化の面から国民を定義することが多くなり、社会を分裂させる宗教は問われなくなった。二十世紀になると、西洋諸国（といってもアメリカだけは明らかに例外だが）の人びとは一般に宗教から離れ、教会と宗教の果たす役割は、公的および社会的な生活でも、また私生活においても減っていった。

ところが、二十一世紀は宗教の世紀として幕を開けた。西欧以外の地域ではほぼどこでも、人びとは宗教に安らぎや導き、慰め、そしてアイデンティティを求めている。「ラ・ルバンシュ・ドゥ・デュー（神の復讐）」と、ジル・ケペルが名づけたものが、最高潮に達しているのである。世界各地で宗教グループ間の衝突は急増している。人びとは、地理的に離れたところにいる同じ宗教の信者の運命に深い関心を寄せるようになった。多くの国では、自国のアイデンティティを宗教面から再定義しようとする精力的な運動が起こっている。それとはかなり異なったかたちで、アメリカにおける運動は、アメリカの宗教的な起源と、アメリカ人の宗教への深い傾倒を思い起こさせている。福音派のキリスト教は重要な勢力になっており、アメリカ人は一般に、三世紀にわたって主流だったキリスト教徒としての自己像に回帰しつつあるのかもしれない。

二十世紀最後の四半世紀には、世界各地の五〇以上の国が権威主義体制から民主主義体制へと移行した。またアメリカのような先進国では、民主主義をさらに広く深く浸透させる努力もなされた。個々の権威主義的な政府は、さまざまな国民性と文化をもつ人びとを支配することが可能であり、事実そうであったことも多い。一方、民主主義国家の場合は、少なくとも人びとが支配者を選ぶのであり、広義には別の方法による政治への参加を意味する。したがって、アイデンティティの問題はきわめて重要になる。国民とは誰なのか、ということだ。アイバー・ジェニングズが言ったように、「国民とは誰なのか、誰かが決めてくれるまで、国民は決められない」

国民とは誰なのかについての判断は、長年にわたる伝統の結果なのかもしれないし、戦争と征服、国民投票または住民投票（レファレンダム・直接表決）、憲法の条項、あるいはその他の要因によるのかもしれないが、それを避けて通ることはできない。そのアイデンティティをどう定義するかをめぐる議論、つまり誰が国民で誰がそうでないかの問題は、独裁主義国が民主化したときに、また民主主義国が新たに市民権を要求する人びとを大量に迎えたときに表面化する。

歴史的に見れば、ヨーロッパにおける国民国家の出現は、何世紀にもわたって戦争が続発した結果だった。「戦争が国家を興し、国家が戦争を起こした」と、チャールズ・ティリーは言う。こうした戦争はまた、国家が人びとに国民意識をもたせることも可能にし、それが必要にもなった。国家のそもそもの役割は国民をつくりだして守ることであり、その役割を果たす必要があるからこそ、国家権力を拡大し、常備軍をもち、官僚制を敷き、有効な税制度を設けることが正当化されたのだ。

二十世紀になると、二度の世界大戦と冷戦がこうした傾向に拍車をかけた。だが、二十世紀末には冷戦も終わり、国家同士の戦争はまれになった。ある推計によると、一九八九年から一九九九年に起こった一一〇回の戦争のうち、内戦以外のものは七回しかない。戦争はいまでは国家を誕生させる以上に、国家を破壊することが多い。より一般的には、国の安全保障機能が低下することによって、国家権力が弱まり、人びとの国家への帰属理由が薄れ、かわりにサブナショナルやトランスナショナルのグループへの帰属化が促進されるのである。

ナショナル・アイデンティティの相対的な重要性は文化によって異なってきた。イスラム世界では、アイデンティティの分布はU字型になる傾向がある。最も強いアイデンティティと義務としては一端に家族、一族、部族にたいするものがあり、イスラム教とウンマ、すなわちイスラム共同体へのものがもう一端にある。少数の例外を除けば、国民と国民国家への忠誠は弱いものだった。それとは対照的に、欧米の世界では過去二世紀にわたって、アイデンティティの分布曲線はむしろ逆U字型になり、頂点に国家があって、それよりも狭いアイデンティティの根源、あるいは国家より広い根源以上に、深い忠誠とアイデンティティと義務を要求してきた。

ところが、いまではそれも変わってきているのかもしれない。トランスナショナルおよびサブナショナルなアイデンティティの顕著性が増すにつれ、欧米型の分布パターンも平らになり、イスラム的な曲線と似はじめているのだ。国家の概念、ナショナル・アイデンティティ、そして国益は、関連性と有用性を失いつつあるのかもしれない。そうだとすれば、質問はこうなる。それらに取って代わるものがあるとすれば、それは何であり、アメリカにとっては何を意味するのか、と。逆にそうでないとして、ナショナル・アイデンティティがまだ有効であれば、次のような質問になる。ナショナル・アイデンティティの内容が変わることが、アメリカにどうかかわってくるのか？

アメリカのアイデンティティはどのようになるか？

ナショナル・アイデンティティを構成する要素の相対的な重要性と、他のアイデンティティとくらべた場合のナショナル・アイデンティティの顕著性は、長年のあいだに変化してきた。十八世紀の後半、新大陸の植民地や州の人びとは、アメリカという土地に共通のアイデンティティを築いたが、それは主に州やその土地と結びついたその他のアイデンティティと共存していた。

初めにイギリスと、のちにフランス、そして再びイギリスと戦いがつづくと、アメリカ人のあいだに一つの国民としての意識が高まった。一八一五年以降、国家の安全保障にたいする脅威がなくなると、ナショナル・アイデンティティの顕著性は低下した。地域的および経済的なアイデンティティが出現すると国はますます分断され、やがては南北戦争へと発展した。この戦争を経てアメリカは十九世紀には一つの国としてまとまった。アメリカが世界の舞台に姿を現わし、つづく一世紀に二度の世界大戦と冷戦にかかわるにつれてアメリカのナショナリズムは高揚した。

アメリカのアイデンティティの民族的な要素は、十九世紀半ばにやってきたアイルランド人とドイツ人、および一八八〇年から一九一四年にかけて南欧と東欧からやってきた人びとが同化した結果、徐々に薄れていった。人種的な要素は、まず南北戦争後にいくらか希薄になり、一九五〇年代から六〇年代の公民権運動によって大幅に衰退した。その後の数十年間に、アメリカの中心となるアングロ−プロテスタントの文化と、自由と民主主義を謳う政治的な信条は四つの難題に直面したのである。

第一に、ソ連の崩壊によってアメリカの安全保障にたいする重要かつ明らかな脅威がなくなり、そのためにナショナル・アイデンティティの顕著性が、サブナショナル、トランスナショナル、二国間および他国民としてのアイデンティティとくらべて減少した。歴史の経験と社会学的な分析を見ると、外部の「他者」の不在は統一を脅かし、社会のなかで分裂を生みやすいことがわかる。ただし、断続的なテロリストの攻撃とイラクをはじめとする「ならずもの国家」との紛争が、二十世紀の戦争のように、国民を一致団結させるのかとなると、それは疑わしい。

第二に、多文化主義と多様性のイデオロギーによって、アメリカのアイデンティティについて残っている中心的要素、すなわち文化的な中核とアメリカの信条の正当性が蝕まれた。クリントン大統領は次のような発言で、この問題を明らかにしている。アメリカには三度目の「大革命」（アメリカ独立革命と公民権革命に加えて）が必要であり、それによって「われわれがヨーロッパの文化を中心としなくても文字どおり暮らしていけることを証明」しなくてはならない、と。ヨーロッパ文化への攻撃は、それが生みだした信条を傷つけ、またそうした攻撃は個人の権利よりも集団の権利を促進させるさまざまな運動に反映されていた。

第三に、一九六〇年代にアメリカの第三の移民の大波が始まり、それによって以前の波のようにヨーロッパからではなく、主に中南米とアジアから人びとがアメリカにやってきた。新しい移民がたずさえてきた母国の文化と価値観は、アメリカの一般的な文化と価値観としばしば大きく異なる。これらの移民の場合、母国との絆《きずな》を保ち、文化的にその一部でありつづけることはずっと容易だ。初期に移民した人びとは、アメリカ化の強烈な洗礼を受け、アメリカの社会に同化させられた。一九六五年以降は、それに類することは何も起こらなかった。過去において同化がいちじるしく進んだのは、それぞれの波が南北戦争と第一次世界大戦の勃発によって事実上、消滅したことと、移民を規制する法律があったためである。現在の波は、衰えることなくつづいている。近年の移民が出身国への忠誠心を捨てて、同化するには、過去の同化よりもはるかに時間がかかり、問題も多いだろう。

第四に、アメリカの歴史上、移民の過半数近くが英語以外の同一言語を話していたことはこれまでなかった。スペイン語を話す移民が優勢であることの影響は、その他多くの要因によってさらに強まる。彼らの出身国が近隣の国であること、その絶対数、この流入が終わるか大きく減少する可能性の少なさ、特定の地域への集中。彼らの祖国の政府が移住を奨励《しょうれい》し、アメリカの社会と政界で影響力を拡大させる政策を取っていること。アメリカのエリートの多くが多文化主義、多様性、二言語併用教育、アファーマティブ・アクションを支持していること。アメリカの企業がヒスパニックの好みに合わせ、業務や広告のなかでスペイン語を使い、スペイン語を話す社員を雇うことに経済的な利点を見出していること。さらに行政の標識、書類、報告書、事務所などで英語とスペイン語を使用することへの圧力もある。

ナショナル・アイデンティティの人種および民族面での要素が排除され、文化と信条に関する要素が攻撃されているとなれば、アメリカのアイデンティティの今後について疑問がわいてくる。将来のアイデンティティとしては、少なくとも四つの形態が考えられる。イデオロギー的なもの、二分化したもの、排他主義のもの、そして文化的なものである。将来のアメリカは、実際にはこれらのアイデンティティおよびそのほかにも考えうるアイデンティティが入り混じったものになるだろう。

第一に、クリントン大統領が予期したように、アメリカはその核となる文化を失い、多文化的になるかもしれない。それでも、アメリカ人は「信条」の原則を守りつづけ、それが国としての統一性とアイデンティティのイデオロギー的あるいは政治的な基礎を与えてくれる可能性もある。多くの人びとは、特にリベラルな人はこうした選択肢を好む。ところが、こうした考えは個人のあいだの政治契約だけをもとに、それ以外には何ら共通点がなくても国家は存在できると仮定したものだ。これは古典的な啓蒙《けいもう》思想をもとにした市民による国家の概念だ。だが、歴史を見ても、心理学的な面からも、国家を長く存続させるにはそれだけでは不充分なようだ。統一のための根拠が信条しかないアメリカは、すぐに民族、人種、文化および政治的なグループの弱い連合へとなりはて、共通点はかつてのアメリカ合衆国の領土内に位置したこと以外、何もないも同然となるだろう。これは以前にオーストリア－ハンガリー帝国とオスマン帝国およびロシア帝国を構成していた多様な集団の集まりに似ていなくもない。これらの集合体は皇帝と官僚によってまとめられていた。だが、さまざまなグループの緩やかな集合体になったアメリカを、中央のどんな機関がまとめられるだろうか？　一七八〇年代のアメリカや、一八六〇年代のドイツの経験を見ればわかるように、通常、過去の連合は長続きしなかった。

第二に、一九六五年以降における大量のヒスパニック系移民によって、アメリカは言語面

（英語とスペイン語）および文化面（アングロ対ヒスパニック）でますます二分化されるかもしれない。これはアメリカ社会のなかで最も顕著な境界線としての黒人と白人という人種の二分化につづくだけでなく、それに取って代わる可能性すらある。南西部とフロリダ州南部を中心に、アメリカのかなり多くの地域が文化と言語面でヒスパニック圏になり、その他の地域では双方の文化と言語が共存するようになるだろう。要するに、アメリカは文化と言語面での統一性を失い、カナダ、スイス、あるいはベルギーのような二言語、二文化併存の社会になるかもしれない。

第三に、さまざまな勢力がアメリカの中心的な文化と信条を脅かすようになると、アメリカ生まれの白人が、これまで疑問視され放棄されていたアメリカのアイデンティティの人種的、民族的な概念を復活させようとして何らかの手段を講じるかもしれない。人種、民族、文化的に異なる人びとを締めだして追い払う、あるいは抑圧するアメリカをつくりだすのである。歴史に照らしても、いまの時代の経験からも、かつて支配的だった民族・人種グループが他のグループの台頭によって脅かされていると感じた場合に、こうした反応が非常に起こりやすいことがわかる。そうした事態になれば、人種的に排他的な国がつくられ、民族間や人種間で激しい争いが生じるだろう。

第四に、あらゆる人種と民族のアメリカ人が、自分たちの中心的な文化を蘇《よみがえ》らせようとするかもしれない。それはとりもなおさず、きわめて信仰心が篤く、いくつかの宗教的マイノリティを含みながらも、主にキリスト教徒からなる国家としてのアメリカを取り戻すことを意味するだろう。アングロ-プロテスタントの価値観にのっとり、英語を話し、ヨーロッパ文化の伝統を保持し、信条の原則を守る国である。宗教はこれまでも、そしていまもなお、アメリカのアイデンティティの中心的な要素であり、おそらくはその中心そのものなのである。アメリカは主に宗教的な理由から建国され、ほぼ四世紀にわたって宗教運動がその発展を築いてきた。どの指標を見ても、アメリカ人は他の工業国の人びとよりもはるかに信仰心が篤《あつ》い。白人、黒人、ヒスパニックのアメリカ人の圧倒的多数がキリスト教徒である。どの大陸でも宗教を中心とした文化が人びとの忠誠心や同盟や敵意をかたちづくる世界にあって、アメリカ人は再びナショナル・アイデンティティと、国家としての目標をその文化と宗教のなかに見出すかもしれない。

第2章　アイデンティティ――ナショナルおよびその他の

アイデンティティの概念

「アイデンティティの概念」は「必要不可欠でありながら、不明確なもの」だと言われてきた。それは「多岐にわたり、定義しづらく、通常の方法ではまず測りえないもの」だからである。二十世紀におけるアイデンティティ研究の第一人者エリク・エリクソンは、その概念を「まったく一般的」だが「曖昧《あいまい》」でもあり「測りがたい」と表現した。アイデンティティがいかに腹だたしいほど不可避なものであるかは、著名な社会理論家レオン・ウィーゼルティエの研究によく示されている。

ウィーゼルティエは一九九六年に『アイデンティティに抗して』という本を著わし、アイデンティティの概念に魅了される知識人を非難し嘲笑した。一九九八年にはまた別の本『カディーシュ〔ユダヤ教の祈禱《きとう》〕』を出版し、自身のユダヤ人としてのアイデンティティを巧みな表現で、熱っぽく、明確に肯定している。アイデンティティはまるで罪のようなものなのだ。いくら逆らったところで、それから逃れられないのである。

逃れられないものだとすると、どのように定義できるだろうか？　学者はさまざまな見解をもっているが、つまるところそれらは一つの中心的なテーマに集約される。アイデンティティとは、個人または集団の自己認識である。私なりわれわれには一つの存在としてきわだった特徴があるという自意識の産物なのだ。それが私をあなたから、われわれを彼らから区別している。新生児は誕生したときに名前、性別、祖先、国籍といったアイデンティティの要素をもっているかもしれない。だが、そうしたものが赤ん坊のアイデンティティになるには、赤ん坊がそれらを認識し、そうした面から自己を定義するようにならなければならない。

アイデンティティとは、一部の学者が表現するように、「行為者が保持し投影し、重要な『他者』との関係を通じて形成する（そして時の経過とともに変容もする）個性と特殊性（個人としての存在）の概念を指す」。人は他者とかかわるかぎり、他の人びととの関係で自らを定義するしかなく、また彼らとの類似性および相違点を認めるしかないのである。

アイデンティティが重要なのは、それが人びとの態度を定めるからだ。自分を学者だと思えば、私は学者らしく振る舞おうとするだろう。だが、人はそのアイデンティティを変えることもできる。私が従来とは違う行動——たとえば論客として——を取りはじめれば、「認知的不協和」に苦しみ、それによって生じる苦痛を和らげるべく、そうした行動をやめるか、自分自身を学者ではなく、たとえば政治運動家として再定義しようとするだろう。同様に、ある人が熱心な民主党支持のアイデンティティを受け継いでいるのに、選挙で共和党候補者に投票する機会が多くなれば、その人は自分を共和党支持者と再定義したほうがいい。

アイデンティティに関する重要なポイントをいくつかあげておかなければならない。

第一に、アイデンティティは個人にも集団にもある。ただし、個人は集団のなかに自らのアイデンティティを見出し、再定義する。社会的アイデンティティ理論が示すように、アイデンティティを必要とするあまり、人は勝手気ままに形成された集団のなかにもそれを求めようとする。個人はいくつかの集団に属することがあり、そのためにアイデンティティを変えることもできる。一方、集団のアイデンティティには通常、主たるきわだった特徴があり、それはほとんど変えられない。私は政治学者であり、ハーバード大学政治学部の一員というアイデンティティをもつ。思うに、歴史家として自分自身を再定義することはできるし、スタンフォード大学政治学部で私のアイデンティティの変更を受け入れてくれれば、その一員にもなれるはずだ。だが、ハーバードの政治学部は史学部には変えられないし、教育機関としてスタンフォード大学に移転することもできない。学部のアイデンティティは、私のアイデンティティよりもずっと固定されているのである。集団を決定づける特徴の根拠が消えてしまえば、集団の存在はその構成員に動機を与える別の大義を見出せないかぎり危うくなる。たとえば、創設の理由だった目標が達成された場合などがそうである。

第二に、アイデンティティはほぼ例外なく、構築されるものだ。人びとは自らのアイデンティティを、さまざまな圧力や誘因、あるいは自由の影響を受けながら形成する。たびたび引用される言葉だが、ベネディクト・アンダーソンは国民を「想像された共同体」と表現した。アイデンティティは想像された自己だ。それはわれわれが考える自分の姿であり、またそうなりたい姿でもある。祖先（縁は切れるが）、性別（性転換すれば別だが）、年齢（否定はできるが、人間には変えられない）を除けば、人はわりと自由に、自分の望むかたちでアイデンティティを定義できる。そのようなアイデンティティが実際に有効かどうかは別の話になるが。民族性と人種に関しては、確かに受け継がれるかもしれないが、それですら再定義または拒否できるし、「人種」のような言葉の意味と適用範囲は時代とともに変わる。

第三に、個人には複数のアイデンティティがあり、数の点では少なくなるが集団にもいくつかのアイデンティティがある。それらは属性、領土、経済、文化、政治、社会、国民性に関するものかもしれない。個人または集団にとって、こうしたアイデンティティの相対的な重要性は、時代によって、また状況によって変わる可能性がある。これらのアイデンティティがたがいにどこまで補い、矛盾しあうかも変わっていく。カルメラ・リープキントはこう述べる。「戦時中の戦闘のごとき極端な社会状況だけが、一時的にその他すべての集団への所属を無効にして、人びとを一つにさせる」

第四に、アイデンティティは自己によって明確にされるが、それは自己と他者との相互作用から生まれるものだ。個人もしくは集団を他人がどう見るかが、その個人ないし集団の自己認識に影響をおよぼす。新しい社会環境に入り、そのなかの人間ではないよそ者として見られると、人はえてして自分を疎外されたと感じるようになる。あるマイノリティ・グループのメンバーが、一国内の大多数の人から本質的に遅れていて劣っていると思われれば、自らもそうした思いを抱くようになるかもしれない。そうなったとき、それが彼らのアイデンティティの一部となる。あるいは、人はそう特徴づけられることに反発し、それに反対したかたちで自らを定義することもあるだろう。アイデンティティを形成する外的要因は、周囲の環境や、より広範な社会あるいは政治的な権力からもたらされるかもしれない。実際、政府が人びとに人種などのアイデンティティを割り当ててきたこともある。

アイデンティティは望むこともできる。しかし、それを得るためには、そのアイデンティティをすでにもっている人びとから歓迎されなければならない。東欧諸国の人びとにとって、冷戦後のきわめて重大な問題は、彼らが西側の一員だと考えることを西側諸国が受け入れてくれるかどうかだった。西側の人びとは、ポーランド人とチェコ人とハンガリー人のことは受け入れた。それ以外の東欧諸国民で、やはり西側としてのアイデンティティを築こうとしている人びとを同じように受け入れることはあまりなさそうだ。西欧諸国は、トルコに関してはかなり消極的だった。トルコの官僚は、トルコを西側の一員にしようと必死になっているが。その結果、トルコ人は自分たちを主としてヨーロッパ人や西側の人間と考えるべきなのかそれともイスラム教徒や中東人、さらには中央アジア人なのかという問題をめぐって対立している。

第五に、個人でも集団でも、二者択一となった場合、アイデンティティの相対的な重要性は状況に左右される。ときには、自分と関係がある人びととの絆を強めるアイデンティティの一面が強調されることもある。逆にアイデンティティのなかで他者と異なる側面が強調される場合もある。女性の心理学者は、男性心理学者の集団のなかにいると、自分自身を女だと考えると言われている。また、心理学者でない女性の集団と一緒にいるときには、自分を心理学者だと考える。

祖国にたいするアイデンティティは、海外を旅行して外国人の異なる生活様式を目にしたとき、一般に重要性が増す。セルビア人は、オスマン帝国の支配から脱しようとして東方正教会の信仰を重視したが、イスラム教徒のアルバニア人は自分たちの民族性と言語を強調した。同様に、パキスタンの建国者は国のアイデンティティをイスラム教の信仰というかたちで定義し、インドからの独立を正当化した。数年後、イスラム教徒のバングラデシュ人は文化と言語を重視して、パキスタンの同じイスラム教徒からの独立を合法とした。

アイデンティティは狭くもなり広くもなり、最も顕著なアイデンティティの範囲も、置かれた状況しだいで変わる。「あなた」と「私」は、「彼ら」が登場すれば「われわれ」になる。あるいは、アラブの民間に伝わることわざにもあるように、「兄弟と私は従兄弟と争い、われわれと従兄弟は世界と戦う」のである。より遠くの、より異なった文化の人間とかかわる機会が増えるにつれ、人びとはアイデンティティの枠を広げる。フランス人やドイツ人の場合、ナショナル・アイデンティティの顕著性は、欧州人としてのアイデンティティに関連して低くなる。ジョナサン・マーサーが言うように、「『われわれ』と『彼ら』のあいだの相違感、たとえばヨーロッパと日本のアイデンティティの違い」といったより大きな相違感が出現した場合にである。したがって、グローバリゼーションが進むにつれて宗教と文明のアイデンティティが広がり、個人にとっても国民全体にとってもより大きな重要性をもつようになるのは当然のことなのだ。

他者と敵

自らを定義するために、人は他者を必要とする。では、敵もやはり必要なのか？　一部の人は明らかにそうだ。「ああ、憎むというのは何とすばらしいことか」と、ヨーゼフ・ゲッベルスは言った。「おお、戦えるというのは有難い。護《まも》りをかため身構えている敵と戦えるのは」と、アンドレ・マルローは言った。

こうした言葉は、一般にはもっと抑制されたかたちであまねく存在する人類の欲求を極端に言いあらわしたものであり、二十世紀の二人の大思想家も次のように認めている。一九三三年にジグムント・フロイトに宛てた手紙のなかで、アルバート・アインシュタインは、戦争を排除しようとするあらゆる試みは「残念ながら頓挫した……人間は憎しみと破壊にたいする欲望を心のうちにもっている」と述べた。フロイトはそれに同意し、人間は動物と同じで、問題があれば力を行使して解決し、すべての権力を掌握した世界的な国家だけがこうした事態が起こるのを防げる、と返事に書いた。人間には二種類の本能しかないと、フロイトは主張する。「保護し一体化しようとする本能と……破壊し殺そうとする本能」である。いずれも欠くことのできないもので、たがいに関連しあって作用する。したがって、「人間の攻撃的な性質を排除しようとしても徒労なのだ」

人間の心理および人間関係について研究する他の学者も、同じような主張をする。バミク・ボルカンは、「敵と味方がいる」必要性があるのだと言った。この傾向が現われる思春期の初めから半ばには、「相手のグループをはっきり敵として見なすようになる」。その精神が「敵という概念を生みだす……敵の集団が少なくとも心理的に距離をおいて存在しているかぎり、それはわれわれの団結意識を高め、自分たちと比較することによって役に立ち、満足を与えてくれるものとなる」。人には自尊心が必要であり、認められ、賞賛されたいという気持がある。それは、フランシス・フクヤマが思い起こさせたように、プラトンがテューモスと名づけたものであり、アダム・スミスが虚栄と呼んだものなのである。敵との争いは、集団のなかでこうした特質をきわだたせる。

自尊心を求める気持から、人は自分のグループが他のグループよりも優れていると考えるようになる。彼らの自己認識は、帰属するグループの命運とともに上下する。また、そのグループから他の人びとが除外されている度合いによっても変わる。マーサーが言うように、自民族中心主義は「自己中心性が引き起こす当然の結果なのだ」。あるグループがまったくの気まぐれによって一時的につくられた「極小」のものであっても、社会的アイデンティティ理論が予測するように、人はやはり他のグループとくらべて、自分たちのグループを優遇する。

そのために多くの場合、人は絶対的な利益を犠牲にしても、相対的な利益を得ようとする。たとえ絶対的な意味では貧しくてもライバルと見なす相手よりも羽振りがいいほうが、豊かになってもライバルほどではない状態よりも好ましいのだ。「純粋な利益よりも、外集団に勝つほうが重要なのである」。この傾向は、常識や日常の経験は言うまでもなく、心理学の実験や世論調査といった証拠からもたびたび裏づけられている。経済学者にしてみれば不可解なことだが、アメリカ人は経済的には苦しくても日本人に負けないほうが、生活は豊かだが日本人に負けているよりもいいと言うのである。

差異を認識したからと言って、かならずしも競争を生みだすわけではなく、まして憎悪をかきたてることはない。それでも、心理的に憎しみを抱く必要があまりない人ですら、敵をつくりだすプロセスへの関与を免れない。アイデンティティには差異が必要なのだ。差異をもうけるには比較が必要となり、「われわれ」の集団が「彼ら」の集団と異なる方法を見きわめなければならなくなる。比較すれば、今度は評価が生まれる。われわれのグループのやり方は、彼らのやり方よりも優れているのか劣っているのか、と。

集団の自己中心的傾向は正当化につながる。われわれの方法は、彼らのよりも優れているという考えだ。相手のグループのメンバーも同じような過程をたどるので、相反する正当化の主張は競争へと発展する。そうなれば、われわれの方式のほうが、彼らのよりも優れているところを示さなければならない。競争は反目を生み、最初はわずかな違いにすぎなかったものも、より強烈で根本的な差へと広がっていく。固定観念が生まれ、対抗勢力は悪魔呼ばわりされ、他者は敵に化けるのである。

敵の必要性は人間の社会集団のあいだで、またその内部で、争いが絶えないことの説明にはなるが、それでは争いの形態と舞台は説明されない。競争と争いは、実は同じ世界または舞台における統一体のあいだでのみ起こりうる。ある意味では、ボルカンが言ったように、「敵」は「われわれに似て」いなければならないのだ。サッカーのチームは別のサッカー・チームをライバルと見なすかもしれないが、ホッケー・チームを敵と考えることはないだろう。大学の史学科は、他の大学の史学科を教職員、学生、および歴史学界での名声といった観点からライバルと考えるだろう。だが、同じ大学内の物理学科をそうした観点から見ることはない。しかし、大学内部の予算面では、物理学科をライバル視するかもしれない。

競技者たちは同じチェスの盤上で試合をしなければならず、たいていの個人と集団はいくつかの異なったチェス盤で争っている。チェス盤はそこになくてはいけないが、プレーヤーは変わるかもしれない。また一つのゲームのあとには別のゲームが繰り返される。したがって、民族集団や国家や国民のあいだで、一般的または永続的な平和が生まれる可能性は少ない。人類の経験からわかるように、熱い戦争にしろ冷たい戦争にしろ、その終結は次の戦争の条件を生みだす。「人間のある部分はつねに敵を探し求めており、それはわれわれ自身の否定した一面を一時的または永続的に体現するためなのである」と、精神科医のある委員会は述べている。二十世紀末の特殊性理論、社会的アイデンティティ理論、社会生物学、そして帰属理論はみな、憎悪の原因や競争、敵の必要性、個人および集団の暴力、そして戦争は人間の心理と人間の条件のなかに否応なしに存在するという結論を裏づける。

アイデンティティの源泉

人には無限とも言えるほど多くのアイデンティティの源泉がある。それらは主に以下のようなものからなる。

一、属性——年齢、祖先、性別、血族関係、民族性（拡大された血族としての）、および人種
二、文化——一族、部族、民族性（生活様式としての）、言語、国民性、宗教、文明
三、土地——近所、村、町、市、地方、州、地域、国、地理学上の地域、大陸、半球
四、政治——党派、派閥、指導者、利益集団、運動、大義、政党、イデオロギー、国家
五、経済——仕事、職業、知的専門職、作業グループ、雇用主、産業、経済セクター、労働組合、階級
六、社会——友人、クラブ、チーム、同僚、レジャーグループ、身分

人は誰でもこうした集団の多くに関係しているだろうが、だからと言ってそれらがかならずしもその人のアイデンティティの源泉になるわけではない。たとえば、いま自分がいる職場や国を嫌悪していて、完全に否定することもありうる。アイデンティティ同士の関係も複

雑だ。複数のアイデンティティが理論的に矛盾しない場合には、区別された関係が存在するが、ときとして家族のアイデンティティと仕事のアイデンティティなどは、人に相反する要求を突きつけるかもしれない。領土や文化のアイデンティティなどは、そのカテゴリー内で階層をなしている。

広い意味をもつアイデンティティには、より限定された意味のアイデンティティが含まれている。例をあげると、「地方」のようにあまり多くの意味を含まないアイデンティティは、「国」などのより包括的なアイデンティティと相反するかもしれないし、反しないかもしれない。さらに、同種のアイデンティティ同士が矛盾することもあれば、矛盾しないこともある。たとえば、人は二重の国民性を主張し、自分はアメリカ人でありイタリア人でもあると言うかもしれないが、二つの宗教を信仰して、イスラム教徒であり、かつカトリック教徒だと主張するのは難しい。

アイデンティティの強さはそれぞれに異なる。往々にしてアイデンティティの強度は範囲とは逆方向に高まる。人は政党以上に、家族にたいして強い一体感を抱くものだ。とはいえ、いつもそうだとはかぎらない。そのうえ、どんなアイデンティティの顕著性も、個人や集団とまわりの環境とのかかわりによって変わってくる。

一つの序列内にある大小さまざまなアイデンティティは、たがいに補強しあうこともあれば、ぶつかりあうこともある。エドマンド・バークの有名な言葉に、下位区分に愛着をもち、社会のなかでわれわれが属している小隊を愛することが、公共のものに愛情を抱く第一原理

（いわば萌芽）だ、というのがある。「全体にたいする愛は、それに従属する部分によって消滅させられることはない」。この「小隊」現象が軍隊における成功の鍵となる。軍隊が戦いで勝利するのは、兵士たちが一緒に戦う戦友に強烈な一体感を抱くからなのだ。

小さな部隊の結束を強められない場合は、アメリカがベトナムで学んだように、軍事的な大失敗につながる可能性がある。しかし、ときには下位のものへの忠誠心が、自治や独立のための領土をめぐる運動のように、より広いものへの忠誠心と衝突し、それに取って代わることがあるかもしれない。序列的なアイデンティティはたがいに不安定なかたちで共存するのである。

誤った二項対立

国民とナショナリズムおよびナショナル・アイデンティティは、主に十五世紀から十九世紀にかけてヨーロッパの動乱の歴史が生みだした概念である。戦争は国家をつくり、またその国民もつくりだした。「どの国民も、その言葉本来の意味からすれば、戦争なくしては誕生できなかった」と、歴史家のマイケル・ハワードは主張する。「意識的につくられた共同体で、武力紛争または武力による威嚇《いかく》をともなわずに、世界を舞台に新しい役者としての独立した地位を築いた国はどこにもない」。人びとが国民としての一体感を築き上げたのは、言語、宗教、歴史または居住地の面で異なる民族から自分たちを区別するために戦うなかでのことだった。

フランス人とイングランド人も、つづいてオランダ人、スペイン人、スウェーデン人、プロイセン人、ドイツ人、イタリア人も戦争の試練のなかで自分たちのナショナル・アイデンティティをつくりあげた。十六世紀から十八世紀にかけて、生き残って成功するために、国王や諸侯は領土内の経済的および人的資源をますます動員しなければならなくなり、やがて傭兵による軍に代わる国軍の創設をせまられた。その過程で、彼らは国民意識を高め、国民同士を対立させた。一七九〇年代になると、R・R・パーマーが言うように、「国王たちの戦争は終わり、国民同士の戦争が始まった」

十八世紀半ばになってようやく、ヨーロッパの語彙《ごい》に「ネーション（国民）」と「パトリ（祖国）」という言葉が入ってくる。「ブリティッシュ」としてのアイデンティティの登場はその典型だ。イングランド人としてのアイデンティティは、フランス人およびスコットランド人との戦争のなかで明確になった。「ブリティッシュ」としてのアイデンティティはのちに登場し、それは「何にもまして戦争によってつくりあげられた。たび重なるフランスとの戦いはイギリス人を、その出身地がウェールズ、スコットランド、イングランドのいずれであろうと、明らかに敵である他者と対峙させ、それに対抗する集団として自分たちを定義づけるよう仕向けさせた。彼らは自らを、世界最強のカトリック大国にたいして生き残りをかけて戦うプロテスタントと考えた」

学者は一般に二種類のナショナリズムとナショナル・アイデンティティがあると仮定し、

それにさまざまな名称をつける。市民的なものと民族的なもの、政治的と文化的、革命的と種族優先的、リベラルと全体主義的、理性的な組織と神秘的な有機体、市民の領域的なものと民族の系図的なもの、あるいは単に愛国主義とナショナリズムといったぐあいである。それぞれの組み合わせでは、初めのほうがよいもので、二番目は悪いものと見なされている。そよいとされる市民的なナショナリズムは開かれた社会を想定しており、それは少なくとも理論上は社会契約にもとづくもので、どんな人種または民族でもそこに参加でき、その国民になれるものだ。

それに反して、民族的なナショナリズムは排他的で、その国民になれるのはもとから備わっている特定の民族的または文化的特徴を共有する人にかぎられている。学者によれば、十九世紀の初め、ナショナル・アイデンティティを形成しようとしたヨーロッパ社会の動きおよびナショナリズムは、主に市民的な種類のものだった。ナショナリズムの運動は市民の平等を肯定し、それによって階級や身分による格差を崩していった。リベラルなナショナリズムは、多民族を支配する専制主義の帝国をゆるがした。その後、ロマン主義をはじめとする運動が偏狭な民族的ナショナリズムを生み、個人に勝る民族共同体が礼賛されるようになり、ヒトラーのドイツでその頂点に達した。

市民的なナショナリズムと民族的なナショナリズムという二項対立は、それをどう呼ぼうと問題を単純化しすぎており、有効な理論とは言えない。ほとんどの対比で、民族的と分類されるほうには、明らかに契約によらず、市民的かつリベラルでないことがわかるあらゆる形態のナショナリズムおよびナショナル・アイデンティティが含まれている。そこではとりわけ、ナショナル・アイデンティティに関するまったく異なる二つの概念が結びつけられている。民族・人種的な概念と、文化的な概念である。

お気づきになったかどうかはわからないが、五六ページのリストにあげたアイデンティティの源泉となりうる四八のものに「国民《ネーション》」は含まれていなかった。なぜなら、欧米諸国ではナショナル〔国民としての〕・アイデンティティはときとしてアイデンティティの最高の形態になるが、これは派生したアイデンティティでもあり、その強さは他の要因から生じるものだからだ。ナショナル・アイデンティティは、いつもではないが一般に領土的な要素を含み、一つないし複数の属性（人種、民族性）、文化（宗教、言語）、および政治（国家、イデオロギー）の要素も含み、ときには経済（農業）または社会（ネットワーク）的な要素が加わることもある。

アメリカのナショナル・アイデンティティのなかでアングロ－プロテスタントの文化が占めつづける中心的な役割が本書の主要なテーマだが、「文化」という言葉にはいろいろな意味がある。おそらく最もよく使われるのは、社会が生みだす文化的な産物に関連してだろう。そこには芸術、文学、音楽などの「高尚」な文化と、大衆娯楽や消費者の嗜好《しこう》のような「低俗」な文化の双方が含まれる。本書で言う文化は、それらとは異なるものだ。ここでは、一つの国民の言語、信仰、社会および政治における価値観、善と悪、あるいは適切と不適切の判断、これらの主観的な要素を反映する客観的な制度と行動様式に関する前提を意味する。

第4章で述べる例を一つここで引用しよう。

全般的に、アメリカ人のほうが同じような先進国の人びととくらべて労働力となる割合が高く、長時間働き、短い休暇しか取らず、失業や身体障害や退職の手当が少なく、退職する時期も遅い。また一般にアメリカ人は仕事により多くの誇りをもち、余暇をすなおに肯定できず、ときには罪悪感をもっており、働かない人を軽蔑し、勤労をアメリカ人であることの主たる要素として考えている。

したがって、労働を客観的にも主観的にも強調するこの傾向が、その他の社会とくらべた場合、アメリカの文化できわだつ特徴だと結論づけるのは理にかなっているように思われる。本書で文化と言うのは、この意味においてである。

市民的なものと民族的なものを単純に二元化する理論は、文化と属性の要素をないまぜにしているが、これらは実はきわめて異なるものだ。ホーラス・カレンはアメリカの民族性に関する理論を展開するにあたって、移民はどれだけ自分自身を変えられても、「祖先を変えることはできない」と、主張した。だからこそ民族的なアイデンティティは比較的永続するのだ、と。異民族間の結婚を考えればその主張は成り立たないが、それ以上に重要なのは祖先と文化を区別すべきだという点である。人は祖父母を変えることはできない。その意味では人の民族的な遺産は与えられたものだ。同様に、肌の色も変えられない。その色をどう考えるかは変わるかもしれないが。

しかし、文化は変えられる。人は別の宗教に改宗するし、新しい言語を学び、新しい価値観と考えを身につけ、新しい象徴を支持し、新しい生活様式に慣れる。若い世代の文化は、しばしば前の世代の文化とこういった多くの次元で異なる。ときには社会全体の文化が劇的な変化をとげることもある。第二次世界大戦の前に、ドイツ人と日本人はナショナル・アイデンティティを全面的に属性、民族性の面から定義した。ところが、敗戦は両国の文化の中心的な要素を変えた。一九三〇年代に世界で最も軍国主義的だった両国は、世界で最も平和主義の国に変貌したのである。文化的なアイデンティティは代替可能なのだ。民族と祖先のアイデンティティはそうではない。したがって、両者のあいだは明確に区別しなければならない。

ナショナル・アイデンティティを構成する要素の相対的な重要度は、国民の過去の経験によって変わる。一つの要因が抜きんでることはよくあるだろう。ドイツのアイデンティティには言語をはじめとする文化的な要素もあるが、一九一三年の法律では血統という属性の面から定義されていた。ドイツ人とは、ドイツ人の両親をもつ人びとなのである。その結果、十八世紀にロシアに移住したドイツ人の子孫もドイツ人と見なされ、彼らがドイツに移住してくれば、自動的にドイツ国籍が与えられる。

彼らのドイツ語が、たとえ話せたにせよ、同胞には理解できない代物であっても、また彼らの文化が生粋のドイツ人にとってかなり異質のものに見えても、それはかまわない。反対に、トルコからの移民の三世は一九九九年までは、ドイツで育って教育を受け、ドイツで働き、口語のドイツ語を流暢に話したとしても、ドイツ国民になるうえでは重大な困難に直面した。

かつてのソ連とユーゴスラビアでは、ナショナル・アイデンティティは共産主義のイデオロギーと共産主義の制度によって政治的に定義されていた。どちらの国にも民族的に異なる人びとがいて、それぞれ文化的に定義され、公式に認められていた。一方、一七八九年以来一世紀半にわたって、フランス人はムーブマン（革新派）とロルドル・エタブリ（体制派）という「二つのフランス」に政治的に分裂しており、両者はフランス革命の結果をフランスが受容すべきか拒絶すべきかをめぐって根本的に対立していた。ところが、フランスのアイデンティティは文化的に定義されていた。フランスの社会的慣習と生活様式を受け入れ、とりわけフランス語を完璧に話す移民は、フランス人として認められた。ドイツの法律とは対照的に、フランスの法律はフランスで生まれた子に、両親が外国人でも自動的にフランス国籍を与えた。

だが、一九九三年には、北アフリカからきたイスラム教徒移民の子供がはたしてフランス文化に吸収されているのかという問題をフランス人は憂慮するようになり、法律を変えて、フランスで生まれた移民の子供は十八歳の誕生日までにフランス国籍を申請させることにした。この制限は一九九八年に緩和され、フランスで外国人の両親のもとに生まれた子供は、十八歳になった時点で、それ以前の七年間のうち五年間をフランスで過ごしていれば、自動的にフランス国民になることが認められるようになった。

ナショナル・アイデンティティを構成するさまざまな要素の相対的な顕著性は、変化するかもしれない。二十世紀末、ドイツ人とフランス人はどちらも国の歴史のなかに存在した権威主義的な要素をおおむね否定し、民主主義を自己認識に取り入れた。フランスでは、革命が勝利をおさめた。ドイツでは、ナチズムが排除された。冷戦の終結とともに、ロシア人は自らのアイデンティティをめぐって分裂し、共産主義のイデオロギーを信奉しつづけるのは少数派になり、一部の人はヨーロッパ人としてのアイデンティティを望み、その他の人びとは東方正教会と汎スラブ主義の要素を含む文化的な定義を支持し、さらにロシアの領土的概念を主にユーラシアの社会とすることを優先する人もでてきた。

　したがって、ドイツとフランスおよびソ連・ロシアは、歴史的にそれぞれナショナル・アイデンティティのなかの異なる要素を強調してきたのであり、またそれらの要素の相対的な顕著性は時代とともに変わってきた。同じことがアメリカを含め、他の国にも当てはまる。

第二部　アメリカのアイデンティティ

第3章　アメリカのアイデンティティの構成要素

変化、連続性、部分的な真実

部分的な真実や半分だけの真実は、完全な偽り以上に人を欺くことが多い。完全に偽りであれば、その主張にたいする例外をあげることによって、その実体は簡単に暴露できる。だから、それが完全な真実として受け入れられることはあまりない。一方、部分的な真実の場合は、いくつかの証拠がその裏づけとなるのでもっともらしいと思われ、完全な真実だと思いこみやすくなる。アメリカのアイデンティティに関する考察には、幅広く受け入れられている二つの主張がある。それらは真実だが、部分的に正しいだけであり、それにもかかわらず完全な真実として一般に認識されている。

一つはアメリカが移民の国だという主張であり、二つ目はアメリカのアイデンティティが一連の政治的な原則、すなわち「アメリカの信条」によって定義されているというものだ。アメリカに関するこの二つの概念は、しばしば関連しあっている。共通の信条は、移民によってもたらされた多様な民族性を統一すると言われている。それはグンナー・ミュルダールの言葉を借りれば、「この偉大かつ異質な国民の機構におけるセメント」である。スタンリー・ホフマンの同様な主張によれば、アメリカのアイデンティティは、移民によってつくりだされた民族の多様性という「実体的な特徴」と、リベラルな民主主義の信条という「イデオロギー的な特徴」の独特な産物なのである。

こうした主張には多くの真実が含まれている。移民と「信条」は、アメリカのナショナル・アイデンティティをかたちづくる主たる要素だ。それらは誤解されたアイデンティティではないが、部分的なアイデンティティである。両者はいずれも、アメリカに関する完全な真実ではない。それらは移民を惹きつけた社会について、また信条を生みだした文化について、何も語っていないからだ。

アメリカは十七世紀と十八世紀の入植者によって築かれた社会である。彼らはほぼ全員がイギリス諸島からやってきた。彼らの価値観と制度および文化が、のちの時代におけるアメリカの土台となり、その発展に影響をおよぼした。入植者たちは当初、人種、民族性、文化、そしてとりわけ宗教の面からアメリカを定義づけていた。十八世紀になると、アメリカをイデオロギー面からも定義づけ、祖国の人びとからの独立を正当化しなければならなくなった。

これらの四つの要素は、ほぼ十九世紀を通じてアメリカのアイデンティティの一部として残っていた。十九世紀末には、民族的な要素の許容範囲が広げられ、ドイツ人、アイルランド人、スカンディナビア人が含まれるようになった。第二次世界大戦が勃発して、南欧と東欧からの移民とその子孫が大量にアメリカ社会に同化するころになると、ナショナル・アイデンティティを構成する決定的な要素から、民族性はほとんど消え去った。

公民権運動が実って、一九六五年に移民法が成立すると、人種ももはや問題にされなくなった。その結果、一九七〇年代には、アメリカのアイデンティティは文化と信条の面から定義されるようになった。この時点で、三世紀にわたって存続してきたアングロ－プロテスタントの中心的な文化も危うくなり、アメリカのアイデンティティは信条にたいするイデオロギー的な誓約だけになる可能性が生じた。【表3－1】には、ごく単純化されたかたちで、アメリカのアイデンティティにおけるこれら四つの要素の役割の変化が示されている。

移民以前の入植者たち

歴史を通じてほぼいつの時代も、アメリカ人の多くは移民を好意的に迎えることがなく、自分たちの国を誇らしげに「移民の国」として語ることはなかった。だが、一九二

【表3-1　アメリカのアイデンティティの構成要素】

○＝あり　×＝なし

	民族性	人種	文化	政治
1607〜1775年	○	○	○	×
1775〜1940年	○	○	○	○
（1840〜1865年を除く）				
1940〜1965年	×	○	○	○
1965〜1990年	×	×	○	○
1990〜	×	×	？	○

四年に大規模な移民が禁じられてから、アメリカの移民の伝統にたいする態度が変わりはじめた。その変化は、一九三八年にフランクリン・ローズベルト大統領が婦人団体「アメリカ革命の娘」に挑戦状を突きつけた有名な出来事によって劇的に表現された。「忘れてはならない。われわれはみな、そして特にあなたがたや私は、移民と革命家の子孫だということを、つねに念頭におかなければならない」

ケネディ大統領は、死後に出版された著書『移民の国』のなかでこの言葉を引用している。それ以前も以後も、この言葉は学者やジャーナリストによって繰り返し引用されてきた。アメリカの移民史の権威であるオスカー・ハンドリンは、「移民こそがアメリカの歴史だった」と主張する。主要な社会学者ロバート・ベラーもローズベルトと同じことを述べた。「先住民を除くすべてのアメリカ人は移民か移民の子孫である」

こうした主張は確かに部分的な真実ではあるが、完全な真実ではない。ローズベルトの部分的な誤りは、すべてのアメリカ人が「革命家」の子孫だと述べたことである。完全に間違っているのは、彼および聴衆である「アメリカ革命の娘」たちが（少なくとも家名をたどるかぎり）「移民」の子孫であると主張した点である。

彼らの祖先は移民（イミグラント）ではなく入植者（セトラー）であり、アメリカはその起源においては移民の国ではなかった。この国は、十七世紀から十八世紀にかけて新世界にやってきた入植者による社会、あるいはそうした社会の寄せ集めだったのだ。アングロ－プロテスタントの入植者による社会としての起源は、何よりも深く恒久的に、アメリカの文化、制度、歴史的発展、およびアイデンティティをかたちづくった。

入植者と移民は根本的に異なっている。入植者は、一般に集団で既存の社会を離れ、たいていは遠くの新しい土地に、新しい共同体を、「山の上の町」をつくりだす。彼らは集団としての目的意識を吹きこまれているのだ。入植者は、彼らが築く共同体の基礎と、母国にたいする集団としての関係を規定する契約または特許状に事実上もしくは正式に署名する。一方、移民は新しい社会を築くわけではない。彼らは一つの社会から別の社会に移動するのだ。移住は一般に個人や家族にかかわる個人的な行為であり、彼らは祖国と新しい国との関係を個人的に定義づけている。十七世紀および十八世紀の入植者がアメリカにやってきたのは、そこが白紙の状態だったからだ。先住民の諸部族はいたが、絶滅させられるか西部へ追いやられ、彼ら以外はその地にどんな社会も存在しなかった。そして、入植者たちがやってきたのは、祖国からたずさえてきた文化と価値観を具体化し、それらを促進できる社会をつくるためだった。

のちに移民がやってきたのは、入植者が築いた社会に加わりたかったからだ。入植者とは異なり、移民とその子孫は、自分たちがもちこんだ文化とはおおむね相容れない文化を吸収しようと試みるなかで「カルチャー・ショック」を味わった。移民がアメリカにくるためには、その前に入植者たちがアメリカを築いていなければならなかったのである。

一般に、アメリカ人は一七七〇年代から八〇年代に独立を勝ち取り、憲法を制定した人びとを「建国の父（ファウンディング・ファーザーズ）」と呼ぶ。だが、建国の父たちが存在する前に、建国の入植者たち（ファウンディング・セトラーズ）が存在したのだ。アメリカは一七七五年ないし七六年、あるいは一七八七年に始まったのではない。そもそもこの国は、一六〇七年、一六二〇年、および一六三〇年の最初の入植者による共同体とともに始まったのだ。一七七〇年代と八〇年代に起こったことは、その間の一世紀半に発展したアングロ－プロテスタントのアメリカ人社会に根づいたものであり、その社会の産物なのである。

アメリカを独立に導いた人びとは、入植者と移民の違いをよく認識していた。独立革命以前は、ジョン・ハイアムが述べているように、イングランドとオランダの植民地開拓者は「自分たちを建国者であり、入植者あるいは植民者（プランター）――これらの植民地社会を形成した人びと――だと考え、移民だとは見なしていなかった。彼らの政治組織、言語、仕事と定住の形態、そして精神的な習慣の多くに、移民は適応しなければならなかった」。「イミグラント」という言葉が一七八〇年代にアメリカで使われていた英語の語彙に加わったのは、国を築いた入植者と新たにやってきた人びとを区別するためだった。

アメリカの中核にある文化はこれまでも、また現在もなお、主としてアメリカの社会を築いた十七世紀および十八世紀の入植者たちの文化である。その文化の中心的な要素はさまざまな方法で定義できるが、そこにはキリスト教の信仰、プロテスタントの価値観と道徳主義、労働倫理、英語、イギリスの法の伝統、司法、政府権力の制限、およびヨーロッパの芸術、文学、哲学と音楽の遺産が含まれる。

この文化をもとに、初期の入植者はアメリカの信条を築きあげ、そこに自由、平等、個人主義、人権、代議政体、そして私有財産の原則を盛りこんだ。その後にやってきた移民は何世代にもわたってこの建国の入植者の文化に同化し、それに貢献し、手を加えていった。だが、その信条を根本的に変えることはなかった。それは、少なくとも二十世紀末まで、移民をアメリカに惹きつけていたものがアングロ－プロテスタントの文化とそこから生みだされる政治的自由と経済的な機会だったからだ。

したがって、その起源においても、いまなお存続する核心部においても、アメリカは植民地（コロニー）という言葉の厳密かつ本来の意味で、植民地社会なのだ。つまり、母国を去って長い旅にでて、遠隔地で新しい社会を築いた人びとの手でつくられた定住地という意味である。この本来の厳密な意味での植民地は、のちにこの言葉に与えられた意味、すなわち別の民族の政府によって支配された領土とその土着の人びとという意味とはまるで異なるものだ。十七世紀にイングランドとフランスおよびオランダの入植者が北米に築いた植民地と同様のものを歴史上で探すとすれば、紀元前八世紀および七世紀にシチリア島に古代アテネ人とコリント人などが築いた植民地がある。前者の入植の過程と発展の形態は、二〇〇〇年以上前の後者のそれと広い意味で似通っている。

植民地をつくる入植者は、その社会の文化と制度に決定的かつ恒久的な影響をおよぼす。彼らは、歴史家のジョン・ポーターが言うように、「特許集団」であり、社会のその後の発展に関して「実際の所有者として、最も強い発言権をもつ」。文化地理学者のウィルバー・ゼリンスキーはこの現象を「最初の定住の有効性原則」と名づける。

新しい領土では、「最初のグループが自立し、長く持続しうる社会になるための特徴を備えているかどうかが、のちの時代におけるその土地の社会的および文化的地理にきわめて大きな意味をもつ。最初の入植者がいかに小さい一団であってもそれは変わらない。恒久的な影響力をもつという意味では、数百人どころか数十人の活動であっても、最初の入植者が一つの土地の文化的地理におよぼす影響は、数世代のちに何万人もの新しい移民が貢献するものよりもはるかに大きい」

最初の入植者は、自分たちの文化と制度をもってやってくる。これらは新しい領土に定着するが、一方、故国でも変化が起こる。「新しい国があらゆる点で新しいわけではない」と、ロナルド・サイムはスペインにあるローマ時代初期の植民地について述べている。「故国ではすでに廃《すた》れている生活や言語の習慣を植民者が残している現象は、他の時代にも観察しうるものである。実際、スペイン語はフランス語よりもずっと古いラテン語の形式にまでさかのぼる。スペイン系ローマ人は、古いローマの伝統にたいする忠誠心を誇示し、利用した(かのようだ)。一方、その輝かしい成功を見れば、彼らが意欲に燃え、野心的で、創造力に富む人びとであったことがわかる」

アレクシス・トクビルもケベックについて同様の見解を述べている。

政府の外観はその植民地を見れば最もよくわかる。そこでは政府の特徴が拡大され、より目につきやすいからだ。ルイ十四世の政権の長所と短所を研究したいと思えば、カナダへ行かなければならない。この地ではその歪みが顕微鏡をのぞくように見える……行く先々で、われわれは、彼らの言う古いフランスの子孫として迎えられる。私からすれば、その形容語句は不適切である。古いフランスはカナダに残っているのであり、むしろ新しいほうがわれわれとともにあるのだ。

アメリカでは、デイビッド・ハケット・フィッシャーの記念碑的な研究にあるように、十七世紀および十八世紀のイギリスの入植者は、イングランド内の出身地、社会経済的な身分と所属する宗派および入植の時期から、四つのグループに分けられる。しかし、彼らはほぼ全員が英語を話し、プロテスタントで、イギリスの法的伝統にのっとっており、イギリスの自由を尊重した。この共通する文化と性質の異なる四つのサブカルチャーは、アメリカのなかでしっかりと根づいた。

「文化的な意味では、ほとんどのアメリカ人はアルビオン〔イギリスの古名〕の種なのである」と、フィッシャーは述べる。「実際の祖先が誰であろうと……初期のアメリカにおけるイギリスの四つの習俗の遺産は、今日のアメリカの自由意思にもとづく社会を最も強力に決定づけるものとして残っている」

ウィスコンシンの歴史家J・ロジャーズ・ホリングズワースも同意見だ。「アメリカにおける政治的な変化について研究するとき、忘れてならない最も重要な事実は、アメリカが入植者社会の産物だということだ」。イングランドからきた初期の入植者の生活様式が「社会全体に広がった」のであり、それが「支配的な政治文化、政治制度、言語、仕事と定住のパターン、および精神的な習慣の多くを生みだし、のちの移民はそれに適応しなければならなかった」

入植者はどこでもみなそうだが、アメリカの初期の入植者も、故国全体の人びとを代表していたわけではなく、ルイス・ハーツの言葉を借りれば、むしろその国民の一部もしくは周縁部からやってきた。彼らが祖国をあとにして余所《よそ》の土地に移り、新しい共同体をつくるのは祖国で迫害にあうからであり、また新しい土地に好機を見出そうとするからだ。南北アメリカと南アフリカおよび南太平洋に入植したヨーロッパ人の集団は、それぞれ祖国の社会階級の思想やイデオロギーをたずさえてきた。封建的な貴族社会、リベラリズム、労働者階級の社会主義などである。しかし、新しい土地では階級間の対立がないため、ヨーロッパの階級的イデオロギーは新しい社会のナショナリズムに変容した。もとの複雑な社会の断片でしかない植民地社会には、その社会に変化をもたらす力学がなく、そのために出身国の制度と文化が新しい社会でも温存される。

新たにつくられた社会として、入植者の社会には具体的な時期と場所における明らかな始まりがある。そのために、創設者は特許状や契約や憲法によって自分たちの制度を明確にして、発展のための計画を立てる必要性を感じる。ギリシャ最初の法典がつくられたのは、ギリシャ本土ではなく、紀元前七世紀のシチリア島内のギリシャの植民地においてだった。英語圏で最も早い時期に体系的な法典が作成されたのは、バージニア（一六〇六年）、バミューダ（バージニア会社の第三特許状に含まれていた）とプリマス（一六三六年）およびマサチューセッツ湾（一六四八年）だった。

「近代の民主主義国家で初めて書かれた憲法」は、一六三八年にハートフォードおよび近隣の町の住民によって採用された「コネティカットの基本法」だった。入植地の社会ははっきりと計画された社会になることが多いが、その計画には入植時に創設者たちが味わった経験と価値観と目的が組みこまれ、恒久化されている。

イギリスと若干の北欧諸国からの入植者が新世界で社会を築いたプロセスは、その後二世紀半にわたってアメリカ人が西部へ移動し、辺境の地に新しい開拓地を築くなかで繰り返された。植民はアメリカの建国時に中心的な役割を果たしただけでなく、十九世紀の終わりまでこの国の発展の中心となっていた。一八九二年にフレデリック・ジャクソン・ターナーが述べたように、「われわれの時代まで、アメリカの歴史はおおむね大西部の植民地化の歴史だった」。ターナーが一八九〇年の国勢調査から引用して、その過程の終わりを告げたのは有名だ。「一八八〇年にいたるまで、この国には開拓地のフロンティアがあったが、いまでは未開拓の地も点在する開拓地によって細切れになり、もはや開拓前線とは呼べない状態になった」

アメリカのフロンティアには、カナダやオーストラリアあるいはロシアのフロンティアとは異なり、政府の大きな存在は見られなかった。辺境の地に初めに住みついたのは、ハンター、罠猟師、探鉱者、冒険家、商人などの個人だった。やがてそれにつづいて入植者が水路沿いに共同体を築くようになり、のちには鉄道が敷かれる予定地沿いへと移住していった。アメリカの辺境の地への植民は、入植と移住が組み合わさったものだった。この国の東部にあった入植者の共同体が西部へ移動して新しい社会を築いただけでなく、アメリカとヨーロッパの双方から移住してきた人びとも個人または家族単位で西部へ移動し、この開拓のプロセスに加わったのだ。

一七九〇年には、先住民（インディアン）を除くと、アメリカの全人口は三九二万九〇〇〇人だったが、そのうち六九万八〇〇〇人は奴隷であり、アメリカ社会の一部とは見なされていなかった。白人を民族的に分けると、六〇パーセントがイングランド出身で、イギリス全体では八〇パーセントとなり（残りは主にドイツ人とオランダ人）、九八パーセントがプロテスタントだった。黒人を除けば、アメリカは人種、民族的出自、および宗教の面で、かなり同質の社会だった。「神の摂理によって」と、『フェデラリスト』のなかでジョン・ジェイは述べた。「このひとつづきの国は、一つの統一された国民に与えられた。同じ祖先をもち、同じ言語を話し、同じ宗教を信仰し、同じ政府の原則にのっとり、マナーや習慣においてもきわめて似通っており、共同の審議会と武器および努力によって、血みどろの長い戦争を一緒に戦うことによって、気高くも自由と独立を確立した人びとである」

一八二〇年から二〇〇〇年のあいだに、およそ六六〇〇万の移民がアメリカにやってくると、アメリカの国民は祖先と民族性および宗教の面で非常に異質な人びとの集まりに変わった。しかし、移民がもたらした人口統計学上の影響は、十七世紀および十八世紀の入植者と奴隷がおよぼした影響をわずかに上回るにすぎなかった。十八世紀末に、アメリカの人口が爆発的に増大したのである。おそらく歴史が始まって以来の未曽有の勢いで出生率が高まり、また北部の諸州では当時としてはきわめて高い比率で子供が成人に達した。一七九〇年のアメリカの粗出生率は人口一〇〇〇人当たり五五人と推定されており、ちなみにヨーロッパ諸国では一〇〇〇人当たり三五人だった。

アメリカの女性の結婚年齢は、ヨーロッパの女性よりも四歳から五歳若かった。アメリカ女性一人当たりが産む平均的な子供の数（合計特殊出生率）は一七九〇年には七・七人であり、一八〇〇年には七・〇人となり、安定した人口を保つのに必要な二・一人をはるかに上回っていた。[*1] 出生率は一八四〇年代まで六・〇以上で推移し、それから徐々に減少して大恐慌が始まるころには三・〇ほどに減った。全体としては、アメリカの人口は一七九〇年から一八〇〇年のあいだに三五パーセント増え、一八〇〇年から一八一〇年には三六パーセント、一八〇〇年から一八二〇年には八二パーセント増加した。

この時代は、ナポレオン戦争によって移民はごく少数に抑えられていたので、この増加の五分の四は自然増であり、もしくはある下院議員がアメリカの「掛け算表」と呼んだもののせいである。入念な分析から、人口統計学者のキャンベル・ギブソンが結論したところによると、一九九〇年にアメリカの人口の四九パーセントは一七九〇年当時にいた入植者と黒人の流れをくみ、五一パーセントはその後の移民によるものだという。一七九〇年以後、移民の流入がなければ、一九九〇年のアメリカの人口は二億四九〇〇万人ではなく、一億二二〇

○万程度だったと考えられる。要するに、二十世紀が終わるころ、アメリカは人口統計学的にほぼ半分が初期の入植者と奴隷の子孫であり、残りの半分が入植者が築いた社会に渡ってきた移民の子孫ということになる。

現代のアメリカには、移民および、入植者と移民と奴隷の子孫のほかに、アメリカ人が征服した人びとの子孫がいる。

このなかにはアメリカ先住民、プエルトリコ人、ハワイ人、および十九世紀半ばにメキシコから奪ったテキサス州および南西部の地域に住んでいたメキシコ人を祖先とする人びとが含まれる。アメリカに住んでいても、共和国と完全に一体化しない先住民とプエルトリコ人の特異性は、彼らとのあいだで交渉された協定に反映されている。前者は政府指定保留地と部族政府というかたちで、後者は自治州の地位によってである。プエルトリコの住民はアメリカ国民だが、連邦税は払わず、国政選挙にも投票せず、自治政府の運営は英語ではなくスペイン語で行なっている。

大量移民は、アメリカ人の生活をいろどる断続的な特色となってきた。移民が絶対的にも相対的にも大きな意味をもつようになるのは一八三〇年代に入ってからであり、一八五〇年代になると減少するが、一八八〇年代には急増し、一八九〇年代になって再び少なくなり、第一次世界大戦前の一五年間ほどに激増した。そして、一九二四年に移民法が成立すると大幅に減少し、一九六五年の移民法で大規模な新しい波が起こるまでは低い数値で推移した。移民は、長年にわたってアメリカの発展において中心的な役割を果たし、ある意味では不釣合いなほどの力を発揮してきた。

実際には、一八二〇年から二〇〇〇年のあいだに外国生まれの国民がアメリカの人口に占めた割合は、平均で一〇パーセントをやや上回る程度でしかなかった。アメリカを「移民の国」と呼ぶのは、部分的な真実を拡大して誤解を招く偽りに変えることであり、アメリカが入植者の社会として始まったという中心的な事実に目をふさいでいるのである。

アメリカの信条

アメリカ人は、「アメリカの信条」に具体化された自由、平等、民主主義、個人主義、人権、法の支配、および私有財産という政治原則への忠誠によって定義され、統一された国民だとよく言われる。外国の評者はヘクター・セントジョン・ド・クレブクールからトクビル、ジェームズ・ブライス、ミュルダールにいたるまで、そして今日でもなお、アメリカ国民のこの特異性を指摘する。アメリカの学者も一般にそれに同意してきた。リチャード・ホフスタッターはなかでも明確にそれを言いあらわしている。「イデオロギーをもたずに一つの国民になったのは、われわれの宿命だった」、と。

しかし、ここに引用すべき最も適切な表現は別の学者による次の言葉だろう。「『われわれはこれらの真実が自明であると信じる』と、独立宣言は謳う。これらの真実を信じるのは誰なのか？　これらの真実を信じるのはアメリカ人だ。では、アメリカ人とは誰か？　これらの真実を支持する人びとだ。ナショナル・アイデンティティと政治的原則は分かつことができない」のであり「アメリカの信条の政治的思想は、ナショナル・アイデンティティの根拠だったのである」。

だが、実際にはそうした思想はそのアイデンティティを構成するいくつもの要素のうちの一つでしかなかったのだ。

十八世紀半ばまで、アメリカ人は人種、民族性、文化、そしてとりわけ宗教面から自分たちを定義していた。アメリカのアイデンティティに信条という要素が入ってきたのは、貿易、税金、軍事的安全保障、およびイギリス議会が植民地におよぼす権限の範囲をめぐってイギリスとの関係が悪化してからのことだ。これらの問題をめぐる争いが、植民地の問題を解決するにはおそらく独立しかないという考えに拍車をかけた。

しかし、アメリカの独立を正当化するには、のちの時代にほとんどの独立運動が利用した根拠では不都合だった。つまり、一つの民族を別の民族が支配することの不条理である。人種、民族性、文化、言語といった観点からすると、アメリカ人とイギリス人は一つの民族だった。そこで、アメリカの独立には別の理論的根拠が必要になった。政治的な思想による訴えである。これは二つの形態をとった。アメリカ人はまず、イギリス政府そのものが自由と法律および同意された政府というイングランドの概念から逸脱していると主張した。アメリカ人は、伝統的なイングランドの価値観を堕落させようとするイギリス政府から、その価値観を守っているというのである。

「それは抵抗運動だった」と、ベンジャミン・フランクリンは言った。「すべてのイングランド人が共有するイギリスの憲法を守ろうとする意思であり、イングランドの自由のための抵抗運動だった」

イギリスとの関係をめぐる議論が激化するにつれ、アメリカ人は自由と平等および個人の権利に関する、より普遍的な啓蒙主義による自明の真理を引き合いにだすようになった。これらの二つの主張を結びつけることによって、アメリカのアイデンティティの信条面による定義が生まれ、それは特に独立宣言というかたちで具体的にあらわされたが、一七七〇年代から八〇年代にかけてそれ以外に多くの文書、説教、小冊子、著作、および演説のなかでも表現された。

アメリカを信条のイデオロギーと結びつけたことにより、他国の民族や民族文化的なアイデンティティとは対照的に、アメリカ人には「市民的」なナショナル・アイデンティティがあるのだと主張できるようになった。アメリカ人は種族によって定義された社会よりも自由で、原則にもとづき、文明的なのだと言われる。信条による定義は、アメリカ人が自分たちの国を「例外的」だと考えるのを可能にした。他の国とは異なり、アイデンティティが属性ではなく原則によって定義されているからだ。それは同時に、アメリカの原則がすべての人間社会に適用できるがゆえに、アメリカは「普遍的」な国なのだという主張にもつながった。信条は「アメリカニズム」を社会主義や共産主義に匹敵する政治的イデオロギーとして、あるいは一連の教義として語れるものにした。同じような意味で、フレンチイズムやブリティッシズムやジャーマニズムが語られることはないだろう。

信条はまた、多くの外国の時事解説者が述べたように、アメリカニズムに宗教的な意味をもたせ、G・K・チェスタートンのたびたび引用される言葉にもあるとおり、アメリカを「教会の魂をもった国」に変えたのである。親英派を追放してその財産を没収したのに始まり、アメリカ人はアメリカの信仰に忠実でないと見なす人間にたいする迫害、排除、差別をためらうことなしにやってのけた。

アメリカ人は、これまでもつねに信条をもとに敵と味方を見分けてきた。一七四五年にジョージ王朝に訪れた危機は、家系と民族性および宗教といった伝統的な問題からスチュアート家の若僭王《じゃくせんおう》が蜂起したことだった。三〇年後、それとはまるで異なる難題をアメリカが突きつけ、近代政治にイデオロギーが導入されることになった。「一七七六年には、民族性でも言語でも宗教でもなく、イデオロギーがナショナル・アイデンティティの試金石になった」と、ドイツの歴史学者ユルゲン・ハイデキングは主張する。そして、「イギリスは敵だというアメリカのイメージが、近代史における最初のイデオロギー的な敵のイメージだった」

独立当初のほぼ一世紀を通じて、アメリカは共和国政府と近代の民主主義制度の多くが存在しつづける唯一の国だった。アメリカ人は、暴君、君主制、貴族、自由と人権の抑圧といったものこそ敵だと考えた。ジョージ三世は「専制君主制」を敷こうとしたために非難された。共和国が発足した最初の一〇年間、連邦主義者とジェファソン支持者は、フランス革命とナポレオン政権のほうが、イギリスの君主制よりもアメリカの自由にとって大きな脅威かどうかをめぐって議論を戦わせた。十九世紀になると、アメリカ人は中南米やハンガリーなど、君主支配からの解放を目指す他国の運動を積極的に支援した。

他国の政治制度がアメリカの制度とどこまで似ているかの判断しだいで、それらの国にたいするアメリカの政策は決まるのであり、戦争か平和かを決めるさいにもそれは影響した。ジョン・オーエンが示したように十九世紀のあいだにイギリス政府がより自由で民主主義的な方向に変わったことは、イギリスとの相違点を解決するのに役立った。一八九五年から九六年にベネズエラの境界線をめぐって争いが起こったころには、アメリカの指導者たちは英米の友好関係を保証するものとして、両国に共通する政治的伝統を引き合いにだしていた。

一八七三年にスペインとのあいだで大きな危機が生じたときは、戦争という選択肢はないと上院議員らは主張した。当時、スペインは共和制だったからだ。ところが、スペインが君主制に移行し、キューバで圧政を敷くようになると、一八九八年にアメリカが宣戦布告するのは当然だと考えられた。一八九一年にチリでアメリカの船員が攻撃される事件が起こったときは、あわや戦争に発展するところだったが、「アメリカのエリートの多くが、共和国同士で戦うことを嫌い」、最終的にチリはアメリカの要求をほとんどのむことになった。

二十世紀になると、アメリカ人は自分たちをドイツと日本の軍国主義、ナチズム、およびソ連の共産主義にたいして、民主主義と自由を守る世界的な闘士だと考えるようになった。

信条はこうして、アメリカ独立革命以降、アメリカのアイデンティティの一つの要素となってきた。しかし、ロジャーズ・スミスが言うように、アメリカのアイデンティティは信条によってのみ定義されるという主張は「せいぜい半ば真実であるにすぎない」。これまでの歴史を通じてほぼいつの時代も、アメリカ人は黒人を奴隷にし、のちには差別政策をとって処遇し、先住民を大虐殺して社会の片隅に追いやり、アジア人を排斥《はいせき》し、カトリック教徒を差別し、ヨーロッパ北西部以外からの移民に反対してきた。

初期のアメリカ共和国は、マイケル・リンドが言うように、「イギリス系アメリカ人の抱懐するプロテスタントのナショナリズムにもとづく国民国家であり、それは政治的であるのと同じくらい人種および宗教によってまとめられた国でもあった」。したがって、アメリカのアイデンティティにはいくつかの要素があったのだ。もっとも、歴史的にはそのなかに領土は含まれていなかった。

「土地への愛着心がない」

世界各国の人びとにとって、ナショナル・アイデンティティはしばしば特定の土地と結びついている。歴史的または文化的に重要な場所と関連するもの（パリ盆地中央部のイール・ド・フランス、コソボ、パレスチナの聖地《ホーリーランド》）、都市（アテネ、ローマ、モスクワ）、島国であること（イギリス、日本）、もともとそこに住んでいたと人びとが主張する場所（大地《ブー》の息子たち《ミプトラ》〔華僑でないマレー人の意〕）、あるいは太古から祖先が住んでいたと考えられる土地（ドイツ、スペイン）などである。これらの国の人びとは、「父祖の地」や「母国」や「神聖な土地」について語り、それらを失うことは民族としてのアイデンティティがなくなるのに等しい。

イスラエル人とパレスチナ人の場合も、その他の民族と同様、ハーバート・ケルマンが指摘したように、「集団のアイデンティティにたいする脅威は……領土と資源をめぐる戦いと切り離すことはできない。どちらの民族も民族運動も同じ領土を自分たちのものだと主張し……ナショナル・アイデンティティを政治的に表明するための独立国家の基礎として考えている」

人は自分が生まれ育ってきた土地に強い帰属意識をもち、それが「小隊」現象のように、ひいては国全体への帰属意識を高めるのである。人はまた特定の場所を、歴史的、文化的、象徴的な国の中心として見るかもしれない。より広い意味では、自分たちが住む土地全般の地理的および物理的な特徴に親近感を抱くこともあるだろう。

領土に関するアイデンティティのあらわれであるこれら三つの形態は、アメリカではいずれも希薄であるか、欠如している。一般に個々のアメリカ人は初めから、特定の土地への強い愛着心をもつことがなかった。このことはアメリカ人がつねに地理的に大きく移動しつづけてきた事実に反映されている。これはアメリカの歴史を通じて、国の内外の識者が指摘してきた現象である。一七七〇年代にダンモア卿が述べたところによれば、アメリカ人は「土地への愛着心がない。だが、放浪は彼らの気質のなかに染みこんでいるようだ」

歴史家のゴードン・S・ウッドは言う。「アメリカ人は古くは一八〇〇年ごろから、生涯に四度か五度は引越しすることで知られていた。われわれの文化ほど移動を重ねるものは他に例を見ない」

二十世紀末には、アメリカ人の一六パーセントから一七パーセント近くが、毎年のように転居をくりかえしていた。一九九九年三月から二〇〇〇年三月のあいだに、四三〇〇万のアメリカ人が住居を移転した。「アメリカ人はいつも引越ししつづけている」と、スティーブン・ビンセント・ベネは言った。その結果、地理上の特定の場所に個人的に強い帰属意識をもつアメリカ人はほとんどいない。

また、アメリカ人は、自分たちを、誰もが共感するかけがえのない場所をもつ国民だと考えたこともない。もちろん、アメリカ史のなかで特別な意味をもつ場所もいくつかある。困難を克服したことを意味するもの（プリマス・ロック、フォージ渓谷）、重大な戦い（レキシントンとコンコード、ヨークタウン、ゲティスバーグ）、独立国家への大きなステップ（自由の鐘と独立記念館）、あるいは国民的気質の中心（自由の女神）といったものと結びついている場所などである。これらをはじめとする場所はアメリカ人の共感を呼ぶが、いずれもそのアイデンティティにとって欠かせないものではない。どれか一つが消えたら、アメリカ人はその損失を嘆くだろうが、それでも国民性が危機にさらされたとは思わないだろう。

ワシントンDCを国民のアイデンティティの中心にあげるアメリカ人は、ほとんどいないにちがいない。この都市に国定記念物はあるけれども、そこは中央政府の所在する場所でもあり、多くのアメリカ人は住々にして中央政府をさほど熱心に支持しないからだ。ほとんどのアメリカ人は、アメリカの二大都市であるニューヨーク（少なくとも攻撃される前の）とロサンゼルスのいずれについても、アメリカ精神を体現するものとは考えないだろう。

アメリカ人はまた、自分たちが住む領土全体にたいしても、他の国民ほど強い帰属意識をもっていない。確かに住んでいる土地の広さと美しさを称えてはきたが、それは通常、抽象的な意味での土地だった。アメリカ人は「ああ、美しきかな、広々とした空」とか「われわれのものである土地は広大だ」とか「この土地はあなたと私のもの」と歌うかもしれないが、彼らが称えているのは抽象概念であり、特定の土地ではないのだ。

これらの例が示すように、土地との紐帯《ちゆうたい》はしばしばそこに属するか所有するという観点から語られ、アイデンティティの面からではない。アメリカ人は入植者であり、移民であり、その子孫であった。彼らの祖先はみなつまるところ他の土地からやってきたのであり、したがってどれほどの愛国心をもっていても、彼らはアメリカを父祖の地とか母国とは呼ばなかったのだ。9・11のあと、政府が「国土《ホームランド》の安全保障」に専念したことは、一部のアメリカ人のあいだに不安感をかきたて、「ホームランド（祖国）」という概念はある意味で非アメリカ的だという声さえ上がった。

こうした態度は、アメリカ人が自分たちの国を場所として見ているのではなく、いかに政治的な思想と制度としてとらえているかを反映している。一八四九年にヨーロッパからの訪問者アレグザンダー・マッキーは、次のように述べた。アメリカ人は「土地にたいしてほとんど、もしくはまったく愛着がなく、そこがヨーロッパ人とは異なる。彼らの感情は単なる国よりも、その制度に向けられている。自身については、特定の土地に住みついている人間というよりも、共和制支持者という見地から見ている……したがって、アメリカ人は誰もがその人なりに、特定の政治的信条の使徒となる」

その一〇〇年後にこの国のどういう点を最も誇りに思うかと聞かれたとき、自分たちの国の物理的な特徴をあげたアメリカ人はわずか五パーセントにすぎず、それにたいしてイギリス人は一〇パーセント、ドイツ人は一七パーセント、メキシコ人は二二パーセント、そしてイタリア人は二五パーセントがそのような回答をした。一方、アメリカ人の八五パーセントは「政府と政治制度」を自国で最も誇りに思う面としてあげているのにたいし、イギリス人では四六パーセント、メキシコ人は三〇パーセント、ドイツ人は七パーセント、イタリア人は三パーセントがそう答えたにすぎない。アメリカ人にとって、イデオロギーは領土に勝るのである。

アメリカ人のナショナル・アイデンティティの一部として、国の領土の占める割合が低いことには二つの原因がある。第一に、土地が豊富で安かったことだ。土地はほとんどただ同然で手に入れられたし、定住して開発し、利用して放棄することの可能なものだった。労働や資本よりもはるかに手に入りやすい資源となれば、大切にすべきものではなく、神聖な意味をもたせて保護し、人びとの記憶のなかに温存すべきものでもなかった。第二に、アメリカの国土がつねに変化していたことだ。アメリカはその歴史を通じて拡大しつづけていたので、ある時点で国境内に含まれるとされた土地に何らかの特別な神聖さを認めることは不可能だった。国旗にある星の数はつねに増えつづけ、配列しなおされた。そして、二十一世紀の始まりに当たって、一部のアメリカ人はプエルトリコのために五一番目の星を加えるべきだと主張していた。

同じように、フロンティアは二五〇年以上にわたってアメリカのアイデンティティの中心的要素だったが、そのフロンティアもつねに移動していた。どこか一つの場所が永久にフロンティアとして特定されたわけではない。フロンティアは一つの段階であり、そのなかでアメリカの共同体は発展していったのである。国民意識のなかにあるフロンティアの神話は、移住しつづけたいという欲望をかきたてた。最も手に入れたい土地や機会は、人びとがいまいるところにあるのではなく、西方の「処女地」にあったのだ。

フレデリック・ジャクソン・ターナーがフロンティアの研究で最初に手がけたのは、十七世紀のボストン郊外について調べることだった。「最も古い西部は、大西洋岸だった」と、彼は言った。ダンモア卿によれば、「いつまでもさらに遠くの土地に思いをはせ、すでに定住した土地よりもっとよい土地があると考えてしまう」のは、アメリカ人の「弱点」なのである。こうして、フロンティアは西部の奥へ奥へと後退しつづけたが、そのあとに残されたのは、領土にたいする執着や忠誠あるいは思い入れをもたない「移動しつづけるアメリカ人」という遺産だった。

人種と民族性《エスニシティ》

それとは反対に、アメリカ人は人種と民族性については激しい感情をもちつづけた。アメリカはほぼその歴史を通じて、アーサー・シュレジンジャー・ジュニアが言うように、「人種主義者の国だった」。歴史的には、白人のアメリカ人は自分たちをアメリカ先住民（インディアン）、黒人、アジア人、メキシコ人とは明確に分けへだて、アメリカの社会から彼らを排除してきた。アメリカ人とこれらの他の人種とのかかわりは、アメリカ史の初期に起こったある決定的な出来事に象徴されている。

一六二〇年にプリマスに、一六三〇年にはマサチューセッツ湾に定住したあとの数十年間は、植民地と先住民の関係はおおむね協力的なものだった。十七世紀の半ばには、「相互繁栄の『黄金時代』」が先住民の諸部族とニューイングランドに定住したイングランド人のあいだに認められた。双方の集団はたがいに交流し、さかんに交易してともに利益を得た。ところが、一六六〇年代になると交易関係が悪化した。入植者側がさらに多くの土地を要求すると、共存がいずれ支配に変わるのではないかと先住民側が心配するようになり、やがて一六七五年から七六年のフィリップ王戦争へと発展した。

これはアメリカ史のなかで、比率のうえで言えば最も凄惨な戦争だった。植民地開拓者の死亡率は南北戦争におけるアメリカ人の死亡率のおよそ二倍であり、第二次世界大戦のときの七倍だった。先住民側はニューイングランドにある九〇の入植地のうち五二ヵ所を襲撃し、そのうち二五の町で略奪行為をはたらき、一七の町を徹底的に破壊した。入植者は海岸地帯に押し戻され、経済は荒廃し、その影響は何十年ものあいだつづいた。しかし、最終的に先住民の諸部族は滅ぼされ、族長は殺され、多数の男女および子供が奴隷として西インド諸島へ送られた。戦争の結果、ジル・ラポアによれば、清教徒は先住民と自分たちのあいだで「心のなかの領土に明確な新しい境界線」を引いた。「イングランドの植民地開拓者はアメリカ人になった」のである。

インクリース・マザーは、神が入植者たちに戦争を課したのだと述べた。「この地のキリスト教徒があまりにも先住民に似てきた」からだ。そして、今後とるべき政策としては、先住民を追放するか絶滅させるしかない、と入植者は結論した。アメリカで多文化主義が芽生える可能性はなくなり、その後三〇〇年にわたってそれが復活することはなかった。

フィリップ王戦争は、リチャード・スロトキンが言ったように、「さまざまな意味で、その後に起こったすべての戦争の原型」だった。その戦争から二世紀以上が経過しても、アメリカ人は先住民に敵対するかたちで自らを定義しており、先住民は野蛮で、遅れていて、未開の人間だと考えられていた。入植者と先住民の関係は、断続的とはいえ争いの絶えないものとなり、憲法が採択されてから五〇年たっても、陸軍省が先住民との関係を管理しつづけていた。先住民とアメリカ人のかかわりは、流血と強制、強奪、そして腐敗に満ちたものだった。

一八三〇年代に、アンドリュー・ジャクソン大統領はインディアン移住法を通過させるよう議会に働きかけ、南部六州にいる主な部族を強制的にミシシッピ川以西へ移動させた。それによって、一八三五年から四三年の第二次セミノール戦争が起こった。こうした強制移動は、今日ならエスニック・クレンジング（民族浄化）と呼ばれるだろう。トクビルはこうした強制移動に仰天して、こう述べた。「このような強制移住にともなう恐るべき苦痛は想像もつかない。移住させられるのは、すでに疲弊《ひへい》し弱体化した民族なのだ。そして、これらの新来者がおもむこうとする先は、他の部族の住んでいる土地であり、そこへ行けば妬みと敵意で迎えられる。背後からは飢えがせまり、行く手には戦争が待ち受け、窮状は四方から押し寄せるのだ」

先住民の移動に関連して、連邦最高裁判所はジョン・マーシャル長官の意見により次のような判断を下した。先住民の諸部族は「国内の属国」であり、個々の先住民は部族に忠誠をつくしているので、部族と明確に決別してアメリカ社会に溶けこまないかぎり、アメリカの市民権は得られない、と。

先住民は追放されるか絶滅させられたが、黒人は一八〇八年まで輸入され、奴隷として働かされ、抑圧された。建国の父たちは、共和国政府を存続させるには人種と宗教および民族の均質性を比較的高いレベルで保つ必要があると考えた。一七九〇年に定められた最初の帰化法は、市民権を「自由な白人」にのみ認めていた。当時、黒人は全人口の二〇パーセントを占めており、その大半が奴隷だった。

だが、彼らはアメリカ人から社会の一員とは見なされなかった。初代司法長官のエドマンド・ランドルフが述べたように、奴隷は「われわれの社会を構成する成員」ではないのである。自由な黒人も同じ目で見られ、ほぼ例外なく選挙権が与えられなかった。トマス・ジェファソンは、その他の建国の父たちと同じく、白人と黒人が「同等に自由になれば、同じ政府のもとで暮らすことはできない」と考えていた。

ジェファソン、ジェームズ・マディソン、ヘンリー・クレイ、ジョン・ランドルフ、エイブラハム・リンカンをはじめとする主要な政治家はみなアメリカ植民協会の活動を支持し、自由な黒人をアフリカへ移住させる運動を促進した。これによって一八二一年にリベリアが誕生し、やがて一万一〇〇〇から一万五〇〇〇人の自由な黒人がこの国へ移送された（彼らがどの程度、自発的にリベリアへ行ったのかは疑わしいようだ）。一八六二年にリンカン大統領はホワイトハウスを訪れた最初の自由な黒人グループに、アフリカへ移住すべきだと語った。

ドレッド・スコット事件（一八五七年）でロジャー・B・トーニー最高裁長官が法廷で述べたのは、憲法では奴隷だけでなくすべての黒人が「下位の劣った階級に属する存在」で、市民としての「権利と自由」をもつ資格はないと見なされているという意見であり、したがって「アメリカ合衆国の国民」の一部ではないというものだった。この判決は一八六八年に憲法修正第一四条によってくつがえされた。アメリカ合衆国で生まれ、この国の人間となった人はすべてアメリカ合衆国の国民であることが宣言された修正条項である。

しかし、黒人は相変わらず極端に分離および差別されたままであり、その後一世紀にわたって投票権も与えられなかった。黒人の平等と政治への参加をはばむ主な障害がなくなりはじめたのは、一九五四年にブラウン対教育委員会事件が起こり、一九六四年および一九六五年に公民権法と投票権法が成立してからである。

十九世紀の初めに、人種の概念はヨーロッパとアメリカの双方で科学者や知識人だけでなく、一般人のあいだでも重要性を高めていた。この世紀の半ばごろには、「人種の遺伝的な不平等は、アメリカでは科学的な事実として完全に受け入れられていた」のである。アメリカ人はまた、人種間の質の違いは環境によって決まるのではなく、生来のものだと信じるようになった。

人類は四つの主要な人種に分けられており、質的に上等なほうから、コーカソイド、モンゴロイド、アメリカ先住民、アフリカ人の順だと広く信じられていた。コーカソイドをさらに分化すると、その頂点にゲルマン民族に属するアングロサクソンの子孫が位置した。このナショナル・アイデンティティの人種的概念は、十九世紀における領土拡大の議論のなかで双方の立場から引き合いにだされた。一方では「イギリス系アメリカ人種」の優越性ゆえに、そのメンバーがメキシコ人や先住民などを征服し支配することが正当化された。他方、イギリス系アメリカ人の人種的な純潔を保つべきだという面も、メキシコやドミニカ共和国、キューバおよびフィリピンの併合に反対する人びとにとっては重要な論点だった。

南北戦争後に鉄道が建設されたことから、中国人労働者が大量に移民してきた。これにともなって、大勢の中国人娼婦もやってきたとされ、一八七五年にアメリカは娼婦と犯罪者の移民を禁ずるために「移民を直接制限する初めての法律を成立させた」。一八八二年には、カリフォルニアなど各地の世論の圧力で中国人排斥法が成立し、中国からのすべての移民が一〇年間禁じられ、やがてその停止が恒久化した。一八八九年に、最高裁は中国人排斥法の合憲性を支持し、その根拠としてスティーブン・J・フィールド判事は、中国人は異なる人種で「同化するのは不可能」だと思われることをあげ、また彼らは「国内におけるよそ者でありつづけ自分たちだけで離れて住み、祖国の習慣やならわしに固執している」とした。歯止めをかけなければ、この「東洋からの侵略」は「われわれの文明にたいする脅威」になるというのだ。

二十世紀初頭には、日本人の移民もやはり問題になり、一九〇八年にセオドア・ローズベルト大統領は日本に紳士協約をもちかけ、それにもとづき日本はそうした移民を控えることを約束した。一九一七年に、議会はアジアの他の地域からの移民も事実上禁じる法律を承認した。アジア人の移民にたいするこうした障壁は、一九五二年まで撤廃されなかった。実際には、アメリカは二十世紀半ばまで白人社会だったのである。

民族性《エスニシティ》は宗教や人種よりも限定された分野だった。それでも歴史上、アメリカのアイデンティティを定義づけるうえで、民族性もやはり中心的な役割を担っていた。十九世紀末まで、移民の大多数はヨーロッパ北部からやってきた。初期のイギリス系入植者のあいだには、ドイツ系アメリカ人にたいする反感があった。それは主にドイツ系の人びとが教会や学校、およびその他の公共機関や行事などで母語を使いつづけようとしたことに向けられたものだった。一方、アイルランド人にたいする反感は、民族性よりも主として宗教上および政治上の理由からだった。

民族性の問題が前面にでてくるのは、一八八〇年代に始まった南欧および東欧からの移民の大幅な増加にともなってであり、その数は一九〇〇年に爆発的に増え、その後も一九一四年まで増えつづけた。一八六〇年から一九二四年には、フィリップ・グリーソンによると、「民族性がナショナル・アイデンティティの要素として、それ以前または以後のいつの時代よりも顕著になった」

一八四〇年代と五〇年代のように、移民の劇的な増加は移民に反対する知的および政治的な運動の引き金となった。移民に反対する人は、人種と民族のあいだに明確な線引きをせず、南欧と東欧の移民に反対する主張の多くは、彼らが劣等人種に属するからだというものだった。一八九四年に創設された移民制限連盟は、問題を次のように定義した。アメリカには「歴史的に自由で、活動的かつ進歩的なイギリスとドイツおよびスカンディナビアの人種が住むべきか、それとも歴史的に虐げられ、進歩が見られず、停滞したスラブとラテンおよびアジアの人種が住むべきなのか」、と。

連盟はアメリカへの入国許可に読み書き能力検査を取り入れるべきだと主張し、やがて議会は一九一七年に、ウィルソン大統領が拒否権を行使したにもかかわらず、それを通過させた。移民の制限は、エドワード・ロス、マディソン・グラント、ジョサイア・ストロング、およびロスロップ・ストッダードといった著述家や社会科学者が書きあらわした「アングロサクソン優越説」のイデオロギーによって、さらに拍車がかかった。

一九二一年に議会は移民を極度に制限した一時的な措置を承認し、一九二四年には移民の上限を年間一五万人とする恒久的な措置をとり、それを一九二〇年にアメリカ人を構成していた人びとの民族的出自別に割り当てた。その結果、八二パーセントの枠が北欧および西欧諸国に当てられ、一六パーセントが南欧および東欧となった。この措置は移民の民族的背景に大きな変化をもたらした。一九〇七年から一四年のあいだの年平均の移民の数は、北欧および西欧からが一七万六九八三人、南欧と東欧からが六八万五五三一人だった。この法令のもとでは、前者からは年間で一二万五二六六人の移民が認められ、後者からは二万三二三五人だった。この制度は基本的に、一九六五年まで撤廃されなかった。

東欧と南欧からの大規模な移民を事実上締めだしたことによって、逆説的ながら、アメリカのアイデンティティを決定する要素から民族性はほぼ除外されることになった。第二次世界大戦で戦ったアメリカ軍は、一九一四年以前に移民した人びとの子供で占められていた。戦争を遂行するためには、アメリカを現状に即したかたちで、実際に多民族から構成された社会として描かざるをえなかった。フィリップ・グリーソンは次のように指摘する。「典型的な戦争映画には、イタリア人、ユダヤ人、アイルランド人、ポーランド人、さらに極西部地方やテネシーの奥地出身の『古いアメリカ人』のタイプを寄せ集めた集団が登場し、この題材はハリウッドだけにとどまらなかった」

さまざまな民族出身の男たちの名前を書き連ねたポスターが貼られ、キャプションには「われわれがともに暮らせるように、彼らはともに死んだ」と書かれた。多民族社会としてのアメリカのアイデンティティが登場したのは、第二次世界大戦からであり、ある意味でそれはこの戦争が生みだしたものだった。

一八三〇年代に、トクビルはアメリカ人を「アングロ－アメリカン」と呼んだ。一〇〇年後、もはやそう呼ぶことは不可能になった。アングロ－アメリカン、つまりイギリス系アメリカ人はまだ支配的な集団であり、おそらくはアメリカ社会で最大のグループだったかもしれないが、民族的にはアメリカはもうイギリス系アメリカ人の社会ではなかった。イギリス系アメリカ人のほかに、アイルランド系、イタリア系、ポーランド系、ドイツ系、ユダヤ系、およびその他の国からきたアメリカ人が加わっていたのだ。こうした地位の変化は、用語の変化にあらわれていた。

唯一のアメリカ人でなくなったアングロ－アメリカンは、今日のＷＡＳＰであり、彼らはアメリカ人を構成する多数の民族のうちの一集団でしかない。しかし、アメリカの人口に占めるイギリス系アメリカ人の割合は減少したものの、入植者だった祖先のアングロ－プロテスタントの文化は、アメリカのアイデンティティを決定づける優先的要素として三〇〇年にわたって生き残ったのである。

＊１　数例をあげると、エベニーザ・ハンチントンとエリザベス・ストロングは一八〇

六年に結婚し、一〇人の子供をもうけた。そのうち九人がのちに子供をもち、エベニーザとエリザベスには孫が合計七四人できた。同じ世代のハリー・ハンチントンは、二人の妻とのあいだに一六人の子供をもうけ、その兄弟のジェームズは一人の妻とのあいだに一七人の子供がいた!(『ハンチントン家協会ニューズレター』一九九九年五月)

第4章　アングロ－プロテスタントの文化

文化の中核

たいていの国には中核あるいは主流となる文化があり、それは社会のほとんどの人によって多かれ少なかれ共有されている。この国民的な文化のほかに、通常はそれに付随する文化が存在する。それらは、人びとが何らかの共通点を感じる宗教、人種、民族性、地方、階級など、カテゴリーごとのサブナショナルなグループ、場合によってはトランスナショナルなグループと関連している。アメリカにはサブカルチャー（下位文化）がつねに多く存在してきた。この国には主流であるアングロ－プロテスタントの文化もあり、大半の人は自分たちのサブカルチャーが何であれ、この主流の文化も共有してきた。ほぼ四世紀にわたって、この国を建設した入植者たちの文化は、アメリカのアイデンティティのなかの中心かつ不変の要素でありつづけた。こう質問してみればそれがわかるだろう。

十七世紀と十八世紀にアメリカに入植したのがイギリスのプロテスタントではなく、フランス、スペインまたはポルトガルのカトリック教徒だったら、今日のアメリカがあっただろうか?

答えは、ノーである。

それはアメリカではなく、ケベックやメキシコやブラジルになったであろう。アメリカのアングロ－プロテスタントの文化は、イングランドから受け継いだ政治と社会の制度および慣例——その最たる例が英語——と、非国教派プロテスタンティズムの概念と価値観を結びつけたものだった。入植者がたずさえてきたこのプロテスタンティズムは、イングランドでは力を失ったが、新大陸で活気を取り戻した。入植者の文化は、イギリスの一般的な文化的要素と、イギリス社会の一部である入植者たちの出身地に特有の要素を含んでいた。

当初、オールデン・T・V・ボーンが言ったように、「ほぼすべてが根本的にイングランドのものだった。土地の所有形態と耕作方法、政府の制度、法律と法的手続きの基本形態、娯楽と余暇の好みなど、植民地生活の多くの側面がイングランドのものだった」

アーサー・シュレジンジャー・ジュニアも同意見である。「新しい国の言葉も、その法律や制度も、政治思想、文学、習慣、教訓、祈りの文句も、主としてイギリスのものだった」

適応し、修正されながら、こうしたオリジナルの文化は三〇〇年にわたって存続してきた。一七八九年にジョン・ジェイがアメリカ人に共通する六つの中心的な要素を認めてから二〇〇年のちに、そのうちの一つである共通の祖先という要素はもはや存在しなくなった。残りの五つ——言語、宗教、政府の原則、マナーと習慣、戦争経験——のうちいくつかは修正されたり、希薄化したりした（たとえば「同じ宗教」と言っても、ジェイは間違いなくプロテスタンティズムを意味していたが、二〇〇年後にはキリスト教と言い換える必要がある）。それでも根本のところで、ジェイの言うアメリカのアイデンティティの要素は、挑戦を受けてもなお、二十世紀のアメリカ文化の特徴をなしていた。プロテスタンティズムは依然として最も重要なものでありつづけたのである。

言語に関して言えば、十八世紀にドイツ人入植者がペンシルベニアでドイツ語を英語と同等の地位に引き上げようとしたところ、ベンジャミン・フランクリンをはじめとする人びとの怒りをまねき、その試みは不首尾に終わった。十九世紀のドイツ移民がウィスコンシンにドイツ語圏を維持し、学校でドイツ語を使おうとした試みもやはり失敗した。一八八九年にウィスコンシン州議会が教育には英語を使用することを定め、同化の圧力をかけたためだ。マイアミと南西部にスペイン語を話す移民が大量に集中するまでは、少なくともアメリカは二億以上の人口をかかえながら、ほぼすべての国民が同じ言語を話すという巨大国にしては珍しい存在だった。

十七世紀から十八世紀にかけて入植者がつくりだした政治と法律の制度は、主に十六世紀末から十七世紀初頭の「チューダー政体」の制度と慣例を再現したものだった。これに含まれていたのは、基本法が政府に優先しその権限を制限すること、行政と立法と司法の機能を融合し、それぞれの機関と政府のあいだでは三権分立すること、立法府と最高行政官の相対的な力関係、最高行政官の「威厳」と「実力」を合体させること、二院制の立法府、地元の選挙民にたいして議員が責任を負うこと、立法府の委員会制度、防衛は主に常備軍ではなく国民軍に依存することなどである。こうしたチューダー式の統治形態はイギリスではのちに根本的に変更されたが、アメリカでは二十世紀になってもその中心的な要素は存続していた。③

十九世紀から二十世紀末にいたるまで、移民はさまざまなかたちでアングロ－プロテスタントの文化の中心的要素を支持することを強制され、甘言をもって誘惑され、説得された。二十世紀の文化的多元論者と多文化主義者および民族的、人種的マイノリティの代弁者は、こうした試みがいかに成功してきたかを立証する。南欧と東欧からの移民は、アングロ－アメリカ的な文化に適応して「アメリカ人」になるよう圧力をかけられた、とマイケル・ノバクは一九七七年に不満を語っている。アメリカ化とは「大規模な精神的抑圧の過程だったのだ」

同じように、一九九五年にウィル・キムリッカは、一九六〇年代になるまで移民は「固有の伝統を捨てて、既存の文化的規範に完全に同化することを求められた」と述べ、それを彼は「アングロ順応モデル」と名づけた。同化できないと思われれば中国人のように排斥された。

一九六七年に、ハロルド・クルーズはこう言明した。「アメリカは、それが誰であり、何であるかについて、自分に嘘をついている国である。この国は一つのマイノリティによって支配された多くのマイノリティからなる国であるのに、あたかもアングロサクソン系白人新教徒の国であるかのように考え、行動している」

こうした批判は正しい。アメリカの歴史を通じて、アングロサクソン系白人新教徒でない人も、アングロ－プロテスタントの文化と政治的価値観を受け入れてアメリカ人になってきた。これは、彼らにとっても国にとっても都合がよかった。アメリカのナショナル・アイデンティティと国としての統一性は、ベンジャミン・C・シュウォーツが言ったように、「イギリス系のエリートがこの国にやってくる他の人びとに、自らのイメージを刻印する能力と意欲から」生じているのだ。

「そのエリートの宗教的および政治的原則、習慣と社会的な関係、趣味と道徳の基準が、三〇〇年にわたってアメリカのものとされてきたのである。そして、われわれがいかに『多様性』を称えようと、いまもなお基本的にそれは変わらない。この国が民族分離主義とナショナリストの紛争から免れている（そうした紛争は、この国の神話によってアメリカ人が信じこまされているよりもかなり少ないが）としたら、それは一つの文化および民族の優位のおかげであり、それがナショナル・アイデンティティに関する争いや混乱を許容しないからである」

何百万もの移民とその子孫がアメリカの社会で富と権力と地位を得たのは、彼らがアメリカで支配的な文化に同化したからにほかならない。となれば、アメリカ人は白人のWASP的な民族アイデンティティを選ぶか、さもなければ何らかの政治的原則による抽象的かつ表面的な市民的アイデンティティを選ぶしかないという主張は妥当ではない。アメリカ人のアイデンティティの中核にあるのは入植者がつくりだした文化であり、それは何世代もの移民によって吸収され、アメリカの信条を生みだしたものなのである。その文化の中心はプロテスタンティズムだった。

「国教反対派のなかの反対派」

アメリカはプロテスタントの社会として築かれ、二〇〇年以上にわたってアメリカ人はほぼすべてがプロテスタントだった。カトリック教徒の移民がまずドイツとアイルランドから、つづいてイタリアとポーランドから大挙してやってくると、プロテスタントの比率はかなり着実に減った。二〇〇〇年にはアメリカ人の約六〇パーセントがプロテスタントだった。しかし、プロテスタントの信仰と価値観および前提は、英語という言語とともにアメリカの入植者の文化における中核的な要素となってきた。そして、その文化はプロテスタントの比率が下がっても、アメリカ人の生活、社会、そして思想に広く行きわたり、影響をおよぼしつづけた。

プロテスタントの価値観はアメリカ文化の中心を占めているので、カトリシズムをはじめとするアメリカの他の宗教にも深く影響してきた。その価値観が、公私にわたる道徳、経済活動、政府および公共政策にたいするアメリカ人の態度を定めている。なかでも重要なのは、その価値観がアメリカの信条を生みだすもとになったことだ。表向きは宗教とは無縁のこの政治原則は、アメリカ的とされるものを決定づける重要な要素として、アングロ－プロテスタント文化を補完しているのである。

十七世紀初め、エイドリアン・ヘースティングズが言うように、キリスト教は「国を形成し、ナショナリズムすら生みだすもの」であり、各国はそれぞれプロテスタントの国なのかカトリックの国なのかを明確に表明していた。ヨーロッパでは、既存の社会がプロテスタントの宗教改革を受け入れ、あるいは拒絶した。アメリカでは、宗教改革が新しい社会をつくりだした。世界の国々では珍しいことだが、アメリカはその宗教改革の申し子なのである。宗教改革がなければ、われわれの知るアメリカは存在しなかっただろう。

アメリカの起源は、「イングランドの清教徒革命に見出せる。実は、その革命こそがアメリカの政治史のなかで国を形成することになった唯一かつ最も重要な出来事なのである」。アメリカでは、十九世紀にヨーロッパから訪米したフィリップ・シャフが述べたように、「すべてがプロテスタントに端を発していた」

アメリカはプロテスタントの国として築かれたのであり、それは二十世紀にパキスタンとイスラエルが、それぞれイスラム教徒とユダヤ教徒の社会としてつくられたのと同じような理由によることだった。

このプロテスタントとしての起源こそ、アメリカを世界のなかで特異な存在にしているものだ。二十世紀になっても、他のプロテスタントの国民には見られないかたちで、アメリカのアイデンティティに宗教が中心的な役割を果たしている理由も、その起源を考えれば説明がつく（第5章参照）。ほぼ十九世紀を通じて、アメリカ人は自分たちの国をプロテスタントの国として考え、アメリカは諸外国からプロテスタントの国として見られてきた。アメリカは教科書でも地図でも文学でもプロテスタントとして分類された。

アメリカは、よく引用されるトクビルの言葉にあるように、「平等に生まれたため、平等になる必要がなかった」。だが、より重要なのは、アメリカがプロテスタントの国として生まれ、プロテスタントの国になる必要がなかったことである。したがってアメリカは、ルイス・ハーツが言ったように、ヨーロッパの「リベラル」や「ロック哲学」や「啓蒙思想」の一部として築かれたわけではない。

この国はプロテスタント的な細部の寄せ集めとして築かれ、そのプロセスは、一六三二年にジョン・ロックが誕生したときにはすでに進行していた。その後に登場した中産階級のリベラルな気風は、ヨーロッパからもちこまれたものというよりも、むしろ北米に築かれたプロテスタント社会が生みだした自然の産物だった。アメリカの「リベラル・コンセンサス」や信条をロック哲学と啓蒙思想のみと結びつけようとする学者は、アメリカの価値観の宗教的な起源に、非宗教的な解釈をほどこしているのである。

アメリカへの入植は、当然のことながら宗教的な動機だけでなく、経済的なものを含むその他の動機の結果でもあった。それでも、宗教はその中心にあった。ニューヨークと南北カロライナではさほど重要でなかったとはいえ、それ以外の植民地では宗教が創設の支配的な動機となっていた。バージニアには「宗教的な起源」があった。ペンシルベニアにはクエーカー教徒とメソジスト教徒が入植した。カトリック教徒はメリーランドに足がかりを築いた。

宗教色が最も強かったのは明らかに清教徒のあいだであり、特にマサチューセッツではそれがいちじるしかった。自分たちの植民地は「山の上の町」をつくるための「神との契約」にもとづいており、全世界の模範であると、清教徒たちは率先して定義した。その他のプロテスタントの宗派も、まもなく自分たちとアメリカを同じような目で見るようになった。

十七世紀および十八世紀のアメリカ人は、新世界における彼らの使命を聖書の言葉で定義していた。彼らは「選ばれた民」であり、「荒野への使命」をおび、明らかに「約束の地」である場所で「新しいイスラエル」あるいは「新しいエルサレム」をつくっていたのである。アメリカは「正義の住む新しい天と地」のある場所、つまり神の国だったのである。アメリカの入植地には、サクバン・バーコビッチが言ったように、「信仰を探求する感情、精神、知性を惹きつけるあらゆる魅力」が備わっていた。神聖な使命というこの感覚は、アメリカを「救済の国」および「夢の共和国」として考える千年至福説の主題へとすぐに拡大していった。

アメリカのプロテスタンティズムは、ヨーロッパのプロテスタンティズムとは異なる。とりわけ英国国教会やルーテル教会のように、国教会が関係する宗派とは性格を異にする。エドマンド・バークはこの違いを指摘し、イギリス人が政治と宗教の権威にいだく恐怖、畏怖、義務感、畏敬といったものと、アメリカ人のあいだの「熱烈な自由の精神」とを比較した。この精神は、明らかにアメリカ流のプロテスタンティズムに根ざしたものだ、とバークは述べた。アメリカ人は「プロテスタントであり、それはどんなかたちであれ精神と意思を追従させるのを最も嫌う種類の信仰だった。プロテスタンティズムはみな、最も冷静で消極的なものでも、異議を唱えるものだ。だが、アメリカ北部の植民地で最も有力な宗派はなかでも抵抗の思想をきわめている。それは、国教反対派のなかの反対派であり、プロテスタント諸派のなかのプロテスタンティズムなのである」

異議を申し立てるこの姿勢は、ピルグリム・ファーザーズの入植地とニューイングランドの清教徒のあいだで最初から明らかに見られた。清教徒のメッセージ、生き方、および前提は、その教義は別としても植民地のいたるところに広まり、他のプロテスタント宗派の信条と見解のなかに吸収されていった。

ある意味では、トクビルが言うように、「アメリカの運命全体」が清教徒によってかたちづくられていたのだ。ニューイングランドの「宗教的熱意と宗教意識」は「国民全体に大いに広まっている」と、ジェームズ・ブライスも同意する。清教徒の伝統は認められ、修正され、普及して、アメリカの真髄となった。「イングランドでは清教徒の社会を築くことなく清教徒革命が起こった」が、「アメリカは清教徒革命に遭遇せずに清教徒の社会を築いた」のである。

アメリカの植民地のあいだで清教徒の思想と生き方が浸透したのは、一部にはイーストアングリアからの入植者にきわだった特徴があったためだった。デイビッド・ハケット・フィッシャーの言うイングランドからの他の三つの波に乗った入植者たちとは異なり、イーストアングリアからきた人びとは、農民よりも都市部の職人が圧倒的に多く、そのほとんどが家族単位でやってきた。ほぼ全員、読み書きができた。ケンブリッジで学んだ人も大勢いた。彼らはまた宗教心が篤く、神の言葉を広めることに熱意を燃やしていた。彼らの思想と価値観および文化は新しい土地一帯に広まり、とりわけ中西部の「グレーター・ニューイングランド」に普及し、新しい国の生活様式と政治の発展に決定的な影響をおよぼした。

　アメリカのプロテスタンティズムの反骨精神は、初めに清教徒と会衆派で明示され、その後の世紀のあいだにバプティスト、メソジスト、敬虔派、根本主義、福音派、ペンテコステ派など、他のプロテスタンティズムでも見られるようになった。こうした動きはそれぞれ大きく異なっていた。しかし、それらは一般に個人と神の直接の関係を重視し、神の言葉の唯一のよりどころとして聖書を優先し、信仰を通じて、また多くの場合「生まれ変わり《ボーン・アゲイン》」の変貌体験を通じて救いがもたらされると考え、人を改宗させその証人となることを個人の責任とし、教会を民主主義的で参加方式の組織にするものだった。

　十八世紀に始まったアメリカのプロテスタンティズムは、ますます人民主義的になって階層制がなくなり、また知性よりも感情が強調されるものになった。教義は熱情に取って代わられた。分派や運動が続々と増え、ある世代の反対派は次の世代の新たな反対派から挑戦された。「国教反対派のなかの反対派」という言葉は歴史を描くとともに、アメリカのプロテスタンティズムの特徴をも言いあらわしている。

　十七世紀と十八世紀におけるアメリカの多くの宗派は、熱狂的な信仰がそのきわだった特徴となっており、さまざまなかたちの福音主義がアメリカのプロテスタンティズムの中心となった。アメリカは当初から、シカゴ大学の歴史学者マーティン・マーティの言葉を借りれば、「福音主義の帝国」だった。ジョージ・マーズデンによれば、福音派のプロテスタンティズムは十九世紀の「アメリカ人の生活における主要な勢力」であり、ギャリー・ウィルズによれば、「アメリカの宗教の主流だった」。

十九世紀初めに、宗派と伝道師と信者は爆発的に増えた。肝心なのは宗教的な反骨精神あるいは謀反《むほん》だった。「激しいエネルギーをもつ若者が、よそ者であることを強く意識しながら運動を起こしはじめた」と、歴史学者のネイサン・ハッチは言う。「彼らに共通する倫理は、たゆみない努力、拡大への情熱、正統派の考えや流儀への憎悪、宗教復興への熱意、そして自分たちの理想を実現させるための組織的な計画であり……彼らはみな普通の人びとに、とりわけ貧しい人間に、個人の自尊心と、集団としての自信という抗しがたい未来像を示した」

「アメリカの福音主義の歴史は、そのころには一つの宗教運動の歴史以上のものになっていた」と、大覚醒〔新教徒の信仰復活運動〕研究の第一人者であるウィリアム・マクラフリンも同意する。「それを理解することは、十九世紀のアメリカ人の生活の全体的な気質を理解することなのである」

二十世紀についてもほぼ同じことが言える。一九八〇年代、三分の一弱のアメリカ人が自分は「生まれ変わった」キリスト教徒だと言い、そこにはバプティストの大半とメソジストの約三分の一、そしてルター派と長老派の四分の一以上が含まれた。一九九九年には、およそ三九パーセントのアメリカ人が生まれ変わったと述べた。「現代の福音主義は、一九七〇年代初めからアメリカ社会のなかで勢いを増している」と言われる。福音主義もまたアメリカ最大の移民グループである中南米からのカトリック教徒のあいだで多数の人を改宗させることに成功していた。福音主義の学生は名門大学でますます増えており、ハーバードでは一九九六年から二〇〇〇年のあいだに福音教会連合は会員数を五〇〇人から一〇〇〇人に倍増させた。

新しい千年紀が始まったとき、非国教派プロテスタンティズムと福音主義は、アメリカ人の精神的なニーズを満たすうえで中心的な役割を果たしつづけていた。

アメリカの信条とプロテスタンティズム

「アメリカの信条」という言葉は、一九四四年にグンナー・ミュルダールが著書『アメリカのジレンマ』のなかで有名なものにした。アメリカの人種、宗教、民族、地方、経済における異種混合性を指摘したミュルダールは、アメリカ人にはそれでも「共通のもの」があるとし、それは「社会の気風であり、政治的な信条」だと主張した。ミュルダールはそれを固有名詞として「アメリカの信条」と名づけた。ミュルダールの用語は、それまで多くの時事解説者が指摘してきた現象を示す共通の呼称として受け入れられた。諸外国およびアメリカ国内の評者はそれをアメリカのアイデンティティの主たる要素だと認め、しばしばそのアイデンティティを決定する唯一重要なものになると考えた。

学者は「信条」の概念をさまざまな方法で定義したが、その中心となる思想についてはほぼ例外なく同意見である。ミュルダールは「個々の人間の本質的な尊厳と、すべての人の基本的な平等と自由と正義および平等な機会にたいする譲ることのできない権利」について語った。ジェファソンは人の平等と譲ることのできない権利、さらに「生命と自由および幸福の追求」を独立宣言に盛りこんだ。トクビルは、アメリカ中の人が「自由と平等、報道の自由、結社の権利、陪審制、そして政府職員の責任」について同意していると考えた。

一八九〇年代に、ブライスはアメリカ人の政治信条をまとめ、そこには個人の神聖な権利、政治権力の根源としての国民、法律と国民によって制限された政府、中央政府よりも地方自治体の優先、多数決原理、および「政府は小さいほうがいい」という考えが含まれるとした。二十世紀になり、ダニエル・ベルが信条の中心的な価値観として「個人主義、目的達成、機会均等」をあげ、「ヨーロッパでは哲学的な激しい論争となった自由と平等のあいだの緊張が、(アメリカでは)双方を網羅する個人主義によって解消されている」度合いがいちじるしいことを強調した。シーモア・マーティン・リプセットはその中核に五つの主要な原則を見出した。自由、平等主義(結果や条件ではなく、機会および関連の面で)、個人主義、ポピュリズム、そしてレッセフェール(自由放任主義)である。

「信条」の原則には三つのきわだった特徴がある。第一に、それらは時代を超えて驚くほど持続している。リプセットが言ったように、「国民の価値体系における主たる要素に関する変化以上に連続性」があった。十八世紀末から二十世紀末にいたるまで、信条の内容が大きく変化することはなかった。第二に、二十世紀末まで、現実には逸脱することがあるにせよ、信条はアメリカ人の幅広い同意と支持を得てもいた。唯一の大きな例外と言えば、南部で奴隷制を正当化するための努力がなされたことだ。それ以外には、十九世紀の識者と二十世紀の世論調査の双方によれば、信条の一般原則はアメリカ人によって圧倒的に支持されていたのである。

第三に、「信条」の中心となる思想のもとは、どれもほぼみな非国教派プロテスタンティズムにある。個人の良心と聖書からじかに神の真実を学ぶ個人の責任に重点をおくプロテスタントの考えは、個人主義と、信仰および言論の自由にたいする個人の権利を重視するアメリカ人の傾向をさらに強めた。プロテスタンティズムは勤労を善とする労働倫理と、人生において成功するか否かは個人の責任だとする考えを強調した。会衆教会制の教会組織をもつプロテスタンティズムは、位階制にたいする反感をあおり、政府に関しても同様の民主主義的な形態をとるべきだという考えを押し進めた。それはまた、国内でも世界各地でも社会を改革し、平和と正義を守る道徳的な試みも促進した。

信条のようなものがヨーロッパ大陸の社会でつくられたことは、革命下のフランスを除けば例がなく、それはフランス、スペイン、ポルトガルの植民地でも、のちにカナダ、南アフリカ、オーストラリア、ニュージーランドにつくられたイギリスの植民地でも見られなかった。イスラム教、仏教、東方正教会、儒教、ヒンドゥー教、ユダヤ教、カトリック教の文化も、そしてルター派と英国国教会の文化ですら、これに類するものをつくりだしはしなかった。アメリカの信条は、非国教派プロテスタントの文化が生みだした特異な産物なのである。アメリカ人が信条を奉じる度合いと熱意および連続性を見れば、それが国民の気質とナショナル・アイデンティティにとって必要不可欠な部分を占めていることがわかる。「信条」のもととなるものには、十八世紀半ばに一部のアメリカ人エリートのあいだで流行した啓蒙思想も含まれている。しかし、そもそもこうした思想を受け入れる素地が、それ以前の一世紀以上にわたってアメリカに存在したアングロ－プロテスタントの文化のなかにあったのだ。その文化のなかで中心的な重要性を占めたのは、自然法およびコモンロー（普通法）という古くからあったイギリスの思想と、政府の権限を制限すること、およびマグナカルタにまでさかのぼるイギリス人の権利だった。これらのものに、名誉革命時代のより急進的な清教徒の宗派が、国民にたいする政府の対応義務および平等をつけ加えた。

ウィリアム・リー・ミラーが述べたように、「アメリカにおける宗教は信条を生みだす一助となり、それと矛盾することはなかった……ここではリベラルなプロテスタンティズムと政治的なリベラリズム、民主主義的な宗教と民主主義の政治、アメリカへの信頼とキリスト教の信仰がたがいに浸透しあい、それぞれに深い影響をおよぼした」

プロテスタントの信仰とアメリカの政治的な信条は並行する似たような思想を含んでおり、それが一緒になることで、ジョン・ハイアムが主張したように、「十九世紀においてアメリカの国民を結びつけた最も強い絆」がつくりだされた。あるいは、ジェフ・スピナーが述べたように、「アメリカではプロテスタント的なものをリベラルなものから切り離すのは難しい」

要するに、アメリカの信条は神抜きのプロテスタンティズムであり「教会の魂をもった国」の世俗的な信条なのである。

個人主義と労働倫理

アメリカのプロテスタンティズムには一般に、善と悪、正と邪が根本的に対立するという信念がある。カナダ人やヨーロッパ人や日本人とくらべて、アメリカ人は、「どんな状況にも」当てはまる「善と悪に関する絶対的に明らかなガイドラインがある」と信じる人がはるかに多い。そんな指針など存在しないし、善か悪かは状況によるとは考えないのである。そのため、アメリカ人は個人の行動と社会の本質を支配する絶対的な基準と、自分たちおよび社会がそうした基準と合致しない場合の格差を、つねに突きつけられている。

プロテスタントの宗派はほぼどこも、位階制の聖職者による仲介なしに、神の知識を聖書から直接得るうえでの個人の役割を強調する。多くの宗派は人が救いを得たり、「生まれ変わった」りするのもやはり、聖職者に仲介されるのではなく、神の恵みを受けてこそなのだと主張する。この世で成功するには、個人はこの世で善行を積む責任を負う。「プロテスタンティズムと共和政体主義および個人主義はみな一体なのだ」と、一八三七年にF・J・グランドはアメリカについて語った。

彼らのプロテスタント文化は、アメリカ人を世界で最も個人主義的な国民に仕立て上げた。たとえば、ギアート・ホーフステッドが三九ヵ国のＩＢＭの社員一一万六〇〇〇人について実施した比較分析では、個人主義の平均指数は五一だった。しかし、アメリカ人はその平均値をはるかに上回り、九一という指数でトップを占め、オーストラリア、イギリス、カナダ、オランダ、そしてニュージーランドがそれにつづいた。個人主義の指数が最も高かった一〇ヵ国のうち、八ヵ国がプロテスタントの国だった。

一四ヵ国の士官学校で行なわれた調査でも、アメリカ、カナダ、デンマークの生徒が最も個人主義的な傾向を示し、類似の結果が得られた。一九九五年から九七年の世界価値観調査は四二ヵ国の人びとを対象に、個人と国家のいずれが福祉に主な責任をもつべきだと思うか質問した。アメリカ人は（スウェーデン人とともに）個人の責任を強調する点では、スイス人につづいて僅差で二位になった。数ヵ国における一万五〇〇〇人の管理職を対象とする調査では、アメリカ人が最も個人主義の点数が高く、日本人が最も低く、カナダ人、イギリス人、ドイツ人、フランス人がその順で両者の中間に並んだ。この研究の著者らはこう結論づけた。「アメリカの管理職は、われわれの国別サンプルのなかで抜きんでて個人主義の傾向が強かった。彼らはまた内部志向が強い。アメリカ人は『自分で決心』して『自分なりにやる』べきだと考え、他人や周囲で起こる出来事にあまりわずらわされない」

個人の責任に関するアメリカのプロテスタントの信念が、成功第一主義と立志伝中の人という概念を生みだした。「財産重視の考えと成功の理想を生みだしたのは、アングロサクソンのプロテスタントだった」と、ロバート・ベラーは言う。立志伝中の人という概念は、アンドリュー・ジャクソンの時代に脚光を浴びるようになり、一八三二年にヘンリー・クレイが上院で初めてその言葉を使用した。たびたびの世論調査が示すように、アメリカ人は人生において成功するかしないかは、何と言っても自らの才能と性格しだいだと信じている。アメリカン・ドリームの中心をなすこの要素は、クリントン大統領によってみごとに表現されている。

われわれが教えられてきたアメリカン・ドリームは、単純だが強烈なものだ。ひたむきに働き、規則にのっとって行動すれば、神から与えられた才能が導くかぎりのところまでいく機会が与えられるはずだというものだ。

硬直した社会階層がなければ、人は自分が達成するとおりのものになれる。地平線は開けており、機会は際限なくあり、それを実現するかどうかは個人のエネルギーと性格と忍耐力、つまり働く能力とその意欲しだいなのだ。

勤労を善とする労働倫理はプロテスタント文化の中心をなす特色であり、アメリカの宗教は最初から労働の宗教だった。他の社会では、相続、階級、社会的地位、民族性、および家柄が、身分と正統性を生みだす主な要因となる。アメリカでは、それが労働なのだ。貴族社会と社会主義の社会はいずれも、方法は異なるが、労働を卑しめ、働く気力を殺《そ》ごうとする。中産階級の社会は労働を奨励する。本質的に中産階級の社会であるアメリカは、労働を賛美する。「職業は何ですか?」と聞かれて、「無職です」とあえて答えるアメリカ人はまずいない。ジュディス・シュクラーが指摘したように、アメリカの歴史を通じて、社会的な地位は、仕事と働いて収入を得られるかどうかにかかっていた。仕事に就いていることが、自信と独立のもとなのだ。

「勤勉になり、自由になれ」と、ベンジャミン・フランクリンは言った。労働を賛美するこの考えは、ジャクソン時代にとりわけ声高に主張されるようになり、人びとは「何かをしている人」と「何もしていない人」に分類されるようになった。「こうした姿勢が仕事中毒を引き起こすことに、十九世紀前半にアメリカを訪れた人は誰もが気づいた」と、シュクラーは述べる。一八三〇年代のアメリカでは、祈りが労働と結びついており、怠惰は罪とされていると、スイス系ドイツ人のフィリップ・シャフが述べている。やはり一八三〇年代にアメリカを訪れたフランス人ミシェル・シュバリエはこう論評した。

マナーと慣習は多忙な労働社会のそれである。仕事をもたず――ほぼそれと一致するのだが――結婚していない人は、ほとんど敬意を払われない。社会のなかの活動的かつ有能なメンバーで、国家の富を増やし、人口を増やす役割をきちんとはたしている人だけが、尊敬と好意をもって迎えられるのである。アメリカ人は、将来は何らかの職業に就き、積極的で頭のよい人間なら立身出世できるのだという考えをたたきこまれて育つ。職業をもたずに生きるという考えはまるでなく、それは金持ちの家に生まれた人でも変わらない。生活の習慣はもっぱら働く人間のそれである。起床した瞬間から、アメリカ人は仕事に従事しており、就寝時間までそれに没頭している。食事時間ですら、休息のひとときではない。食事は仕事を中断される不愉快なものにすぎず、だから食事はできるだけ短く切り上げるのである。

働く権利と労働の報酬は、十九世紀における奴隷制反対の主張の一部をなしていた。新しい共和党が掲げる主要な権利は、「生産的に働き、自らの職業に従事し、その報酬を得る権利」だった。「立志伝中の人」という概念は、アメリカの環境と文化がもたらした特殊な産物なのである。

一九九〇年代にも、アメリカ人は働く民でありつづけた。彼らは他の先進民主主義国の国民よりも長時間働き、短い休暇しかとらなかった。労働時間は他の工業化社会では減少しつつある。アメリカでは、むしろ増えてきた。工業国のなかで、一九九七年に労働者が働いた平均時間は、アメリカ－一九六六時間、日本－一八八九時間、オーストラリア－一八六七時間、ニュージーランド－一八三八時間、イギリス－一七三一時間、フランス－一六五六時間、スウェーデン－一五八二時間、ドイツ－一五六〇時間、ノルウェー－一三九九時間だった。平均すると、アメリカ人はヨーロッパ人よりも一年間で三五〇時間も多く働いていた。一九

【図 4-1　仕事への誇り】
『大いに』感じると回答した人の割合

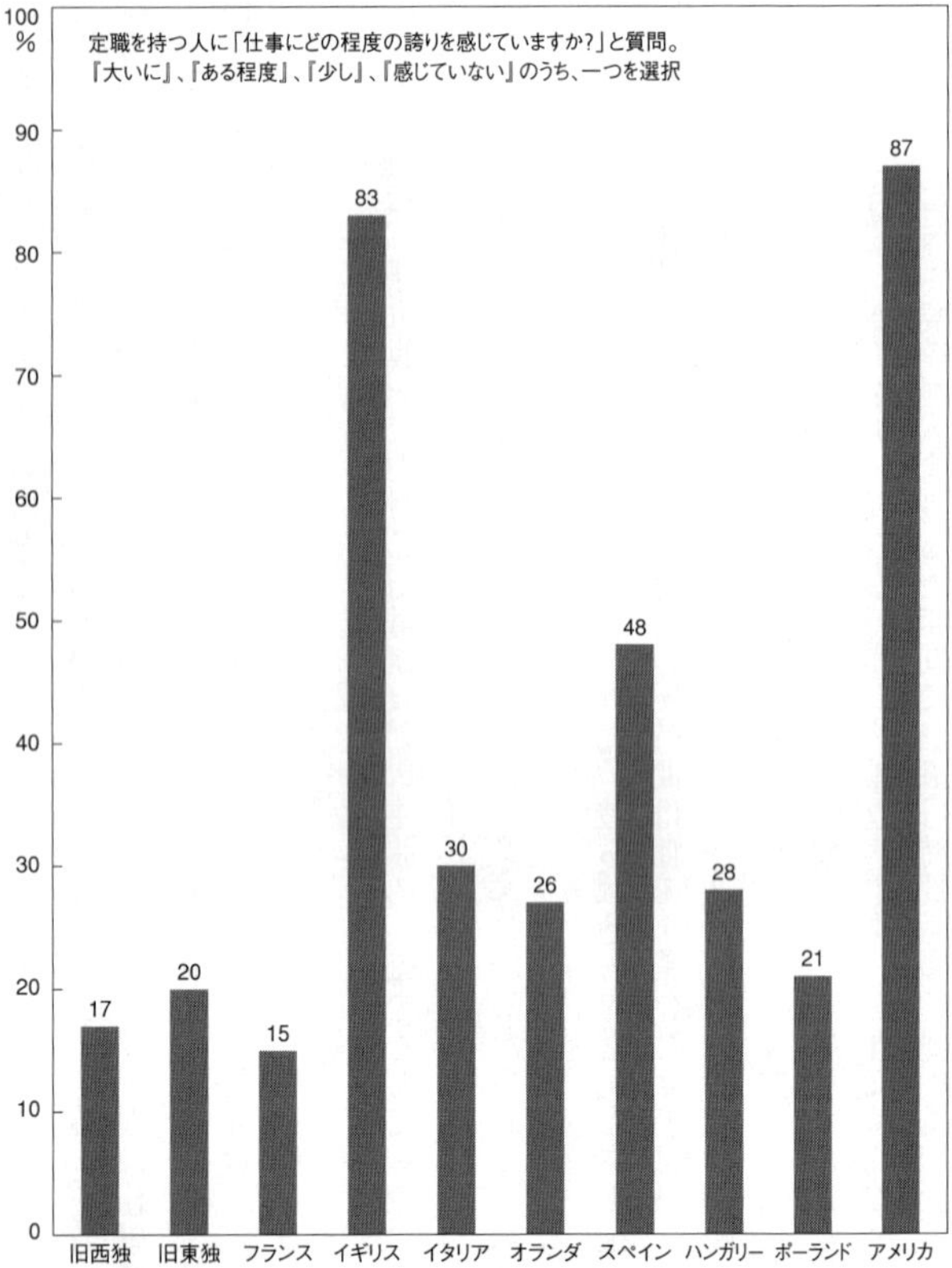

出典：International Values Study 1990; figure from Institut für Demoskopie Allensbach, ***The Allensbach Institute*** (Allensbach,1998), p.71.

九九年に、アメリカではティーンエイジャーの六〇パーセントが働いており、これは他の工業国平均の三倍である。

歴史的にもアメリカ人は余暇にたいし相反する態度を示してきた。彼らはしばしば余暇を楽しむことに罪悪感を覚え、自分たちの労働倫理とおりあいをつけようとしてきたのだ。シンディ・アロンが著書『遊びながらも働いて』で述べたように、二十世紀のアメリカ人は「仕事から離れて過ごす時間に、絶えず疑念を抱き」そのことにとらわれてきた。アメリカ人は往々にして休暇を、非生産的な余暇ではなく、よい仕事と自己改善に費やすべきだと感じるのである。

アメリカ人は他の国民よりも長時間働いているだけでなく、他の人びとよりも仕事に満足感を覚え、献身してもきた。一九九〇年に一〇ヵ国で実施された国際価値観研究で、八七パーセントのアメリカ人は仕事を大いに誇りに思っていると答えたが、同等の数値の回答者がいたのはイギリス人だけで、ほとんどの国ではそうした見解を示す勤労者は三〇パーセント以下だった（【図4－1】参照）。

アメリカ人は、勤勉さこそが個人の成功の鍵だとつねに信じてきた。一九九〇年代初めには、約八〇パーセントのアメリカ人が、アメリカ人であるためには労働倫理を受け入れる必要があると言っていた。アメリカ人の九〇パーセントは自分の勤務する組織を成功させるために必要ならもっと働くと回答し、六七パーセントが勤勉さを重視しない方向への社会改革は歓迎しないと答えた。アメリカ人は、社会が生産的な人間とそうでない人間に分かれていると見ているのだ。

この労働倫理はもちろん、アメリカの雇用と福祉に関する政策にも大きな影響をおよぼしてきた。「政府の施し」とよく呼ばれるものに頼ることは、他の民主主義工業国とは比較にならない不名誉となる。一九九〇年代末に、イギリスとドイツでは失業手当が五年間支払われ、フランスでは二年間、日本では一年間だったが、アメリカではわずか半年だった。一九九〇年代のアメリカに見られた福祉計画を削減し、できれば中止しようとする動きは、労働の道徳的価値への信念に根ざしたものだった。「何もせずに何かをもらう」のは非常に恥ずべきことなのだ。シュクラーが指摘するように、「勤労福祉制度は市民権の問題であり、健康な成人でありながら何らかの活動をして収入を得ていない人が正式な市民と見なされるのかという問題なのである」

アメリカの歴史を通じて、移民はこの労働倫理に適応できるかどうかの試練に直面してきた。一八五四年にフィリップ・シャフはアメリカへの移民を考えている人びとにこう忠告した。

移民に言っておかなければならないのは、一つだけだ。あらゆる種類の困難に備えろ、ということだ。運と状況は当てにせず、神とあくことなき勤勉さのみに頼るのだ。平穏無事に楽しい暮らしを望むなら、故郷にとどまったほうがいい。昔からの助言、「祈りそして働け」は、どこにもましてアメリカでよく当てはまる。生粋のアメリカ人は何よりも怠惰と停滞を軽蔑する。彼らは現世に生きるまっとうな人間として、娯楽よりも労働を重視し、居心地のいい休息よりも忙しい不安定さを求める。そして、このことは彼らにとって言葉で言いあらわしようのない重要性をもっており、総じてこの国の道徳的生活にきわめて健全な影響をおよぼしているのである。

一八九〇年代にポーランドからアメリカにきた移民は、彼らに期待される労働の量に圧倒された。このことは、彼らが故郷のポーランドに書き送った手紙のなかでたびたび繰り返された話題だった。「アメリカでは、ポーランドにおける一週間分以上の労働を一日でこなさなければならない」と、ある人は書いた。一九九九年に、キューバ系アメリカ人のアレックス・アルバレスは、キューバからの新しい移民に彼らがアメリカで直面するものについて警告した。

資本主義の体制にようこそ。ポケットに所持する金額については各自が責任をもつように。政府は君たちが食べていようが、貧しかろうが金持ちだろうが、責任は負わない。政府は仕事も家も保証してくれない。君たちは豊かで強大な国にやってきたが、キューバにいたころと同じように暮らしつづけるかどうかは、君らしだいなのだ。

道徳主義と改革の倫理

どこの社会の政治もそうだが、アメリカの政治もこれまで著名人と派閥、階級と地域、利益団体と民族集団に左右されてきており、それはいまも変わらない。しかし、アメリカの政治はまた驚くほど道徳主義と道徳的情熱の政治でもあり、いまもなおそうである。アメリカの政治的な価値観は「信条」のなかに具体的にあらわされ、そうした価値観を政治的な行動と制度のなかで実現しようとする努力は、アメリカの歴史のなかで繰り返し現われるテーマとなっている。個人としてのアメリカ人はアメリカン・ドリームを追求する責任があり、各自の能力と特性および勤勉さを生かして可能なかぎりのものを達成しなければならない。集団としては、自分たちの社会が本当に約束の地であることを保証する責任がある。

理論的には、個人が改革に成功すれば、集団としての社会改革は必要でなくなる。何人かの偉大な福音伝道者が社会および政治改革に反対したのは、それが個人の魂の再生に結びつかないからだった。しかし実際には、アメリカ史のなかの「大覚醒」は、アメリカ史において大規模な政治改革が行なわれた時代と密接にかかわりあっていた。こうした「信条の情熱」のあらわれは、アメリカのプロテスタンティズムの反体制的かつ福音主義的な本質によって根本的にかたちづくられたのである。ロバート・ベラーがその役割についてうまく要約している。

われわれの歴史において、よいものも悪いものもその大半は、一般の人びとの神学に端を発している。アメリカが公言する価値観をより完全に実現しようとする運動はいずれも、何らかのかたちで一般人の神学から生まれたものだ。それは奴隷制度廃止論から社会的福音にいたるまで、また昔の社会党からマーティン・ルーサー・キングの率いた公民権運動やセサール・チャベスのもとでの農業労働者の運動にいたるまで、みな同様である。ところが、すべての拡張主義の戦争も、人種的マイノリティや移民集団にたいするあらゆる形態の圧力もやはり一般人の神学から生じたものなのだ。

ギャリー・ウィルズも同意見だ。「わが国の主な政治的危機の中心には宗教があった。それらはいつも道徳上の危機だった。戦争、奴隷制度、企業権力、公民権、性に関する規範、『西側』、アメリカの分離主義と帝国への主張といったものにたいし、賛成なのか反対なのかをめぐるものである」

歴史学者はアメリカのプロテスタンティズムの歴史に四度の「大覚醒」があったとしており、いずれも大覚醒のすぐあとに行なわれた主要な政治改革と関連していたと考える。アメリカ独立革命は、政治と経済および思想における多くの要素が一緒になって生みだされ、そうした思想のなかには、ロック哲学のリベラリズム、啓蒙思想による合理主義、およびホイッグ党の共和主義があった。同様に重要な位置を占めていたものとしては、アメリカ独立革命の宗教的な要因があり、なかでも一七三〇年代から四〇年代にかけての大覚醒は重要だった。この「覚醒」は、ジョージ・ホイットフィールドをはじめとする信仰復興運動の説教者らに指導され、ジョナサン・エドワーズの教義によって正当化され、各地の植民地に広がっていき、何千人というアメリカ人を動員し、キリストのもとでの新生をうながした。

この宗教的な大変動が、その後すぐに起こった政治的な大変動の素地をつくった。革命は覚醒がなくても起こったかもしれないが、実際に起こった独立革命は覚醒にもとづいたものであり、その影響をいちじるしく受けたものだった。ハーバードの学者アラン・ハイマートが言うように、「福音主義の衝撃は、アメリカの熱狂的なナショナリズムを具体化したものであり、その媒介物でもあった。革命前のアメリカにおける福音派教会では、アメリカにおける初期の民主主義の特徴となる民衆指導者と人びとが団結することになった」。会衆派、長老派およびバプティストの大多数が、アメリカ人の半数近くを動かして「千年至福説を奉じた」のであり、これらの「千年至福説の諸派はアメリカ独立革命を最も強固に支えた人びとでもあった」

「覚醒」をどれくらい支持するか、または反対するかは人によって異なったが、それでもこれはすべての植民地のほぼあらゆる宗派と教団の人びとを巻きこんだ初めての大衆運動だった。覚醒のカリスマ的な福音主義者ホイットフィールドは、ジョージアからニューハンプシャーまで説教してまわり、本当の意味でアメリカの最初の有名人になった。こうして、全植民地を巻きこむ政治的運動に向けた経験と環境が生みだされ、それが独立へとつながった。これはアメリカ人にとって最初の統一経験であり、地方ごとの意識とは異なる国家的な感覚を生じさせるものとなった。「独立革命は戦争が始まる前に達成されていた」と、一八一八年にジョン・アダムズは言った。「革命は人びとの精神と心情にあった。義務と責務に関する信仰上の感情が変化したのだ」。アダムズの言葉を繰り返すように、ウィリアム・マクラフリンは一九七三年にこう述べている。大覚醒は「国家としてのアメリカのアイデンティティの始まりであり、独立革命の出発点だった」

一八二〇年代から三〇年代の第二次大覚醒は、ロバート・ベラーが言うように、「福音主義的な信仰復興運動的」であり、実際には「二度目のアメリカ革命」だった。その特徴は、メソジストとバプティスト教会の飛躍的な拡大であり、また末日聖徒教会（モルモン教会）をはじめとする多数の新しい宗派や教団が結成されたことだった。第二次大覚醒でホイットフィールドの役回りをつとめたのは、チャールズ・G・フィニーだった。フィニーは何万もの人びとをアメリカの教会に勧誘し、「信じるのと同じくらい働く」必要性を説き、その結果「改革に向けた強大な影響力」をもつようになった。信仰復興運動は、社会および政治の改善を目指す数々の努力も生みだした。ウィリアム・スウィートが言うように、「さまざまな協会が結成されて禁酒運動が進められ、日曜学校が推進され、港湾および運河沿いの地域では船員を援助し、喫煙と戦い、食生活を改善し、平和運動を推進し、監獄を改善し、売春を追放して、黒人をアフリカに入植させ、教育を援助するようになった」

しかし、大覚醒の最も重要な所産は、奴隷解放運動だった。これは一八三〇年代の初めに新たに勢いづいたもので、奴隷制の問題を国政における議題に押し上げ、その後の四半世紀のあいだ人びとを解放運動にかりたて、動かした。この問題をめぐって戦争が起こると、南北双方の兵士が自分たちの大義こそ神の大義なのだと信じて参戦した。この内戦の宗教的側面がいかに深いものだったかは、ジュリア・ウォード・ハウが作詞した『リパブリック賛歌』が北部で大いに人気を博したことからもわかる。この歌は「主の再臨の栄光」を目にすることから始まり、キリストを引き合いにだして終わる。「主が人間の罪を贖《あがな》うために亡くなったように、われらも人間の解放のために死のう。それでも神は進みつづける」

第三次大覚醒は一八九〇年代に始まり、社会と政治の改革を求めるポピュリズムと進歩主義の動きと密接にかかわりあっていた。進歩主義はプロテスタントの倫理観にあふれており、それ以前の改革の時代と同様、改革者たちは慣行と理想のあいだの格差をなくし、正しく公平な社会を築く必要性を説いた。改革者は企業の独占による権力の集中と大都市の機構を攻撃し、多かれ少なかれ、独占禁止の措置、女性の参政権、イニシアティブ、住民投票とリコール、禁酒、鉄道の規制、直接予備選挙を支持した。こうした改革を最も強く支援したのは、中西部と極西部地方の「グレーター・ニューイングランド」一帯だった。このあたりは清教徒の子孫が移住し、清教徒の知的、社会的、宗教的な伝統が優勢だった地域である。

進歩主義運動への参加者が一般に信じていたのは、アラン・グライムズによると、「アメリカ生まれの白人優先、プロテスタント——というよりも清教徒——の倫理観の優先、一種のポピュリズムの優先、ある意味では『財界の実力者』に牛耳られているとされる国家と都市機構にたいする直接支配の優先」だった。

第四次大覚醒は、一九五〇年代末から六〇年代にかけて福音派のプロテスタンティズムが成長したことに端を発した。シドニー・アールストロムが言うように、「大覚醒は人間の特質を（少なくともアメリカでは）深く変えることになった」

それは、アメリカの政治における二つの改革運動と連動していた。一つは一九五〇年代末に始まり、アメリカの価値観とアメリカの現実のあいだで最も明らかな格差に、つまりアメリカの少数派である黒人を差別し分離してきたことに焦点を絞ったものだ。やがてそれは、一九六〇年代から七〇年代にかけて起こった既存の権威にもとづく制度にたいする一般的な挑戦へと発展し、ベトナム戦争遂行とニクソン政権内での権力の乱用に照準を合わせるようになった。

なかには、南部キリスト教指導者会議のようにプロテスタントの指導者と組織が中心的な役割を果たした動きもあった。あるいは、ニューレフトの組織のように、定義上は完全に宗教と切り離されていながら、やはり同じように厳しい道徳主義を求める運動もあった。ニューレフトは、リーダーの一人が一九六〇年代初めに語ったように、「絶対的なものと考えられた道徳的価値観から始まる」。のちに現われた第二の動きは、一九八〇年代と九〇年代の改革に向けた保守的な運動であり、これは政府の権威と社会福祉事業と税金を削減する必要性に目を向ける一方で、妊娠中絶にたいする政府による制限を拡大しようとするものだった。

非国教派プロテスタンティズムは、アメリカの外交政策および国内政策にも影響をおよぼした。外交政策を実施するうえで、たいていの国家は権力、安全保障、富に関する「現実主義的」な問題と一般に呼ばれるものを最優先させる。いざというときは、アメリカもそうなる。しかしアメリカ人は、他国との関係において、またそれらの社会の内部において、アメリカ国内で追求している道徳的な目的を促進させる必要性も感じている。一八一五年以前の共和国が誕生して間もないころは、アメリカの建国の父たちは圧倒的に現実主義的なかたちで外交問題を論じ、実践した。彼らが率いていたのはごく小さい共和国であり、その周囲は当時の大国であるイギリス、フランス、スペインの領土に囲まれており、これらの国々はほぼこの時代を通じてずっと、たがいに争っていた。

英仏両国と決着を見ない戦争をつづけ、スペイン領に軍事介入し、ナポレオンからのルイジアナ購入で国土を二倍にする過程で、アメリカの指導者たちもヨーロッパ式の武力外交を巧みに実践してみせるようになった。ナポレオン時代が終わると、アメリカは権力と安全保障に関する現実主義的な対応を減らし、外交では主に経済的な目的を追求するかたわら、自国の領土を拡大および開発することにエネルギーを注ぐようになった。この段階では、ウォルター・マクドゥーガルが主張したように、アメリカ人の目的はまさに自分たちの国を約束の地にすることだった。

ところが、十九世紀末になると、アメリカは世界の大国として台頭しはじめた。これによって二つの相反する発展が見られた。一方で、アメリカは大国として武力外交の現実を無視できなくなった。自国の地位と安全を保持するには、世界の他の大国と強気の姿勢で競わなければならなかったのだろう。十九世紀のあいだはそうした必要はほとんどなく、またそれは可能でもなかったのだが。

同時に、大国として頭角を現わした結果、アメリカは国内の社会を築く土台としてきた道徳的価値観と原則を、海外でも推進できるようになった。まだ国力が脆弱で孤立していた十九世紀には、外国で押し進められなかったものだ。現実主義と道徳主義の関係は、こうして二十世紀アメリカの外交政策の中心的な問題となった。マクドゥーガルの言葉を借りれば、アメリカ人は自分たちの国を「約束の地」から「十字軍の国家」として再定義していったのである。

第5章　信仰とキリスト教

神と十字架、そしてアメリカ

二〇〇二年六月、サンフランシスコの第九巡回区連邦控訴裁判所で、「忠誠の誓い」にある「神のもとに」という文言は政教分離に違反するという判決を三人の裁判官が二対一で下した。この言葉は「宗教を是認」し、「一神教における信仰を告白」させていると、二人の裁判官は言った。したがって、一九五四年にこの言葉を忠誠の誓いに挿入した法令は違憲となり、公立学校の教師は公務員としてこの文言を復唱できなくなった。もう一人の反対意見の裁判官は、憲法修正第一条はただ政府が宗教にたいして中立であることを要求しているのであって、この文言が「われわれの修正第一条の自由」にもたらす脅威は「あったとしても微々たるものだ」と主張した。

この判決は、アメリカのアイデンティティの中心をなすこの問題をめぐって大論争に発展した。判決を支持する人の主張は、アメリカは非宗教的な国であり、修正第一条は言葉のうえでも実質的にも、政府が宗教を支持することを禁じており、国民は国への忠誠を、神への信仰を暗に肯定しなくても、誓えるはずだというものだった。批判する側が指摘したのは、この文言は憲法の立案者たちの考えと完全に一致しており、リンカンもゲティスバーグの演説でこの言葉を使用しており、いずれにしても最高裁は昔から忠誠の誓いを誰も無理強いされてはならないとしており、アイゼンハワー大統領が、この言葉は単に「アメリカの伝統および将来における信仰の卓越性を再確認」したにすぎないと述べたのは正しかったという点だった。

判決を支持した人は、歯切れはよかったものの、ごく少数だった。批判する側は、さまざまな政治的信念をもつ人びとからなる圧倒的多数で、激怒していた。ブッシュ大統領はこの判決を「ばかげている」と評した。民主党〔多数派〕の上院院内総務トム・ダシュルは「どうかしている」と語り、ニューヨーク州知事のジョージ・パタキは「お粗末な裁判」だったと言った。上院は九九対〇で判決を無効にすることを決議した。下院議員は連邦議会議事堂の階段に集まって、忠誠の誓いを復唱して『ゴッド・ブレス・アメリカ』を歌った。『ニューズウィーク』誌の世論調査では、一般大衆の八七パーセントがこの文言を含めることに賛成であり、反対は九パーセントだった。八四パーセントの人は、「特定の宗教」を明示しないかぎり、学校と官公庁の建物内を含め、公共の場で神について言及することを認めると回答した。

この判決は、アメリカが非宗教的な国家なのか宗教国家なのかという問題を鋭く突きつけた。「神のもとに」という言葉にたいする支持は、アメリカ人が世界で有数の信心深い国民であり、とりわけ他の先進工業民主主義国の国民とくらべてはるかに宗教的である事実を反映していた。アメリカ人はそれでも、無神論者や無信仰の人を尊重し黙認している。しかし、『ニューヨーク・タイムズ』によると、今回の裁判で原告のマイケル・ニュードー博士は「日常生活における宗教の悪用をすべて追放する」計画だった。「なぜ私がよそ者みたいに、あんな思いをさせられる必要があるんですか？」と彼は尋ねた。裁判所は「神のもとに」の文言は「無信仰の人に、あなた方はよそ者であり、政治的共同体の正規の会員ではないというメッセージ」を送っていると認定した。

ニュードー博士と多数意見の裁判官の理解は正しかった。無神論者はアメリカの社会では「よそ者」なのだ。無信仰の人間として、彼らは忠誠の誓いを復唱しなくてもよいし、宗教色の強い慣例を認めないのであれば、それにかかわらなくてもよい。しかし、彼らとしても、その無神論をすべてのアメリカ人に押しつける権利はない。これらの人びとが現在および歴史的に抱懐してきた信仰が、アメリカを宗教的な国家として定義づけているのである。

アメリカはキリスト教国でもあるのだろうか？

統計からすればそのとおりだ。通常、アメリカ人の八〇パーセントから八五パーセントは、自分をキリスト教徒だと考えている。しかし、政府がいろいろなかたちで一般に宗教を支持することと、政府がキリスト教を含めていずれか特定の宗教を排他的に、もしくは特別に支持することのあいだには違いがある。この問題が表面化したのは、一九九九年、アイダホ州ボイシでのことだった。公共の土地に四三年間たっていた高さ一八メートルほどの十字架ににたいし、異議が唱えられたのである。このケースでも、サンディエゴとサンフランシスコでやはり公共の土地につくられた高い十字架（約一三メートルと、三一メートル）をめぐって争われた別のケースでも、十字架を支持する人びとは土地の所有権を民間団体に譲渡することにより、十字架を存続させようとした。それによって、政府が一つの宗教のシンボルだけを公然と掲げるのは問題があるということを暗黙のうちに認めていた。ボイシの十字架の問題を提起したブライアン・クローニンが主張したように、「ボイシに住む仏教徒やユダヤ教徒、あるいはイスラム教徒など、キリスト教以外の宗教を信仰する人びとにとって、十字架は彼らがその土地のよそ者であることを痛感させるばかりだ」

ニュードー博士および第九控訴裁判所の判事たちと同様、クローニン氏も的を射ていた。アメリカは、非宗教的な政府をもちながら、キリスト教が支配的な国なのである。非キリスト教徒は確かに自分たちをよそ者と見なせるかもしれない。それは、彼らやその祖先が、キリスト教徒によって築かれ植民された「よその土地」に移住してきたことによって、そうなることを選んだからだ。キリスト教徒にしても、イスラエル、インド、タイ、モロッコといった土地に移住すれば、よそ者になるのである。

信心深い国民

アメリカ人はその歴史を通じてきわめて宗教心が篤く、キリスト教徒が圧倒的に多数を占める国民だった。十七世紀の入植者がアメリカに共同体を築いたのは、これまで見てきたように、主に宗教的な理由からだった。十八世紀のアメリカ人とその指導者たちは、アメリカ独立革命について聖書にもとづく宗教的な見地から見ていた。アメリカでは「聖書が文化を形成するうえで、ヨーロッパには例を見ない役割を果たした……アメリカのプロテスタントはソラ・スクリプトゥラ（聖書のみ）の原則のもとに団結していた」。独立革命は「神との契約」を反映していたのであり、それは「神の選民」とイギリスの「キリスト反対者」との戦いだった。

ジェファソンやトマス・ペインをはじめとする理神論者や無信仰の人びとは、革命を正当化するには宗教の助けを借りる必要があると考えた。大陸会議は断食の日々を定めて神の許しと加護を求め、感謝祭には自分たちの大義を推進してくれたことを神に感謝した。十九世紀になっても、日曜日の礼拝は最高裁判所でも下院でも行なわれていた。独立宣言は「自然の神」、「造物主」、「世界最高の審判者」、および「神の摂理」に訴え、承認と正統性と加護を求めた。

憲法ではそうした言及はなされていない。憲法の文言は宗教とはまったく無縁のものだった。とはいえ、憲法の制定者は自分たちがつくろうとしている共和国政府を存続させるには、それが道徳と宗教に深く根ざしたものでなければならないと堅く信じていた。「共和国は純粋な宗教または厳格な道徳によってのみ支えられる」と、ジョン・アダムズは言った。「世界のなかでこれまで共和国を存続させた、また今後それを可能にする唯一の制度」は聖書が示すものだ。「われわれの憲法はもっぱら道徳的で信心深い人びとのためにつくられたのである」。ワシントンも同意してこう言った。「理性からも経験からも、国家としての倫理観が宗教的な原則を抜きにして普及するとは期待できない」。国民の幸福と秩序および市民による政府は、一七八〇年のマサチューセッツ憲法が明言するところによると、「基本的に敬虔さと宗教と道徳によるものだ」

合衆国憲法が採択されてから五〇年後に、トクビルがこう報告している。アメリカ人はみな宗教を「共和国の制度を維持するのに欠かせないもの」と考えていた。「こうした意見は市民の一階級や一つの政党だけに見られるものではなく、国民全体のものであり、社会のあらゆる階層で支持されている」

「政教分離」という言葉は憲法にはでてこない。シドニー・ミードが指摘したように、マディソンが語ったのはヨーロッパの概念でアメリカにはほとんど当てはまらない「政教分離」ではなく、「各宗派」と「政府の権限」についてであり、しかも両者のあいだの「壁」ではなく「線」に関して述べたのだった。宗教と社会の境界は接していたのだ。国教を定めることを禁じ、国教制を徐々に廃止していったことは、社会における宗教の発達をうながした。「宗教にたいする国家の権威が弱まるにつれて、各宗派の権限は拡大した」と、ジョン・バトラーは言及する。それはやがて「独立革命後のキリスト教における唯一かつ最も重要な制度上の発展」へとつながった。「宗教的な権威が国家から切り離され、制度化された『任意の』団体に移ったことである。この転換によって各宗派の制度は飛躍的に拡大し、多数の個人と集団に働きかける新たな手段と、社会およびその価値観をかたちづくる新たな自信が生まれた」

一部の人は、合衆国憲法に宗教的な言葉が見当たらないことと憲法修正第一条の条項を、アメリカが根本的には非宗教的な国である証拠として引き合いにだす。これほど真実からかけ離れていることはない。十八世紀の終わりには、国教会はヨーロッパ諸国のいたるところに存在し、アメリカのいくつかの州にもあった。教会を支配することは国家権力の重要な要素だったのであり、一方、国教は国家に正統性を与えるものでもあった。合衆国憲法の起草者が国教を禁じたのは、政府の権力を制限するためであり、宗教を保護し強化するためだった。「政教分離」は宗教と社会のアイデンティティに付随して生じたものなのだ。その条項の目的は、ウィリアム・マクラフリンが言ったように、宗教からの自由を確立するためではなく、宗教のための自由を確保することだったのである。それはみごとに功を奏した。国教の存在しない状況下で、アメリカ人は望みどおり自由に信仰できたばかりか、希望するどんな宗派の共同体でも組織でも自由につくりだせたのだ。

その結果、アメリカ人は自分たちが生みだした多様な宗派や教団、宗教運動をもち、諸国民のなかでも特異な存在となり、そのほとんどが何らかのかたちのプロテスタンティズムを奉じるようになった。カトリックの移民が大量にやってきたときも、最終的にはカトリックの教義をキリスト教の大きな枠組みのなかにあるもう一つの宗派として受け入れることができた。「信者」、つまり教会の会員が人口に占める割合は、アメリカの歴史を通じてほぼ着実に伸びつづけていった。

ヨーロッパ人は、アメリカ人の宗教への関心が自国民にくらべて高いことについて、たびたび意見を述べてきた。いつもながら、トクビルが巧みにそのことを言いあらわしている。「アメリカに到着してまず目についたのは、この国の宗教的な側面だった。そして、長く滞在するにつれて新しい状況が政治にもたらした甚大な結果を目にする機会がさらに増した」。フランスでは、宗教と自由はたがいに相反するものだった。アメリカ人はそれとは反対に「宗教の精神と自由の精神を……みごとに結びつけることに成功した」。アメリカにおける宗教は「政治的制度の筆頭として見なされなければならない」

トクビルと同時代のスイス系ドイツ人フィリップ・シャフも、アメリカで宗教が中心的な役割をはたしていることを同様に指摘しており、あるユダヤ人識者の言葉を賛同の意をこめて引用している。「明らかにアメリカは世界で最も信心深く、キリスト教の栄える国である。しかも、それはこの国において宗教がきわめて自由だからこそなのだ」。多種多様な教会、宗教関係の学校、伝道活動、「ものみの塔聖書冊子協会」、信仰復興運動といったものは、教会に通う人の多さとともに、「キリスト教徒としての国民の一般的特徴のあらわれであり、その点ではアメリカ人はヨーロッパの古いキリスト教国をすでに凌駕《りょうが》している」

トクビルとシャフの時代より半世紀のちに、ジェームズ・ブライスが同様の結論をだしている。アメリカ人は「信心深い国民」であり、宗教が「人びとの行ないに影響し……おそらくそれは他のどんな近代国家におけるよりも強く、いわゆる信仰の時代よりも広範囲にわたる影響をおよぼしている」。そして、やはり「キリスト教の影響は……西ヨーロッパのどの国よりもアメリカのほうが大きく、広範囲におよんでおり、イギリス以上だと私は考える」としている。ブライスから半世紀のちに、スウェーデンの著名な学者であるグンナー・ミュルダールは「アメリカはいまなお西洋世界で最も宗教的な国だ」と考えている。

ミュルダールから半世紀後、イギリスの歴史学者ポール・ジョンソンはアメリカを「あらゆる意味で神を畏れる国」だと考えた。アメリカ人の篤信ぶりは「アメリカ例外論の主な原因の一つであり、それこそが主たる原因だと私は思う」。ジョンソンはさらに、神がいかにさまざまな出来事を方向づけたかを語ったリンカンの言葉を引用して、リンカンがどれだけ北軍の大義にたいする神の加護を願ったかを示し、こう述べた。

「ナポレオン三世、ビスマルク、マルクス、ディズレーリなど、リンカンと同時代のヨーロッパ人がこうした観点から考えていたとは想像できない。リンカンがそう考えていたのは、同胞であるアメリカ人の大半が同じように考えるだろうと、そして実際にもそうであることを確信したうえでのことだった」

圧倒的多数のアメリカ人は信仰を肯定する。一九九九年に神または普遍的な霊を信じるか、もしくはどちらも信じないかと質問され、調査された人の八六パーセントは神を信じていると答え、八パーセントは普遍的な霊を信じ、五パーセントはいずれも信じないと回答した。二〇〇三年に、ただ神を信じるかと質問したところ、九二パーセントは信じると回答した。二〇〇二年から〇三年にかけて実施された一連の調査では、アメリカ人の五七パーセントから六五パーセントは、宗教は自分たちの人生のなかでとても重要だと言い、二三パーセントから二七パーセントはわりに重要だと答え、一二パーセントから一八パーセントがあまり重要でないと回答した。七二パーセントから七四パーセントの人は来世を信じると言い、信じないと答えたのは一七パーセントだった。

一九九六年には、アメリカ人の三九パーセントが聖書は神の実際の言葉であり、文字どおりに受けとめるべきだと思うと回答した。四六パーセントの人は、聖書は神の言葉だと思うが、すべてのことを書かれているとおりに解釈するべきではないと答えた。神の言葉ではないとしたのは一三パーセントだった。

アメリカ人の大部分は、宗教の実践にも積極的であるようだ。二〇〇二年から〇三年に、アメリカ人の六三パーセントから六六パーセントは教会またはシナゴーグの会員であると述べた。三八パーセントから四四パーセントは過去七日間に教会またはシナゴーグに通ったと言った。二九パーセントから三七パーセントは、少なくとも週に一度は教会へ行くと答え、八パーセントから一四パーセントはほぼ毎週通うとし、一一パーセントから一八パーセントは一ヵ月におよそ一度は通い、二四パーセントから三〇パーセントがめったに行かないか、年に数回程度と回答した。一度も行かない人は一三パーセントから一八パーセントだった。二〇〇二年から〇三年には、アメリカ人の五八パーセントから六〇パーセントが一日に一度以上祈ると答え、二〇パーセントから二三パーセントは一週間に一度以上、八パーセントから一一パーセントは一週間に一度以下、九パーセントから一一パーセントは一度も祈らないと、それぞれ回答した。

人間の本質を考えれば、宗教活動とのかかわりに関するこうした主張はおそらく誇張されているだろうが、そのことを割り引いても、宗教活動のレベルはまだ高い。そして、望ましい回答は敬虔さを肯定することだとアメリカ人が考えている度合いそのものが、アメリカ社会において宗教的規範が中心を占めることの証明になっている。アメリカ人は、その他の団体よりも二倍以上多く宗教団体に加盟している。アメリカ人は慈善的な寄付金の四二・二パーセントを宗教団体に寄せており、これは他のカテゴリーの三倍以上に当たる。また、任意の一週間に教会へ行くアメリカ人の数は、スポーツ・イベントに足を運ぶ人の数よりも多いと言われる。

アメリカ人の篤信に関して、スウェーデンの神学者クリステル・ステンダールは「アメリカでは、無神論者ですら宗教的な話し方をする」と述べている。確かにそうかもしれないが、無神論を奉じるアメリカ人は一〇パーセントあるいはそれ未満しかいず、ほとんどのアメリカ人は無神論を容認していない。一九九二年には、アメリカ人の六八パーセントは、神への信仰が真のアメリカ人であるためにとても重要またはきわめて重要だと答え、こうした見解は白人よりも黒人とヒスパニックのほうに強く根づいていた。アメリカ人は無神論者を、その他多くのマイノリティ以上に好ましくないと見ている。一九七三年に実施された世論調査でこんな質問がなされた。

「大学で社会主義者か無神論者が教鞭をとるとしたら?」

調査の対象になった地域社会の指導者は、どちらが教えてもかまわないと答えた。アメリカの大衆全体としては、社会主義者が教えることには賛成だった（賛成が五二パーセント、反対が三九パーセント）が、無神論者が大学の教員になるという考えには明らかに反対だった（賛成三八パーセント、反対五七パーセント）。一九三〇年代以降、マイノリティから出馬する大統領候補に投票しようとするアメリカ人の数は劇的に増えた。一九九九年に調査の対象となった人びとの九〇パーセント以上は、黒人、ユダヤ教徒、あるいは女性の大統領に投票すると回答し、同性愛者の候補に投票すると答えた人は五九パーセントだった。ところが、無神論者を大統領に選ぶと回答した人は四九パーセントでしかなかった。

二〇〇一年には、アメリカ人の六六パーセントが無神論者を好ましくないと考えていたが、イスラム教徒にたいして同じように感じる人は三五パーセントだった。同様に、アメリカ人全体の六九パーセントは、家族の一員が無神論者と結婚するのは不快である、または受け入れられないと言い、一方、白人のアメリカ人のうち四五パーセントは、家族の誰かが黒人と結婚することに関して同じ意見をもっていた。アメリカ人は、共和国政府には宗教的な基盤が必要だとする建国の父たちの見解に同意しているようだ。だからこそ、神と宗教をあからさまに否定する意見を受け入れるのは難しいと考えるのである。

こうした高レベルの篤信ぶりも、それが他国の規範であれば、さほど重大な意味はなかったろう。しかし、アメリカ人は世界のなかでもきわめて信仰心の篤い国民であり、他の経済先進国の人びととくらべて、信仰心のレベルが格段に高いのである。複数の国にまたがって実施された三つの調査でも、この信心深さは明確に示されている。第一に、各国の宗教への関心レベルは、一般に経済が発展するにつれて逆に減少していく。貧しい国の人びとはたいへん信心深く、豊かな国の人びとはそうでもないのだ。アメリカは、【図5－1】を見ればわかるように、明らかに例外だ。これは経済の発展ぶりの異なる一五ヵ国のなかで、信仰はとても重要だと答えた人の割合を経済の発展水準とくらべたものである。右下がりの線からすると、宗教はとても重要だと考えるアメリカ人は五パーセントになると予測されるが、実際には、この調査では五一パーセントがそう考えている。前述の調査よりは若干少ない数値であるが。

第二に、一九九一年に国際社会調査プログラムが一七ヵ国の人びとに、神、来世、天国などの宗教概念について七つの質問をした。この結果を報告するうえで、ジョージ・ビショップはこうした宗教上の考えを肯定する人口の多い順に国を並べた。各国の平均的な順位は【表5－1】に示すとおりである。アメリカは全般的な信心深さのレベルでは群を抜いており、四つの質問で首位に立ち、一つでは二位に、二つで三位になり、平均して一・七位に位置した。北アイルランド（二・四位）——プロテスタントとカトリックの双方にとって宗教が明らかに重大な問題である地域——がそれにつづき、さらにカトリックの四ヵ国が並んだ。そのあとにニュージーランド、イスラエルと西欧の五ヵ国および元共産主義国が四つ並び、旧東ドイツは七つの質問のうち六つに関して最も宗教的でなく最下位に位置した。この世論調査によれば、アメリカ人はアイルランドやポーランドのような国の人びとよりも、もっと信心深いことになる。アイルランドとポーランドと言えば、昔からイギリス、ドイツ、ロシアの敵と自分たちを区別するうえで、宗教がナショナル・アイデンティティの根幹をなしてきた国である。

第三に、一九九〇年から九三年の世界価値観調査が四一ヵ国で信心深さに関して九つの質問をしている。それぞれの国の平均的な回答は【図５－２】[*1]に示すとおりである。全般的に、これらのデータはアメリカが世界でも屈指の宗教国であることを示している。ポーランド人とアイルランド人を別にすれば、アメリカ人はヨーロッパの人びとよりもはるかに信心深い。なかでも目につくのは、他のプロテスタント諸国と比較したときのアメリカ人の信心深さである。

信仰心の篤い上位一五ヵ国の内訳は、ナイジェリア、インド、トルコ（サンプルのなかで唯一のアフリカの国、およびヒンドゥー教徒とイスラム教徒がそれぞれ優勢な国）と、カトリック教徒が優勢な八ヵ国、東方正教会の国が一つ（ルーマニア）、完全に分裂した北アイルランド、およびプロテスタントが優勢な二ヵ国（アメリカ五位、カナダ一五位）である。調査の対象になった国のうちアイスランドを別とすれば、プロテスタントの信仰が優勢な国は、信心深さの点からするといずれも下位に位置している。したがって、アメリカはプロテスタントの国としては圧倒的に宗教心の篤い国なのである。宗教改革を起源とする伝統は、二十世紀末になってもまだ健在だったのだ。

【図 5-1 経済発展と信仰の関係】

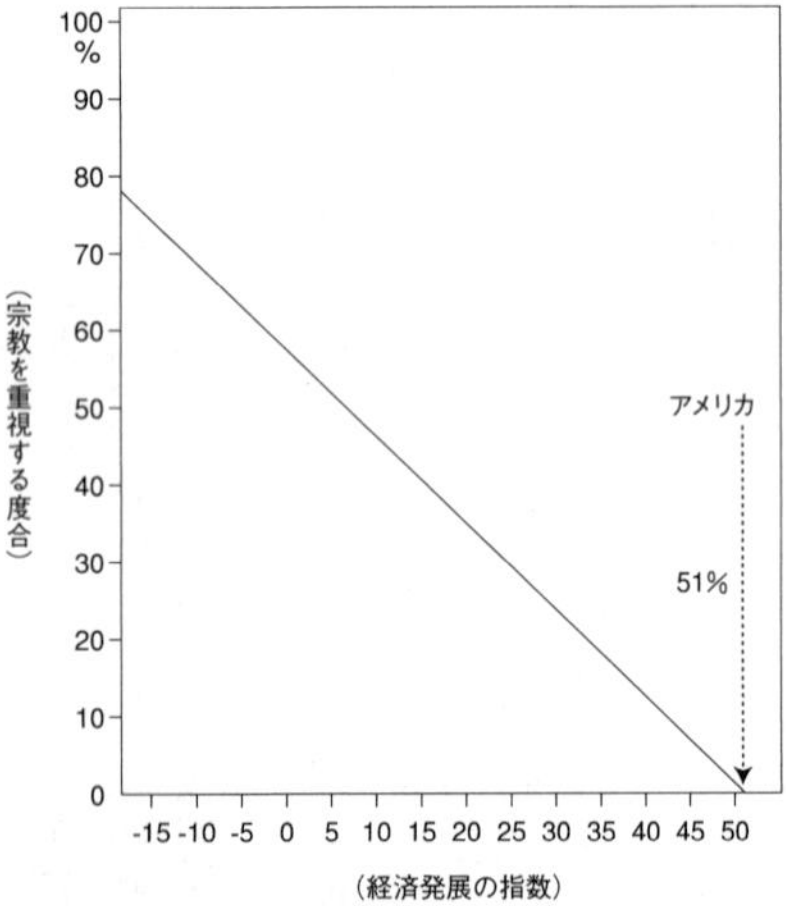

出典：Kenneth D.Wald,"*Religion and Politics in the United States*" (New York: St. Martin's Press,1987),p.7

【表 5-1 信仰心の国別順位】
宗教に関する七つの質問への回答から平均値を算出

アメリカ	1.7	ノルウェー	11.0
北アイルランド	2.4	イギリス	11.6
フィリピン	3.3	オランダ	11.9
アイルランド	4.1	旧西ドイツ	12.1
ポーランド	5.2	ロシア	12.7
イタリア	5.9	スロベニア	13.9
ニュージーランド	8.0	ハンガリー	14.3
イスラエル	8.3	旧東ドイツ	16.3
オーストラリア	10.6		

出典：George Bishop, "*What Americans Really Believe and Why Faith Isn't as Universal as They Think,*" Free Inquiry,9(Summer 1999),pp38-42.

【図5-2 世界における信仰心の度合】

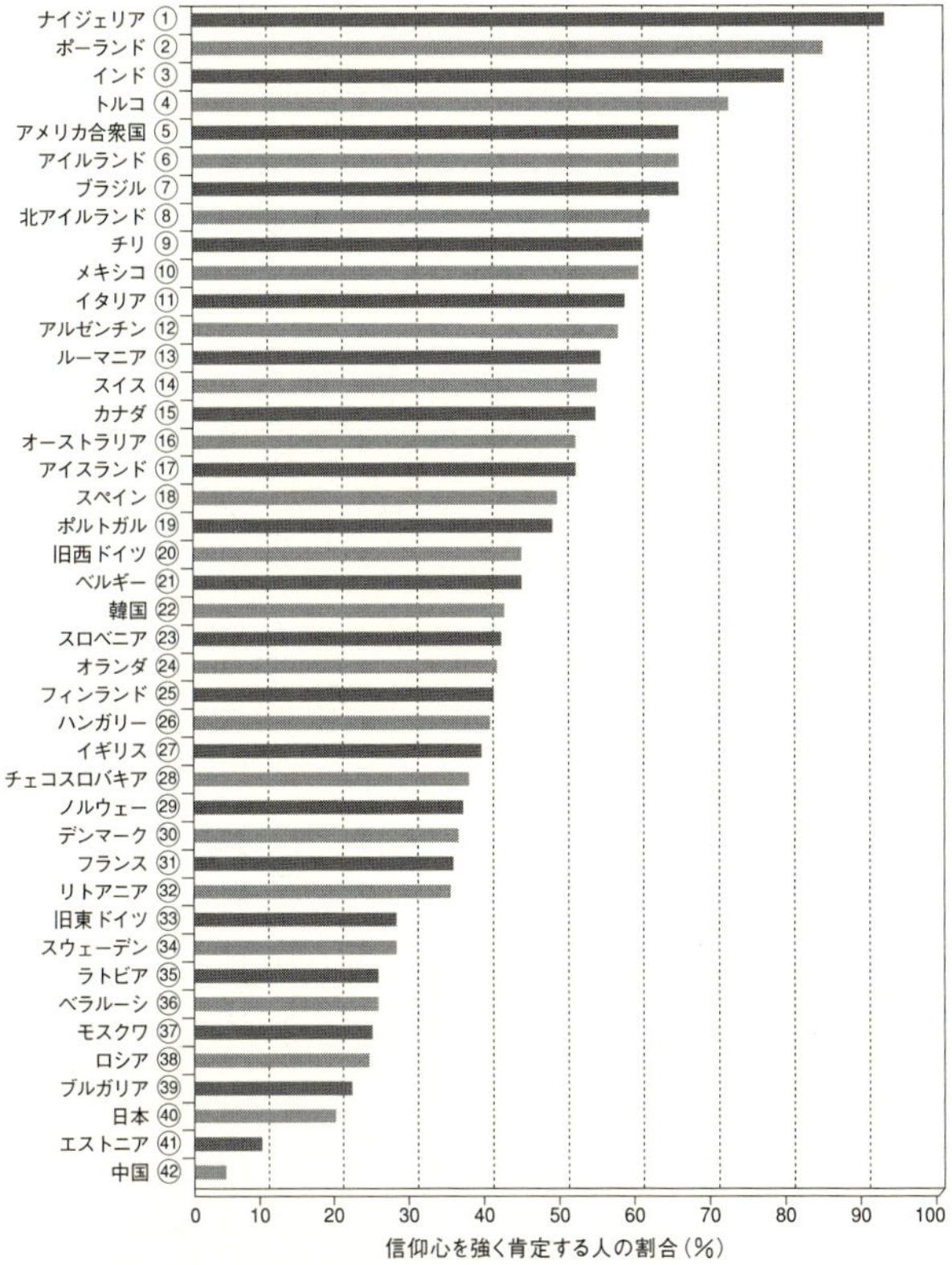

出典：Graph prepared by James Perry from data in Human Values and Beliefs.A Cross Cultural Sourcebook—Political, Religious, Sexual, and Economic Norms in 43 Societies, Findings from the 1990-1993 World Values Survey(Ann Arbor:University of Michigan Press,1998).

プロテスタントのアメリカとカトリック信仰

二〇〇年以上にわたって、アメリカ人は自分たちのアイデンティティをカトリック教徒に敵対するかたちで定義していた。カトリックの他者とはまず戦い、排斥し、その後は反対し、差別してきた。しかし、やがてアメリカのカトリシズムは、周囲のプロテスタント文化のもろもろの特徴と同化していった。それは一方で、アメリカの主流と同化することでもあった。こうしたプロセスを経て、アメリカはプロテスタントの国からプロテスタントの価値観をもったキリスト教国へと変わっていった。

当初、アメリカ人のあいだにくすぶっていた反カトリック感情は、カトリックにたいする宗教改革の苦闘に由来するだけでなく、十七世紀から十八世紀にかけてイギリス人がカトリック信仰を主たる脅威と見ていたことにも起因していた。イギリスは、主にプロテスタントの文化によって国を定義づけており、それはフランスおよびスペインの文化とは異なるものだった。カトリック教徒の陰謀やカトリック支持とされるものへの恐怖、スチュアート朝の君主のひそかなカトリック信仰といったものは、十七世紀のイングランドに繰り返し現われたテーマだった。

十八世紀になると、反カトリック感情はフランスとのたび重なる戦争によって高まった。イギリス人は、プロテスタント国民としての純潔さを保とうと心に決めていた。一六〇九年に、イギリスの議会は「プロテスタント以外の人びとの帰化を全面的に禁止した」。一六七三年には審査律によってカトリック教徒は公職から締めだされた。この禁止措置は、軍隊と司法の分野では一七九三年まで有効とされ、議会では一八二八年までつづいた。十八世紀にはヨーロッパ大陸のカトリック政権から迫害されて、多くのプロテスタントがイギリスに亡命した。一七四〇年に、議会は本国と植民地への帰化はプロテスタントにかぎると定め、例外としてユダヤ教徒とクエーカー教徒を認めたが、カトリック教徒はその対象にはならなかった。

イギリスの姿勢と行動は、アメリカの植民地でも踏襲された。非国教派プロテスタントを中心に、アメリカ人は教皇権とカトリック信仰を反キリスト的だと考えた。イギリスがフランスとスペインを相手にたびたび戦争するようになると、入植者は自分たちのなかにいるカトリック教徒を、裏切る可能性のある人間と見るようになった。植民地政府はユダヤ教徒の帰化は認めたが、カトリック教徒は認めず、一七〇〇年になると、メリーランド以外では「カトリック信仰の制限はどの植民地でもほぼ一般的となり、ロードアイランドとペンシルベニアだけは比較的ゆるやかなままだった」

彼らの反カトリック感情は、植民地開拓者を母国イギリスと敵対させるうえでも役に立った。一七七四年にイギリス議会は、ケベックでカトリック教会を容認することを定める条例を制定した。アメリカ側の反応はきわめて批判的だった。アレグザンダー・ハミルトンはその条例を「ポーパリー」〔カトリック教の蔑称〕だと非難し、他の人びとはより激しい言葉で攻撃した。大陸会議が初めてとった行動の一つは、この法律に積極的に反対することだった。アメリカ人はこれを紅茶への関税と同じくらい、自分たちの市民としての、また信仰上の自由をおびやかすものと考えた。

独立革命が始まると、アメリカ人はジョージ三世が「ポーパリー」を信仰しているとして非難し、一方のジョージ三世も反乱を「長老派の戦争」と呼んでこれに応じた。アメリカ人にとって、「ポーピスト」という言葉は、二十世紀における「共産主義者」に匹敵するレッテルとなり、しばしば実際にそうであろうとなかろうと、敵にたいして用いられた。しかし、政治的な配慮から、反カトリックの姿勢はまもなく崩れていった。ジェファソンは独立宣言のなかで、ケベック条例については遠まわしに触れたにすぎなかった。アメリカ人は当時、カナダのカトリック教徒を説得して、イギリスの王権にたいする闘争に加わってもらうことを望んでいたからだ。

一七七八年にフランスと同盟を結ぶと、一般大衆は別として、エリートの見解に大きな変化が生じた。そして、激しい反対の声が上がったにもかかわらず、連邦政府の役職に関して宗教的な理由で制限することを禁じる条項が憲法に盛りこまれた。これにつづいて、州法からもそうした制限は徐々に撤廃されていった。もっとも十九世紀になってもまだ、ノースカロライナの州法は「プロテスタント信仰の真理」を否定する者が公職に就くことを禁じていた。

植民地の反カトリックに関する法律は、カトリックの組織と活動を厳しく制限してカトリック教徒が移住を希望しないように仕向けるものだった。カトリック教徒の数が少なかったことが、異なった信仰をもつ者同士の高い結婚率につながり、十八世紀にはアメリカの人口のなかでカトリック教徒が占める割合は減ったようだ。一七八九年にはアメリカ人の約一パーセントがカトリック教徒であり、ユダヤ教徒は〇・一パーセントだった。アメリカは典型的なプロテスタント国家であり、アメリカ人もヨーロッパ人もそう考えていた。当時の人びとの一般的な傾向についてては、フィリップ・シャフがうまく言いあらわしている。一八四〇年代半ばに渡米してきたシャフは、のちにこう述べた。プロテスタントの各宗派が「この国の精神と気質をかたちづくっている。この国がたどってきた道も現状も、明らかに主としてプロテスタントの原則の影響を受けている」

一八一五年以降、アイルランドとドイツからの移民が増え、プロテスタント一色だったアメリカの国民性に変化をもたらした。一八二〇年代には六万二〇〇〇人の移民が、アイルランドとドイツからアメリカにやってきた。一八四〇年代には八〇万人近くがアイルランドから到着し、一八五〇年代には九五万二〇〇〇人がドイツから、九一万四〇〇〇人がアイルランドからやってきた。アイルランド人の九〇パーセントおよびドイツ人の大多数がカトリック教徒だった。これら大量の移民は反カトリック感情を再燃させ、カトリックへの不安を再びかきたてた。アメリカ人はもともと反カトリックの国民だと自負していたが、いまや彼らはその敵に侵略されつつあったのだ。これは第二次大覚醒と同時期に起こり、ペリー・ミラーが言ったように、「カトリシズムへの恐怖は信仰復興運動の病的な強迫観念になった」

この反カトリック感情は、往々にして宗教面ではなく、政治的なかたちであらわされた。カトリック教会は専制的で反民主主義的な組織と見られ、カトリック教徒は位階制と服従に慣れた人びとで、共和国の一員として必要な道徳的気質に欠けると考えられたのだ。カトリシズムはアメリカのプロテスタンティズムへの脅威であるだけでなく、アメリカの民主主義をもおびやかすものだったのである。

反カトリックの行動と運動は一八三〇年代と四〇年代に激化し、一八三四年にはマサチューセッツのチャールズタウンで修道院が放火される事件が起こった。一八四〇年代に移民が爆発的に増えたことから、一八五〇年には秘密結社の星条旗団が結成され、ノウ・ナッシング（Know-Nothing）運動として知られるようになった。一八五〇年代半ばに、ノウ・ナッシング党は六州で知事を当選させ、九つの州議会を支配して、国会に四三人の代表を送りこんだ。ミラード・フィルモアは一八五六年にノウ・ナッシング党の大統領候補となり、一般投票で二二パーセント、そして選挙人からの八票を獲得した。

しかし、奴隷制の拡大をめぐる論争が激しくなり、移民問題は争点でなくなったため、ノウ・ナッシング党は政治勢力としては姿を消していった。南北戦争を機に、あからさまな反カトリックの政治運動は終わりを告げ、そのころにはカトリック教徒の権利にたいする政府の規制はほぼすべてが撤廃されていた。しかし、その後も数十年にわたって、カトリック教徒にたいする社会的および政治的な偏見はアメリカ社会の随所に根強く残り、一八九八年にはアメリカ人を「教皇に支配されたスペイン」からキューバを解放する戦争へとかりたてた。

公然たる反カトリックの姿勢と行動が鳴りをひそめたのは、カトリシズムのアメリカ化と並行しており、その動きと直接かかわってもいた。これは複雑で、しばしば入り組んだプロセスとなった。一方で、それは細かく枝分かれしたカトリック諸制度の一大ネットワーク——教会、神学校、修道院、慈善団体、協会、政治団体、学校——の創設という結果につながった。それによって、短期的には新しい移民がすぐに馴染める社会が築かれ、長期的には彼らが移動するための制度上の踏み石ができた。そして、さらに重要なことに、彼らの子供たちがアメリカ社会の隅々まで入りこめるようにもなった。また一方では、カトリック信仰をアメリカの、つまりプロテスタントの環境に適応させることとも関連していた。それはカトリックの態度、慣習、組織、行動の変化にもおよび、事実上、ローマ・カトリック教会がアメリカ・カトリック教会に変貌したことを意味していた。

「アメリカ化」の賛否については、十九世紀を通じてカトリックの位階制をめぐって激しい論争がつづいた。アメリカの指導的な司教たちは一般に——全員一致ではないが——アメリカニズムとカトリシズムを調和させることに尽力し、アメリカ社会におけるカトリックの存在を、プロテスタントのアメリカ人の目から見て正当化させようと努めた。ジョン・アイアランド大司教の言葉を借りれば、アメリカ化を進める人はこう主張していた。「カトリック教会とアメリカのあいだに軋轢《あつれき》はない……教会の根本原理は共和国の利害と完全に一致する」

それに反対する人びとはアメリカ化を腐敗への道と見なし、いずれ近代主義、個人主義、物質主義、そしてリベラリズムの最悪の形態に発展すると考えた。こうした議論が最高潮に達し、ついに決裂したのは、一八九九年一月にローマ教皇レオ十三世がギボンズ枢機卿に宛てた手紙「テステム・ベネボレンシエ」によってだった。それは「アメリカニズム」の誤った原則を非難する内容だった。教皇の手紙は一般には、ギボンズ枢機卿やアイアランド大司教をはじめとするアメリカ化の推進者にたいする厳しい叱責と見なされたが、それはまた誰も信じていない考えを定義し、攻撃しているにすぎないとして批判もされた。

ドイツ系カトリック教徒を中心に、一部の人びとはアメリカ化に抵抗し、自分たち独自の言語、文化および宗教を少しも変えずに維持していこうと努めた。しかし、同化の動きを止めることはできなかった。そうこうするうちに、カトリック教徒が自らをローマ・カトリック教徒ではなく、アメリカのカトリック教徒だと考えることが多くなるにつれ、教会の「脱ローマ化」が起こった。二十世紀半ばになると、フルトン・J・シーン司教やフランシス・スペルマン枢機卿をはじめとするカトリックの指導者はアメリカの熱心なナショナリストになっており、アイルランド系アメリカ人のカトリック教徒は模範的なアメリカの愛国者になった。ピーター・スタインフェルズはこの変化のある一面を次のように言いあらわしている。

一九四三年、四四年、四五年と、三年連続してローマ・カトリック教を中心とした映画――『聖少女』、『我が道を行く』、『聖メリーの鐘』、『王国の鍵』――が、アカデミー賞の三四部門にノミネートされ、一二部門でオスカーを獲得した。カトリックの神父にたいし、アメリカ人はかつて腹黒い人間というイメージを心に描いていたが、いまや彼らは現実に映画のなかでアメリカの男性を代表する模範となったのだ。スペンサー・トレイシーが『少年の町』で演じたフラナガン神父から、ビング・クロスビーの扮する元バスケットボール選手でいつも歌を口ずさんでいるチャック・オマリー神父、『波止場』でカール・マルデンの演ずる労働者の神父、さらにはパット・オブライエンが扮したさまざまな神父にいたるまで、「スーパー神父」なるものが出現しはじめたのだ。男らしくて、思慮に富み、気さくで、情け深く、いざとなればみごとなノックアウト・パンチも振るえる人物である。

そして一九六〇年には、カトリック教徒のジョン・F・ケネディが大統領に選ばれた。カトリック教徒はアメリカ人としてのアイデンティティを誇りに思い、彼らの教会がアメリカ化したことも、それがアメリカ社会のなかで中心的かつ影響力のある機関として台頭してきたことも喜んだ。もっとも、当然のことながら、彼らは自分たちの宗教が「プロテスタント化」したと言及されることは好まなかった。とはいえ、ある意味ではそれこそがアメリカ化にともなうことだったのだ。アメリカの起源がプロテスタンティズムにあり、二世紀以上にわたってプロテスタンティズムが圧倒的な優勢を誇り、アメリカの文化と社会でプロテスタントの価値観が広範にわたる中心的な役割を担ってきたことを考えれば、アメリカの舞台にあとから登場した彼らにとって、それ以外にどんな選択ができただろうか？

プロテスタント化はアメリカだけに特有の現象というわけでもない。世界価値観調査からのデータをロナルド・イングルハートが入念に分析したところによると、歴史的にプロテスタンティズムの影響を深く受けた社会――ドイツ、スイス、オランダ、そしてアメリカ――に住むカトリック教徒は、一般にそれ以外の国のカトリック教徒よりも自国のプロテスタントの同胞と似たような価値観をもっている。「これらの社会内部のカトリック教徒とプロテスタントが、いちじるしく異なった価値観をもつことはない。今日のオランダのカトリック教徒は、オランダ改革派教会の会員と同じくらいカルバン主義者である」

ヨーロッパのプロテスタンティズムは、支配的な勢力として長い伝統をもつカトリシズムにたいする反乱だった。アメリカではそれと異なり、シャフが表現したように、カトリシズムは「さまざまな宗派のうちの一派として」プロテスタント社会にやってきて、そこで「借用すべき家を見つけた」のであり、「どこもかしこも生粋のプロテスタントの制度に囲まれていた」のである。メリーランドに築かれたボルティモア卿の初期のカトリック植民地は、「まぎれもなくローマにすっかり背を向け、基本的にはプロテスタントに似た宗教的寛容の原則のもとに築かれた」。十九世紀初めには、ウィル・ハーバーグが述べたように、カトリック教徒は「随所に見られるプロテスタントの模範とほぼ同じ方法で教会による支配形態を築いた」

「平信徒による評議員主義」として知られるこの形態は、会衆レベルにおける平信徒の権利と権限を主張したものだった。この運動は、一八二九年にボルティモアの第一回州評議会で否定され、司教の権威が再び主張された。とはいえ、それはカトリック教会をアメリカのプロテスタントの行き方に適応させようとする圧力の存在を例証していた。十九世紀末から二十世紀初頭になると、ドロシー・ドーヘンが言うように、「アイアランド大司教およびギボンズ枢機卿は、書面や演説のなかでプロテスタントの倫理（広めるべき美徳として彼らが主張したところによれば、『アメリカ』の節度、倹約、独創力といった特徴）を受け入れるよう信者にうながすようになった」

プロテスタント化がいちじるしく見られたのは、カトリックの普遍救済説とアメリカのナショナリズムを両立させたカトリック高位職者の手法とその徹底ぶりにおいてだった。福音派のプロテスタントの論調、思想、言葉を真似て、彼らは世界におけるアメリカの使命は神授の正当なものだと主張した。一九〇五年にアイアランド大司教はこう語っている。「アメリカには、またとない使命が課せられていると信じざるをえない……社会と政治に新しい秩序をもたらす使命である……教会はアメリカで勝利をおさめ、普遍的な真理はアメリカの影響力の翼に乗って旅をし、世界をめぐるだろう」

二十世紀半ばに、シーン司教もやはりアメリカは選ばれた国だと語っているし、スペルマン枢機卿は、ある学者によると、「アメリカ国民の判断と行動は神によるものだと公然と見なしており……アメリカの救世主的な使命を受け入れるスペルマン枢機卿の支持は徹底していた」という。

アフリカのある識者は、「アメリカのカトリック教徒はローマにとっては厄介者だ。それは彼らが……そう、あまりにもプロテスタント風だからにほかならない」と一九九〇年代に記している。この点に関しては、カトリック教も、ユダヤ教をはじめとする他の宗教と変わらない。「アメリカの宗教は、その正式な宗派上の名称が何であれ、明らかにプロテスタントなのである」

キリスト教徒の国民

一般的に信仰心が篤いことのほか、アメリカ人のキリスト教信仰も海外の評者に強い印象を与えてきた。「アメリカほど、キリスト教が人びとの心に大きな影響をおよぼしている国は世界のどこにもない……そのため、キリスト教は何らの障害もなく、万人の同意のもとに支配している」、とトクビルは言った。ブライスも同様に、キリスト教はアメリカ人の「国教」だと述べた。

アメリカ人もまた自分たちのキリスト教徒としてのアイデンティティを肯定してきた。「われわれはキリスト教徒の国民である」と、一八一一年に最高裁判所は宣言した。「われわれはキリスト教徒の国民だ」と、上院の司法委員会も一八五三年に断言した。「ほぼすべての国民がキリスト教のいずれかの宗派に属しているか、共感を抱いている」、と。

南北戦争のさなか、リンカンはアメリカ人を「キリスト教徒の国民」と表現した。一八九二年に最高裁はまた「この国はキリスト教国である」と明言した。一九〇八年には、下院のある委員会が、アメリカは「キリスト教国」だと言い、「共和国制度を永続させるうえで頼れる最高の、そして唯一の方法はキリスト教にもとづく愛国心によるものだ」とした。一九一七年に、議会は参戦を支持して祈りの日を設けることを宣言した法律を制定し、キリスト教国としてのアメリカの立場を明らかにした。一九三一年に最高裁は以前の見解を再確認した。「われわれはキリスト教徒の国民であり、たがいに信仰の自由を保障し、神の意志への服従義務を尊重している」

一八七三年には、エール大学のセオドア・ドワイト・ウールジー元学長が「この国はどのような意味でキリスト教国だと言えるか？」という設問をし、自ら明確に答えている。「それはもちろん、以下の意味においてである。つまり、大多数の人びとがキリスト教と福音を信じており、キリスト教の影響が普遍的であり、われわれの文明と知的文化がその基礎のうえに築かれ、キリスト教徒がほぼ賛同する意見によって、われわれの信仰と道徳を広め、後世に伝えるという最高の希望を与えるための制度がととのえられているからだ」

プロテスタントとカトリック教徒のバランスは歳月とともに変わったが、自らをキリスト教徒と考えるアメリカ人の割合は比較的一定している。一九八九年から九六年のあいだに実施された三度の調査では、アメリカ人の八四パーセントから八八パーセントがキリスト教徒だと回答した。アメリカにおけるキリスト教徒の割合は、イスラエルのユダヤ教徒や、エジプトのイスラム教徒、インドのヒンドゥー教徒、ロシアの東方正教会信者の割合に匹敵するか、それを上回っている。それでも、キリスト教国としてのアメリカのアイデンティティは二つの理由から疑問視されている。

第一に、キリスト教以外の宗教が増えているので、アメリカはキリスト教徒としてのアイデンティティを失いつつあり、それゆえアメリカ人は多宗教的になり、単なる多宗派の国民ではなくなったという主張だ。第二に、アメリカ人は宗教的なアイデンティティを失いつつあり、より世俗的で、無神論的かつ物質主義的になり、宗教的な伝統には無関心になっているという意見だ。こうした主張はいずれも真実からはほど遠い。

キリスト教以外の宗教が広まっているために、アメリカはキリスト教徒のアイデンティティを失いつつあるという議論は、一九八〇年代から九〇年代に何人かの学者が唱えたものだ。彼らは、アメリカ社会のなかでイスラム教徒、シーク教徒、ヒンドゥー教徒、仏教徒が増えている事実を指摘した。これらの宗教の信者は確かに多くなっている。アメリカのヒンドゥー教徒は一九七七年には七万人だったが、一九九七年には八〇万人に増えた。イスラム教徒は一九九七年には少なくとも三五〇万人に達し、また仏教徒は七五万人から二〇〇万人のあいだとされている。

こうした展開を踏まえて、脱キリスト教徒化説を説く人は、ダイアナ・エック教授の言葉を借りれば、「宗教上の多様性」ゆえに、圧倒的な数のキリスト教徒と少数のユダヤ教徒のいる国としての「アメリカのパラダイムは崩れた」と主張した。別の学者は、国民の祝日をますます多様化する宗教に合わせて調整すべきだと提案し、手始めに「キリスト教の祝日を一つ設け（たとえばクリスマス）、イースターと感謝祭のかわりにイスラム教とユダヤ教の祝日を設定する」のが望ましいと語っている。だが、ある意味では、祝日の傾向はその逆方向にあった。ジェフ・スピナー教授によれば、ハヌカーは「従来はあまり重要でないユダヤの祝日」だったが、「ユダヤ教のクリスマス」に格上げされ、「支配的な文化により適応」するために、プリム祭に代わる祝日となった。

キリスト教以外の一部の宗教で信者数が増えている事実は、控え目に言っても、キリスト教国としてのアメリカのアイデンティティに重大な影響をおよぼしたことはなかった。

同化や低い出生率、異民族間の結婚といったことの結果、ユダヤ教徒の割合は一九二〇年代の四パーセントから一九五〇年代には三パーセントに減少し、一九九七年には二パーセント強になった。それぞれの代弁者が主張する数値が正しいとすれば、一九九七年にはアメリカ人の約一・五パーセントがイスラム教徒であり、ヒンドゥー教徒と仏教徒はそれぞれ一パーセント未満である。非キリスト教徒および非ユダヤ教徒の数は間違いなく増えつづけるが、当分のあいだはきわめて少数のままだろう。非キリスト教の信者の増加は、改宗によるものもあるが、その大多数は移民と高い出生率に起因するものだ。しかし、これらの宗教を信仰する移民は、中南米とフィリピンからの大量の移民とくらべると数のうえではるかに少なく、後者の移民はほぼ全員がカトリック教徒で、出生率が高い。

中南米からの移民は福音派のプロテスタンティズムに改宗もしている。そのうえアジアと中東では、キリスト教徒のほうが非キリスト教徒よりもアメリカに移住する可能性が高い。一九九〇年の時点で、アジア系アメリカ人の大多数は仏教徒やヒンドゥー教徒ではなく、キリスト教徒だった。韓国系アメリカ人のあいだでは、キリスト教徒のほうが仏教徒よりも一〇対一の割合で多い。ベトナムからの移民のおよそ三分の一はカトリック教徒だ。アラブ系アメリカ人の約三分の二はイスラム教徒ではなくキリスト教徒だった。もっとも、9・11前にはイスラム教徒の数が急速に増えていたが。

正確な判断は下せないにしても、二十一世紀の初頭において、おそらくアメリカのキリスト教徒の割合は宗教上の構成から言えば減っていず、むしろ増えていただろう。

とはいえアメリカ国内で非キリスト教徒が少数ながらも増加している事実は、キリスト教徒が多数を占め、非宗教的な政府をもつ国における彼らの地位に関して、否応なしに疑問を生じさせる。たとえば、イスラム教徒の女性がいつスカーフをかぶり、シーク教徒の男性がいつ顎鬚とターバンを許されるのかといった現実的な問題である。アメリカ人は概して非キリスト教徒の集団の慣習を黙認し、受け入れようとしてきた。アメリカがキリスト教国であり、プロテスタントの価値観をもち、憲法で信仰の自由が保障されているということは、非キリスト教徒の集団も彼らの宗教活動を自由に実践し、布教することが許されるべきであり、またおおむね許されてきたことを意味する。

アメリカ人は概して宗教にたいしてそれなりに寛大である。どんな宗教でも尊重されるべきだ、と考えるのだ。一八六〇年に、アンソニー・トロロープが述べたところによると、アメリカでは「誰もが信仰をもたなければならないが、それが何であるかはさして問題ではない」。およそ一〇〇年後に、アイゼンハワー大統領も同じ見解を述べた。「われわれの政府は、心の底からの信仰にもとづいたものでなければ、何の意味もなさない。それがどんな信仰であっても、私はかまわない」

　非キリスト教の信仰にたいするこうした一般的な寛容性を考えれば、他の宗教もアメリカをキリスト教の社会として認め、受け入れる以外にほとんど選択の余地はないのだ。彼らは、キリスト教の神とその子を信奉する人が圧倒的に多い国のなかで、わずかな少数派にすぎない。

「アメリカ人はこれまでつねに自分たちをキリスト教徒の国民だと考えてきた」と、アービング・クリストルは言う。「また、伝統的なユダヤ・キリスト教の倫理観に賛同するかぎり、どんな宗教にも同じように寛容である。しかし、同じように寛容だからといって……現実に完全に同じ地位にあることを意味するのではない」。キリスト教は法律によって国教と定められているのではないが、「それでも非公式の国教なのである」。そして、クリストルは同胞のユダヤ教徒に、これは彼らも受け入れざるをえない事実だと語った。アメリカ人は、歴史を通じてそうであったように、いまなおキリスト教徒の国民なのである。

　しかし、彼らは本当にキリスト教徒としての信仰をもち、その教えを実践しているのだろうか？　かつての信心深さは時代とともに薄れ、消滅さえし、反宗教的とまでは言わずとも、まったく世俗的で非宗教的な文化に取って代わられたのではないか？　世俗的、非宗教的といった言葉は、アメリカの知識人や学識者およびメディアのエリート層には当てはまる。しかし、これまで見てきたように、それらはアメリカの一般大衆をあらわすものではない。アメリカ人の信心深さは絶対的な尺度からすればいまでも高く、似たような社会とくらべても高いだろうが、時代とともに宗教にたいするアメリカ人の関心が衰えていけば、世俗化という論点もまた有効になるだろう。

しかし、歴史的にも、二十世紀末にも、そのような衰退の徴候はほとんど見られない。唯一、生じたと思われる重要な変化は、一九六〇年代と七〇年代にカトリック教徒の宗教への関心が急激に減ったことだった。一九六〇年代に教会へ行く人の数が全体として下がったのは、毎週日曜日のミサに行くカトリック教徒の割合が減ったのが原因だった。一九五二年には、カトリック教徒の八三パーセントが宗教は人生のなかでとても重要だと答えていた。一九八七年に同じ回答をしたカトリック教徒は五四パーセントにすぎなかった。この変化は、宗教にたいするカトリック教徒の姿勢を、プロテスタントのそれにいっそう近づけることになった。

総じて、二十世紀後半には、アメリカ人の宗教的な姿勢と行動には変化はほとんど見られなかった。一九四四年にはアメリカ人の九六パーセントが神を信じていると答え、一九六八年には九八パーセントが同じ回答をし、一九九五年には九六パーセントが神または普遍的な霊を信じていると言った。[*2] 人生のなかで宗教はとても重要だと答えたアメリカ人の割合は、一九六五年には七〇パーセントだったが、一九七八年には五二パーセントに落ち、その後二〇〇二年末になって六一パーセントから六五パーセントに上がった。

しかし、一九七〇年代の減少は主にカトリック教徒のあいだで見られたものだ。一九四〇年には、アメリカ人の三七パーセントが過去七日間に教会またはシナゴーグへ行ったと答えた。二〇〇二年には、四三パーセントが同じ回答をした。一九四〇年には、アメリカ人の七二パーセントが教会またはシナゴーグの会員だと答え、二〇〇二年にそう答えたのは六六パーセントであり、減少はやはり一九七〇年代のカトリック教徒の行動に集中していた。世論調査のデータを丹念に調べた結果、アンドリュー・グリーリーはこう結論している。「減少を示す指標は三つしかない。教会に通う人の数、寄付金、および聖書の文字どおりの解釈を信じることである。三つの減少はいずれも、カトリック教徒にかぎられている」。カトリック教徒にこうした減少が見られるのは、おそらく第二回バチカン公会議の影響と、カトリック教会が産児制限にたいして頑なな態度を貫いていることが原因の一部と考えられるだろう。

アメリカの歴史のなかで、アメリカ人の篤信ぶりと、宗教活動への参加の度合いには波がある。ある意味では、こうした変動は十八世紀半ば、十九世紀初頭、および十九世紀末から二十世紀初めにかけての「大覚醒」と関連している。しかし、アメリカ人の信仰心が薄れて世俗化している傾向を示す証拠は、まず見当たらない。宗派が増え、特に十九世紀にメソジストとバプティストが爆発的に伸びたことによって、宗教活動への参加は大幅に増した。一七七五年から一八四五年のあいだに、アメリカの人口はおよそ一〇倍に増えたが、それと並行して人口にたいするキリスト教の聖職者の割合も三倍になり、住民一五〇〇人当たりに一人だったものが、五〇〇人に一人となった。

同じような増加は信徒の数にも見られた。国勢調査と各宗派の会員データを注意深く調べた別の研究によると、教会の正式な会員であるアメリカ人の割合は、一七七六年には一七パーセントだったのが、一八六〇年には三七パーセントに増加し、それから二十世紀に入っても着実に増えつづけ、一九八〇年には六二パーセントになった。二十一世紀の初めにあたり、アメリカ人の宗教への関心は薄れるどころか、この国の歴史のどの時代にも増して、キリスト教徒としてのアイデンティティを深く意識するようになった可能性がかなり高い。

市民宗教

「アメリカでは、宗教は……国民のあらゆる習慣と、あらゆる愛国心と入り混じっており、そこから特殊な力を引きだしている」と、トクビルは言った。宗教と愛国心の入り混じった状態は、アメリカの市民宗教において明らかに見られる。ロバート・ベラーは一九六〇年代に「全盛期の」市民宗教をこう定義している。「アメリカ人の経験において見られた、あるいは経験を通じて啓示されたとも言えるような、普遍的かつ超越的な宗教上の真実を純粋に理解すること」だ、と。

市民宗教によって、アメリカ人は世俗の政治と宗教的な社会を和解させ、神と国を結びつけることができた。それは自分たちの愛国主義に宗教的な神聖さを与え、ナショナリズムの正当性を信仰に付与するためであり、それによって相反する忠誠心となりえたものを統合し、宗教的な意味をもつ国への忠誠心に変えたのである。

アメリカの市民宗教は、アメリカ人が共通して抱懐するものに宗教的な承認を与えている。

市民宗教は、個々のアメリカ人が別の宗派に属している事実と矛盾することもなく、キリスト教の神を信仰していてもそれ以外の神を信じていても、あるいは建国の父の何人かがそうだったように理神論者であっても、まったく問題がないのである。しかし、無神論とは両立できない。というのも、それは宗教であって、地上の人間の世界から離れた超越的な神の加護を呼びかけるものだからだ。

アメリカの市民宗教には四つの主な要素がある。

まずその中心に、アメリカ政府の制度は宗教的な基盤のうえに成り立っているという主張がある。それは神を前提としたものだ。憲法の起草者たちは、彼らが築こうとしていた共和政治を存続させるのは、信仰と倫理観をもつ人びとでなければならないと考えた。その見解は、のちの世代のアメリカの指導者たちによって裏づけられ、繰り返された。

われわれの制度は「神を前提としている」と、ウィリアム・O・ダグラス判事は述べ、アイゼンハワー大統領も同様に「神の存在を認めることが、アメリカニズムの第一の、最も基本的な意思の表明である。神なしには、アメリカ式の統治形態も、アメリカ式の生活様式もありえない」と、言明した。神を否定することは、アメリカの社会と政府の根底にある基本原則に挑むことなのである。

市民宗教において二番目に核となる要素は、アメリカ人は神に「選ばれた」、あるいはリンカンの言う「ほとんど選ばれた」民であり、アメリカは「新しいイスラエル」であって、世界のためにつくすという神から課せられた使命を担っているという信念である。市民宗教の核となるのは、コンラッド・チェリーが言ったように、「アメリカが神のもとで特別な運命にあるという感覚」なのだ。建国の父たちが共和国を築くにあたって選んだ三つのラテン語の語句のうちの二つは、この使命感を要約したものだ。アヌイット・コエプティス（神はわれわれの企てに微笑む）、およびノウス・オルド・セクロルム（世紀の新秩序）である（三番目は、エ・プリュリブス・ウヌム《多から一》）。

アメリカの市民宗教の第三の要素は、アメリカの公共の場における演説や儀式や式典の随所に、宗教と関連した暗示や象徴が見られることだ。歴代の大統領はみな聖書に手を当てて就任を宣誓してきたし、それ以外の高官も宣誓の最後に「神に誓って」という言葉を述べて公職に就く。ワシントンが二期目に就任したときに二段落しかない演説をした例を除けば、どの大統領も就任演説では神の加護を祈り、その他の主要な演説でもたいていはそうした。リンカンをはじめとして、一部の大統領の演説は宗教的な響きと聖書の言葉に満ち溢れている。

アメリカの通貨には、紙幣にも硬貨にも八つの単語が、それも八語だけが刻まれている。「ユナイテッド・ステーツ・オブ・アメリカ」と「イン・ゴッド・ウィ・トラスト（われらは神を信ずる）」である。アメリカ人は「神のもとに一つになった国」に忠誠を誓う。主だった公共の儀式は、一つの宗派の聖職者による神への祈りに始まり、別の宗派の聖職者による祝福で終わる。軍隊には相当数の軍付き牧師がいるし、議会の日々の会議は祈りとともに始まる。

第四に、国家的な儀式と活動そのものが宗教的な雰囲気をおび、宗教的な役割を担っていることだ。ロイド・ウォーナーが述べたように、戦没将兵追悼記念日《メモリアル・デー》は歴史的に「アメリカの神聖な儀式」だった。感謝祭を祝うことも、大統領の就任式や葬儀もやはり神聖なものだった。独立宣言、憲法、権利の章典、ゲティスバーグの演説、リンカンの二度目の就任演説、ケネディの就任演説、マーティン・ルーサー・キングの「私には夢がある」の演説はみな、アメリカのアイデンティティを特徴づける神聖な字句となった。

アメリカの市民宗教のなかで、宗教と政治が一体化したことは、ピーター・スタインフェルズが一九九三年のビル・クリントンの就任について書いた記述によくあらわされている。

> その中心となるのは聖書に手をかけての厳粛な宣誓であり、前後には祈りが捧げられ、賛美歌と愛国的な音楽が奏でられた……。
>
> この一週間、いたるところで宗教的な意思表示が見られ、それとならんで、あからさまではないが、まぎれもなく宗教的な含みが感じられる瞬間が多々あった。大統領が就任した週は、全米各地で教会の鐘の音が鳴り響いて公式に始まった。ハワード大学で、ビル・クリントンはマーティン・ルーサー・キング牧師の思い出に触れ、彼の教えを真似て、聖書からの引用をした。その言葉は就任演説の最後にも使われ……。
>
> 大統領は一日中、宗教界の指導者たちにかこまれていた。

大統領就任式は非宗教的な社会または政治組織の儀式ではなかったし、いわんや無神論者のそれではなかった。イギリスの学者D・W・ブローガンが指摘したように、学校で日々「アメリカ人の信条」[*3]を復唱する子供たちは、宗教的な訓練を受けているのであり、それは一日の始まりに「全能の父である神を信じます」とか「神以外の神はいません」と言うのと変わらない。市民宗教はさまざまな宗派の信者からなるアメリカ人を、「教会の魂をもった国民」に変えているのである。

しかし、アメリカのものであるという以外に、チェスタートンの言う教会とはどんな教会なのだろうか？　それはプロテスタント、カトリック教徒、ユダヤ教徒などの非キリスト教徒、さらには不可知論者をも含む教会だ。だが、それはその起源においても、象徴的な意味や精神、あるいは付随するものからしても、そしてより肝心なことに人の本質、歴史、正邪に関する基本的な前提においても、深い意味でキリスト教のものなのだ。キリスト教の聖書、キリスト教関連の言葉、聖書の隠喩や暗喩は、市民宗教の表現に浸透している。「市民宗教の陰には、あらゆる点で聖書の原型が見られる」と、ベラーは言った。「エクソダス〔集団移住〕、選民、約束の地、新しいエルサレム、犠牲的な死と復活などである」。ワシントンはモーセになり、リンカンはキリストとなる。「(市民)宗教の象徴、信仰、および儀式の最も重要な核は、旧約および新約聖書である」と、コンラッド・チェリーも同意する。

アメリカの市民宗教は特定の宗派にはこだわらない国教であり、明確な表現のなかでは、あからさまにキリスト教とはされてはない。しかし、その起源、内容、前提、および気質において、それはまぎれもなくキリスト教なのだ。アメリカ人がその貨幣において信ずるという神は、キリスト教の神を暗示している。ただし、市民宗教の声明や儀式のなかに二つの言葉がでてくることはない。それは、「イエス・キリスト」である。[*4] アメリカの信条が神抜きのプロテスタンティズムであるように、アメリカの市民宗教はキリスト抜きのキリスト教なのである。

＊１　これらの調査には共通のアンケートが用いられたが、各国ごとに異なった組織によって実施された。そのためにデータの信頼性は異なるかもしれない。また、回答者がどの程度、自分の見解をあらわして「誠意ある」回答をするか、「下心のある」回答をするかも異なるだろう。下心のある回答には三つのタイプがある。（１）社会または社会的集団のなかで好まれるか、期待されると回答者が考え答えるもの、（２）質問者が喜ぶと思われる回答をするもの、（３）政府当局とのトラブルに巻きこまれまいとして回答したものである。もっとも、（１）のタイプの答えは、社会内でどれほど広範に強くそういった姿勢が見られるかの証明でもあるかもしれない。

＊２　「普遍的な霊」という言葉は、一九七〇年代にこの質問に付け加えられた。神だけに言及する当初の言いまわしが使われつづけたなら、その信仰を肯定する人の割合

が最高で一三パーセント減った可能性は、絶対に確かとは言えないが、ある。(リチャード・モーリン『ワシントン・ポスト・ウィークリー・エディション』一九九八年六月一日)

＊3 「人民の、人民による、人民のための政府としてのアメリカ合衆国を私は信じます。その公正な権限は被統治者の同意によるものです。それは共和国における民主政治であり、多数の独立州からなる主権国家および分かつことのできない一つとなった完全な連合であって、アメリカの愛国者たちが生命と財産をなげうって得た自由、平等、正義、人間性の原則のうえに築かれたものです。したがって、この国を愛することは自分の国への義務だと、私は考えます。その憲法を支持し、法律にしたがい、国旗を敬い、あらゆる敵にたいしてこの国を守ることが私の義務なのです」(一九一八年に国家信条の作文コンクールが全米規模で実施され、そこで採用されたウィリアム・タイラー・ペイジの作文)

＊4 ジョージ・W・ブッシュ大統領の就任式でフランクリン・グレアム牧師がこの禁制を破ると、多くの批判がわきおこった。ブッシュは大統領選挙戦のなかでキリストへの信仰をはっきりと表明している(第12章参照)。おそらくグレアムが批判されたことを受けて、ブッシュは大統領に就任後は、信仰を表明する場合、かなり意識的に

キリストについて触れなくなった。（『ニューヨーク・タイムズ』二〇〇三年二月九日）

第6章　ナショナリズムの台頭、勝利、衰退

もろい国家

十八世紀以来、国家とナショナリズムは西洋社会の主たる特徴となってきた。二十世紀に入ると、それらは世界中の人びとにとっても中心的な概念になった。アイザイア・バーリンはナショナリズムの問題を次のように要約している。「国家が個人にたいして至高の要求をするのは、国家の生命と目的と歴史だけが、個人の存在および行動のすべてに活気と意味を賦与《ふよ》するという事実にもとづいている」。ジョン・マックも同様にこう書いた。「人が他の人びとを殺し、自らの生命を進んで犠牲にして献身できるものなど、さほど多くはない。国が脅威にさらされていると感じた場合に防衛することは、そうしたものの一つである」

とはいえ、国のアイデンティティは固定された永続的なものではないし、ナショナリズムも他のすべてに勝るほど深く浸透した動機ではない。国が存在するのは人間集団が自分たちを一つの国民だと考えた場合のみであり、自分たちの概念などきわめて代替可能なものかもしれない。そのうえ、国民としての義務の重要性も、その他の義務とくらべて大きく変わる

可能性がある。第2章で述べたように、ヨーロッパ諸国の政府はときに多大な努力を傾けて統治下の人びとを統一した集団にまとめあげ、共通のナショナル・アイデンティティの観念をつくりださなければならなかった。

ナショナル・アイデンティティはその他のアイデンティティと同じく形成されては破壊されるものであり、価値を高めもすれば低めることもあり、信奉されもすれば拒絶されることもある。その他のアイデンティティと比較した場合、ナショナル・アイデンティティの評価は国民ごとに変わり、ある国民にとってナショナル・アイデンティティが占める相対的な顕著性と強さは、時とともに変化する。二十世紀末の歴史がありありと示したように、国民や国民国家に関して何一つ固定したものはないのだ。それらは生まれては消えていく。ヨーロッパ諸国の国民以上に、アメリカ国民は人間が近年につくりだしたもろい概念でしかない。

十七世紀から二十世紀の終わりまで、他のアイデンティティとくらべてアメリカ人のナショナル・アイデンティティの顕著性は、四つの段階を経て進化してきた。これらの段階のうち、アメリカ人が明らかにナショナル・アイデンティティを他のアイデンティティよりも強く意識したのは、一つの時期しかない。十七世紀から十八世紀の初めにかけて、北米にあるイギリスの植民地に住んでいた自由な人びとは、人種、民族性、政治的な価値観、言語、文化および宗教面で多くの共通点をもっており、そのほとんどをイギリス諸島に住む人びととも共有していた。十八世紀半ばまで、彼らの帰属意識と忠誠心はバージニア、ペンシルベニア、ニューヨーク、マサチューセッツといったそれぞれの植民地に向けられており、広い意味ではイギリスの王室に捧げられていた。アメリカ人としてのアイデンティティという集団意識がようやく芽生えたのは、独立革命にいたる数十年間のことだった。

次の段階では、アメリカが独立し、親英派は国外へ移住し、イギリスのアイデンティティを主張する人がいなくなったが、各州への帰属意識は相変わらず強かった。対立する土地ごとの、地域ごとの、そして党派別のアイデンティティのほうが顕著であり、一八三〇年以降は特に、ナショナル・アイデンティティがますます疑問視され、問題をはらむようになった。三段階目としては、南北戦争後、ナショナル・アイデンティティの優位が確立した。一八七〇年代から一九七〇年代にかけての時期は、アメリカにとってナショナリズムが勝利をおさめた一世紀だった。

一九六〇年代と七〇年代に、ナショナル・アイデンティティの優位はおびやかされはじめた。新たにやってきた大量の移民が元の国と密接なつながりを保ち、二重の忠誠と二重の国民性、およびしばしば二重国籍ももちつづけられるようになったためである。多くのアメリカ人にとって、サブナショナル・アイデンティティや、人種、民族、性別、文化ごとのアイデンティティが新たな重要性をもつようになった。アメリカの知識人、政界および産業界のエリートたちの国への貢献度はますます低下し、トランスナショナルおよびサブナショナルな忠誠の主張が優先されるようになった。

9・11は第四段階を突如として終わらせ、ほぼすべてのアメリカ人にたいし、他のアイデンティティにたいするナショナル・アイデンティティの優位を劇的に復活させた。二年後、ナショナル・アイデンティティのこの新たな卓越性は薄れはじめた。おそらくこのプロセスはつづき、アイデンティティの第四段階のパターンが再現するだろう。あるいは、攻撃にたいするアメリカの新たな弱みがさらけだされ、国土の安全保障に多くの課題が生まれ、周囲の世界がおおむね非友好的であることに気づけば、アメリカ人にとって自分たちの国の重要性に新たな、異なった段階が生まれる可能性もある。

アメリカのアイデンティティの創造

一七六〇年一月、ベンジャミン・フランクリンはカナダのアブラハム平原でイギリスのウルフ将軍がフランス軍に勝利したことを称えて誇らしげに、「私はイギリス人だ」と宣言した。一七七六年七月になると、フランクリンは独立宣言に署名して、自らのイギリス人としてのアイデンティティを放棄した。わずかな年月のあいだに、フランクリンはイギリス人からアメリカ人に変貌したのである。

フランクリンだけではない。一七四〇年代から七〇年代のあいだに、北米の入植者の大多数もイギリス人からアメリカ人へと自らのアイデンティティを変えたが、自分たちの州と地元にたいしてはより強固な忠誠を抱きつづけた。これは集団のアイデンティティが短期間に劇的な変化をとげた一例だった。アメリカのアイデンティティがかくのごとく急速に出現した背景には、複雑な原因がある。

第一に、第4章で指摘したとおり、一七三〇年代と四〇年代の「大覚醒」によって、植民地が建設されてから初めて、社会的、感情的、宗教的な共通の経験を通じて、すべての植民地の人びとが一つにまとまった。これは本当の意味でアメリカ的な運動であり、それぞれの植民地の枠を超えた意識、観念、主題を生みだし、それらはやがて宗教的な分野から政治的な分野へと移行していった。

第二に、一六八九年から一七六三年までの七四年間のうち半分の年月は、アメリカ人はイギリス人とともに、フランス軍とアメリカ先住民（インディアン）の同盟軍を相手に戦った。フランスとイギリスが和睦《わぼく》している期間も、アメリカ人は先住民と短期間で局地的とはいえ、凄惨な戦いをつづけた。こうした戦争それ自体は、アメリカ人としての意識の発達をうながしもしなければ、遅らせることもなかった。リチャード・メリットの分析によれば、植民地の新聞に見られるアメリカ的なシンボルは、ジェンキンズの耳戦争（一七三九〜四二年）と、フレンチ・インディアン戦争（一七五四〜六三年）または七年戦争（一七五六〜六三年）の勃発時に最も多く見られ、戦争中は減少し、終戦時にやや増加した。

それでも、こうした戦争は植民地の人びとにとって共通の経験になった。彼らの入植地は襲撃され、ときには占領、略奪、破壊の憂き目にあった。アメリカの入植者にとって、戦争とその脅威は絶えずそこにある現実だった。これらの戦争で、入植者は戦闘に勝つための方法を学び、国民軍を組織する能力をつちかった。彼らはまた、自分たちの戦果を敵やイギリスの同盟軍のそれとくらべ、軍事面で自信をたくわえていった。戦争が国家をつくるのであり、S・M・グラントが述べたように、「戦争はアメリカ人の国民としての体験の中心にある」のだった。

第三に、こうした戦争の結果、とりわけ七年戦争のあと、イギリス政府は過去と現在および将来における植民地の防衛費用をまかなうために、植民地に新たな税金を課する必要があると考えた。また、徴税をはじめとする植民地統治のさまざまな側面を改善して一本化し、一部の植民地には軍を駐留させ、その費用を植民地側に負担させたいとも考えた。こうした措置は、それぞれの植民地で抗議や抵抗を生み、それがしだいに集団的な行動へと発展した。一七六四年にマサチューセッツで最初の政治抗議運動が起こると、一七六五年には「自由の子」が結成されて、印紙条例会議が開かれ、一七七三年には連絡委員会、一七七四年には第一回大陸会議へとつづいた。イギリスにたいする反感と抵抗は英軍の軍事行動によってさらに高まった。なかでも有名なのはボストン虐殺事件（一七七〇年）である。

第四に、大陸間の通信網が拡大したことによって、それぞれの植民地内部の事情にたいする知識と関心が相互間で高まった。メリットが調査した五つの都市では、「新聞によって報道される大陸間のニュースの量は一七三〇年代末から一七七〇年代初めにかけて六倍に増えた」。イギリス政府の当初の行動にたいする植民地側の反応は、「孤立した動きで、そのためほとんど効果がなかった。しかし、大陸間の通信設備が改善され、植民地の人びとがアメリカの社会により多くの関心を向けるにつれて、不満の声は大陸中で共鳴しあうようになった」

第五に、肥沃《ひよく》な土地が豊富にあり、人口が急速に増大し、通商が飛躍的に発展したおかげで、農業および商業の分野に傑出した人びとが登場し、入植者のあいだにいずれは財産を築く機会があるかもしれないという意識が広まった。階級に縛られた祖国イギリスでは貧困が蔓延していると考える彼らにしてみれば、なおさらである。入植者はいまだに自分たちをイギリス人だと考えていたが、アメリカこそが将来は大英帝国の中心になるだろうと確信するようにもなった。

最後に、外部の人間のほうが、何らかの共通点をもつ人びとを一つの集団として見なしやすい。実際は内部に大きな相違点があったとしても、当人たちが気づく以前から、彼らをひとくくりにするのである。ロンドンから北米の植民地を眺めていたイギリス人は、植民地の人びとが考えるよりも早くから、彼らをひとまとめの集団として見ていた。「イギリス人は全体について憂慮した」と、ジョン・M・ミュリンは述べる。「部分では理解できないからであり、イギリス人は彼らがアメリカと呼ぶもの全体への危惧の念を具体化させた……要するに、アメリカとは、イギリスが考えだしたものだった」のである。メリットの植民地における新聞研究も、こうした考えを裏づける。一七三五年から七五年に発行されたボストン、ニューヨーク、フィラデルフィア、ウィリアムズバーグ、およびチャールストンの五大紙を見ると、イギリスの記者による記事のほうが「アメリカ人の記者によるそれよりも早くから、この土地とそこに住む人びとを『アメリカン』と呼んでいた」

こうした展開が、イギリス的、帝国的、あるいは植民地的なアイデンティティとは異なるアメリカのアイデンティティを出現させることになった。一七四〇年まで、「アメリカ」という言葉は社会ではなく、領土をあらわすものだった。しかし、そのころから入植者もその他の人びとも、集団としてのアメリカ人について語りはじめたのである。ジェンキンズの耳戦争の従軍者は、たがいに相手を「ヨーロッパ人」、「アメリカ人」と呼んだ。アメリカ人としての意識は急速に発展した。E・マクラング・フレミングによれば、「証拠からすると、イギリスとは異なるアメリカの社会への帰属意識は一七五五年には芽生えており、一七六六年には幅広く受け入れられていた」

したがって、この世紀の半ば以降には、アメリカ人は集団としてのアイデンティティをますます意識するようになっていた。メリットによると、一七三五年から六一年までに発行された植民地の新聞では、植民地をひとまとまりとしているアメリカの地名のシンボルは約六・五パーセントだったが、一七六二年から七五年になると二五・八パーセントになった。さらに、一七六三年以降は「一七六五年と六六年の二年を除けば、アメリカでつくられたシンボルは植民地をイギリスのものではなく、アメリカと見なすもののほうが多かった」一七六三年にアメリカとしての意識が爆発的に高まったことは、【図6-1】（メリットの著作より転載）に端的にあらわされている。ここでは三つの主要なシンボルが時代とともにどう分布したかが示されている。

アメリカにおける国民の形成は、ヨーロッパのそれとは異なるものとなった。ヨーロッパでは政治的な指導者が国家をつくり、彼らが支配しようとする人びとを国民に仕立てようと

【図 6-1　アメリカ社会のシンボルの変遷(1736〜75年)】

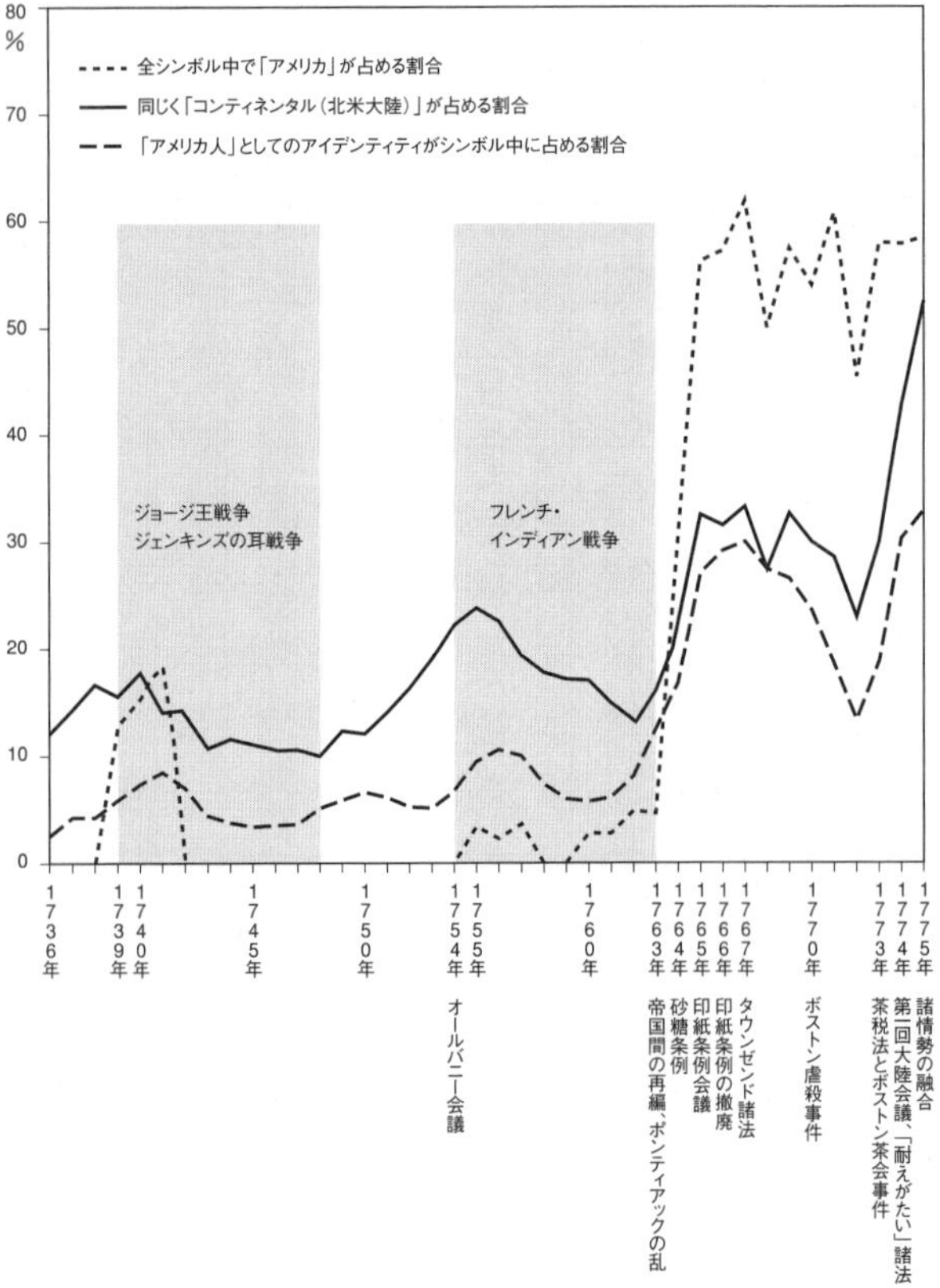

出典：Richard L. Merritt, *Symbols of American Community 1735-1775* (New Haven: Yale University Press, 1966), p.144. Copyright Richard L. Merritt. Reprinted with permission.

した。それとは対照的に、アメリカでは集団としての経験と、多岐にわたる分野のエリートによるリーダーシップがあいまって人びとのあいだに共通の意識を生みだした。彼らは独立のために戦い、それを勝ち取った。そして、中央の政治機構をすごく小さくつくったが、十九世紀にヨーロッパから訪米した人びとが述べたように、アメリカはヨーロッパ的な意味で、本当に国家としての体裁をなしてはいなかった。

ナショナル・アイデンティティ対その他のアイデンティティ

独立革命でアメリカが勝利したことは、アメリカのアイデンティティに二つの重要な結果をもたらした。一つは、大西洋岸に入植した人びとが自分たちをイギリス人、またはイギリスの植民地開拓者、あるいはイギリスの君主の臣民と考える可能性が、これ以降きっぱりと排除されたことだ。しかし、ジョン・アダムズも認めたように、独立革命は一部の人びとの心情と精神にしか宿っていない革命だった。植民地の住民の少数派とはいえ、かなりの人びとと──アダムズは三分の一と推定した──は、イギリス政府に忠誠をつくしつづけた。イギリスが敗北すると、これらの人びとはイギリス人としてのアイデンティティを放棄するか、国外へ脱出するしかなかった。多くの人は選択の余地もなく、強制的に退去させられた。親英派は、合計でおそらく一〇万人ほどがカナダ、イギリス、西インド諸島へ移住し、彼らの財産は州政府に没収された。こうした経緯から、イギリスとアメリカが再統合される可能性はもはやなくなった。

第二に、戦争での勝利は、アメリカ人が戦っていた敵も排除した。それによって、ナショナル・アイデンティティを他のアイデンティティよりも高め、イデオロギーをアイデンティティの中心的な要素としなければならない主たる理由もなくなった。こうして、ナショナル・アイデンティティが、サブナショナルなアイデンティティや、地域ごと、州ごと、あるいは政党別のアイデンティティを主張する人びとから、たびたび挑戦される長い時代が始まった。

独立革命によって植民地の人びとはアメリカ人になったが、彼らが一つの国民になったわけではなかった。彼らがはたして一つの国民かどうかは、一八六五年まで論議の余地のある問題だった。独立宣言にはアメリカ国民に関する言及はなく、ただ「自由で独立した諸州」と述べられているにすぎない。憲法制定会議のメンバーは、作業の最初の段階で、彼らが起草している文書から「国」という言葉を省き、「ナショナル・ガバメント（中央政府）」のかわりに「ユナイテッド・ステーツ（連合した州）」と言い換えることを満場一致で決めていた。[*1]

エルブリッジ・ゲリーは、この曖昧な状況を次のように要約している。「われわれは同じ国民でもなければ、異なった国民同士でもない」。一七九二年に、フィッシャー・エイムズはさらにこう言った。「一つの国民であると感じるかわりに、州《ステート》がわれわれの国なのである」。ジェファソンもこうした意見に賛成しており、しばしばバージニアを自分の「国」と呼んでいた。もっとも、国務長官になったときには、フランスもアメリカも、政府の体制とは別に存在しつづける「国」なのだと主張もしたが。

南北戦争に発展する論争のなかで、南部の人びとはこうした主張を退けた。「私はユナイテッド・ステーツについて語るとき、『国』という言葉は決して使わない」と、ジョン・C・カルフーンは一八四九年に明言した。「いつも『連邦』か『連合』という言葉を使う。われわれは一つの国ではなく、主権をもつ同等な州の連邦であり、連合なのだ」

国家権力を強く主張したジョン・マーシャルですら、この言葉の使い方をこう限定した。「アメリカは、さまざまな面で、さまざまな目的をもって、一つの国家であることを選んだ」、と。

州の権利と連邦法実施拒否をめぐる論争のなかで、どの立場の人も共通して「連邦（ユニオン）」という中立的で曖昧な言葉で自分たちの国に言及した。国家権力に反対する人の主張によれば、それは「諸州《ステーツ》の連邦」であり、これらの独立した存在の相互の協定によってつくりだされたものであって、同じ民族の国や統合された国とはかなり異なるものだった。一方、アンドリュー・ジャクソンやダニエル・ウェブスターのようなナショナリストはただ「連邦」という呼び方を歓迎し、それが何の連邦であるかは具体的に述べず、かといって国とも呼ばなかった。

連邦ができた当初の数十年間は、それをつくりあげた人びとを含め、多くの人がその存続をひどく危ぶんだ。マディソンは逆の主張をしたが、ほとんどの人びとは共和国になれるのは小国だけだと考えていた。アメリカは広大な国なので、君主制になるか、もっと小さい単位に分割されるしかないだろうというのだ。ジェファソンは少なくとも、大西洋連合とミシシッピ連合が出現する可能性があると見ていた。ヘンリー・スティール・コマジャーによれば、「このようにナショナリズムの勝利と合同については、何一つあらかじめ決められてはいなかった」。英語圏のアメリカは、スペイン語圏のアメリカと同じくらい分裂した可能性もあったのだ。

独立革命から南北戦争までの期間に、ナショナル・アイデンティティは州、地域、および党派別のアイデンティティと競いあった。一八三〇年までは、ナショナリスティックな感情がこの競争においてある程度の成功をおさめていた。ワシントンは存命中、国民全体を指揮する存在であり、アメリカ統一のカリスマ的なシンボルだった。死後も、ワシントンは最も崇敬される人物でありつづけ、ある意味では建国の父のなかで唯一、誰からも敬われる人間だった。一八一〇年の選挙における「タカ派」の勝利、カナダ征服への期待、そしてアメリカの海上貿易にたいするイギリスの干渉への怒りは、ナショナリズムの波をニューイングランドの外まで波及させ、一八一二年戦争へと発展した。戦争の結果、なかでもジャクソンがニューオーリンズで勝利したことが、こうしたナショナリスティックな感情を新たにかきたてた。

ナショナリズムの最終的な波は、ラファイエットによる大々的な全米周遊に触発され、一八二四年から二六年にかけて起こった。ある学者によれば、それによって「規模から言っても、興奮の度合いからしても、空前絶後のお祭り騒ぎが引き起こされた」。この波は、一八二六年七月四日に独立宣言から五〇周年を迎えたうえに、その当日、ジョン・アダムズとトマス・ジェファソンの両名が死去したことによって頂点に達した。こうした三つの出来事が偶然に重なることは統計的にありそうもないので、アメリカ人は畏敬の念に打たれ、これこそ自分たちが神に選ばれた民であることを示す天からの決定的なメッセージにちがいないとあっさり結論した。

もっとも通常は、その他のアイデンティティが激しく競いあい、しばしばアメリカ人を大きい連邦と結びつける帰属意識を凌駕していた。

一八〇三年に、そして一八一四年から一五年にかけて再び、ニューイングランドの各州の代表は連合結成について話しあい、分離の可能性も探った。一八〇七年には、アーロン・バーが少なくともアパラチア山脈以西を分離する企てを推進しようとしたとされている。一七九九年から一八〇〇年のケンタッキー州ならびにバージニア州決議案から南北戦争にいたるまでの期間、州政府は中央政府によって制定された法律の効力を「無効にする」権利をたびたび主張するか、それを阻止した。一八一五年まで、政党への忠誠と政党間の対立関係も熾《し》烈《れつ》なものだった。それは一部には、フェデラリスト党とリパブリカン党がそれぞれ異なった経済的利害関係を代表しており、フランス革命でそれぞれ別の側に味方したためでもあった。ナショナル・アイデンティティよりも政党別のアイデンティティが勝っていたことは、七月四日を両党がばらばらに祝ったことに象徴されていた。

国とは、ベネディクト・アンダーソンが言ったように、想像された共同体だが、より明確に言えば、それは記憶された共同体であり、想像された歴史をもつ共同体であって、共同体そのものの歴史的な記憶によって定義されている。どんな国も、その国の歴史なしには存在しえない。国民の心には苦難や功績、英雄や悪漢、敵や戦争、敗北や勝利の共通の思い出が宿っていなければならないのだ。この基準からすれば、十九世紀初めまでほぼずっと、アメリカは一つの国だったとは言えない。何しろ、国としての歴史はなかったからだ。

ダニエル・ブアスティンは次のように述べている。「少なくとも独立宣言から半世紀のあいだ、アメリカの歴史はむしろ、それぞれの州の歴史からなっていたと一般に考えられている。州や地方の歴史のほうが重要であるようだった。アメリカの歴史はつくりあげられた派生的なものに見えた」。州や地域ごとの歴史協会が創設され、それぞれの州と地域の重要性を永久に伝え、賛美し促進するようになったが、全米の歴史協会をつくろうとする努力は水泡に帰した。国としての過去を必要とする学者は、地元の英雄の伝記を書き、彼らを国民的英雄に祀《まつ》りあげた。

南北戦争以前のアメリカ史で、アメリカ人の手による総合的かつ重要なものはジョージ・バンクロフトの大著『合衆国史』しかない。一八三四年から七四年にかけて一〇巻にわたって出版されたものだ。一巻から九巻までは、初期のヨーロッパ人の入植地から独立革命にいたるまでのアメリカ史を扱っている。世界におけるアメリカの使命は人類の自由を推進することだと、バンクロフトは述べた。バンクロフトの著作は人気を博し、ブアスティンによれば、彼は「アメリカの国民性を主唱する人」になった。それは「建国当初、アメリカの国民意識がきわめて希薄であり、相反する地方主義が優勢を占め、国としての意味と目的が曖昧で混乱していた」からにほかならなかった。バンクロフトの影響は強かったが、それでも「南北戦争が終わるまで、アメリカ史のなかで全米的な視野が標準だと思われはじめることはなかった」。この「草分け的な優れた『国』史には、アメリカが国になる以前の様子が描かれている」と、ブアスティンは述べている。

一八三〇年以後、ナショナリズムは地域中心主義と新たな党派主義に取って代わられた。「愛国主義と国としての統一への機運が最も高まったのは、一八二五年だった」と、ジョン・ボドナーは主張する。ウィルバー・ゼリンスキーも同じ意見で、ナショナリズムが最高潮に達したのは一八二四年から二六年であり、その後は急速に衰退していったという。一八三〇年になると、国の政治は「経済の発展と強力な民主党の出現によって引き起こされた階級、民族および地域間の緊張の激化」によって特徴づけられるようになった、とボドナーは言う。国への忠誠は「このころにはますます厳しい競争に遭遇していた。地元や州、あるいは地方の歴史を記念することのほうが高い関心を集めていたため……一八三二年にはワシントン生誕一〇〇周年を祝うのにふさわしい関心を人びとの心にかきたてるのは容易ではなかった」

リン・スピルマンも同様にこう語る。南北戦争前は「国民性をあらわそうとしても、地方または地元の関心事がほぼすべてを支配していた。分裂と地方分権が奨励されていたのだ」。

南北戦争の時代にも、「南北両軍の兵士たちは、どちらの国軍に従軍するか、基本的には地元を基準にして考えていた」

南北戦争にいたるまでの三〇年間に、ナショナル・アイデンティティの顕著性は減退していったが、これはアメリカを取り巻く環境に起こった二つの重大な変化によってうながされた。第一はもちろん、奴隷制度廃止運動が起こり、南北間で経済的な利害関係の衝突が頻繁になり、西部への拡大が飛躍的に進むなどもろもろのことが、奴隷制の問題を国としての最大の懸案事項に押し上げたことだ。第二は、一八二〇年代になるまで、アメリカの安全がヨーロッパの三大国からの脅威にさらされていたことだ。北と東からはイギリスに、西からはフランスに、南からはスペインによる脅威にである。フランスとスペインの領土を購入および押収し、イギリスとラッシュ・バゴット協定とモンロー主義によって折りあいがつくと、アメリカはその領土、安全保障、存続をおびやかす外国からの深刻な脅威にまったく直面することのない長い一世紀へと移行した。

それでも、コマジャーが指摘するように、アメリカには二つの敵が存在した。先住民は一八九〇年代まで、アメリカ人とほぼ絶え間なしに激しい戦争をつづけた。彼らは西部へ移動するフロンティアのアメリカ人にとって、「恐怖の的」だった。しかし、アメリカ人全体にとっては重大な脅威ではなかった。アメリカ人のほうが数のうえで優勢であり、科学技術、社交術や知的能力、経済力、文明の面でも勝っていたので、いずれ自分たちが勝利することを彼らは確信していた。コマジャーが言うように、先住民はアメリカ人にとって恰好の敵だった。彼らはひどく残忍に見え、それでいてきわめて弱かったからだ。

十九世紀のアメリカ人にとって第二の敵は、ヨーロッパの古い秩序だった。ヨーロッパ諸国はおおむねいずこも君主制や貴族社会や封建制度の残滓《ざんし》によって特徴づけられており、自由、平等、民主主義、法の支配の欠如したこれらの社会を、アメリカ人は軽蔑と嫌悪感をもって見ていた。それに引き換え、アメリカは共和主義的な美徳の縮図であり、その砦《とりで》だった。独立革命後にアメリカのアイデンティティにイデオロギー的な要素が加わると、この違いはきわめて重要なものになった。ヨーロッパの古い秩序は、自らを前途有望かつ民主主義的で、明るく開けた将来を象徴すると考えるアメリカ人にとっては、好都合な他者だった。アメリカ人はヨーロッパで民主主義的な変化を起こそうとする運動に賛同した。それが最も明白に現われたのは一八四八年の一連の革命で、のちにハンガリーの愛国者コシュート・ラヨシュはアメリカ人に英雄として迎えられた。しかし、それ以上に重要なのは、彼らが地理的な距離を利用して、ヨーロッパ風に染まることなく、自分たちの美徳と利点を維持しようと考えたことだった。

先住民は身近にいたが、弱かった。ヨーロッパ人は手強かったが、遠くにいた。どちらも敵ではあったが、双方ともさしせまった脅威ではなかった。そのうえ、一八四六年から四八年の米墨戦争に勝利したおかげで、アメリカはメキシコを今後の脅威と考える必要もなくなった。アメリカは危険のない安全な状態にあり、外国勢力に邪魔されることなく、占領し、利用し、開発できる大陸を手にしていた。外部からの脅威がないために、アメリカ人は奴隷制と、こうした新しい領土へ奴隷制が広がる可能性をめぐる論争に根ざした、地域や経済あるいは政治上の差異に関心を集中できた。一八三七年に、エイブラハム・リンカンは外部の敵の不在がもたらしうる結果を見越して、警告した。外国勢力からの独立を勝ち取り、安全を保障するためにアメリカ人が戦ってきた革命的な闘争の記憶を呼び起こしながら、リンカンは次のように主張した。

（これらの国々の）強力な影響（によって）人間の本質につきものであり、平和な状態や繁栄、意識的な強さにたいしてよく見られる嫉妬、羨望、貪欲は一時的にかなり抑制され、沈静化した。憎悪の深い根源と復讐への強い動機はおたがいに向けられるかわりに、もっぱらイギリス国民に向けられた。したがって、われわれの本質の根底にあるものは周囲の状況しだいで休眠状態におちいるか、さもなければ崇高な大義を推し進めるための積極的な代理人となるのである。すなわち市民としての、また宗教的な自由を築き、維持するという目的である。

だが、こうした感情は、それが生みだした状況とともに薄れなければならず、薄れつつあり、実際に薄れていった。

それが薄れるとともに、アメリカ人は自らの憎しみと嫉妬と羨望と貪欲さをおたがいに向けるようになり、内戦へとまっしぐらに進んだのである。かつてマクヘンリー要塞に夜中ひるがえり、アメリカの国歌でうたわれた星条旗が、一八六一年四月十四日、サムター要塞で引きずりおろされた。

勝利に沸いた国民と愛国心

国民意識

南北戦争は、その終結にさいしてジェームズ・ラッセル・ローウェルが言ったように、「多くの犠牲を払って国民をつくりだした！」。犠牲はあったが、そこから国民がつくりだされたのである。アメリカ国民はこの戦争のなかで誕生し、戦後の年月のなかで本格的なものへと成長した。同じように、アメリカのナショナリズム、愛国心、アメリカ人の国への無条件の帰属意識もやはり生みだされた。南北戦争以前のアメリカの愛国心は、ラルフ・ウォルドー・エマソンが述べたように、一時的な、ひと夏だけのものだった。だが、戦争のなかで「何十万もの人びとが死に、何百万もの男女が決意したことによって」、アメリカの愛国心はいまや「『本物』になった」ことが示された。

戦争以前、アメリカ人も外国人も、この国を複数形で呼んでいた。「These United States are...」と。戦後は単数扱いになった。一九一五年のメモリアル・デーの演説で、ウッドロー・ウィルソンは言った。南北戦争は「この国にそれまで存在しなかったものを生みだした。国民意識である」、と。その意識は戦後の歳月のなかで、さまざまなかたちで現われた。「十九世紀末はアメリカのナショナル・アイデンティティに大革新が見られた時期だった」と、リン・スピルマンは肯定する。「今日、馴染みのある愛国的な慣行や組織やシンボルの多くは、この時代に始まったか、このころ制度化されたものだ」

南北戦争直後の時代は、ナショナリズムの気運にあふれていた。「政治評論家、知識人、政治家はみな意気揚々とナショナリズムについて語った」と、モートン・ケラーは言う。元奴隷制度廃止論者がウィリアム・ギャリソンの『リベレーター（解放者）』のあとにつづく雑誌を発行したいと考えたとき、彼らはごく自然に『ザ・ネーション』と名づけた。ほぼ誰もが合衆国を自分の国と見なしていた。憲法修正第一五条の採択をめぐる論議では、デラウェア州選出の上院議員ウィラード・ソールズベリーなど若干の人びとが、それとは逆の主張をして反対した。だが、こうした反対意見は圧倒的多数によって完全に封じられた。その圧倒的多数の見解は、インディアナ州選出の上院議員オリバー・モートンの反応に見ることができる。

今日、（ソールズベリー）上院議員は率直に、われわれは一つの国民ではないと発言された。この国で六〇万人の犠牲者をだした戦争が終結したにもかかわらず、われわれは一つの国民ではない、とおっしゃったのだ。ご自分はデラウェア族という、フィラデルフィア市の近くにある居留地に住み、主権をもち独立した部族に属している……と、こう言われたのだ。断じて申し上げますが、われわれは一つの国民です……一つの国民なのです。

南北戦争以前、離脱の可能性を探っていたのは、南部だけではなかった。だが、一八六五年以降は、そうしたことは考えられなくなり、口にされることもなかった。ナショナリズムは一八七〇年代から八〇年代初めにかけていくらか下火になったが、一八八〇年代末から九〇年代にかけて、新たな勢いを得て再び高まってきた。ジョン・ハイアムが言うように、「一八八六年から一九二四年までの時代に、ナショナリズムは激化した」

大恐慌の時代、ナショナリズムの気運は経済や政治上の関心事に取って代わられた。だが、第二次世界大戦にアメリカ人が召集され、動員されるなかで、そうした気運が再び勢いづいた。アメリカ人がソ連から感じるイデオロギーおよび安全保障上の脅威はナショナル・アイデンティティを前面に押しだしつづけたが、やがて一九六〇年代になると社会、経済および文化面で分裂が進み、その他のアイデンティティが生みだされ、強化されていった。一九八〇年代にソ連の脅威が減少し、最終的に消滅すると、ナショナル・アイデンティティの顕著性はさらに弱まった。

一八六〇年代から一九六〇年代までの一世紀とは、すなわちアメリカのナショナリズムの世紀だったのであり、アメリカ史のなかでその他のアイデンティティにくらべてナショナル・アイデンティティが最も強かった時代なのである。この時代には、あらゆる階級、宗教、民族集団のアメリカ人が競って自分たちの心のなかのナショナリズムをあらわにし、愛国心を示そうとしていた。

経済的な発展と全米組織

南北戦争に北軍が勝ったことによってアメリカは一つの国になり、その勝利以降さまざまな要素が結びあわされて、ナショナリズムは誰も無視しえないものとなった。なかでも重要なのは、急速な工業化と経済成長だった。ナショナリズムが主張され拡大されるのと同時に、イギリス、フランス、ドイツ、日本、中国、ロシア、ソ連など、多くの国で経済的な発展と工業化が進んだ。

この現象がアメリカでも起こったのは、驚くべきことではない。経済活動がさかんになり、国が豊かになると、自国にたいする誇りと、国力の増大感だけでなく、人びとの心に世界各国のあいだで自国の占めるべき場所を確保し、この新たな地位を確実に認めさせたいという願望が生まれた。交通機関と通信が発達すると、なかでも特に一八六九年に大陸横断鉄道が完成し、一八七六年には電話が発明され、以来、急速に導入されると、アメリカ人同士の交流は容易になり、国民意識がいっそう高まった。

国としての統合された経済の出現にともなって、全米規模で事業を展開する企業の数、規模、および活動が劇的に増えていった。こうした組織のトップは、全米規模で考え、それぞれの州や地域への愛着は二の次にしなければならなかった。ロバート・パットナムとシーダ・スコッチポルがそれぞれ示したように、アメリカ人はこれらの動きと時を同じくして、未曽有の数の全米的なボランティア組織も結成した。アメリカ人の成人男性または女性の一パーセントが登録するほど多数の会員をかかえる組織の半数は、一八七〇年から一九二〇年のあいだに創設された。これらの全米規模の組織は、当然のことながら、会員の関心と興味を国全体の問題と懸念事項に向けた。

南北戦争後にナショナル・アイデンティティが発達したのは、政府主導ではなく、民間の動きによってだった。行政側は、とりわけ中央政府は、それに関してほとんど手を下さなかった。主導権を握ったのは民間および地方の無数の個人またはグループだったのである。セシリア・オリアリー教授はこう言っている。

一八八〇年代から、愛国者の組織が国民の記念日を新設するための運動を開始した。彼らは新たな人を国民的英雄として祀るべく運動し、公立学校でアメリカ史と公民について教えるよう強く求め、国旗の掲揚と日々の忠誠の誓いの励行を世論に訴え、記念碑建造の最盛期の到来を告げ、国を象徴する聖堂を築いて歴史的な巡礼の旅を企画し、愛国主義を法制化するための嘆願運動を組織して議会の公聴会を実現させた。

最初に結成されたナショナリズムの組織で、おそらく最も重要な団体でもあるのは、一八六六年に創設された北軍陸海軍軍人会《グランド・アーミー》だろう。ウィルバー・ゼリンスキーによると、この組織は「この国の政治的および象徴的な活動のなかで一大勢力として急成長をとげ……一つの団体がナショナリズムの儀式を大掛りに宣伝するうえで、これほどの責任を負った例はこれまでなかった」。それにつづいて、米西戦争後には海外戦争復員兵協会が、第一次世界大戦後には米国在郷軍人会が組織された。これらは実に巨大な組織で、全米各地の市町村に支部がある。こうした団体の活動の内容の多くは、ナショナル・アイデンティティと愛国心を促進することに向けられている。

一八九〇年代には、そのほかにも「愛国的で伝統的な組織が数多く結成されたり、脚光を浴びたりするようになった」。そのなかには、アメリカ革命の娘、アメリカ革命の息子、アメリカ植民地婦人会、メイフラワー号子孫の会（いずれも一八八九年から一八九七年に結成）などがある。やがて、ボーイスカウト、ガールスカウト、キャンプファイアー少女団も登場して、青少年のあいだでアメリカへの愛国心を高めることを、その目的の一つとするようになった。この時代に友愛組合も数多く結成され、それぞれ異なる目的と活動内容を掲げていた。だが、それらに「共通する特徴は儀式や出版物、市民としての活動を通じて、国への忠誠を高めることだった」と、ゼリンスキーは強調する。

南北戦争前まで、中央政府はどちらかと言えば取るに足りない脆弱な組織だった。戦争を機に、その活動は拡大の一途をたどるようになった。新たな省庁も加えられ、農務省（一八六二年）、司法省（一八七〇年）、商務省（一九〇三年）、労働省（一九一三年）が設立された。一八七〇年に連邦（あるいは中央）政府は移民問題の管轄権を主張し、一八九〇年には州際通商委員会を設立して鉄道を規制した。中央政府の機能は着実に増加し、大恐慌の時代にはその勢いが増した。第二次世界大戦によって政府はさらに拡大した。そして冷戦中には前例を見ない大規模な防衛機構が加えられた。セオドア・ローズベルトに始まり、大統領職もまたアメリカの中央政治機関として新たな地位と権威と重要性をおびるようになった。

この時代は、アメリカ国内で中央政府の役割が強化されただけでなく、世界各地において初めても国家と政府がその役割を増大させた。一八八〇年代に、アメリカはその歴史において初めて植民地を獲得しはじめた。これらの領土には非アメリカ人の住民が多数いたため、連邦の一州となる可能性は低かった。アメリカはまた海軍を拡充しはじめ、三〇年後にはイギリス海軍に匹敵する規模になった。米西戦争はナショナリズムの祭典となり、東アジアにもアメリカの勢力範囲を広げ、新興の植民地帝国の領土を大いに拡大させた。アメリカはパナマをコロンビアから分離させたのち、パナマ運河建設に関連した巨大な土木プロジェクトを完成させ、世界情勢におけるアメリカの新たな地位はそれによって確固たるものになった。ハイアムが一八八〇年代と九〇年代の「些細な国際論争」と名づけたものに始まり、アメリカの世論は明らかにナショナリスティックで主戦論的な色合いをおび、スペインとの戦争で短期間に圧勝し、パナマ運河が完成し、一九〇八年にはグレート・ホワイト・フリート（大白艦隊）が世界一周をはたしたことで、世論はいっそう活気づいた。

南北の和解

南北戦争後のナショナリズムの中心を占める要素は、南北を和解させて統一国家のために共通の努力をすることでなければならず、また事実そうだった。再建と南部からの北軍の撤退、大統領職をめぐる一八七七年の「大幅な譲歩」につづいて、この和解は、解放奴隷を事実上国外へ追いやるという犠牲を払って推し進められた。再統合のプロセスは初めのうち緩慢で途切れがちであり、一八七〇年代と八〇年代には「外部者にたいする（南部人の）ほぼすべての憎悪は、北部のヤンキーに向けられるようになった」。しかし、一八七〇年代になると、元南軍兵は先住民との戦いに志願して、「『失われた大義』の兵士であるわれわれが、愛国心において劣らない」ことを示すようになった。

一八九七年になると、グランド・アーミーの年次総会は「一つの国、一つの国旗、一つの国民、一つの運命」というスローガンを掲げ元南軍兵にも呼びかけた。翌年、米西戦争によって国は一つになった。ハイアムはこう主張する。「一八九八年の戦争は南部の伝統的な戦争熱を愛国的な改革運動に変え、国内のあらゆる地域を共通の目的で結びつけ、国への熱烈な忠誠を示す機会を南部に与えることによって、南北和解の一つの段階を終了させた」。ウィリアム・マッキンリー大統領は南軍の元将校を高位で遇することを重視した。この措置は「南部を熱狂させ」、その結果「新たに組織された義勇軍の徴募事務所に応募が殺到した。南部諸州からの連隊は、たちまちのうちに定員に達した」

戦後、黒人兵の戦争への貢献はほとんど顧みられなかったが、南部の白人兵の武勇は認められ、議会は南軍の戦いの旗を南部人に返却した。各地で北軍兵と南軍兵の共同の記念碑が建てられはじめ、一九一〇年にはグランド・アーミーの指揮官がスペインとの戦争における南部人の国への「忠誠と貢献」を称えた。この戦争の結果、「われわれは新たな連邦になった。北部人でもなく、南部人でもなく、みなアメリカ人なのだ」と、その指揮官は言った。和解ムードが最も高まったのは、一九一三年に行なわれたゲティスバーグの戦いの五〇周年記念行事においてだった。国中の愛国団体から南北両軍の退役兵五万人が参加し、両軍の英雄的行為を称え、ウィルソン大統領が言ったように「もはや敵ではなく、兄弟として、戦友として」一体になった。

国としての歴史

アメリカ史について書いたり教えたりすることは、南北戦争前は軽視され、断片的にしか行なわれなかったが、ナショナリズムの時代には大いに花開いた。「アメリカの正史がようやく本格的に定められたのは一八八〇年代になってからのことだ。そのころ大学でアメリカ史の教授職と学部がつくられ、全米的な専門家の協会が創設され、学会誌が創刊され、学会も毎年開かれるようになった」と、ゼリンスキーは言う。

教育者も政治家もアメリカ史の教育を重視した。南北戦争前、公立学校で歴史を教えることを義務づけていたのは六州だけだった。一九〇〇年になると、二三州がそれを義務づけるようになった。

学校は愛国心を教えるようにはっきりと指示され、愛国心をつちかうためのマニュアルがこの目的のために用意された。マール・カーティの言葉を借りれば、教育者は「アメリカの英雄による偉業や、戦争中に陸軍と海軍の兵士が示した犠牲と武勇、大統領たちの人柄などを子供たちに生き生きと魅力的に示すことの重要性を強調した。大統領はヨーロッパの王室と同じように、正式に国の象徴と見なされるようになったと言えるだろう。一八九〇年代には、アメリカ史や公民といった愛国心を鼓吹《こすい》することに適していると考えられる教科を、大学より下のすべての教育レベルで教えることを法律で定める州が増えた」

一八八〇年代以降、アメリカの学校は「思想教育を行ない、国としての統一を保つためにいっそうの責任を負うことが義務づけられた……新たに結成された愛国的かつ伝統的な退役軍人の組織は、アメリカの歴史と理想を学校できちんと教えさせるために尽力した。生徒は歴史、公民、地理、および文学の教科書からナショナリズムを吸収するだけでなく、国旗の正しい扱い方と忠誠の誓いを学んだ」

教室でも教科書でも儀式でも、子供たちはメイフラワー号や、ミニットマン〔独立戦争時の緊急召集兵〕、建国の父たち、開拓者、そして偉大な大統領たちについて、これまでにないほど徹底的に教えこまれた。この伝統は両大戦間の時代にもつづいた。一九一五年から三〇年のあいだに発行された四〇〇種類ほどの教科書のほとんどが、ある学者の分析によればナショナリズムをあおるものだった。

「アメリカ人は祖先と、祖先が計画し発展させた制度を敬い尊ぶように教えられた」

愛国的な風習とシンボル

南北戦争後の時代に、人びとは多様な愛国的シンボル、風習、儀式を考えだし、発展させ、ますますそれに関与するようになった。ナショナリズムの波は、一八七五年に始まった独立一〇〇周年の記念行事によって大いに高まり、ある意味ではそれが引き金となった。こうした一連の出来事の頂点となったのは、一八七六年にフィラデルフィアで開催された独立一〇〇周年記念博覧会だった。財政的には大赤字をだしたが、それ以外のあらゆる面で「大成功」となったこの博覧会は、総人口が四六〇〇万人の国で、ほぼ一〇〇〇万人の入場者を動員した。

一八八六年に自由の女神像が贈られ、一八九三年にシカゴでアメリカ大陸博覧会が開催されると、偉大なアメリカ国民の美徳と業績にたいして新たな誇りと熱意と美辞麗句が生みだされた。これらの儀式、とりわけ一八七六年に関連したものは、「アメリカ人に過去とこの国の業績を思い出させるのに役立った」。おかげで一八九〇年代を中心に、五〇〇を超える新たな愛国主義団体の結成がうながされた。

南北戦争前には、七月四日とワシントンの誕生日だけが全米的と呼べる規模で祝われていた。しかも、後者はさまざまな政治的分派によって散発的かつ断続的にしか祝われず、前者は対立しあう慈善団体や政党、利益集団によって執り行なわれることが多かった。南北戦争後、独立記念日はより全米的な統一したかたちで地域社会ごとに祝われるようになった。感謝祭は一八六三年にリンカン大統領によって初めて国民の祝日と宣言された。戦争のあと、感謝祭はきわめて宗教色の強い国民的な風習となった。「学童は巡礼始祖《ピルグリム・ファーザーズ》の伝承に耳を傾け、聖職者は伝統にのっとって宗教と愛国心にちなんだ特別な説教をし、それにふさわしい夕食をとることが国中の慣例になった」

メモリアル・デーは南北戦争の直後に定められた。「南北双方のいくつかの地方で、一八六六年ごろからほぼ同時に、それぞれ独自に祝日が設けられた。だが、北部では特にそれがさかんになり、一八九一年には北部の全州で法定休日になった……長年、アメリカ人はこの日をそれにふさわしい厳粛さと配慮をもって祝った。初期のころの独立記念日を彷彿させるように、パレード、演説、軍事演習、墓参、記念碑の献呈といった行事が挙行された」

たいていの国には、その国のアイデンティティを象徴するいくつかのシンボルがあり、アメリカも例外ではない。アンクル・サム、ブラザー・ジョナサン〔ともに典型的なアメリカ国民、政府を意味する〕、自由の女神、自由の鐘、ヤンキー・ドゥードゥル、ハクトウワシ、世紀の新秩序《ノウス・オルド・セクロルム》、多から一《エ・プリユリブス・ウヌム》、われらは神を信ずる《イン・ゴッド・ウイ・トラスト》、などである。

だが、国旗がこれほど他のすべてのシンボルに勝り、国土の隅々まであまねく見られる点に関しては、アメリカは世界でも例外的な存在である。ほとんどの国で国旗は公共の建物と国定記念物では掲揚されるが、その他の場所にはあまり見られない。ところがアメリカでは、国旗は民家にも企業にも、コンサート会場、スポーツ・スタジアム、クラブ、教室にもひるがえっている。ウィルバー・ゼリンスキーの報告によると、一九八一年と八二年に彼が個人的に一〇州で観察したところ、行政関連の建物はすべて、工場と倉庫では五〇パーセントを「かなり上回り」、店舗とオフィスビルでは二五パーセントから三〇パーセント、そして個人の住宅では四・七パーセントに国旗が掲げられていた。

正確に比較できる統計は存在しないが、国旗がこれほど巷にあふれ、ナショナル・アイデンティティの中心をなしている国はほかにはおそらく存在しないだろう。アメリカの国歌は国旗を称えている。アメリカの忠誠の誓いは「アメリカ合衆国の国旗とそれがあらわす共和国……」にたいするものだ。すなわち、まず国のシンボルに誓い、次にその国に誓うのである。国旗の正式な扱い方は二十世紀の初めに定められた礼儀作法の規範に細かく記されている。アメリカには国旗制定記念日という国旗を崇《あが》める祝日もあり、おそらくそのような日を設けているのはアメリカ人だけだろう。

この国旗信仰は、南北戦争とそれにつづく愛国主義的な時代の主要な産物だ。南北戦争までは、M・M・クウェイフが言うように、「アメリカ人の大多数は……星条旗を見たことがあったとしてもそれは稀にしかなく、一八四六年から四八年の米墨戦争まで一度もその旗のもとで戦ったことはなかった」ので、「今日、すべてのアメリカ人が抱くような、国旗への愛情はもちあわせていなかった」。その感情が初めて湧き上がったのは、サムター要塞で南部人の手によって国旗が降ろされたことに、北部の人間が驚き、衝撃を受けたときだった。

国旗の掲揚が奨励されたのは、南北戦争が最初だった。「国旗信仰は今日でも残っており、それは清教徒革命の直接的な結果だった」。第一回目の国旗制定記念日は一八七七年に祝われ、ウッドロー・ウィルソンが一九一六年にその日を国民の祝日として宣言した。「一八八〇年代末以降、とりわけ一八九〇年代には国旗を掲げる組織的な運動が盛り上がるようになった」。グランド・アーミーなど多くの団体が、すべての校舎に国旗を掲揚するようにと働きかけ、一九〇五年には一九の州でこれを義務づける法律が定められた。

国旗は、多くの学者が指摘したように、事実上の宗教的なシンボルになり、キリスト教徒にとっての十字架に等しいものとなった。国旗は崇められていたのだ。それはすべての公的な儀式と多くの民間の儀式における中心的なものだった。国旗の前で人びとは起立し、帽子を脱ぎ、できれば敬礼することが求められた。ほぼすべての州で、学童は毎日、国旗に忠誠を誓うことを求められた。ナショナリズムが高揚した時代に、多くの州は「国旗を汚すこと」を禁じる法律を制定し、アメリカ人にとって国旗がもつ半ば宗教的な意味をそこに反映させた。一九〇七年に連邦最高裁判所はそうした法律の一つの合憲性を支持し、ネブラスカ州の最高裁が下した、国旗は宗教的シンボルと同様に神聖なものとして扱われなければならないという判決を是認した。

「国旗は国家権力の象徴である」と、ネブラスカの法廷は言った。「国民にとって国旗は愛国的な崇敬の対象であり、自分の国があらわすすべてのもの、すなわちその制度、業績、数々の英雄的行為、過去の物語、将来への期待の象徴なのだ」

同化の議論

一九〇八年、イズレイアル・ザングウィルの戯曲『るつぼ』が幅広い論議を呼び、セオドア・ローズベルト大統領からは熱烈に支持された。この戯曲を機に、アメリカに押し寄せている新たな移民の同化の仕方と可能性をめぐって発展していた複雑な議論が脚光を浴びるようになった。

同化はすなわち、移民はこの国を築いた入植者によるアングロ－プロテスタントの文化を吸収すべきであり、また吸収されるべきだということを意味したのだろうか？　あるいは、入植者や奴隷、被征服者、および以前の移民の子孫と一緒になって、移民は新しいアメリカの文化を築き、「新しいアメリカ人」をつくりだすのだと、またそうすべきだということを意味していたのだろうか？　それとも、共通の文化を生みだすことは望ましくないか不可能であり、アメリカは異なった文化をもつ民族の集合となるべき、あるいはそうならざるをえないのか？

こうした問題はアメリカの民族および文化のアイデンティティの核心にせまるものだった。これらの疑問に応えて生みだされた三つの概念は、以後一世紀にわたって同化をめぐる議論の枠組みとなった。同化に関する議論でさかんに用いられた料理関連の比喩に合わせて、これらは同化のメルティング・ポット（るつぼ）的、トマト・スープ的、およびサラダ的概念と名づけられた[*2]。

メルティング・ポット的概念は、もともと一七八〇年代にヘクター・セントジョン・ド・クレブクールが述べたものだった。アメリカでは、「すべての国からきた人びとが溶けあって新しい民族になっている」と、クレブクールは主張した。この新しいアメリカ人は「イングランド、スコットランド、アイルランド、フランス、オランダ、ドイツ、およびスウェーデンの人びとの混合」である。新しいアメリカ人は、クレブクールが述べたところによると、

「古臭い偏見と風習をみな捨て去り、自らが選んだ新しい生活様式と、したがうべき新しい政府と、手にした新しい地位から、新たなものを受け取る」

つまり、クレブクールは単にアメリカを古い民族同士が結婚することによって生みだされた新しい国として見るだけでなく、そこに上陸した移民にとって新たな文化をもつ社会として見ていたのである。ザングウィルはその混合をヨーロッパ北西部以上に広げ、「ケルトとラテン、スラブとチュートン、ギリシャとシリア、黒人と黄色人種――ユダヤと非ユダヤ民族……」を含めた。クレブクールと同様、彼にとってもこの「融解と再形成」は単なる異民族、異人種間の結婚のみならず、新たな共通の文化の創造をともない、そのなかですべての人びとが団結して人間の共和国と神の王国を建設するものに思われたようだ。

それに反して、「アングロ順応」モデルは文化的な同化に焦点を絞っている。それが前提とするのはミルトン・ゴードンの言葉にもあるように、「移民とその子孫は標準的なアングロサクソンの文化パターンをしっかりと受け入れ」、マイケル・ノバクが言うように「この国におけるイギリス系アメリカ人の文化の歴史に順応すべき」だという考えだった。要するに、この国を築いた入植者の文化の中心的な役割と永続性を当然のものとしているのだ。

料理にたとえて言えば、アングロ－プロテスタントのトマト・スープに移民がセロリ、クルトン、香辛料、パセリなど、風味を増し、味をきわだたせる材料を加えるのだが、それらは吸収され、結局のところ根本的にトマト・スープであることには変わらないようなものだ。このアングロ順応モデルは、ゴードンが言うように「さまざまな装いで」、あからさまに、たいていは暗黙のうちに、「アメリカの歴史的な体験において、おそらく最も支配的な同化のイデオロギーとなった」。アングロ順応モデルはその他のモデルより正確に、一九六〇年代まで移民の文化的な同化をあらわしていた。

メルティング・ポットとトマト・スープの概念はそれぞれ異なる方法でアメリカのナショナリズムを表現し、矛盾のないアメリカのアイデンティティを描いた。一九一五年に、ホーラス・カレンがこれらの概念に対抗してアメリカをサラダとして描くイメージを積極的に推し進め、「文化的多元性」と名づけた。この名称は定着したが、それは実際にはむしろ民族的な多元論だった。カレンにとって、集団は文化ではなく祖先にもとづくものだった。よく引用される彼の言葉に、次のようなものがある。

「服や政治観、配偶者、宗教、哲学であれば、人は多かれ少なかれ変えるものだが、祖先を変えることはできない。アイルランド人はいつの時代にもアイルランド人であり、ユダヤ人はいつもユダヤ人だ……。アイルランド人であることやユダヤ人であることは自然界の事実であり、どこかの国民であることや教会の会員であることは文明の所産なのだ」。要するに、人は文化を変えることはできるが、民族性は変えられないというのだ。生物学的なものは運命であり、こうしたアイデンティティは「先祖によって決定」されており、「永久的な集団としての特徴」をあらわしている。カレンによれば、移民の流入によって初期のアメリカ人がもっていた国民性はすべて解消され、アメリカは「多数の国民性の連合」または、「多数の国民性の民主政治」に変わった。

アメリカが見習うべき模範としてカレンが見ていたのはヨーロッパであり、そこでは共通の文明の枠組みのなかに多くの国民性が共存している。カレンが生物学的な決定論を主張したのは、当時のアメリカの思想界においてナショナル・アイデンティティの人種的な概念が支配的だったことを反映している。カレンの人種主義的な仮定は、彼が攻撃したアングロサクソンだけのアメリカというイメージの人種主義とさして変わらないのである。

アイデンティティを形成するうえで祖先は圧倒的な役割をはたすとカレンは強調したが、「文化的多元性」によって彼が何を意味しようとしたかは明確にはわからない。人が宗教、言語、政治観、および哲学を変えられるのであれば、文化的なアイデンティティは変更のできない民族または祖先に関するアイデンティティから切り離さなければならない。だが、そうだとすれば、カレンが永久的だと考えた祖先のアイデンティティのうち、何が残るのだろうか？　言語、宗教、哲学、政治観を変えたアイルランド人やユダヤ人は、どういう意味でまだアイルランド人であり、ユダヤ人なのか？

カレンの同時代人で、彼を崇拝していたランドルフ・ボーンは、メルティング・ポットとアングロ順応理論にたいし、あまり極端ではない融通性のある批判を試みた。とはいえ、ボーンもまだアメリカをヨーロッパ的な目で見ており、「諸国の植民地と異国文化の世界主義的な連合で、（ヨーロッパとは異なり）破壊的な競争による苦痛は排除されたもの」だと考えていた。その結果生じるのはアメリカ人という「国民性ではなく、超国民性であり、他の国々とのあいだを行き来しながら、さまざまな太さと色の糸を多数使って織り上げたもの」

だという。

　カレンとボーンの考えは、アメリカで人気を博していた二つのナショナリズム的概念にたいする反応だった。「かなり守勢に立ちながら、カレンは文化的多元性をメルティング・ポットの概念とアングロサクソン優越主義の双方にたいする代案として提案した」と、アーサー・マンは言う。カレンの見解は知識人のあいだではいくらか関心を集めたが、世論や支配的なナショナリズムにはほとんど影響をおよぼさなかった。カレンは支配者層から、アメリカの「バルカン化（小国乱立）」を提唱しているとして容赦なく非難された。

　マンによれば、彼の支持者は「二種類の人びとで、シオニストと、ユダヤ人に好意的な非ユダヤの知識人でアメリカの都市生活における民族の多様性に魅了された人びと」だった。後年、カレンは自分が影響力をおよぼせなかったことを認めた。二十世紀の初めにあたって、アメリカ人はアメリカを、いずれは異民族間の結婚を通じてるつぼと化しても、アングロ－プロテスタントの文化的アイデンティティをもったトマト・スープでありつづける国として温存させようと固く決心していた。

　セオドア・ローズベルトは当初、ザングウィルのメルティング・ポット説を支持したが、のちにその妥当性に疑問を呈してアメリカ文化のトマト・スープ概念を取り入れ、この時代に優勢だったナショナリスティックな見方を示した。「新しいタイプがすべて溶けて一つになったるつぼは、一七七六年から八九年にかけて形成されたのであり、われわれの国民性のあらゆる本質的な要素はワシントンの時代の人びとによって明確に定められた」。その「国民性」の「本質的要素」を維持しようとするアメリカ人の決意は、第一次世界大戦前および戦争中に移民をアメリカ化するために払われた多大な努力に見ることができる。

移民のアメリカ化

アメリカ人は十八世紀に「アメリカナイゼーション（アメリカ化）」という言葉と概念をつくりだし、それと同時に「イミグラント（移民）」という言葉と概念も考案した。彼らはこの国に上陸してくる新たな人びとをアメリカ人にする必要を感じていた。「われわれは国民がもっとアメリカ化するよう配慮しなければならない」と、ジョン・ジェイは一七九七年に言い、ジェファソンも同趣旨のことを語った。

この目的を達成するための努力が頂点に達したのは十九世紀末から二十世紀初めのことだった。一九一九年にルイス・ブランダイス判事が言明したところによると、アメリカ化が意味するのは、移民が「この国で一般的である服装、風習、慣習を取り入れ……母語を英語に変え」、「自らの関心と愛着がこの国に深く根ざしたものになった」ことを保証し、「われわれの理想と願望と完全に調和し、それを達成するために協力しあう」ことだった。これをすべてなしとげたとき、移民は「アメリカ人としての国民意識」をもつようになるだろう。

この定義に、アメリカ化の他の代弁者はアメリカの市民権の獲得、他国への忠誠の放棄、および二重の忠誠と二重の国民性の拒否を加えた。

移民をアメリカ化する必要性が認められると、その目的に向けて大々的な社会運動が起こった。そこから地方自治体、州政府、中央政府、民間団体、企業による多種多様な努力が生まれた。それらは重複し、ときには相反することもあったが、公立学校が中心的な役割を演じながら施行された。「(アメリカ化)運動の広がりを誇張するのは難しい」と、ある歴史学者は述べる。それは「社会改革運動」であり、アメリカ政治の進歩主義時代における主たる要素だった。セツルメント運動家、教育者、改革者、実業家、およびセオドア・ローズベルトやウッドロー・ウィルソンをはじめとする政治指導者は、みなこの改革運動を促進し積極的に参加した。「運動の組織者のリストは、さながら『フーズ・フー』〔各界の名士録〕と『ソーシャル・レジスター』〔地方ごとの名士録〕の合冊版のようだ」と、別の歴史家は記した。

新興の大企業は大量の移民労働者を必要としており、工場に学校を創設して移民に英語とアメリカの価値観を教えこんだ。多くの移民が住む都市はほぼどこでも、商工会議所にアメリカ化プログラムがあった。ヘンリー・フォードは移民を生産的なアメリカの労働者に仕立てる運動の先頭に立っていた。何しろ、フォードいわく、「さまざまな国からきたこれらの人びとには、アメリカのやり方、英語、そして正しい生き方を教えなければいけない」からだ。フォード・モーター社は多くのアメリカ化活動を組織した。そのなかには移民労働者が通わなければならない六ヵ月から八ヵ月の英語コースもあり、そこを卒業した人は卒業証書がもらえ、市民権を取得する資格が得られた。USスチールとインターナショナル・ハーベスターも同様のプログラムの後援者となり、「かなり多数の実業家が工場に教室を設け、給料袋に公民の資料を入れて配り、夜間の公立学校に補助金すら支給した」

進歩主義時代の実業家は、移民労働者に英語とアメリカの文化およびアメリカの民間企業のシステムを教育する必要を感じていた。それは生産性を高めるためでもあり、労働者が労働組合や社会主義思想に染まらないようにするためでもあった。彼らの特定の利益は、広い意味で国益と考えられたものと重なっていた。達成すべき目的を劇的に見せるために、フォードは一九一六年に愛国的な野外劇を催した。その中央には巨大なるつぼが据えられ、フォード社の移民労働者が大挙して「異国風の衣装をまとい、出身国を示すプラカードを高々と掲げながら舞台裏からでてきて、その壺のなかへ降りていった。それと同時に、壺の両側から別の集団が現われ、それぞれみな揃いの上等なスーツを着て、アメリカの小旗を手にしていた」

アメリカ化の活動には、多数の民間非営利団体もかかわっていた。そのなかには伝統的な組織もあれば、その目的のために特別につくられた新しい団体もあった。ＹＭＣＡは移民に英語を教える教室を開いた。アメリカ革命の息子とアメリカ植民地婦人会には、アメリカ化のプログラムがあった。アメリカン・インターナショナル・カレッジは特に移民を対象としてマサチューセッツ州スプリングフィールドに設立された。新たにきた移民とつながりのある民族的および宗教的組織は、移民をアメリカ社会に溶けこませようと積極的に試みた。リベラルな改革者や保守的な実業家、社会問題に関心のある市民が、外国人のための情報委員会、北米移民のための市民同盟、移民保護のためのシカゴ同盟、ニューヨーク市教育連合、ヒルシュ男爵基金（対象はユダヤ移民）、イタリア移民協会といった多くの同じような団体を創設した。

こうした団体は移民に助言を与え、夜間に英語やアメリカでの暮らし方を教える教室を開き、仕事や家を探す手助けをした。アメリカ化運動の多くとそのなかで活動している人びとの多くは、フランシス・ケラーのように、一八九〇年代に都市のスラム街で建設されはじめたセツルメントの出身だった。ジェーン・アダムズがシカゴに建てたハルハウスもその一例である。都市の政治機構は移民票を集めたがり、彼らがアメリカに定住するのを積極的に助け、仕事と経済的な援助を与え、そしてもちろん彼らをせきたてて市民権と投票権を獲得させた。

第一次世界大戦前には、プロテスタント、カトリック、およびユダヤ教の各団体が、移民の信者をアメリカ社会に溶けこませるために後押しした。

「ローマ・カトリック教会は聖職者、学校、新聞、慈善団体、友愛組合を使って、移民に外国の文化様式を捨て、アメリカの慣習に順応するよう説得した。ジョン・アイアランド大司教はアイルランドからの移民であり、アメリカ化を推進する司教のなかのリーダーだった……自分たちの言語と伝統を守ろうとするカトリック移民の動きと戦った」。そのうえ、「多くの都市ではユダヤ人用のセツルメントが建設され、ユダヤ人移民の子供にアメリカのやり方を学び、公立学校に通い、アメリカの枠組みのなかで自分たちのアイデンティティを保つよう奨励した」

アメリカ化の運動は草の根の民間組織に始まった。やがてそれらの団体は地元の自治体や州政府に働きかけて、自分たちの運動を支持し参加するよう圧力をかけだした。その間に、三〇以上の州議会でアメリカ化プログラムを導入する法案が通過した。コネティカット州はアメリカ化局を創設しさえした。最終的に連邦政府も積極的になり、労働省内の帰化局と内務省の教育局が競って資金を集め、独自の同化政策を推進するようになった。一九二一年には三五二六ほどの州、市、町および村落が帰化プログラムに参加していた。英語教育はアメリカ化運動で最も幅広く行なわれた活動であり、政府はそうしたプログラムを後援するうえで重要な役割をはたした。

二十世紀半ばまで、アメリカ化の中心的な制度は公立学校制度だった。十九世紀半ばに公立の学校が創設され拡大されたのは、実際、一面においてアメリカ化の必要性が認識されたことに触発され、影響されたからでもあった。カール・ケスレーによれば、「同化のための教育は十九世紀の学校関係者の主要な関心事になった」。学校では、移民は「イギリス系アメリカ人のプロテスタントの伝統と価値観」を受け入れるべきだとされた。特に大量の移民がいるニューイングランドでは、「イギリス系アメリカ人のプロテスタントの価値観を伝え、共和国制度の崩壊を防ぐには教育が最良の方法だと人びとは考えた」

長期的に見ると、「公立学校は他のどんな要素にも増して、移民集団が独自の文化をアメリカ生まれの子供たちに伝える能力を蝕むことになった」と、スティーブン・スタインバーグは言う。学校内はプロテスタントの雰囲気と価値観に染まっており、それは、当然のことながらカトリック教会による反対運動を呼び、カトリックの大規模な学校制度を誕生させることになった。だが、こうした制度も、時とともにアメリカの価値観とアメリカのナショナリズムを宣伝する一つのルートになった。

第一次世界大戦前、南欧と東欧からの移民をアメリカ化させるうえで、学校は中心的な役割をはたした。「進歩主義者は教育を信じていた」と、ジョエル・M・ロイトマンは言う。「それを基本的な道具として用いて、一八九〇年から一九二四年のあいだにアメリカにやってきた何百万もの人びとを同化（アメリカ化）させようと試みたのだ」

成人の移民を対象に学校がアメリカ化と英語の教室を開くことが奨励された。アメリカ化の主導的な組織、北米市民同盟は一九一三年に「移民の教育」のための計画を発表した。連邦教育局もこうした運動を助成し、一九一九年には昼間に子供が学ぶだけの場所だった学校を、成人のための夜間のアメリカ化プログラムがあるコミュニティ・センターと転換させていった。一九二一年と二二年には、七五〇から一〇〇〇の地方自治体が「外国生まれの人をアメリカ化する特別な公立学校プログラム」を実施した。一九一五年から二二年のあいだには一〇〇万人を超える移民がこうしたプログラムに登録した（かならずしも修了しなかったが）。

リード・ウエダによると、二十世紀の初めの数十年間に、教師は「移民の子弟にアメリカ人としてのナショナル・アイデンティティをもたせようと努めた。生徒が読む文学や社会の教科書はこの国の制度と政治史、および国民気質を代表する英雄的モデルとなった偉大な男女を象徴的に示したものに焦点を当てていた」。全米各地で、学校制度は「ホーラス・マンからジョン・デューイにいたる何世代もの改革者によって形成されていった。移民とそれにともなう社会変化によって世の中がますます多様化するなかで、彼らは公共教育を、統一された社会をつくりだすための手段と見なしていた」

後期のアメリカ化運動は移民に過度の圧力をかけ、土着主義《ネイティビズム》的かつ反移民的になったとして批判された。それはのちに一九二四年の移民の大幅な削減へとつながった。とはいえ、一八九〇年代初頭に始まったアメリカ化の活動がなければ、移民のそうした制限はまず間違いなくもっと早い時期に起こっただろう。アメリカ化によって、移民はアメリカ人にとって受け入れられるものに変わったのだ。この運動の成果は、移民やその子弟が国旗のもとに集まり、自分たちの国の戦争で戦うために従軍していくとき明白に現われていた。

世界大戦

第一次世界大戦は愛国心をあおり、ナショナル・アイデンティティを他のアイデンティティ以上に顕著なものとした。だが、ナショナル・アイデンティティが最高潮に達したのは第二次世界大戦時であり、この時期、人種、民族、階級のアイデンティティは国への忠誠心に押さえつけられていた。

一部の黒人団体と労働組合はアメリカの参戦を支持していなかったが、真珠湾が攻撃されると、「少なくとも一時的に彼らの帰属意識は人種または階級ごとの集団から国へと転換し、国がアイデンティティを提供するようになり、人びとはその名のもとに行動するようになった」。同様に、日系アメリカ人は国への忠誠を断言し、志願して兵役についた。一〇〇〇万人を超える男女を軍隊という、国の機関のなかで最も国らしい組織に動員したことは均質化に役立つ経験であり、その結果「共通の価値観と伝統という新しい剰余が生まれた」

第二次世界大戦は、これまで見てきたように、アメリカのアイデンティティのイデオロギー的な要素の重要性を高め、民族および人種によるアイデンティティの法的な定義に終止符を打つ道を開いた。フィリップ・グリーソンが言うように、戦争は「国としての統一性と国への帰属意識という共通の感覚を高めた」。アメリカ人には最優先される一つの目的があった。同じように強くではないが、ほぼ誰もが戦争の危険と困難さを感じていた。そして大規模な戦争ではよくあることだが、経済的な格差は減少した。第二次世界大戦は「次の世代のためにナショナル・アイデンティティに関するアメリカ人の理解」をかたちづくった「壮大な共通体験」だったのである。アメリカ人が国にたいして抱く帰属意識は、第二次世界大戦中に過去最高の域にまで高まった。

この体験はアメリカ人にかぎったことではない。ドイツのナショナリズムも――のちにドイツ人はひどく後悔することになるが――おそらくフランス革命中にフランス人のあいだで湧き上がったナショナリズムに匹敵する勢いで高揚した。ロシア人はこの戦争を国として一致団結し努力した時期として懐かしむ。一九七〇年代半ばにヘドリック・スミスがロシア人に、ロシアの歴史のなかで最高の時代はいつだったかと尋ねると、彼らは一致して「戦時中」と答えた。人びとは「戦争を苦しみと犠牲の時代としてだけでなく、帰属意識と連帯感を覚えた時代として語る」と、スミスは報告した。「戦争は死と破壊を意味したが、それによってゆるぎない統一感と無敵の力も示された。そして、ソ連の人びとが大祖国戦争と呼ぶものについて共有している苦難と勝利の記憶こそ、今日、彼らが恥じることなく感じる愛国心の主たる根源なのだ」

ロシア人にとって「大祖国戦争」であり、イギリス人にとって「最高の時」であり、アメリカ人にとって「正しい戦争」だった第二次世界大戦は、西洋の国々がこれまで体験したなかで最も強烈なナショナリズムのあらわれであり、その引き金でもあり、西洋におけるナショナリズムの時代の頂点だったのである。

衰退するナショナリズム

ナショナル・アイデンティティが他のアイデンティティに勝り、アメリカ人が熱心なナショナリストであり愛国者であった一世紀は、一九六〇年代になると色褪せはじめた。ナショナル・アイデンティティの重要性の衰えは、一九九〇年代に多くの専門家によって指摘された。一九九四年にアメリカの歴史と政治学を専門とする一九人の学者が、一九三〇年、一九五〇年、一九七〇年および一九九〇年のアメリカ人の統合レベルを評価するよう依頼された。一が最高の統合レベルをあらわすものとして、一から五までの尺度を使ってこれらのパネリストが評価したところ、一九三〇年は一・七一、一九五〇年は一・四六、一九七〇年は二・六五、そして一九九〇年は二・六〇だった。

この研究の執筆者によると、一九五〇年は、「アメリカが国として最も統合されているのが認められた」年だった。そのとき以来、「文化および政治の細分化が進み」、「民族的および宗教的な意識の高まりから生じる対立が、アメリカの国家的神話にたいして真っ向から挑戦している」。同じような見方は個々の学者も表明しており、彼らが述べる現象に共感する人からも、それを憂える人からも発せられた。ロバート・カプランは「国民性の失墜」について語った。ダイアナ・ショーブはアメリカが「愛国心の薄れた状況」に直面していると主張した。ジョージ・リプシッツはロナルド・レーガンの「新愛国主義」を攻撃し、「包囲された国民性のジレンマ」と自ら呼ぶものを強調した。ウォルター・バーンズは「愛国主義の終焉」が近づいていることを嘆き、ピーター・シャックは「アメリカの市民権の価値の低下」を跡づけた。

二十世紀の末期におけるナショナル・アイデンティティのこの衰退ぶりは、主に四つのかたちであらわされている。多文化主義と多様性の政策が一部のエリートのあいだで人気を博し、人種、民族、ジェンダーなどのサブナショナル・アイデンティティが特殊利益集団によってナショナル・アイデンティティ以上に高められたこと。かつて移民の同化を推進した要素が弱体化するか消滅し、それとともに移民が二重のアイデンティティ、忠誠、および市民権を保ちつづけようとする傾向が増えたこと。メキシコ人を中心に、移民のあいだで英語以外の同言語を話す人が優勢になり（アメリカ史のなかでは先例を見ない現象）、その結果、ヒスパニック化が拡大し、アメリカが二言語、二文化の社会に変貌をとげていること。そして、アメリカのエリートの重要な一派が無国籍化して、彼らの世界主義的かつトランスナショナルな責務と、いまだにきわめてナショナリスティックで愛国者的なアメリカ一般大衆の価値観の差異が広がっていることである。

＊1　このような省略があったため、アメリカ人は意味上の不正確さにつきまとわれることになった。アメリカ人は通常、ワシントンの政府を「連邦政府（フェデラル・ガバメント）」と呼ぶが、これは厳密には州政府を含む連邦制度における「中央政府（ナショナル・ガバメント）」なのである。

＊2　ザングウィル以来、同化の議論を比喩的に言いあらわす誘惑は抗しがたいものになったようだ。フィリップ・グリーソンはメルティング・ポットに関する古典的なエッセーのなかで、アメリカにおける同化、あるいはその欠如を生き生きと表現するためにアナリストが使用したメタファーを十数例あげている。圧力鍋、シチュー、サラダ、ミキシングボウル、モザイク、万華鏡、虹、放射、オーケストラ、ダンス、織機、パイプライン投棄場、村の囲い、集水溝、袋小路である。しかし何と言っても、料理関連のメタファーが多いようだ。グリーソンが述べるように、「メルティング・ポッ

わトに代わる言葉として、料理に関係するシンボルがその他のもの以上に多いのは、われわれの国民的気質について何かを暗示しているのかもしれない」。メルティング・ポットの原義は食物とは何ら関係していないことからして、この事実はおそらくいっそう何かを暗示しているのだろう。メルティング・ポットは湯だまりと同義語で、すなわち溶かした金属の集まる場所をあらわしていた。（フィリップ・グリーソン「メルティング・ポット――混合の象徴か、それとも混乱か」『アメリカン・クォータリー』一六号／一九六四年春）

第三部　アメリカのアイデンティティに危機

第7章　アメリカの解体──高まるサブナショナル・アイデンティティ

脱構築主義の運動

アメリカのナショナル・アイデンティティは、第二次世界大戦中にアメリカ人を自国とその大義に再結集させたとき、政治的に頂点をきわめた。そして一九六一年のケネディ大統領の呼びかけによって、それは象徴的なピークに達した。「国が何をしてくれるのかを問うのではなく、国のために何ができるのかを自問してほしい」というあの演説である。その間の一五年ほどのあいだに、第二次世界大戦による挙国一致的なインパクトや、冷戦初期の東西対立、第一次世界大戦以前の移民とその子供たちがアメリカ社会に溶けこんだこと、人種差別を終わらせるための緩慢ながら着実な前進、前例のない経済的繁栄といったもののすべてがあいまって、アメリカ人の国への帰属意識を高めた。

この当時、アメリカ人は平等な権利をもつ個人からなる一つの国民であり、主としてアングロ－プロテスタントの中心的な文化を共有し、アメリカの信条であるリベラルな民主主義の原則に忠実な人びとだった。それは少なくとも、アメリカ人が自分たちの国のあるべき姿として抱いていた一般的なイメージであり、その目的に向かっていると、ある程度は思われたものだった。

一九六〇年代になると強力な運動が始まり、アメリカのこうした概念の顕著性や実体や利点を脅かすようになった。これらの社会運動の観点からすれば、アメリカは共通の文化と歴史と信条をもつ個人が集まった社会ではなく、異なった人種、民族、およびサブナショナルな文化の集合体だった。個人はそのなかでは共通の国民性によってではなく、自らの属する集団の会員資格《メンバーシップ》によって定義されていた。

この見解を支持する人は、二十世紀前半に支配的だったアメリカのるつぼやトマト・スープ的な概念を酷評し、アメリカはむしろさまざまな民族からなるモザイクまたはサラダなのだと主張した。ホーラス・カレンは以前の敗北を認めながらも、一九七二年に九十歳の誕生日を迎えたとき、自説は正しかったと主張した。「一つの考えが既成概念を打ち破って、世間に受け入れられるようになるには約五〇年かかる。誰しも侵入者を好まないものだ。それが日常を混乱させている場合はなおさらだ」。クリントン大統領は支配的なヨーロッパの文化からアメリカ人が解放されたことを歓迎した。ゴア副大統領はアメリカの標語「エ・プリュリブス・ウヌム（多から一）」（フランクリン、ジェファソン、アダムズが選択）を「一つのものから、多数」と解釈し、政治理論家マイケル・ウォルツァーは、カレンの「多数の国民性からなる国」という見解を引用して、この標語は「一つのなかに、多数」を意味するべきだと主張した。

脱構築主義者はサブナショナルな人種、民族、文化のグループの地位と影響力を高めるプログラムを推進した。彼らは移民が母国の文化を維持することを奨励し、アメリカ生まれのアメリカ人には享受できない法的特権を与え、アメリカ化の考えを非アメリカ的だとして非難した。彼らは歴史の概要と教科書を書き直すよう主張し、憲法に記された「合衆国の人民《ピープル・オブ・ユナイテッド・ステーツ》」を単数扱いにするのではなく、複数で「ピープルズ」と呼ぶべきだとした。そして、アメリカの歴史のほかに、あるいはそれに代わるものとして、サブナショナルな集団の歴史を教えるよう訴えた。アメリカ人の生活のなかで英語が占めている中心的な役割を彼らは軽視し、二言語併用教育と言語の多様性を推奨した。また、アメリカの信条の中心である個人の権利よりも、集団の権利と人種的優遇政策の法的な認知を主張した。統一や共同体ではなく多様性こそアメリカの最も重要な価値であるべきだという考えと多文化主義の理論によって、彼らは自分たちの行動を正当化した。こうした一連の試みが組み合わさった結果、三世紀以上にわたって徐々に形成されてきたアメリカのアイデンティティの解体と、サブナショナル・アイデンティティの優位がうながされたのである。

それによって起こった人種的優遇政策、二言語併用、多文化主義、移民、同化、アメリカ史を基準とすること、英語の公用語化、ヨーロッパ中心主義をめぐる議論などはみな、実際にはアメリカのナショナル・アイデンティティの本質についてせめぎあう一つの戦争だったのだ。一方の側にはアメリカの政界や学界、各種機関に属する相当数のエリートと、利益の拡大をはかるサブナショナルなグループの指導者や指導的な地位を目指す人びとがいた。この脱構築主義者の連合のなかで最も重要な位置を占めていたのは、官僚、裁判官、教育者に代表される公務員であった。過去においては、帝国や植民地の政府がマイノリティ・グループを支援し、彼らの帰属意識を高め、そうすることによって分割統治する政府の能力を増大させてきた。それとは反対に、国民国家の政府は自国民を統一し、国民意識を育て、サブナショナルな地域あるいは民族ごとの忠誠心を抑圧し、国語を普及させ、国の規範にしたがう人に利益を分配しようとする。二十世紀後半まで、アメリカの政界および政府の指導的な立場にある人びとも同じように行動してきた。ところが、一九六〇年代から七〇年代になると、彼らはアメリカの文化的、信条的なアイデンティティを弱め、人種、民族、文化などのサブナショナルなアイデンティティの強化を意図した措置を意識的に講じはじめた。一国の指導者が自らの支配する国を解体しようとするこうした試みは、おそらく人類の歴史のなかでも例を見ないだろう。

アメリカの学界、メディア、財界のエリートや、知的専門職の相当数が、エリート公務員のこうした動きに同調した。だが、脱構築主義者の連合に大多数のアメリカ人は含まれていなかった。たび重なる世論調査でも、各地で行なわれた住民投票でも、アメリカ人の大半はナショナル・アイデンティティを衰退させ、サブナショナルなアイデンティティを推進する考えや法案は否定している。

こうした法案が優遇しようとしているサブナショナルなグループ自体も、そのうちの相当数がしばしばアメリカ人の大多数と同調し、ときにはそれが彼らの多数派になることも、それどころか過半数を占めることもある。全体として、アメリカ人はいまなおきわめて愛国的であり、ナショナリスティックな見解をもち、国としての文化、信条、アイデンティティに忠実なのである。したがって、アメリカのエリートの一部と、アメリカ人の大多数という二つの層のあいだに、アメリカとは何であり、アメリカはどうあるべきかという根本的な問題をめぐって大きな溝が開いているのである。

脱構築主義の運動が出現した背後には、いくつかの要素が働いていた。

第一に、それらはある意味では、世界各地でナショナル・アイデンティティの危機を生みだしている、より限定されたサブナショナルなアイデンティティが地球規模で高まっていることがアメリカで示されていたのである。こうした動きは、これまで見てきたように、経済のグローバリゼーションと交通および通信の拡大に関連したものであり、それによって人びとはより小さい集団への帰属意識とそこに援助と保証を求める必要が生じてきた。

第二に、サブナショナル・アイデンティティが高まったのは冷戦が終結する前だったが、二十世紀後半に東西の対立が緩和され、一九八九年に冷戦が不意に終わると、ナショナル・アイデンティティを前面に押しだす強力な理由がなくなり、人びとは他のアイデンティティに重要性を見出すようになった。

第三に、ときとして政治的かけひきで、公選職の現職または立候補を考えている人が、多くの有権者の心をつかめると考える法案を推進することも間違いなくある。たとえば、ニクソン大統領は一九七二年の選挙の前に、ローマン・プチンスキー下院議員が提案した民族集団に関する法案を支持したし、民主党内で黒人と白人の労働者階級のあいだで軋轢が増すように、雇用におけるアファーマティブ・アクション（積極的差別是正措置）を奨励したと言われている。

第四に、マイノリティ・グループの指導者およびその地位を目指す人にとって、自分たちのグループに利益をもたらし、地位を向上させる措置を推進することは明らかに有益だった。

第五に、官僚が役職上必要にせまられて、国会制定法を実践しやすいかたちで解釈し、所轄官庁の活動、権限および財源を拡大したり、自分たちの政策目的を推進したりした。

第六に、リベラルな政治的信条は学識経験者、ジャーナリストなどのあいだで、排斥、差別、抑圧の犠牲者と思われる人びとにたいする同情と罪悪感を生みだした。人種グループと女性は二十世紀後半のリベラルな積極行動主義の焦点になった。二十世紀初めの自由主義者にとって、労働者階級と労働組合運動が意味していたようなものである。多文化主義と多様性を信奉することが、左翼や社会主義や労働者階級のイデオロギーとその支持に取って代わったのだ。

最後に、そしておそらくは最も重要なこととして、一九六四年から六五年に制定された公民権法、投票権法、および移民法で、人種と民族性が正式にナショナル・アイデンティティの要素として認められなくなったことが、逆説的にそれらをサブナショナル・アイデンティティのなかで再浮上させた。人種と民族性がアメリカ人であることを定義する主な要素だった時代には、ヨーロッパ北部出身の白人以外の人がアメリカの定義に異議を唱えるとすれば、それはアメリカ人らしくない外見によるしかなかった。「白人になり」、「アングロ順応」することが、移民や黒人をはじめとする人びとがアメリカ人になる方法だった。

人種と民族性が正式に除外され、文化の重要性もなくなると、マイノリティ・グループが自らのアイデンティティを主張する道が、いまではおおむね信条によって定義されるようになった社会の内部で開けた。アメリカ人が他の国民や人種、民族および——ある意味では——文化と自分たちとを区別してきた方法が、もはやアメリカ人同士がたがいを区別する根拠ではなくなっているのだ。

脱構築の運動は、政治の世界でも知識人のあいだでも多くの議論を呼んだ。一九九〇年代になると、時事解説者は脱構築主義者の勝利を告げていた。一九九二年にアーサー・シュレジンジャー・ジュニアはこう警告した。「イギリス系中心の文化にたいする抗議の意思表示として」始まった「民族性のうねり」は「カルトとなり、いまでは『一つの国民』、共通の文化、一つの国としてのアメリカという当初の理論にたいする反革命になる恐れがある」。そして一九九七年にはハーバード大学の社会学者ネイサン・グレイザーが、「われわれはいまではみな多文化主義者になった」と結論づけた。

しかし、反革命にたいする反対の声はすぐにあがり、アメリカのアイデンティティの伝統的な概念を擁護する活発な運動が出現した。一九九〇年代になると、それまでは人種ごとの分類と人種的優遇政策を支持していた官僚と裁判官が、最高裁判事を含めて次々に穏健な考えを支持するようになり、以前の見解を撤回する人もでてきた。精力的な発起人に率いられて運動が起こり、アファーマティブ・アクションと二言語教育の廃止について住民投票が行なわれた。アメリカ史と教育課程を書き換えようとする試みは、学者と教師でつくる新しい組織の反対にあった。

同時多発テロは、共通の文化をもった一つの国民としてのアメリカを支持する人びとを大きく勢いづけた。それでも脱構築主義の戦争は終わらず、アメリカは平等な権利と共通な文化と信条を有する一つの国なのか、それとも人種と民族および文化上のサブナショナルなグループの連合で、健全な経済とおとなしい政府がもたらす物質的な利益への希望によって結びつけられているのか、あるいは将来そうなるのか、そうなるべきなのかという問題は、解決されずじまいだった。この戦争における主な戦いは、アメリカの信条、その言語、そして中心的な文化への挑戦をめぐるものだった。

信条への挑戦

アメリカの信条の中心には、「個々の人間の本質的な尊厳とすべての人間の根本的な平等および自由と正義と公平な機会に関する譲りえない権利の理想」が含まれる、とミュルダールは言った。しかしアメリカの歴史を通して、アメリカの政治と社会が制度のうえでも実践においてもその目的を充分にはたしたことはない。理想と現実のあいだには落差があるのだ。ときには、一部のアメリカ人がその差には目をつぶるわけにいかないと考え、制度と実践の双方に大々的な改革を起こすべく社会的、政治的な運動を始め、もっと大半のアメリカ人が同意する価値観に沿った社会を目指したこともあった。実際には、それはアメリカのアイデンティティの中心にあるものだ。アメリカにおける「改革の歴史はいつも似ている。理想と現実が比較されるのである」と、ラルフ・ウォルドー・エマソンは言った。

ミュルダールは「アメリカのジレンマ」を強調するために信条を引きあいにだし、それについて説明した。原則と不平等のあいだの落差、市民権の欠如、差別、一九三〇年代にアメリカの黒人がまだこうむっていた人種差別待遇である。奴隷制度とその名残はアメリカの歴史的なジレンマであり、アメリカの価値観を最も露骨に、深刻かつ悪質に侵害したものだった。一八七六年に妥協をはかったあと、アメリカ人はこのジレンマに目をつぶり、否定し、言い逃れようと試みた。

ところが、二十世紀半ばにいくつかの展開があり、これ以上目をつぶることは不可能になった。黒人が都市へ移動して北部に大量移住したこと、第二次世界大戦および冷戦の影響で人種差別が外交面で不利になったこと、信念と現実の「認知的不協和」を解消しようとするなかで、アメリカの白人の人種に関する態度が変わったこと、一九四〇年代、五〇年代に連邦裁判官が黒人に不利な法律と制度を憲法修正第一四条に則したものに変えようと試みたこと、一九五〇年代末から六〇年代にベビーブーム世代が登場して改革運動家の供給源になったこと、黒人組織の指導者がそれまでアフリカ系アメリカ人に認められなかった平等を勝ち取ろうとして断固とした態度をとりはじめたことなどである。

それ以前の改革運動でもそうだったが、アメリカの信条の原則は人種隔離および差別をなくそうとして運動する人びとにとって、唯一最大のよりどころだった。個人の尊厳と、すべての者が人種にかかわりなく平等な待遇と機会を得る権利は、こうした運動のなかでたびたび掲げられたテーマだった。信条の原則がアメリカのアイデンティティに盛りこまれていなければ、黒人の平等な待遇を求める運動は行き場を失っただろう。政府とその他の機関の決定において人種を問題にしないという主張は、まさしくすべての人が平等な権利をもつという信条の概念にもとづいている。

「人種や肌の色を基準とした分類や区別は、われわれの社会では道徳的でもなければ法的に有効でもない」と、サーグッド・マーシャルは一九四八年に述べた。一九六〇年代初めの最高裁判事はいつも決まって、憲法は「人種差別をしない」と表明した。一九六〇年の公民権委員会は高等教育について述べたなかで、次のように結論した。「志願者の人種または肌の色に言及する質問は、明らかに的外れであり、不適切である。大学側が学生を選抜するうえで、そうした質問は理にかなった目的に沿うものではない」

一九六四年の公民権法と一九六五年の投票権法は、アメリカの現実にアメリカの原則を反映させるために特に考案されたものだった。公民権法の第七編は雇用者が「(一)人種、肌の色、宗教、性別、または民族的出自ゆえに人を雇わなかったり、雇うのを拒否したりするか、(二)従業員の人種、肌の色、宗教、性別、または民族的出自ゆえに雇用の機会を奪うか、奪う可能性のある方法で従業員を分類すること」を違法とした。

この法案の議事進行係だったヒューバート・ハンフリー上院議員は、上院にたいしてこう保証した。この法案は法廷や行政機関に「人種的『割当て』に沿うために、あるいは何らかの人種的均衡をとるために、従業員の雇用、解雇、昇格を要求するものではない……第七編は差別を禁じており……人種や宗教ではなく、能力や資格にもとづいて雇用することを奨励するように考えられている」、と。

法案は、差別の意図が示されていなければ違法な業務だと判断することはできないと定め、雇用者が年功や優劣を基準に人事を決めることを許可し、人種による差別を意図したものでなければ、能力テストを行なう権利も雇用者に与えた。裁判所が救済手段をほどこせるのは、雇用者が意図的に違法な業務にかかわっていることがわかった場合だけだった。

その翌年、投票権法が制定され、この法令の管轄区（主に南部の諸州）では人種または肌の色のせいで投票する権利を市民から奪うのは違法となった。これらの法令が組み合わさった結果、雇用、投票、公共の施設、公共の交通機関、連邦政府の事業、および連邦政府の援助を受けた公共教育の場において、人種間の差別が禁止されることになった。これらの法律に用いられた文言と、制定者たちの意図は歴然としていた。アメリカの歴史的なパターンどおりに、改革者たちは制度と実践に手を加え、それらがアメリカの信条の原則とより一致するように改善したのである。

ところが、ほとんどその直後から、この重大な進歩は後退に変わった。公民権法が通過するとまもなく、ベイヤード・ラスティンのような黒人指導者はすべてのアメリカ国民に共通する権利を要求するのをやめ、そのかわりに特別な人種グループとして黒人に物質的な援助をする政府のプログラムを要求しはじめ、白人との「（経済的な）平等という事実の実現」を目指すようになった。その目的をできるだけ早く達成するために、連邦政府の行政官は、のちに裁判官も一緒になって、改革法令の文言を反対の意味に解釈するようになった。こうした解釈をすることで、この新しい法律そのものを生みだした、すべての人が平等な権利を有するという信条の原則に正面攻撃をしかけたのである。このような措置に共通して見られたのは、これらの法律に書かれた差別禁止の規定を、黒人に有利な「積極的差別」（ネイサン・グレイザーの言葉）に置き換えることだった。

ヒュー・デイビス・グレアムが包括的な研究書『公民権時代』のなかで述べているように、一九六七年には公民権法によって創設された雇用機会均等委員会の委員長も委員の過半数もスタッフも、「第七編の制約に逆らって、一連の判例法をつくりあげ、（同委員会が）結果を重視し、差別する意図の有無は問題にしていないことを正当化するつもりだった」

グレイザーが言うように、これらの行政官は「統計的な不均衡を差別の証拠と見なし、官民を問わず雇用者に圧力をかけ、人種、肌の色、および民族的出自をもとに雇用することによってそれを是正させようとした。本来、一九六四年の公民権法が禁じたことである」。労働省の役人も大統領と議会の指令をくつがえすべく行動した。一九六一年三月、ケネディ大統領は大統領命令一〇九二五号を発し、政府の委託業者に「人種、信条、肌の色、民族的出自の別なく」従業員を雇い、平等に扱うよう命じた。[*1] ジョンソン大統領もこの条件を再確認した。

　だが、一九六八年から七〇年に、労働省は政府の委託業者にたいし、労働者を雇うさいにはその企業が所在する地域に住む人種の比率を考慮することを要求する命令をだした。企業はマイノリティ・グループの問題とニーズに合わせた「特別かつ結果重視の一連の手続き」を取るように命じられたのだ。アンドリュー・カルが著書『人種差別しない憲法』の分析のなかで指摘したように、「行政命令で使われる言葉は差別待遇をしないように求めていた。その文字どおりの命令はまだ、政府の委託業者は『応募者が人種にかかわりなく雇われることを保障する』というものだったが、労働省による正式な解釈はその逆を要求していた」。労働省の措置もまた、第七編の差別を禁じる文言に反していた。「したがって、合衆国労働省が一九六九年に定めた方針は、そのわずか五年ほど前に議会が禁じたことを要請していたのである」

　第七編に関連して最初に下された判決「グリッグズ対デューク電力」（連邦最高裁判例集四〇一）で、最高裁も同様に、差別する意図があったことの証拠をこの法令の文言が求めている件には触れなかった。くだんの雇用者には「黒人従業員を差別する意図」はなかったとしたが、高卒の資格をもつか標準的な知能検査に合格した人を雇うという会社の雇用規定はそれでも違法だとしたのである。「法令の文言からも、とりわけ疑う余地のない立法の歴史からも明らかなように、最高裁は第七編に、公民権法の提唱者が明確に否定した法的な規制に、この法律の根拠を求めた」と、カルは述べる。

この決定はきわめて重大だった。ハーマン・ベルツが著書『変質した平等』で主張したように、それは「公民権政策を集団の権利または結果の平等原理に変え、雇用者の目的、趣旨、あるいは動機づけではなく、雇用の実践における社会的な結果自体を、その合法性を判断するうえで考慮すべき決定的な事項に変えた。この決定は優遇措置の理論的根拠となったばかりか、実際、人種を意識した優遇政策を拡大するための誘因になった」

最高裁の決定にもとづいて、「差別的効果のある差別だと非難されないために、マイノリティの優遇政策は実際に必要なものとなった。差別的効果理論の法的な前提は、集団の権利と結果の平等だった……伝統的な公正さの概念とは異なり、差別的効果理論のもとでは、雇用者はたとえ社会的な差別に責任がなくても、その責任を負わされた」。最高裁は「公民権法の要求とその趣旨とはまるで反対の差別の理論」を採用した、とベルツは結論した。

それと似たようなことが投票権法でも起こった。これは南部の州が黒人の投票権を拒否するか制限するのを防ぐ目的で制定されたものだった。ところが、一九六九年に最高裁はこの法律が個人の権利を守るだけでなく、マイノリティの候補がかならず当選する代議制度を余儀なくするものと解釈した。それによって、随所で行なわれている「人種的ゲリマンダリング」、つまり黒人やヒスパニックの候補が確実に当選できるように選挙区の境界線を決める慣習に法的なお墨付きを与えたのである。カルは言う。「一九七〇年代初めには、連邦政府はこうして一〇年前の基準からすれば特異な立場をとるようになり、州政府と地方自治体に人種的な境界線に沿って選挙区を都合よく変えることを要求するようになった」

アメリカの主要な機関——政府、企業、メディア、教育機関——のエリートはたいてい白人だ。二十世紀の末に、こうしたエリートのうち相当数が人種差別をしないアメリカの信条の価値観を否定し、人種間の差別を支持するようになった。ジャック・シトリンは一九九六年にこう述べた。「長年、白人社会はアファーマティブ・アクションを擁護し、差異を認めない原則から乖離《かいり》することの道徳的なツケを顧慮しなかった」

主要な社会学者のシーモア・マーティン・リプセットも一九九二年に次のように報告している。「優先策を最も支持する層は、高学歴のリベラルな知識階級、つまり人口の五ないし六パーセントにあたる大学院で学んだ人びと、および大学で教養学科を専攻した人たちのようである。政界のエリートのあいだにも、特に民主党に強力な支持者層があるが、共和党にも多くの支持者がいる（ただし高官にはあまりいない）」

一九七〇年代と八〇年代には、主要紙もオピニオン雑誌も、人種的マイノリティを白人よりも優先させるアファーマティブ・アクションとそれに関連するプログラムを熱心に擁護した。フォード財団をはじめとする団体は、何千万ドルも提供して人種的優遇政策を奨励した。教授陣からの賛同を得て、大学はマイノリティの学生に低い入学基準、人種別の奨学金などの特典をどれくらい提供できるかを競いあった。

人種にもとづくプログラムの導入にきわめて重要な役割をはたしたのはアメリカの産業界であり、彼らは市場への配慮や、訴訟を避けようとする願望、あるいは黒人などの少数派が組織したボイコットによってスキャンダルが起こるのを防ぎたいとの思いにかられていた。「アファーマティブ・アクション政策の小さな汚い秘密は、アメリカの産業界が実際にアファーマティブ・アクションを支持したことだ」と、一九九六年にリチャード・カーレンバーグは述べた。だが、それはすぐに秘密でも何でもなくなった。アファーマティブ・アクション政策を支持し、マイノリティと女性を雇用して昇進させることを、企業が大々的に宣伝するようになったからだ。

たとえば一九八〇年代初め、デュポンは新たに専門職および管理職の地位に任命した人の五〇パーセントはマイノリティと女性であると発表した。他の企業も似たような措置を講じた。主な論争では、企業は足並みをそろえて人種的優遇政策を支持した。一九九六年にカリフォルニアの直接発案《イニシアティブ》で、州の人種的優遇政策を禁じる提案《プロポジション》二〇九号や、同様のイニシアティブで一九九八年にワシントン州でだされた提案I－二〇〇号に企業は反対し、その一方でミシガン大学ロースクールの入試における人種的優遇政策の廃止を命ずる地方裁判所の裁定にたいする大学側の上訴を支持した。

人種の優遇措置をめぐるエリートと大衆の違いは、二つの州の住民投票で劇的に明らかになった。カリフォルニアの提案二〇九号は公民権法の文言に沿ってこう規定した。「州は公務員の採用、公共教育、あるいは公共事業の契約のさいに、いかなる個人または団体にたいしても、人種、性別、肌の色、民族性、または民族的出自を根拠として差別してはならず、また優遇措置を講じてもいけない」。ジョゼフ・リーバーマン上院議員はこの提案をどう思うかと聞かれて、こう答えた。「そういう提案にどのような反対ができるのか、私にはわからない。それは基本的にアメリカの価値観を述べたものだからだ……それに、こうも言っている……われわれは所属する集団ゆえに誰かを優遇してはならない、と」。だが、カリフォルニア州の支配層の多くは、こうした「アメリカの価値観」を否定した。

政界の指導者のほとんど（ピート・ウィルソン知事を除いて）、大学の学長、ハリウッドの有名人、新聞、テレビ局、労働組合の指導者、そして産業界のリーダーの多くも人種的優遇政策の禁止に反対した。クリントン政権とフォード財団、また全米的な多くの組織も彼らに同調した。提案の反対者は、支持者よりもずっと多くの金をつぎこんでいた。それでも、カリフォルニアの大衆は五四パーセント対四六パーセントという投票結果で、この提案を承認したのである。

二年後に、ワシントン州で人種的優遇政策を禁止しようとする試みにたいして、同州の支配者層はほぼ一丸となって反対した。そのなかには州知事をはじめとする政界のリーダー、同州の主な企業、主要なメディア――『シアトル・タイムズ』紙は提案反対の広告に紙面を無料で提供した――や、教育機関の上層部、多数の知識人と時事解説者が含まれ、さらにはアル・ゴア副大統領やジェシー・ジャクソン師のような外部のオピニオン・リーダーも加わった。産業界はとりわけ声高だった。マイクロソフト創設者の父親にあたるビル・ゲーツ・シニアが先頭に立った反対運動を、ボーイング、スターバックス、ウェアハウザー、コストコ、およびエディバウアーの各社が支持した。「ワシントンの運動でわれわれが直面した最大の障害は、メディアではなく、われわれを攻撃した政治家ですらなく……産業界だった」と、この提案の主たる支持者であるウォード・コナーリーは語った。提案の反対者は支持者の三倍の資金を使った。ワシントンの投票者は五八パーセント対四二パーセントの多数で、提案を承認した。

世論調査を見ると、大衆は一般に、ケネディ大統領とジョンソン大統領の命令で使われた当初の意味におけるアファーマティブ・アクションは認めている。マイノリティの差別をなくし、家庭環境、学校、住居、および職業訓練を改善することによって競争力をつけさせ、彼らがよりよい職業に就き、高等教育を受けられるようにするための措置のことである。世論調査はまた、アメリカ人の大多数が雇用、昇進、大学入試にさいして人種的優遇政策がとられることに反対している事実をつねに示してきた。明らかに、過去の差別による影響を是正するためのものであっても、それは変わらない。シーモア・マーティン・リプセットによると、一九七七年から八九年のあいだに行なわれた五度のギャラップ世論調査で次のような質問がだされた。

過去の差別の埋め合わせをするために、女性とマイノリティは就職試験や大学入試にさいして優遇されるべきだと言う人びとがいます。一方、試験の得点によって決定されたとおりに、主として能力を考慮すべきだと言う人もいます。この問題に関して、どちらの見解があなたの考えにより近いですか？

一連の調査では、八一パーセントから八四パーセントの人がテストにもとづいた能力を選び、一〇パーセントから一一パーセントが優遇措置を選んだ。一九八七年と一九九〇年に実施された二つの他の調査で、ギャラップは次の提案を支持するか否かを問うた。「黒人などマイノリティの地位を向上させるために、できるかぎり努力すべきである。それが彼らに優遇措置を与えることを意味したとしても、そうすべきだ」

この二度の調査では、世論の七一パーセントおよび七二パーセントはこの提案に反対し、二四パーセントが賛成した。黒人では六六パーセントが反対で、三二パーセントが賛成だった。同様に、一九九五年の世論調査で、「雇用と昇進および大学の入学許可は、人種や民族性ではなく、厳密に優秀さと資格にもとづくべきかどうか」と質問すると、白人の八六パーセント、ヒスパニックの七八パーセント、アジア系の七四パーセント、黒人の六八パーセントはそれに賛成した。一九八六年から九四年に行なわれた五回にわたる連続調査で、「黒人を優先して雇用し昇進させること」に賛成か反対かを質問したところ、世論の六九パーセントから八二パーセントは反対だと答えた。一九九五年に『ＵＳＡウィークエンド・マガジン』がアメリカのティーンエイジャー、二四万八〇〇〇人を対象として実施した調査では、その九〇パーセントが「過去の差別の埋め合わせとして雇用および大学入試でアファーマティブ・アクション」を適用することに反対だと答えた。ジャック・シトリンは一九九六年に証拠を再吟味して、こう結論した。

「要するに、集団としての平等と個人の能力とのあいだの選択として問題を位置づけると、アファーマティブ・アクションに勝ち目はない。アメリカ人の大多数は、どのグループを援助しようとするものであっても、あからさまな優遇措置は拒否するのである」

これらの調査で、人種的優遇政策に関する黒人の意見は、問われた質問の性質によって異なった。一九八九年のギャラップ調査で、雇用と大学入試において女性とマイノリティに優遇措置を講じるのが正当か、それとも試験で明らかになる能力によって決定されるべきかと聞かれると、黒人の五六パーセントは能力を選び、一四パーセントは人種的優遇政策を選択した。一九八六年から九四年にかけて実施された「アメリカ国政選挙研究」の五度の調査で、「黒人の雇用と昇進の優遇措置」に賛成か反対かを尋ねると、黒人の二三パーセントから四六パーセントは反対だと回答した。総じて、黒人をはじめとするマイノリティは人種的優遇政策には二の足を踏むようだ。だが、住民投票をめぐる論争のように激しい政治的論議の場で、人種組織の指導者が熱心にグループ内の有権者を動員して優遇措置に賛成するように説得すると、こうしたためらいも消滅する。

たとえば一九九五年三月には、白人の七一パーセント、アジア系の五四パーセント、ヒスパニックの五二パーセント、そして黒人の四五パーセントは、カリフォルニアで提案された市民権に関するイニシアティブに賛成だと答えた。このイニシアティブの投票は一九九六年十一月に行なわれた。一年半にわたって大がかりな、また往々にして悪意に満ちた論戦がくりひろげられ、少数派の有権者を動員して反対票を投じさせたあげくのことだった。出口調査によると、黒人は二七パーセント、ヒスパニックは三〇パーセントしか賛成にまわらなかった。一年半前に意思を表明したときよりも一八パーセントから二二パーセントの減少である。白人の支配層と黒人組織の双方のリーダーが共同して、大多数の黒人に人種的優遇政策を支持するように説得した結果である。

一九八〇年代末に、優遇措置にたいする幅広い反対が起こった。世論の不満が高まり、「逆差別」を非難する白人の求職者や大学受験生が訴訟を起こし、さらに共和党の大統領が一〇年にわたって連邦判事を指名した結果、裁判所の決定に変化が生じた。法廷は黒人などのマイノリティにたいする優遇措置の範囲を狭めはじめた。スティーブンとアビゲイル・サーンストロムが言うように、「一九八九年は再考の年だった」

その年にだされた「リッチモンド対J・A・クロソン」（連邦最高裁判例集四八八）の判決では、マイノリティのために留保された政府の請負計画を、最高裁が見直した。そうした計画は少なくとも三六の州と一九〇以上の地方自治体で採用されていた。サンドラ・デイ・オコーナー判事は多数派である六人の裁判官を代表して、リッチモンド市の条例に不利な判決を下し、アメリカの信条の原則を肯定した。人種にもとづいた分類は「不名誉な損害をもたらす危険」を生む、と彼女は述べた。「完全な救済措置として留保されたものでないかぎり、それらはむしろ人種的劣等性の概念を助長し、人種対立の政治問題にも発展しかねない」

法廷は「過去の社会的な差別だけでも固定的な人種的優遇政策をとる根拠となる」という主張を退け、こう宣言した。「人が人種に関係なく機会を得て業績を上げられる社会で平等な市民の国家を築くという夢が、過去の過ちにたいする請求という本質的に計りようのない主張にもとづく、移ろいやすいモザイクのような優遇措置のなかで見失われていくだろう」。同年、「ウォーズ・コーブ缶詰会社対アントニオ」（前掲判例集四九〇）という別の裁判で、最高裁はグリッグズの判例で自ら示した差別的効果の基準を修正した。これを受けて、民主党主導の議会が動き、この決定の衝撃を和らげるための法律が通過した。

だが、時代の波は反対の方向に動いていた。一九九三年に「ショー対レノ」（前掲判例集五〇九）で、オコーナー判事は五対四の多数派を代表して、ノースカロライナ州の下院議員選挙区に関する訴訟を地方裁判所に差し戻した。州間高速自動車道路に沿って同州内に黒人が多数を占める選挙区が形成されている問題である。「いかなるかたちの人種の分類も、われわれの社会に永続的な弊害をおよぼす危険がある」と、オコーナー判事は判決文に記した。「そうした分類は、個人は肌の色によって判断されるべきだというこの国の歴史のほとんどを通じて実に多くの人びとが信じてきた信念を助長させる」。人種を意識した選挙区を設けることは「この国を分裂させ、競いあう人種ごとの派閥に変えて……人種がもう重視されない政治制度をつくるという目的からさらに逸脱することになる」。そして一九九五年には、「アダランド請負業対ペナ」（前掲判例集五一五）裁判で、最高裁はマイノリティの請負業者に優遇措置を命じる政府の規定は、本質的に疑わしいとした。

五対四の多数派を代表して、アントニン・スカリア判事はこう宣言した。「政府の見地からすると、われわれはただ一つの民族でしかない。つまり、誰もがアメリカ人だということだ」。議会が圧倒的多数によってその原則をアメリカの法律に書き入れてから三〇年を経たのち、最高裁はやっとそのことをぎりぎりの過半数で認めたのである。だが、クリントン政権はアメリカの信条を肯定するこの見解を受け入れなかった。同政権はアダランド事件における裁判所の判決を制限するためにさまざまな策を弄し、その結果、一九九六年にはサーンストロム夫妻が言うように、「驚くべき事態が出来《しゅったい》した。最高裁と合衆国司法省が対立したのである」

この「対立」は次の政権までつづいたが、当事者の立場は変わった。二〇〇三年にブッシュ政権は、ミシガン大学の学部とロースクールへの入学許可から人種という要素を排除すべきだと主張し、人種の多様性という目的は別の手段によって追求すべきだとした。六対三の票差で、最高裁はマイノリティの入学志願者に自動的に二〇点（一五〇点満点で）を加える措置を無効とした。だが、一九七八年のバッキ事件以来、人種と高等教育に関する最も重要な決定に関して、最高裁はロースクールの入学については人種を考慮すべきだと認めた。バッキ判決におけるルイス・F・パウエル・ジュニア判事の論拠を支持した、五対四の票差による判決だった。

オコーナー判事はこう主張した。すなわち、ロースクールに入るための手続きは「狭き門の典型であり」、また「大学が多様な学生で構成されていることは国益として必要不可欠であり、したがって大学の入試に人種を考慮することは正当化しうる」。最高裁はこうも述べた。「大学の入学者選抜プログラムではそれぞれの志願者が個人として評価されるべきであり、志願者の人種または民族性が志願するうえで決定的な要素にならないよう、充分な融通性をもたせなければならない」。法廷はこうも付言した。「人種を意識した選抜方針は早晩、制限する必要があり」、できれば「いまから二五年後には、本日認められた利益を促進するのに、人種的優遇政策に頼らなくてもすむこと」を望みたい、と。

アファーマティブ・アクションに反対する人は、ミシガン大学にたいする訴訟を推し進めた。一九九〇年代に人種的優遇政策にたいする司法規制が強化されてきたので、法廷は大学の入試にさいして人種がいかなる役割をはたすことも非合法とするだろうと、彼らは期待していた。優遇措置を支持する人は、そういう事態になることを恐れた。だが、ロースクールに関する判決は、最近の傾向を逆戻りさせるとまではいかなくても、一時停止させることになった。それは人種差別のない社会という目的を肯定もしなければ、人種的優遇政策を禁ずることもなく、ただそれらをどう適用しなければならないかを定義した。

全体として、その判決は、『ニューヨーク・タイムズ』の社説が歓迎したように、「アファーマティブ・アクションの勝利」と見なされた。それは、アメリカの支配者層にとっての勝利でもあった。何百もの組織がミシガン大学を支持する短い声明をだした。そのなかにはゼネラルモーターズ、マイクロソフト、ボーイング、アメリカン・エキスプレス、シェルが含まれ、さらに退役軍人と国防関連の役人も二十数名含まれた。彼らの見解はもちろん、つねに人種的優遇政策に反対するアメリカの多数派のそれとは対照的だった。判決に先んじて、そうした多数派の意見はたびたび繰り返された。

二〇〇一年に、ヒスパニックの八八パーセント、黒人の八六パーセントを含む一般大衆の九二パーセントは、大学の入学者選抜や就職にさいして人種を利用し、マイノリティにより多くの機会を与える要素とすべきではないと述べた。最高裁の判決がでる数ヵ月前に、マイノリティの五六パーセントを含めて一般大衆の六八パーセントが黒人への優遇措置に反対し、その他のマイノリティにたいする措置には、さらに多くの人が反対した。結果として、五人の裁判官が支配者層の側につき、四人はブッシュ政権と大衆の側についた。

ミシガン大学の訴訟がくりひろげられるなかでアメリカ人は、国として人種を差別すべきでないのか、人種を意識すべきか、すべての人の平等な権利を基準に組織すべきか、それとも人種、民族および文化グループごとの特別な権利にもとづくべきかをめぐって、深く対立したままだった。この問題の重要性を評価しすぎることはまずないだろう。

二〇〇年以上にわたって、人種にかかわりなくすべての人に平等な権利を与えるという信条の原則は無視され、アメリカの社会と政治および法律の現実のなかで愚弄されてきた。一九四〇年代に、大統領と連邦裁判所、さらには議会も連邦法と州法を人種的に分け隔てのない内容に変えはじめ、アメリカ国内における人種差別を排除するためにあらゆる力を利用するようになって、公民権法と投票権法でそれが最高潮に達した。

それでも、非公選職員がすぐさま反革命（クリントン大統領が言ったように、市民権のための運動はある意味では革命だった）ではないにしろ、反改革に着手し、アメリカの現実に再び人種差別を取り入れたのである。彼らは黒人などの少数派に、アメリカとその原則に忠実である以上に、人種や民族への忠誠心を高めることを奨励した。時代に逆行するこの重大な動きを正当化する理由は、ハーマン・ベルツが言うように、「集団の権利と人種的な均等性を求める主張、および結果の平等は社会組織の正しい原則であり、市民権政策の基礎として確立する必要があるという考えだった」

このように個人の権利が集団の権利に取って代わられ、人種による差別をしない法律が人種を意識した法律に改定される動きにアメリカの民衆が賛同したことは一度もなく、アメリカの議員のあいだでもときおり消極的かつ部分的に受け入れられるだけだった。「この変化について特筆すべきことは、公共の場での議論を経ずに、まったく新しい権利の原則が国家組織に導入されたことだ」と、著名な社会学者ダニエル・ベルは述べた。ベルツも同意見で、「集団の権利と条件の平等は新たな公共哲学として世論に導入された。これは個人を人種および民族的な根拠によって区別し、最終的には共通の利益の存在を否定するものである」。この見解に関連して、サーンストロム夫妻も次のような的を射た意見を述べている。「人種的な分類は、肌の色は問題なのだということを暗に示す——それもきわめて重要なのだ、と。そこでほのめかされているのは、白人と黒人は同等ではなく、人種および民族性は実際には重要な資質だということだ。そうした分類が示唆するのは、個人は人格や社会的階級、信仰、年齢、あるいは教育といったものによって定義されるのではなく、血筋によるということなのだ。だが、カースト制度にふさわしいこうした分類は、民主的な政府がよりどころとする平等な市民からなる共同体を築くにはまったくお粗末な土台である」

英語にたいする挑戦

一九八八年の選挙戦で、英語をフロリダ州の公用語として定めようとする動きのなかで、共和党のボブ・マルティネス知事は反対の意向を表明した。「われわれはアメリカ人のために一つの宗教を選びはしない。アメリカ人として一つの民族を選びもしない。そしてアメリカ人のために一つの言語を選んだこともない」、と。

彼は間違っていた。過去二〇〇年にわたって英語はアメリカ人の言語として選ばれてきたのであり、選挙の当日、フロリダの投票者の八三・九パーセントはその選択を支持した。フロリダの選挙で言語に関するこの提案がだされたということは（その年、他の二州でも同種の提案があった）、一九八〇年代、九〇年代に言語がいかにアメリカのアイデンティティの中心的な争点になったかを示していた。二言語併用教育をめぐって議論が起こり、ほかにも企業が従業員に英語の能力を要求することの是非や、英語以外の言語で書かれた行政機関の書類、英語を話せないマイノリティが多くいる地区の投票用紙と選挙関連の印刷物の問題や、英語を中央政府および州政府の公用語として指定することに関して賛否が問われた。

アメリカでは以前にも学校およびそれ以外の場面における英語の役割が議論されたことは

あったが、この問題が州や地域社会レベルだけでなく、全米レベルでこれほど幅広く激しい論議の的となったのは先例のないことだった。英語をめぐる争いは、象徴的な意味でも実際問題としても、アメリカのアイデンティティに関するより大きな戦いの最前線だった。この論争で争われたのは、ある学者が言ったように、「アメリカは英語中心の多数決主義を採用すべきか、多言語の文化を奨励すべきか」だった。だが、本当の争点は多言語ではなく、二言語の使用だったのである。

アメリカの文化における英語の重要性と、アメリカ人が英語に堪能であることの利点を疑問視した人はわずかしかいなかった。とはいえ、言語に関するこうした議論は二つの重要な論点を提起していた。第一に、アメリカ政府はどの程度まで英語以外の言語の習得と使用を奨励すべきであり、行政機関や私企業やその他の機関が英語の使用を義務づける権限をどこまで制限すべきなのか？　たいていの場合、その英語以外の言語はスペイン語となり、そこから第二の、より重要な問題点が浮上する。すなわち、アメリカは二言語使用の社会になり、スペイン語を英語と同等に扱うべきなのかという問題である。

「言語は精神の血液である」と、ミゲル・ウナムノは言った。それはもっと現実的なものでもある。言語は社会の基盤なのだ。この点からすれば、マルティネス知事が何と言おうと、言語は民族や宗教とは根本的に異なっている。異なる民族同士、あるいは異なる宗教をもつ人びと同士はよく争うが、言葉が共通であればたがいに話しあい、相手の書いたものを読むことができる。カール・ドイッチュが古典的著書『ナショナリズムと社会的コミュニケーション』で示したように、国民とは、他の民族と接する以上に、包括的に親しく対話しあう人びとの集団なのである。

共通の言語がなければ、コミュニケーションは不可能とまでいかなくても、難しくなる。国家は二言語ないしそれ以上の言語の共同体が競いあう場となり、内部の人びとは他のグループより、自分のグループのメンバーとずっと密接に対話するようになる。ほぼすべての国民が同じ言語を話すフランス、ドイツ、日本のような国は、スイス、ベルギー、カナダのように二つ以上の言語集団が存在する国とは大きく異なる。後者のタイプの国はつねに分離の危険にさらされており、歴史的に見てもこうした国は総じてより強力な隣国への恐怖心から結束をはかっている。イギリス系カナダ人でフランス語を流暢に話せる人はほとんどいない。フラマン人とワロン人で相手の言語に熟達している人もまずいない。ドイツ語を話すスイス人と、フランス語を話すスイス人同士は英語で会話をするのだ。

アメリカの歴史を通して、英語はアメリカのナショナル・アイデンティティの中心だった。ときには移民の集団が別の言語を使用しつづけようと試みたこともあったが、辺鄙《へんぴ》な田舎の集落を除けば、移民二世、三世のあいだでは英語が優勢になった。移民してきたばかりの人に英語を教えることは、前述したように、アメリカの政府、企業、教会および社会福祉機関の中心的課題だった。

少なくとも二十世紀末までは、それが現実だった。その後、マイノリティの言語を奨励して英語を軽視することが、サブナショナルなアイデンティティを奨励するために、政府などの機関が行なう取り組みの主たる要素となった。こうした一連の努力の中心になったのは、公民権法（一九六四年）と投票権法（一九六五年）および二言語教育法（一九六七年）の解釈だった。公民権法の第六編は、連邦政府の援助を受けた州政府、地方自治体、民間機関のプログラムに関して、「民族的出自」をもとに差別することを禁じた。第七編は一五人以上の従業員を雇う会社について、民族的出自をもとに雇用面で差別することを禁じた。

投票権法にはロバート・F・ケネディ上院議員が主唱者となった条項があり、ニューヨークの選挙管理委員会はプエルトリコ出身の有権者にスペイン語の選挙関連印刷物を用意しなければならないと定めている。二言語教育法はテキサス州選出のラルフ・ヤーボロー上院議員が考案したもので、英語の知識が不足しているせいで貧しく、教育面でも不利なメキシコ系アメリカ人の子供たちを援助するものだった。当初、このために割り当てられた予算は七五〇万ドルだった。

このように初めは限定されたささやかなものだったが、そこから、連邦規則や判決や新たな法律が生みだされ、複雑な構造へと発展した。その過程は人種を差別しない公民権法から人種的優遇政策が講じられた過程とどこか似ている。連邦政府の役人はこれらの法律を、英語以外の言語にたいする政府の援助を認可し要請するものとして解釈した。こうした解釈の仕方は、一般に連邦判事に支持された。そこで、議会は英語以外の言語への援助を拡大する新しい法律を制定し、英語の使用を制限した。一方、これらの措置は組織的な反対運動と民衆からの反発を生み、それが一目瞭然となったのが十数ヵ所で実施された住民投票の場においてだった。これらの住民投票では、一度の例外はあったものの、英語を支持する側がつねに勝利した。

こうした戦いの先頭に立った人びとの顔ぶれは、人種的優遇政策をめぐる争いのさいの顔ぶれと似ていた。多数の政府官僚、裁判官、知識人、自由主義者、それなりの数の議員と公選職員、そしてヒスパニックなどのマイノリティ組織の指導者が片側にいた。もう一方の側には、多くの議員、少数の民間人と民間団体、そして人種的優遇政策のときと同様、アメリカの大衆の大多数がいた。言語的なマイノリティ・グループからも、かなりの人数がこちら側にたびたび加わった。

英語と他の言語の役割をめぐって対立する連合同士の言語闘争が起こったのは、選挙、政府、企業および学校関連の分野だった。アメリカでは市民でなければ選挙で投票ができない。生まれながらにして市民の人もいれば、帰化して市民になる人もいる。生まれながらの市民（プエルトリコ人には例外がいるかもしれないが）は、基礎的な英語の知識をもっていると考えられる。帰化を希望する人は、「読み書きおよび話すことを含め、英語を理解しており……日常的に使われる英語の簡単な単語と言い回しを知っていること」を証明する必要がある。アメリカ国内に一五年以上滞在している身体障害者または老齢者だけが、これを免除されている。したがって、選挙権をもつ人はほぼ全員、少なくとも投票用紙と投票に関連する書類を読むだけの英語は理解している、または理解しているはずだと考えるのは当然のことと思われる。

ところが一九七五年に議会は投票権法を修正して、州政府や地方自治体が「言語的なマイノリティ・グループに所属するという理由で、アメリカの市民の選挙権を否定または制限する」ような投票資格、必要条件、あるいは手続きを課することを禁じた。この法律は、(1) 英語の識字率が全米の平均より低いか、一九七二年の選挙で投票率が五〇パーセント未満であり、選挙関連の書類が英語でしか書かれていないか、(2) 人口の五パーセント以上がアメリカ先住民（インディアン）、アジア系、アラスカ先住民、あるいは「スペイン文化を受け継ぐ人びと」と定義される言語的マイノリティ・グループに属している地方自治体において、二言語併記の投票用紙を用意することを義務づけたものだ。

一九八〇年には、連邦訴訟に対応して、サンフランシスコの選挙管理委員会が英語のほかにスペイン語、中国語の投票用紙、および有権者に配る冊子を用意し、それらの言語を話す投票立会人を配置して投票受付手続きを実施することに同意した。二〇〇二年には、三〇州内の三三五ほどの選挙区が英語以外の言語による印刷物を配布し、現場での補助要員をつけなければならなくなり、そのうち二二〇選挙区ではスペイン語が必要になった。こうした義務規定は、ごく少数の言語的マイノリティにも影響をおよぼした。たとえば一九九四年には、ロサンゼルス郡はタガログ語を話す六九二人の投票の便宜をはかるために六万七〇〇〇ドル以上を費やした。

連邦政府と裁判所は公民権法の「民族的出自」には言語および差別の禁止が含まれると解釈し、担当機関は政府プログラムに参加する人に英語を話すことを求めてはならないとした。

そのうえ、これらの機関は英語を話せない人が英語を話す人と対等になれるように手助けし、支援するよう命じられていた。裁判所はさらに特定の状況で英語の使用を定めた州法および地方自治体の条例は、言論の自由を保障する合衆国憲法修正第一条に違反するので、違憲であると裁定した。したがって、修正第一条は表現と話す内容の自由だけでなく、その内容を表現するのに用いられる言語にも適用されるようになった。要するに、政府は英語の使用が必要だと判断した場合にも、それを要求できないかもしれないのである。

一九八〇年代にアジア系およびヒスパニック系の移民が流入したことによって、カリフォルニアの多くの自治体は公安上の理由から、店の看板の一部を英語にすることを求める条例を採択した。ポモーナでアジア系アメリカ人の企業グループがそうした規則に異議を申し立てると、一九八九年に連邦地方裁判所のロバート・タカスギ判事は、看板は「民族的出自と文化および民族性のあらわれ」だとし、それゆえ看板を規制することは修正第一条と第一四条に反するという根拠にもとづいて、彼らの言い分を支持した。

一九九四年の別の裁判では、市長がすべての文書を英語のみで発行することを定めたペンシルベニア州アレンタウンの条例に住宅都市開発省が異議を申し立て、アレンタウンにたいする年間四〇〇万ドルの補助金を差し止めると脅した。激しい応酬ののち、市長は条例を実施しない意向を宣言し、住宅都市開発省は支払いを停止することなく終わった。一九九九年には、第十一巡回区控訴裁判所がアラバマ州にたいし、車の運転免許試験を英語のみで実施してはならないとの判決を下した。「民族的出自」の差別を禁じる第六編の条項が、英語以外の言葉を話す人びとへの差別的効果のある行動を禁じていたためである。ただし、連邦最高裁はこの訴訟における個人的な当事者は差別的効果だけでなく、差別的意図も証明しなければならないという判決を下した。もちろん、そうした意図は証明されていなかったが。

一九八八年にアリゾナ州の有権者は、英語を州の公用語とし、州の公務員は行政に関与するさいに英語のみで「活動する」ことを義務づける州法の修正案を僅差で承認した。アリゾナ州最高裁は、同州の制定法の必要条件は有効であると認めた。アリゾナが、学校での指導言語を英語だけに定め、公務員はすべて英語が使え、かつ理解できなければならないと規定する連合組織となることを認めたのである。しかしアリゾナ最高裁は、州憲法の修正は憲法修正第一条に違反するので無効だとした。「英語を話さない人が州政府組織に入ることに関して、その修正は彼らの憲法上の権利に不利益をこうむらせ、公選職員や一般職員の政治的な発言を制限するからだ」。連邦最高裁はこの判決の再審理を拒否した。

同様の一連の裁判のなかで、雇用機会均等委員会は第七編の「民族的出自」の条項を盾に、雇用者が職場で従業員に英語のみを話すように要求する規則に異議を申し立てた。同委員会は一九九六年に三二件の同様の訴訟を起こし、一九九九年には九一件の提訴をした。厳密な定義により「業務上やむをえないこと」として正当化される場合にのみ、会社はそのような規則を課することができる。公用語としての英語に反対したある法律家が、第六編と七編について主張したように、「主たる法的な争点は、民族的出自の差別の禁止が言語的な差別にまで拡大されるのかどうかなのだ」。もしそうなら、彼の指摘によれば「連邦政府から資金を受けている私立の病院で、英語を話さない患者にたいする充分な通訳サービスが提供できない場合」、この法律に違反することになる。

議会がヤーボロー上院議員の提案を採択し、貧しいメキシコ系アメリカ人の有権者がよりよい教育を受けられるように取り計らったのにつづいて、英語以外の言語による教育は国全体に急速に広がった。州法や法令で英語以外の言語による教育を禁じている七州にすら、その影響はおよんだ。一九七〇年に、連邦政府の公民権局は公民権法の第六編により、「民族的マイノリティ・グループの子供が五パーセントを超える」学区は「言語的な能力不足を改善するための積極的な措置を講じ、これらの生徒に教育プログラムを実施する」必要があると命じた。

その二年後、連邦地方裁判所の判事が法の平等な保護にもとづき、ニューメキシコ州の生徒は生まれ育った言語と文化によって教育されるべきだと裁定した。一九七四年には、中国系の子供をめぐるサンフランシスコの裁判で、合衆国最高裁は第六編を次のように解釈した。すなわち、学校は英語を話せない学童にたいし、英語を話す子供に教えるのと同じ指導方法でただ教えるのではなく、彼らの知識不足を補うために何らかの対策を講じなければならない、と。二〇〇一年には、議会は二言語教育プログラムのために四億四六〇〇万ドルの支出を承認し、州政府からも多額の資金が追加された。

二言語教育プログラムが発足した当初から、その推進者の一人が述べたように、「この法律が英語への移行を早めるためなのか、二言語使用を促進するためなのかという、その目的に関する重要な問題が未解決のままになっていた」。当初は両方の目的が追求されていたが、一九七四年に二言語教育法が修正され、「子供が教育制度のなかで効果的に学業を修めるのに必要な範囲で」、学校は生徒に生まれ育った言葉と文化で教育を施さなければならなくなった。

一九七八年までは持続と移行促進の二つのプログラムが存在していたが、この年、アメリカ調査協会の報告で、スペイン語を話す子供たちは英語が上達したあとも、こうしたプログラムのなかに据え置かれていると、二言語教育プログラムの監督者の八六パーセントが述べていることがわかった。そこで、議会は持続プログラムへの支援を打ち切ったが、一九八四年には情勢が変わり、そうしたプログラムへの助成金もはっきりと認可されるようになった。『タイム』誌の調査によれば、一九八〇年代半ばになると二言語教育における指導のほとんどは、「生徒にいつまでも母語を使いつづけさせることを目的とし、民族固有の芸術、音楽、文学および歴史において知識を拡充し、母語を強化するもの」となった。「子供が自分たちの文化に誇りをもつことは非常に重要だ」と、サンフランシスコの二言語教育プログラムの監督者は言った。彼が意味したのはもちろん、アメリカの文化ではなく、彼らが祖先から受け継いだ文化である。

一九八五年にウィリアム・ベネット教育長官は、次のように主張した。保健教育福祉省は、「生徒が生まれ育った言語と文化の知識を高める方法として、二言語教育にますます力を入れた。二言語教育はもはや生徒に英語をきちんと学ばせる方法、あるいは生徒が英語を学ぶまでの移行手段と見なされてはいない。むしろ、それは文化的な誇りの象徴となり、生徒に肯定的な自己イメージをもたせる手段となった」。二言語教育法の主唱者の一人であるジェームズ・シェア下院議員も、同様の見解を表明した。このプログラムは「悪用され、政治的に利用された」と同議員は述べた。生徒が英語を習得するのを援助するかわりに、「英語はどこか影が薄くなり、ほとんどの場合、うやむやになって消え去り、すべての授業がスペイン語で行なわれるようになった。それは当初、このプログラムが意図したものではなかった」。

二〇〇〇年になると、二言語教育法のもう一人の主唱者であるハーマン・バディーロ元下院議員も同じような見解を示した。彼の指摘によれば、ニューヨーク市では、二言語教育またはESL――第二言語としての英語――のプログラムで学ぶ九年生の八五パーセントは高校を終えるまでにその課程を修了しておらず、そうした学級にいる六年生の五五パーセントは、八年後にも普通学級に移行していなかった。二言語教育は「『単一言語教育』と化し、生徒に役立ってはいなかった……英語が第一であり、次がスペイン語のはずだった。一つのプログラムのなかで八年間を過ごさせる予定ではなく、これは移行的なものになるはずだった」

連邦政府が英語以外の言語を促進し、州政府や民間機関の「イングリッシュ・オンリー〔英語を唯一の公用語にする〕」政策と対立したことから、それにたいする反対運動が引き起こされた。一九八一年にS・I・ハヤカワ上院議員は英語をアメリカの公用語とする憲法修正案を提出した。二年後、彼はこの目標を推進するために他の人びととともにUSイングリッシュという組織を結成した。一九八六年には英語を支持する別の団体、イングリッシュ・ファーストも登場した。これらの組織が幅広く運動を展開した結果、一九八〇年代から九〇年代に一九の州が、何らかのかたちで英語を公用語として宣言するようになった。

　こうした決定はヒスパニックをはじめとする他言語のマイノリティ・グループと、リベラルな団体や市民権擁護グループの激しい反発を呼び、三つの州でそれに代わる「イングリッシュ・プラス〔多言語容認〕」政策を可決させた。いくつかの州議会はこれらのどの提案に関しても議決を拒んだが、どの州でも世論調査では英語を公用語とするオフィシャル・イングリッシュ提案を支持する人のほうが多かった。

　議会が英語支持の決定を下したのは、南部の州と、移民、アジア系、ヒスパニック系が人口に占める割合が比較的少ない州が多かった。マイノリティの人口の多い州では、議会はこうした提案の議決を拒むか、それを否決した。英語を公用語とする提案を有権者が直接承認した四つの州（アリゾナ、カリフォルニア、コロラドおよびフロリダ——内三州では大多数が承認）は、ジャック・シトリンらが言うように、「集団としては、英語を話せない人びと、すなわち移民、ヒスパニック系、アジア系の占める割合が最も高かった。これらの四州は一九七〇年から八〇年のあいだに、ヒスパニックと外国生まれの人の人口が急増した州でもあった」。それとどこか似ているが、一九八九年にマサチューセッツ州ローエルで英語を公用語とする住民投票が実施されたのは、一〇年間にヒスパニックと東南アジア人が大量に市内に流入して、英語能力に制約のある子供（ＬＥＰ）が五年間で四倍に増えたのちのことだった。こうした証拠からわかるとおり、英語を話せない人口の急増は、アメリカ生まれの人のあいだで英語というアイデンティティを再び主張させる強力な刺激剤となるが、議員に関してはそうとは言えない。

アメリカの大衆は、どの点から見ても圧倒的に英語を支持している。一九九〇年に実施された入念な世論調査では、四人の学者が「一般大衆にとって、英語はナショナル・アイデンティティの重要なシンボルでありつづけている」と結論した。一九八六年には、アメリカの大衆の八一パーセントが「この国に住みたいと考える人は誰でも英語を学ぶべきだ」と考えていた。一九八八年の調査では、カリフォルニアの住民の七六パーセントが、英語を話すことはアメリカ人になるうえで「とても重要」だと位置づけ、六一パーセントが選挙権は英語を話す人に限定するべきだと考えていた。

一九九八年の調査では、学校の授業はすべて英語で行ない、ＬＥＰの生徒は一年間英語の集中教育《イマージョン・プログラム》を受けさせるという法律に、アメリカ人の五二パーセントが強く賛成し、二五パーセントはどちらかというと賛成だった。英語を自分たちのナショナル・アイデンティティの大きな柱だと考える大多数のアメリカ人は、言語問題に関して議員が及び腰でいるせいもあり、公用語としての英語を支持し、二言語教育に反対する人びとを強力に支持して、イニシアティブと住民投票に訴えて自分たちの政策を立法化させた。

一九八〇年から二〇〇二年にかけて、三都市と四州で英語の公用語化と二言語教育の賛否を問う住民投票が一二回実施された（【表７－１】参照）。こうした住民投票はいずれも、英語を支持するグループによって発案されたものだった。一度の例外をのぞいて、すべてのケースで有権者は英語を支持する側、もしくは二言語教育に反対する側の提案に賛成した。英語を支持する立場への賛成票は平均六五パーセントだが、最も低いコロラド州の四四パーセントから最も高いフロリダ州の八五・五パーセントまでまちまちである。どの住民投票でも政界の指導層と支配者層は圧倒的にこうした措置に反対し、ヒスパニックをはじめとする言語的なマイノリティ・グループの指導者も同じ考えだった。

一九八〇年に、フロリダ州デード

【表7-1 言語に関する住民投票】1980年～2002年

年	管轄区	目的	賛成（%）
1980	フロリダ州デード郡	1973年の二言語条例の破棄	59.0
1983	カリフォルニア州サンフランシスコ	非英語の投票用紙を義務づける連邦法に反対	62.0
1984	カリフォルニア州	投票関連の印刷物を英語のみにすることに連邦政府の認可を求める	71.0
1986	カリフォルニア州	英語を公用語に	73.0
1988	フロリダ州	英語を公用語に	85.5
1988	コロラド州	英語を公用語に	64.0
1988	アリゾナ州	英語を公用語に	50.5
1989	マサチューセッツ州ローエル	英語を公用語にし、合衆国憲法の英語に関する修正案の承認を求める	67.0
1998	カリフォルニア州	二言語教育の中止	61.0
2000	アリゾナ州	二言語教育の中止	63.0
2002	マサチューセッツ州	二言語教育の中止	68.0
2002	コロラド州	二言語教育の中止	44.0

郡を二言語および二文化の郡と定める条例を破棄し、郡の行政では英語のみを使用することを定め、「合衆国の文化以外の文化を推進すること」に公的な資金を使うことを禁じる議案にたいして、ヒスパニックの諸団体、『マイアミ・ヘラルド』紙、および大マイアミ商工会議所が激しく反対し、それをくつがえすために五万ドルを費やした。この議案に賛成する人びとは、その運動に約一万ドルを使った。デード郡の投票者は五九パーセントの多数で、この議案を承認した。

一九八六年には、カリフォルニア州の憲法を改定して英語を公用語にしようとする提案に、同州の政界トップは（当時のピート・ウィルソン上院議員をのぞいて）こぞって反対した。そのなかにはカリフォルニア州知事、検事総長、二名の連邦上院議員の一人、州上院議長、州下院議長、サンフランシスコとサンディエゴの両市長、ロサンゼルスとサンノゼの市議会、主要テレビ局およびラジオ局のすべて、『サンフランシスコ・イグザミナー』をのぞくすべての主要紙、カリフォルニア労働総同盟産別会議（ＡＦＬ－ＣＩＯ）、およびカリフォルニア・カトリック司教協議会が含まれていた。投票当日、カリフォルニアの投票者の七三パーセントが修正案を承認し、すべての郡で賛成多数となった。

一九八八年には、大統領候補のジョージ・Ｈ・Ｗ・ブッシュとマイケル・デュカキスがフロリダ、アリゾナ、コロラドの各州で英語を公用語とする議案に反対した。三つの州の政治、一般社会、および財界のエリートもやはり反対した。フロリダで提案された州憲法の改定は、州知事、検事総長、州務長官、『マイアミ・ヘラルド』紙、大マイアミ商工会議所およびヒスパニックの多数の団体によって反対されたが、この議案が絶大な人気を博していることを考慮して反対を控えた団体もあった。改定案は投票者の八五・五パーセントの賛同を得ただけでなく、すべての郡を制した。

一九八八年にもやはりアリゾナ州で激しい論争が起こり、英語を公用語とするイニシアティブにたいして州知事、二人の元知事、連邦上院議員の両名、フェニックス市長、アリゾナ裁判官協会、アリゾナ市町同盟、ユダヤ教指導者、キリスト教の一一宗派からなるアリゾナ全教会会議が反対した。住民投票に向けての運動のさなかに、この運動の主たる資金提供者であるUSイングリッシュの責任者ジョン・タントンのメモが暴露されるという事件が起こった。メモは移民の一時停止を提案した内容のもので、カトリック教徒にたいする中傷が書かれていたと言われ、提案の反対者からは「ナチ・メモ」のレッテルを貼られた。

こうした状況も、英語の公用語化をめぐる住民投票を接戦に追いやったにすぎず、結局のところ五〇・五パーセントでアリゾナ住民はその提案を承認した。コロラドでは、英語を公用語とする議案は州知事、副知事、検事総長、デンバー市長、連邦上院議員一名、カトリックの有力な司教、『デンバー・ポスト』紙、コロラド州の民主党（共和党は立場を表明しなかった）、そしてジェシー・ジャクソンの反対にあった。議案はコロラド州の投票者の六四パーセントによって承認された。

一九八九年に、その前年の住民投票を振り返って、スタンフォード大学のある言語学者が残念そうに、しかし的確にこう述べた。「概して、（英語を公用語とする）運動は支配者層の政治家や組織の援助を受けることなく成功をおさめた……USイングリッシュの指導力はおそらく、『われわれに賛成なのは民衆だけだ』という主張によって正当化されるだろう」

つづく一〇年間に、二言語教育に関する住民投票で再び同じ顔ぶれが並んだ。カリフォルニアでは一九九八年に、何人かのヒスパニックの指導者とヒスパニックの多数の有権者が提案二二七号を支持し、二言語教育を打ち切らせた。同州民主党の公選公務員とクリントン大統領はそれに反対し、テキサス州知事のジョージ・W・ブッシュも条件付きで反対した。カリフォルニアの投票者の六一パーセントがこの提案を承認し、サンフランシスコを除くすべての郡で過半数を獲得した。二年後にアリゾナ州でだされた同様の提案は、同州の共和党指導部と、州知事をはじめとする公選職幹部全員、すべての主要紙、ブッシュ知事とゴア副大統領によって反対され、反対派は賛成派の何倍もの資金を使った。だが、その提案はアリゾナの投票者の六三パーセントによって承認された。

二〇〇二年にマサチューセッツ州では、共和党の知事候補ミット・ロムニーが二言語教育を中止するイニシアティブを支持したが、民主党の指導部や八つの教育機関の学長を含む著名な学識経験者、その他の支配者層の人びと、『ボストン・グローブ』紙を含む主要紙、および「教師、労働組合、移民の権利運動家、地域社会グループの連合」はそれに反対した。投票者の六八パーセントはそれを承認した。

二〇年以上にわたり、英語を支持する、あるいは二言語教育に反対する議案が一般投票で可決されなかった例は、二〇〇二年にコロラド州で二言語教育を停止するイニシアティブが五六パーセント対四四パーセントで却下されたときだけだった。このような結果になったのは、二言語教育支持の資産家が土壇場で多額の資金を注ぎこんだためだった。これらの資金はコロラドの有権者の反ヒスパニック感情をあおるために使われ、二言語教育を打ち切れば「教室で大混乱」が起こり、「知識不足の移民の子供たちが大挙して普通学級になだれこめば、悲惨な状況」になると警告したのである。こうした事態を予測してコロラド州の有権者は、教育の場でのアパルトヘイトを承認することにしたのである。

言語問題に関するヒスパニックの姿勢は、人種的優遇政策に関する黒人のそれと部分的に似通っているが、いくらか異なってもいる。ヒスパニックは、主に象徴的な意味で英語を公用語とする提案には反対することが多い。たとえば、一九八八年にカリフォルニアとテキサスで行なわれた出口調査では、英語をアメリカの公用語とする宣言を支持したヒスパニックは平均すると二五パーセントしかいなかったが、ヒスパニック系を除いた白人のアメリカ人は六〇パーセントが賛成だった。一九八〇年にデード郡でだされた英語公用語化のイニシアティブは、白人の七一パーセント、黒人の四四パーセントが支持したが、ヒスパニックで賛成したのはわずか一五パーセントだった。一九八六年にカリフォルニア州で実施された英語公用語化の提案では、ヒスパニックの四一パーセントが賛成票を投じた。二年後、フロリダ州のヒスパニックで同様の議案に賛成したのは二五パーセントだけだった。

ヒスパニックには二言語教育を中止または制限する法案に関しては賛否両論に分かれることが多く、往々にして賛成する。これは彼らの子供たちに直接大きな影響をおよぼす問題だからだ。一九九八年に行なわれた全米規模の世論調査によると、ヒスパニックの親の六六パーセントは「たとえ他の教科で遅れをとっても、できるだけ早く」子供に英語を学ばせたいと考えていた。一九九六年にヒューストン、ロサンゼルス、マイアミ、ニューヨーク、サンアントニオで実施された調査では、ヒスパニックの親は学校のはたす役割として何にも増して重要なのは子供に英語を教えることだと回答した。

一九九八年の全米調査では、英語力のない子供に一年間の特別イマージョン・プログラムを用意したうえで、学校の授業はすべて英語で行なうべきかと質問したところ、ヒスパニックの三八パーセントはその立場に大いに賛成であり、二六パーセントはどちらかというと賛成だった。

カリフォルニアで二言語教育反対の提案がだされた発端は、ロサンゼルスに住むヒスパニックの親たちからの声だった。彼らは二言語教育の学級で受けている質の劣る教育に抗議するため、九〇人の児童を登校させないという手段に訴えた。米国聖公会の司祭でありヒスパニック市民文化会館の館長でもあるアリス・キャラハン師が述べたように、「親たちは子供が将来、工場で過酷な労働を強いられたり、中心街のオフィスビルで清掃したりすることは望んでいません。子供にはハーバードやスタンフォードで学んでもらいたいのです。でも、子供たちが本当に不自由なく英語を話し、読み書きができなくては、それが実現しないのです」

一九九七年にオレンジ郡で行なわれた調査では、ヒスパニックの親の八三パーセントが

「子供は学齢に達したらすぐに英語を教えてもらいたい」と述べた。一九九七年十月に『ロサンゼルス・タイムズ』が実施した別の調査では、カリフォルニア在住のヒスパニックの八四パーセントが、二言語教育の制限に賛成していると回答した。こうした数値に危機感を覚えたヒスパニックの政治家やヒスパニック組織の指導者は、公民権関連のイニシアティブへの対策を二倍に強化し、二言語教育のイニシアティブには反対するようヒスパニックを説得する大々的なキャンペーンに乗りだした。ここでも彼らの試みは奏功した。一九九八年六月の投票日、『ニューヨーク・タイムズ』が「州内にいるヒスパニック系の公選職ほぼ全員による議案にたいする猛攻撃」と呼んだものを食らったのち、ヒスパニックで賛成票を投じたのは四〇パーセント未満になった。

中心的な文化への挑戦

一九九七年にクリントン大統領が、アメリカはヨーロッパの支配的な文化なしに存在できることを証明するために、三度目の「大革命」が必要だと述べたとき、その革命はすでに進行中だった。アメリカの本流であるアングロ－プロテスタントの文化を、主に人種・民族的なグループと結びついた多様な文化と置き換えようとする多文化主義の運動は、一九七〇年代に始まった。その運動が大成功を収め、脚光を浴びたのは、一九八〇年代および九〇年代の初めだったが、やがて一九九〇年代の文化的な抗争のなかで台頭してきた反対派の挑戦を受けることになった。二十一世紀が始まったとき、その革命がはたして成功だったのか、どの程度の成功だったのかは不明だった。

多文化主義は、本質的にヨーロッパ文明に対抗するものだ。それは、ある学者が述べたように、「ヨーロッパ中心の価値観による単一文化の支配に反対する運動なのだ。そうした価値観は概して、他の民族的文化価値を過小評価する結果になった……（多文化主義が反対するのは）アメリカの民主主義の原則、文化、アイデンティティに関するヨーロッパ中心的な狭義の概念である」。それは基本的に西洋のイデオロギーに反対するものなのだ。多文化主義者はいくつかの概念を推進した。

第一に、アメリカは多数の異なった民族および人種グループで構成されている。第二に、こうしたグループはそれぞれ固有の文化をもっている。第三にアメリカの社会を支配するイギリス系白人のエリートはこれらの文化を抑圧し、その他の民族または人種グループに属する人びとにエリートのアングロ－プロテスタント文化を強引に受け入れさせるか、またはそう仕向けた。第四に、正義と平等とマイノリティの権利を考えれば、これらの抑圧された文化を解放し、政府および民間団体がその活性化を奨励し、援助するのは当然のことである。アメリカは一国を象徴する単純かつ支配的な文化をもつ社会ではなく、そうあるべきでもない。るつぼやトマト・スープの比喩は本当のアメリカをあらわしてはいない。アメリカはむしろモザイクやサラダであり、ドレッシングであえた「トスサラダ」ですらある、といった主張だ。

一九七〇年代の多文化主義者の台頭と時期を同じくして、それとはまったく異なった集団「ニュー・エスニシティ」が登場し、やはり同じような見解を示した。これはイギリス以外のヨーロッパからの移民集団を対象としたグループであり、WASPのエリートにたいする「白人少数派民族《ホワイト・エスニック》の労働者階級共同体」の憤懣《ふんまん》と彼らが見なすものを表明していた。WASPがエスニックの文化を抑圧し、庇護者的な態度をとり、黒人をはじめとするその他の人種的なマイノリティの大義を推し進めたことにたいする怨恨である。アメリカはるつぼではなく、ニュー・エスニシティの指導者であるバーバラ・ミクルスキー上院議員の言葉を借りれば、「煮えたぎる大鍋」だった。ユダヤ人とカトリック教徒は「白人の偽自由主義者や、黒人の活動家もどきや、偉そうな態度の官僚」にたいし、エスニックであることを自覚すべきだ、とミクルスキーは主張する。

「るつぼの見落としてはならない点は、それが実現しなかったことにある」と、ネイサン・グレイザーとダニエル・パトリック・モイニハンが一九六三年に独創的な研究書『人種のるつぼを越えて』のなかで述べたのは有名だ。「移民の二世では、固有の言語、慣習、文化はほとんど……消失し、三世になるとさらに完全に失われる」ことは、彼らも承知していた。しかし、民族性《エスニシティ》は「アメリカにおける新しい経験によって新たな社会的形態として」再び形成されるとも彼らは主張したのである。

この民族性の復活をさらに促進させるために、シカゴ選出のローマン・プチンスキー下院議員は一九七〇年に民族性研究法案を提出し、それによって民族的な活動にたいする政府の財政援助が可能になった。プチンスキーはるつぼの概念を激しく非難し、アメリカをモザイク国家と見なす考えを熱心に擁護した。プチンスキーの法案は国民の支持をほとんど得ないまま可決された。その後の一〇年間にほとんど何も履行されないまま、この法律は一九八一年に失効した。

　民族性研究法の廃止は、民族性復活運動の失敗を象徴していた。それは二つの理由から起こった。一つは、ホワイト・エスニックのあいだで異民族との結婚が進み、特定の民族集団《エスニック・グループ》にたいする帰属意識が薄れつつあったことだ（第11章参照）。そのうえ、三世、四世のアメリカ人は、その多くが第二次世界大戦で国のために戦っており、アメリカの主流派の文化にかなり同化していた。一九七〇年代の「民族性の復活は」、スティーブン・スタインバーグが主張するように、「十九世紀から二十世紀初期にやってきた大量移民の子孫である民族集団側の『瀕死のあえぎ』だったのだ」。多文化主義者はヨーロッパの文明を強く非難していたので、ホワイト・エスニックを支持することはまずなかった。彼らの文化もまたそのヨーロッパ文明の一部だからだ。

　ホワイト・エスニックのほうも、それに応じた対応をした。「ほとんどのポーランド系アメリカ人は、反西洋的な動きには反対した」と、彼らの指導者の一人は、一九九七年に多文化主義について語った。「西洋の文明を非難して過去の帝国主義を諸悪の根源とし、西洋以外の文明と文化の長所をたたえる姿勢である……ヨーロッパはアメリカ合衆国の誕生の地だという事実を強調（しておかなければならない）……個人の自由、民主主義政治、法の支配、人権、文化的自由といったヨーロッパの観念が、アメリカという共和国を形成したのである」。したがって、ニュー・エスニシティの支持者は、二度目の波でやってきた移民の民族性と、WASPのエリートおよびその文化との違いを強調するが、多文化主義者にしてみれば、どちらもヨーロッパの文明の一部であり、その優越性は打破しなければならないものだったのである。

多文化主義者はこの「アングロ順応」主義的なアメリカのイメージに真っ向から挑んだ。彼らが期待したのは、ある学者が述べたように、アメリカが「文化的には決して『連合《ユナイテッド》』しなくなる時代だった——『連合』することが信条と実践の『統一』を意味するかぎりは」。そして、アメリカ人が「文化的には定義が困難な集団」になる時代をも望んでいた。この変貌は、クリントン大統領が言ったように、まさしくアメリカのナショナル・アイデンティティにおける革命となったろう。

多文化主義者には多数の知識人や学者や教育者が含まれていた。したがって、彼らが主に影響をおよぼしたのは、学校や大学の教育実践面だった。これまで見てきたように、歴史的に公立学校は移民の子孫がアメリカの社会と文化に溶けこむために最も利用したチャネルだった。多文化主義者の目指すものは、それとはちょうど逆だった。子供たちを英語とアメリカの共通文化のなかで教育することを重視するかわりに、サブナショナルな集団の文化を最優先させることによって、多文化主義者が教師に求めていたのは、教師の一人が述べたように、学校を「本当の意味で民主主義的な場所に変える」ことだったのである。

「多文化主義の教育の主たる目的は」、多文化主義研究に大きな貢献をしたジェームズ・バンクスによれば、「学校をはじめとする教育機関を改革して、人種的、民族的および社会階級的にさまざまな集団で構成される生徒が、教育上の平等を経験できるようにすることだった」。「教育上の平等」とは、いわばすべての集団および階級の生徒が同じような質の教育を平等に受けられることを意味している。それに異論を唱えるアメリカ人などまずいないような目的だ。

ところが、多文化主義者にしてみれば、それは異なった人種、民族集団、および社会階級の文化を教育課程のなかで同等に扱うことをも意味していた。この目的を達成するには、アメリカ人が共有している価値観と文化の授業を犠牲にしなければならなかった。多文化主義者の指導要領はアメリカの主流文化をないがしろにする。彼らにしてみれば、そんなものは存在しないからだ。二人の多文化主義者は次のように断言した。「われわれは多文化主義の指導が、学校の教育課程全般に行き渡るべきだと考え」、「多文化主義の教育はあらゆるレベルの指導と学習に欠かせないものだ」と信じる、と。

多文化主義があらわしていたものは、アメリカの教育において長年のあいだナショナル・アイデンティティがおざなりにされた事態が行き着くところまでいった結果だった。二十世紀半ばから末期にかけて、学校の読本から国をテーマにしたものや愛国的なものは減っていき、世紀末にいたって最低限になった。ある総合的な研究で、シャーロット・アイアムズは一九〇〇年から一九七〇年までの読本の内容を分析し、それを「国についての言及なし」から「中間的」、「愛国的」、「ナショナリズム的」、「狂信的な愛国主義的《ショービニズム》」までの五段階で評価した。一九〇〇年から一九四〇年までは、中学校の読本の内容は愛国的からナショナリスティックなものにまたがっており、一方、小学校の読本には愛国的な内容は皆無に近い状態だった。ところが、「一九五〇年代から六〇年代になると、ほとんどの教科書は小学校、中学校のいずれでも中間的からやや愛国的な内容になった」。この変化は「子供たちに共通の歴史と共通の政治観を与えるために意図された戦争関連の話が徐々に減ってきたこと」から明らかにわかった。

ポール・ビッツによる研究は、一九七〇年代から八〇年代初めにかけて発行され、カリフォルニアやテキサスなど多くの州で用いられた三年生から六年生までの二二種類の読本を調べたものだったが、それによるとこれらの読本に掲載された六七〇篇の物語や論説のうち、五篇だけが「いくらか愛国的なテーマ」を扱っていた。二二種類の読本のうち、一七冊には愛国的なテーマを扱った話がまったく掲載されていなかった。残る五冊が扱った愛国的な物語はいずれも独立革命に関するものだった。「一七八〇年以降は、アメリカの歴史に関するものは何も」なかった。五つの物語のうち四つまでが主人公は少女であり、そのうち三つは同じ少女シビル・ラディントンに関するものだった。

二二冊の読本には「ネイサン・ヘイルもパトリック・ヘンリーもダニエル・ブーンも、ポール・リビアが馬を急がせた話」も掲載されていなかった。これらの読本には「愛国主義は存在しないも同然だった」と、ビッツは結論する。一九七〇年代に高校の六冊の歴史の教科書を調査した別の研究では、ハーバード大学のネイサン・グレイザー教授とタフツ大学のリード・ウエダ教授は、「新しい歴史の教科書は一つも、主たる目的として愛国心を教えることを主張していない。それが第一次世界大戦中および直後に登場した歴史の教科書に与えられていた役割だったのだが。道徳主義もナショナリズムも時代遅れになった」。一九七〇年代に、歴史という「アメリカの社会を統合した中心的なプロセスが陳腐なものと化したのである」

一九九〇年代にサンドラ・ストットスキーは四年生と六年生の読本一二冊を分析し、アイアムズとビッツが認めた傾向は、強まってはいないにしろ、いまもつづいていると結論した。これらの読本では、「国のシンボルや歌に関した選択は皆無に等しい」。主眼はむしろ民族や人種の集団に置かれている。アメリカをテーマに扱ったもののうち、三一パーセントから七三パーセントは民族および人種の集団に関するものであり、民族的な内容の読物のうち九〇パーセントは、黒人、アジア系アメリカ人、アメリカ先住民、ヒスパニック系アメリカ人に関係していた。

その結果、一九八七年に高校生を調査した研究では、独立戦争でアメリカ軍を指揮したのがワシントンだったことや、エイブラハム・リンカンが奴隷解放宣言を書いたことよりも、奴隷解放の運動家ハリエット・タブマンが誰であるかを知っている生徒のほうが多いことがわかった。「最終的な効果は、アメリカ文化全体の消滅である」と、ストットスキーは結論する。一九九七年にこうした状況を見て、ネイサン・グレイザーは、「アメリカの公立学校における多文化主義の勝利がいかに完璧なものだったか」を強調した。

その勝利と並行して大学にも同じような動きが認められ、履修課程にマイノリティ・グループに関する科目が含まれるようになっただけでなく、学生にそうした科目を選択することを義務づけるまでになった。スタンフォード大学では、グレイザーが指摘するように、西洋文明についての必修科目が「マイノリティ、第三世界の人びと、女性をテーマにした科目」と入れ替えられた。これにつづいて、「カリフォルニア大学バークリー校、ミネソタ大学、ハンター・カレッジをはじめとする大学で、アメリカのマイノリティに関する必修科目が設置された」

一九九〇年代初めに、アーサー・シュレジンジャーはこう述べた。「アメリカの大学の七八パーセントでは、学生が西洋文明の歴史についての科目を履修せずに卒業することができた。ダートマスやウィスコンシン、マウント・ホーリヨークを含むいくつかの大学では、第三世界やエスニックの研究に関する科目は必須だが、西洋文明についてはそうでない。この風潮は、アメリカ人を罪深いヨーロッパの遺産から離脱させ、非西洋文化に贖罪《しょくざい》を求めるものの一つだ」。二十一世紀になるころには、アメリカの上位五〇の大学のうち一校も、アメリカ史の科目を必須とするところはなくなった。

履修課程におけるアメリカ史と西洋史の重要性が低下するにつれ、大学生はこの国の過去に起こった多くの主要な出来事や、重要な人物について無知になった。一九九〇年代初めに実施された世論調査では、北東部名門のアイビーリーグ校に通う学生のうち九〇パーセントは、公民権運動の発端となったローザ・パークスが誰だか知っていたが、「人民による、人民のための、人民の統治」が誰の言葉か知っている学生は二五パーセントしかいなかった。一九九九年に上位五五校の大学の四年生を対象として行なわれた調査も、同じような結果になった。

三分の一以上は……憲法によってアメリカ政府の三権が分立していることを知らなかった。

四〇パーセントの学生は、南北戦争が起こった年代を半世紀単位でも当てられなかった。独立戦争の最後のヨークタウンの戦いでイギリス軍を打ち破った人として、ジョージ・ワシントンの名前をあげる学生よりも、南北戦争の将軍ユリシーズ・S・グラントをあげた学生のほうが多かった。

「人民による、人民のための、人民の統治」という言葉の出所として、ゲティスバーグの演説を選べたのは二二パーセントにすぎなかった。

南北戦争以前は、これまで見てきたように、アメリカ史は主にそれぞれの州や地方の歴史だった。国としての歴史は南北戦争後に始まったのであり、それは一〇〇年にわたってアメリカのアイデンティティの中心にあった。やがて二十世紀末になり、サブナショナルな人種および文化集団の歴史が、一八六〇年以前の州と地方の歴史にも似たかたちで新たに脚光を浴びるようになり、国の歴史の重要性は低下していった。だが、国というものが想像された共同体であると同時に、記憶された共同体でもあるとすれば、その記憶を失いつつある人びとは、国民以下の存在になりはじめているのだ。

脱構築主義者がアメリカの信条、英語の優先、および中心的な文化に、挑戦したことにたいし、アメリカの大衆は圧倒的に反対した。そのうえ、多文化主義の挑戦は、信条と英語への挑戦とあいまって、一九八〇年代と九〇年代に対抗運動を引き起こした。『反自由主義教育――キャンパスにおける人種と性差の政治学』、『不満の文化――アメリカの騒動』、『美徳の支配――多文化主義とアメリカの将来をめぐる闘争』、『多様性神話――多文化主義とキャンパスにおける政治的不寛容』といった題名の書籍も登場している。

学校や大学の教育課程の変更に反対する声は高まり、一部では功を奏している。全米学者協会や全米校友会評議会といった組織も結成され、アメリカ史や西洋史の重要性やアメリカの大学における水準の低下と取り組むようになった。そうこうするうちに、政界の指導者もそれに応じてきた。二〇〇〇年に、議会はアメリカ史の知識不足を解消するために行動を起こすよう教育機関をうながす決議を、満場一致で採択した。二〇〇一年には教育省の予算に数千万ドルが追加され、アメリカの歴史教育を改善することになった。二〇〇二年には、ブッシュ大統領が教育界の指導者二〇〇人を集めて、この問題と取り組むための措置を提案した。二〇〇三年にはラマー・アレグザンダー上院議員が学校教師と高校生を対象として、アメリカ史と公民の夏期学校を設立する法案を提出した。

二十一世紀の初頭になると、信条、英語、アメリカの中心的文化にたいする人種や二言語併用、および多文化主義からの挑戦をめぐる争いは、アメリカ政治の舞台の主要な要素となった。脱構築主義者との戦いから生まれたこうした結果は、アメリカ人が自国にたいするテロリストのたび重なる攻撃にどれほどさらされ、海外における敵との戦いにどれくらい参画するかによって大きく影響されることは間違いない。外部からの脅威が鎮まれば、脱構築主義の運動は新たに勢いづくかもしれない。アメリカが海外の敵と戦いつづけるようになれば、脱構築主義の影響は薄れるだろう。アメリカにたいする外部からの脅威がさほど大きくなく、断続的かつ曖昧なものであれば、アメリカ人はナショナル・アイデンティティにおいて信条と言語および中心的文化がはたすべき役割をめぐって、分裂しつづける可能性も大いにあるだろう。

＊1　この大統領命令は、当初の意味における「アファーマティブ・アクション」を呼びかけたものでもあった。「雇用者は従業員または就職希望者にたいし、人種、信条、肌の色、または民族的出自ゆえに差別してはならない。人種、信条、肌の色、または民族的出自にかかわらず、就職希望者は雇われ、従業員は雇用期間のあいだしかるべく待遇されるように、委託業者は積極的措置（アファーマティブ・アクション）を取るものとする」（傍点は著者）

第8章　同化――転向者、かけもち組、そして市民権の衰退

同化する移民、同化しない移民

一八二〇年から一九二四年のあいだに、およそ三四〇〇万人のヨーロッパ人がアメリカに渡ってきた。そこに定住した人びとはアメリカの社会と文化に一部同化し、彼らの子供や孫はほぼ全面的な同化をとげた。一九六五年から二〇〇〇年のあいだには、新たに二三〇〇万人の移民が、主に中南米とアジアからアメリカにやってきた。

アメリカにとってここでの中心的な問題は移民そのものではなく、移民が同化するかしないかである。これらの移民やそのあとにつづく者たちおよびその子孫は、かつての移民が経てきた道をどこまでたどり、アメリカの社会と文化にうまく同化し、他国民としてのナショナル・アイデンティティを否定して献身的なアメリカ人になり、思想と行動の両面でアメリカの原則的な信条を信奉するようになるだろうか?

この問題をかかえているのはアメリカだけではない。豊かな工業国はいずれも、同様の問題に直面している。二十世紀の末に、国外への移住は驚くほどのレベルに達した。そのほと

んどは発展途上国から、近くにある別の発展途上国へ人びとが移動するものだった。また空前とも言えるほど多くの人びとが富裕国へも移住し、あるいは移住を試みた。合法的な移民のほかに、非合法の動きもある。一九九〇年代におけるアメリカへの移民のおよそ四分の一は不法入国だった。二〇〇〇年にイギリスの移民局が推計したところでは、毎年、世界各地で三〇〇〇万人ほどが他国へ密入国していた。

貧困と経済の発展はいずれも、それぞれ異なったかたちで人の移住をうながした。移動の手段がいくらでもあり、それが比較的安価であるため、ますます多くの人が国外へ移住するようになり、同時に出身国とのつながりを保つことも可能になった。一九九八年に、外国生まれの人が人口に占める割合はスイスでは一九パーセント、ドイツでは九パーセント、フランスでは一〇パーセント、イギリスでは四パーセント、カナダでは一七パーセント、オーストラリアでは二三パーセント、アメリカでは一〇パーセントだった。

移民はますます増加し、西洋諸国への移住を希望する人は増えつづけているが、それと同時に、これらの国々のほとんどでは出生率が大きく低下している。アメリカ以外の富裕国はほぼどこも、合計特殊出生率〔一人の女性が出産する平均的な子の数〕が人口を一定に保つのに必要な二・一という割合を大きく下回っている。一九九五年から二〇〇〇年の期間、アメリカの合計特殊出生率は二・〇四だったが、ドイツでは一・三三、イギリスでは一・七〇、フランスでは一・七三、イタリアでは一・二〇、日本では一・四一、カナダでは一・六〇だった。

出生率が低いまま推移することは、人口の高齢化が進み、やがては人口が減少することを意味する。日本では出生率が上がるか移民が増加しないかぎり、二〇〇〇年に一億二七〇〇万人だった人口が、二〇五〇年には一億人に減少し、二一〇〇年には六七〇〇万人になるだろう。そのころには、人口の約三分の一が六十五歳以上になり、はるかに少ない労働人口がそれを支えなければならなくなる。ヨーロッパの人口と労働人口も、出生率か移民に大きな変化が生じなければ、やはり激減するだろう。

人口の減少はかならずしも、これらの国に住む人びとが全体として裕福でなくなることを意味しはしない。しかし、生産性を向上させても、いずれは国の経済の総生産が減少し、経済力、政治力、軍事力が衰え、それとともに世界における影響力も弱まるだろう。長期的に見れば、人口の減少は出生率を高めることによって避けられるかもしれないが、そのためには社会および経済の両面で行動様式を大きく変える必要があり、出生率を高めるために政府がこれまでやってきた試みはあまり効果をあげていない。

移民からの圧力と将来の人口減少というこの組み合わせは、当事国において移民をもっと受け入れようとする機運を高める。移民は短期的には、深刻な労働力不足を解消するのに役立つ。これは一九九〇年代を通じて一般に失業率が高かったヨーロッパ諸国ですら言えることだ。アメリカでは、一九九〇年代末に経済が成長し、失業率は低く労働力は不足したことから、移民の労働力がそれまで以上に必要になった。だが、潜在的な移民のほとんどは、富裕国とはきわめて異なる文化をもつ社会の人びとである。結果として、移民はヨーロッパ社会では大量のアフリカ人、アラブ人、トルコ人、アルバニア人などをどう受け入れるかという問題を引き起こした。アメリカ社会ではそれがアジア人と中南米人になり、日本、オーストラリア、カナダではアジア人になる。

経済成長、人口統計上の活性化、および国際的な地位と影響力を維持する点で移民がもたらす多大な利益も、公益事業への支出の増加、就職難、低賃金、もとからいる労働者の手当の削減、社会の分裂、文化的摩擦、信用と共同体の衰退、ナショナル・アイデンティティに関する伝統的な概念の喪失といった犠牲によって帳消しになるかもしれない。移民の問題はエリート社会のなかにも深刻な分裂を引き起こし、移民にたいする世論の反感をあおり、ナショナリストまたはポピュリストの政治家がこうした感情につけこむ機会を与えることになる。

一九九〇年代、移民に脅威を感じて、ヨーロッパの学者の一団が「社会的安全保障」という概念を展開した。国家の安全保障は、他国による軍事攻撃と政治支配からの国の独立、主権および領土を護ることを意味する。主眼は、政治的な支配にある。一方、社会的安全保障は、「コペンハーゲン学派」のオーレ・ウェーバーらが定義したように、「変わりゆく条件と潜在的または現実的な脅威のもとで、社会がその本質をなす性格を貫きとおす能力」を問題とする。

それは「発展のための受け入れ可能な条件のなかで、言語、文化、人間関係、宗教的アイデンティティとナショナル・アイデンティティおよび慣習の伝統的なパターンを維持できるかどうか」ということである。したがって、国家の安全保障が何にもまして主権を重視するのにたいし、社会的安全保障はアイデンティティ、すなわち国民が自分たちの文化、制度、生活様式を維持する能力を問題にする。

現代社会のなかでは、国の社会的安全保障にたいする最大の脅威は移民によって生じる。各国はその脅威にたいして、三つの方法のうちのいずれか、またはその組み合わせによって対応できる。大まかに言うと、その選択肢は、移民をほとんど受け入れないか、同化をともなわない移民か、同化をともなう移民かとなる。この三つはいずれも実験ずみである。

移民を制限する場合は、特殊技能や教育、あるいは出身国（一九二四年にアメリカが行なったように）など、制限効果のある入国審査基準を設けるか、ヨーロッパ諸国の「ゲスト・ワーカー」プログラムや、アメリカのメキシコ人季節労働者《ブラセーロ》やH－１B査証〔専門職労働者〕のように、限定された期間のみ移民を受け入れて、入国者数を制限することになるだろう。日本は昔から移民には消極的であり、二〇〇〇年でも外国生まれの人が人口に占める割合は一パーセントでしかない。高齢化が進み、日本の人口が減少していることから、政府は移民にもっと積極的な立場をとることを余儀なくされているが、それにたいする激しい反対意見もでている。

フランスは一面において例外だが、ヨーロッパの国々もやはり伝統的に自国を「移民社会」と見なしはしなかった。一九九〇年代初めと半ばに、一部の指導者が「移民ゼロ」を呼びかけたことから、フランスは移民を規制し断念させるためのいくつかの措置を講じた。同じころ、ドイツでも同様の立場をとる指導者が現われ、難民と外国人保護を管理する法律が強化された。

こうした措置は、さまざまな結果をもたらした。フランスへの移民は一九九〇年代初期には年間一〇万人を超えていたが、九五年と九六年には七万五〇〇〇人ほどに減少し、一九九八年になるとまた一三万八〇〇〇人に増えた。ドイツでは、移民は一九九二年のピーク時の一二〇万人から、九〇年代末にはその半数強に減少した。他の富裕国とは対照的に、アメリカは一九九〇年に合法的な移民の上限を二七万人から七〇万人に増やしており、一九九〇年代の合法的な移民の総計（数値制限の対象外のカテゴリーを含む）は九〇九万五四一七人にまで達した。ちなみに一九八〇年代は七三三万八〇六二人だった。

第二の選択肢は移民の受け入れには寛容だが、同化させる努力はほとんどしない政策である。受入国の文化とまったく異なる文化から大量の移民がやってくれば、一般社会からさまざまな度合いで孤立し隔離された移民の共同体があちこちに出現する結果になりうる。こうした事態がフランスでは北アフリカ人によって、ドイツではトルコ人によって、また他のヨーロッパ諸国の移民集団によっても生じており、当該国で移民を減らすべきだという国民の総意を醸成する結果になった。このように、同化をともなわない移民はそれに対抗する圧力を生みだし、通常はそのままの状態をいつまでも保つことはできない。

最後の選択肢は、それなりの数の移民を国内に受け入れ、移民の社会と文化への同化も推進する方法だ。移民の歴史の浅いヨーロッパ諸国は、二十世紀末の移民にたいしてこの対策を講じるのは難しいと考え、結果として規制に向かった。だが、アメリカでは第一次世界大戦まで、移民にともなった同化は一般に行なわれてきたことであり、移民はしばしば激しい圧力にさらされ、大がかりな教育プログラムを受け入れることで、アメリカ社会に溶けこんでいった。一九二四年に移民が規制されると、アメリカ化への関心は薄れ、その達成のための計画が必要だという認識もなくなった。

一九六〇年代に移民が増えはじめると、こうした議論が再燃した。選択は現実的で困難をともなうが、それなりに明白だった。アメリカは現在受け入れている移民の数を激減させるべきか、それともこれ以上は同化をうながさずに現在の移民数と構成比をほぼ受け入れるべきか？　はたまた現在の移民数と構成比をほぼ受け入れ、彼らを同化させるために本腰を入れて取り組むべきか？　そうだとすれば、何に同化させるのか？　このなかのどの選択肢が、あるいはどの組み合わせがアメリカの文化と価値観、社会および地域の連帯感、経済発展と繁栄、国際的な影響力の促進につながるのか？　アメリカの現在の社会、経済、政治および国際環境を考えれば、どの選択肢が、あるいはどの組み合わせが最適なのだろうか？

同化はまだ成功するのか？

アメリカはある意味では移民の国だったが、それ以上に、移民とその子孫をアメリカの社会と文化に同化させた国だった。ミルトン・ゴードンが鋭い研究で示したように、移民が同化するかどうかは、その人がどれだけ受入社会の文化様式を受容し（文化変容）、受入社会の「集団および制度のネットワーク、または社会構造」のなかに入り、受入社会のメンバーと婚姻によって結ばれ（彼はこれを「融合」と呼ぶ）、受入社会に限定的な「民族帰属意識」を発展させるかによっていた。さらに、アメリカでは移民を受け入れるにあたって、三つの段階を経て同化が進んだ。差別をなくすための運動、偏見の解消、価値と力の違いによる争いの解消である。

アメリカ社会への同化はグループごとに異なり、決して完全なものはない。それでも全体として、同化は歴史的にアメリカがなしとげた大きな成功であり、なかでも文化面での同化がいちじるしく、それはおそらく最大の成功と言えるだろう。同化によってアメリカの人口は増大し、大陸全体を支配するようになり、活力と野心にあふれ、献身的で有能な何百万もの人びとが加わったことにより経済を発展させることにもなった。これらの人びとは全面的にアメリカのアングロ－プロテスタント文化とアメリカの信条の価値観を信奉するようになり、アメリカを世界のなかの主たる勢力に押し上げた。

この功績は過去のいかなる社会にも類を見ないようなものだが、その根底には暗黙のうちに交わされた契約があり、ピーター・サランはそれを「アメリカ式の同化」と名づけた。この暗黙の了解によると、移民がアメリカ社会に受け入れられるのは、英語を国語として受容し、アメリカ人としてのアイデンティティに誇りをもち、アメリカの信条の原則を信じ、「プロテスタントの倫理（自力本願で、勤勉、かつ道徳的に正しいこと）」にしたがって生きていればこそだった、とサランは主張する。この「契約」の具体的な表現については、人は意見を異にするかもしれないが、その原則は一九六〇年代にいたるまで何百万もの移民をアメリカ化するなかで現実化したものの核心を突いている。

同化の最も重要な第一段階は、移民とその子孫がアメリカ社会の文化と価値観を受け入れることだった。ゴードンによれば、移民は「社会内の小集団や制度のネットワークのなかに投入されるが、それはすでにアングロサクソンのプロテスタントがつくった一般的な鋳型によって基本的な輪郭が定められていた。アングロサクソンの制度上の様式が規範としてあらかじめ存在し、英語がすでに普及しており、アングロサクソンの人口に占める割合が高いことからすれば、この結果は避けようがなかった……。すべての移民の出身地から集めた異なる文化様式を部分的に溶かしたるつぼと言うよりも、実際に起こったのはむしろ、のちの移民がもちこんだ特有の文化的貢献をアングロサクソンの鋳型に流しこむことだった」

移民の二世代目は、「きわめて閉鎖的な若干の飛び地」を除けば、「それぞれの階級ごとに定まったアメリカ固有の文化的価値観に、ほぼ完全に文化変容（かならずしも構造的な同化ではないが）」をとげたのである。

一九五五年にウィル・ハーバーグはやはり同じ結論に達し、こう書いた。「アメリカ人の自己イメージ——民族集団のメンバーがアメリカ人になったときにもつ自己イメージ——は、アメリカ人を形成してきたさまざまな民族の要素を合成または総合したものだ」と考えるのは間違いだ、とハーバーグは主張した。「それはまったくそういうものではない。アメリカ人の自己イメージはいまなお、われわれが独立当初に抱いていたイギリス系アメリカ人の理想であり……われわれの文化的同化は、言語の発展がたどったのと本質的に同じ過程を経てきた。つまり、外来語がそこかしこに若干入り、形式がいくらか変更されたが、いまでも間違いなく完全にそれが英語であるのと同じだ」

比喩として適切なのはメルティング・ポットではなく、ジョージ・スチュアートの言葉を借りれば、卑金属を貴金属に変える「トランスミューティング・ポット」なのだ。そのなかで、「異国の要素が少しずつポットのなかに加わるにつれて、それらは単に溶《メルト》けるだけでなく、総じて変質《トランスミュート》する。したがって、もともとあった素材に、思っていたほど強烈な影響をおよぼすことはなかったのだ」。あるいは、前述のメタファーを使えば、それらはトマト・スープのなかに混じり、旨みを加えたが、材質を大きく変えることはなかったのだ。アメリカにおける文化的同化の歴史はそういうものだったのである。

このように歴史を見ると、アメリカは移民と、同化の国だったのであり、同化とはアメリカ化を意味していた。だが、いまの移民は違う。同化にともなう制度もプロセスも違っており、何よりもアメリカそのものが違っている。アメリカの偉大な成功譚は不確実な未来に直面するかもしれない。

同化の根源

過去には、多数の要因によって移民のアメリカ社会への同化は進んだ。ほとんどの移民はヨーロッパの社会からやってきており、その文化はアメリカの文化と似ているか、共存できるものだった。

移住には自主的選択がつきものであり、移民は相当な犠牲と危険と不確実性に立ち向かう覚悟が必要だった。

移民はおおむねアメリカ人になりたがった。

アメリカの価値観や文化や生活様式に染まりたくない移民は、祖国へ戻った。

移民は多数の国からきており、一つの国または言語が優勢になったことは、一度もなかった。

移民はアメリカ各地のエスニックが住む地区に分散し、どこかの地域または大都市で一つの移民集団が人口の過半数を占めるようなこともなかった。

移民は断続的であり、全体的にも出身国ごとに見ても、一時的に途絶えたり数が減少したりして、移民の流れが途切れることもあった。

移民はアメリカの戦争で戦い、死んでいった。

アメリカ人はアメリカのアイデンティティについて、それなりに明確かつきわめて肯定的な共通概念をもっており、さまざまな活動、制度、および政策を創案して移民のアメリカ化を促進した。

一九六五年以降、こうした要素はいずれも消滅するか、以前とくらべて希薄になった。そのため、現在の移民の同化は、かつての移民の同化よりも緩慢かつ不完全で、また異なった性格のものになるだろう。同化はもはや、かならずしもアメリカ化を意味しない。同化はメキシコ人をはじめとするヒスパニックにとって、とりわけ問題をはらんでいる。ヒスパニックの移民はアメリカ史にこれまで類のない問題を突きつけており、これについては次章で詳述する。本章ではより一般的に一九六五年以前および以後の移民の性質と、移民のプロセス、およびアメリカ社会の反応について検証し、そこに見られる現在の同化との違いを探る。

移民

共存の可能性

移民がアメリカの文化と社会に同化する場合、それが短期間に容易に進むかどうかは、移民が生まれ育った社会および文化が、アメリカのそれと共存しうる、よく似たものであるか否かに影響されると考えるのは自然であり、アメリカ史を通じて広く考えられてきたことでもある。この考え方は部分的に有効である。

こうした見解のなかには、移民の出身社会の政治制度と価値観が、アメリカのそれとどれくらい似通っているかに焦点を当てるものもある。ジェファソンは、専制君主によって支配された社会からきた移民は、アメリカにたいする大きな脅威になりうると考えた。その理由は一部には、そうした国々からは「きわめて大量の移住者が流入すると予想される」[*1]からだった。だが、より肝心なことに、ジェファソンによれば、これらの移民は「彼らが後にしてきた政治体制の原則をまとってくるだろう。それは幼時から彼らの身に染みついたものだ。たとえそうした原則を捨てられるとしても、今度はひどく野放図となり、よくあることだが、極端から極端へと移行してしまう。彼らが穏健な自由を享受できる程度でとどまるとすれば、それは奇跡だ。こうした原則を、彼らは自分たちの言葉で子供に伝えるだろう」

ジェファソンにもわかっていたように、アメリカの政治制度はこの当時、世界でもただ一つと言えるシステムだったので、彼の主張を文字どおりに解釈すれば、ほとんどの移民を禁じざるをえなかっただろう。実際、移民の大多数はアメリカとは対極的な政治制度の国から渡来してきた。しかし、移民の多くがそれらの国の「政治体制の原則をまとってくる」ことはなかった。彼らはそうした原則に苦しみ、そこから逃れたがっていたからである。

同化の可能性に関してもっと現実的な主張をする人は、移民が後にしてきた国の文化に注目する。十九世紀に最高裁が、中国人は文化がきわめて異なるので、アメリカ社会に溶けこむのは難しいとした主張は他の民族にたいしても繰り返された。そうした議論が有効かどうか見きわめるのは難しい。それを調べる一つの方法は、移民した人のうちアメリカに定住するのをやめ、祖国に戻った人の割合を見ることだろう。この数字は国ごとに大きく異なる。

たとえば、一九〇八年から一〇年のあいだに、マイケル・ピオリの推定によると、アメリカから国外へ移住していった人の割合は移住してきた人のおよそ三二パーセントにのぼり、その割合はハンガリー人六五パーセント、北イタリア人六三パーセント、スロバキア人五九パーセント、クロアチア人とスロベニア人五七パーセント、南イタリア人五六パーセントから、スコットランド人一〇パーセント、ユダヤ人とウェールズ人八パーセント、アイルランド人七パーセントとさまざまである。言語はきわめて重要な要素のようだ。英語を話す国からきた移民は、そうでない国の出身者よりもずっと簡単に同化した。

十九世紀から二十世紀初めまで、アメリカ人は英語以外の言語を話す北欧の国からの移民のほうが南欧と東欧の人びとよりも早く、容易に同化すると考えていた。だが、かならずしもそうとは言えない。十九世紀にドイツ移民が築いた僻地の共同体には、何世代にもわたって同化に抵抗しつづけた集落もあった。実際、彼らは自分たちを移民であるよりもむしろ入植者だと考えており、そのように振る舞っていた。もっとも、こうしたケースはドイツ移民のあいだでも例外だった。

ユダヤ系の移民は、それも特に東欧からの移民は故国へ戻る割合がきわめて低く、二世代目になると、「アメリカ生まれのユダヤ人はどんな階級でも、同じ社会階級にいるアメリカ生まれの非ユダヤ人とほとんど変わらなくなっていた」。イタリア人は多くの人が同化を望まず、イタリアへ戻っていったが、定住した人びとのあいだでは同化は進み、南欧人と東欧人に関しても一般に同じことが言えた。トマス・ソウエルが言うように、「南欧人と東欧人は大量移民の時代には無学で識字率が低いと評判が悪かった——実際、子供たちの教育にもしばしば抵抗した——が、一九八〇年には、彼らも一般のアメリカ人と同じ程度の教育を受け、知的専門職や技術職や管理職など、教育を必要とする職業に多くの人がつくようになった」

一九六五年以後の中南米とアジア系の移民の同化は、かつてのヨーロッパからの移民とおよそ同じような道をたどるだろうか？　社会科学による分析や精神分析の結果によれば、民族間の文化的な違いはいつまでもいちじるしく残り、宗教および地理上の集団ごとに緊密にまとまった社会が築かれている。一九六五年以後の移民集団の相対的な同化に関して手に入る証拠を見るかぎり、かなりの違いが認められる可能性もあるが、これにはおそらくどんな要因にも増して、渡米する以前の教育や職業が関係するだろう。

総じて、インド、韓国、日本、フィリピンからの移民の学歴は、アメリカ生まれの人びとの学歴と大差がなく、文化面でも、社会組織への編入や異民族間の結婚といった側面でも急速に同化するのが普通だった。もちろん、インド人とフィリピン人の場合は、英語の知識もその一助となっている。メキシコを中心とする中南米からの移民とその子孫は、アメリカの規範になかなか近づかない。これは一つには、メキシコ人は数が多く、地理的に狭い地域に固まっているせいでもある。メキシコからの移民とその子孫の教育のレベルは、ヒスパニック以外のアメリカ人の教育レベルだけでなく、その他のほとんどの移民集団とくらべても低い（第9章参照）。そのうえ、アメリカとメキシコの文化のあいだには大きな格差があると、メキシコ人、アメリカ人、メキシコ系アメリカ人のいずれの著述家も主張しており、これもまた同化を遅らせる原因かもしれない。

イスラム教徒——特にアラブ系イスラム教徒——は、一九六五年以後の他の集団とくらべて同化の速度が遅い。これは一つには、イスラム教徒にたいするキリスト教徒とユダヤ教徒の偏見のせいかもしれない。そうした偏見は、一九九〇年代の末に起こったイスラム過激派による、あるいはその仕業とされた一連のテロ事件が大々的に報道されたことによってさらに助長された。同化の困難さはイスラム文化の性質そのものと、アメリカ文化との違いから も生じているのだろう。世界の他の国々でも、イスラム教徒のマイノリティは非イスラム社会から「受け入れにくい」と見なされることが多い。

二〇〇〇年にアメリカ国内のイスラム教徒と思われる有権者を対象に行なわれた調査では、六六・一パーセントがアメリカ社会は「イスラムの信仰を尊重している」と答えたが、三一・九パーセントはその意見に反対だった。ロサンゼルスのイスラム教徒に関するある研究では、アメリカにたいする相反する態度が見られた。「かなりの数のイスラム教徒が、アメリカにたいして強い親近感も忠誠心も抱いていず、移民のイスラム教徒のあいだではそれが特にいちじるしい」。「イスラム国家（たとえば出生地）にたいしてより強い親近感と忠誠心を抱くのか、それともアメリカにたいしてか」と質問されて、移民の四五パーセントはイスラム国家を選び、一〇パーセントはアメリカと回答し、三二パーセントはどちらも同程度だと答えた。アメリカ生まれのイスラム教徒のあいだでは、一九パーセントがイスラム国家を選び、三八パーセントがアメリカを、二八パーセントはどちらも同程度だとした。イスラム教徒の移民の五七パーセントと、アメリカ生まれのイスラム教徒の三二パーセントは、「選択できるなら、アメリカを去ってイスラム国家へ移住したい」と述べた。調査対象者の五二パーセントは、公立学校のかわりにイスラム教の学校をつくることはとても重要だと言い、二四パーセントはかなり重要だと答えた。

状況によっては、イスラム教徒が信仰の純粋さを維持し、宗教上の教えを実践しつづけたいと望むために、非イスラム教徒との争いに発展することもあるだろう。ミシガン州ディアボーンには多くのイスラム教徒が住んでおり、イスラム教徒とキリスト教徒のあいだにかなりの緊張関係が生じて暴力事件も起こっている。

この都市のイスラム教徒のなかには、公立学校が「われわれの子供たちをイスラムの教えから遠ざけて」いて、「アメリカの公の政治制度は破綻しており、それ自体が問題になってきた」と主張する人もいる。したがって、唯一の解決策といえば、「純粋なイスラム世界にすることであり、それはほかでもない、イスラムの超大国『ヒラーファ』を非暴力的に復活させることなのである！」、と。

同時多発テロのあと、過去におけるアメリカの輝かしい同化の歴史が、流入するイスラム教徒移民の波にどこまで波及するかは不確実なままである。

淘汰

同化にあたって移民の出身社会の文化以上に重要なのは、移民個人の動機と性格である。祖国を離れて異国へ、それもしばしば遠くの国へ移住することを多かれ少なかれ自発的に決心する人は、とどまることを選んだ人とは異なっている。いわば、多くの移民に共通する移民の文化といったものが存在するのであり、それは祖国に残り、国外へ移住しない人との違いでもある。

エマ・ラザラスが自由の女神像の台座に刻まれた詩でアメリカの移民を土臭い「惨めな人間の屑」として描いたイメージは、ダニエル・パトリック・モイニハン上院議員が主張したように、不正確な作り話にすぎない。過去にアメリカに移住してきた人は「きわめて進取の気性に富み、自信に満ちた人間であり、自分が何をしているかを正確に把握しており、完全に自立していた」

十九世紀末まで、大西洋を横断しようとする人はたいてい乗船する港で長い列をつくって待ち、一ヵ月以上の船旅に耐えなければならず、往々にして船内は信じがたいほど混雑した不衛生な環境だった。ヨーロッパを後にした人びとのうち、航海中に生命を落とした人は一七パーセントにのぼった。汽船の登場によって船旅の時間は短縮され、予測しやすい安全なものになったが、それでも一五パーセントほどの人はエリス島の移民局で引き返させられたのであり、移民はそれを覚悟で行かなければならなかった。大西洋を渡る決心をするには、体力、野心、自発性および意欲をもち、危険をおかし、不確実な見知らぬ世界に立ち向かい、困難な旅にともなう実質的、感情的、経済的、および身体的な負担に耐え、信頼できる情報などないに等しい遠い異国の地で、よりよい暮らしを築く覚悟がなければならなかった。

故郷にとどまって国外へ移住しなかった大多数の人びとは、こうした気質に欠けるか、自らの才能と体力を別の目的へ向けた人びとだった。二〇〇〇年にフランス社会党のある政治家はこう言った。「ヨーロッパ人は、船に乗るのを拒んだアメリカ人なのだ。われわれは同じ危険をおかしはしない。もっと多くの安全保障が必要なのだ」

かつてアメリカへ移住することにともなった困難や不便、犠牲、危険、不確実性はいまではほとんど消えている。現代の移民にも、かつての移民のような根性と決意とひたむきさはあるかもしれないが、かならずしもそうした要素が必要なわけではない。皮肉なことだが、こうした資質がはるかに求められているのは、アメリカに不法入国しようとする移民のほうなのだ。

ある意味では、これはメキシコからの不法入国者にもあてはまる。彼らは国境警備隊から危害を加えられることはないだろうが、アリゾナの砂漠で死ぬかもしれない。より広い意味では、これは中国などアジア各地からくる不法な移民にもあてはまることだ。彼らは貯金と生命を犯罪組織まがいのいかがわしい一味に託し、八〇〇〇キロメートルから一万六〇〇〇キロメートルもの長い道のりを、ときには危険な目にあい、ひどく不快な思いをしながら旅してくる。十八世紀や十九世紀に帆船でアメリカに渡った人びとと同じく、これらの不法移民の場合も、何としてもアメリカに到達したいという思いがなければならない。だが、彼らは本当にアメリカ人になりたいのだろうか？

深い思い入れ

一八二〇年から一九二四年のあいだにヨーロッパを離れた五五〇〇万の人びとのうち、六

○パーセント以上がアメリカにやってきた。これは一つには、道路が金で舗装されていると言われた国の経済的な機会に魅了されてのことだったことは間違いない。しかし、そうした機会なら他の国にもあった。アメリカならではの特徴は、信仰および政治上の自由であり、身分制度や貴族制度の不在（南部以外は）であり、この国を築いた入植者たちのアングロ－プロテスタントの文化だった。

移民のなかには経済的な機会を利用したのち、祖国に戻った人もいる。定住を決意した人がこの国にとどまったのは、おそらく彼らがアメリカという国と、その原則と文化に傾倒していたからだろう。そうした深い思い入れは、たいてい渡米する以前から彼らが抱いていたものであり、移民を決意させた主たる動機でもあった。

オスカー・ハンドリンが言うように、「新たにやってきた人びとは、ほとんど船から降りる以前から、アメリカ人になりつつあった」。移民は「アメリカ人になることに憧れた」と、アーサー・シュレジンジャー・ジュニアも同意している。ジョン・ハールズも同じ意見だ。「根本的な意味で、移民はアメリカの土を初めて踏んだ瞬間から、すでに誠実なアメリカ人なのだ」。一般には同化のプロセスが移民の政治的な変身に最も影響を与えると考えられているが、それはすでに改宗した人に説教しているようなものであって、異教徒に福音を説いているのではない。

すべてではないにしろ、多くの移民にとって、アメリカ人になることは実際、新しい宗教に改宗するようなものであり、同じような結果をともなった。親から宗教を受け継いだ人は、改宗した人よりも信仰を気負うことなく受けとめることが多い。改宗する場合は、しばしば苦痛をともなう意識的な選択をせまられるからだ。移民は重大で決定的な決断を下し、多くの場合、引き返せない状況のなかで新しい祖国の文化と価値観を取り入れつつ、心底からその決断の正しさを証明し、裏づけなければならなかった。心理的にも感情的にも知的にも、移民は自らの行動を自分自身や新たな同胞、故郷に残してきたかつての同胞にとって好ましいものに変える必要があった。あるいは、ドイツの著名な編集者ヨーゼフ・ヨッフェが一九九〇年代に自国を振り返って述べたように、「人びとがアメリカに渡ったのは、アメリカ人になりたかったからなのだ。トルコ人がドイツにくるのは、ドイツ人になりたいからではないのである」

もっとも、過去において、「アメリカ人になりたかったために」アメリカにやってきた移民の数は一定ではなかった。そうした思い入れの深さをはかる客観的な方法の一つは、アメリカに永住した人と祖国に戻った人の割合をくらべることだ。断片的な証拠を見るかぎり、十九世紀半ばの移民で帰国した人の割合は比較的低い。総じて、アイルランド、ドイツ、およびイギリスからの移民はとどまった。かなり確実なデータによれば、第一次世界大戦直前の移民はそうではなかった。一九一〇年の移民委員会が述べたように、それ以前の移民とは異なり、この時代の移民は家族単位の人が少なく、若い独身男性が多かった。一〇年から二〇年間アメリカで金を稼いだあと、前述したように、その多くは生まれ故郷に戻って、慣れ親しんだ環境のなかで快適に暮らそうと考えていた。彼らはアメリカにただ滞在していたのであり、アメリカに転向したわけではなかったのである。

以前の移民と同じく、現代の移民も転向者になるか滞在者になるかの選択ができるが、昔の移民とは異なり、かならずしもその選択をしなくてもよい。第三の可能性があるからだ。双方を両立させるのである。つまり、二つの住居を維持し、二重の帰属意識と二重の忠誠を抱くことであり、たいていはアメリカと母国の二重国籍をもつこともできる。これが可能になったのは、第一に、現代の交通手段と通信手段のおかげである。それによって遠く離れた国同士の行き来も連絡も安く簡単にできるようになった。第二に、アメリカ社会が移民にたいして、以前の移民に求めたような献身を要求しなくなったためだ。過去には、アメリカ人は移民がアメリカ化し、アメリカのアングロ－プロテスタントの思想、文化、制度、および生活様式を取り入れることを期待した。移民のほうもまた、社会に溶けこむうえで障害が生じれば、差別されたと感じた。

しかし、一九六五年以後のアメリカでは、アメリカ化の圧力は存在しないも同然であり、移民は逆に自分たちがもちこんだ文化的アイデンティティを維持するうえで障害が生じた場合、差別されたと感じることが多くなった。したがって、一九六五年以後の移民で祖国へ戻るのは二〇パーセントから三五パーセントだが、定住した人びとも「アメリカ人になりたい」わけではなく、ただ双方をかけもちしたいのかもしれない。かつての移民は、アメリカのナショナル・アイデンティティを構成する一部として民族的なアイデンティティを保ちつづけた。一方、かけもち組は二つのナショナル・アイデンティティをもっている。「菓子は食えばなくなる」と言うが、彼らの場合は菓子を食べながら、それがなくなりもせずまだ手元にあり、アメリカが与える機会と富と自由を故国の文化と言語、家族の絆、伝統、および社会的なネットワークに結びつけているのである。

移民のたどる過程

多様性と分散

かつて同化が容易に進んだのは、移民がやってきた社会も、彼らがもちこんだ言語も多種多様だったためだ。イギリスもアイルランドもドイツも、十九世紀半ばの移民の過半数を供給してはいなかった。一八九〇年代には、イタリア、ロシア、オーストリア－ハンガリー、およびドイツが移民全体のそれぞれ一五パーセントほどを供給し、スカンディナビア、アイルランド、イギリスからの移民が一〇パーセントほどずつそこに加わった。

一九六五年以後もヒスパニック以外の移民は、どちらかと言えば、それ以上に多様だった。この多様性ゆえに移民は英語を学ばなければならなくなり、アメリカ生まれの人とだけでなく、移民同士のあいだでも英語で対話せざるをえなくなる。ところが、かつての移民とは異なり、現在、アメリカ本土に移住してくる人のおよそ五〇パーセントは英語以外の同一の言語を話し、その比率は着実に高まっている。

過去に同化が進んだのは、それぞれの移民がアメリカ各地に分散していたためでもあった。これは建国の父たちが、移民による悪影響を避けるのに不可欠だと考えた方法だった。彼らは移民そのものに関しては意見が対立していたが、民族的に同質の移民を同じ地域に仲間内だけで固まらせるべきでないという点では意見が一致していた。移民が一ヵ所に定住すれば、「彼らが身につけてきた言語、習慣、および原則を（良きにつけ悪しきにつけ）保持しつづける」だろう、とワシントンは警告した。しかし、移民が「われわれのようなアメリカ国民」とまじれば、「移住者もしくはその子孫がわれわれの慣習、行動、法律に同化していくだろう。要するに、やがて一つの国民になるのである」

ジェファソンも同様に、移民は「早く融合するように在来の人びとのあいだに広く分散させるべきだ」と主張した。そしてフランクリンは、移民は「もっと均等に分散させ、イギリス人とまじわらせ、現在、密集しすぎている地区にはイギリス式の学校を設立する」必要があると訴えた。

こうした意見は、一八一八年に議会から承認された。この年、北西部領地の一部をアイルランドからの移民の居住地として正式に割り当ててほしいというアイルランド系アメリカ人組織の請願を、議会が却下したのである。議会がこうした決定を下したのは、そのような行為が国を分裂させると考えたからであり、マーカス・ハンセンが述べたように、「アメリカの移民政策の歴史のなかで、この決定はおそらく何よりも重大な意味をもつだろう」。これを徹底させるために、議会はその後、英語を話す人間が過半数を占める場合のみ、新しい州を認めるようになった。

このように、アメリカの政策は同化には分散が必要だという考えにもとづいてきた。実際、どんな移民グループでも、まずはその民族の足がかりが築かれ、やがて同胞がやってくるにつれ、その拠点が拡大して民族の集まる居住地へと発展する。ほとんどの移民の居住地は都市部につくられ、大都市は複数の異なった移民集団をかかえるようになる。こうした集団が多様にあり、グループ間に対抗意識があったため、そのいずれかが文化的または政治的にその界隈を支配するという事態にはならず、移民はみな英語を使いこなそうとするようになった。

そのうえ、流入してくる移民の数が減り、二世から三世へと世代が交代するにつれ、集団内で上昇志向のあるメンバーは居住地から抜けだしていった。その結果、北西部および中西部の大都市で見られた現象こそ、サミュエル・ルーベルが「都市のフロンティア」と名づけたものであり、都市の特定の区域では、世代が交代するごとに一つの移民集団が次の移民集団と入れ替わっていった。

一九六五年以後、ヒスパニック系移民がこうした歴史的な分散パターンから大きく逸脱するようになり、キューバ人はマイアミ一帯に集中し、メキシコ人は南西部、なかでも南カリフォルニアに集まるようになった。しかし、若干の例外はあるものの、一九六五年以後もそれ以外の移民に関しては、多様性のほかに分散という特徴が見られた。移民は実にさまざまな国からやってくる。同国人は一緒に固まるが、マイノリティの多い界隈もまた雑多に入りまじっており、その構成は変わる。

一九九五年から九六年には、ニューヨーク市の移民の一八パーセントは旧ソ連の出身であり、一七パーセントはドミニカ共和国、一〇パーセントは中国からきていた。一九九〇年代末になると、ニューヨークの移民地区は一般に多種多様な国の人びとで構成され、特定の民族が人口の一五パーセントから二〇パーセントを占めることはなかった（ロウアー・イーストサイドだけは例外で、住民の五一パーセントが中国系だった）。このニューヨークの例を要約して、ジェームズ・ダオは一九九九年にこう結論した。「今日の移民は、ヨーロッパから最後に大量移民の波が押し寄せたころ以上に多くの国からやってきて、より多くの言語を話す。貧富の差も大きく、上層部には高学歴や高度な技術をもつ人がいる。彼らはかつての移民よりも同質の人が集まる居住地を避け、市内のあちこちに分散している」[*2]

このパターンなら、同化は大いに促進されるはずだ。一九九〇年に、一つの国からの移民がとりわけ集中している郡では、外国生まれで英語が堪能な人は一一パーセントだけだった。多様な民族で構成されている郡では、外国生まれの移民の七四パーセントが英語に堪能だった。建国の父たちは正しかった。分散が同化のための鍵なのだ。

不連続性

ネイサン・グレイザーも言ったように、アメリカは「つねに移民の国であったわけではない」。移民の国であるだけでなく、移民を支援する移民フォーラムによれば、「アメリカは土着主義《ネイティビスト》の国でもある」

一八七〇年代から一九六〇年代までの一世紀間に、初めは法律でアジア人の移民が制限され、やがてそれが禁じられ、四〇年にわたって移民は全般的にごく少数にかぎられてきた。アメリカは移民の国であるのと同じくらい、断続的に移民を制限してきた国でもあるのだ。移民のレベルはまちまちであり、ロバート・フォーゲルが指摘するように、周期的なパターンをとりやすい。

一八四〇年代、五〇年代の移民の波は南北戦争で終わり、一八八〇年代になるまで移民の数が再び以前の域に達することはなかった。人口一〇〇〇人当たりの移民の割合は、一八四〇年代と五〇年代はそれぞれ八・四人と九・三人だったが、一八六〇年代と七〇年代には六・四人と六・二人に減少し、一八八〇年代に九・二人に増えた。アイルランドからの移民は一八四〇年代と五〇年代には七八万人と九一万四〇〇〇人だったが、その後の数十年間は平均五〇万人以下になった。

ドイツからの移民は一八五〇年代に九五万一〇〇〇人だったが、つづく二〇年間に七六万七四六八人と七一万八一八二人に減少し、一八八〇年代になって再び盛り返したが、それ以降は一〇年間に五〇万人以下に急減した。全体として、世紀の変わり目の移民の波は一八八〇年代に一つのピークに達し、一八九〇年代にアメリカが景気後退に見舞われたこともあって減少し、それから新たな頂点に達したが、第一次世界大戦によって中断された。戦後しばらくのあいだ、また最高を記録したが、一九二四年に移民法が制定された結果、大幅に減少した。

この減少は同化に絶大な効果を発揮した。リチャード・アルバとビクター・ネーの主張によれば、一九二四年以降の「四〇年にわたり、安定した大規模な移民の流れが阻害されたため、エスニックの共同体と文化は時代とともに着実に弱体化していった。個人および家族の社会的移動性が、とりわけアメリカ生まれのエスニックの移動がこれらの共同体を衰退させ、彼らが支えてきた文化を蝕んだ。彼らに取って代わる新たな移民もほとんどこなかった。時とともに、世代も移民一世から二世、三世へと変わっていった」

それに反して、現在のように大量の移民が持続的に流入すると、「ヨーロッパからの移民の子孫が直面した民族的な環境とは根本的に異なった状況がつくりだされる。新たなエスニックの共同体は文化的な活気にあふれ、制度的にも豊かで、大規模なものでありつづける可能性がきわめて高いからだ」

ダグラス・マッシーはこう結論する。既存の条件下では、「国外から新たにやってくる人数のほうが、アメリカにおける二世や三世の成功、社会的移動性、異民族間の通婚を通じて新しい民族文化がつくりだされる割合に勝る傾向にある。その結果、民族としての特徴は二世や三世よりも、むしろ新たな移民に左右されるようになり、送りだす国の言語、文化、生活様式にたいする民族的なアイデンティティのバランスを変えていく」

現代の波は一九六〇年代後半から一九七〇年代前半に徐々に始まり、一九六五年までは年間三〇万人未満だったのにたいし、それ以降は平均して年間四〇万人ほどが移民してくるようになった。一九七〇年代後半から一九八〇年代前半には、さらに年間六〇万人まで増え、一九八九年になると一挙に一〇〇万人を超えた。一九六〇年代には、三三〇万人の移民がアメリカに入国しており、一九八〇年代にはその数が七〇〇万人になり、一九九〇年代になると九〇〇万人以上になった。

アメリカの人口に占める外国生まれの人の割合は、一九六〇年には五・四パーセントだったのが、二〇〇二年には二倍以上に増えて一一・五パーセントとなった。移民の数は年によって異なるが、新しい世紀の初めにあたって、その数が減少している兆しはほとんどない。したがって、アメリカはその歴史でかつて例を見ない事態に遭遇しているようだ。移民の数が高いレベルで推移するという現象である。

以前の二度の移民の波のうち、一度目は戦争の勃発とジャガイモ飢饉の終結によって下火になり、二度目は戦争および移民規制の法律によって衰退した。今後も大規模な戦争がつづけば同じような影響がでるだろうし、アメリカが深刻な景気後退に見舞われれば移民を惹きつける誘因が減り、移民制限にたいする支持も高まるだろう。

対テロ戦争、アメリカの景気下降、ビザの発給数の削減によって、合法および非合法の移民の数は二〇〇〇年三月から二〇〇一年三月の二四〇万人という異常に高い数字から、二〇〇一年三月から二〇〇二年三月には最終的に一二〇万人に減少した。

だが、二〇〇二年十一月に、ある専門家がこう結論している。「二〇〇〇年に始まった景気減退または二〇〇一年の同時多発テロが、移民の動きを大きく減速させたという証拠はない」。アメリカが関与する戦争の深刻さ、規模、または回数がいちじるしく増えないかぎり、毎年一〇〇万人を超える移民がアメリカに入国しつづけるだろう。それでも、同化はまだ進むだろうが、過去の移民の波のときよりも緩慢で、不完全なものになるだろう。

戦争

アメリカの戦争に従軍したことによって、この国に生まれながら疎外されてきた人びとが完全な市民権獲得を目指す運動は勢いづいた。一八二〇年代に、土地をもたない白人男性に選挙権が与えられるのは、彼らが「国を守るために、他の人びとに劣らず惜しみなく血を流した」からだと言われた。マサチューセッツ第五四歩兵連隊によるワグナー要塞の襲撃や、北軍に従軍した二〇万人の黒人兵による同様の働きを見て、フレデリック・ダグラスはこう主張した。「黒人はこれまでの活躍ぶりからして選挙権をもつに値する。彼らは戦うことによって、また北軍兵士がいればどこへでも救援に駆けつけることによって、反乱を鎮圧するのを助けた……マスケット銃をかついで国旗のために戦うことを知っているなら、政府のために戦えるなら、黒人には投票できるだけの充分な知識がある」。この主張は、のちに第二次世界大戦で黒人兵士が活躍したことでさらに裏づけられ、それが一九五〇年代と六〇年代に人種差別撤廃と公民権のための運動を盛り上げることになった。

同じように、戦争は移民の数を減らすだけでなく、アメリカへの忠誠を示す機会を与え、後押しすることによって、同化を促進した。いつでも戦える姿勢と、いざとなれば戦死も厭わない覚悟が、新しい祖国への帰属意識を高め、移民をアメリカ社会の正式な一員として迎えることに反対するネイティビストや移民反対派の抗議を不可能ではないにしろ、難しいものにした。真珠湾攻撃のあと、ユダヤ人の友人らとともに志願兵となったあるメキシコ系アメリカ人が、のちにこう述べた。「われわれはみな身をもって証明しなければならなかった。ヒスパニック系以外の白人以上にわれわれのほうがアメリカ人であることを見せるのだ」。改宗者は信仰を立証したがるものなのだ。それでも、彼らはやはり相反する忠誠心によって引き裂かれるかもしれない。米墨戦争では、アイルランド移民の一部はアメリカ軍を脱走してカトリック教徒側に加わり、メキシコ軍のなかでサン・パトリコ大隊を結成した。南北戦争では、アイルランド人は黒人をライバル視していたので、多くの人が南部連合を支持した。アイルランド移民は、一八六三年の徴兵にたいする反乱の中心となった。とはいえ、およそ一五万のアイルランド移民が北軍に従軍し、「戦闘的な」第六九連隊をはじめとするアイルランド旅団が戦場で功績をあげ、フレデリクスバーグの丘陵地では南軍の砲弾を浴びながら果敢に攻撃するにいたって、反アイルランドを掲げたノウ・ナッシング党の組織的な移民排斥運動は終わりを告げた。

第一次世界大戦はドイツ系アメリカ人にとって苦悩の日々となった。彼らはアメリカの中立政策を積極的に支持し、アメリカの上層部のイギリス寄りの感情に対抗しようとした。一九一四年から一七年のあいだ、彼らはアメリカでますます高まる激しい反ドイツ感情に耐え、ドイツ政府の行動に苦しんだが、しだいに避けたいと願っていた選択を刻々とせまられていった。一九一七年には、ドイツ系アメリカ人社会の指導者たちは決断を下した。平和を望みつつも、彼らは「一〇〇パーセント・アメリカ人だった」からだ。

外国生まれのドイツ人はこぞって市民権を申請し、徴兵を受け入れた。戦争によってドイツ系アメリカ人は、もはやドイツ系という言葉をハイフンでつないだ（German-American）アイデンティティは維持できないと悟った。彼らはそこで、ただのアメリカ人になり、そのように受け入れられた。

第二次世界大戦では、「アメリカ軍の歴史において最も多くの勲章を受けた部隊」である第四四二連隊戦闘部隊の功績が日系アメリカ人の愛国心を劇的に示し、一般のアメリカ人のあいだに日系人を強制収容所送りにしたことへの罪悪感をかきたて、それはやがてアジア系移民にたいする規制の撤廃につながった。二度の世界大戦中、アメリカの指導者とアメリカの宣伝機関は、この戦争はあらゆる人種と民族からなり多様な経歴をもつすべてのアメリカ人の戦争であり、この国とその価値観にたいする重大な脅威と戦うものだと強調しつづけた。

ジョン・J・ミラーによると、一九一八年七月四日にニューヨーク市で目を見張るようなパレード——より正確に言えば野外劇《ページェント》——が挙行された。何十万人もの観衆が見守るなか、七万人以上の参加者が五番街を行進した。そこにはあらゆる人種のアメリカ人と連合国の代表（アメリカの独立記念日の儀式に参加した最初のイギリス軍部隊を含む）が参加していた。だが、このページェントの中心的存在は、ニューヨークの移民社会から参加した四〇以上の代表団だった。彼らの規模はハイチ人の一八人から、イタリア人、ユダヤ人の各一万人までさまざまであり、しかも彼らは参加を希望した三万五〇〇〇人のイタリア人と五万人のユダヤ人から選抜されていた。

その他の代表団には、「アメリカがわれわれの父祖の地」および「ドイツ生まれ、アメリカ製」と書かれたプラカードを掲げるドイツ系アメリカ人や、ギリシャ人、ハンガリー人、アイルランド人、セルビア人、クロアチア人、スロベニア人、ポーランド人、それに「アンクル・サムはわれわれのおじさん」と書かれた横断幕をもつリトアニア人などがいた。ロシア人は赤と白と青の衣装をまとい、ベネズエラ人は国歌を演奏し、中国人は野球チームを目玉にした。

『ニューヨーク・タイムズ』の記者は次のように書いた。「ときには鮮やかな衣装に飾られ、ときには厳《おごそ》かな雰囲気で行進する市民の行列が延々とつづくこの万華鏡のような長いページェントは、見物人たちにその意義を痛感させるものだった。その行列のなかで、戦う今日のアメリカの姿が徐々に織り上げられていった――多くの血が混ざりながら一つの理想をかかげる国の姿が」

９・11のあと、アラブ人とイスラム教徒を含め、あらゆる移民が国への忠誠を口にし、国旗を掲げた。在留外国人は軍隊の五パーセントを占め、中南米からの移民はアフガニスタンとイラクにおける戦闘犠牲者のなかで群を抜いていた。だが、大きな戦争によって大規模な動員がなされ、それが長年つづかないかぎり、現代の移民にはかつての移民のように、アメリカへの帰属意識と忠誠心を示す機会もその必要もないのである。

アメリカの社会――アメリカ化は非アメリカ的

一九六三年に、グレイザーとモイニハンがこう問いかけた。「現代のアメリカにおいて、人は何に同化するのか」と。一九〇〇年であれば、答えは明確だった。同化はアメリカ化を意味していたからだ。二〇〇〇年になると、その答えは複雑で矛盾して、曖昧なものになった。アメリカのエリートの多くは、もはや自分たちの本流をなす文化の美徳に自信をなくし、そのかわりに多様性の原則とアメリカ国内にあるすべての文化の同等な有効性を説くようになった。

「移民は画一的な一枚岩のアメリカ文化を奉じる社会に入るのではない」と、一九九四年にメアリー・ウォーターズは述べた。「むしろ、それは意識的に多元的な社会であり、そこではさまざまなサブカルチャーと、人種や民族ごとのアイデンティティが共存している」。アメリカが多文化主義の国になったとなれば、移民は自分たちが出会ったサブカルチャーのなかから文化を選ぶこともできれば、独自の文化を保持しつづけることもできる。アメリカの中心的な文化に同化することなく、アメリカ社会に同化することもできるだろう。同化とアメリカ化はもはや同じではないのである。

第一次世界大戦前に移民が大量に流入したときは、前述したように、行政、経済界、慈善団体が彼らをアメリカ化するために多大な努力を重ねた。二十世紀末の移民の波が、それに類するものを引き起こすことはなかった。バーバラ・ジョーダン下院議員と彼女が委員長をつとめる移民改革委員会だけが、アメリカ化を促進するための「移民政策」を声高に主張したが、同委員会が一九九七年にだした控えめな勧告はあまり問題にされなかった。二十世紀初めの状況とはまるで異なっていたのだ。

第一に、移民に関する議論はほぼ完全にそれにかかる費用と利点、および財政面に与える影響に集中していた。昔は、同化をともなわない移民がアメリカの社会的な団結と文化の保全におよぼす結果が議論の中心だったが、いまではそれらはほとんど無視されるようになった。

第二に、同化は多かれ少なかれ自動的に進むのだと、暗黙のうちに思われていることが多かった。移民はアメリカにいるだけで、アメリカ人になる。したがって、アメリカ化を推進するためにわざわざ苦労する必要などないという考えだ。第三に、アメリカ化は望ましくないという見方もあった。これはアメリカの思想また政治の歴史における新しい現象である。「急進的なアメリカ化プログラムはきわめて非アメリカ的なものになるだろう」と、著名な政治理論家マイケル・ウォルツァーは主張した。「アメリカには国として一つの運命などない」と。

別の学者によれば、アメリカニズムは「人種主義、性差別主義、階級支配、宗教的寛容、および民族的な純潔を暗示している」。社会学者のデニス・ロングは一九八九年に次のように結論している。「今日では、自民族中心的な過去の悪習のように、新しい移民の『アメリカ化』を主張する人はいない」。ジョーダンをのぞけば、政界の指導者にもアメリカの最も新しい移民をアメリカ化するプログラムを推進する人はほとんどいなかった。

その結果、二〇〇〇年に二一〇〇万人の移民が英語をうまく話せないと答えたにもかかわらず、こうした需要に応えるための政府のプログラムと財源は不足していた。二〇〇二年にマサチューセッツ州では、人口の七・七パーセントに相当する四六万人ほどが英語をうまく話せず、そのうち二つの市ではその割合が三〇パーセントを上回り、一五パーセント以上のところも数市を数えた。これは「英語の訓練やその他の社会福祉事業を実施する州の能力」を試すものだった。第二言語として英語を学ぶコースに申し込んだ人は、二、三年は待たなければならなかった。

一九九〇年代の経済界の役割は、一九〇〇年代初期のそれとは異なっていた。進歩主義の時代と同様、二十世紀末の経済界は、労働者が英語を学ぶのを手助けすることは望ましいと考えていた。とりわけ顧客や依頼主とかかわる社員には英語の能力が欠かせなかった。社会人教育プログラムに登録している人のかなりの割合が、第二言語として英語を学ぶ移民であり、多くの企業は従業員のための英語教育に補助金を拠出していた。

だが、全体としては、そうした企業の努力は第一次世界大戦以前の企業のそれとはくらべものにならなかった。企業が英語教育を援助するのは、各社の直接的なニーズにせまられてのことであり、アメリカ化全般に配慮した結果や、幅広いアメリカ化の運動の一環としてではない。経済界が総じてアメリカ化に幅広い関心を示さないのは、おそらく一つには企業が国際的な活動に従事しており、指導者たちがトランスナショナルかつ世界主義的なアイデンティティをもっていることを反映しているのだろう。一九〇〇年代の初めに、フォード社はアメリカ化を推進する企業のリーダー的存在だった。一九九〇年代になると、フォードはかなり公然と自社をアメリカの会社ではなく多国籍企業として定義するようになり、二〇〇二年には経営幹部の何人かはイギリス人になった。

かつての企業は、自社の製品を効率よく製造する人間に移民を仕立てることに主に関心があり、彼らをそうした製品の購買者にすることは考えていなかった。だが、一〇〇年たった消費社会では、移民の数も購買力も拡大しており、企業は移民社会という成長市場を惹きつけなければならなくなった。一九九〇年代に、移民とマイノリティ・グループの購買力は年間一兆ドルと推定されており、アメリカの企業は「広告費に年間二〇億ドル近く」を費やし、「自分たちの文化的遺産の目印となるものを獲得しようとする人びと」に製品を売るようになった。エスニックの製品や工芸品やアイデンティティが、「いまやわれわれの主流の企業文化によって支えられ、振興すらされているのだ」。企業は外国語を使って、移民の労働者に製品を売った。

第一次世界大戦前は、民間の非営利団体の多くがアメリカ化のための活動にかかわっていた。一九六五年以降も多くの団体は移民を援助したが、移民のアメリカ化を促進するという目的は、いまやそれが中心的な目的だったかつてとはほど遠いものになっている。アメリカ生まれの人びとが創設した団体で、特定の移民集団と民族的なつながりをもつ組織は、一般的なアメリカのアイデンティティを育むのではなく、むしろその民族集団のアイデンティティの発展に力を入れた。ヒスパニック・グループや非白人組織の指導者は、支持者に人種的なマイノリティであることを意識させ、政府のプログラムによる特別な給付の対象となるように勧めた。フォード財団が創設し資金を提供したメキシコ系アメリカ人正当防衛基金といった組織は、会員もいないまま、移民集団のアイデンティティを維持し、移民集団の意識を高め、移民集団の権利を主張することに関心をもつようになった。

ピーター・スケリーが示したように、現代の政治的な動きはメキシコ系アメリカ人をその他のグループから孤立させる方向にある。マイケル・ジョーンズ＝コリアは、ニューヨークの民主党系のある組織がいかにラテン系移民に便宜を与えることに関心がないかを述べた。実際、マイノリティ・グループの政治問題は、移民に関する政党の政策を様変わりさせてしまったのである。

二十世紀初頭には、連邦政府も州政府も地方自治体もしばしば競いあいながら、新たな移民のアメリカ化にかなりの予算を割いた。それに反して二十世紀の後半には、アメリカ化を促進させようとする政府の事業は及び腰で、逆効果になることも多かった。アメリカ政府ほど、移民が出身国の言語と文化とアイデンティティを保持しつづけることを奨励する政府は世界にまず存在しないだろう。集団の権利とアファーマティブ・アクション・プログラムに好意的なこの雰囲気によって、ヒスパニック系やアジア系の移民は独自の民族的アイデンティティを維持するのが容易になった。二〇〇〇年には外国生まれの人のおよそ七五パーセントが、また一九九〇年代の移民のおよそ八五パーセントが「恵まれない」人と見なされ、アファーマティブ・アクションの対象とされた。彼らがアメリカの歴史において差別されてきたはずはまったくないのだが。

ジョン・ミラーが述べているように、「集団の権利をもてはやすことが、いまも移民のアメリカ化を阻害するきわめて深刻な脅威となっている」のだ。集団の権利を重視するあまり、新たにやってきた移民に、アメリカ生まれの人以上の特権を与えているわけである。それと同じようなかたちで、スケリーが強調したように、アメリカ政府は選挙区を決めるさい、市民だけに限定せずに、不法滞在者も含むすべての人口をもとに割り当て、「腐敗選挙区」を成立させた。結果として、こうした選挙区の有権者数は、他の選挙区にくらべてはるかに少なくなった。そのうえ、選挙区はかならずヒスパニックが多数派になる選挙区ができるように線引きされており、それによって移民集団が他のグループと折り合いをつけることを奨励するのではなく、彼ら独自の利益を制度化できるようになっていた。

昔は、公立学校がナショナル・アイデンティティを推進するうえで中心的な役割をはたしていた。二十世紀末になると、学校は統一よりも多様性を奨励するようになり、移民にアメリカの文化、伝統、慣習、および思想を教えることにはほとんど力を入れなくなった。

アメリカの教育にはときとして生徒を無国籍化させる効果もあった。一九九〇年代初めにサンディエゴの高校生を調査したある研究によれば、高校で三年間を過ごしたのち、自分を「アメリカ人」だと考える生徒の割合は五〇パーセント減少し、アメリカに帰化した人間だと考える生徒の割合も三〇パーセント減って、他国の国民性をもつ人間（圧倒的にメキシコが多い）だと考える割合は五二パーセント上昇した。生徒の回答結果は「反動的なエスニック意識が急速に高まってきたことを示している」。この研究をした社会学者ルーベン・ランボーはこう結論する。「したがって、時代とともに起こった変化は、主流派のアイデンティティ（帰化した人を含む）への同化の方向ではなく、むしろ移民のアイデンティティへの回帰であり、大派閥としての移民アイデンティティの価値を維持する安定策だった」

高校で無国籍化を免れたとしても、学生は大学でまたそうした影響をこうむるかもしれない。カリフォルニア大学バークリー校では、多くのマイノリティおよび移民の学生が「高校ではヒスパニック系以外の白人が大多数を占める環境にすっかり同化していたので、自分がマイノリティ・グループの一員だとは考えていなかったと述べている」。しかし、バークリー校に入ってからは、これらの学生も「自らを異なった目で見る」ようになり、民族的および人種的なアイデンティティをもちはじめた。あるメキシコ系アメリカ人に言わせれば、彼は「ここバークリーで生まれ変わったのだ」。民族および人種の多様性を重視する社会には、移民に先祖から受け継いだアイデンティティを維持させ、再確認させる強力な誘因があるのだ。

かけもち組と二重国籍

私は次のことを正式に誓います。

（一）合衆国憲法を支持し、（二）申請者である私がかつて臣民または国民であった他国のいかなる君主、支配者、国家、または自治共同体にたいする忠誠と忠節も無条件かつ完全に放棄および断念し、（三）国の内外を問わずすべての敵から合衆国の憲法と法律を擁護しかつ支持し、（四）合衆国の憲法と法律にたいして心底からの信念と忠誠を抱き、（五）法律で求められれば（A）合衆国のために武器をとるか、（B）合衆国軍に非戦闘要員として従軍するか、（C）文官の指示のもとで国として重要な作業に従事することを誓います。

（移民および国籍法　第三三七条二項、現行法律集　第一四四八条a項）

一七九五年に議会はアメリカ国民になりたい人にたいし、この宣誓を義務づけた。二〇〇年以上を経たのちも、この宣誓はまだ必要とされていたが、二〇〇三年に連邦政府はこの文言を書き換え、より穏便な内容にする運動を始めた。当初の形式では、この宣誓は市民権に関する二つの中心的な観念を示している。第一に、市民権は両立しないということだ。人は市民権を変更することはできるが、一度に二つ以上の市民権を保持することはできない。第二に、市民権は一国の政府によって付与された特殊な身分であり、そこには市民を市民以外の人と区別する権利と義務がともなうということだ。

二十世紀末に、市民権のこうした概念はいずれも、大量の移民と脱構築主義運動の双方の影響を受けて蝕まれていった。両立不可の原則がくつがえされたのは、二重の忠誠、二重のアイデンティティ、二重国籍を強力に推進する政治勢力の出現があったからだった。市民だけの特殊な身分は、市民の権利と特権が非市民にも拡大されたことによって曖昧になり、また市民権は国家によって与えられる一国内の身分ではなく、諸国家にたいする個人の、国を超えた権利であり、どこへ住もうとたずさえていかれるという主張によっても、市民と非市民の格差は縮まった。こうした傾向はヨーロッパでもアメリカでも見られた。

しかし、アメリカではそのナショナル・アイデンティティの性質ゆえに、こうした傾向の重要性と影響は他の西洋諸国以上に大きかった。ここ数十年間に、アメリカの国籍を取得する移民の割合は大幅に減少し、帰化した市民のなかで、他国の国籍をもつ人の割合は大幅に増えた。これらの傾向はみな、アメリカの市民権の価値が低下していることを示している。

今日でも、多くの移民は転向者のタイプにあてはまり、とりわけ旧共産圏の国からきた移民はその傾向が強い。その他の移民は滞在者タイプになるが、以前とくらべるとその割合は少ないようだ。かなりの数の移民——正確にどれくらいかを述べるのは不可能だが——は、かけもちの状態にある。「われわれのような人間は、二つの世界の良いところを得ている」と、ある人は言った。「われわれには二つの国と、二つの家がある。どちらかを選ぶことなど無意味だ。われわれはどちらでもあるのだ。対立しているわけではない。ただ人間としての事実なのだ」

学者はこうした人びとを「永続的な中間者」、「超移民」、「多国籍者」、「二国のはざま」、いので、出移民《エミグラント》や「移住者《マイグラント》」と呼ぶが、「一つの立場から別の立場へと入れ替わりはしな入移民《イミグラント》」とは言わない。彼らは「両方の世界に足を突っこんでいるのだ」

地理上の都合から、かけもち組は圧倒的に中南米とカリブ海域の人が多い。週末には故郷へ戻り、好きなときに家族に電話をかけられるということはつまり、「時間と距離はラテン系の移民にとって、かつてのヨーロッパからの新参者が感じていたのとは別の価値をもっている……自由の女神像はヨーロッパからの移住者の象徴なのだ。あの像は終着点をあらわしているからだ。ラテン系の移民に終着点はない」

国という枠組みを超えてかけもちのアイデンティティを創造し維持するのは、移民がそれぞれの出身国の人口にたいしてかなりの比率を占めるかぎり容易である。これは特に西半球の多数の国に言えることだ。一九九〇年に、以下の国々の人がアメリカに在住する割合は次のとおりだった。

ジャマイカ	二三・〇パーセント
エルサルバドル	一六・八パーセント
トリニダードトバゴ	一六・〇パーセント
キューバ	一一・三パーセント
メキシコ	九・四パーセント
バルバドス	九・二パーセント

出身国とくらべて移住先の社会の規模が大きければ大きいほど、移住者と出身国政府の双方にとって両国間のつながりを強化しようとする機会と誘因は増大する。

昔から、ある国の一地方出身の移住者は、別の国の一地方に集まることが多かった。いまでは双方の地方の人びとが、国を超えた一つの共同体の一員となりうる。出身国の共同体と同じものがアメリカでも再び形成されるのだ。ドミニカ共和国のミラフローレス（人口四〇〇〇人の村）の住人の三分の二は、ボストン付近に親戚がいる。彼らはボストンのジャマイカプレインの一地区を占拠して、そこでペギー・レビットが言うように、「新しい環境が物理的および文化的に許すかぎり、移住する前の生活を再現」しており、彼らの住居はミラフローレスの家に似せて飾られている。北のミラフローレスと南のミラフローレスとのかかわりは濃密であり、よく維持されている。

「ボストンと［ドミニカのある］島とのあいだは誰かがかならず行き来しているので、物資もニュースも情報も絶えず流れつづけている。その結果、誰かが病気になったとか、浮気したとか、ようやくビザが下りたといったニュースは、ミラフローレスの通りと同じくらい、ジャマイカプレインでもすみやかに伝わるのである」。同様に、「（メキシコの）チナントラの人口は、その小さな町とニューヨーク市のあいだできっかり二分割されているが、チナントラの人はいまでも自分たちは一つの共同体だと考えている。こちらに二五〇〇人、向こうに二五〇〇〇人、と」

一九九〇年代には、メキシコのカサブランカに住む五八〇〇〇人のうち半数以上がオクラホマ州タルサに移住し、元の町は存続の危機に瀕した。一九八五年には、エルサルバドルのインティプカの住民の二〇パーセントがワシントンDCのアダムズモーガン界隈に移り住んだ。人口三万人のアイオワ州マーシャルタウンでは、メキシコのビヤチュアアート（人口一万五〇〇〇人）出身者九〇〇人が、従業員数一六〇〇という町最大の勤め先、スウィフト・アンド・カンパニー精肉工場で働いていた。ライアン・リッペルはこう指摘した。「これらの労働者にしてみれば、アイオワは新しく移り住んだ場所ではなく、単なる遠い通勤先であり」、マーシャルタウンの「精肉業」はビヤチュアアートの「存続維持」に「中心的」な役割をはたしているかのようである。

国という枠組みを超えた村は、共同体の双方の土地に存在する社会的、宗教的、政治的な団体によって結びついている。なかでも重要なのは、受入国のある地域に住む人びとが、出身国のある地域を援助するために結成する団体である。ボストンに住むミラフローレスの人びとは、ミラフローレス開発委員会を創設して故郷の村の現状を改善することにした。同委員会は一九九二年から九四年のあいだにこの目的で七万ドルを集め、その使い道はミラフローレスにある受入側の委員会にまかせている。この点に関しては、メキシコのトランスナショナルな共同体が特に積極的だ。

こうした出身地ごとの集まりであるクルベ・デ・オリウンドはおそらく二〇〇〇団体ほど

存在し、会員数は数十万人にのぼるだろう。こうしたクラブは、ロバート・ライケンが示したように、アメリカにいる会員の利益をさまざまなかたちで促進するだけでなく、「出身国の共同体との確固たる結びつきと、その文化、慣習、言語および伝統との絆を維持する方法も提供する」

ある面では、アメリカ国内にあるこうしたトランスナショナルな地域は、十九世紀半ばに植民されたドイツ移民の共同体に似ている。だが、一つだけ決定的な違いがある。後者はドイツ内にある彼らのルーツとかなり疎遠になっていたことだ。彼らは本当の意味で植民だったのであり、「アメリカのドイツ人」と自らを定義していた。現代のラテンアメリカのかけもち組は、二つの社会に根ざしている。彼らは「アメリカのメキシコ人」と「メキシコのメキシコ人」なのである。

二つの言語を話し、二つの家をもち、そしておそらくは二つの国に忠誠をつくすかけもち組の数が増えたことによって、二重国籍の維持に向けた運動が起こった。二十世紀末期に、アメリカの市民権をもちながら、他国の国民でもある人の数が急速に増えたことには、少なくとも二つの理由がある。第一に、複数の市民権を許可または黙認する国の数が増えていることだ。一九九六年には、中南米の一七ヵ国のうち七ヵ国が二重国籍を認めていた。二〇〇〇年になると、一七ヵ国のうち一四ヵ国になった。スタンリー・レンションの推計によると、二〇〇〇年には程度の差こそあれ、九三ヵ国ほどが二重国籍を公式または非公式に認めていた。

第二に、アメリカへの移民の多くが二重国籍を許可する国からやってくることだ。一九九四年から九八年のあいだに、アメリカに移民を送りだした上位二〇ヵ国のうち、一七ヵ国までが二重国籍を認めていた（例外は中国とキューバおよび韓国）。この五年間に、これら上位二〇ヵ国から二六〇万人以上の合法的な移民がやってきて、そのうち二二〇万人以上（八六パーセント）は多国籍を認める国の出身だった。二重国籍を認める国からの移民は、外国籍を獲得すると既存の国籍を失う恐れのある国の出身者よりも、アメリカの市民権を取得する確率が高い。そのうえ、アメリカでは毎年、二重国籍をもつ市民が五〇万人ほど誕生している。子供のいずれかの親が、血統主義の原則により、出生地にかかわらず、自国民の子に国籍を付与する国の国民だからだ。

二重国籍への動きは二つの原因から生じる。一つは、かけもち組が出身国の政府に働きかけて、その国の国籍を維持できるように運動してきたことだ。中南米諸国では、メキシコ、コロンビア、エクアドル、およびドミニカ共和国からの移民にそれが明らかに見られた。彼らは選択を回避して、二つの国の社会に法的、経済的、政治的、社会的に関与することを望んだ。

もう一つの原因は、マイケル・ジョーンズ＝コリアの言葉を借りれば、ボトムアップではなくトップダウン式のもので、すなわち送りだした国の政府にある。これらの政府は、第一に国外へ移民する人が出身地との結びつきを維持することを勧め、とりわけ故郷に残る家族や出身地に送金することを奨励したがる。第二に、送出国の政府は移民する人がアメリカ国民になり、アメリカの政治過程に参画し、送出国の利益を推進するようになることを望んでいる。二〇〇一年に報告されたところによると、「アメリカ国内のメキシコ在外公館は、アメリカ国内にいるメキシコ国民がアメリカの市民権を取得して帰化し、その一方でメキシコ人としての国籍も維持することを勧めている」。ブラジル、コスタリカ、エルサルバドル、パナマ、およびペルーでは、二重国籍をもつように政府が後押ししている。

送出国が二重国籍を認めると、その国民がアメリカに帰化する割合は倍増するが、その増加率が高いのは、移民自身が率先して二重国籍をもとうとする国の人びとのほうだった。したがって、これらの人びとは、母国への忠誠を放棄するという虚偽の宣誓をすることによってアメリカの市民権を得ているのだ。実際には、彼らがアメリカ国籍を取得するのは、母国への忠誠を維持できるからだ。それが可能なのは、放棄宣誓に含まれている両立不可の原則を、アメリカが現実には断念してしまったからなのだ。アファーマティブ・アクションと二言語教育のときと同様、非公選の裁判官と行政官が従来の強制的な政策をこのように変化させ、のちに議会がそれを承認することになったのである。

二重国籍をもつアメリカ国民の数を正確に把握することはまず不可能だ。だが、一九八〇年代末に、フランスではフランスとアルジェリアの二重国籍をもつ人が一〇〇万人いるとされ、西欧の二重国籍者の総数は三〇〇万から四〇〇万人と推定されていた。したがって、一九九〇年代末にアメリカの二重国籍者を七五〇万人と見積もったネイサン・グレイザーの推計は信憑性がありそうだ。それが事実だとすると、二〇〇〇年にはアメリカにいる外国生まれの市民一〇六〇万人のうち、四分の三近くが他国の国民でもあることになる。

二重国籍をもつアメリカ人が、出身国の政治にどの程度まで関与できるかは、国ごとに異なる。ブラジルやコロンビアのような場合は、アメリカ国内にある母国の在外公館で投票することができる。国によっては、投票するには祖国へ戻らなければならない場合もある。さらにメキシコのように、メキシコ国民と認めても、そこには他の理由があり、投票のためではないケースもある。二重国籍をもつ市民が出身国の政治に実際に参加できる度合いも、やはり大きく異なる。投票の可否は、おそらくあまり重要ではないのだろう。二重国籍者がアメリカ国内にある出身国の在外公館で投票できる場合でも、投票率はきわめて低いことが多いからだ。

ニューヨークに住む二〇万人のコロンビア人のうち、一九九〇年のコロンビアの大統領選挙に投票したのは三〇〇〇人にすぎず、一九九八年の上院議員選挙では一八〇〇人以下だった。一九九六年のロシアの大統領選挙では、マサチューセッツ州に住む約二万二〇〇〇人の選挙権をもつロシア人のうち、ごく少数しか投票しなかった。だが、二〇〇〇年のドミニカ共和国の大統領選挙では、何千もの人がドミニカに帰って投票した。

候補者や政党への寄付金は、投票以上に重要だ。メキシコ、ドミニカ共和国などの国々の候補者は、主としてアメリカ国内で資金集めをする。ジョーンズ゠コリアが言うように、「ロサンゼルスとニューヨークとマイアミは、いまでは中南米の政治家にとって、国政選挙だけでなく、州や地方自治体の選挙であっても、かならず遊説に行かなければならない場所となった」。ドミニカの選挙で使われた資金の一五パーセントは、海外にいるドミニカ人が拠出したと推定されており、ドミニカの主要政党の幹部が主張したところによると、一九九六年には現金による寄付の七五パーセントは海外からのものだった。「ニューヨークにいるドミニカ人はドミニカの選挙に合わせてドミニカの政治家のために何十万ドルもの資金を集め、その多くがワシントンハイツ、コローナ、あるいはブロンクス地区で開かれる一人一五〇ドルの夕食会で集められたものだ」

アメリカ在住の二重国籍をもつ市民が、出身国で選挙に出馬して行政職を目指すこともある。アンドレス・ベルムデスは一九七三年にメキシコから不法に移住し、アメリカで起業家として大成功をおさめ、二〇〇一年に生まれ故郷で市長に選出された。一九九七年にはニュージャージー州ハッケンサックの市議会議員がコロンビアの上院議員選挙に立候補し、当選すれば双方の職を兼任する予定だった。

こうした行動が示すように、二重国籍はかけもち組にとっても彼らの出身国にとっても有益である。それがアメリカにも利益をもたらすかどうかはわからない。それは明らかにアメリカの市民権がもつ意味とその実際面に大きな変化をもたらした。ヨーロッパでは伝統的に、臣民と君主または諸侯との関係は両立しえない永続的なものだった。イングランドでは、「ひとたび臣下となれば、いつまでも臣下」という考え方が一般的であり、一六〇八年のカルビン判例でそれが公式に表現された。この見解の根底にあるのは、人はただ一人の統治者の臣民にしかなれないという考えである。独立とともに、アメリカ人は永続性の原則は否定したが、両立不可の原則はそのまま残った。つまるところ、アメリカ人はこのとき忠誠をつくすのをやめる集団の権利を主張したのだ。

イギリスの臣民として生まれたアメリカ船の船員の強制徴募をめぐる論争においても、永続性はアメリカ側の利益に反するものだった。一七九五年の帰化法も、両立不可は肯定したが、永続性についてはやはり暗に否定していた。他国の臣民または国民には忠誠を誓う相手を変える権利があると主張した手前、アメリカ人が自分たちにその権利を否定することはまず不可能だった。しかし、その権利が正式に認められるには、南北戦争後まで待たなければならなかった。

連邦側は南部連合の諸州に国籍離脱（つまり連邦からの脱退）の集団権を拒否したが、これは一七七六年に植民地側が自分たちで主張したことだった。そこで、個人にたいしてはその権利を明確に合法とする必要があると考えられ、議会は一八六八年にそれを認めた。アメリカはこうして、事実上、国籍離脱は「基本的な人権」であると主張する最初の国になった。現在では、もちろんすべてではないが、多くの国によって受け入れられている権利である。

しかし、永続性が否定されたさいに、両立不可の原則が正式に否定されたわけではなかった。二十世紀に入ってもなお確かに、「国際法と慣習は二重国籍には好意的でなかった」。世紀の初めのさまざまな時期に、議会も国務省もやはり「二重国籍を思いとどまらせるか、あるいは阻止につとめた」。だが、一九六〇年代になると最高裁がこうした努力を制限しました無効にしはじめ、一九七八年に議会は「二重国籍をもつ市民がどちらに忠誠をつくすかを選ぶよう義務づける」いくつかの法律を廃止した。もっとも、議会が放棄宣誓を廃止することはなかった。

現実には、いまでは個人の市民権を政府が剝奪するのはほぼ不可能であり、当人自身も市民権を放棄するのは同じくらい難しい。市民権は再び譲渡や改変のできないものになったのだ。スタンリー・レンションが要約するように、「他国の国民としての責任を全うすることによって、アメリカ国民がアメリカの市民権を失うことはできない。そうした責任が第二、第三の市民権の獲得や、他国に忠誠を誓うこと、他国の選挙への投票、軍隊（戦闘任務に就いていても）に入ること……選挙に出馬して、当選すれば、公職に就くことを意味したとしても、その事態は変わらない」

レンションは、彼の知るかぎり、「世界のなかでアメリカだけが……自国の国民――生まれながらにせよ、帰化したにせよ――にこうしたことのすべてを許可している」と付言している。アメリカはこうして、永続性を否定して両立不可を支持する国から、永続性を支持して両立不可を否定する国へと変貌したのである。

同化のときと同様、市民権に関する議論でも比喩がさかんに用いられる。しかし、ここでは料理関連のものより、家族に関係するものが多い。二重国籍をもつことは両親がいるようなものだとか、二人の子供がいるようなものだと主張する人もいる。人はどちらにも忠誠をつくし、献身的になれるというわけだ。だが、永続性と両立不可の原則に関しては、結婚のほうが譬《たと》えとしてふさわしい。イスラム教徒の社会では、少なくとも男は永続性も両立不可も義務づけられていない。それにたいし、かつて西洋の社会では、どちらの原則も優勢だった。夫婦関係は「死が二人を分かつまで」一夫一婦制だった。だが、一夫一婦制は存続しつつも、時とともに離婚は受け入れられるようになった。一方、市民権に関しては、いまでは「重婚」も許容されるようになった。この変化は市民権の意味と重要性を根本的に変えた。

二重国籍は二重のアイデンティティと二重の忠誠を合法と認める。二つ以上の国籍をもつ人には、一つしか国籍をもたない人にとってそれが意味するほど、いずれかの国籍が重要になることはない。民主主義国家の活力は、国民が市民団体や社会生活や政治にどれほど参加するかによる。ほとんどの国民は一つの地域社会と一つの国の公共の事柄に関心を抱き、参加するように仕向けられている。彼らに第二の地域社会と第二の国の社会生活にかかわる機会と誘因を与えるということは、そのいずれかを無視して一方に専念するか、どちらにも少しだけ、断続的に参加するようになることを意味する。

そうなれば、市民権はアイデンティティの問題というよりも、むしろ役に立つかどうかの問題になる。ある目的やある状況には一つの国籍を利用し、別の目的や別の状況ではもう一方を使うといったぐあいである。その可能性こそ、かけもち組が二重国籍に感じている魅力なのだ。選択をせまられないということは、それに類するだけの忠誠と献身も必要とされないことを意味する。

二重国籍はアメリカにとって特別な意味をもつ。放棄宣誓に反映されていたのは、アメリカはどこか特別で異なった「山の上の町」であり、自由と機会と未来に向かっているという信念だった。アメリカ人になる人びとはこうした特殊性を尊重し、他の国や文化や信念にこれまで抱いてきた愛着を絶ち、君主制、貴族制、階級社会、および旧世界の抑圧的な体制を拒否してきた。

移民は母国に残してきた家族や仲間にたいしては深い愛着をもちつづけたが、バプティストに改宗しながらカトリック教徒ではいられないように、あるいはユダヤ教徒になったのにキリスト教徒でいつづけられないように、人はアメリカ人になり、なおかつ異なった政治、経済、および社会制度をもつ社会に献身的でありつづけることはできなかった。だが、二重国籍が可能になれば、アメリカのアイデンティティはもはや特殊でも、例外的でもなくなる。アメリカの市民権は別の国の国籍にただ追加されるだけのものになるのだ。

二重国籍によってもたらされる現実的な結果もある。二重国籍は、かけもち組に出身国への献身および関与をつづけることを奨励し、場合によってはその度合いを強めることもうながす。出身国の親族、地方、企業、開発計画への何百億ドルという送金も、そうした一つだ。

この種の送金は往々にしてこれらの国々が海外から受け取る最大の経済援助となり、いろいろな意味で、非効率的な腐敗した官僚を介して実施される公的な援助よりも、はるかに建設的な結果をもたらす。とはいえ、かけもち組が海外送金する何十億ドルもの資金は、彼らがアメリカ国内で家を建てたり、会社を興したり、雇用を創出したり、地域社会を改善したりするうえで役立てることのなかった数十億ドルでもある。金はものを言うのだが、公的な援助とは異なり、アメリカから流れでる送金は英語をしゃべらないのである。

二重国籍の概念はアメリカの憲法には異質のものだ。

憲法修正第一四条によると、「合衆国に生まれるか帰化し、その統治下にいる人はすべて合衆国の国民であり、それぞれが住む州の市民である」

この文言は明らかに、アメリカ人は一つの州の市民にしかなれず、その州でしか投票できないことを示唆している。それでも、多くのアメリカ人は二つの州に家を所有している。それどころか、現行の法律と慣習のもとでは、アメリカ人は二つの国の国民にもなれるのだ。二重国籍をもち、サントドミンゴとボストンに住居がある市民は、アメリカとドミニカの両国の選挙で投票することができる。だが、ニューヨークとボストンに家があるアメリカ人は、双方の場所で投票することはできない。そのうえ、州法は一般に、州の公職に立候補し当選するには、一定の期間、合法的にその州に居住していることも義務づけている。したがって、二つの州で公職に立候補することはできない。ところが、二重国籍者は二つの国で選挙に出馬し、公職に就くことができるのである。

市民と非市民

二重国籍は市民権を両立しうるものに変える。市民と非市民の差異が消滅すれば、何世紀にもさかのぼって区別されてきた市民権の特殊性はなくなる。古代アテネには、メトイコスという非市民階級が存在した。「経済的な好機を狙って」アテネに引き寄せられてきた人びとである。メトイコスは市の防衛に参加する義務を負っていたが、政治的な権利はなく、その子供もまた非市民の身分を相続した。メトイコスだったアリストテレスはこの制度を支持し、市民になるには何らかの「卓越性」が必要であり、「人はただある場所に住んでいるだけで」市民にはならないと主張した。

共和制ローマでは市民と非市民のあいだは明らかに区別されており、市民は人びとが憧れる身分だった。帝政になると、市民権はより多くの人に拡大され、やがてその特殊性を失っていった。ローマの衰退後、ヨーロッパの暗黒時代になると市民権の観念は薄れ、中世初期までそれがつづいた。その概念が盛り返してきたのは、ヨーロッパで国民国家が徐々に出現しはじめ、人びとが自らをおのれの住む土地を支配する王や諸侯の臣民と見なすようになってからのことだ。アメリカとフランスの革命以降、臣民は市民に代わり、やがて民主化とともに市民と非市民の区別も市民権も現在のような形態になった。

「市民の資格とは」、ピーター・シャックが言うように「多かれ少なかれ特殊な政治的アイデンティティをもつ政治共同体の構成員であることだ。それはつまり、共同体のなかに住む多くの人によって幅広く共有されている統治と法に関する一連の公共の価値観なのだ」

市民権によって、個人のアイデンティティは国家のアイデンティティと結びついた。各国政府は、血統主義や出生地主義などの市民権の根拠や、市民になれる人の基準、および市民となる過程を定義づけた。ところが、二十世紀末に一国の市民という観念が攻撃にさらされ、市民になるために満たさなければならない条件が曖昧になり、市民と非市民の権利と責任の格差が大幅に縮まった。こうした展開は普遍的な人権に関する国際的な合意と、市民権は国家の産物ではなく個人に本来備わっているものだという主張によって合法化された。市民と国家のつながりは断ち切られ、ヤスミン・ソイサルが言ったように、「市民権の国家的秩序」が蝕まれたのである。

現代のアメリカにおける帰化の基準は限定されたものであり、かつ具体的だ。いくらか簡略化すると、以下のようになる。

(一) アメリカ国内に五年間、合法的に定住していること。
(二) 「道徳的によい人間」であること、すなわち犯罪歴がないこと。
(三) 通常の（八年生程度）の英語の読み書きができ、話せること。
(四) アメリカの政府と歴史の概要を把握しており、「公民試験」に合格してそれを証明すること。

こうした基準は厳しすぎると考えるある批評家も認めるように、「比較して見れば、アメリカの帰化条件はどちらかというと穏当なものだ」。基本となる二つの条件は、英語とアメリカ史および政治の初歩的な知識だ。これらの基準はアメリカのナショナル・アイデンティティにいまなお残っている二つの要素を具現化し、象徴している。すなわち、イギリスの文化的遺産と、アメリカの信条に含まれたリベラルな民主主義の原則である。

二十世紀末に、ほとんどの欧米諸国で市民と非市民の格差は崩されていった。「スウェーデン、オランダ、スイス、イギリス、フランス、およびドイツは、国内に住む自国民以外の人びとに市民権や社会的権利を与え、さらには政治的な権利まで徐々に拡大していった」。アメリカでも、同様のプロセスが裁判所の主導で起こった。「州政府をはじめとする行政側が市民の身分を基準にして特定の法的権利と経済的な利益を配分することが、一連の判決によって禁じられたため、市民権の政治的および経済的な価値は大きく下がった」

アメリカ人にとって重要な権利と特権が三種類ある。憲法に記された権利と自由、政府によって与えられる経済的権利と特権と社会保障給付、そして政治と行政に参加する権利である。この最後の権利に関してのみ、市民と在留外国人の資格に大きな差がある。憲法に明記された権利と自由のほぼすべては、アメリカ国内にいる「人」に、その身分にかかわらず認められている。したがって、少なくとも同時多発テロ以前は、「在留外国人は――市民と同様に――刑事および民事訴訟手続きにおける正当な法の手続きと、憲法修正第一条による言論と信仰の自由の保護による恩恵を保障され、刑事裁判では弁護士を与えられ、自己を有罪に導かないようにする権利を主張することができ、不当な捜査と差し押さえを受けずにすむ」と言うのは正しかった。もっとも9・11ののち、安全保障上の問題から、市民と非市民の待遇にいくつかの重大な差異が設けられたため、長期的には、両者間の格差の撤廃に向けたより一般的な傾向が修正または阻止されることもあるだろう。

経済的な権利や機会、および社会保障給付については、法廷は一般に特定の職種や給付金を市民だけに限定する州法を無効とした。一九七一年の主要な裁判「グレアム対リチャードソン」（連邦最高裁判例集四〇三）で、最高裁は住民を区別するうえで「在留外国人という身分」を州が用いるのは憲法上「疑わしい分類方法」だという判決を下した。一九九〇年代に二度、在留外国人への給付金を制限する努力がなされたが、いずれもその目的をはたせなかった。提案一八七号は、カリフォルニアの住民投票において五九パーセント対四一パーセントの票差で通過した法案であり、不法移民とその子供に医療、教育、および福祉の恩恵を拒否するものだった。この法案の教育に関する条項は、一九八二年に不法移民の子供を公立学校から締めだそうとしたテキサス州の動きに最高裁が下した無効判決に真っ向から対立するものだった。だが、この住民投票法案もまた、移民の規制に関する議会の権限を侵害するものとして無効であるとされた。

一つだけ小さい例外はあったものの、提案一八七号が要求した社会保障給付の拒否はいずれも実施されなかった。二年後の一九九六年に、議会は合法的に在留する外国人に福祉手当と食料割引券の給付を禁じた。ところが、その後の数年間にこうした規制もまた骨抜きになり、福祉手当の対象外とされるのは今後の移民だけになった。

一九九六年の法令をなし崩しにしたこの成果を、法令に批判的だったピーター・スピロは、「きわだったもの」だとし、同法は「市民権による格差が消滅しつづける長期の傾向のなかで生じたわずかな乱れ」だったのかもしれないと述べた。別の権威であるアレグザンダー・アライニコフはこの状況を二〇〇〇年にこう要約した。

定住した移民は一般にほとんどのアメリカ市民と区別のつかない生活を送る。彼らは投票できず、いくつかの公職には就けないかもしれないが、それでも働き、財産を所有し、裁判に訴えることができ、多くの知的専門職に従事し、アメリカ生まれの人や帰化した人と同じ条件で、憲法上のほとんどの権利を行使する。

政治と行政はいまなお、市民と在留外国人のあいだに主だった違いが存在する分野である。在留外国人は人物証明を必要とする一部の公職からは締めだされている。彼らは一般に投票したり、公選職に就いたり、陪審員になったりすることもできないだろう。政治への参加にたいするこうした規制は重要であり、それだけに攻撃の対象にもなっている。十九世紀には多くの州で、在留外国人も投票できた。一九二〇年代に、選挙権は市民に限定された。しかし、デンマーク、フィンランド、アイルランド、オランダ、ノルウェー、スウェーデン、およびスイスのいくつかの州をはじめとするヨーロッパの多くの国では、非市民も地方選挙の選挙権を獲得している。

同様の選挙権を求める議論はアメリカの各地でも起こり、自治体の選挙に在留外国人の投票を認めた地方も一部ある。メキシコ系アメリカ人社会の指導者は特に、不法移民を含む在留外国人に選挙権を認めることをさかんに主張している。これはホルへ・カスタニエダがメキシコの外相になる前に主張した立場だ。ロサンゼルス教育委員会の委員長が述べたように、

「かつては白人男性だけが投票できた。私の見解は、いまやその一線を市民権についても越えるときがきたというものだ」

市民になるために満たすべき条件が緩和されれば、市民権を申請する人の数は増えるはずだ。一方、市民と在留外国人の権利と特権の格差が縮まれば、市民権を得ようとする動機が薄れるかもしれない。この二つの傾向のうち、どちらが大きい影響力があるだろうか？　概して、ヨーロッパでもアメリカでも、二十世紀末は帰化率が低かった。アメリカの帰化率はまた、カナダのそれとくらべると明らかに低かった。

帰化率の低さは間違いなく多くの要因から生じているが、アメリカの帰化条件がさほど厳格ではないことを考えれば明らかに、こうした移民にアメリカへの帰化を最優先させる考えがないことがわかる。より重要なことは、アメリカで二十世紀末に帰化率が大きく減少した問題だ。在留外国人全体の総合的な帰化率は一九七〇年の六三・六パーセントから、二〇〇〇年には三七・四パーセントに下がった。二〇年以上アメリカに滞在していた人に関して言えば、一九七〇年の八九・六パーセントから、二〇〇〇年には七一・一パーセントに減った。二重国籍は帰化をうながすものとなるが、ますます多くの移民がそれを望まなくなっている。

例外は、行政からの給付金を得るために、あるいは受給しつづけるために、帰化する必要があると思われる場合だ。少なくとも一時的に帰化が増加した時期が二度あった。一九九四年から九五年にかけて、市民権の申請は七五パーセント以上増加した。一九九五年から九六年には許可された申請の件数がゆうに一〇〇パーセント以上増加し、却下された件数は一九九五年の四万六〇六七件から一九九六年には二二万九八四二件へと五倍に増えた。こうした劇的な変化は主に二つの要因から起こった。

第一に、一九八六年の移民改革・管理法によって、一九九四年には三〇〇万人もの不法移民が帰化できるようになった。第二に、在留外国人への給付金が批判の対象となることが、一九九四年のカリフォルニアの提案一八七号によって明らかになり、その論争から一九九六年には福祉改革法が議会を通過するまでになった。こうした展開から、市民と非市民が得る給付金のあいだに大きな格差が開く恐れが生じた。

その後、帰化者が殺到した。それによって起こった「帰化の高まり」は「アメリカ史上例を見ない」と言われた。一九九六年に帰化した在留外国人は、しばしば自分たちの動機についてあからさまに語った。あるメキシコ系アメリカ人の移民活動家が言ったように、提案一八七号は「眠れる巨人を目覚めさせた鐘のようなものだった」。このときの大量帰化は、望んでの帰化ではなく、ジョーンズ゠コリアの言葉を借りれば、「脅された帰化」だった。一九九七年以降は、申請者の数も請願が許可される件数も減少した。とはいえ、一九九五年以前のレベルとくらべれば、まだ高い数値ではある。

同時多発テロは、非市民の移民のあいだに新しい祖国への深い帰属意識を生みだし、政府がテロのあと非市民を監視し、国外追放にしたこともあって、市民権を申請する人が大幅に増えた。国土安全保障省の報告によると、二〇〇一年七月一日から二〇〇二年六月三十日までの期間に提出された市民権の申請は七〇万六四九件であり、一方、その前年は五〇万一六四六件だった。だが、この四〇パーセントの増加は、許可された申請の件数が六パーセント減少したために一部相殺された。これはおそらく審査が厳しくなった結果だろう。

市民と在留外国人の格差の縮小、全体的な帰化率の減少、一九九〇年代半ばの一時的な帰化の増加といったすべてが、移民の決断にとって政府の実質的な給付がきわめて重要な関係にあることを示している。移民が市民になるのは、アメリカの文化と信条に惹かれているからではなく、政府の社会福祉とアファーマティブ・アクション・プログラムに魅せられているからなのだ。こうしたものが非市民でも手に入るようになれば、市民権を獲得しようとする動機は薄れる。

市民権は、ピーター・スピロの言葉を借りれば、広く一般に手に入るもう一つの「連邦政府による社会的恩恵」となりつつある。だが、恩恵を得るために必要でなければ、市民権は余計なものになる。ピーター・シャックとロジャーズ・スミスが主張するように、「ますます重視されるのは、福祉国家の一員となることであり、市民権ではない……（政治的共同体の一員とは異なり）福祉国家の一員となるのは重大なことであり、その重要性は増しつつある。公的な給付金にすっかり依存している人にとって、それは文字どおり死活問題なのかもしれない」

別の観点から、ジョゼフ・カレンズはこう尋ねる。「忠誠や、愛国心や、アイデンティティはどうなったのか？　移民がアメリカに愛着を抱くことは期待できないのか？」。そして、彼はこう答える。「一般的な問題として、われわれはそうした期待を（移民に）抱こうとすべきでない」」。こうした見解は、市民権について考える知識人や学者のあいだに広く浸透している。「一般的な問題として」、移民が国に忠誠をつくして愛国心を抱き、アメリカに帰属意識をもったり、「愛着を抱く」ことを期待すべきではない。このような市民権の否定は、アメリカ人であることの意味に劇的かつ象徴的な変化が起こったことを示す。アメリカの市民権の意味するものを否定する者は、これまでアメリカだとされてきた文化および政治上の共同体の意味するものも否定しているのだ。

アメリカ化に代わるもの

二十世紀末になると、同化はもはやアメリカ化だけを意味しなくなった。それは別の形態をとりうるのであり、実際にとってきた。

一部の移民にとっては、それは部分的な同化となった。つまり、アメリカの主流の文化と社会ではなく、アメリカ社会のなかのサブナショナルな、それもしばしば末端の一部に同化することである。ハイチ移民は特にこうした方向へ押しやられている。たとえば、ニューヨーク市やマイアミ、イリノイ州エバンストンでは、ハイチ移民とアメリカの黒人とのあいだで同化をめぐって緊張が高まっている。

ハイチ移民の一世は黒人の移民として、自分たちはアメリカの黒人よりも高い地位にあると考え、アメリカの黒人は「怠け者でいい加減であり、人種的に軽視され、障壁を設けられているという考えに取りつかれていて、家族にたいしても、子育てにおいても、無秩序な放任主義の態度をとっている」として、見下す傾向にあった。ところが、ハイチ移民の子供は、他の子供たちからマイノリティであるアメリカの黒人のサブカルチャーを受け入れさせられ、「アメリカ人というよりも、アメリカ黒人」になるように圧力をかけられたのである。

アメリカ化の代案となる第二の方法は、事実上、同化しないことであり、アメリカ国内に移民がもちこんだ文化および社会的な慣習を永続させることだ。十九世紀のドイツ移民が「ドイツ系アメリカ人」ではなく「アメリカにいるドイツ人」になろうとしたときの、「一部ではあるが、それ自体ではない」という選択がまさにそれだった。だが、今日この選択をするのは単なる片田舎の村ではなく、フロリダ州南部のキューバ人や南西部のメキシコ人といった、地方ごとに集中した大きな共同体なのだ。

第三の可能性はかけもちする代案であり、現代の通信と交通の手段を利用して二重の忠誠と、二重の国民性と、二重の国籍を維持することだ。その一つの結果が国外離散者《ディアスポラ》、すなわち国境を越えて広がるトランスナショナルな文化的共同体の出現である。

これらの代案については、次章でさらにくわしく述べることにする。

＊1　こうした見解は、アメリカ人が「移民」という言葉を英語の語彙に付加する以前の、一七八〇年代初頭に書かれた『バージニア覚書』に記されている。

＊2　変化する多様な界隈の一つの例は、ニューヨーク市クイーンズ区アストリアだ。私は一九三〇年代と四〇年代にそこで子供時代を過ごしたが、そのころの友達には、私の家族同様に農村地帯からニューヨークへやってきたＷＡＳＰや、ユダヤ人、アイルランド人、イタリア人、ギリシャ人、そして一人だけフランスのユグノー（新教徒）がいた。二〇〇〇年には、『ニューヨーク・タイムズ・マガジン』（二〇〇〇年九月十七日号）によれば、アストリアの主要な民族集団として私の時代から存在するのはギリシャ人だけになり、いまではその顔ぶれはバングラデシュ人、ブラジル人、エクアドル人、エジプト人、フィリピン人と様変わりした。アメリカは進みつづけるのだ！

第9章　メキシコ移民とヒスパニック化

メキシコ系またはヒスパニックの挑戦

二十世紀半ばに、アメリカは多民族、多人種の社会になり、アングロ－プロテスタントの主流文化が多数のサブカルチャーを包含し、その主流文化の根底に共通した政治的信条をもつ社会となった。二十世紀末になると新たな展開が見られ、それがつづけば、アメリカは文化的に二分され、二つの公用語をもつアングロ－ヒスパニックの社会へと変貌をする可能性が生じた。

この傾向は、一つには知識人と政界のエリートのあいだで多文化主義と多様性の原則がもてはやされた結果であり、またこうした原則を促進し承認した二言語教育関連の政府の施策とアファーマティブ・アクションの結果でもあった。だが、文化的な二分化傾向をさらに推し進める原動力となったのは中南米からの移民であり、とりわけメキシコからの移住者だった。

メキシコからの移民は、アメリカが一八三〇年代と四〇年代にメキシコから武力で奪った土地を、人口学的に再征服《レコンキスタ》する方向へと進んでおり、フロリダ南部で起こっているキューバ化とは異なるが、それに匹敵するかたちでこの地域をメキシコ化している。メキシコ移民はメキシコとアメリカの国境線を曖昧にしてもおり、双方の社会や文化の違いをなくしたうえ、一部の地域ではアメリカとメキシコの混合社会と混合文化の出現をうながしている。メキシコ移民は他の中南米諸国からの移民とともに、アメリカ各地でヒスパニック化を推進し、アングロ－ヒスパニックの社会にふさわしい社会、言語、経済の慣行を広めている。

メキシコ移民がこうした影響をおよぼしているのは、現在および過去にその他の国々からきた移民とは異なる特徴を彼らが備えているからであり、またメキシコ移民とその子孫が過去の他国からの移民のように、そして現在の非ヒスパニックの移民がそうなりつつあるように、アメリカ社会に同化していないからだ。

メキシコ移民はなぜ異なっているのか

現代のメキシコ移民のようなケースは、アメリカの歴史で前例を見ない。その原動力と結果を理解するうえで、過去の移民の経験と教訓はほとんど役に立たないのである。メキシコ移民は過去の移民とも、現代の他の移民の多くとも、重なりあった六つの要因ゆえに異なっている。

陸つづき

アメリカ人が思い描く移民像は、自由の女神やエリス島に象徴されるものであり、近年ではたとえばケネディ空港にあらわされるものだった。移民は何千キロも大海原を越えてアメリカにやってきた。移民にたいするアメリカ人の態度とアメリカの移民政策は、いまでもかなりこうしたイメージに左右されている。だが、このようなイメージや政策も、メキシコ移民とはほとんど無縁だ。アメリカがいま直面しているのは、貧しい陸つづきの国から大量の人間が流入してくるという事態である。その国の人口はアメリカの三分の一を上回り、流入してくる人びとは三二〇〇キロにおよぶ国境を越えてやってくる。それは歴史的に、地面に引かれた線と浅い川によって区切られているだけの国境である。

この状況はアメリカにとって特異なことであり、世界でも稀な事態である。そもそも西側先進諸国で、第三世界の国と地つづきで国境を接しているところはアメリカ以外になく、まして その国境線が三二〇〇キロにわたる国もない。日本、オーストラリア、ニュージーランドは島国である。カナダはアメリカとしか国境を接していない。西欧の国で第三世界と最も近接しているのは、スペインとモロッコのあいだのジブラルタル海峡と、イタリアとアルバニアのあいだのオトラント海峡だ。

メキシコとアメリカの国境の重大性は、両国の経済格差によってさらに高まっている。「アメリカとメキシコの所得格差は、世界中の陸つづきの二ヵ国間の格差としては最大である」と、スタンフォードの歴史学者デイビッド・ケネディは指摘する。移住者が三二〇〇キロの外洋ではなく、さほどの障害物がない三二〇〇キロの国境を越えてくることの意味は、移民を取り締まり管理するうえでも、国境にまたがる共同体が出現するにつれて国境線が曖昧になる点でも、アメリカの南西部の社会、住民、文化、経済にとっても、アメリカ全体にとっても計り知れないものである。

多数であること

メキシコの移民を生みだす原因は、その他の国の場合と同様に、送出国の人口力学、経済および政治の力学と、アメリカの経済、政治、社会のもつ魅力のなかにある。だが、陸つづきであることも移民を助長することは明らかだ。メキシコ人の場合、移民にともなう犠牲も難題も危険も、他国の人びとの場合よりもはるかに小さい。彼らは容易にメキシコとのあいだを行き来し、故郷の家族や友人とのつながりを維持できる。こうした要因に支えられて、メキシコからの移民は一九六五年以降、着実に増えてきた。一九七〇年代には約六四万人のメキシコ人が合法的にアメリカへ移住し、八〇年代にはその数が一六五万六〇〇〇人に、九〇年代には二二四万九〇〇〇人に増えた。

この三〇年間に、メキシコ人は合法的な移民全体のそれぞれ一四パーセント、二三パーセント、二五パーセントを占めていた。こうした割合は、一八二〇年から六〇年のアイルランド移民や、一八五〇年代と六〇年代のドイツ移民の割合にはおよばない。それでも、第一次世界大戦前の多様な国からの移民や、現代の他国からの移民とくらべれば非常に高い。そのうえ、毎年アメリカに不法入国する大量のメキシコ人を加えなければならない。
一九六〇年には、主要五ヵ国からの移民は比較的分散していた。

イタリア	一二五万七〇〇〇人
ドイツ	九九万人
カナダ	九五万三〇〇〇人
イギリス	八三万三〇〇〇人
ポーランド	七四万八〇〇〇人

二〇〇〇年には、上位五ヵ国からの移民は、かなり異なったかたちで分布していた。

メキシコ	七八四万一〇〇〇人
中国	一三九万一〇〇〇人
フィリピン	一二二万二〇〇〇人
インド	一〇〇万七〇〇〇人
キューバ	九五万二〇〇〇人

この四〇年間に移民の数は激増し、アジア人とラテンアメリカ人がヨーロッパ人とカナダ

人に取って代わり、多様だった出身国はメキシコを中心とする一つの供給源へと大きく変化した。メキシコ移民は二〇〇〇年の外国生まれの人口合計の二七・六パーセントを占めていた。次に多い中国人とフィリピン人は、それぞれ移民の四・九パーセントと四・三パーセントにすぎない。

一九九〇年代には、メキシコ人はアメリカへ移住するラテンアメリカ人の過半数を占めており、ラテンアメリカの移民は一九七〇年から二〇〇〇年までに渡米してきた移民全体のほぼ半数に相当した。二〇〇〇年にはアメリカの全人口の一二パーセントに達したヒスパニック（そのうち三分の二がメキシコ系）は、二〇〇〇年から二〇〇二年に約一〇パーセント増加して黒人よりも多くなった。二〇四〇年には、ヒスパニックが人口の二五パーセントを占めるだろうと予測されている。こうした変化は移民だけでなく、出生率によっても加速されている。二〇〇二年に、非ヒスパニックの白人の合計特殊出生率は一・八とされ、黒人は二・一、ヒスパニックは三・〇だった。

「これが発展途上国の典型的な様態である」と、英『エコノミスト』誌は書いた。「一〇年から二〇年後に、一時的に増加したラテンアメリカ系住民が出産適齢期のピークを迎えるにつれて、アメリカ国内のラテンアメリカ系の人口は急増するだろう」

十九世紀半ば、移民のほとんどはイギリス諸島からきた英語を話す人びとだった。第一次世界大戦前の移民は言語的にきわめて多様であり、イタリア語、ポーランド語、ロシア語、イディッシュ語、英語、ドイツ語、スウェーデン語を話す人が多くいたうえ、さらに他の言語もあった。一九六五年以後の移民は、こうした過去のどちらの波とも異なっている。いまではその半数以上が英語以外の同一の言語を話すからだ。

「流入する移民の大半をヒスパニックが占めている状況は、われわれの歴史では前代未聞のことだ」と、マーク・クリコリアンは述べている。

不法であること

アメリカへの不法入国は、一九六五年以後のメキシコ人に多く見られる現象だ。憲法が採択されてからほぼ一世紀のあいだ、アメリカに非合法に入国することは事実上不可能だった。国としてどの法律も移民を制限または禁止していず、若干の州がゆるやかに規制しているだけだったからだ。その後の九〇年間も、不法移民はわずかだった。船でやってくる移民の管理はかなり容易だったし、エリス島に到着する人びとのうち相当数は入国を拒否されたためだ。

一九六五年の移民法と交通手段の増加、およびメキシコ人の国外移住をうながす力が激化したことから、この状況は劇的に変わった。アメリカの国境警備隊による逮捕者の数は一九六〇年代の一六〇万人から、八〇年代には一一九〇万人に、九〇年代には一二九〇万人に増加した。不法入国に成功したメキシコ人の年間の推計数は、メキシコ系アメリカ人の二国委員会が主張する一〇万五〇〇〇人から、一九九〇年代には年間三五万人だったとする入国帰化局の数字までまちまちである。一九七五年以後のメキシコ移民のおよそ三分の二は、アメリカに不法入国したと推計されている。

一九八六年の移民改革・管理法には、既存の不法移民の身分を合法化する条項と、雇用者に制裁を加えるなどしてそれ以降の不法移民を減らす条項が含まれている。前者の目的は達成された。およそ三一〇万人の不法移民が、「グリーンカード（永住権）」をもつアメリカの合法的な住人になり、そのうち約九〇パーセントはメキシコ出身だった。後者の目的は達成されなかった。アメリカ国内にいる不法移民の総数は、一九九五年の四〇〇万から一九九八年には六〇〇万になり、二〇〇三年には八〇〇万から一〇〇〇万になったと推定されている。

メキシコ人は一九九〇年にアメリカ国内にいる全不法滞在者の五八パーセントを占め、二〇〇〇年には四八〇万人とされる不法メキシコ人は全不法滞在者の六九パーセントに相当した。二〇〇三年にアメリカ国内に不法滞在するメキシコ人は、次に数の多いエルサルバドルからの移民の二五倍にのぼった。不法移民は、圧倒的にメキシコ移民なのである。

一九九三年に、クリントン大統領はアメリカへの組織的な密入国は「国家の安全にたいする脅威」であると宣言した。不法移民はアメリカの社会的安全保障にとってさらに大きな脅威となる。この脅威を引き起こしている経済・政治勢力は絶大であってとどめようがない。過去にアメリカはこれに似た経験をしたことはなかった。

局地的な集中

先にも述べたように、建国の父たちは同化に分散は欠かせないと考えており、歴史的にはそのパターンが踏襲され、現代のヒスパニック以外の移民に関してもほぼその傾向がつづいている。しかし、ヒスパニックは局地的に集中する傾向にある。南カリフォルニアのメキシコ人、マイアミのキューバ人、ニューヨーク市のドミニカ人およびプエルトリコ人――厳密にはプエルトリコ人は移民ではない――などである。一九九〇年代に、ヒスパニックが最も集中しているこれらの地域では、彼らの占める割合が増えつづけた。それと同時に、メキシコ人をはじめとするヒスパニックはその他の地域にも拠点を築いていた。絶対数はしばしば少ないこともあるが、一九九〇年から二〇〇〇年のあいだにスペイン語を話す人の増えた割合が最も高かった州は、多い順に並べると、ノースカロライナ（四四九パーセント増）、アーカンソー、ジョージア、テネシー、サウスカロライナ、ネバダ、そしてアラバマ（二二二パーセント増）だった。

ヒスパニックは国内のさまざまな地域にある市や町に、密集した拠点を築いた。二〇〇三年には、コネティカット州ハートフォードの人口の四〇パーセント以上がヒスパニック（主にプエルトリコ人）になり、「カリフォルニア、テキサス、コロラド、およびフロリダ以外にある大都市で最大の集中地域」になり、この市の人口の三八パーセントを占める黒人を追い抜いた。「ハートフォードは、いわばラテン系の市になったのだ」と、ヒスパニックの初代市長は宣言し、スペイン語がますます企業および行政の言語として使われているのは、「今後を予感させる現象だ」と述べた。

とはいえ、ヒスパニックが最も集中しているのは南西部であり、それも特にカリフォルニア州である。二〇〇〇年には、メキシコ移民の三分の二近くが西部に住み、その半数近くはカリフォルニアに在住していた。ロサンゼルス付近には多くの国からの移民がいて、明確に区別されたコリアタウンに、かなり大きいベトナム人社会があり、アメリカ本土で初めてアジア人が過半数を占める市、モンテレーパークがある。だが、カリフォルニアに住む移民の出身地別の状況は、その他の州の移民とは明らかに異なり、メキシコ一国からの移民が全ヨーロッパと全アジア出身者の合計を上回っている。ロサンゼルスでは、ヒスパニックが数のうえで他のグループをはるかにしのいでおり、その大多数をメキシコ人が占めている。二〇〇〇年には、ロサンゼルスに住むヒスパニックの六四パーセントがメキシコ系で、ロサンゼルスの住民の四六・五パーセントがヒスパニックであり、ヒスパニック以外の白人は二九・七パーセントだった。二〇一〇年になれば、ヒスパニックはロサンゼルスの人口の六〇パーセントを占めるようになると推定されている。

ほとんどの移民グループは、アメリカ生まれの人びとよりも出生率が高く、そのために移民の影響は学校でいちじるしく感じられる。ニューヨークには多種多様な移民が流れこむので、教師にとっては、家に帰れば二〇もの異なる言語を話すような生徒のいるクラスで教えなければならないという厄介な問題が生じる。一方、南西部の多くの都市では、ヒスパニックの子供が学校の生徒のかなり多くを占めている。一九九三年に、カトリーナ・バージェスとエイブラハム・ローウェンタールはメキシコとカリフォルニアのつながりに関する専門的研究のなかで、ロサンゼルスについて次のように述べている。「アメリカの大都市の学校制度で、一つの外国からこれほど大量の生徒の流入を経験したところはほかにない。ロサンゼルスの学校はメキシコ化しつつある」

二〇〇二年には、ロサンゼルス統一学区の生徒のうち七一・九パーセントがヒスパニックになった。その多くはメキシコ系で、彼らの割合は着実に増えている。ヒスパニック以外の白人の学童は九・四パーセントだった。二〇〇三年には、一八五〇年代以来初めて、カリフォルニアで生まれた新生児の過半数がヒスパニックになった。

過去には、デイビッド・ケネディが言うように、「移民の流れが多様で分散していたこと」が同化をうながした。「だが、今日では、一つの大きな移民の流れが、単一の文化、言語、宗教、および国民性を有する供給源、すなわちメキシコから限定された地域へと向かっている……まぎれもない事実は、現在、南西部で起こりつつあることは、アメリカがこれまで経験したこともない事態だということだ」。移民がさらに集中すれば、彼らの同化がますます緩慢で不完全なものになることも、まぎれもない事実である。

持続性

これまで見てきたように、過去の移民の波はしだいに尻すぼみになり、各国から渡米してくる割合も大きく変動した。しかし、現在の流れはいまのところ退潮の兆しが見えず、その流れの大部分をメキシコ人が占めている現状は、大規模な戦争や景気後退もないとなれば、しばらく持続しそうだ。長期的には、メキシコがアメリカと同じくらい経済的に繁栄するようになれば、メキシコからの移民は減るだろう。二〇〇〇年の時点で、アメリカの一人当たりの国内総生産はメキシコの九倍ないし一〇倍だった。その格差が三対一に縮まれば、移住をうながす経済的な誘因も大きく減少するかもしれない。だが、何らかの意味をもちうる将来、その割合に達するには、メキシコがアメリカの成長率をはるかに追い越す勢いで急速に経済成長をとげなければならないのだ。たとえそれが実現したとしても、経済的な発展そのものが、かならずしも国外移住を思いとどまらせるわけではない。十九世紀にヨーロッパが急速に工業化し、一人当たりの所得が急増した時代に、五〇万人のヨーロッパ人がアメリカやアジアおよびアフリカへ移住した。

一方、経済の発展と都市化は出生率の低下にもつながるので、北へ移動する可能性のある人の数を減らすかもしれない。メキシコの出生率は低下しつつある。一九七〇年から七五年の合計特殊出生率は六・五だった。一九九五年から二〇〇〇年にはその半分以下の二・八に減少した。それでも、二〇〇一年にメキシコ政府の国家人口審議会は、こうした展開は何ら直接的かつ重要な影響はおよぼすまいと予測し、二〇三〇年まで移民の総数は年平均四〇万人から五一万五〇〇〇人で推移するだろうとした。そのころには大量の移民が半世紀以上つづくことになり、アメリカの人口統計の側面もメキシコとアメリカの人口学的な関係も様変わりするだろう。

移民が大量に流入しつづければ、三つの重大な結果が生じる。第一に、移民は移民を生みだす。「移民に一つの『法則』があるとすれば、移住の流れはいったん始まれば、それ自体の流れを誘発することだ」と、マイロン・ウェイナーは述べた。「移民は故郷の友人や親戚に移民に関する情報や、移住の便宜をはかる手段を提供し、仕事と住居探しを手伝って彼らが移住できるようにする」。その結果は「移民の連鎖」となり、あとからの移住者グループほど移住は容易になる。

第二に、移民が長期にわたってつづけば、それを政治的に食い止めるのは難しくなる。移民はいったん入国すれば、往々にして背後の扉を閉めることに賛同する。しかし、組織的なレベルになると、別の力学が働く。この問題に関する移民集団のエリートの見解は、一般の移民のそれとは大きく異なることが多い。移民の組織は短期間で結成され、ロビー活動を行なって移民の権利と社会保障給付の拡大をはかるようになる。そのために、彼らはすぐに移民をさらに促進して支持母体を増やすことに関心をもつ。支持者が増えるにつれて、政治家としても移民の指導者の要望に反対するのは難しくなる。さまざまな移民集団の代表者は連合を結成し、経済とイデオロギーおよび人道上の理由から移民に賛成する人びとから支持を取りつけるようになる。こうした連合が達成する立法上の成果の最大の受益者は、当然ながら最大の移民グループ、すなわちメキシコ人なのである。

第三に、大量の移民が持続的に流入すれば、同化が遅れ、阻害される可能性もでてくる。「新しい移民が絶え間なく流入すると、移民の多い地域では特に、移民と子供たちのあいだで彼らの言語が使われつづける」と、バリー・エドモンストンとジェフリー・パッセルは述べた。その結果、マーク・ファルコフによれば、「スペイン語を話す人口は、いまいる人びとが同化する間もなく新たな移民によって補充されつづけ」、そのためにアメリカ国内におけるスペイン語の幅広い使用は、「長期的にも変えられない現実となる」。前述したように、南北戦争後にアイルランドとドイツからの移民が減少したことと、一九二四年以後、南欧と東欧からの移民が激減したことによって、彼らのアメリカ社会への同化は進んだ。現在のレベルで移民が継続すれば、メキシコ移民に関しては忠誠と信念およびアイデンティティがそのように変化することは期待できず、アメリカの輝かしい同化の歴史も、メキシコ人の場合はかならずしも繰り返されないだろう。

歴史的に存在してきたこと

アメリカの歴史のなかで、アメリカの領土にたいする過去の所有権を主張した、または主張できる移民集団はこれまで存在しなかった。メキシコ人とメキシコ系アメリカ人にはそれが可能であり、実際にそうした主張をしている。テキサス州のほぼ全土、ニューメキシコ、アリゾナ、カリフォルニア、ネバダ、およびユタの各州は、メキシコが一八三五年から三六年のテキサス独立戦争と一八四六年から四八年の米墨戦争でこれらの土地を失うまで、メキシコ領土の一部だった。メキシコはアメリカが侵略し、首都を占拠した唯一の国であり、「モンテスマの城」に海兵隊を配備し、その領土の半分を併合した国だった。メキシコ人はこうした出来事を忘れていない。当然ながら、彼らはこれらの領土に特別な権利があると感じる。

「他の移民とは異なり、メキシコ人はアメリカのせいで軍事的敗北を喫した隣国からやってくる。そして、かつて彼らの祖国の一部だった地域に圧倒的多数が定住する……メキシコ系アメリカ人は他の移民と共有することなしに、自分たちの縄張りにいるという感覚を満喫している」とピーター・スケリーは言う。

その「縄張り」は、アメリカに征服される以前から脈々と存在しつづけてきた二五ほどのメキシコ人共同体のなかで、領土こそないが、人の集合体という形態をとっている。そうした共同体は、ニューメキシコ州北部のメキシコ人の「祖国」とリオ・グランデ川流域に集中しており、人口の九〇パーセント以上がヒスパニックで、その九〇パーセント以上が家庭でスペイン語を話している。これらの共同体は合衆国の一部となってから一五〇年を経たのちも、「ヒスパニックが文化的および人口学的に社会と空間を支配している状態が持続し、その同化率は微々たるものだ」

これまで、南西部はアメリカのケベックになるだろうと学者がたびたび示唆してきた。確かに、どちらもカトリック教徒がいて、アングロ‐プロテスタントの民族に征服されたが、それ以外にあまり共通点はない。ケベックはフランスから四八〇〇キロも離れているし、毎年何十万人ものフランス人が合法、非合法にかかわらずケベックに入ろうとしているわけでもない。歴史を見れば、紛争に発展する深刻な可能性があるのは、一つの国の人びとが近隣国の領土の所有権に注目し、その領土にたいする特別な権利と所有権を主張しはじめたときであることがわかる。

陸つづき、多数であること、不法性、局地性、持続性、そして歴史的に存在してきたことといったものすべての要件があいまって、メキシコ移民を他の移民とは異なるものに変え、メキシコ出身の人びとがアメリカの社会に同化するうえでの問題となっている。

メキシコ人の同化の遅れ

個人、集団、または一つの世代の同化の程度をはかるために使われる基準としては、言語、教育、職業と所得、市民権、異民族との通婚、アイデンティティなどがある。こうした指数のほぼすべてに関して、メキシコ人はメキシコ人以外の現代の移民よりも同化が遅れており、過去の波でやってきた移民とくらべても遅い。

言語

過去には、言語の同化は共通のパターンをとることが多かった。英語を話す国からやってきた人は別として、移民一世の大多数は英語を流暢に話せるようにはならない。二世代目は、親とともに幼児期に渡米した人も、アメリカで生まれた人も、親が話す言語と英語の双方をかなり流暢に話せるようになる。三世代目は英語を完璧に話すようになり、祖先からの言語の知識はほとんどなくなる。そのため祖父母との会話には問題が生ずるが、それと同時に祖先の言語にノスタルジックな関心をもち、それを学ぼうとする意欲をもつことも多い。

二十一世紀の初めにあたり、メキシコ人の言語的同化がこのパターンを踏襲するかどうかは不明だった。メキシコ移民の波は最近のものなので、三世代目は比較的少数しかいない。英語の習得とスペイン語を保持する度合いを計るための証拠もかぎられており、両義にとれるものだ。二〇〇〇年には、二六〇〇万人以上（六歳以上の人口の一〇・五パーセント）が家庭でスペイン語を話しており、このうちほぼ一三七〇万人が英語を「とてもよく」話せるレベルに達してはいず、その数は一九九〇年からくらべると六五・五パーセント増となっている。

国勢調査によると、一九九〇年にはメキシコ生まれの移民のおよそ九五パーセントが家庭でスペイン語を話しており、そのうち七三・六パーセントは英語がうまく話せなかった。さらにメキシコ生まれの人の四三パーセントは「言語的に隔離された」状態にあった。アメリカで生まれた二世代目の人びとでは、結果はかなり異なった。スペイン語しか話せない、または英語よりもスペイン語を話す人は一一・六パーセントにすぎず、二五パーセントはどちらの言語も同じ程度に話すことができ、三二・七パーセントはスペイン語よりも英語を話し、三〇・一パーセントは英語しか話さなかった。アメリカ生まれのメキシコ系移民の九〇パーセント以上は英語を流暢に話していたのである。

したがって、メキシコ系の一世、二世に関しては、英語の使用と流暢さは通常のパターンどおりだったようだ。だが、二つの疑問が残る。時とともにメキシコ移民二世の英語の習得または使用に変化が現われたのか？　メキシコ移民社会が急速に拡大するとともに、二〇〇

○年になると三○年前とくらべて、メキシコ系の人びとが英語を上達させ、使いこなそうとする誘因が減ったと考えることはできるだろう。二点目として、三世代目は英語が流暢になり、スペイン語の知識はないも同然になるという従来のパターンを踏襲するのか、それとも二世代目のように双方の言語を流暢に話せる状態を維持するのか？　二世代目の移民は一般に先祖からの言語を見下して拒絶し、親たちが英語で会話できないことを強く恥じる傾向がある。

メキシコ系二世がこうした傾向をたどるかどうかが、三世代目がスペイン語の知識をもちつづける度合いを大きく左右すると思われる。二世代目がスペイン語を頭から拒絶しなければ、三世代目もバイリンガルになる可能性があり、メキシコ系アメリカ人社会では双方の言語を維持することが慣例化し、スペイン語しか話さない移民が新たに続々とやってくることで、それにさらに拍車がかかるかもしれない。

メキシコ系移民とヒスパニックの圧倒的多数（六六パーセントから八五パーセント）は、子供がスペイン語を流暢に話すことが重要だと考える。こうした態度は、他の移民集団の姿勢とは対照的だ。「アジア系の親とヒスパニック系の親では、子供に母語を維持させることに関して、文化的な相違が見られるようだ」と、ある研究は結論づけている。この違いは、一つにはヒスパニック社会の規模の大きさから生じるものであることは疑いなく、そこから祖先の言語に熟達しようとする動機が生まれるのだ。メキシコ系アメリカ人をはじめとするヒスパニックの二世、三世は英語の能力を習得するが、スペイン語の能力の維持に関してもやはり通常のパターンから逸脱するようだ。英語だけを話して育ったメキシコ系二世、三世は、成人してからスペイン語を学んでおり、自分の子供にスペイン語を習得するよう奨励している。ニューメキシコ大学のF・クリス・ガルシア教授によれば、スペイン語の能力は「すべてのヒスパニックが誇りに思うものであり、それを保護および推進したいと考えるものなのだ」

教育

メキシコ系の人びとの教育は、アメリカの標準とは大きく異なる。二〇〇〇年に、アメリカ生まれの成人のうち八六・六パーセントが高校を卒業していた。アメリカに住む外国生まれの移民では、その割合はヨーロッパ人の八一・三パーセントから、アジア人の八三・八パーセント、アフリカ人の九四・九パーセントとさまざまだが、ラテンアメリカ人は全体でも四九・六パーセントと低く、メキシコ人にいたってはわずか三三・八パーセントだった。一九九〇年に、メキシコ人が高校を卒業する割合は外国生まれの全人口の割合の半分だった。一九八六年と八八年の人口動態調査（CPS）によれば、メキシコ系男性が学校教育を受けた平均年数は七・四年であり、かたやキューバ系は一一・二年、アジア系は一三・七年、非ヒスパニックのアメリカ生まれの白人は一三・一年だった。

フランク・ビーンとその同僚によれば、メキシコ移民は平均して、「非ヒスパニックの移民および一般のアメリカ人と比較すると、学校教育を受けた年数が約五年少なかった」。メキシシコ移民の教育水準が上がっているのかどうかは不確かなようだ。ビーンの研究では、一九六〇年から八八年までの期間に、あとからやってくるメキシコ人のほうが「初期の移民よりも教育の達成度が低い」ことはわかっている。他方、ピュー・リサーチ・センターの調査結果によると、ヒスパニックの移民（メキシコ系を含む）の教育水準は一九七〇年から二〇〇〇年のあいだに大きく改善されたが、いまなお「アメリカ生まれの教育水準との格差は、目に見えるほど縮まってはいない」

明らかなことは、後続世代のメキシコ系アメリカ人の教育達成度も低いまま推移していることだ。これに関しては三通りの比較ができる。第一に、ジェームズ・スミスによれば、メキシコ系アメリカ人の三世で、十九世紀末から二十世紀の初め生まれの移民の子孫は、親の世代よりも平均で四年多く教育を受けていた。しかし、最近の世代間については、メキシコ系アメリカ人三世の平均教育

【表9-1 メキシコ系アメリカ人の教育水準】

	世代別のメキシコ系アメリカ人（1989〜90年）				
	一世	二世	三世	四世	メキシコ系を除くアメリカ人全体（1990年）
高卒資格なし	69.9%	51.5%	33.0%	41.0%	23.5%
高卒	24.7	39.2	58.5	49.4	30.4
高卒後専門校卒	5.4	9.3	8.5	9.6	45.1
大卒				3.5	19.9

出典：Rodolfo O. de la Garza, Angelo Falcon, P. Chris Garcia, John Garcia, "Mexican Immigrants, Mexican Americans and American Political Culture," in Barry Edmonston and Jeffrey S. Passell , eds., ***Immigration and Ethnicity : The Integration of America's Newest Arrivals***(Washington : Urban Institute Press, 1994), pp.232-34 : U.S.Census Bureau,1990 Census of Population : Persons of Hispanic Origin in the United States, pp.77-81

年数（一二・二九年）は一世（六・一二年）のほぼ二倍であるが、親の世代（一一・六一年）とくらべると一年未満しか多くないことが彼のデータからわかる。第二に、長い年月にわたり連続した世代を調べたスミスにたいし、ロドルフォ・デ・ラ・ガルサとその同僚は一九八九年から九〇年という一時期に異なった世代を比較した。【表９－１】の結果を見ると、一世と二世のあいだにはいちじるしい違いがあるが、三世と四世のあいだでは若干の改善が見られるだけであり、むしろ後退している点も見られる。

　第三に、同じ表にあるとおり、四世の教育達成度も一九九〇年のアメリカの標準より大幅に低いことがわかる。その他の調査からもこの格差は明らかだった。一九九八年に、民族《ラ・ラーサ》国家審議会（ＮＣＬＲ——アメリカ国内の主要なヒスパニック組織）が調べたところでは、ヒスパニックの生徒は一〇人中三人が高校を中途退学しており、一方、黒人ではその割合は八人に一人、白人は一四人に一人だった。二〇〇〇年に十八歳から二十四歳までの若者を対象にした調査では、白人の八二・四パーセント、黒人の七七パーセント、ヒスパニックの五九・六パーセントが卒業していた。フランク・ビーンらは次のように結論した。「メキシコ系アメリカ人の二世と三世はいずれも、非ヒスパニックの白人よりも平均して教育水準が低く、高校中退者の割合ははるかに高く、大学進学率は低い」

　人口統計学者のウィリアム・フレイは、一九九〇年から二〇〇〇年のあいだに高校中退者の割合が四二の州で減少していると指摘しており、その割合が上昇している八つの州には、アラスカを除いて、「ラテンアメリカ系人口の激増という共通項がある」とする。それに加えて、ビーンらはこう報告する。「ヒスパニックで高校を卒業し、大学に在籍したことのある人の割合は、一九九〇年のほうが一九七三年よりもずっと低い」

二十一世紀の初頭にあたり、メキシコ系アメリカ人の教育面における同化にあまり進歩は見られない。

職業と所得

メキシコ移民の経済的な地位は、誰もが予想するように、彼らの教育達成度に比例する。二〇〇〇年には、雇用されているアメリカ生まれのアメリカ人のうち三〇・九パーセントは知的専門職や管理職の地位に就いていた。移民がこの標準にどれだけ近づいたかは、出身国ごとに大きく異なる。

カナダ	四六・三パーセント
アジア	三八・七パーセント
ヨーロッパ	三八・一パーセント
アフリカ	三六・五パーセント
中南米	一二・一パーセント
メキシコ	六・三パーセント

南フロリダと南カリフォルニアの移民の子供を対象にした調査でも、同様の結果がでている。社会経済的に地位の低い移民、すなわちウェイターの助手、清掃員、作業員などの職業に就く移民家庭の割合は以下のとおりである。

子供が私立学校に通うキューバ人	七・七パーセント
ニカラグア人	二三・八パーセント
子供が公立学校に通うキューバ人	二五・八パーセント
ハイチ人	三一・〇パーセント
ベトナム人	四五・三パーセント
メキシコ人	六六・九パーセント

メキシコ移民は自営業または事業主となっている割合が低い。一九九〇年に、アルメニア人、ギリシャ人、イスラエル人、ロシア人（主にユダヤ系）、および韓国人の男性労働者は二〇パーセント以上が自営業だった。この六〇の民族集団の比較のなかで、メキシコ移民の自営業者は六・七パーセントにすぎず、それ以下はフィリピン人、中米系、ラオス人、および黒人の移民集団のみだった。

メキシコ移民はその他のほとんどのグループ以上に貧しい生活を送り、福祉援助を受けている割合も高い。一九九八年に、七大移民グループの貧困率は以下のとおりだった。

メキシコ人	三一パーセント
キューバ人	二四パーセント
エルサルバドル人	二一パーセント
ベトナム人	一五パーセント
中国人	一〇パーセント
フィリピン人	六パーセント
インド人	六パーセント

一九九八年には、一般のアメリカ人家庭も一五・四パーセントが福祉援助を受けていた。難民を発生させている国からきた民族集団が福祉を受けている割合はきわめて高く、ラオス人五九・一パーセント、カンボジア人四七・九パーセント、旧ソ連人三七・一パーセント、キューバ人三〇・七パーセント、ベトナム人二八・七パーセントだった。ドミニカ人（五四・九パーセントが福祉援助対象）を除けば、メキシコ人の三四パーセントという福祉対象者の割合は、この分析で取り上げた他の一八ヵ国からのどの民族集団よりも多かった。二〇〇一年に一二の地域および国からきた移民の福祉利用を調べた分析では、メキシコ移民の世帯が福祉の利用率三四・一パーセントで一位になり、一方、移民世帯全体では二二・七パー

セント、一般のアメリカ人世帯では一四・六パーセントだった。全体として、メキシコ移民は経済的階層の底辺にいる。次の世代もそこにとどまるのだろうか？　その徴候はあるが、一様ではない。メキシコ系アメリカ人の地域的な集中は、一般には同化を遅れさせるが、比較的大きい居住地の経済の向上には寄与しており、それによって彼らの経済的な発展に役立っているのかもしれない。居住地内部にはさまざまな商売や職業があり、そのなかで経済的にのしあがる機会もある。

だが、第一次世界大戦前のユダヤ系移民とその子孫の経済的な成功や、日系などのアジア系移民およびフロリダのキューバ人の成功は、実は祖国における経済的な成功を反映しているという意見もある。メキシコ移民のなかで、メキシコで経済的に成功していた人はほとんどいない。となれば、アメリカで経済的に成功する人は比較的少ないと思われる。そのうえ、メキシコ系アメリカ人の経済的な地位が目に見えて改善されるかどうかは、彼らの教育水準が高められるか否かによるが、メキシコからほとんど教育を受けていない人びとが絶えず流入してくれば、それは難しい。ジョエル・パールマンとロジャー・ウォルディンジャーは、メキシコ系アメリカ人二世の経済的な展望には悲観的だ。

アメリカの新しい移民は驚くほど多様だが、その圧倒的多数——メキシコ人——は職業技能の階層の最底辺にいる。メキシコ系の人びとは移民の子供たちのあいだで、さらに多数を占めている。メキシコ系を除くと、今日の移民の二世代目は社会経済的な特性の点では、一般のアメリカ人とほとんど異なって見えない。もっとも、こうした特性は、次の世代が経済にうまく適応することを保証できるほど充分なものでない。同じことは、いずれかのエスニック出身の三世代目以降の若いアメリカ人にも言える。移民の子供でいちじるしく危険な状態にあるのはメキシコ系だ（なかでもいちじるしいのは、当然ながらその数の多さだが、他の移民集団と同様、経済的に逼迫《ひっぱく》したレベルにいる事実も特筆すべきである）。一般の人びとよりもはるか下方に、一つの大集団が存在することが、今日の二世代目を過去のそれと区別している。

こうした結論は、ジェームズ・スミスやロドルフォ・デ・ラ・ガルサとその同僚の分析でも裏づけられている。スミスの入念な分析は、メキシコ系アメリカ人の賃金水準が低いまま推移していることを示す。スミスはメキシコ系アメリカ人男性の調整済み賃金価値を、アメリカ生まれの白人男性の生涯所得にたいする割合として数値であらわしている。一八六〇年代に生まれたメキシコ移民の三世代目の子孫の数値は七四・五パーセントだった。移民の親の世代が一九一〇年から二〇年生まれのメキシコ系アメリカ人三世でも、調整済み賃金価値は約八〇パーセントに上昇しただけだった。スミスが所有するデータのうち、それ以降の移民集団の三世代間すべての調整済み賃金レベルは、次のとおりである。

移民の生年	世代		
	一世	二世	三世
一九一〇〜一四年	六五・三パーセント	八一・二パーセント	七九・二パーセント
一九一五〜一九年	六五・三パーセント	八三・八パーセント	八三・二パーセント

教育水準と同様、二世代目は一世代目より明らかによい暮らしをするようになるが、その先で足踏み状態になる。ガルサとその同僚が一九八九年から九〇年にかけてのラティーノ全米政治調査からのデータを用いてメキシコ系の人びとについて研究したところ、アメリカ生まれの人のほうが、メキシコ生まれの人より、ほとんどの社会経済的な指標では改善されていた。だが、メキシコ系の四世代目は多くの尺度で二世代目からさほど進歩していず、アメリカの標準からはまだかけ離れていることも、その研究からわかった。さらに、メキシコ系アメリカ人が福祉に頼る割合は二世では減少するが、三世になると再び三一パーセントに上がる。

「アメリカ生まれの世代は、社会経済的な地位を世代ごとに大きく改善してはいない。そのために、メキシコ系アメリカ人の四世はヒスパニック系以外の白人よりも、これらの……尺度において、いまなおはるかに劣っている」と、ガルサらは結論した。

市民権

帰化は、同化の政治的側面においてはひときわ重要である。帰化率は一般に、所得、職業、教育、入国時の年齢、アメリカ国内の滞在年数、出身国とアメリカとの類似性しだいで大きく異なる。二十世紀末、メキシコ人の帰化率はすべての移民集団のなかでも最低か、それに近かった。たとえば、一九八〇年以前にやってきたメキシコ移民が一九九〇年に帰化する率は、三二・四パーセントで他の移民集団よりも低く、例外は三一・三パーセントのエルサルバドル人だけだった。ちなみに、ソ連からの移民の帰化率は八六・三パーセント、アイルランド八一・六パーセント、ポーランド八一・六パーセント、フィリピン八〇・九パーセント、台湾八〇・五パーセント、ギリシャ七八・三パーセントだった。

一九六四年以前に入国したメキシコ人と、一九六五年から七四年にやってきたメキシコ人は、移民が最も多い一五ヵ国の出身者のあいだで最も帰化率が低く、一九七五年から八四年のあいだに入国したなかでは五番目に低

【表9-2 メキシコ系アメリカ人の社会経済的な特徴】

	世代別のメキシコ系アメリカ人（1989〜90年）				
	一世	二世	三世	四世	アメリカ人全体（1990年）
住宅所有者	30.6%	58.6%	55.1%	40.3%	64.1%*
管理職または知的専門職	4.7	7.0	8.7	11.6	27.1**
世帯当りの所得5万ドル以上	7.1	10.5	11.2	10.7	24.8**

出典：de la Garza et al.,"Mexican Immigrants, Mexican Americans, and American Political Culture," pp.232-34; U.S.Census Bureau, Current Population Survey,March 1990 and 1990 Census of Population : *Persons of Hispanic Origin in the United States*, pp.115-19,153ff.

*メキシコ系アメリカ人を含む。

**メキシコ系アメリカ人を除く。国勢調査のデータからジェームズ・ペリーが計算した数値。

かった。レオン・ブービエは入国年の影響を排除した一九九〇年の標準的な帰化率を算出した。上位一五ヵ国出身の移民集団に関する彼の調査結果は以下のとおりである。

フィリピン人	七六・二パーセント
韓国人	七一・二パーセント
中国人	六八・五パーセント
ベトナム人	六七・七パーセント
ポーランド人	六一・三パーセント
インド人	五八・七パーセント
イタリア人	五八・三パーセント
ジャマイカ人	五七・五パーセント
ドイツ人	五一・八パーセント
キューバ人	四九・九パーセント
イギリス人	四四・一パーセント
ドミニカ人	四二・〇パーセント
カナダ人	四〇・〇パーセント
エルサルバドル人	三七・〇パーセント
メキシコ人	三二・六パーセント

『ニューヨーク・タイムズ』とＣＢＳの世論調査でもやはり、二〇〇三年にヒスパニック移民でアメリカ市民になったのは二三パーセントのみで、ヒスパニック以外は六九パーセントだった。この差異の主な原因として、ピュー・リサーチ・センターのロベルト・スロ所長は、ヒスパニック移民のうち三五パーセントから四五パーセントが不法滞在と推定できることをあげた。

異民族間の通婚

メキシコ移民の異民族間の結婚に関するデータは容易に手に入らない。一九九八年にメキシコ系アメリカ人はアメリカ国内に住むヒスパニックの六三パーセントを占めていた。ヒスパニックの異民族間の婚姻率は一般にかつての大量移民の割合と変わらないが、現代のアジア系移民とくらべると低い。一九九四年には、既婚女性で同民族以外の相手と結婚していた人の割合は以下のとおりだった。

メキシコ系の人が異民族と結婚する割合はヒスパニック全体の割合とさほど違わないか、それよりは低いと思われる。異民族間の通婚は集団の規模と分散の度合いに影響される。広い地域に分散した小規模集団のメンバーは、集団外の人と結婚するよりほかに選択の余地があまりなく、その選択をうながす動機は豊富にある。その反対に、地理的に一ヵ所に集中した大集団のメンバーなら、集団内で配偶者を見つけるのはずっと容易だ。メキシコ移民の絶対数が増し、高い出生率のおかげでさらに多数の子孫が生まれるにつれて、彼らが仲間内で結婚する機会も動機も増えると考えられるだろう。

	アジア系	ヒスパニック系
一世	一八・六パーセント	八・四パーセント
二世	二九・二パーセント	二六・四パーセント
三世	四一・五パーセント	三三・二パーセント

こうしたことは現実に起こっているようだ。一九七七年には、ヒスパニック系にかかわるすべての婚姻のうち、三一パーセントが異民族間だった。一九九四年には、それが二五・五パーセントに減少し、一九九八年にはヒスパニックの婚姻のうち二八パーセントが外部の者との結婚だった。

ゲーリー・D・サンドファーとその同僚が二〇〇一年の全米研究評議会の研究で結論したところによると、「黒人と白人」とは対照的に、「ヒスパニックの異人種間の通婚は一九七〇年からほとんど変わっていず、むしろ減少傾向にあった」。ヒスパニックが外部の者と結婚する全体としての割合は、リチャード・アルバによれば、「最大グループであるメキシコ系アメリカ人のあいだで、どれほど族内婚が見られるかにとりわけ影響される」。メキシコ人はメキシコ人と結婚するのである。

かつては、新たな移民とその子孫は、非ヒスパニックの白人などアメリカ生まれの人との結婚によって主流のアメリカ人社会と文化への同化を早めてきた。ヒスパニックと一般の白人の結婚によってこのパターンは変わりつつあると、ヒスパニック系アメリカ人の学者は主張する。「むしろ、多くの場合、同化は逆方向に生じる。すなわち、非ラテンアメリカ系の配偶者（白人であれ、そのほかであれ）とそうした結婚から生まれた子供が、スペイン語を話さなくても、しばしば自分たちをラテンアメリカ系だと見なすのだ」とウィリアム・フロレスとリナ・ベンメイヤーは言う。こうした現象が存在するかぎり、他の移民集団の同化パターンからヒスパニックは大いに逸脱していることがわかる。

アイデンティティ

同化の度合いをはかる最終的な基準は、移民がどれほど国としてのアメリカに帰属し、アメリカの信条を信じ、その文化を自分のものとするか、またそれに応じて他国およびその価値観と文化への忠誠をどこまで否定するかということだ。手に入る証拠はかぎられており、ある意味では矛盾している。ヒスパニックの移民の同化ぶりが最もいちじるしく示されるものは、何と言っても彼らが福音派のプロテスタントに改宗した場合だ。こうした展開は、中南米の多くの国で福音派のプロテスタントが急増していることと並行した現象であり、関連してもいる。アメリカ国内にいるプロテスタントのヒスパニックの正確な数はわからないが、ロン・ウンズは次のように主張する。「ヒスパニックの四分の一以上は伝統的なカトリックの信仰から、プロテスタントの福音主義教会に改宗した。この宗教的変容はかつてない速さで進んでおり、アメリカ社会への同化とも明らかに関連している」

一方、こうした離反が突きつける挑戦に、カトリック教会側は激しい対抗手段で応じ、ヒスパニックの移民をアメリカのカトリック教徒にすることによって、アメリカ社会への同化をうながしている。アメリカの宗教団体間の信者をめぐる競争は、アメリカ化を推進する強大な勢力なのである。

より詳細な証拠を見ると、メキシコ移民およびメキシコ系の人びとは、アメリカにたいする帰属意識が希薄なことがわかる。一九九二年に南カリフォルニアと南フロリダの移民の子供を対象にした調査のなかで、次のような質問が発せられた。「自分は何に帰属していると思いますか？　つまり、どんな民族だと考えますか？」

ラテンアメリカ系の回答者は八つの国もしくは国群に分類された。メキシコ生まれの子供は誰も「アメリカ人」と答えなかったが、中南米の他の地域またはカリブ海域で生まれた子供のうち一・九パーセントから九・三パーセントはそう回答した。

メキシコ生まれの子供は、四一・二パーセントという最多数が自らを「ヒスパニック」だと見なしており、次に多い三二・六パーセントは「メキシコ人」を選んだ。アメリカで生まれたメキシコ系アメリカ人の子供でも、三・九パーセントが「アメリカ人」と答えたにすぎなかったが、一方、親が中南米の別の国出身でアメリカ生まれの子供は、二八・五パーセントから五〇・五パーセントがそう回答した。アメリカ生まれのメキシコ系の子供たちに最も多く見られた回答は、「メキシコ系アメリカ人」の三八・八パーセントで、つづいて「チカーノ」(メキシコ系アメリカ人の別称)二四・六パーセント、「ヒスパニック」二〇・六パーセントだった。本来はどこの国の人間かと聞かれて「メキシコ」を選んだ子供は、「アメリカ」を選んだ三・九パーセントの二倍の八・一パーセントもいた。メキシコ生まれであれアメリカ生まれであれ、メキシコ系の子供の圧倒的多数は、本来はどこの国の人間かという問いにたいし「アメリカ」を選択しなかったのである。

また、一九八九年から九〇年にかけて行なわれたラティーノ全米政治調査に回答したメキシコ系の人びとの見解を分析した別の研究もある。この研究の筆者は、同化は直線的に進み三世代目でほぼ完了するという「三世代モデル」の予測の真偽を確かめ、さらにアメリカ国内の移民集団では、「集団にもとづく差別など」の「共有された経験に応じて民族的アイデンティティが出現する」という「新興民族性モデル」の予測も検証した。彼らが分析したのはメキシコ系アメリカ人の英語の使用、政治的寛容性、および政府への信頼にたいする姿勢に関してである。全体としては、新興民族性モデルのほうが、三世代モデルよりも妥当性があった。

結果として、「移民はアメリカに長く滞在すればするほど、誰もが英語を学ぶべきだという考えに反対するように」なり、「主流社会に溶けこんだアメリカ生まれのメキシコ系アメリカ人のほうが、外国生まれの移民よりもむしろアメリカの中心的な文化を支持しない」ことがわかった。こうした研究結果は、彼らも指摘するように、メキシコの文化は「アメリカの信条への支持を妨げる」といった主張を裏づけるものではない。とはいえ、メキシコ系アメリカ人が数世代にわたって、アメリカの価値観との一体化を高められずにいることは、この結果から証明されている。

一九九四年に、メキシコ系アメリカ人は、不法移民の子供への社会保障給付を制限するカリフォルニアの提案一八七号に反対して積極的なデモを行ない、メキシコの国旗を振り、アメリカの国旗を上下逆さまにしながら、ロサンゼルスの通りをねり歩いた。一九九八年には、前述したように、ロサンゼルスで開催されたメキシコ対アメリカのサッカー試合で、メキシコ系アメリカ人が米国国歌『星条旗』にたいして野次をとばし、アメリカ選手を非難し、アメリカの国旗を振る観客を攻撃した。

入手できる量的データを見るかぎり、アメリカをはっきりと拒絶し、メキシコのアイデンティティを主張するこうした傾向は、メキシコ系アメリカ人社会のわずかな過激派だけのものではない。メキシコ移民とその子孫の多くが、アメリカへの帰属意識を第一に考えていないようなのだ。ロビン・フォックスがラトガーズ大学で教えるヒスパニックの学生が言うように、彼らにとって「アンクル・サム・ノ・エス・ミ・ティオ」(アンクル・サム、つまりアメリカは、私の伯父ではない)。となれば、一九九〇年にアメリカの一般大衆から選んだ代表的な人びとが、ヒスパニックをユダヤ人、黒人、アジア人、および南部の白人よりも愛国的でないと見なしたのは、驚くべきことではない。

まとめ

メキシコがいかに移民とアメリカ国内の同化問題の中心を占めているかは、たとえば他国からの移民が従来どおりつづき、何らかの理由でメキシコからの移民が急に途絶える事態を想定すれば、明らかにわかる。そうなれば合法的な移民の流入は一六万人程度に減り、ジョーダン委員会が奨励した水準に近くなるだろう。不法入国は激減し、アメリカ国内にいる不法移民の総数は徐々に減っていくだろう。南西部の農業関連事業などは混乱をきたすだろうが、アメリカの低所得者の賃金は上がるに違いない。スペイン語の使用や、英語を州政府や中央政府の公用語とすべきかどうかをめぐる議論は沈静化する。二言語教育とそこから発生する議論は下火になるだろう。

移民のための福祉やその他の社会保障給付に関する議論も同様だ。移民が州政府および連邦政府にとって経済的な負担となるかどうかの議論は、そうならないという方向ではっきりと決着がつくだろう。アメリカ国内の移民と、今後も到着しつづける人びとが受ける平均的な教育と職業技術は、アメリカ史上に例を見ない水準になるだろう。流入する移民は再びきわめて多様化し、それはすべての移民が英語を学び、アメリカの文化を吸収しようとする動機が増えることを意味する。スペイン語圏のアメリカと英語圏のアメリカのあいだで事実上分裂する可能性はなくなり、それとともにアメリカの文化的統合だけでなく政治的な統合すら脅かす主要な潜在的脅威も消えることになる。

個人の同化と移民地域の結束

かつての移民は一つの地域に同胞同士で固まり、しばしば特定の職業に集中していた。二世、三世になると、それぞれの集団の構成員は徐々に分散するようになり、住居、職業、所得、教育の各方面で差異が現われ、異民族との結婚によって血統も変わっていった。同化の性質と度合いは個人によって異なった。移民の居住地から外へ、上方へと移動していき、急速にすっかり同化していく人もいれば、居住地内に「取り残され」、一世と同じ職業に就いたままの人もいた。こうしたばらつきは、家族、能力、活力、および動機における個人間の差を反映していた。つまり同化は、根本的にはグループ・レベルではなく、個人レベルで起こるのである。

個人的、経済的、および社会的なさまざまな事情によって同化がうながされると同時に、移民社会の拡大と団結を促進する別の力も働く。結束した共同体がどれくらい維持されるかは、その規模と孤立度との相関関係によって決まることが多い。小規模で孤立した共同体であれば、何世代にもわたって自分たちの社会的・文化的な結束を維持できるかもしれない。一方、二十世紀初頭に北東部と中西部の都市で見られたユダヤ人、ポーランド人、イタリア人社会は、たいてい二世、三世と世代を経るうちに都市の環境に溶けこんでいった。複雑な経済が個人と集団の多様なかかわりを余儀なくさせる都市社会のなかで、移民の共同体が存続できるかどうかは、その共同体の規模によるところが大きい。

個人の同化と共同体が結束する過程は複雑であり、固有の矛盾をはらんでおり、究極的には対立しあうものだ。しかし、場合によっては、それらは共存し、たがいに強化しあうこともある。移民社会が経済的に多様化して規模が大きくなっていくと、それぞれのメンバーは出世し、アメリカの中流階級に入りこむことによって、経済的に同化する機会を得られる。だが、その一方で、高等教育と社会経済的な進出は、往々にして集団意識を高揚させ主流文化を拒絶する傾向をうながすことが多い。下層階級の黒人はアメリカン・ドリームを信じつづけるが、中流階級の黒人はそれを拒絶しがちだ。メキシコ系アメリカ人が彼らの社会内部で中流階級に入るようになると、アメリカの文化を拒否してメキシコの文化を信奉し、それを普及させようとする傾向が強まるだろう。

さらに、アメリカ生まれの人や帰化した人なら、国境を越えて行き来するのが容易になり、したがって出身地とのつながりを維持し、そこへの帰属意識をもちつづけることも容易になる。市民権もまた移民社会の拡大に寄与する。市民になれば、合法的な永住者であったとき以上に多くの親戚を呼び寄せられるからだ。さらに、もちろん、市民であれば投票し政治に参加しうるので、自分たちの民族社会の利益をより効果的に促進できるようになる。

以前は、個人の同化のほうが共同体の結束に勝っているのが普通だった。やがて、地理的に分散し、職業間および所得間の格差が広がり、異民族間の結婚が進むにつれて同化はいっそう進む。もっとも共同体としてのつながりは残り、のちの世代が共同体意識を復活させせようと試みる可能性はあるが。こうした力は、メキシコ系アメリカ人の場合でも同じようなかたちで動くかもしれない。だが、メキシコ移民の特性を考えれば、そういう事態は想定できない。

デイビッド・ケネディが言うように、「メキシコ系アメリカ人は、それ以前の移民集団には閉ざされていた可能性を、自分たちのために開かせるだろう。彼らにはそうできるだけの結束力があり、特定の地域内で望ましい結果を得るのに充分なくらい人口も多いので、そう望めば、固有の文化をいつまでも存続させられる。彼らはまた、過去の移民集団が夢にも思わなかったことをいずれはやってのけるかもしれない。既存の文化、政治、法律、商業、および教育制度に挑戦して、言語だけでなく、彼らが事業を営む制度そのものも根本から変えることである」

一九八三年に、著名な社会学者モリス・ジャノウィッツはすでにこうした事態を目の当たりにしていた。「スペイン語を話す住民のあいだに文化変容にたいする強い抵抗」があることを彼は指摘し、「メキシコ人は移民集団として特異な存在であり、自分たちの共同体の絆をいつまでも保ちつづけている」ので、結果として次のようになったと主張した。

メキシコ人は、スペイン語を話す他の人びとともに、アメリカの社会政治的な構造を二分しており、それは国民性の分裂に近づいている……。

アメリカと国境を接してメキシコが存在することと、メキシコの文化様式のもつ力は、メキシコ移民の「自然発達史」が他の移民集団のものとは異なっており、今後も異なることを意味する。南西部地域では、文化的および社会的な未回収地——アメリカの一部ながら事実上メキシコ化しており、そのために政治的な論争の的となっている地域——について語るのは時期尚早ではない。

同様の見解を口にする人はほかにもいる。一方、メキシコ系アメリカ人はこう主張する。南西部は一八四〇年代に軍事侵略によって奪われたのであり、ラ・レコンキスタの時代が到来したのだ、と。人口学的にも、社会的にも、文化的にも、それはまさに進行中である。

こうした主張は、それらの領土をメキシコと再統一する動きへと発展するかもしれない。そんな事態は起こりそうになくても、ニューメキシコ大学のチャールズ・トルヒーヨ教授は、二〇八〇年までにアメリカ南西部の諸州とメキシコの北部の州は合併して新しい国家「ラ・レプブリカ・デル・ノルテ」を形成するだろうと予測する。そうした展開の萌芽は、北部へと押し寄せるメキシコ人の波のなかにも、国境の両側の共同体のあいだで強まる経済的つながりにも存在する。9・11以来、国境はずっと国境らしくなったが、それを消滅させようとする勢力が衰えることはなく、いぜんとして強力だ。学者や評者はこの国境のことを「溶解中」、「ぼやけつつある」、「移動中（つまり北へと）」、あるいは「点線のようなもの」だと言う。それによってアメリカ南西部に、そしてメキシコ北部にも限定されたかたちで、「メクサメリカ」、「アメキシカ」、「メクシフォルニア」とさまざまな名称で呼ばれるものが出現する。

ロバート・カプランは一九九七年にこの傾向について述べ、国境の東半分一帯では、「テキサス州とメキシコ北東部の再統一が既成事実として、あまり目立つことなしにひっそりと進行中である」と結論した。西側では、カリフォルニアの本質が急速にヒスパニック化、つまりメキシコ化しつつあることを、世論調査や学者の研究が示している。『エコノミスト』が二〇〇〇年に報じたところによると、国境のアメリカ側にある一二の重要な都市のうち、六市では人口の九〇パーセント以上がヒスパニックであり、三市はヒスパニックが八〇パーセント以上を占め、一市は七〇パーセントから七九パーセントのあいだであり、残る二市（サンディエゴとユマ）だけがヒスパニックの割合が人口の五〇パーセント未満だった。「この流域では、われわれはみなメキシコ人だ」と、二〇〇一年にエルパソ（ヒスパニックが七五パーセント）の元郡政委員は宣言した。

この傾向がつづけば、メキシコ系が支配的な地域の合併が進み、文化的および言語的に異なり、経済的に自立できる自治区がアメリカ国内に誕生することになる。グレアム・フラーはこう警告する。「ヒスパニックの民族性が特定の地域の縄張り意識と偶然に重なり、多文化主義のイデオロギーとも呼応するという稀有な状況」からすると、「われわれはるつぼの機能を停止させる方向へと進んでいるのかもしれない。エスニックの地域と集団が一ヵ所に集中し、多民族が英語を話すアメリカの主流派の暮らしに同化することを望まず、またその必要もないという状況である」

そうした展開の一つの原型がマイアミに存在する。

マイアミのヒスパニック化

マイアミは、アメリカ本土の五〇州のなかで最もヒスパニック化した大都市である。三〇年という歳月のあいだに、スペイン語を話す人びと——その圧倒的多数はキューバ人——がこの都市の生活のほぼすべての側面で優勢を占めるようになり、市の民族的構成、文化、政治、および言語を根本的に変えたのだ。マイアミのヒスパニック化はアメリカの大都市の歴史において前例のない出来事である。

このプロセスは一九六〇代初頭に、カストロ体制のもとで暮らすことを望まないキューバの中流および上流階級が渡来したことに始まった。カストロの勝利から十数年のうちに二六万人のキューバ人が亡命し、そのほとんどが南フロリダにやってきた。ここは歴史的にキューバの政治亡命者の避難所であり、キューバの二人の大統領も埋葬されている。

アメリカに移民してきたキューバ人は一九七〇年代には二六万五〇〇〇人、八〇年代には一四万人、九〇年代には一七万人になった。アメリカ政府はキューバ移民を難民として扱い、特別な社会保障を付与したが、それによって他の移民集団の不満をかきたてることになった。カストロ政権は、一九八〇年にマリエル港からフロリダへ一二万五〇〇〇人のキューバ人の移住を許可し、移民を奨励すらした。これらのマリエル難民は、以前の移住者とくらべて教育程度が低くて貧しい人びとであり、年齢も若く、黒人が多かった。彼らはカストロ政権のもとで育った人びとであり、彼らの文化は同政権の産物だった。カストロはこのなかに犯罪者も含めていた。

その間に、初期のキューバ移民の貢献によってマイアミの経済は成長し、それが磁石となって中南米やカリブ海の国々から移住者が引き寄せられた。二〇〇〇年には、マイアミに移住した外国生まれの住民の九六パーセントは中南米とカリブ海域の出身であり、そのうちハイチ人とジャマイカ人を除くほぼ全員がスペイン語を話す人びとだった。マイアミに住む人の三分の二はヒスパニックで、その半数以上がキューバ人かキューバ系だった。

二〇〇〇年には、マイアミの住民の七五・二パーセントが家庭で英語以外の言語を話していた。ちなみに、ロサンゼルスではその割合は五五・七パーセント、ニューヨークでは四七・六パーセントだった。家庭で英語以外の言語を話すマイアミの人のうち、八九・三パーセントはスペイン語を使っていた。二〇〇〇年に、マイアミの住民は五九・五パーセントが外国生まれだったが、ロサンゼルスでは四〇・九パーセント、サンフランシスコでは三六・八パーセント、ニューヨークでは三五・九パーセントだった。その他の大都市はほぼどこも、外国生まれの人が人口に占める割合は二〇パーセント未満だった。二〇〇〇年にマイアミに住む成人のうち、英語をとてもよく話せると回答したのは三一・一パーセントであり、その割合はロサンゼルスでは三九・〇パーセント、サンフランシスコでは四二・五パーセント、ニューヨークでは四六・五パーセントだった。

キューバ人が流入し定着したことは、マイアミに大きな影響を与えた。かつてのマイアミは、退職者とわずかな観光資源に依存する眠気を催させるような場所だった。一九六〇年代に、カストロから逃れた起業家精神に富むエリートの難民が、経済を劇的に発展させはじめた。故国に送金できなかったため、キューバ人はマイアミに投資した。マイアミの個人所得の伸びは一九七〇年代に平均して年率一一・五パーセントになり、一九八〇年代でも年率七・七パーセントだった。マイアミ－デード郡の給与総額は一九七〇年から九五年のあいだに三倍に増えた。

キューバ人の経済的な活力のおかげでマイアミは国際的な経済都市に変わり、貿易と国際投資は飛躍的に伸びた。キューバ人は国際的な観光業を推進し、一九九〇年代にはそれが国内旅行を上回るようになり、マイアミはクルーズ船業界の一大中心地になった。製造業や情報産業、消費財業界に属するアメリカの大企業は、ラテンアメリカ部門の本社をアメリカや中南米の他の都市からマイアミに移した。ここには活気にあふれ、芸術的であり、かつ娯楽にも徹した、スペイン語を話す共同体が出現した。ダミアン・フェルナンデス教授の言葉どおり、キューバ人は確かに、「われわれが新しいマイアミをつくった」と言えるし、その経済を中南米のほとんどの国の経済よりも大規模なものにしたと主張できる。

こうした発展の鍵となっていたのは、マイアミが中南米との経済的なつながりを拡大したことだった。ブラジル人、アルゼンチン人、チリ人、コロンビア人、ベネズエラ人がマイアミに大挙して押し寄せ、彼らの金をもちこんだ。一九九三年にはおよそ二五〇億ドルが外国から、それもほとんどが中南米からマイアミの銀行に預金された。西半球の各地から、投資、貿易、文化、娯楽、休暇、麻薬密輸に関係するラテンアメリカ人が続々とマイアミへと向かうようになった。よく言われることだが、ここはまさしく、「ラテンアメリカの首都」になったのだ。

これほど傑出した存在になった背景には、もちろんアメリカの一都市だったマイアミがキューバ人主導のヒスパニックの都市に変貌したことが関係している。二〇〇〇年には、スペイン語は多くの家庭で話されるだけの言語ではなくなった。貿易、商業、政治の世界で主として使われる言語にもなったのだ。マスコミや情報産業は一般にますますヒスパニック化していった。一九九八年になると、マイアミの人が最も多く視聴するテレビ局はスペイン語放送局になった。アメリカの大都市で外国語放送局がそれほどの視聴率を獲得したのは初めてのことだった。

マイアミの言語および民族の構成が変わりゆく様子は、一九八〇年代、九〇年代における『マイアミ・ヘラルド』紙の波乱の歴史に示されている。同紙はアメリカで最も定評のある新聞の一つであり、ピュリッツァー賞もたびたび受賞している。『ヘラルド』紙の社主は当初、伝統的な「非ヒスパニックの白人中心」路線を維持しながら、スペイン語の別刷りでヒスパニックの読者や広告主の関心を惹こうとした。ヒスパニックと白人の双方を狙ったこの試みは失敗した。一九六〇年に、『ヘラルド』はマイアミの八〇パーセントの世帯で購読されていた。一九八九年になると、読者は四〇パーセントに減った。同紙はキューバ人社会の指導者を敵にまわし、彼らから激しい、ときには悪意に満ちた報復を受けた。最終的に『ヘラルド』はスペイン語で新たに『エル・ヌエボ・エラルド』を創刊せざるをえなかった。

キューバ人はマイアミに、伝統的なパターンにしたがった移民居住区を形成したわけではなかった。彼らは独自の文化社会と経済をもつ移民都市をつくりだしたのである。そのなかでは同化やアメリカ化は必要がなく、ある意味でそれは望まれてもいなかった。一九八〇年代末になると、「キューバ人はマイアミに独自の銀行と事業と選挙区をつくりだした」。それによって経済と政治を支配し、ヒスパニック以外の人はそこから締めだされることになった。「彼らがよそ者なのだ」と、成功したあるヒスパニックは語った。「ここではわれわれが権力機構の一員なのだ」と豪語する人もいた。

マイアミのヒスパニックにとって、アメリカの主流文化への同化をうながす誘因はないに等しい。キューバ生まれのある社会学者が述べたように、「マイアミにはアメリカ人になることを強制する圧力がない。人びとはスペイン語を話す居住区内で、何ら不自由なく暮らせる」。ジョーン・ディディオンはこう述べる。一九八七年には、「英語を話せない起業家でも、マイアミでなら購買も販売も商談もでき、借入資本で投資し、債券を発行することもでき、社交好きであれば、週に二度、ブラック・タイでパーティに出席することもできた」。一九九九年になると、大手銀行の頭取も大手不動産開発会社や大手法律事務所のトップもみな、キューバ生まれかキューバ系になった。キューバ人は政治においても優位を占めるようになった。一九九九年には、マイアミ市長と、マイアミ－デード郡の郡長、警察局長、州検事も、さらにマイアミの市議会議員の三分の二と州議会議員の半数近くがキューバ系になった。エリアン・ゴンザレス事件〔フロリダ沖で救助された少年難民をめぐる事件〕のあと、マイアミ市の非ヒスパニック系市政担当官と警察局長は更迭され、キューバ系の人間に取って代わられた。

キューバ人とヒスパニックにマイアミを占拠された非ヒスパニック系白人は、黒人とともに外部のマイノリティとして処遇され、しばしば無視されるようになった。役人と会話できず、店員から差別を受けた非ヒスパニック系白人は、そのなかの一人がこぼしたように、「やれやれ、マイノリティになるというのは、こういうことか」と気づくようになった。彼らには三つの選択ができた。下位の「よそ者」としての立場を受け入れること。ヒスパニックのマナー、慣習、言語を取り入れ、ヒスパニック社会への同化を試み、学者のアレハンドロ・ポルテスとアレックス・ステピックが名づけたように、「逆の文化変容」をとげること。そして第三に、一九八三年から九三年に一四万人が「この市のヒスパニック色が濃くなりつつある」ためにあえて決心したように、マイアミを離れることだ。彼らの集団移住はこんなバンパー・ステッカーが広く出回ったことに反映されていた。「最後にでていくアメリカ人は、どうか国旗をおろしていってください」

マイアミのキューバ化とともに、犯罪件数も多くなった。一九八五年から九三年のあいだ毎年、マイアミは大都市（人口二五万人以上）で暴力犯罪の多い上位三都市のなかにあがっていた。その多くは麻薬取引の増加と関連していたが、キューバ移民のあいだの政治の激化ともかかわっていた。ミミ・スウォーツの報告によると、一九八〇年代には「反カストロ政治グループ、人種暴動、および麻薬関連の犯罪からマイアミは不穏になり、ときには危険な場所になった。抗議行動や爆破事件が頻発し、反目しあう亡命組織のあいだでときおり暗殺事件も起こった」。一九九二年に、『マイアミ・ヘラルド』の新しい社主デイビッド・ローレンスは、キューバ人社会の右翼リーダーのホルへ・マス・カノーサを敵にまわすことになった。破壊行為や殺害をほのめかす匿名の脅迫を受け、「ローレンスは突然、自分が恐怖にとりつかれながら暮らしていることに気づいた」と、スウォーツは言う。二〇〇〇年に、キューバ人社会における政界のトップはほぼ全員が連邦政府に背き、エリアン・ゴンザレス事件について協力を拒んだ。そのころには、マイアミは「手に負えないバナナ共和国」の様相を呈していた、とデイビッド・リーフは主張する。

二〇〇〇年に、『ニューヨーク・タイムズ』の記事は「マイアミ－デード郡の事実上の連邦脱退」について述べ、キューバ人を代表する地元の政治家が「独自の外交政策」を実施しているとした。エリアン・ゴンザレスをめぐる議論は「事実上の脱退」という話題を過熱させ、政界の指導者は連邦政府に逆らい、抗議者はキューバの国旗を振って、星条旗を焼いた。「ここは分離した市なのだ」と、あるキューバ人学者は言った。「われわれにはいまや独自の外交政策がある」。エリアン事件によって、エリアン少年を父親のもとに帰すことに頭から反対するマイアミのキューバ人社会と、子供は父親が保護すべきだと考え、強制的な手段でその権限を父親に返した政府に賛同する六〇パーセントのアメリカ人との大きなズレが浮き彫りになった。

この議論はキューバ人社会内部の古い世代と若い世代の違いや、キューバ人と急速に増えつつあるキューバ人以外のヒスパニックとの温度差も露呈させた。後者の移住がつづけば、マイアミのキューバ人の割合は下降し、それ以外のヒスパニックが増大するが、それでもなおキューバ系の支配体制は揺るがないだろう。

南西部のヒスパニック化

マイアミは、ロサンゼルスと南西部全体の将来の姿をあらわしているのだろうか？　最終的には、同じような結果になるかもしれない。明らかに異なる大規模なスペイン語社会が生まれ、一般のアメリカ人のナショナル・アイデンティティとは別に、ヒスパニック独自のアイデンティティを維持し、アメリカの政治と行政および社会に大きな影響をおよぼすのに充分な経済的および政治的な手段をもつようになるのだ。しかし、こうした事態が起こる過程は異なるかもしれない。

マイアミのヒスパニック化は急速かつ明快で、経済が主導する上から下へのものだった。南西部のヒスパニック化は緩慢だが止めようもないもので、下から上へと政治的に突き動かされたものだ。フロリダへのキューバ人の流入は断続的であり、キューバ政府の政策に大きく影響される。それを補うかたちで、中南米各地から、スペイン的な文化とアメリカの繁栄という組み合わせに惹かれてやってくる人びとの、より持続的な人の動きがある。

他方、メキシコからの移民は絶え間なくつづき、不法入国者も大量に含まれており、下火になる兆しは見えない。南カリフォルニアのヒスパニック人口は、そのほとんどがメキシコ系で、数のうえではマイアミのヒスパニック人口をはるかに上回るが、比率的にはまだその域に達していない。しかし急速に増えてはいる。

第二の違いは、キューバ人およびメキシコ人がそれぞれの出身国とのあいだにもつ関係にかかわるものだ。キューバ人社会は、カストロ政権への敵意と、その政権に制裁を加え転覆させようとする試みによって統一されている。キューバ政府も同じような対応にでた。メキシコ人社会は、メキシコ政府にたいしてもっと揺れる感情を抱いており、微妙な違いを見せる。メキシコ政府はアメリカへの移住を奨励しただけでなく、アメリカ在住のメキシコ人がメキシコとのつながりを維持し、メキシコの国籍を維持または取得し、そしてもちろん、メキシコに送金するようにも仕向けた。何十年にもわたって、キューバ政府は南フロリダのキューバ人社会の政治勢力を愚弄し、ことごとに牽制し、阻止し、弱体化させようとしてきた。メキシコ政府は南西部のメキシコ人社会の人口と財力と政治力を拡大させたいと考えている。

第三に、初期のキューバ移民は、ほとんどが中流および上流階級だった。彼らには財産も教育も能力もあり、数十年のあいだにマイアミの経済と文化および政治を支配するようになった。のちの移民はもっと下層の階級だった。南西部では、メキシコ移民の圧倒的多数が貧しく、手に職もなく、教育もろくに受けていない人びとで、彼らの子孫の多くも同じような境遇におかれそうだ。したがって、南西部のヒスパニック化への圧力は下からのものであり、一方、南フロリダのそれは上からのものなのだ。

ロサンゼルスでは、ジョーン・ディディオンが述べたように、スペイン語は「非ヒスパニック系白人の住民がかろうじて気にとめる程度の言葉にすぎず、周囲の騒音の一部でしかない。それはガソリンスタンドで働いている人や、庭木の手入れにくる人や、レストランでテーブルを片づける人の話す言葉なのだ。マイアミのスペイン語は、レストランで食事をする人や、車や庭木を所有する人が話す言葉であり、そのことは社会的な聴覚の尺度からすると、相当な違いになる」。それは間違いなく、政治的および経済的な力を獲得するうえでも相当な違いになる。だが、長期的に見れば数は力であり、とりわけ多文化主義の社会や民主政治制度や消費経済において、その威力を発揮する。

メキシコからの移民が持続し、メキシコ人の絶対数が多いうえに増えつづけているとなれば、文化的な同化をうながす誘因は減る。メキシコ系アメリカ人はもはや自分たちを小さなマイノリティの一員だとは見なさず、支配的なグループに迎合してその文化を採用すべきだとも考えていない。数が増えるにつれ、彼らはいっそう自分たちの民族的アイデンティティと文化に専心するようになる。数の拡大がつづけば、文化的な結束が高まり、自分たちの文化とアメリカの文化との差を縮めるのでなく、むしろその違いを誇りとするようになる。

民族《ラ・ラーサ》国家審議会の会長が一九九五年に述べたように、「われわれがかかえる最大の問題は文化の衝突だ。われわれの価値観とアメリカ社会の価値観との衝突である」。彼はそれからアメリカの価値観にくらべてヒスパニックの価値観がいかに優れているかをくわしく述べた。同じく一九九八年に、テキサスで成功したメキシコ系アメリカ人の実業家ライオネル・ソーサは、ヒスパニックの中流階級の知的専門職が台頭し、外見は非ヒスパニック系白人のようになりながら、その「価値観は非ヒスパニック系白人のものとはかなり異なったままであること」を歓迎した。

メキシコ系アメリカ人は、メキシコ人よりも民主主義にたいして好感を抱いていることが多い。それでも、メキシコとアメリカの価値観と文化のあいだには重大な差異がある。メキシコ系アメリカ人はそうした影響を受けているし、メキシコ人およびメキシコ系アメリカ人の識者はこれらの違いについて証言している。

一九九七年に、メキシコ随一の小説家であるカルロス・フエンテスは、トクビル風の説得力ある文体で、スペインとインディオの遺産が入りまじったメキシコの「カトリック文化」と、「マルティン・ルター」に由来するアメリカのプロテスタント文化との違いをくわしく書きあらわした。一九九四年には、メキシコ外務省高官のアンドレス・ロセンタルがこう断言した。「二つの文化のあいだには、もともとそなわった違いがある。それはメキシコの文化がアメリカの文化よりも深く根ざしたものだ、ということだ」。一九九九年には、メキシコの哲学者アルマンド・シントラが、メキシコ系アメリカ人が教育面などで遅れていることに関して、彼らの姿勢を三つの言い方で説明した。「アイ・セ・バ（まあ、そんなところさ）」、「マニャーナ・セ・ロ・テンゴ（明日になったらやるよ）」、そして「エル・バレ・マドリッシモ（何をやっても無駄だ）」

一九九五年には、のちにメキシコの外務大臣になったホルヘ・カスタニエダがメキシコとアメリカの「とてつもない違い」について言及し、社会的・経済的な機会の格差、不平等をなくすための制度、物事は予測できないという考え、マニャーナ（明日）症候群にあらわされる時間の概念、すみやかに結果をだす能力などをあげ、さらに歴史にたいする態度についても触れ、それは「メキシコ人は歴史ばかり考えており、アメリカ人は将来ばかりという使い古された言葉」にあらわされると語った。

ライオネル・ソーサはヒスパニックの主だった特徴（アングロ－プロテスタントのものとは異なるもの）で、「われわれラティーノを立ち遅れさせている」ものをいくつか見出した。家族以外の人を信用しないこと。独創力や自信や野心に欠けること。教育を重視しないこと。貧困を天国に行くために必要な美徳だと受け入れていること、などである。

ロバート・カプランはトゥーソンに住むメキシコ系アメリカ人三世、アレックス・ビヤの言葉を引用し、トゥーソン南部にあるメキシコ人社会のなかで、「教育と勤勉」が物質的な裕福さにつながる道だと信じる人も、それを実践して「アメリカ社会に入りこもう」とする人についても、ほとんど知らなかったとする。メキシコが現代の世界に加わるつもりならば、「文化革命」が必要だ、とアルマンド・シントラは言う。メキシコ人の価値観が、福音派プロテスタンティズムの普及にともなって変化しつつあるのは間違いないが、その革命が近いうちに、あるいはすみやかに達成されることはないだろう。その間にも、メキシコからの大量移民はつづき、メキシコ系アメリカ人のあいだでメキシコの価値観を揺るぎないものにする。それこそが彼らの教育および経済面での進歩と、アメリカ社会への同化を遅らせている主たる原因なのだが。

こうして、メキシコ系アメリカ人は数が増すにつれて、自分たちの文化にいっそう居心地のよさを感じて、しばしばアメリカの文化を軽蔑するようになる。彼らは自分たちの文化の認知を要求し、アメリカ南西部は歴史的にメキシコのものだと主張する。ヒスパニックおよびメキシコの過去にますます人びとの関心を集め、賞賛するようにもなる。

彼らの数の増加によって成就されたことは、一九九九年のある報告によると「ヒスパニックの多くの人びとを『ラテン化する』のを助けることだった。自分たちが受け継いできた文化のほうが肯定しやすいと考えはじめている人びとだ……。若い世代が民族としての誇りをもって育ち、ラテン系の影響が娯楽、広告、政治などの分野に浸透するにつれ、数の多さが力となることに彼らは気づく」。あるデータが将来を予言する。一九九八年にカリフォルニアとテキサスの両州で新生児に最も多くつけられた名前は、マイケルからホセに変わったのである。

アメリカ人の標準とくらべて、メキシコ系アメリカ人は貧しく、今後もしばらくはその状態がつづくと思われる。それでも、彼らの経済的地位は、より多くの人が中流階級に入りこむにつれて少しずつ改善されている。ヒスパニックの有権者は一部にすぎないが、三八〇〇万人のヒスパニックのすべてが消費者なのだ。二〇〇〇年のヒスパニックの年間購買力は四四〇〇億ドルと推定された。そのうえ、アメリカ経済は非常に細分化された市場になりつつあり、特定の集団の嗜好や趣味に合わせて特注することがセールスポイントになっている。

こうした二つの傾向が強力な誘因となり、アメリカの企業はヒスパニック市場にスペイン語で直接訴えるようになった。こうしたなかにはヒスパニック向けに特別につくられた製品も含まれ、典型的なものとしては、スペイン語の新聞、定期刊行物、書籍、放送などがあるが、ヒスパニック向けの製品は実際にはもっと多岐にわたり、その市場のなかにさらに特別な層としてメキシコ人、キューバ人、プエルトリコ人向けのものがある。この市場の大きさにつられて、企業はますます頻繁にスペイン語で宣伝広告を打つようになった。ライオネル・ソーサが主張するように、企業は「エスニックの顧客」と「マイノリティ市場」にたいし、そこで最も普及している方法と言語でアピールしなければならない。彼の言葉を借りれば、「エル・ディネロ・アブラ（金はものを言う）」というわけだ。

ヒスパニックの共同体が一九九〇年代に出現した中心には、アメリカ最大のスペイン語テレビ・ネットワークのウニビジョンがあった。ウニビジョンは「親会社であるメキシコ最強の多国籍企業テレビジョンの資源にどこまでも」依存できると言われている。ニューヨーク、シカゴ、ロサンゼルスに住む十八歳から三十四歳までの人のあいだでは、ウニビジョンの毎晩のニュースを見る視聴者数が、ABC、CBS、NBC、CNN、およびフォックスのニュース番組の視聴者数に匹敵するか、上回ると言われている。

メキシコおよびヒスパニックの移民が大量に流入しつづけたうえ、これらの移民がアメリカ社会に同化する割合が低ければ、アメリカはいずれ二つの言語と、二つの文化、および二つの民族からなる国に変わるだろう。こうした事態はアメリカを変容させるだけではない。それはアメリカ国内にいながら一体化しないヒスパニックにとっても、重大な結果をもたらすだろう。ライオネル・ソーサは、野心を抱くヒスパニックの起業家への助言の書である『アメリカーノ・ドリーム』を、次のような言葉で締めくくっている。「アメリカーノ・ドリーム？　それは存在するし、現実的なものであり、われわれの誰もが共有できるものなのだ」

彼は間違っている。アメリカーノ・ドリームなどというものは存在しない。あるのはアングロ－プロテスタントの社会によって生みだされたアメリカン・ドリームだけだ。メキシコ系アメリカ人もその夢とその社会を共有するだろうが、それは彼らが英語で夢をみればの話である。

第10章　アメリカを世界と一体化させる

変わりゆく環境

二十世紀末期、冷戦が終結してソ連が崩壊し、多くの国が民主主義体制に変わり、さらに国際的な貿易、投資、交通、通信がいちじるしく拡大すると、つまり一般にグローバリゼーションと称する現象が起こると、アメリカを取り巻く環境は根底から変わり、アメリカのアイデンティティに少なくとも三つの重大な結果がもたらされた。

第一に、ソ連と共産主義の崩壊によってアメリカは敵がいなくなったばかりか、その歴史で初めて自国を定義するうえで対峙すべき明確な「他者」のいない事態となった。二世紀以上にわたって、アメリカの信条のリベラルな民主主義の原則は、アメリカのアイデンティティの中心的な要素だった。アメリカとヨーロッパの識者はしばしばこの信条の根本的な要素を「アメリカ例外主義」の本質と呼んできた。だが、いまや世界各地で民主主義が、少なくとも理論的には政府の正統な唯一の形態として受け入れられるにつれ、例外主義は普遍的になりつつあった。二十世紀のファシズムと共産主義のごとく、民主主義を脅かす非宗教的なイデオロギーはどこにも存在しなくなったのである。

第二に、アメリカの産業界、学界、知的専門職、メディア、非営利団体、および政界のエリートが国際的に幅広く活動した結果、彼らのあいだでナショナル・アイデンティティの顕著性が低下した。エリートは、いまではますます自分たちとその利益とアイデンティティを、国を超えた国際的な制度とネットワークと大義の面から定義づけるようになった。先にも述べたように、アメリカの一部のエリートたちは、一般大衆よりもサブナショナルなアイデンティティを重視しやすい。また、同じエリートの多くは、きわめてナショナリスティックでありつづける大衆よりも、トランスナショナルなアイデンティティに重きをおくのだった。

第三に、イデオロギーが重要性を失って陳腐化したことを受けて、アイデンティティの根源として文化の重要性が高まった。二重のアイデンティティと二重の忠誠と二重国籍をもち、数を増しつづける個人の集合体とでも言うべきものが、数と重要性を増す国外離散者《ディアスポラ》だった。ディアスポラは二ヵ国以上の国境を越えて広がる文化的な共同体であり、そのうちの一国が通常はその共同体の祖国《ホームランド》と考えられている。移民の民族集団がアメリカ社会のなかで自分たちの独自の利益を増進しようとすることは、十九世紀半ばから現実的に見られた。だが、現在の移民にとって、祖国の人びととの絆や交流、あるいは対話の維持はずっと容易になり、そのため彼らは自分たちをディアスポラの一員なのだと考える。また、祖国の政府はいまではディアスポラを財政支援やその他の援助の主な担い手として、かつ受入国の政府に影響力をもつ者として見なしている。それゆえ、祖国政府は自国のディアスポラの拡大と動員と制度化を推進するのである。

二〇〇一年までの他者の不在、民主主義の普及、エリートの無国籍化、そしてディアスポラの台頭といった現象のすべてが、ナショナル・アイデンティティとトランスナショナルなそれとの差異をうやむやにしたのである。

敵探し

一九八七年に、ソ連のミハイル・ゴルバチョフ大統領の最高顧問の一人だったゲオルギ・アルバトフがアメリカ人にこう警告した。「われわれはあなたがたにたいして実に恐ろしいことをしている――敵を奪っているのだ」。そして、現実にそのとおりの結果となり、それはアルバトフが強調したように、アメリカにとって重大な結果をもたらした。だが、彼が口にしなかったのは、それがソ連におよぼす結果だった。

アメリカから敵を奪うことによって、ソ連は自らの敵をも奪ったのであり、その数年後の出来事からわかるように、ソ連はアメリカ以上に敵を必要としていたのだ。建国当初から、ソ連の高官は自国を世界の資本主義との重大な戦いにおけるリーダーとして位置づけていた。その戦いがなくなり、ソ連はアイデンティティも存在理由も失い、急速に一六の国家へと分裂していった――主に文化と歴史によって定義された独自のナショナル・アイデンティティをもつ国家群へと。

敵の喪失が、アメリカに同様の影響をおよぼすことはなかった。ソ連のイデオロギー上のアイデンティティは、革命による独裁政権が異なったいくつもの民族に押しつけたものだった。だが、アメリカのイデオロギー上のアイデンティティは、アメリカ人によって多かれ少なかれ（独立革命時代の親英派と南北戦争前の南部人を除いて）自由に受け入れられたものであり、アングロ－プロテスタントという共通の文化に根ざしたものだったからだ。とはいえ、ソ連の崩壊はアメリカのアイデンティティに新たな問題を突きつけた。

紀元前八四年にローマが最後の強敵ミトリダテスを打ち負かしたあと、スラはこう問いかけた。「もはや世界から敵がいなくなったいま、共和国の運命はどうなるのだろうか？」

一九九七年に、歴史学者のデイビッド・ケネディはこう問うた。「敵が完全に征服されたら、国家としてのアイデンティティの意識はどうなるのか？　もはや国家の存在そのものを脅かして活気づける力が与えられなくなったら？」

スラが危惧の念を表明してから数十年後に、ローマの共和政は崩壊して帝政に変わった。アメリカが同様の運命をたどる可能性はなさそうだ。だが、アメリカは四〇年にわたって「悪の帝国」にたいする「自由世界」のリーダーだった。悪の帝国がなくなったいま、アメリカはどのように自らを定義するのか？　あるいはジョン・アップダイクが言ったように、「冷戦がなければ、アメリカ人である意味があるのか？」

ソ連の崩壊は、アメリカの同盟国と、ソ連の脅威に対抗するために彼らが築いた制度にも影響をおよぼした。一九九〇年代の初めに、ＮＡＴＯ（北大西洋条約機構）の集まりで演説した人たちは、古代のアレクサンドリアについてコンスタンディノス・カヴァフィスが書いた詩をたびたび引用した。

われわれは何を待っているのだ、市場に集まって？
野蛮人が今日やってくるはずなのだ……。

この突然の不安は何を意味するのか、
そして、この混乱は？（人びとの顔がいかに深刻になったことか！）
通りや広場からなぜ急に人影が消え、
人びとはなぜこれほどもの思いにふけりながら家路についているのか？

それは夜になったのに、野蛮人がこなくなったからだ。
そして、前線から何人かの兵がやってきて、
もはや野蛮人はいないと言うからだ。

野蛮人がいなくなったいま、われわれはどうなるのか？
あの連中は、解決策のようなものだったのに。

問題は、それが何にたいする「解決策のようなもの」だったのかということだ。国外での戦争は国内で議論や不統一を生み、そのほかにも一般に機能障害と見られるような影響をおよぼすかもしれない。他方、「野蛮人」が国の存在を根本的に脅かす場合、もしくは脅かすと考えられた場合には、より前向きの結果がもたらされるだろう。「戦争が人びとを国民に変える」と、ハインリッヒ・フォン・トライチュケは言った。これは確かにアメリカに当てはまることだ。独立革命がアメリカ人という存在を生みだし、南北戦争はアメリカ国民をつくり、第二次世界大戦はアメリカ人をして国に帰属しているという意識に目覚めさせた。大戦中は、国家の権威と資源が増す。国民の結束は高められ、共通の敵を前にして、国内を分裂させる可能性のある争いは抑えられる。社会的・経済的な格差は縮小する。経済の生産性は、物理的に破壊されないかぎり、上昇する傾向にある。

ロバート・パットナムとシーダ・スコッチポルが示したように、アメリカの戦争——なかでも第二次世界大戦——は、市民の参加や共通の目的のためのボランティア活動、および社会資本の拡大をうながし、さらに広い意味での国としての統一感や国への義務といった観念をも根づかせた。「われわれはみな一緒にこの戦いに参加している」のである。アメリカが経験した大戦争のうち二度は、アメリカ史において人種の平等がいちじるしく進んだ二度の時期と深くかかわっている。冷戦下の緊迫した状態も、人種差別と人種隔離を終わらせる動きに拍車をかけた。

戦争が、少なくとも場合によっては、こうしたプラスの結果をもたらすとすれば、平和はそれに匹敵するマイナスの結果につながるのだろうか？　社会学的な理論と歴史的証拠を見ると、外部の敵ないし他者の不在は、内部の不統一を助長する。となれば、冷戦が下火になって終結したことから、他の多くの国と同じく、アメリカ国内でもサブナショナルなアイデンティティに人びとが惹きつけられるようになったのは驚くべきことではない。外部からの深刻な脅威がなければ、強い中央政府は必要がなくなり、結束力の固い統一国家も不要になる。一九九四年に二人の学者がこう警告した。冷戦の終結によって、「民族と地域ごとの違いが前面に打ちだされるにつれ、国としての政治的結束力は衰える」だろうし、また「国内の社会的公正と福利の達成はいっそう難しくなり、階級間の溝が再び大きくなるだろう」、と。

同じように、一九九六年にポール・ピーターソン教授は、冷戦の終結はとりわけ、「国益の意味がますますぼやけ」、「国のために犠牲を払う意欲が減退して」、「政府への信頼が薄れ」、「道徳的な活動が少なくなり」、「経験豊かな政治指導力を求める機運が衰える」事態につながると考えた。外部の敵がいないと、個人の私欲が国への義務に勝ってしまうのだ。ピーターソンはさらに次のように述べた。「国が何をしてくれるのかを問うのではなく、国のために何ができるのかを自問してほしい。この言葉は、国がもはや悪から善を守らなくなった時代には古臭く感じられ、狂信的愛国主義者《ショービニスト》の言葉とも聞こえる……」

アメリカ人が最後に人種的な観点から主要な敵と見なした相手は、第二次世界大戦中の日本だった。ジョン・ダワーによれば、「日本人は、実際のところ、欧米人が何世紀ものあいだ白人以外の人間に適用してきた人種的固定観念を負わされていた……（そこに含まれるのは）サル、劣った人間、原始人、子供を凝縮したイメージだ」

一般的な意見は、太平洋戦争に従軍したある海兵隊員の言葉によく示されている。「戦う相手がドイツ人であればよかった。彼らはわれわれのような人間だ……でも、ジャップはまるで獣《けもの》だ」

アメリカ人が日本人に抱いていたこの人種的側面を除けば、アメリカの二十世紀の戦争における敵は、日本を含めて、イデオロギー的な敵と見なされていた。アメリカの二十世紀の三度の戦争では、敵はいつもアメリカの信条の中心となる原則の対極に位置づけられた。「敵が第一次世界大戦のドイツの独裁支配《カイザーリズム》だろうと、第二次世界大戦における日本の軍国主義だろうと、冷戦期のソ連の集産主義的な共産主義だろうと、アメリカが敵を定義するうえで中心となる要素は、敵が反個人主義的な価値観を具現していることと関連していなければならなかった」と、デイビッド・ケネディは言う。

冷戦はイデオロギー上の敵対関係の縮図だった。ソビエト連邦はすなわち共産主義で悪の帝国だとされ、世界中に共産主義を普及させることを目論んでいるものとして定義されており、アメリカ人のイデオロギー上のまたとない敵となった。

二十世紀末、民主主義以外の政体はまだ多く存在し、特に重要な中国が残っていたが、そうした国々は中国を含めていずれも他の社会にたいして民主主義以外のイデオロギーを広めようとしてはいなかった。民主主義は非宗教的なイデオロギーとして重要な敵を失ったまま取り残され、アメリカには対等な競争相手がいなくなった。その結果、アメリカの外交にかかわるエリートたちのあいだには、幸福感や誇りや傲慢さがはびこり、さらに戸惑いさえも見られた。イデオロギー的な脅威の不在は、彼らの目的を見失わせた。「国家には敵が必要なのだ」と、チャールズ・クラウサマーは冷戦が終わったときに述べた。「一つを取り除いても、また別の敵を見つけるだろう」。アメリカにとって理想の敵は、イデオロギー的に敵対し、人種および文化面で異質であり、アメリカの安全保障にとって確かな脅威となりうるほどの軍事力をもつ相手である。一九九〇年代の外交政策に関する議論は、主にそうした敵をどこで見つけるかをめぐるものだった。

こうした議論の参加者は、さまざまな可能性を思い浮かべたが、世紀末の時点ではそれらの考えはいずれも一般に受け入れられなかった。一九九〇年代初めに一部の外交専門家は、ソ連の脅威が再びナショナリスティックな権威主義のロシアとして立ち現われ、その天然資源と人民と核兵器とともに、再度アメリカの原則に挑んで、アメリカの安全保障を脅かすだろうと警告した。しかしその一〇年後、ロシア経済は不振におちいり、人口は減少して、通常戦力は弱体化した。しかも汚職がはびこったうえ、政治権力は脆弱であり、ロシアをアメリカの敵の候補とするには二の足が踏まれるようになった。

スロボダン・ミロシェビッチやサダム・フセインのような三流の独裁者が大量虐殺者として悪魔同然に扱われたが、彼らをヒトラーやスターリンと同格の存在として描くのはもちろん、ブレジネフと比較することすら説得力に欠け、アメリカの原則や安全保障にたいする恐ろしい脅威とは考えられなかった。敵の候補はしばしば「ならずもの国家」やテロリスト、麻薬犯罪組織などのより漠然とした集団にも探し求められ、また核の拡散やサイバーテロ、あるいは戦力がいちじるしく異なる相手との非対称戦争といった危険なプロセスにも目が向けられた。

アメリカはその信条にもとづくアイデンティティゆえ、他国がどれほど人権を抑圧しているか、あるいは麻薬取引の支援、テロリスト集団への荷担、宗教にもとづく迫害などの悪徳行為にかかわっているかによってその国をランクづけし、分類するようになる。世界各国で、敵のリストを公表しているのはアメリカだけだ。テロ組織（二〇〇三年には三六グループを列挙）、テロ支援国家（二〇〇三年には七ヵ国）、「ならずもの国家」（二〇〇〇年に「問題国家」と呼称が変わった不定数の国家群の略式カテゴリー）、および二〇〇二年に「悪の枢軸」と名指しされたイラク、イラン、北朝鮮、および国務省が追加したキューバ、リビア、シリアである。

敵となる可能性が高いのは中国だった。経済の実態ではいざ知らず、中国は理論的にはまだ共産主義国であり、政治的な自由や民主主義、あるいは人権を尊重しない独裁体制の国であることに間違いはなく、経済は活気づき、大衆はナショナリスティックな色彩を強めており、文化的には強い優越感をもち、軍部をはじめとするエリート層には明らかにアメリカを敵視する考えがある。そうしたもろもろのことが中国を東アジアで頭角を現わしつつある覇権国家に仕立てていた。二十世紀に、アメリカにとって最大の脅威が生じたのは、ドイツと日本というファシスト国家が一九三〇年代および四〇年代に枢軸国として手を結んだときと、共産主義のソ連と中国が一九五〇年代に同盟を結んだときだった。同じような同盟が出現するとすれば、中国がその中心になるだろう。だが、そうした展開は近い将来には起こりそうにない。

一部のアメリカ人はイスラム教原理主義のグループ、またはより広い意味で「政治的イスラム」を敵と考えるようになった。イラク、イラン、スーダン、リビア、タリバン政権下のアフガニスタン、さらにそれほどの脅威ではないが他のイスラム国家、さらにハマス、ヒズボラ、イスラム聖戦、およびアルカイダのネットワークのテロ組織などに代表されるものである。一九九〇年代に起こった世界貿易センターの爆破事件をはじめ、サウジアラビアの米軍兵舎コバール・タワーズ、タンザニアとケニアのアメリカ大使館、イエメンにおける米海軍駆逐艦コールの爆破事件、およびその他の未遂に終わったテロ計画などは、確かにアメリカにたいする低レベルだが断続的な戦争と言えるものだった。テロ支援国家としてアメリカが名指しした七ヵ国のうち五ヵ国は、イスラム教徒の国だった。

イスラム国家とイスラム組織は、アメリカ人の多くが親密な同盟国と考えるイスラエルを脅かしている。イランと――二〇〇三年の戦争まで――イラクは、アメリカおよび世界の石油供給にたいする脅威となりえた。パキスタンは一九九〇年代に核兵器を手に入れたし、イラン、イラク、リビア、サウジアラビアはさまざまな機会に、核兵器を備蓄し、それを使う意図や計画をもっているとされてきた。イスラム教とアメリカのキリスト教、およびアングロ－プロテスタンティズムとのあいだの文化的な違いも、イスラム教徒が敵と見られる条件を強めている。そして、二〇〇一年九月十一日、敵を探していたアメリカの努力にオサマ・ビンラディンが終止符を打った。ニューヨークとワシントンへの攻撃につづくアフガニスタンおよびイラクとの戦争、そしてより漠然とした「対テロ戦争」が、イスラム武装勢力を二十一世紀におけるアメリカの最初の敵に仕立てあげたのである。

死せる魂——エリートの無国籍化

一八〇五年にウォルター・スコットがこう問いかけたことはよく知られている。

そこに息づいているのは死せる魂なのか？
いまだかつて「これが私のものだ、私の生まれ故郷だ」と
自分に言ったことのない者なのか？
彼のなかで心が燃えたことはこれまでにないのか？
異国の地をさまようのをやめて、
家路についたときも。

「最後の吟遊詩人の歌」より

彼の問いにたいして今日返せる一つの答えは、そのとおり、というものだ。死せる魂の持主は少ないが、アメリカの産業界、知的専門職、知識人、および学界のエリートのなかで、その数は増えている。スコットの詩にある「肩書きと権力と財力」を身につけた彼らは、アメリカ国民との関係をだんだん希薄にしている。異国の地からアメリカに戻ってきても、彼らは「生まれ故郷」への深い思いに心を動かされることはないだろう。彼らの態度と行動は、アメリカ大衆の強い愛国心と国にたいするナショナリスティックな帰属意識とは対照的だ。それはアメリカ生まれのヨーロッパ系アメリカ人だけに当てはまるのではない。あるメキシコ系アメリカ人はこう言った。「母の国を訪ねるのは楽しいが、あそこは私の家ではない。私の家はここにある。ここに戻ってきたとき、私はこう言う。『有難い、アメリカだ』」

アメリカでは、ますます無国籍化するエリートと、「ありがたい、アメリカだ」と言う大衆のあいだに大きな差異が生じつつある。この差異は9・11以後に反対意見が影をひそめ、愛国的な団結心が高まったことによって、しばし曖昧になった。しかし、同じような攻撃がくりかえし起こらなければ、経済的なグローバリゼーションという浸透力のある根源的な力は、エリートの無国籍化をひきつづき深めるだろう。

グローバリゼーションには、個人、企業、政府、非政府組織（NGO）などにおける国際的な交流のいちじるしい拡大がともなう。また、それによって世界規模の投資、製造およびマーケティングを行なう多国籍企業の数と規模が増大し、国際的な組織と制度および規則が急増する。こうした展開がおよぼす影響はグループごとに、国ごとに異なる。グローバリゼーションの過程に個人がどうかかわるかも、それぞれの社会経済的な地位にほぼ比例して変わる。エリートは一般の人びとにくらべて、国を超えた利害関係も責務もアイデンティティも、多くかつ深く抱いている。アメリカのエリート、政府機関、企業、その他の組織は、他国のそうした人や組織以上にグローバリゼーションの過程にはるかに関与してきた。そのため、ナショナル・アイデンティティと国益にたいする彼らの思い入れは比較的弱いのかもしれない。

こうした展開は、南北戦争後にアメリカ国内で起こったことが世界的な規模で繰り広げられているようなものだ。前述したように、この時代、工業化が進むにつれて、企業は全米規模で事業を展開して、成功と拡大のために必要な資本、労働者および市場を手に入れざるをえなかった。野心をもつ人間は地理的にも組織的にも、そしてある意味では職業的にも渡りあるかなければならず、地元にとどまるのではなく、全米を舞台として出世しなければならなかったのだ。全米的な会社や組織の増加は、国家的な視点と国益および国力を推進し、連邦の法律と基準が、州の法律と基準に優先するようになった。国民意識やナショナル・アイデンティティが、州および地域のアイデンティティをしのぐようになったのである。

トランスナショナリズムの台頭も、初期の段階ではどこか似たようなものだった。だが、大きな違いが二つあった。十九世紀末の産業技術の発達は、アメリカのエリートの国にたいする意識を高めたが、二十世紀の場合はエリートの無国籍化を助長した。第二に、ナショナリズムがサブナショナリズムを凌駕したときは外部の敵の存在に助けられ、そのおかげで国としての結束や、ナショナル・アイデンティティ、あるいは大統領職をはじめとする国の制度が強化された。だが、トランスナショナリズムの場合、敵はナショナリズムなのだ。ナショナリズムが幅広く大衆の心をつかめば、トランスナショナルな傾向は強まるのではなく、むしろ阻害されるようになる。

トランスナショナルな思想と人間には、普遍的、経済的、道徳主義的という三つのカテゴリーがある。普遍的なアプローチというのは、実はアメリカのナショナリズムと例外論を極端に解釈したものだ。この見解によると、アメリカが例外的なのは、それが独特な国家だからではなく、「普遍的な国家」になったからなのだ。この国が世界と一体化したのは、世界各国から人びとがアメリカにやってきて、アメリカの大衆文化と価値観が他の社会によって幅広く受け入れられたためだ。そして、アメリカと世界との差は、アメリカが世界における唯一の超大国となったために消えつつある、という考えである。

経済的なアプローチは、国の境界線をうやむやにする超越した力としての経済のグローバリゼーションに焦点を当て、各国の経済を全世界的な一つの経済と一体化させ、中央政府の権威と機能を急速に衰えさせている。この見解は、多国籍企業の幹部や大きなＮＧＯ、国際的な規模で活動する同様の組織、および高度な専門知識をもった人びとを中心として職業技術のある個人のあいだで普及しているものだ。こうした人びとへの需要は世界的にあり、そのために彼らは国から国へと移動して立身しうる。

道徳主義的なアプローチは、愛国心とナショナリズムを邪悪な勢力として非難し、国際的な法律や制度、管理体制、および規範のほうが、各国に固有のものよりも道徳的に優れていると主張する。国に貢献する以上に、人類のために貢献しなければならないのである。この見解は知識人と学者およびジャーナリストに見られる。経済的なトランスナショナリズムは中産階級に根ざしており、道徳主義的なトランスナショナリズムは知識階級に見られる。

一九五三年に、ゼネラルモーターズ社のトップが国防長官の候補としてあがり、こう宣言した。「ゼネラルモーターズにとってよいことは、アメリカにとってもよい」。ところが、アメリカにとってよいことは、ゼネラルモーターズにとってもよいとは言わなかったために彼はあちこちから非難された。いずれにしても、当人も批判した側も、企業と国家のあいだに何らかの利害の一致が見られると考えていた。だがいまでは、多国籍企業は自分たちにとっての利益はアメリカの国益とは別ものだと考えている。彼らの世界的な活動が拡大するにつれ、アメリカで創設され、アメリカを本拠地とする企業が、徐々にアメリカ的でなくなっていった。

企業幹部がラルフ・ネイダーに送った回答（本書の第1章で取り上げた）が示すように、彼らは愛国心の表明を拒否し、自分たちは多国籍であると言ってはばからない。彼らの態度は、エリー鉄道のトップだったジェイ・グールドが一八六〇年代に共和党と民主党のどちらを支持するかと聞かれたときの答えを思い出させる。「共和党寄りの州では、私は共和党支持だ。民主党の州に行けば、民主党支持になる。独立州では、私も独立派だ。だが、エリー鉄道からは離れない」

アメリカに本社を置いて世界的に活動する企業は、最高幹部を含めて、社員および経営陣を国籍にかかわりなく採用する。二〇〇〇年には、アメリカに本社があり、アメリカ人以外の会長ないしCEOがいる大企業が少なくとも六社あった。アルコア、ベクトン・ディッキンソン、コカ・コーラ、フォード、フィリップモリス、プロクター・アンド・ギャンブルである。CIAは、ある高官が一九九九年に言ったように、もはやかつてのようにアメリカの企業による協力を当てにできなくなった。企業は自分たちを多国籍と見なしているので、アメリカ政府の手助けをしたがらないからだ。

ナショナリズムは、国際プロレタリアートの団結というカール・マルクスの概念が間違っていたことを示した。かたやグローバリゼーションは、「土地の所有者は必然的に自分の土地がある特定の国の市民であり……資本の所有者は世界の市民であって、かならずしも特定の国に帰属しない」というアダム・スミスの言葉が正しかったことを証明している。

一七七六年にスミスが述べた言葉は、現代のトランスナショナルな実業家が自分たちをどう見ているかをあらわしている。アメリカの多国籍企業と非営利団体の幹部二三人とのインタビューをまとめて、ジェームズ・デイビソン・ハンターとジョシュア・イェーツはこう結論した。「これらのエリートたちは確かに世界主義者《コスモポリタン》だ。彼らは世界を旅し、世界にたいして責任を負っている。それどころか、彼らは自分たちを『地球市民』として見なしているのだ。彼らが自分たちを世界的な組織でたまたま働いているアメリカの市民ではなく、たまたまアメリカのパスポートをもつ『世界の市民』として考えていると述べるのを、われわれは再三耳にした。彼らは世界主義者の概念が意味するあらゆるものを身につけている。洗練されていて、都会的であり、ものの見方や道徳的な責務のはたし方が普遍的なのだ」。他国の「グローバル化しつつあるエリート」とともに、これらアメリカの経営幹部たちは「社会文化的なバブル」のなかで、それぞれの国の文化とは離れて暮らしており、ハンターとイェーツが「グローバル・スピーク」と名づける社会科学版の英語でたがいに意思の疎通をはかる。

　経済のグローバル化の担い手たちは、経済的なユニットとして世界に定着している。彼らにとっての故郷は世界市場であり、国家共同体ではない。ハンターとイェーツが報告するように、「多国籍企業だけでなく、こうしたグローバル化した組織はみな『拡大する市場』や、『競争力』の必要性、『効率』、『費用効率』、『利益の極大化と費用の最小化』、『ニッチ市場』、『収益率』、『純利益《ボトムライン》』といったものに左右されている。彼らはこうした焦点の合わせ方を、自分たちは世界中の消費者のニーズに応えるのだという理由で正当化する。それが彼らの支持母体なのだ」。アーチャー・ダニエルズ・ミッドランドのある顧問は次のように言った。「グローバリゼーションが確かになしとげたものは、政府の権力を世界的な消費者に移し変えたことだ」。世界市場が国家共同体に取って代わるにつれ、国民もまた世界的消費者へと変貌するのである。

　経済のトランスナショナル族は、新たに出現してきたグローバルな超階級の核をなしている。「グローバル経済の統合に関する議論が激しく戦わされるなかで、少なくとも一つの効果は明らかになった」と、グローバル・ビジネス政策審議会は主張する。「統合の進むグローバル経済は、その見返りとして新たなグローバル・エリートを生みだした。『ダボス人』〔ダボスで開かれる世界経済フォーラムより〕、『ゴールド・カラー労働者』、『コスモクラート』などの名称をつけられたこの新興階級は、世界的縁故《グローバル・コネクテッドネス》という新しい概念によって公的な権限を与えられている。そこには学者と国際組織の事務官およびグローバル企業の幹部、さらには成功したハイテク産業の起業家が含まれている」。このエリート集団は二〇〇〇年にはおよそ二〇〇〇万人にのぼると推定され、そのうち四〇パーセントはアメリカ人だと言われ、二〇一〇年にはその二倍の規模になると予測されている。アメリカ人の四パーセントに満たないこれらのトランスナショナル族は、国への忠誠はほとんど必要とせず、国の境界線は幸いにも消滅しつつある障害物だと考え、各国の政府は過去の遺物であり、その機能で唯一役立つのはエリートの世界的な活動の便宜をはかることだけだと考えている。ある企業幹部は自信たっぷりにこう予測した。近い将来に、「国の境界線を気にかけるのは、政治家だけになるだろう」

　トランスナショナルな機関とそのネットワークおよび活動へのかかわりは、グローバルなエリートの立場を明らかにするだけでなく、各国内におけるエリートの地位を確立するうえでもきわめて重要だ。忠誠をつくす対象や帰属先、かかわっている活動が国内に限定されている人は、産業界、学界、メディア、知的専門職のいずれにおいても、国内という枠を超えた人とくらべてトップまでのぼれる可能性は低い。政治以外の分野では、国内にとどまる人は取り残されるのだ。先端をゆく人は、国際的に考えかつ行動する。社会学のマニュエル・カステルズ教授が言ったように、「エリートは世界主義者であり、民衆は地元にとどまる」のである。だが、このトランスナショナルな世界に加われる機会は工業化社会の一部の人間にかぎられており、発展途上国にいたってはごく一握りの人間でしかない。

トランスナショナルな財界エリートの国際的な活動は、国家共同体に属しているという感覚を蝕む。一九八〇年代の初めに行なわれた世論調査によると、「所得と学歴が上がればあがるほど……国への忠誠は条件付きになる……所得が二倍になるならば国を離れたがる傾向は、彼らのほうが教育程度の低い貧しい人よりも強い」

一九九〇年代の初め、のちに労働長官になるロバート・ライヒも同様の結論に達した。「アメリカの高額所得者は、その他一般の国民から分離してきている。こうした分離はさまざまな形態で起こっているが、その原因は新たに出現してきた同一の経済的現実にもとづいている。これら一部のアメリカ人はもはやかつてのように、他のアメリカ人の経済実績に頼ってはいないのだ……そのかわりに、彼らは世界的な大事業のネットワークに加わっており、エンジニアとして、あるいは弁護士、経営コンサルタント、投資銀行家、研究者、企業幹部、およびその他の抽象的な分析を行なう人として、そのネットワークに価値を直接付加する」

二〇〇一年に、アラン・ウルフ教授も同様の主張をした。「多文化主義が突きつける市民権への挑戦も、真にグローバルな企業が出現するとかすんで見えるようになる。これらの企業は祖国愛よりも、純利益《ボトムライン》にたいする信念を優先させている」

ジョン・ミクルスウェイトとエイドリアン・ウールドリッジが言うように、「コスモクラートは、社会の他の部分からますます遊離している。そのメンバーは外国の大学で学び、一時期は海外で働き、世界的に活動する組織に属する。彼らは世界のなかに独自の世界を構築しており、無数のグローバルなネットワークでたがいに結びついているが、自分たちの社会のなかにいる偏狭な人びとからは隔離されている……彼らは近所で行なわれる行事に参加して隣人と話すよりも、世界各地にいる仲間と――電話やEメールで――しゃべって時間を過ごすほうが多い」

一九二七年に、ヨーロッパで階級闘争とナショナリズムが頂点に達していたころ、ジュリアン・ベンダは見事な評論『知識人の背任』で、知識人が公平無私な真実への誓いを裏切り、熱狂的なナショナリズムに屈したことを激しく攻撃した。今日の知識人の「背任」はそれとは異なる。彼らは国や同胞への献身をやめ、人類全般と一体化することのほうが道徳的に優先すると説く。こうした傾向は一九九〇年代の学界でさかんに見られた。

シカゴ大学のマーサ・ヌスバウムは「愛国的な誇り」を強調することは「道徳的に危険」だと非難し、愛国心よりも世界主義のほうを倫理的に優先すべきだと主張して、人は「人類の世界的な共同体」に「忠誠心」をもつべきだと述べた。プリンストン大学のエイミー・ガットマンは、アメリカの学生が自分たちは「何にも増してアメリカの国民」であることを学ぶのは「不快」だと論じた。アメリカ人が「最も忠誠を誓うべき対象は、合衆国やその他の政治的主権をもつ共同体」ではなく、「民主主義的な人道主義」だと、彼女は述べた。ニューヨーク大学のリチャード・セネット教授は「ナショナル・アイデンティティを共有することの害悪」を訴え、国家主権が脆弱になることは「基本的に肯定できる現象」だとした。カリフォルニア大学サンディエゴ校のジョージ・リプシッツ教授は、「近年では、愛国心を隠れ蓑にすることが、あらゆる良からぬ連中の常套手段になった」と主張した。

アメリカン大学のセシリア・オリアリー教授は、アメリカの愛国心を表明することは右翼的かつ軍国主義的、男性および白人優先、イギリス系至上主義、そして抑圧的だと見なした。ジョージア大学のベティ・ジーン・クレイグ教授も、軍事的な強さを連想させるという理由で愛国心を非難した。ホフストラ大学のピーター・スピロ教授は「国際的な問題をめぐって『われわれ』という言葉を使うのは、ますます難しくなっている」と、それに賛同しながら結論した。かつて人びとは「われわれ」という言葉を国民国家に関して用いたが、いまでは国民国家との関係は「国際的なレベルでは個人の利益どころか、忠誠ですらかならずしも定義するものではなくなった」

道徳主義のトランスナショナル族は国家主権の概念を拒絶するか、それにたいしてひどく批判的になる。従来この概念は、ウェストファリア条約の時代にさかのぼって、理論的には肯定されても、実践する段になると否定されるのが一般的だった。道徳主義者は、それを否定すべきだと主張する。彼らは国連のコフィ・アナン事務総長に同調し、国家主権は「個人の主権」に移行させ、政府が国民の権利をいちじるしく侵害するのを防ぐかやめさせるべく、国際社会が行動できるようにすべきだとする。この原則は、国連が国民国家の内政に軍事介入もしくは別のかたちで介入するときの根拠となっている。そうした行為は国連憲章で明らかに禁じられているのだが。

より一般的には、道徳主義者は国際法を国内法に優先させるよう主張し、国内で討議されたことでなく国際的なプロセスを経てきた決定により正当性を認め、各国政府の権限以上に国際機関の権限を拡大しようとする。道徳主義の国際法学者は「国際慣習法」の概念を発展させ、それは国内法に優先すると彼らは言う。

アメリカでこの原則を現実化させる重要なステップとなったのは、一九八〇年の第二巡回区控訴裁判所による判決で、一七八九年にアメリカの大使を保護する目的で制定された法令を解釈したことだった。この「フィラルティガ対ペナ－イラーラ」事件（連邦控訴審判例集Ⅱ六三〇）で裁判所は次のような判決を下した。アメリカ国内に居住しているパラグアイの国民は、パラグアイの官僚がパラグアイでパラグアイ人を殺害した場合、その官僚を告訴して、アメリカの法廷で民事訴訟を起こせるというものである。この判決を機に、アメリカ国内で次々に同様の訴訟が起こされた。これらの裁判では、スペインの判事がピノチェト将軍にたいして起こした訴訟のように、ある国の法廷が国内の管轄区を超越し、外国において外国人が外国人の人権を侵害したとされる事件を裁決する権限が主張された。

道徳主義の国際法学者は、国際慣習法における判決例が、それまでの連邦法または州法に取って代わるのだと論ずる。だが、国際慣習法は法令や条約に明記されたものではない。そのために、コーネル大学のジェレミー・ラブキン教授が言うように、それは「裁判官にそうかもしれないと思わせる」ように専門家が説得したものになる。「それゆえ、国際慣習法はますます内政に深く関与するものとなりがちだ。国際慣習法に人種差別にたいする規範が存在するならば、性差別にたいするものはなぜないのか？　それなら市民権や言語あるいは性的指向をもとにした差別にたいするものはなぜないのか、というぐあいに」

　道徳主義の国際法学者は、アメリカの法律は国際的な基準に見合うようにして、非公選の外国人裁判官をアメリカ人裁判官とともに承認し、アメリカの市民権をアメリカの規範に則してではなく、国際的な規範によって定義すべきだと主張する。一般に、道徳主義のトランスナショナル族は次のように考える。アメリカは国際刑事裁判所のような裁判所の創設を支持し、その判決にしたがうべきであり、それとともに国際司法裁判所と国連総会および同様の組織の決議や判決も甘んじて受けるべきである、と。国際社会は国家共同体よりも道徳的に優れている、と彼らは考えるのだ。

　リベラルな知識人のあいだに反愛国的な態度が広まると、一部の自由主義者は仲間にたいし、アメリカ自体ではなくアメリカのリベラリズムの将来を重視するそうした態度がもたらす結果について警告を発するようになった。

　リベラルな哲学者の代表格であるリチャード・ローティ教授は次のように書いた。ほとんどのアメリカ人は自分たちの国に誇りをもっているが、「この通則の例外は大学の内部に多く見られる。左翼的な政治見解の聖域と化した学部や学科のなかに」。これらの左派は「女性やアフリカ系アメリカ人、ゲイやレズビアン……のために大いに貢献した。だが、この左翼には問題がある。彼らは非愛国的なのだ」。彼らは「ナショナル・アイデンティティの観念と、国への誇りの感情を否定している」。左翼が影響をもつとすれば、「ナショナル・アイデンティティを共有するという感覚は……絶対に欠くことのできない市民権の要素である」ことを認識しなければならない。愛国心がなければ、左翼はアメリカのために目的をとげることができないだろう、と。

カリフォルニア大学バークリー校のロバート・ベラー教授も同じような主張をする。「自由主義者がアメリカの良心的な愛国心に訴える効果的な方法を見出していないという事実は……思うに、現実問題として残念であり、戦術的にも嘆かわしいことだ……アメリカで民主的な変革を求める民意を築こうとするならば、われわれの伝統のより深い部分にその根拠を求めるよう工夫しなければならない」。要するに、自由主義者はリベラルな目的をはたす手段として、愛国心を利用しなければならないのである。

反国家的な見解を表明する学者は、一九八〇年代および九〇年代にナショナリズムと国民国家の規範としての利点と欠点についていろいろと考え、書いてきた人びとがその大部分を占める。当時、愛国心を擁護し、ナショナル・アイデンティティの最優先を真剣に説く意見は稀だった。国民国家にたいする疑念は、公共政策に直接かかわる人びとのあいだにも見られた。一九九二年に、当時『タイム』誌のジャーナリストだったストローブ・タルボットは、「われわれが知るような独立国家が時代遅れになり、すべての国家が一つのグローバルな権威を認めるようになる」将来を待ち望んでいた。その数ヵ月後、彼は時代遅れになることを願ったアメリカという国の外交政策を指導する高官になった。

タルボットと同じ見解をもつ人は、クリントン政権内にほかにもまず間違いなく存在した。こうした見解は、クリントンのゲイに関する政策とともに、この政権の軍部との関係を難しいものにした。軍部にとって、アメリカという国民国家は至上の忠誠をつくすべき対象だからだ。いずれにしても、一九九〇年代には、アメリカのエリートのトランスナショナル族にとって、ナショナリズムは悪であり、ナショナル・アイデンティティは疑わしく、国益は違法であり、愛国心は過去のものだった。

だが、アメリカの大衆にとっては、事情はまるで異なっていた。

愛国的な大衆

ナショナリズムはほとんどの世界でいまでも健全なかたちで残っている。エリートがどれほど不満を抱こうと、大半の人びとは愛国的であり、自分の国に強い帰属意識をもっている。アメリカ人はこれまでも一貫して、圧倒的に、愛国心と国への帰属意識が強い国民だった。だが、そうした帰属意識をどの程度まで抱いているかは、その人の社会経済的な地位と人種および出生地によって異なる。

アメリカ人の大多数は、自分は愛国的だと主張し、国に強い誇りをもっている。一九九一年に「アメリカ人であることをどれほど誇りに思っていますか？」と問われて、アメリカ人の九六パーセントは「とても誇りに思う」か「かなり誇りに思う」と答えた。一九九四年には、同様の質問に答えて八六パーセントがアメリカ人であることは「とても」または「非常に」誇らしいと言った。一九九六年には次のような質問がなされた。「アメリカ人であることは、あなたにとってどれくらい重要ですか？　まったく重要でない場合を0とし、人生のなかで最も重要であれば10として回答してください」

回答者の四五パーセントが10を選んだ。さらに三八パーセントが6から9までの数字を選び、0を選んだのは二パーセントだった。二〇〇一年九月十一日のテロ事件が、こうした愛国的な主張に大きな影響をおよぼすことはありえなかったし、現実におよぼしもしなかった。二〇〇二年九月にも、アメリカ人の九一パーセントはアメリカ人であることを「非常に」またはは「とても」誇りに思っていたのである。

アメリカ人がもつ国への帰属意識は、二十世紀末にかけて強まったようだ。「何にも増して」帰属している領土的存在は、地元または町、州または地方、国全体、北アメリカ大陸、世界全体のうちのどれかと聞かれ、アメリカ全体を選んだアメリカ人の割合は一九八一年から八二年は一六・四パーセントだったが、一九九〇年から九一年には二九・六パーセントになり、一九九五年から九七年には三九・三パーセントになった。国を一番に選んだアメリカ人の二二・九パーセント増という数字は、世界各国のナショナル・アイデンティティの平均的な増加である五・六パーセントや、先進国の三・四パーセントをはるかに上回っている。アメリカの財界や知識人のエリートのあいだでは、自分が帰属するのは世界全体だと考え、自らを「地球市民」と定義づける人が増えていたものの、アメリカ人全体はますます国にたいして献身的になっていたのである。

愛国心と国への誇りに関するこうした主張は、他国の人びとが同様の回答をした場合には、さほど大きな意味をもたないかもしれない。総じて、彼らはそういう回答はしないが。一九八一年から八二年、一九九〇年から九一年、および一九九五年から九七年に実施された世界価値観調査の対象となった四一ヵ国から六五ヵ国のなかで、アメリカは国への誇りに関して一位になり、九六パーセントから九八パーセントのアメリカ人が国を「とても誇りに思う」か「かなり誇りに思う」と回答していた。一九九八年に二三ヵ国を対象として行なわれた調査では、一〇の特定の分野における功績（たとえば芸術、スポーツ、経済など）で、それぞれがどれほど自国に誇りを感じるか、および他国とくらべて自国を一般にどう見ているかという質問が発せられた。

アメリカは特定の分野の功績についてはアイルランドに次いで二位になり、一般的な国への誇りの面ではオーストリアに次いで二位だったが、この二つの尺度を合わせると二三ヵ国中の首位だった。一九八〇年代半ばに欧米四ヵ国で、自分の国籍に誇りをもっているかという質問には、それを肯定した人の割合はアメリカ人七五パーセント、イギリス人五四パーセント、フランス人三五パーセント、西ドイツ人二〇パーセントだった。若者のあいだでは、そう回答したのはアメリカ人九七パーセント、イギリス人五八パーセント、フランス人八〇パーセント、西ドイツ人六五パーセントだった。国のために何か役立つことをしたいかと聞かれて、若者は次のように回答した。

	はい	いいえ
アメリカ人	八一パーセント	一八パーセント
イギリス人	四六パーセント	四二パーセント
フランス人	五五パーセント	三四パーセント
西ドイツ人	二九パーセント	四〇パーセント

アメリカ国内のいくつかの集団は、アメリカ人全体よりも愛国心が薄いことを示した。一九九〇年から九一年にかけて行なわれた世界価値観調査では、アメリカ生まれのアメリカ人、移民、非ヒスパニックの白人、および黒人は九八パーセント以上が自分たちの国をとても誇りに思っている、またはかなり誇りに思っていると答え、ヒスパニックでそう回答した割合も九五パーセントだった。

だが、ナショナル・アイデンティティを最も強く抱くのはどこにたいしてかと聞かれると、差異が生じた。アメリカ生まれ、および非ヒスパニックの白人の三一パーセントはアメリカに最も強い帰属意識をもっていると答えたが、この割合は黒人では二五パーセント、ヒスパニックでは一九パーセント、移民では一七パーセントに下がっている。アメリカのために進んで戦うかと聞かれ、非ヒスパニックの白人の八一パーセント、アメリカ生まれのアメリカ人では七九パーセントが戦うと回答したが、移民ではその割合は七五パーセント、黒人では六七パーセント、ヒスパニックでは五二パーセントに減少した。

こうした数字からわかるように、近年の移民と、黒人のように強いられてアメリカ社会の一部に組みこまれた人の子孫は、入植者や初期の移民の子孫よりもアメリカ社会にたいしてどっちつかずの態度をとる傾向がある。確かに、黒人などのマイノリティはアメリカの戦争で勇敢に戦った。だが、白人にくらべて、黒人は自分を愛国的だと考える人がいちじるしく減っている。たとえば一九八三年の世論調査では、白人の五六パーセントと黒人の三一パーセントが自分を「とても」愛国的だと思うと回答した。一九八九年の調査では、白人の九五パーセントと黒人の七二パーセントが自分を「とても」または「どちらかというと」愛国的だと考えると答えた。

一九九八年に学童の親を対象にした調査では、白人の親の九一パーセント、ヒスパニックの九二パーセント、移民の九一パーセントは、「アメリカは世界のほとんどの国よりもよい国だ」という意見に強く賛成し、またはどちらかというと賛成だった。アフリカ系アメリカ人の親では、その比率は八四パーセントに下がった。別の調査では、アメリカ人であることを誇らしく思う黒人と白人の差異はそれほどなかったが、二〇〇二年九月にABCニュースと『ワシントン・ポスト』のために行なわれたギャラップ調査では、アメリカ人であることを「非常に」誇りに思うと答えたのは、白人では七四パーセントだったが、非白人では五三パーセントしかいなかった。その他の主要な社会経済的なカテゴリー間の差異にくらべ、この両者のあいだの差は大きかった。

　アメリカ人は二世紀以上にわたってほぼ絶え間なしに先住民（インディアン）と戦っていた。先住民の部族はアメリカの法律では別個の独立した民族として認められている。プエルトリコ人を別とすれば、独自の領土を明確に割り当てられた民族集団は彼らだけである。そのために、先住民は部族ごとの、インディアンとしての、さらにアメリカ人としてのアイデンティティを分離させ、それぞれの釣合いをとり、優先順位をつけ、ときには融合させるうえで、複雑な問題に直面する。「われわれはまずナランガシット族であり、都合によってはアメリカ人になる」と、一九九三年に先住民のある歴史家は言明した。その見解にどれほど多くの先住民が共感するかは、充分には証明されていない。

　だが全体として見れば、多少の違いはあるにせよ、アメリカ人は自国にたいして他国の人びとよりも圧倒的に強い帰属意識をもっている。ラッセル・ダルトンはこの事実に関するデータを調べて、こう述べた。「国への誇りは、アメリカでは異常に強い。USA！　USA！　USA！　という歓声はオリンピック競技の場だけで聞かれるとはかぎらない。これはアメリカ人のあいだに根強い感情があることを意味する。ヨーロッパ人の多くは、国への誇りをもっと控え目にあらわす」。同様の調査を実施した人びとは適切にこう結論した。アメリカ人は「世界で最も愛国的な国民だ」、と。

ディアスポラ、外国政府、そしてアメリカの政治

ディアスポラは国境を越えた民族的または文化的な共同体であり、そのメンバーが自分たちの祖国《ホームランド》だと考える国は、国家の形態をとるかもしれないし、とらないかもしれない。ユダヤ人は「典型的なディアスポラ」だった。その言葉自体、聖書のなかの言葉であり、紀元前五八六年にエルサレムを破壊されて以来、独特な形態で各地に分散してきた民族として、昔からユダヤ人を指す言葉とされてきた。彼らは「犠牲者」の色彩が濃厚なディアスポラの元祖であり、今日の世界にもそうした民族はいくつか存在する。だが現在、より重要なのは、移住者のディアスポラである。祖国を自発的に離れて他国で働き、暮らしているが、それでもなお祖国を取り巻くように国境を越えて存在する民族文化共同体に最も強い帰属意識をもつ人びとだ。

ディアスポラの考え方の神髄は、一九九五年にアメリカ・ユダヤ人委員会が端的に表現している。「地理的には分散し、イデオロギー的には多様であっても、ユダヤ人は実際に一つの民族なのであり、歴史と契約と文化によって結びつけられている。われわれはともに行動して、ユダヤ人の運命を切り開かなければならない。イスラエルやアメリカ、あるいは世界のどこでも、また誰にも、われわれのあいだに障壁をつくらせてはいけない」

ディアスポラはこのように、かけもち組とは概念的に異なる。かけもち組には二つのナシ

ョナル・アイデンティティがあるが、ディアスポラは一つのトランスナショナル・アイデンティティしかもたない。だが、実際には、両者はしばしば重なりあい、個人は一方から他方へ容易に移り変わる。

ディアスポラは民族集団《エスニック・グループ》とは異なる。民族集団は国家の内部に存在する民族的または文化的な統一体である。それにたいして、ディアスポラは国の境界線を越えて存在する民族的または文化的な共同体だ。民族集団はアメリカの歴史が始まって以来この国にずっと存在する。彼らは祖先の国の利益と考えるものも含めて、自分たちの経済と社会および政治的利益を促進させ、たがいに競いあい、産業、労働、農業、地方、および階級ごとのグループとも競争する。そうすることで、彼らは国政に関与しているのだ。

他方、ディアスポラは、国の枠を超えた同盟を結んで国境を越えた紛争に関与する。ディアスポラの主眼は祖国にある。その祖国が存在しない場合、彼らが最優先する目的は自分たちが戻れる国を建設することとなる。アイルランド人とユダヤ人はそれをなしとげた。パレスチナ人はその途上にある。クルド人、シーク教徒、チェチェン人などは、それを切望している。祖国が実在する場合は、ディアスポラは受入社会のなかで、何とかその祖国を強化し、改善し、その国益を増進しようとする。今日の世界では、国内の民族集団がトランスナショナルなディアスポラへと変わりつつあり、祖国はますます彼らを自分たちの共同体の、そして制度上の延長線として、自国のきわめて重要な資産として見なすようになっている。ディアスポラと祖国の政府のあいだのこの親密な関係と協力体制が、今日のグローバルな政治における主要な現象なのである。

ディアスポラが新たに重要性をおびてきたのは、主に二つの展開があった結果である。第一に、貧しい国から豊かな国へと大量移住した結果、祖国でも受入国でもディアスポラの数と富と影響力が増大したことだ。一九九六年の推計では、インド人のディアスポラは一五〇〇万から二〇〇〇万人とされ、その純資産は四〇〇億から六〇〇億ドルにのぼり、高度な技術を習得した二〇万から三〇万人の「インド出身の医師、エンジニアなどの知的専門職、学者や研究者、多国籍企業の管理職や経営幹部、ハイテク産業の起業家、および大学院生」による「頭脳銀行」で構成されている。昔から存在する中国人ディアスポラは、その数は三〇〇〇万から三五〇〇万人におよび、日本と韓国を除くすべての東アジア諸国の経済で起業家として主要な役割をはたしており、中国本土の目覚しい経済成長を支えるうえで欠かせない貢献をした。アメリカで急速に増えている二〇〇〇万から二三〇〇万人のメキシコ人ディアスポラは、これまで見てきたように、社会、政治、経済の各方面で両国にとって重要性を増している。フィリピン人ディアスポラは主に中東とアメリカにおり、フィリピンの経済にとって不可欠な存在である。

第二に、経済のグローバル化が進み、通信と交通が世界規模で進歩したおかげで、ディアスポラは祖国の政府および社会と、経済、社会、政治面で密接なつながりを保てるようになった。さらに、中国、インド、メキシコのように、祖国の政府が経済発展を促進し、国内経済を開放して、グローバル経済への関与を深めるなどの努力を傾けると、そうしたことのすべてが、祖国にとってのディアスポラの重要性を高め、ディアスポラと祖国のあいだの経済的な利益を収斂させた。

こうした展開があった結果、祖国の政府とディアスポラの関係は三つの意味で変わった。第一に、政府はディアスポラを自分たちの社会にとって不名誉な存在ではなく、国の重要な資産と見なすようになった。第二に、ディアスポラは祖国の経済、社会、文化、および政治における貢献度を増すようになった。第三に、ディアスポラと祖国の政府は、祖国と受入社会の政府の利益を増進するうえでいっそう協力的になった。

歴史的には、国家は海外への移住者にたいしてさまざまな態度をとってきた。国外移住を妨げようとする場合もあれば、どっちつかずのスタンスや容認する態度をとることもあった。しかし、現代の世界では、貧しい国から豊かな国へと人びとが大量に移住し、移住者とのつながりを維持する新たな手段がでてきたため、祖国政府はディアスポラを祖国およびその目的に貢献する重要な存在と考えるようになった。これらの政府は国外移住を奨励し、ディアスポラを拡大、動員、組織し、祖国とのつながりを制度化し、受入国で祖国の利益を促進させることが、自国の利益になると考えているのである。先進国は資本の輸出、科学技術、経済援助、および軍事力を通じて世界情勢に影響力を振るう。貧しくて人口過多の国は人を輸出して影響力を行使するのである。

ディアスポラの祖国の政府高官は、彼らを国家共同体の主要なメンバーとしてますます歓迎するようになった。一九八六年以来、フィリピン政府は一貫してフィリピン人に国外移住をうながし、海外で働くフィリピン人労働者（ＯＦＷ）になるよう奨励してきており、二〇〇二年現在、七五〇〇万人が海外に働きにでていた。「知識階級や若い知的専門職——看護師、医師、コンピュータ・アナリストら」が、以前の国外移住者の大半を占めていた教育程度の低い肉体労働者に加わった。ヨッシ・シャインによると、一九九〇年代初頭にアメリカへ亡命していた期間に、前ハイチ大統領のジャン゠ベルトラン・アリスティドはハイチの「ディアスポラをハイチの『一〇番目の県』（ハイチは九つの県に分割されている）にたとえ、ディアスポラはその言葉を大いに歓迎した……」

一九九〇年代末に、ユダヤ人ディアスポラにたいするイスラエル政府の態度に重要な変化が生じた。それ以前の同政府の方針は、『ユダヤ人パワー』の著者Ｊ・Ｊ・ゴールドバーグが言うように、「ユダヤ人の生活を支えるというより、それをどこかへ移す」ことだった。一九九八年に、ユダヤの文化とアイデンティティが世界各地で衰退していることを憂慮して、ベンヤミン・ネタニヤフの政府は新たな態度をとりはじめ、イスラエル国外でユダヤ教を活性化させる運動に取り組んだ。ネタニヤフは、ゴールドバーグの言葉を借りれば、「離散状態になったユダヤ人の生活を支えることに初めて関心を示したイスラエルの首相」になった。

ディアスポラの重要性の高まりをさらに劇的に示していたのは、反カストロ色の強いアメリカ国内のキューバ人社会にたいするキューバ政府の政策に変化が見られたことだった。スーザン・エクスタインの報告によると、「非友好的な態度を意識して、政府は一九九〇年代半ばにディアスポラにたいする公的立場を改め、国を超えた結びつきを促進し、経済的な動機による移住をより公然と支援するようになった。かつてカストロが軽蔑的にグサーノ（虫けら）として描き、正当な革命によって除外すべき対象としていた国外移住者は、『国外にあるキューバ人社会』として再定義された」

二十世紀のほぼ全期間を通じ、政府高官を含めたメキシコ人もやはりアメリカへ移住する同胞を見下していた。移住者は「言語、宗教、信仰のすべての遺産」を失った者という意味で、ポチョ、あるいはオクタビオ・パスの表現を借りればパチュチュコと呼ばれ、さげすまれた。メキシコ政府関係者は彼らを、国を裏切った者として拒絶した。「罰を科すること」によって、ヨッシ・シャインによれば、「メキシコは国民に、国を去り、自分たちの文化を捨ててアメリカでよい暮らしをしようとすることの危険性を知らしめようとした」。一九八〇年代に、そうした態度は大きく変わった。

「メキシコ国民は国境で囲われた領土を越えて拡大する」と、エルネスト・セディージョ大統領は一九九〇年代に言った。「メキシコからの移住者はその重要な、きわめて重要な一部なのである」。ビセンテ・フォックス・ケサーダ大統領は、自分は一億二三〇〇万のメキシコ人の大統領である、と言った。メキシコ国内の一億人と、アメリカに住む二三〇〇万人であり、その数字にはメキシコで生まれていないメキシコ系アメリカ人も含まれている。祖国の指導者たちは、国を離れる人びとに惜しみない賛辞を呈する。「あなたがた自身が英雄なのだ」と、イランのハタミ大統領は一九九八年九月に八〇〇人のイラン系アメリカ人に告げた。「われわれはこれらの英雄たちを称えたい」と、メキシコのフォックス大統領は二〇〇〇年十二月に言った。アメリカへ「故郷の町や州、あるいは国のなかで見つけられない仕事と機会を」探しにでかけた人びとのことである。

祖国政府は、国民に国をでるよう奨励し、そのための便宜をはかる。ビセンテ・フォックスは当選するとすぐ、メキシコとアメリカのあいだで人びとが自由に行き来できる開かれた国境づくりを長期的な目標にすると発表した。大統領になると、彼はアメリカに不法入国した数百万のメキシコ人が合法的地位を得られるように援助し、「すでにアメリカ国内にいるメキシコ人に人間らしい労働条件」を与える必要があると訴え、アメリカ国内で働くメキシコ人にアメリカ政府は一〇億ドルにのぼる社会保障手当を支給すべきだと主張した。祖国政府はディアスポラを支援するための公式な制度と非公式なプロセスを策定し、彼らが祖国と密接なつながりをもてるようにした。

コロンビア大学のロバート・C・スミス教授の指摘によれば、アメリカの南にある国々は、「きわめて興味深いディアスポラの実験が行なわれている現場である。メキシコ、コロンビア、ハイチ、ドミニカ共和国などの国は、メキシコのある高官が『グローバル国民』と呼んだものとの関係を深め、制度化しようと試みている」

二〇〇三年一月に、インド政府とインド商工会議所連盟はニューデリーで「一九四七年に独立して以来、最大規模のインド人ディアスポラの集会」を開いた。六三ヵ国からやってきた「非居住者のインド人」二〇〇〇名は、「政治家、学者、企業経営者、および法律専門家」からなり、モーリシャスの首相とフィジーの元首相および二人のノーベル賞受賞者も含まれていた。アメリカからは一七〇万人のインド系アメリカ人を代表して四〇〇人が参加した。彼らの所得総額は、インドの国民所得の一〇パーセントに等しい。

二十世紀の最後の一〇年間に、メキシコ政府は世界各国の先頭に立って自国のディアスポラと密接な関係をつくりあげるようになった。カルロス・サリナス大統領は一九九〇年に外務省の外郭団体として国外メキシコ人共同体プログラム（ＰＣＭＥ）を創設し、最初の大きな一歩を踏みだした。この組織は、ロバート・ライケンによれば、「メキシコ政府と、アメリカにいるメキシコ人およびメキシコ系アメリカ人のあいだに制度的な架け橋を築く」ことを意図したものだった。ＰＣＭＥは幅広い活動に取り組み、メキシコ系アメリカ人グループを支援し、アメリカ国内のメキシコ移民の利益を促進し、メキシコ国内における彼らの地位を高めて、アメリカで文化協会と文化センターを創立し、メキシコの同郷者協会の連合を援助した。アメリカにあるメキシコの四二の在外公館の人員および予算は、こうした職務を遂行するため大幅に増強された。セディージョ大統領もこうした活動を継承した。フォックス大統領は就任直後にある有能な州知事を閣僚に任命し、アメリカとメキシコの国境に関連する活動を調整させた。半年後、彼は国家開発六ヵ年計画を立案した。そこにはアメリカ国内のメキシコ移民を保護する目的と、それを実行するために特別職を設けることが盛りこまれていた。

メキシコの在外公館の役割強化は、膨大な数のメキシコ系住民をかかえるロサンゼルスでは特にいちじるしく見られた。マルタ・ララ総領事はこう主張した。「私はロサンゼルス市長よりも多くの有権者をかかえている」。ある意味では、彼女の言うことは正しい。大ロサンゼルスには約四七〇万人のメキシコ系アメリカ人が住んでいるが、ロサンゼルス市内の全人口は三六〇万人なのだ。総領事と七〇名からなるスタッフは、『ニューヨーク・タイムズ』によれば、「さまざまな職務」をこなしており、「そのためミズ・ララは外交官というより、むしろ知事のように見えることが多い。彼女は移民所有の事業を発足させ、出生を証明し、恋人同士を結婚させ、美人コンテストの女王に王冠を授ける」。だが、在外公館の最も重要な「統治」任務は、メキシコの不法移民にアメリカの居住者であることを示す証明書を与えることなのだ。

9・11以降、メキシコとの関係はアメリカにとってさほどの優先事項ではなくなったため、アメリカ政府は国内に不法滞在する数百万のメキシコ人の「正常化」に向けて予期されていた措置を講じることはなかった。メキシコ政府はそこで、独自に合法化を進めるという対応にでた。在外公館がマトリクラ・コンスラールという登録証を発行し、その保持者はアメリカの居住者であることを証明したのである。こうした登録証が二〇〇二年には一一〇万枚ほど発行された。それと同時に、メキシコの政府機関はこの登録証を一般に受け入れさせるべく大々的なキャンペーンに乗りだした。二〇〇三年八月には、彼らは「一〇〇以上の市と、九〇〇以上の警察本部、一〇〇以上の金融機関、および一三の州で」それに成功していた。

合法的なメキシコ移民であれば、マトリクラ・コンスラールをもつ必要はない。したがって、そうしたカードをもっているということは、その保持者がアメリカに不法滞在していることの推定的証拠となる。アメリカの公共および民間の機関がそのカードを受け入れたら、本来ならば合法的な居住者のみが得られる地位と社会保障を不法移民に与える権限を、メキシコ政府に認めることになる。つまり誰がアメリカ人であるかを、外国政府が事実上決めているのである。メキシコがマトリクラ・コンスラールで成功すると、グアテマラも二〇〇二年に同じものを発行するようになり、移民を奨励するその他の政府もこれにならっている。

第8章で記したように、かけもち組は二重の忠誠と二重のアイデンティティを正当化するため、二重国籍を認める法律を推進する。祖国政府は、ディアスポラにいままでの国籍を保持させたまま受入国の市民権の取得を許可することが、自国の利益になると考える。これによって、祖国ともう一つの絆が結ばれ、ディアスポラに受入国で祖国の利益を増進するように奨励できるからだ。一九九八年に、メキシコで一つの法律が制定され、メキシコ移民はメキシコの国籍を保持したままアメリカの市民権が得られるようになった。「あなたがたはメキシコ人なのだ――国境の北側に住むメキシコ人だ」と、セディージョ大統領はメキシコ系アメリカ人に言った。二〇〇一年には、メキシコの在外公館はディアスポラにたいする至れり尽くせりの活動の一環として、積極的に「アメリカに住むメキシコ人に、メキシコ人としての国籍を維持しながら、アメリカに帰化することを奨励」していた。

メキシコの選挙に出馬する人は、アメリカで選挙運動をして資金を集め、ディアスポラを説いて故郷の家族や友人の票集めをさせ、メキシコ国籍をもつ人にはメキシコに戻って投票するよう働きかける。フォックス大統領は、アメリカ生まれの人を含めて、メキシコ系アメリカ人にメキシコ国籍を認可する考えを支持した。つまるところ、それは彼らがメキシコの選挙で投票できるようにすることだ。そうなれば、彼らはメキシコの選挙権をもつメキシコ人全体の約一五パーセントを占めることになる。彼らがロサンゼルスやシカゴなどの在外公館で投票できれば、メキシコの国政選挙の候補者がアメリカ国内で繰り広げるキャンペーンは、アメリカの選挙に出馬する候補者の選挙運動と少なくとも同じほど熾烈になり、ひょっとするとそれ以上になるかもしれない。

祖国政府がディアスポラを引き立てるのと並行して、またそれにうながされて、ディアスポラは祖国に貢献し、援助するようになった。その形態はさまざまである。なかでも目立つのは、ディアスポラが故郷に流す巨額の送金だ。昔から国外移住者は家族あるいは故郷の村や町に仕送りしてきた。二十世紀末に、こうした送金の慣例化とその金額が新たな重要性をおびるようになった。この過程で、ディアスポラはかけもち組とともに――もちろん、両者はしばしば重なりあうが――積極的な役割をはたした。送られる資金は家族や友人を援助するだけでなく、ディアスポラが祖国への帰属意識を示すしるしとなり、またその国を支援するための集団的な試みになったのだ。何と言っても、そこが彼らの祖国だからだ。全世界の移住者による送金の総額は、二〇〇〇年には公式援助の五八〇億ドルを上回る六三〇億ドルと推定され、二〇〇一年には八〇〇億ドルとなり、そのうち二八四億ドルがアメリカから送られたものだった。

ユダヤ系アメリカ人は、年間一〇億ドル以上の貢献をすると言われる。フィリピン人は三六億ドル以上を故郷に送る。二〇〇〇年には、アメリカに住むエルサルバドル人は故国に、一五億ドルを送金した。ベトナム人ディアスポラは年間七億から一〇億ドルを故郷に仕送りするとされている。アメリカからキューバへの送金ですら、二〇〇〇年には七億二〇〇〇万ドルにのぼり、二〇〇二年には一〇億ドル以上になった。アメリカからの最大の送金はもちろんメキシコ向けで、その額は劇的に増えた。メキシコ政府の推計では、二〇〇一年には送金額が三五パーセント増えて九〇億ドルを上回るようになり、ことによるとメキシコの外貨獲得源としては石油に次いで第二位の観光収入をしのぐかもしれない。二〇〇二年と二〇〇三年の推計は一〇〇億ドルを超える。

ディアスポラは故郷に残してきた人びとに膨大な件数の少額送金をして、受取人が自由に使えるようにするが、それだけでなく特定のプロジェクトや工場、事業に多額の投資をする例も増えており、その所有権を地元のパートナーと共有したりする。中国政府は香港、台湾、シンガポール、インドネシアなどからのそういった投資を奨励してきた。アメリカで成功しているインド、メキシコなどの移民起業家は、それぞれの祖国の政府から投資を求められている。インドでは一九六〇年代から、およそ二万五〇〇〇人の工学および関連分野の「最も優秀な卒業生たち」が出国してアメリカへ行き、その多くが成功をおさめ、特に「カリフォルニアのシリコンバレーだけでも七五〇以上のテクノロジー会社」を経営するようになった。彼らはインド政府の要請に大いに応えて、インドの教育プログラムや訓練施設、生産設備に投資してきた。

二〇〇二年のある調査によると、シリコンバレーにいる外国生まれ（主に中国とインド）の高度な専門技術者と起業家の半数は、「祖国で子会社、ジョイント・ベンチャー、下請け契約などのビジネス活動を始めた」。メキシコをはじめとする国々からやってきて成功した起業家や知的専門職も同じような行動をとり、祖国政府はそうした投資を政府が不可欠と考えるプロジェクトに向けさせようとひたむきに努力している。

ディアスポラは経済以外の分野でも祖国に貢献している。東欧で共産主義体制が崩壊したのち、ディアスポラからリトアニアとラトビアの大統領と、ユーゴスラビアの首相が誕生したのをはじめ、リトアニアでは二人の外務大臣と国防次官からのちに参謀総長になった人物も登場し、そのほかにもこれらの国々の多数の官職をディアスポラが占めるようになった。その多くがアメリカから帰国した人びとだった。ポーランドとチェコ共和国では、ズビグニュー・ブレジンスキーとマドレーン・オルブライトをそれぞれの国の大統領に推そうとする声が上がった。だが、両者はいずれもその可能性に興味を示さなかった。ブレジンスキーはこの提案を受けて自らのアイデンティティを見つめ直すこととなり、自分は歴史的および文化的にはポーランド人だが、政治的にはアメリカ人なのだという結論に達したと語った。

ディアスポラは祖国政府の政策にも影響をおよぼそうとしている。ヨッシ・シャインによれば、彼らはときおり「アメリカの信条を海外で売りこむ」試みをし、市民的自由、民主主義、および自由な企業活動というアメリカの価値観を祖国で広めようとする。こうしたことが起こる場合も確かにある。しかし、ロドルフォ・デ・ラ・ガルサのような批評家が指摘するように、アメリカで最も重要な三つのディアスポラ、すなわちメキシコ系アメリカ人、アラブ系アメリカ人、中国系アメリカ人のあいだでこうした動きが見られるのかとなると、シャインの主張は説得力に欠ける。彼らはみな「祖国で民主主義的な行動規範を推進することに関して、シャインの主張とは逆の行動をとる」からだ。もっとも、二〇〇〇年にメキシコ系アメリカ人は、祖国で七〇年間にわたってつづいた権力の一党独占に終止符を打つことを、圧倒的に支持したようではあったが。

ディアスポラは祖国の外交政策にたいしてはそれぞれの立場をとる。領土の支配をめぐる他国と祖国、もしくはグループ間の争いに関する議論では、ディアスポラはつねにそうであるわけではないが、祖国の同胞のなかの過激派を支持することが多い。チェチェン人、コソボ住民、シーク教徒、パレスチナ人、マケドニア人、モロ族、タミル人のように国をもたない民族のディアスポラは、独立した祖国を建設するために戦う同胞に、資金、武器、兵員、外交上および政治上の支援を提供してきた。ディアスポラによる外部からの支援なしには、そうした反乱は持続できない。そのような支援があれば、そうした反乱は反乱側が要求を実現させるまで終わらない。ディアスポラは祖国を維持するうえで重要なのだ。また、そうした国の建設には不可欠な存在なのである。

三番目の、そしていろいろな意味でディアスポラの最も重要な新しい側面は、祖国政府がどこまで彼らを動員し、親密な協力体制を築いて、受入社会のなかで祖国の利益をはかれるかという問題だ。こうした展開は、アメリカで特にいちじるしく見られた。第一に、アメリカは国際政治に関して最も力のある国であり、世界のほぼどの地域で起こった出来事にも何らかの影響力を振るいうる。したがって他国の政府は、特にアメリカ政府の政策と行動に影響力をおよぼす必要がある。第二に、アメリカは昔から移民の社会であり、二十世紀末には新たに数千万人の移民に門戸を開き、そのためにより多くの、より大きなディアスポラ集団を受け入れることになった。アメリカは明らかに世界一のディアスポラ受入国なのだ。第三に、アメリカの力のおよぶ範囲とその多様性を考えると、外国政府は従来の外交と経済および軍事を通じた方法では、アメリカの政策にかぎられた影響力しかおよぼせず、そのためにいっそうディアスポラに頼らざるをえない。

第四に、アメリカの政府と社会はその特性ゆえに、外国の政府とディアスポラの政治力を強化する。州政府と連邦政府のあいだの権力の分散と三権分立、あるいは柔軟な組織でおおむね独立した官僚制といったものが、国内の利益団体の場合と同じく、多数の窓口を提供し、ディアスポラが好ましい政策を推進し、好ましくないものを阻止するうえで役立っている。競争の激しい二大政党制は、戦略的な地位を占めるディアスポラのようなマイノリティが、定数一名の下院議員選挙区で選挙を左右するのに好都合であり、ときには州全体で行なわれる上院選挙でそうした機会が得られることもある。そのうえ、移民集団は祖先からの文化とアイデンティティを維持すべきだという考えや、多文化主義によって、ディアスポラが影響力を振るうには最適の、アメリカ独特の知的、社会的、政治的な雰囲気もかもしだされている。

第五に、トニー・スミスが指摘したように、冷戦時代は共産圏の国から難民として流れてきたディアスポラの利害が、アメリカの外交政策の目的と幅広く合致していた。東欧のディアスポラはソ連の支配下から祖国を解放するために努力した。ロシア、中国、キューバのディアスポラは、それぞれの祖国における共産党支配を弱めるか終わらせようとするアメリカの努力を支持した。だが、冷戦の終結とともに、祖国政府とのイデオロギー的な対立がなくなり（キューバ人を除く）、祖国とその政府にたいする新たな帰属意識と支援がそれに取って代わった。これらの政府の利益は、アメリカの国益とかならずしも一致しない。

第六に、冷戦の終結から対テロ戦争が始まるまでの一〇年間に、アメリカには最優先される外交政策がなかったため、ディアスポラと経済の利益団体がアメリカの外交政策の決定に、より重要な役割をになっていた。9・11はアラブ系およびイスラム教徒のグループの勢力と地位に大きな打撃を与え、移民全般を疑問視する態度を醸成した。しかし、新たに大きな攻撃が仕掛けられないかぎり、あの事件が長期的にそれだけの効果をおよぼしつづけるかどうかは疑わしい。アメリカの社会と政治の特性とグローバリゼーションの双方から生じる政治的、社会的、知的な勢力がアメリカを、祖国政府とディアスポラが影響力を振るいやすい肥沃な土地にしているからだ。

これらの要因が絡みあった結果、二十世紀末になると、外国政府はアメリカの政策に影響をおよぼす努力をますます重ねるようになった。すなわち、ロビー活動や広報活動を拡充し、シンクタンクとメディアを援助し、ディアスポラには寄付金を拠出させ、労働者を政治キャンペーンにかりたて、議会の委員会と官庁に働きかけること、などである。祖国政府とその支援者は、アメリカの政治力学を理解するうえでも、権力の中枢に近づく手段の面でも一段と巧妙に動くようになった。メキシコ政府の取り組みの規模と手口が変化したことが、そうした変化の一例である。

一九八〇年代半ば、メキシコはワシントンにおけるロビー活動に年間七万ドル以下しか費やしていず、デ・ラ・マドリ大統領（ハーバード大学ケネディ行政大学院卒）の悩みは、メキシコの外交官に国務省と公式に交渉するだけでなく、メキシコの利益に現実的な影響力をもつ議員と密接な関係を結ばせることの困難さだった。

一九九一年になると、カルロス・サリナス大統領（やはりケネディ行政大学院卒）のもとで、ワシントンのメキシコ大使館は職員を倍増し、報道官と議会との渉外担当スタッフはそれ以上に増強した。一九九三年には、メキシコはワシントンのロビー活動に一六〇〇万ドルを費やすようになり、サリナスは数年をかけて三五〇〇万ドルのキャンペーンを指揮して、メキシコの北米自由貿易協定への加盟を議会に承認させた。これまで指摘してきたように、メキシコの政治家や外交官もまたメキシコのディアスポラを動員して組織し、ワシントンでメキシコ関連の議題を推進するために尽力した。一九九五年にはセディージョ大統領がメキシコ系アメリカ人にたいし、ユダヤ人ロビー団体がイスラエルの国益を促進するのを見習って、メキシコの国益に効果的に貢献してほしいと率直に訴えた。国務省のある関係者が述べたように、「かつてここではメキシコ人の姿は見えなかった。いまではメキシコ人はあらゆるところにいる」

メキシコは、外国政府がアメリカの政策に影響をおよぼそうとして、自国のディアスポラを積極的に動員した目覚しい例である。同様の試みは、カナダ、サウジアラビア、韓国、台湾、日本、イスラエル、ドイツ、フィリピンおよび中国の諸政府によってもなされ、その多くは年間数千万ドルを費やしており、場合によってはそれが一億ドルを上回ることもあるだろう。

祖国政府は、自国のディアスポラをさまざまなかたちで利用する。一つには諜報活動と影響力行使にかかわる人材の供給源として、である。歴史を通じて、金銭欲は人びとに祖国を裏切らせ、外国に身売りさせる動機を与えてきた。CIAやFBIや軍隊に勤務しているアメリカ人も、一九八〇年代と九〇年代にはこうした行為をしてきた。スパイにはその他の動機もあるのかもしれない。一九三〇年代と四〇年代にソ連の諜報員になったアメリカの政府関係者、ロスアラモス研究所の科学者、ケンブリッジ大学出の外交官仲間などの場合は、金銭ではなくイデオロギーが動機だった。今日の世界では、文化と民族性がイデオロギーに取って代わった。アメリカでは、多数の異なる外国政府が利用する多数の異なるディアスポラの有権者が、かつての一つのイデオロギーを信奉し、ソ連に利用された有権者の集合に取って代わった。

一方、アメリカへの忠誠を優先する移民であれば、他国政府とのあいだに立ち、スパイ活動を含めて、アメリカのために重要な任務をはたしうるし、またはたしてきもした。ダニエル・パトリック・モイニハン上院議員がかつて述べたように、「スパイ行為は、かならずと言ってもよいほど、ディアスポラの政治と関連している」。一九九六年に国防総省が議会に報告したように、アメリカに住むディアスポラとその祖国の「民族または宗教上のつながりを、海外の多くの諜報機関が利用しようとしてきた」のである。一九八〇年代以降、アメリカはロシア、中国、キューバ、韓国およびイスラエルのディアスポラを、祖国のためのスパイとして起訴することに成功している。

諜報活動よりずっと重要で、はるかに多くの人を巻きこむものは、アメリカの政策を左右して祖国の利益にかなうものに変えさせようとするディアスポラの試みである。こうした取り組みについては、トニー・スミス、ヨッシ・シャイン、ゲイブリエル・シェファーの研究にくわしく総合的に記されており、またディアスポラ・グループごとにそれ以外の数え切れないほど多い研究もある。ここ数十年間には、ディアスポラはギリシャとトルコ、カフカス地方、マケドニアの承認、クロアチアの支援、南アフリカにたいする制裁、サハラ以南のアフリカへの援助、ハイチへの介入、NATOの拡大、北アイルランドをめぐる論争、およびイスラエルと近隣諸国との関係といった各方面で、アメリカの政策に大きな影響をおよぼした。ディアスポラに影響された政策は、ときには広い意味での国益と合致するかもしれない。たとえば、NATOの拡大などはそうしたケースと言えるだろうが、それらはまた往々にして、幅広い国益とアメリカと長年の同盟国との関係を犠牲にして追求されるものでもある。

ディアスポラが完全に祖国の側についたときには、国益が犠牲にならないことはまずない。たとえば、エリ・ウィーゼル〔アウシュビッツの収容体験をもつノーベル平和賞受賞者〕の場合もそうだ。「私はイスラエルを支持する――それだけだ。私はイスラエルに帰属意識をもっている――それだけだ。イスラエルの国外にいるときは、決してイスラエルの攻撃はしないし、批判もしない……ユダヤ人の役目は、われわれの民族とともにいることだ」。トニー・スミスの主張によれば、さまざまな研究から、ユダヤ人、ギリシャ人、アルメニア人などのディアスポラの「組織的な指導部は、世界のその地域に関するアメリカの政策や利益に反する立場であっても祖国を利するように、外国政府から強く影響されている」ことがわかっており、彼らは「自分たちがかかわる地域に関しては、彼ら以外の誰からも指図を受けること」を望まない。ディアスポラの祖国にたいしてアメリカがとる政策については、自分たちに独占的な決定権があるとする彼らの主張の根底には、総じて祖国の利益とアメリカの利益とのあいだに対立などあるはずがないという考えがある。イスラエルのスパイとして有罪宣告されたジョナサン・ポラードがそうした姿勢を如実に示している。「イスラエルの得になることが、アメリカの損になるとは、一瞬たりとも思わなかった。そんなことがありえるだろうか？」

ディアスポラが議会で影響力をもてるのは、彼らが味方となる議員には資金と運動員を提供し、自分たちの政策に反対する人には激しい抗議のキャンペーンを展開して、議会選挙に影響をおよぼせるからだ。ユダヤ人ディアスポラの政治活動は、一九八二年にポール・フィンドリー下院議員（共和党、イリノイ州選出）を落選させたと言われる。下院外交委員会の中東小委員会のメンバーだったこの古参共和党員がＰＬＯ（パレスチナ解放機構）を支持したためだった。また、一九八四年には上院外交委員長のチャールズ・パーシー上院議員（共和党、イリノイ州選出）も、F－15〔米軍の純制空戦闘機〕のサウジアラビアへの売却を支持したために落選した。二〇〇二年には、ユダヤ人ディアスポラ・グループが中心となり、予備選挙で下院議員のアール・ヒラード（民主党、アラバマ州選出）とシンシア・マッキニー（民主党、ジョージア州選出）の再選を阻んだ。二人がパレスチナとアラブの大義を支持したためである。アルメニア全米委員会（ANCA）は、一九九六年に議員のなかで最も親トルコ派だと彼らが考えた二人の下院議員、ジム・バン（共和党、オレゴン州選出）とグレッグ・ラフリン（民主党、テキサス州選出）の落選に一部関与していたと言われる。バンの対立候補で当選したダーリン・フーリーは、「私の立候補を支持して、全国的な運動を展開してくれたことに」たいして、ANCAを称えた。

イスラエル、アルメニア、ギリシャ、ポーランド、インドなどの国々は明らかに、アメリカ国内にいるディアスポラの活動の恩恵をこうむっている。ディアスポラはたいてい集団の規模は小さいが、かなりの地位に就き、裕福であり、自分の考えを明確に述べられる人びとだ。これらの諸国と敵対する国々は、その結果たびたび痛い目にあわされた。だが、アメリカへの移民の増加と多様化は、ディアスポラの社会の数と、彼らが実際に、また可能性としてもつ政治的影響力を増大させている。結果として、敵対する祖国同士の国外での紛争はますます、アメリカ国内で敵対するディアスポラ同士の争いとなっている。

アラブ系アメリカ人のある指導者は二〇〇二年にジョージア州で起こった議会をめぐる紛

争を評して、「ちょっとした中東の代理戦争」だと語った。アメリカ国内のディアスポラ間で政治を舞台に争われるそうした「代理戦争」は、海外の祖国間で争われる本物の戦争にたいしてアメリカがもつ影響力の証である。それはまた、祖国政府とディアスポラが、アメリカの外交政策の針路をどれほど左右できると考えているかの証拠でもある。ディアスポラの世界がより多様化するにつれて、代理戦争もやはり増加し、ますます多様化すると思われる。なかでも激しい争いになったのは、一九九六年のサウスダコタ州の上院議員選挙だった。これは共和党と民主党の争いであるのと同じくらい、インドとパキスタンの争いでもあった。候補者はそれぞれディアスポラの有権者の支持を熱心に求めた。インド系アメリカ人はラリー・プレスラー上院議員の再選に向けておよそ一五万ドルの寄付をした。パキスタン向けの兵器輸出をアメリカが制限することを、同上院議員が支持していたからだ。パキスタン系アメリカ人も、同じ程度の選挙資金を相手候補に寄付した。プレスラーが負けると、イスラマバードは歓喜し、ニューデリーは落胆した。二〇〇三年にインド系アメリカ人のボビー・ジンダルがルイジアナの知事選に出馬したときも、同様の顔ぶれが並び、同じように不首尾に終わった。ジンダルはインド人およびインド系アメリカ人の熱烈な支援を受けたが、パキスタン系アメリカ人の猛反対にあい、多額の献金が当選した対立候補に渡ることになった。

アラブ系アメリカ人とイスラム教徒のアメリカ人の数が増え、彼らの政治的関与が高まるにつれて、アメリカの中東政策にユダヤ人ディアスポラがおよぼしていた強い影響力にも影が差すようになった。二〇〇二年のジョージア州の民主党予備選挙で、パレスチナの大義を率先して支持していた現職のシンシア・マッキニー下院議員は、「国中のアラブ系アメリカ人から選挙のための寄付金を受け取った」。なかには「まともな弁護士、医師、貿易商」もいたが、「テロリストとの関係を疑われて連邦捜査局の監視下にある人」もいた。

一方、マッキニーの対抗馬のデニース・マジェットは、「ジョージア州外のユダヤ人からの寄付」に助けられ、マッキニーの二倍に近い一一〇万ドルを集めた。マッキニーにはそのほかにも再選を危うくする問題がいくつかあって、五八パーセント対四二パーセントという得票差によってやぶれたのだった。その二年前に『エコノミスト』が政治的役割を高めるアラブ系アメリカ人について述べたように、「親イスラエルのロビー団体は、想定したライバルより、はるかによく組織され資金も潤沢だ。だが、いまでは少なくとも、想定したライバルが実在するのだ。それはアメリカ政治における大きな変化だ」

アメリカの政治は、祖国政府とディアスポラが祖国に有利なかたちでアメリカの政策を方向づけようとする場と化しつつある。それによって、連邦議会とアメリカ中の選挙区を舞台に、さまざまな祖国とディアスポラ同士の争いが展開されることになる。そこでは不可避の力学が働いている。国際政治の舞台でアメリカが力を増せば増すほど、この国はますます国際政治の場となり、アメリカの政策決定にたいする外国政府とディアスポラの影響はいっそう強まり、アメリカはいよいよ独自の国益を定義し、追求することが困難になっている。だが、アメリカの国益は、アメリカに人を輸出してきた他国のそれとは合致しないのである。

第四部　アメリカのアイデンティティ再生

第11章　新旧の断層線（フォルトライン）

方向を左右するトレンド

将来におけるアメリカのアイデンティティの実体と顕著性は、アメリカ社会の四つのトレンドによって方向が大きく変わりつつある。

●アメリカの白人にとってアイデンティティの基盤としての民族性が実質的に消滅すること。
●人種間の垣根が徐々に曖昧になり、人種的なアイデンティティの顕著性が下がること。
●ヒスパニック社会の数が増えて影響力を増し、アメリカが二言語と二文化の方向に向かうこと。
●多くのエリートと一般大衆のあいだでナショナル・アイデンティティの顕著性に格差が開くこと。

こうしたトレンドは場合によってはよそ者を排除するネイティビズム的な反応や極端な対立だけでなく、アメリカ人のあいだに解消しがたい溝をつくるだろう。

アメリカのアイデンティティはまた、外部からの攻撃にたいするアメリカの脆弱さに人びとが新たに気づくことによっても、異なった文化や宗教をもつ人びととのかかわりが深まることによっても強く影響されるだろう。こうした外部からの影響が、昔からの宗教的なアイデンティティとアングロ－プロテスタントの文化をアメリカ人に再発見させ、それらの刷新につながることもあるだろう。

民族性の終焉

十九世紀末、アメリカでは人種を基準としておたがいを定義することが多くなった。これがいちじるしく見られたのは黒人とアジア人にたいしてである。しかし、アメリカの白人はアイルランド人、イタリア人、スラブ人、ユダヤ人の移民も自分たちとは人種的に異なると見ていた。世代を経て同化が進むと、これらの移民の子孫もアメリカの白人として受け入れられるようになった。『アイルランド人はどうやって白人になったか』、『ユダヤ人はどのようにして白人の仲間入りをしたか』、『色合いの異なる白さ——ヨーロッパの移民と人種の錬金術』といった題名の本に、その経緯は詳細に記されている。「白人」になるために、あとからやってきた「非白人」はアメリカで一般的な人種区分に甘んじ、アジア人を排除して黒人を従属させるという従来の慣習を受け入れなければならなかった。

人種的な同化が起こると、今度は民族的差異もなくなっていった。移民は経済的、社会的に向上するために、当初は自分と同じような移民とともに暮らし、協力しあうしかなかった。だが、二世代目になると構造的な同化が起こり、三世代目にはそれがいっそう明らかになった。若者はエスニックのゲットーを去り、さまざまな民族が混在する教育機関で学び、さまざまな民族の労働者が働く全米規模の新しい大企業に就職して、さまざまな民族で構成される郊外に移り住んだ。その間に、民族同士の分離や従属関係は徐々に過去のものとなっていった。

一九九〇年になると、ニューヨークの大都市圏では、純粋なアイルランド人の血をひく人のうち、アイルランド系が四〇パーセント以上を占める地域に住んでいる人は六パーセント未満になった。アイルランド系の七五パーセントは郊外に住み、そうした郊外でアイルランド人地区とされる地域に住むアイルランド系は四パーセント未満だった。アイルランド人は「中流階級のヨーロッパ系アメリカ人という大きなカテゴリーのなかに」溶けこみ、「もはや祖国に関連した、エスニック色の強い特徴は見られない」と、レジナルド・バイロン教授は結論した。

教育、職業、雇用および居住面における構造的な同化は、婚姻による同化につながった。一九五六年に、ウィル・ハーバーグが有力な著書のなかで、その当時すでに通婚は一般的な風潮になっているが、それは同じ宗教の人びとのあいだでしか見られないという論証をした。

「ホワイト・アメリカ」は、プロテスタント、カトリック、ユダヤ教という三種類のるつぼを形成している、と彼は主張した。イングランド系とノルウェー系のプロテスタント同士は結婚したし、イタリア系とアイルランド系のカトリック教徒同士も、ドイツ系とロシア系のユダヤ教徒同士も結婚したのである。

先祖からの民族的アイデンティティが象徴化し希薄になると、二世が忘れたがったことを三世は想起しようとするという「ハンセンの法則」のとおり、三世代目はますます宗教にアイデンティティを見出そうとした。アメリカに同化するには、かつての国への忠誠と帰属意識を放棄しなければならないが、信仰と宗教的アイデンティティは手放さなくてもよいということも、このプロセスを促進した。

その他の条件が変わらなければ、集団の規模は小さいほうが、通婚の割合は高まる。そのために、アメリカ国内で最も信者の多い宗教集団間の通婚は、一般の異民族間の通婚ほどすみやかには進まなかった。国勢調査は宗教に関するデータを集計しないので、宗教面から見た婚姻率は他の情報源から推測しなければならず、正確さに欠ける。だが、一九九〇年にプロテスタントの婚姻状況を調べたところ、その八〇パーセントから九〇パーセントは配偶者もやはりプロテスタントだった。カトリック同士の婚姻率は若干低く、六四パーセントから八五パーセントのあいだだった。

これらの数字はすべて既婚者を対象としているが、新婚者にかぎれば外婚の割合は間違いなくもっと高いだろう。カトリック教徒とプロテスタントの結婚は、一九八〇年代までに

「劇的に増加」し、宗教の異なる者同士の結婚を認める人の数も増えた。第二次世界大戦後に生まれたイタリア系アメリカ人の五〇パーセントはカトリック教徒以外と結婚しており、その多くがプロテスタントだった。

ユダヤ人は民族集団でありかつ宗教集団でもあって、数としてはきわめて少ない。それでも、ユダヤ人の通婚率は、二十世紀初頭、ヨーロッパからの移民集団のなかでは最低だった。一九五〇年代になっても、ユダヤ人の通婚率はまだ六パーセントにすぎなかった。第二次世界大戦後、ユダヤ系の人の地位が教育、職業、経済の各方面で飛躍的に向上するにつれ、外婚が増加した。一九九〇年代になると、ユダヤ系新婚者の五三パーセントから五八パーセントは、ユダヤ教徒以外の人を配偶者として選ぶようになった。

ユダヤ人のある評者によると、「息子からアイルランド系カトリックのすてきな女性と結婚するつもりだと言われたとき、〔ハーバード大学教授で著述家の〕アラン・ダーショビッツが受けたショックが、毎年、アメリカ各地のユダヤ人家庭で繰り返されている」という。アメリカのユダヤ人がもっと多く正統派ユダヤ教徒になれば、ユダヤ人の通婚はさほど増加しないだろう。通婚がユダヤ人の数におよぼす影響は、ユダヤ主義が民族的アイデンティティであると同時に宗教でもあるという事実にもやはり左右される。非ユダヤ教徒の配偶者はユダヤ教に改宗するかもしれず、主にこうした理由による改宗者が、一九九〇年代にアメリカのユダヤ人の三パーセントを占めていたからだ。また、異民族との結婚で生まれた子供もユダヤ教徒として育てられるかもしれない。

二十世紀後半には、アメリカの白人のあいだの通婚が急増した。リチャード・アルバによる一九九〇年の国勢調査の分析によれば、白人同士の結婚のうち五六パーセントは民族的な血統が重ならない人同士のものだった。民族的アイデンティティが一部重なる場合、たとえば「ドイツ－アイルランド系の花婿が、アイルランド－イタリア系の花嫁をもらう」ようなケースがおよそ二五パーセントを占め、民族的な背景が同じ人同士の結婚は二〇パーセントだった。一部の民族集団では、一九五六年から六五年生まれの人の完全な同民族同士の結婚率はきわめて低かった。ポーランド系では七・六パーセント、スコットランド－アイルランド系では七・〇パーセント、フランス系では一二・一パーセント、イタリア系では一五・〇パーセント、アイルランド系では一二・七パーセントである。

異民族間の結婚に関して言えることも、異人種間の結婚には当てはまらないことが多いが、一つだけ重要な例外がある。アジア系の人びとの全体的な外婚パターンが、ヨーロッパ系の人のそれと近づいているのだ。アジア系移民には、日本人、中国人、韓国人、ベトナム人、フィリピン人、インド人などが含まれるが、彼らにはアジア人としての共通意識があまりない。その結果、ヨーロッパ系のエスニックは他のヨーロッパ系のエスニックと結婚するが、アメリカのアジア人はめったに他のアジア人とは結婚しない。一九九〇年に、二十五歳から三十四歳までのアジア系アメリカ人男性の五〇パーセント、および女性の五五パーセントが、非アジア人と結婚した。二十五歳未満の人では、この割合は男が五四パーセント、女が六六パーセントだった。

かつてのヨーロッパ系の民族集団よりもずっと劇的に、アジア系アメリカ人は「白人になりつつある」。それはかならずしも彼らの肌の色が白くなっているからではなく――実際、白くなってもいるが――民族ごとに程度の差はあるものの、彼らが身につけてきた価値観が仕事と規律、学問、倹約、家族の絆に重きをおくものだからであり、フィリピン人とインド人の場合は英語の知識もそれに加わるからだ。彼らの価値観はアメリカ人のそれと似ており、教育および職業の水準も高い。そのため、これらのアジア人は比較的容易にアメリカ社会に吸収されてきたのだ。

かつて「溶けあわない」とされたホワイト・エスニックがアメリカの白人のるつぼに溶けこんでいるいま、アイデンティティの根源としての血統は彼らにとって何を意味しているのだろうか？　現代の二つの事例を考えてみよう。A家では、ユダヤ系アメリカ人が韓国生まれの人と結婚する。彼らの息子は一〇〇パーセント・イラン人の移民と結婚する。血統面では、この結婚から生まれる子供は四分の一ユダヤ人、四分の一韓国人、そして二分の一イラン人になる。B家では、アメリカ生まれの二人のアメリカ人が結婚するが、一人は血統的には純粋なアルメニア人で、もう一方は純粋なアイルランド人である。彼らの娘は一〇〇パーセント・エジプト人の移民と結婚する。その結婚から生まれる子供は四分の一アルメニア人、四分の一アイルランド人、二分の一エジプト人になる。それぞれの家の三世代目は、三つのまったく異なった民族の血を受け継ぐことになる。両家の三世代目同士が結婚したらどうなるのだろうか？　その結婚から生まれる子供は、四分の一イラン人、四分の一エジプト人、八分の一アルメニア人、八分の一アイルランド人、八分の一ユダヤ人、八分の一韓国人になる。

こうした通婚パターンは、アメリカの白人の本質に二つの意味で根本的な影響をおよぼす。第一に、るつぼは確かに作用しているが、社会的ではなく、個人レベルで作用しているのである。クレブクールとザングウィルは間違っていた。移民の波は一定の新しいアメリカ人をつくりだしているのではなく、民族的に異なる無数の新しいアメリカ人を形成しているのだ。「ホワイト・アメリカ」は数十の異なった民族集団からなる多民族社会から、何千万もの異なった民族的背景をもつ個人からなる民族色のない社会に変わりつつある。理論的には、異民族同士の結婚がこのままつづけば、いずれ同じ親から生まれた兄弟姉妹以外に、民族的にまったく同じ血統の人はいなくなる。

第二に、個人がますます異なった血統を受け継ぐにつれ、民族的なアイデンティティは主観的な選択の問題になる。かりに前述の家族の四世代目がいたとすれば、そのなかの一人はアイルランドの血統を自分のルーツとして選び、全面的かつ積極的にそれと一体化しようとするかもしれない。だが、そうやって選択することは、アイルランドの血をまったく受け継いでいないが、アイルランドの文化、音楽、文学、歴史、言語、伝承に魅せられた人がアイルランド人になろうとすることと、さして変わらないだろう。

民族的アイデンティティの選択が会員制クラブに入るようなものになれば、民族的クラブは白人のあいだで、独自の風習、仲間意識、会員としての楽しみを共有する人を競って勧誘するかもしれない。あるいは、この四世代目は受け継いだ民族性のうちからいくつかを選んで、複数のクラブに参加することもあろう。さらに、受け継いだ民族的アイデンティティを意識的に拒絶するか、ただ単に忘れてしまうことも可能だ。

同様の問題は、アジア系アメリカ人のアイデンティティに関しても生じる。外婚率が五〇パーセントという問題に触れて、その一人が次のように問いかけた。

次世代の過半数が混血になったら、「アジア系アメリカ人」という言葉は何を意味するのだろう？　特定の民族の一員であることは、遺伝に左右されるのか、伝統になのか？　染色体なのか、文化なのか？　それは自発的な加盟の問題、つまり選択の問題なのか？　アメリカの黒人を黒人にする「一滴の法則」が、アジア人の血のまじった者を誰でもアジア人にするのか？　誰であれば白人として通用するのか——誰がそうなりたいと望むのか？

外国系のアメリカ人であることは、ハイフンの数が増えれば増えるほど〔たとえばGeman - Irish - Americanのように〕難しい問題になり、民族的アイデンティティを無作為にまたは恣意的に選ぶようにもなるだろう。アルバが一九八〇年と一九九〇年の国勢調査の質問用紙を分析したところ、どの血統を選ぶかは、用紙に例としてあげられているアイデンティティ候補の順番にも大きく影響されていることがわかった。一九八〇年の調査では、イングランド系がリストの上位にあり、四九六〇万人の回答者がそれを選んだ。一九九〇年には、イングランド系は例のなかに含まれていず、それを選んだ回答者は三二七〇万人だけだった。一九八〇年には、ドイツ系とイタリア系という選択肢が最後のほうにあげられていたが、一九九〇年にはリストの最初の二つになり、それらを選んだ人の数は二〇パーセント増加した。アルバは一九九〇年に「民族的アイデンティティを強く意識している」のは、おそらくアメリカ生まれの白人の五分の一くらいだろう、と結論した。いまではその数は間違いなく減っている。

民族性がなくなれば、アメリカの白人は自分たちをどう定義するのだろうか？

アルバは、祖先の移民としての共通体験がアイデンティティの根源となりうると示唆する。とはいえ、アメリカの白人が民族的な観点から自分たちを考えなくなるにつれて、彼らがアイデンティティを求める先が、かなり漠然とした歴史上の出来事で、遠くなる一方の過去における祖先の移民体験になるとは考えにくい。それに関連した代案としてユーロ‐アメリカン、もしくはヨーロッパ系アメリカ人（「ユーロ」単独の呼称は通貨に先取りされたからだろう）という概念があり、これを提案する学者は何人かいる。実はアルバも、移民体験に共感する人の呼称としてヨーロッパ系アメリカ人を選んでいる。

ジョン・スクレントニー、デイビッド・ホリンガー、およびオーランド・パターソンもやはり、ユーロ‐アメリカンをアフロ‐アメリカン（アフリカ系アメリカ人）に対比するものとして選んでいる。これは非ヒスパニックの白人の血統をほとんどすべて網羅し、アメリカで引き継がれてきたヨーロッパ文化の伝統を強調するものだ。ここには入植者と移民の子孫がともに含まれる。現代のアメリカ人は中南米諸国からの移民を、ヒスパニックまたはラティーノという同様の包括的な名称で呼ぶ。

だが、ある意味では、アメリカの白人にたいして包括的なヨーロッパのアイデンティティを求めようとするのはいささか遅すぎるようだ。十九世紀に、入植者とその子孫が移民をヨーロッパ系アメリカ人と呼んだことはなく、ヨーロッパからの新参者はそれぞれの国籍にもとづき、ハイフン付きのアイデンティティを与えられてきた。一九九五年五月に、国勢調査局は非ヒスパニックの白人の「人種または民族を示す用語としての好み」を調査した。ヨーロッパ系アメリカ人を選んだのは、わずか二・三五パーセントだった。

文化が中心的なフォルトライン（断層線）となりつつある――その可能性は大だが――のであれば、ヨーロッパ系アメリカ人が文化という側面から自分たちを定義するのは当然の結果だろう。ヒスパニック系アメリカ人はすでにこうした方法で自分たちを定義しており、ヒスパニックと黒人以外で、アジア系アメリカ人を含む人びとを集合的に「アングロ」と呼んでいる。この用語が民族的な意味ではなく、文化的な意味だけで使われるのであれば、不適切な言葉ではない。それはアメリカのアングロ－プロテスタントの文化と英語、およびイギリスの政治、法律、社会の制度と慣行がアメリカのアイデンティティに占める重要性を肯定しているからだ。もっとも、一九九五年の国政調査では、非ヒスパニックの白人のうち、この呼称を自分たちのものとして選んだ人は一パーセント未満だった。

非ヒスパニック、非黒人のアメリカ人のサブナショナル・アイデンティティとして最も支持される可能性のあるのは、「ホワイト」である。一九九五年の調査では六一・七パーセントがこの言葉を選び、さらに一六・五パーセントの人は白色人種《コーケイジャン》を好んだ。したがって、アメリカの白人の四分の三は自分たちを主として人種的な観点から考えているのである。

　このことは、アメリカ社会にとって重大な意味をもつかもしれない。どんなアイデンティティも他者を必要とするので、カレン・ブロドキンが言うように、「白人とは何かを理解するには、その邪悪な（ときには羨むべき）双子として創造され、対照をなす黒人という存在がなければならない」。したがって、状況によっては、異なった背景をもつさまざまな白人が「ホワイト・エスニックの汎民族性」を擁護し、非白人にたいして協力しあうこともありうるというのは驚くべきことではない。

　しかし、何よりも包括的な別の選択も可能だ。アメリカの白人はサブナショナルな、共同体ごとのアイデンティティを忘れ、自分たちをただ単にアメリカ人として考えることもできるのだ。一八〇〇年以前の入植者の子孫は、イングランド系アメリカ人、スコットランド系アメリカ人、ドイツ系アメリカ人といった選択肢以上に、しばしばこのアイデンティティを選んだ。

　さらに、スタンリー・リーバーソンが言うように、一九七一年、七二年、七三年と連続して行なわれた人口動態調査では、毎年、同じ人が対象になったが、前年と同じ回答をした人は六四・七パーセントでしかなかった。首尾一貫しない回答をした残りの三分の一のアメリカ人は、あちこちのグループに散らばっていたわけではない。黒人、ヒスパニック、イタリア系、東欧系の人びとは、一貫した回答をする人がおよそ八〇パーセントから九五パーセントを占めていた。その割合は「ヨーロッパ北西部出身の白人グループではずっと低かった。いわゆる『古い』ヨーロッパの民族であり、アメリカで数世代にわたりさまざまな祖先をもつ人びとである」

一九七一年にイングランド系、スコットランド系、ウェールズ系と回答した人のうち、一九七二年も同じ回答をした人は半数強しかいなかった。一九七〇年代の初めには、アメリカの人口のおよそ五七パーセントが少なくとも四世代目以降だったが、非黒人の四世代目のうち二〇パーセントは祖国名を記入しなかった。ちなみに、一世、二世、三世の人びとのあいだでは、未記入の割合は一パーセント未満だった。要するに、四世代目になると、祖先から受け継いだ民族性は急速に消滅していたのだ。そしていまでは、さらにもう一世代が成人に達している。

民族的系統にアイデンティティを求めない人の割合が増加したのと並行して、ただ「アメリカ人」と回答する人の数も増えた。国勢調査局は一九七九年の人口動態調査と一九八〇年の国勢調査で、こうした回答をできるだけ避けるようにと呼びかけている。それでも、一九八〇年には一三三〇万人が、すなわち人口の六パーセントがアメリカ人という呼称を選び、さらに約一〇パーセントにあたる二三〇〇万人は民族的系統を記入する欄が無回答だった。二〇〇〇年の国勢調査でも、「ハイフンのないアメリカ化」の傾向はつづいた。一九九〇年の国勢調査とくらべ、イングランド系と答えた人の数は二六パーセント減り、アイルランド系は二一パーセント、ドイツ系は二七パーセント減少した。一方、ただ「アメリカ人」と答えた人の数は五五パーセント増加して約二〇〇〇万人になった。こうした変化は特に南部でいちじるしく、たとえばケンタッキー州では二五パーセントが自分は「アメリカ人」だと回答した。

薄れていく民族的アイデンティティのかわりにアメリカの白人が選ぶアイデンティティは、アメリカの将来に重大な意味をもつ。彼らがヒスパニックからの挑戦を感じて、自分たちをユーロ‐アメリカン、またはアングロと考えるのであれば、アメリカ国内の文化的な分断はゆるがぬものとなるだろう。彼らが主に自分たちを黒人などにたいする白人として考えるのであれば、過去の人種的フォルトラインが再び活性化するだろう。一方、アメリカの白人がウォード・コナーリーにならって、入りまじった系統ゆえに自分たちは「生粋のアメリカ人」なのだと結論すれば、ナショナル・アイデンティティと国家としての統一性は強まるだろう。

そうなると、人種の問題を論じなければならない。

人種——不変、融合、消滅

人はそれぞれ身体的に異なっている。生物学的に関連している人びとの集団は、他の人びとと異なる身体的特徴を兼ね備えている。こうした身体的な差異が肌の色、目の形状、髪、および顔の特徴を含む場合、人びとは昔からそれらを人種的な違いだと考えてきた。身体的な差異は存在する。だが、それを人種的な違いと見なすのは人間の認識と決定の産物であり、こうした人種的な違いを重視するかどうかは人間の判断の結果である。

人間のあいだでは身長の違いもそれと同じくらいきわだっており、肌の色や顔立ちの違いよりもはるかに目立つものだ。だが、身長の差は、社会経済的な結果ではあるかもしれないが、一般に人びとを差別化し、分類する根拠にはならなかった。人種主義が現実問題としてあるのは、人びとが肌の色と顔立ちの違いを重要なものと考えるからだ。身長による差別が非現実的なのは、人は通常、バスケットボールは別として、身長の違いをさほど重要だとは考えないからだ。そのために、個人も集団も自分たちを人種的な観点から分類し、他者からもそうした観点によって分類される。身長とは異なり、人種は身体的な現実であるだけでなく、社会的な解釈によるものでもあるのだ。

人種は政治的な解釈でもあるのかもしれない。政府は国民を人種ごとに分類し、そうしたカテゴリーごとに権利、責任、義務を割り当てる。南アフリカとアメリカ合衆国の両政府は、そのほとんどの歴史を通じて国民を人種ごとに分類してきた。南アフリカでは四つのグループに分けられ、アメリカでは三つから一五に分けられていた。南アフリカはこの慣習を廃止したが、アメリカは現在、政府が提供する人種リストにしたがって、国民に自分たちを分類することを求めている。南アフリカとアメリカではどちらも、人種ごとのカテゴリーが政府の政策において人種を法的に区別する根拠となっていた。アメリカでは、いまでもそれがつづいている。

二十一世紀初頭、アメリカ国内の人種と人種的アイデンティティは三つの方向に発展している。第一に、人種間における社会経済的な地位と福利の違いは、部分的にはいくらか減少しているものの、基本的に一定である。この点からすれば、アメリカはいまでも人種的に分断された社会なのである。第二に、人種の融合が通婚によって生物学的に徐々に進んでおり、また個人が複数の人種であることがより一般的な規範となるにつれ、象徴的にも人びとの姿勢においても融合がゆっくりと進行している。第三に、人種が個人のアイデンティティにおいて占める全体的な優先度は、その他の要素とくらべて減ってきているようだ。

したがって、人種間の社会経済的な違いは残っているにしろ、人種の融合とその差異の消滅もまた起こっているのである。だが、こうした過程は、アメリカがますます非白人化するにつれて、白人のあいだで新たな人種的な意識を生みだすことにもなる。（あとで述べる「ホワイト・ネイティビズム」参照）

人種間における社会経済的地位と政治力の主要な格差は、アメリカではつねに存在したし、今後もそれは変わるまい。そこには財産、所得、教育、権力、住居、雇用、健康、犯罪（加害者および被害者として）をはじめ、階級と地位を示すものの差異が含まれる。これらのほとんどの側面で、黒人の福利の絶対的水準は二十世紀後半の四〇年間にいちじるしく向上し、それにはおよばないにせよ、ヒスパニックについても同じことが言える。だが、こうした向上はかならずしも、黒人およびヒスパニックと、白人およびアジア系という両者間の格差を大きく縮めてはいない。こうした格差の多くは存続し、三〇年以上にわたって家庭の所得格差にもそれが反映されている。

アメリカ国内で見られるような人種間の違いは、歴史を通じて人間社会で一般的に存在したものだった。現在、これは世界的規模で各国内および国家間に見られる現象である。近代では、白人はほぼいつも他の人種よりも裕福であり、東アジア人は褐色人種や黒人よりも総じて羽振りがよい。広く一般的に存在しつづけるこうした差異は、おそらく歴史的な経験、文化、抑圧、社会制度、地理、気候、遺伝といった要因のほか、富や軍事力などの重要な面に秀でている一つの集団が、その優越性を他の分野にもおよぼす能力など、多岐にわたる要因が作用した結果である。

富、地位、権力面の人種格差を減らすことは、世界的にも各国内でも難しい。アメリカで実施されたわずかばかりの改善でも、たいていの国で行なわれた改革を上回るだろう。緩慢な進歩がつづくことは間違いないが、アメリカ社会の歴史、文化、制度に深く刻まれたこれらの格差を大幅に縮小するには、長い過程を経なければなるまい。人種間の社会経済的格差の一部は、人種の違いが存在するかぎり存続しそうだ。

人種の違いは存在しつづけるだろう。だが、それはかならずしも過去にその違いが意味していたほど深刻かつ重大なものとはなるまい。白人のあいだで通婚が進んでいることが、民族性の終焉を告げている。アメリカ最大の人種集団間の通婚率はかなり低いが、アジア人に関しては高くなっており、黒人の場合でも増加している。黒人の外婚率は過去にはきわめて低く、アメリカの黒人人口、または白人人口における混血の割合とはほとんど無関係だった。

それでも、この低い数字から、黒人の外婚率は劇的に増加している。「一九六〇年に、少なくとも一人の黒人が関係する（新たな）結婚のうち、通婚は一・七パーセントにすぎなかったが、一九九三年には新婚の黒人の一二・一パーセントは白人の配偶者を選んでいた」。通婚の割合は集団の大きさと所得によって異なるほか、年齢が下がるほど増加もする。

通婚は、人種間の境界線をわずかではあるが徐々に曖昧にしつつある。それよりも肝心なのは、人種および人種間の区別が人びとの思考のなかで重要性を失いはじめていることだ。一九六〇年代半ば、一九の州に異人種間の通婚を禁じる法律があり、北部の白人の四二パーセントと南部の白人の七二パーセントがそうした法律を支持していた。一九六七年に、最高裁はこれらの法律を違憲とした。その後数十年のあいだに、アメリカ人の通婚にたいする考えは大きく変わり、どの人種集団でも過半数がそれを認めるようになった。一九九九年のピュー・リサーチ・センターの世論調査では、回答者の六三パーセントが異人種間の結婚は「人種間の障壁を崩すのでよい」とし、二六パーセントが「人種の混合はそれぞれの人種に備わった才能や適性を減少させるので好ましくない」と答えた。

一九九七年のギャラップ調査からは、白人と黒人のティーンエイジャーのどちらも七〇パーセントが、異人種間のデートは「それほどの問題ではない」と考えていることがわかった。

二〇〇一年に、ハーバード大学とカイザー財団と『ワシントン・ポスト』が行なった調査では、黒人の七七パーセント、ヒスパニックの六八パーセント、アジア系の六七パーセント、白人の五三パーセントが、同じ人種同士の結婚でも異なる人種のあいだの結婚でも何ら変わらないと答えた。アメリカ人の四〇パーセントは、異なる人種の相手とデートしていると答えた。社会学のある教授が述べたように、「異人種間の結婚もそれにたいする賛同者も、きわめて急速に増加している。異人種間の結婚に抵抗があるなら、それを克服するのだ。列車はすでに駅を出発しているのだから」

異人種間の結婚が容認されるにつれ、個人が複数人種であることはいっそう受け入れられ、それどころか賞賛されるようにもなった。アメリカ人は昔から、自分たちの国は二つ以上の人種集団からなる多人種の社会だと考えてきた。アメリカ人はいまでは、自分たちの社会がいっそうさまざまな人種によって構成された、人種を問わない社会になっているという考えに賛同している。たとえば、二〇〇一年のCNNの調査で、「より多くのアメリカ人が、自分は一つの人種に属するのではなく、複数の人種に属すると考えるようになった」場合、それは国にとってよいことか、よくないことか、という質問がなされた。回答者の六四パーセントは国のためによいと答えた。よくないと回答したのは二四パーセントだった。

実際、ますます多くのアメリカ人が、自分を複数の人種に属すると考えている。二〇〇〇年の国勢調査に向けた予備調査では、調査の対象の五パーセント以上の人（予測された割合のほぼ三倍）が二つ以上の人種を選んだ。十八歳未満では、そう回答した人は八パーセントを上回った。二〇〇〇年に実施された国勢調査の本番では、自分をアジア系だと考える人の一四パーセントが二番目の人種も選んでおり、ヒスパニックの六パーセント、黒人の五パーセント、白人の二・五パーセントも同様だった。全体としては、七〇〇人万弱（アメリカの全人口の二パーセント）が、こうした二重の選択をしていた。さらに、人口統計学者は二〇五〇年までにアメリカ人の約二〇パーセントが自分を複数人種に分類するだろうと推測している。

一九六〇年代のスローガンは「ブラック・イズ・ビューティフル」だった。一九九〇年代でそれに相当するスローガンは、さしずめ「二人種（または複数人種）は美しい」だろう。感じ方の変化をあらわす指標としてよく引用されるものに、一九九三年の『タイム』の特別号の表紙を飾った「アメリカの新しい顔」がある。そこにはコンピュータによって多数の人種から合成されたきわめて魅力的な若い女性が示されており、『タイム』はそれを二十一世紀におけるアメリカの「新しい顔」として歓迎した。ベティ・クロッカー社のケーキ・ミックスなどの広告に描かれた顔が、長年のあいだに白い肌で金髪の女性から、オリーブ色の肌で黒髪の女性に変化したことにも人びとは気づいた。

一九九七年にタイガー・ウッズが自分の人種を「カブリネイジアン」と表現したのは有名だ。つまり、白人と黒人とアメリカ先住民（インディアン）とタイ人の混血である。その他の著名人も同じように、さまざまな人種の血を受け継いでいることを誇るようになった。二十一世紀の初頭には、複数人種であることは粋であり、価値のあることにもなったのだ。

に、アメリカ人はまた、かつて複数人種であることを認識し受け入れるのを拒否していた時代に、自分がどれくらい多くの人種の血を受け継いできたかということに、より深い関心を抱くようにもなった。学者はいまでは、アメリカの黒人の七五パーセントにおそらく非黒人の祖先がいると推定しており、ある学者は一九七〇年にはアメリカの白人の二二パーセントに非白人の祖先がいたと結論している。昔は、アメリカ人が自分を黒人または白人であると考える主観的なイメージが、客観的な現実にそぐわなかった。二十世紀の終わりになると、アメリカ人は自分の主観的なイメージを客観的な現実と一致する方向に変えるようになったのである。

黒人と白人間の違いが曖昧になりつつあることと連動して、一九八八年に黒人指導者は「ブラック」のかわりに「アフリカ系アメリカ人」という用語を使いたいとの意向を表明した。後者は「人種を強調せず、むしろ文化と民族性を強調する」からだ。「アフリカ系アメリカ人」は人種的に対立するものではなく、アイルランド系アメリカ人やイタリア系アメリカ人、あるいは日系アメリカ人と同様、黒人を単にアメリカ社会に存在する多数のグループの一つと見なしていた。「アフリカ系アメリカ人と呼ばれることは、文化的に尊重されることなのだ」と、ジェシー・ジャクソンは言った。

この用語はブラックに対抗する言葉として急速に人気を博した。一九九五年の国勢調査によると、黒人の四四・二パーセントはブラックと呼ばれることを好んだが、四〇・二パーセントはアフリカ系アメリカ人またはアフロ－アメリカンを選択した。後者の二つはとりわけ若い黒人に好まれた。一九九〇年に、アフリカ系アメリカ人という呼称を最も好むのは、「主に教育程度の高い若い男性で、北東部と中西部の都市部出身の人」だった。一般になどんなものでも、多音節の単語よりも単音節のものを好む傾向にあるアメリカ人に、単音節で一語の名称（black）にくらべて、七音節からなる二語の言葉（Af-ri-can - A-mer-i-can）がこれほどの人気を得つつあるという事実は興味深いことだ。それにはおそらく重大な意味があるのだろう。

複数人種がいっそう受け入れられ、それどころか歓迎されていることが明らかになったのは、二〇〇〇年の国勢調査から人種の項目を削除すべきだ、あるいは通常の人種的カテゴリーに「複数人種」という選択肢を設けるべきだという要求がでてきたからだった。一九九七年に調査されたアメリカ人のうち、国勢調査でもはや人種を問うべきではないと答えた人は五六パーセントであり、その質問をつづけるべきだと回答したのは三六パーセントだった。アメリカ人の多くはアンケートに複数人種のカテゴリーを加えることを支持しており、一九九五年には黒人の四九パーセント、白人の三六パーセントがそれに賛成だった。混血のアメリカ人と、混血の子供をもつアメリカ人は組織をつくってこうした運動を推進し、一九九六年七月には「複数人種連帯行進」がワシントンで実施された。

一方、黒人の利益団体はこの変更に強く反対し、全米黒人地位向上協会（ＮＡＡＣＰ）、全国都市同盟、法のもとの市民権擁護弁護士委員会（ＬＣＣＲＵＬ）、政治経済学共同センター（ＪＣＰＥＳ）の四団体とともに共同で政府に働きかけ、「アメリカ黒人の分離、差別、不名誉が増加する可能性が明らかにあるとき、『複数人種』のカテゴリーを早急に制度化する」べきではないと訴えた。

この圧力を受けて、国勢調査局は二〇〇〇年の国勢調査では複数人種のカテゴリーを追加しないことにした。しかし、六つの標準的な人種カテゴリーのうち回答者が二つを選択することは可能とした。それに応じた七〇〇万人のアメリカ人は、「アメリカ先住民（インディアン）とアラスカ先住民」であると回答した人の三倍近くに相当し、「太平洋諸島民」を選んだ人の一七倍だった。どちらも国勢調査の人種カテゴリーのなかにあげられていた人種である。前にも述べたように、国勢調査のカテゴリーはアイデンティティを生みだす。「複数人種」という選択肢を設ければ、間違いなく黒人利益団体のリーダーが心配するような影響がでてくるだろう。黒人をはじめとするアメリカ人が、複数人種の血統を正式に主張できることに気づくからだ。

人種にたいする意識と人種的偏見はアメリカの生活における現実であり、今後もそうありつづけるだろう。だが、人びとの意識と態度のなかで人種が占める割合は明らかに減少しつつある。コリン・パウエルはかつてこう述べた。「アメリカという国を、私は心の底から愛しているが、この国では私のような外見をした人間は黒人なのだ」。そのとおりである。コリン・パウエルを見た人は、黒人を見ているのかもしれない。だが、彼らは国務長官や退役陸軍大将、あるいは短期間の戦争でアメリカを勝利に導いた指導者を見ているのかもしれないし、国際的なことに関心があれば、ブッシュ政権内でアメリカの外交政策の多国間主義《マルチラテラリズム》を中心になって推進している人物だと思うかもしれない。パウエルの肌の色は、彼のアイデンティティをかたちづくるその他の要素とくらべれば重要性を失っているのである。

一九八二年にブライアント・ガンベルが主要テレビ・ネットワークで黒人として初のアンカーマンになったとき、彼の肌の色は重要だった。数十年後、あらゆる人種のアンカーマン、リポーター、司会者、解説者が入れ代わり立ち代わりテレビに登場するようになると、彼らの肌の色など誰が気にするだろうか？　黒人として最初の大リーガー、ジャッキー・ロビンソンの時代から半世紀後に、さまざまな人種で構成された野球選手を見て、アメリカ人が考えるのは彼らの肌の色なのだろうか、それとも打率だろうか？

複数人種化の傾向がつづけば、ジョエル・パールマンとロジャー・ウォルディンジャーが言うように、国民を人種によって分類してきた政府の試みは、いずれ「奇妙な過去の遺物」になるだろう。実際に国勢調査の用紙から人種が排除されるようになれば、それは包括的なアメリカのナショナル・アイデンティティの創造に向けた劇的な一歩となるだろう。現在のところ、アメリカではまだ人種が問題にされているが、国民生活の多岐にわたる分野でそれはしだいに重要性を失っている。その顕著性がなくなることが、アメリカの白人の地位を脅かすと考える人にとっては別の話だが。

ホワイト・ネイティビズム

一九九三年の『ニューズウィーク』に、デイビッド・ゲイツが映画『フォーリング・ダウン』について書いている。この映画のなかで、マイケル・ダグラスが演じる防衛産業の会社を解雇された白人の男は、失敗や敗北、挑発行為、屈辱に反応し、多民族、多人種、多文化の社会のせいで自分がそうした憂き目にあっていると考えた。

ゲイツによると、こうした「不快感や脅威は、白人男の不満の断面図である。映画は冒頭から、ダグラス――白いワイシャツ、ネクタイ、眼鏡、宇宙飛行士のような髪型をした時代遅れの実直な人間の典型――を色とりどりの人種からなるロサンゼルスの住民と衝突させる。これは多文化主義のアメリカのなかで包囲された白人男を、アニメ風に描いたものだ」

だが、それは単なるアニメなのだろうか?

七年後に著名な社会学者が、クリントン大統領の弾劾について下院司法委員会が行なった票決に関して述べたコメントを見てみよう。

「共和党側では、弾劾に賛成したのはWASPのみで構成されたグループで、そのほぼ全員が南部出身であり、かつ一人を除いて全員が男性だった。民主党側で反対したのはカトリック教徒、ユダヤ教徒、黒人、女性、同性愛者であり、一人だけ南部のWASPの男性がいた。この熱心さの裏に、アメリカ社会のなかで自分たちの役割が小さくなったと感じるWASP

の男たちの謀反を見るのは、さほど難しくはないのではないか？」

この「謀反」とその理由を見抜くのは、難しいはずがない。それどころか、アメリカで人口統計学的に重大な変化が生じたのに、さまざまな反応が引き起こされなかったとしたら、それこそ稀有なことであり、ことによると人類史始まって以来のことかもしれない。反応としてきわめて起こりやすいのは、白人男性を中心とした排他的な社会政治学上の動きが現われることだ。そのほとんどが労働者階級か中流階級であり、こうした変化と自分たちの社会・経済的な地位を低下させると考えるものに、それが正しいかどうかは別として、歯止めをかけようと試みる人びとである。あるいは、移民や他国のせいで職を失い、文化が堕落し、言語を変えさせられ、国への伝統的な帰属意識を蝕まれ、消失さえさせられることに抵抗する人びとだ。

そうした動きは人種面でも文化面でも発生し、反ヒスパニック、反黒人、反移民の運動となりうる。それらは過去においてやはりアメリカのアイデンティティをかたちづくるのに役立ってきた数々の排他的人種主義、および排外的な運動の現代版となるだろう。こうした特徴を共有する社会運動や政治団体、識者の傾向、反体制派はそれぞれに異なっているが、なおそこには「ホワイト・ネイティビズム」の枠でくくるのに充分な共通項がある。

この呼称の「ホワイト」という言葉は、白人以外の人種がこうした運動に加わらないことを意味するのではなく、またこれらの運動が人種問題だけに特化しているという意味でもない。それが言わんとするところは、そのメンバーは圧倒的に白人が多く、彼らが「ホワイト・アメリカ」と考えるものの保護または復活が中心的な目的である可能性が高いということだ。「ネイティビズム（土着主義）」という言葉は、無国籍化したエリートのあいだでは軽蔑的な意味あいをもっている。それは自らの「ネイティブ」な文化とアイデンティティを積極的に守り、外国からの影響にたいして純粋さを維持するのは間違ったことだ、という考えからである。

だが、ジョン・ハイアムは、外国人にたいするアメリカ人の対応を調べた古典的な研究のなかで、ネイティビズムをより中立的な意味で、「外国（つまり、非アメリカ的なもの）との関連を根拠に、国内のマイノリティに激しく反対すること」と定義する。本書では、こうした中立的な意味でこの用語を使っているが、二点ほど変更して次のものを含めた。第一は、黒人のように「外国との関連」はなくても、アメリカ社会の本来の一部ではないと見られている集団にたいする反対であり、第二は、多数派になりつつあると見られる「国内のマイノリティにたいする反対」を含むことである。

この種のホワイト・ネイティビズムは、過激派グループと混同すべきではない。たとえば、一九九〇年代にミシガン州や西部のいくつかの州で一時期さかんになったミリシア（民間武装組織）の運動や、単純かつ排他的な反ユダヤ主義または反黒人主義で、クー・クラックス・クランの流れを汲む偏見を反映した昔からの「ヘイト（憎悪）・グループ」などである。こうしたグループは概して誇大妄想癖があり、アメリカには「シオニストに支配された政府」が存在するとか、国連内の秘密結社によってアメリカが乗っ取られるといった恐ろしい陰謀を想像する。こうしたグループはアメリカ社会の周辺に、その数と勢力は時代によって異なるものの、つねに存在する。テキサス州ウェイコーでブランチ・ダビディアンをFBIが襲撃した事件などは、一九九〇年代半ばにミリシアの動きをかなり活発化させたようだが、それらの組織もやがて一九九六年の八五八団体から二〇〇〇年の一九四団体に減少した。

二〇〇一年四月に、ミシガン州のそうしたグループの一つのリーダーが解散を宣言したが、その理由は『ニューヨーク・タイムズ』によると、「会員数が激減し、森のなかでの訓練を指導できるほど軍隊経験をもつメンバーがもういない」ためだった。こうしたグループの関係者は政府職員や行政施設の攻撃を計画してきており、なかにはオクラホマシティ連邦政府ビル爆破事件の主犯ティモシー・マクベイのように、将来それに成功する人間もいるかもしれない。彼らはウェイコー事件などにおける政府の特定の行動をあげて、自分たちの立場を擁護するかもしれないが、こうした人びとがアメリカ社会に抱く総合的なイメージは現実とはひどくかけ離れている。

それとは対照的に、今後に出現すると思われる広範なネイティビズムの動きは、アメリカ社会の新しい現実に則した反応となるだろう。そのような運動の指導者には、過激派グループのリーダーと共通するところはほとんどないだろう。その多くは、キャロル・スウェインが「新しい白人ナショナリスト」と名づけるような人となるはずだ。「教養があり、聡明で、たいていはアメリカの名門大学のすばらしい学位をもち、白人種を擁護するこの新しい一派は、ポピュリストの政治家やかつて南部で頭巾をかぶって活動したクー・クラックス・クランとはまったく異なる」

この新しい白人ナショナリストは、白人の人種的優越性を主張するのではない。彼らが信じるのは、「人種的自決権と自己保存」であり、アメリカは「急速に非白人によって支配された国家になりつつある」ということなのだ。特に注意すべき点は、彼らが多文化主義者のホーラス・カレンや、二分化したナショナル・アイデンティティの概念を主張する人びとの伝統にのっとって、人種、民族性、文化を一括して考えていることだ。彼らにとって、人種は文化の根源なのである。ある人間の人種は固定されており、変えることのできないものであって、そのためにその人の文化も変えられない。したがって、アメリカのなかで人種のバランスが変わることは文化のバランスが変わることを意味し、アメリカを大国にした白人文化を、黒人や褐色人種の異なった、彼らの目からすれば知的にも道徳的にも劣る文化に置き換えることでしかないのだ。このように人種を混合し、それゆえに文化も混合することは、国を衰退させる道となる。だから彼らにとって、アメリカをアメリカとして維持するには、ホワイト・アメリカを維持する必要があるのだ。

総じてホワイト・ネイティビストの運動には、人種のバランスや、「白人《ホワイト》」の文化、移民、人種的優遇政策、言語などの問題に関して優先順位を異にする人びとが含まれる。しかし、こうした特定の懸念事項の根底には、アメリカにおける人種のバランスという根本的な問題があり、なかでも非ヒスパニックの白人の割合が減少した事実がある。この傾向に多くの関心が集まったのは、二〇〇〇年の国勢調査の数字によってその割合が一九九〇年の七五・六パーセントから六九・一パーセントに低下したことが判明したためだ。とりわけ劇的だったのは、ハワイ、ニューメキシコ、ワシントンDCにつづいて、カリフォルニア州でも非ヒスパニックの白人がマイノリティになったことを示す証拠だった。減少がいちじるしいのは都市部だった。

一九九〇年には、非ヒスパニックの白人は一〇〇の大都市のうち三〇都市でマイノリティであり、それらの都市に住む総人口の五二パーセントを占めていた。二〇〇〇年になると、これらの都市のうち四八都市で白人はマイノリティになり、総人口の四四パーセントを占めるだけになった。一九七〇年に非ヒスパニックの白人は、アメリカ人全体の圧倒的多数である八三パーセントを占めていた。人口統計学者の予測によれば、二〇四〇年には彼らはアメリカ人のなかでマイノリティになりうるという。

人口統計学上のこうした変化の影響は、長年、ほとんどの白人にとって、サブナショナルなアイデンティティの確かな根源だった民族性が終わりを告げたことでも拍車がかかった。そのうえ、数十年にわたって利益団体と非公選職の官僚が人種的優遇政策、アファーマティブ・アクション、およびマイノリティの言語と文化の維持プログラムを推進してきたのである。これはアメリカの信条に反するものであり、かつ黒人と非白人の移民グループの利益にかなうものだ。

また、産業界エリートのグローバリゼーション志向は雇用を海外に流出させ、その結果、所得格差が拡大して労働者階級のアメリカ人の実質賃金が下がった。リベラルな主流派のメディアは、白人男性にたいする犯罪よりも、黒人や同性愛者や女性にたいする犯罪をより大きく取り上げてダブルスタンダードを用いていると、一部の白人は見ている。大量のヒスパニックの継続的な流入は、白人のアングロ－プロテスタント文化の優位を脅かし、唯一の国語としての英語の地位をも揺るがす。ホワイト・ネイティビズムの動きは、こうしたトレンドにたいして起こりうる当然の反応であり、景気の下降期や困難な時期にはきわめて発生しやすい。それが生じる可能性は、いくつかの要因によって高まる。

社会的集団あるいは民族的、人種的、経済的集団の権力、地位、人員数が現実に減少し将来もそれがつづくことが見込まれる場合、その集団はほぼ間違いなく、そうした損失を食い止めるか逆転させる努力をするようになる。一九六一年のボスニア・ヘルツェゴビナの人口は、セルビア人が四三パーセントでイスラム教徒が二六パーセントだった。一九九一年になると、セルビア人が三一パーセントでイスラム教徒が四四パーセントになった。セルビア人は民族浄化でそれに応じた。

一九九〇年におけるカリフォルニアの人口は、白人が五七パーセント、ヒスパニックが二六パーセントだった。二〇四〇年には、白人が三一パーセントで、ヒスパニックが四八パーセントになると予測されている。こうした同様の状況下で、カリフォルニアの白人がボスニアのセルビア人のように反応する可能性はまずないだろう。また、彼らが何の反応も示さない可能性も、やはりほとんどないだろう。

むしろその反応は、不法移民にたいする社会保障給付、アファーマティブ・アクション、二言語教育、および白人の州外への転居といった問題に関して、住民投票で圧倒的な反対を表明することによって、すでに始まっている。人種的なバランスが変わりつづけ、より多くのヒスパニックが市民権を取得して政治的な発言権を増すにつれ、白人側は自分たちの利益を守るために別の手段を見出す必要がでてくるだろう。

一九九〇年代に、西欧のいくつかの国で反移民を掲げるネイティビズムの政党が登場して、しばしば二〇パーセントもの票を集めるようになり、オーストリアとオランダでは与党連合に参加するようになった。アメリカでは、ホワイト・ネイティビズムが新しい政党のかたちで具体化することはなさそうだが、新たな政治運動となって二大政党の候補者とその政策の選択に影響力をおよぼそうとはするだろう。

十九世紀末の工業化はアメリカの農民に損害をもたらし、農民による数々の抗議団体を結成させることになった。そのなかにはポピュリストの運動や、消費者との直接取引を目的とするグレーンジ結社、無党派同盟《ノンパーティザン・リーグ》、および米国農業連合会（ＡＦＢＦ）などが含まれる。今後、白人の利益を推進する同様の組織が出現するだろう。『エコノミスト』によると、二〇〇〇年にはカリフォルニアで「かつては新参者にきわめて寛大だった白人が、圧力をかけられたマイノリティのように振る舞いはじめている」光景が見られた。白人は全米各地で同じような反応を示す傾向にある。

前述したように、民族性の終焉が生みだしたアイデンティティの真空状態は、広い意味での白人種のアイデンティティによって埋められるだろう。そうしたアイデンティティを支持するのは、一九八〇年代に人種がナショナル・アイデンティティの要素として正式に排除されたあと、マイノリティ・グループが奉じた人種的アイデンティティにたいする反応だろう。ネイティビストの白人ならばこう聞くにちがいない。黒人とヒスパニックが組織をつくり、政府が認める特権のためにロビー活動をしているなら、白人が同じことをしてどこが悪いのか？　全米黒人地位向上協会（ＮＡＡＣＰ）やヒスパニック系のラ・ラーサ（ＮＣＬＲ）が正当な組織であるなら、白人の利益を増進させるための全米組織だってそうなれないはずがあろうか？

白人のエリートはアメリカの主だった組織をすべて支配しているが、エリート以外の数百万の白人は、エリートとまったく異なった考えをもっている。彼らには自信も安心感もなく、人種間の競争では、エリートによって優遇され、政府の施策の援助を受けた他のグループに負けはじめていると考えている。そうした損害は現実にこうむっていなくてもかまわない。ただ彼らの心のなかに存在し、新興勢力にたいする恐れと憎しみをかきたててくれればいいのだ。

たとえば、一九九七年に白人を対象として行なわれた全国調査では、黒人はアメリカ人の四〇パーセント以上を占めると考えている人が一五パーセントおり、三一パーセントから四〇パーセントのあいだと答えた人は二〇パーセント、二一パーセントから三〇パーセントのあいだと回答した人が二五パーセントいた。つまり、白人の六〇パーセントが、黒人はアメリカ人の二〇パーセント以上だと考えていたのだ。実際には、当時、黒人は一二・八パーセントを占めるだけだったのだが。同様に、白人の四三パーセントはヒスパニックが人口の一五パーセント以上だと考えていたが、実際には一〇・五パーセントだった。アメリカの白人の大半は、自分を実際よりもやや貧しいと考えており、黒人のことは実際以上に豊かだと見ていた。

社会学者であるジョージア州立大学のチャールズ・ギャラハー教授は次のように説明する。

好むと好まざるとにかかわらず、中流および下層中流階級の白人は自分たちをマイノリティだと感じており、犠牲者であるかのような態度をとっている。その多くは自分たちには本当の文化がないと感じている。彼らにイタリア人の祖母やフランス人の祖父がいたとしても、いまでは混血が進み、民族的アイデンティティは失われている。

民族性はかつて同化が進むなかで、人びとの真空状態を埋めていた。いまではその隙間を埋めているのは、被害者意識だけとなった。

一九九〇年代末に、白人が白人であることを意識することが、他の人種を理解するために必要だと主張する学術的な運動が生まれた。「われわれは白人を人種化したいのだ」と、提唱者の一人は言った。「多人種の社会を築こうというのに、集団の一つが白人で、自分たちも一つの人種なのだと認識していなかったら、どうやってそうした社会を築けるのだろうか？」白人であることはもはやアメリカの特徴ではない。したがって、白人も他の人種と同じく、自分たちを人種集団の一つとして考えるべきなのだ、という主張である。

一九九〇年代の「白人学」に関する著作者の多くは徹底した反白人主義者だった。「白人種を裏切ることは人類に忠誠をつくすことだ」と、そのうちの一人は言った。彼らの見解は中流や労働者階級の白人の多くには確実に伝わらなかったが、たとえ伝わったにしても、それはかつて自分たちのものだった国で、マイノリティとして虐げられていると考える多くの白人の風潮を助長するだけだったろう。

本格的なホワイト・ネイティビズムの動きを生みだし、人種抗争を激化させる要因はアメリカに内在する。キャロル・スウェインはその可能性を誇張しているきらいがあるが、彼女の説得力ある警告は一考する価値がある。われわれは「多くの社会的勢力の集中が同時に起こる」のを目撃している、と彼女は言う。こうしたなかには、「人口統計の変化、人種的優遇政策の存続、民族的マイノリティの期待感の高まり、リベラルな移民政策の存続、グローバリゼーション関連の雇用喪失に関する懸念の増大、多文化主義の要求、意見を同じくする個人同士を結びつけ、懸案や戦略を共有させて政治制度に影響をおよぼそうとするインターネットの力」が含まれる。これらの要因はとりもなおさず「白人の人種的意識と白人のナショナリズムを強める。それはアメリカにおけるアイデンティティ政治運動における必然的な段階なのだ」。結果として、アメリカは「ますますこの国の歴史において、前代未聞の大規模な人種抗争が起こる危機に面している」

だが、ホワイト・ネイティビズムを最も助長するのは、白人の言語と文化におよぶ脅威だろう。アメリカ社会のなかでヒスパニックの役割が人口統計上で、また社会的、経済的、政治的に拡大することによって、そうした脅威がせまっていると白人は考えている。

二分化――二つの言語と二つの文化になるのか？

ヒスパニックの人口とその影響力が増すにつれて、ヒスパニックの代弁者は二つの目的を志向するようになった。第一はアメリカのアングロ‐プロテスタントの社会と文化にヒスパニックが同化するのを防ぐことであり、それに代わるものとしてアメリカの国土にスペイン語を使用する自治的かつ永続的なヒスパニックの巨大な社会および文化共同体を築くことである。ウィリアム・フロレスやリナ・ベンメイヤーなどこうした主張をする人びとは、「一つの国家共同体」という考えを否定し、「文化的な均質化」を非難して、英語の使用を促進しようとする取り組みを「外国人嫌いと文化的な傲慢さ」のあらわれとして否定する。彼らは多文化主義や社会的多元主義も攻撃する。こうした概念は「異なった文化的アイデンティティ」を「私生活」に属するものとし、「公的な場では、民族性の誇示が公式に認められた場合以外は、そうしたアイデンティティを脇に追いやって、文化的に中立の場所では『アメリカ人』として振る舞わなければならない」とするからだ。ヒスパニックはアメリカ人としてのアイデンティティをもつべきではなく、むしろ「台頭しつつあるラティーノのアイデンティティと、政治的および社会的意識」を抱懐すべきだ、と彼らは主張する。彼らは「この国のなかにラティーノ独自の社会的空間」を築く別個の「文化的な市民権」を主張すべきであるとし、実際にそうした主張をしている。

ヒスパニックの代弁者らの第二の目的は、第一の目的に関連するものだ。それはアメリカ全体を二つの言語、二つの文化の社会に変えることである。アメリカはもはや、三世紀にわたってそうであったように、中心となるアングロ‐プロテスタントの文化があり、それに付随して民族的なサブカルチャーがある状態を持続させるべきではない。この国はヒスパニックとアングロの二つの文化をもつべきであり、何よりもスペイン語と英語という二つの言語を認めるべきだ、と彼らは主張する。デューク大学のアリエル・ドーフマン教授によれば、「アメリカの将来について」ある選択をしなければならない。「この国の民は二つの言語を話すのか、一つだけなのか？」

彼の答えはもちろん、二つの言語を話すべきだというものだ。こうした傾向は、マイアミと南西部以外でもますます強まっている。フロレスとベンメイヤーの主張によれば、「ニューヨークは」すでに「二言語の都市であり、スペイン語は路上でも、ビジネスでも、公共事業や社会福祉事業でも、学校でも家庭でも日常的に使われている」

イーラーン・スタバンズ教授はこう述べる。「今日では、アメリカで銀行口座を開くのも、医療を受けるのも、ホームドラマを見るのも、税金を申告するのも、愛するのも死ぬのも、まったく『エン・イングレス（英語で）』しゃべらずにできる」。要するに、われわれはこの国の言語的アイデンティティが再形成される現場を見ているのである。このヒスパニック化を後押しするメキシコ人の流入は、衰える気配を見せない。

二〇〇〇年七月二日、ビセンテ・フォックス・ケサーダは比較的自由に行なわれた選挙で、野党側の候補として初めてメキシコ大統領に選出された。アメリカ人は国境の南で民主主義が勝利したことを歓迎した。二〇〇〇年七月四日、次期大統領として発したほぼ最初の声明のなかで、フォックスは自国民の北への移動規制を終わらせることを表明した。従来の「メキシコの目標は安全弁を開くことであり、毎年三五万人の若者が国境を越えるのを容認し、何ら責任は負わなかった」と、彼は述べた。アメリカの目標は「移民を防ぐために壁を築いて、警察と軍隊を配備することだった。それでは問題は解決しない」

したがって、両国は開かれた国境に向けて歩み寄り、金、モノ、人が無制限に移動できるようにしなければならない、とフォックスは主張した。彼が口にしなかったのは、国境による制限がなければ、モノは双方向に流れ、金は南へ、人は北へと流れるということだ。その一〇年前、ビセンテ・フォックスの前任者であるカルロス・サリナス・デ・ゴルタリはアメリカ中を遊説してNAFTA（北米自由貿易協定）への賛同を求めた。貿易障壁がなくなれば、移民も減るからであり、「われわれのモノか、われわれの人間を受け入れてもらわなければならない」と、彼は主張した。

ビセンテ・フォックスは言う。「双方を受け入れてもらわなければならない」、と。

ホルヘ・カスタニエダはフォックスが外務大臣に就任する前にこう述べた。移民は、「二国間の関係においては問題ではなく、むしろそれ以外のより深刻な問題を部分的に解決している」。より深刻な問題というのは、もちろんメキシコの問題であり、カスタニエダはこう主張した。「国民の国外移住を思いとどまらせることをメキシコに無理強いするのは……メキシコの市町村内の社会的平和を脅かす措置だ」。彼の見解では、メキシコは問題を解決しようと努力すべきではない。問題は輸出すべきなのだ。

もし毎年、一〇〇万人のメキシコ兵がアメリカへの侵略を試み、そのうちの一五万人が成功し、アメリカの領土内に居座ったとしたら、そしてメキシコ政府がこの侵略の合法性を認めるようアメリカにせまるならば、アメリカ人は腹を立て、さまざまな手をつくして侵略者を追い払い、国境を正常化させようとするだろう。ところが毎年、同じような規模の人口学的な不法侵入が起こっているのに、メキシコ大統領はそれを合法化すべきだと主張するのだ。そして少なくとも9・11までは、アメリカ政界の指導者も多かれ少なかれそれに目をつぶり、長期的な目標としては国境の廃止を認めさえした。

かつてアメリカ人は、自分たちの国の本質とアイデンティティに多大な影響をおよぼす措置を、それとは気づかずにとってきた。これまで見てきたように、一九六四年の公民権法は明らかに人種的優遇政策と人種による割当制の撤廃を意図したものだったが、連邦政府職員は正反対の結果を招くようにその法律を実施した。一九六五年の移民法はアジアと中南米からの大量移民を引き起こすことを意図したものではなかったが、現実にはそうなった。こうした変化は、当然起こりうることに注意を払わなかった結果として、また官僚の驕りと責任逃れおよび政治的な日和見主義ゆえにひき起こされた。同じようなことがヒスパニック化に関しても起こっている。国政の場での議論なしに、あるいは意識的に決断することなしに、アメリカはこれまでとはまるで異なった社会へと変貌しはじめているのだ。

アメリカ人は移民と同化について論ずるさい、移民を差別せずに一般化する傾向にあった。こうして彼らは、ヒスパニック移民――なかでもメキシコ移民――が、突きつける特殊性や難題、あるいは課題に目をつぶってきたのだ。少なくとも二〇〇四年までは、メキシコ移民に関する論争を避け、この隣国との総合的な関係という幅広い問題を、それが他国との問題と変わらないかのように扱うことによって、アメリカ人はアメリカという国が今後も、一つの国語とアングロ－プロテスタントという共通の主流文化をもつ国でありつづけるのかという問題も避けているのだ。だが、その問題を無視することは、それに答えてもいるのであり、アメリカがいずれ二つの民族と二つの言語と二つの文化をもつ国に変貌することを黙認しているのである。

そんな事態になれば、アメリカはもはや三億に近い人びとの共通言語が一つだけではなくなり、「バベルの塔〔神の怒りによる人間の言葉の混乱〕状態」に近づくかもしれない。この国は、英語はできるがスペイン語は苦手でアメリカ英語の世界だけに限定される多数の人びとと、スペイン語はわかるが英語は苦手でヒスパニックの社会でしか動けないそれよりは少数の人びとと、双方の言語に堪能で一言語しか知らない人よりもずっと自由に全米規模で活動できる不定数の人びととに、分断されるのだ。三〇〇年以上にわたって、アメリカでは英語の能力こそが人よりも優位に立つための必要条件だった。だが、いまでは英語とスペイン語の両方を使えることが、産業界、学界、メディア、そして何よりも政治と行政で成功するうえで重要度を増している。

二言語使用がじわじわと広まるにつれて、アメリカはどうやらそうした方向へと動いているようだ。ヒスパニックの人口は二〇〇二年六月には三八八〇万人になり、二〇〇〇年の国勢調査から九・八パーセント増加し、その二年四ヵ月のあいだのアメリカの人口増の半数を占めるようになった。ちなみに、アメリカ人全体の伸びは二・五パーセントだった。大量移民が継続するばかりでなく彼らの出生率が高いということは、アメリカ社会におよぼす彼らの影響とその数が今後も大きくなることを意味する。二〇〇〇年には四七〇〇万人（五歳以上の人口の一八パーセント）は家庭で英語以外の言語を話していた。そのうち二八一〇万人はスペイン語だった。五歳以上のアメリカ人で、英語が「とてもよく」話せるレベルにない人の割合は、一九八〇年には四・八パーセントだったが、二〇〇〇年には八・一パーセントに増加した。

ヒスパニック組織の指導者は、彼らの言語を積極的に推進しつづけている。ジャック・シトリンとその同僚によると、一九六〇年代から、「ヒスパニックの活動家は言語権の概念は憲法によって保障されたものだと明言していた」

彼らは政府機関や裁判所に圧力をかけ、民族的出自にもとづく差別を禁ずる法律により、子供は親の言語で教育を受ける必要があると解釈させた。二言語教育はスペイン語教育になり、スペイン語に堪能な教師の需要が高まると、カリフォルニア、ニューヨークなどの州はプエルトリコから教師を積極的に採用するようになった。慎重を期した一件の例外（ロウ対カリフォルニア州）を除いて、言語権をめぐる主な裁判にはスペイン語系の名前が並んでいる。グティエレス、ガルシア、イニゲス、フラド、セルナ、リオス、エルナンデス、ネグロン、ソベラル＝ペレス、カストロ、と。

ヒスパニックの組織は、二言語教育における文化維持プログラムを議会に承認させるうえで中心的な役割をはたしたが、その結果、子供たちの普通学級への編入が遅れている。ニューヨークでは一九九九年に、「スペイン語の二言語プログラムの生徒は、三年間で普通学級に編入されるべきだと指針に明記されているものの、九〇パーセントの生徒は三年後もそれをはたしていない」。多くの子供が実際にはスペイン語で授業をするこうした学級に九年間も在籍しているのだ。これは必然的に、彼らが英語を身につける速度と程度にも影響をおよぼす。スペイン語を話す移民も二世、三世となるにつれて、その多くは英語圏で活動するのに充分な英語力を身につける。だが、移民が大量に流入しつづけるため、ニューヨーク、マイアミ、ロサンゼルスなどでは、スペイン語を話す人びとはますます英語を知らなくても普通に暮らせるようになっている。ニューヨーク市で二言語教育を受けている子供の六五パーセントはスペイン語の学級におり、学校では英語を使う必要も機会もほとんどない。そして『ニューヨーク・タイムズ』によれば、ロサンゼルスの母親とは異なり、ニューヨークでは「スペイン語を話す親は、一般に子供をそうした学級に入れることに抵抗がなく、中国系、ロシア系の親のほうがそれに反対する」ようだ。

ジェームズ・トラウブは次のように報告する。

ニューヨークではまったくスペイン語だけの世界で暮らすことも可能だ。「子供たちには、少なくともテレビは英語で見ろと言うようにしている」と、中学校教諭ホセ・ガルシアは言った。「でも、ここの子供たちは家に帰るとスペイン語を話す。テレビを見るのも音楽を聴くのもスペイン語だ。病院へ行けば、医者がスペイン語を話す。通りを歩いて中国人経営の果物屋まで行っても、その中国人の店主がスペイン語を話してくれる」

スペイン語を話す子供たちは、自分たちの囲われた世界を破って外にでる必要もない。ニューヨークにはほぼ全校生徒がヒスパニックの高校があり、二言語で講義するコミュニティ・カレッジまである。生徒は学校をでてようやく、自分らの英語が求人市場で通用するレベルに達していないことに気づくのである。

二言語教育というのは、生徒にスペイン語で教え、彼らをヒスパニックの文化に埋没させることを遠まわしに言う表現なのだ。過去の移民の子供たちにはそのようなプログラムがなかったので、彼らは英語に上達して、アメリカ文化を吸収するようになった。現代の非ヒスパニックの移民の子供はおおむね英語を学び、アメリカ社会にヒスパニック移民の子供よりも早く同化する。二言語教育が生徒の学業向上に与える効果について議論がなされてきたが、現実には二言語教育は明らかにヒスパニックの生徒がアメリカ社会に溶けこむうえでマイナスの影響をおよぼした。

ヒスパニックの指導者は、すべてのアメリカ人は英語以外に少なくとも一つの言語——つまりスペイン語——を使いこなせるようになるのが望ましいとして、積極的にそういう主張をしてきた。次のような言い分であれば、それは確かに説得力がある。つまり、世界は狭くなっているので、すべてのアメリカ人が少なくとも一つは重要な外国語——中国語、日本語、ヒンディー語、ロシア語、アラビア語、マレー語、フランス語、ドイツ語、スペイン語——を知っているべきであり、そうすることで一つの外国文化を理解してその国民と意思の疎通がはかれるようにすべきだという意見だ。

だが、アメリカ人がアメリカ国内の同胞と会話するのに、英語以外の言語を理解するべきだと主張するのは、まったく異なった問題である。ところが、それこそスペイン語支持者の考えていることなのである。「英語だけでは充分でない」と、差別に反対するスペイン語系アメリカ人同盟（ＳＡＬＡＤ）の議長オスバルド・ソトは主張する。「われわれは一言語の社会は望まない」

イングリッシュ・プラス情報センターは一九八七年にヒスパニックなどの組織の連合によって結成されたもので、アメリカ人はみな「英語に熟達し、それにプラスして第二、第三の言語を習得」すべきだと主張した。

二言語プログラムでは、生徒は英語とスペイン語で交互に授業を受ける。彼らの目的はスペイン語をアメリカ社会のなかで英語と同格にすることなのだ。「二言語によるアプローチは、英語を話す子供に新しい言語を学ばせ、英語を話さない（ＮＥＳ）子供には英語を学ばせることだ」と二人の提唱者は主張する。「子供たちは言語を学びながら、それに関連する二つの文化についても学ぶ。こうして、すべての子供が第二の言語を習得し、同じような問題に直面するようになる。これはマイノリティ・グループの人びとが感じていた劣等感を最も軽減する」

二〇〇〇年三月に、「エクセレンシア・パラ・トドス――すべての人にとって望ましい」という演説で、アメリカの教育長官リチャード・ライリーは二言語による教育を支持し、二〇五〇年までにはアメリカの人口の四分の一がスペイン語を話すようになり、若者のあいだではその比率がさらに高くなるだろうと予測した。

二言語使用を後押ししているのはヒスパニックのグループだけではない。一部のリベラルな組織または市民権団体、教会指導者もやはり、聖体拝領者の増加を見込むカトリックの指導者を中心にその動きを支持している。共和・民主両党の政治家たちも、数を増しつづけ、帰化率が徐々に高まっているヒスパニック移民に対応しだした。さらに中心的な役割をはたしているのが、ヒスパニック市場を狙う産業界である。英語の公用語化に反対したのは、「スペイン語のテレビ・ネットワークで、学生が英語を学びはじめたら視聴者を失いそうな「ウニビジョン」のみならず、ホールマーク社のように「スペイン語の放送網ＳＩＮを所有」していて、英語の公用語化を「英語以外の言語を話す顧客の需要に応える自分たちの能力にたいする脅威」と見なす企業も同様だった。
産業界がヒスパニックの顧客に照準を合わせることは、ますますバイリンガルの従業員が必要になることを意味する。一九八〇年にマイアミで英語の公用語化について住民投票が行なわれた背景には、主としてこうした要因があった。社会学者のマックス・カストロはこう述べる。

民族的な変容がもたらした結果で何よりも腹立たしいのは、おそらくマイアミでバイリンガルの能力を必要とする仕事の数が増えたことだろう。ここでは、二言語の使用はマイアミの非ヒスパニックの住民にとって、単なる象徴的な意味だけでなく実質的な結果ももなっていた。
だが、それはまた多くの人にとって、新参者はその土地の言語と文化に適応しなければならないという前提がくつがえされたことも象徴していた。それどころか、二言語使用のおかげで移民は、彼ら自身の存在によって生みだされたニーズにもとづき、労働市場で優位に立つことができた。

同じようなことがジョージア州の小さな町ドラビルでも起こった。ヒスパニックの流入にともなって、地元のスーパーマーケットの店主は商品、看板、広告、言語を変えていった。また雇用方針も変えざるをえなかった。変更したあとで、店主は言った。「バイリンガルの人間以外は雇わない」。そのような応募者がなかなか見つからないと、「ほとんどスペイン語だけしかできない人でも雇うことに決めた」、と。

二言語使用は所得にも影響した。フェニックスやラスベガスのような南西部の都市では、バイリンガルの警官や消防士は、英語しか話せない人よりも給料が高い。ある調査によると、マイアミではスペイン語しか話さない家庭の平均所得は一万八〇〇〇ドルであり、英語のみの家庭の平均所得は三万二〇〇〇ドルだが、バイリンガルの家庭の平均は五万三七六ドルだった。

アメリカの歴史が始まって以来初めて、同胞に英語でしか話せないために就職できない、あるいはもらえたはずの給料がもらえないアメリカ人が増えているのである。[*1]

言語政策をめぐる議論のなかで、S・I・ハヤカワ上院議員はヒスパニックが英語に反対するうえではたしている特殊な役割を浮き彫りにした。

> フィリピン人や韓国人で英語の公用語化に反対する人がいないのはなぜだ？　日本人も誰も反対してこなかった。ベトナム人だって、この国にいられることにすっかり満足しているから、もちろん反対しない。彼らは英語を可能なかぎり早く習得して、全米各地の綴り字コンテストで優勝している。ところが、ヒスパニックだけは問題があると主張する。スペイン語を第二公用語化する動きもかなりさかんだ。

スペイン語をアメリカの第二言語として普及させる動きはつづくかもしれないし、つづかないかもしれない。それがつづけば、その過程で重大な結果がもたらされるだろう。多くの州では行政職に就くために、両方の言語に熟達していなければならなくなるだろう。大統領および閣僚の候補でも、バイリンガルの人は英語しか話せない人間よりも有利になるかもしれない。小中学校で二言語による教育、つまり子供に英語でもスペイン語でも均等に教えることが一般的になれば、教師もますますバイリンガルであることが望まれるだろう。行政関連の文書や書式はつねに双方の言語で公表されるようになるだろう。議会の公聴会や討議、あるいは一般の行政業務の遂行においても、両方の言語が使用できるようになるかもしれない。第一言語がスペイン語の人はほとんどがおそらく英語もかなり堪能なので、英語を話す人間でスペイン語が苦手な人は、就職、昇進、および受注競争で不利になるだろう。

一九一七年にセオドア・ローズベルトは言った。「われわれは一つの旗だけをもつべきだ。言語も一つのみであるべきだ。それは独立宣言や、ワシントンの退任声明や、リンカンのゲティスバーグ演説と二度目の就任演説で使われた言語でなければならない」。二〇〇〇年六月十四日にクリントン大統領は言った。「私は自分がアメリカ史のなかでスペイン語を話せない最後の大統領になることを、期待してやまない」。二〇〇一年五月五日に、ブッシュ大統領はメキシコの戦勝記念日シンコ・デ・マヨを祝して、アメリカ国民に英語とスペイン語の両方で毎週の大統領ラジオ演説を行なう習慣を始めた。

二〇〇二年三月一日、テキサス州知事の民主党の指名候補を争う二人の候補者、トニー・

サンチェスとビクター・モラレスはスペイン語による正式な公開討論を行なった。二〇〇三年九月四日には、民主党の大統領候補のあいだの最初の討論会が英語とスペイン語の両方で実施された。アメリカ人の大多数が反対しているにもかかわらず、ワシントン、ジェファソン、リンカン、両ローズベルト、ケネディ兄弟たちの言葉に加えて、スペイン語がアメリカの言語となりつつある。

この傾向がつづけば、ヒスパニックとアングロのあいだの文化の境界線が、アメリカ社会で最も深刻な溝として、黒人と白人のあいだの人種の境界線に取って代わるだろう。二つの言語と二つの文化をもち、二つに分断されたアメリカは、一つの言語とアングロ－プロテスタントの一つの中心的な文化をもち、三世紀以上にわたって存在してきたアメリカとは、根本的に異なっていくだろう。

選挙民を代表しない民主主義——エリート対大衆

ナショナル・アイデンティティの問題に関する一般の人びとの考えは、エリートの多くの見解とはいちじるしく異なる。こうした違いは、第10章で詳述したように、国にたいして強い誇りと献身を見せる一般大衆と、無国籍化しトランスナショナルおよびサブナショナルなアイデンティティを優先するエリートのあいだの根本的な差異を反映している。

大衆は総じて社会的安全保障に関心を抱いており、それは前述したように、「発展のための受け入れ可能な条件のなかで、言語、文化、人間関係、宗教的アイデンティティとナショナル・アイデンティティおよび慣習の伝統的なパターンを維持できるかどうか」を問題にしている。多くのエリートにとって、こうした懸念はグローバル経済に参加することとくらべれば取るに足りず、あるいは国際貿易と海外移住を支援し、国際制度を強化し、アメリカの海外とのかかわりを促進し、マイノリティのアイデンティティと文化を奨励することとくらべても重要ではない。

「愛国的な大衆」と「無国籍化したエリート」のあいだの違いは、価値観や哲学に関するその他の差異にも見られる。ナショナル・アイデンティティに影響する内政および外交政策に関する問題で、主要な機関の指導者と大衆のあいだに広がる差異は、階級や宗派、人種、宗教、民族による区分を超えた重大な文化的フォルトラインを形成している。政府のなかでも民間においても、アメリカの支配者層はさまざまなかたちで、アメリカの大衆からいよいよかけ離れている。

アメリカは政治的には民主主義でありつづける。なぜなら、重要な公職が自由で公正な選挙を通じて選ばれるからだ。だが、いろいろな意味でそれは選挙民を代表しない民主主義と化した。何しろ、重要な問題では、とりわけナショナル・アイデンティティに関する問題では、指導者たちがアメリカの国民の見解とは異なる法律を通過させ、施行するからだ。それにともなって、アメリカの国民は政治と政府からますます疎外されていった。

総じて、アメリカのエリートはアメリカの大衆にくらべてナショナリスティックな傾向が弱いだけでなく、リベラル色も強い。こうした違いは、一九七四年から二〇〇〇年までに実施された二〇回の世論調査にあらわされている。そのなかで自分をリベラル、中道、保守のいずれだと思うかという質問がだされた。約四分の一は一貫してリベラルと回答し、約三分の一は保守、そして三五パーセントから四〇パーセントは中道と答えた。エリートの姿勢はかなり異なる。一九七九年から八五年のあいだに実施された調査で、一〇あまりの職業または機関のエリートに世論調査と同じ質問をした。これらのグループのエリートで、自分をリベラルだと考える人の割合と、一九八〇年の一般大衆の選択は以下のとおりだった。

公共利益団体	九一パーセント
テレビ関係	七五パーセント
労働組合	七三パーセント
映画関係	六七パーセント
宗教関係	五九パーセント
官僚	五六パーセント
メディア	五五パーセント
裁判官	五四パーセント
議員補佐	五二パーセント
弁護士	四七パーセント

一般大衆　二五パーセント
企業　一四パーセント
軍隊　九パーセント

企業と軍隊を除けば、これらのエリートは一般大衆よりもほぼ二倍から三倍以上もリベラル色が濃かった。別の調査でもやはり、道徳的な問題で、リーダーは一般のアメリカ人にくらべて「一貫してよりリベラル」だった。とりわけ行政、非営利団体、および情報関連のエリートは圧倒的にリベラルな見解をもっていた。

学者も同様だ。一九六九年の調査では、優良校の教職員のうち七九パーセントが自分をリベラルだと考えており、一方、ランクが低い学校の教職員は四五パーセントがそう回答した。二〇〇一年から〇二年にカリフォルニア大学ロサンゼルス校が三万二〇〇〇人の常勤教員を調査したところ、教員の四八パーセントは、自分は「リベラル」または「極左」であると答え、一八パーセントは「保守」または「極右」だと回答した。

スタンリー・ロスマンが述べたように、一九六〇年代の過激派の学生は、特にエリート校で終身在職権をもった教授に転身していた。「エリート大学の社会科学の教職員は圧倒的にリベラルな世界主義者か、左翼である。市民的忠誠や愛国心はどんなかたちにせよ、たいてい反動的だと思われる」

リベラリズムは反宗教的になることが多い。一九六九年にシーモア・マーティン・リプセットとエバレット・ラッドが行なった研究では、自分をリベラルだと考える学者の割合は【表11－1】のようだった。

イデオロギーや宗教やナショナリズムに関するこうした違いは、ナショナル・アイデンティティをめぐる内政および外交政策の論争において差異を生む。第7章の分析で明らかにしたように、エリートと大衆はアメリカのアイデンティティの二つの中心的要素である信条と英語の優先度に関して、根本的に意見を異にする。ジャック・シトリンが言うように、「エリートが提唱する多文化主義と、大衆が頑固に支持する共通のナショナル・アイデンティティへの同化とのあいだには溝がある」。ナショナリストの大衆と世界主義のエリートのあいだの同様の差異は、アメリカのアイデンティティと外交政策のあいだの関係に最も大きく影響する。

シトリンと同僚が一九九四年の研究で述べたように、「アメリカの国際的な役割に関して総意が得られなくなっているのは、アメリカ人であることが何を意味するかについて、アメリカのナショナリズムの性格そのものに関して、合意が見られなくなっていることから生じる。第二次世界大戦後、長期にわたって世界主義のリベラリズムと国際主義の覇権を支えてきた国内の支持基盤は揺らいでいる。アメリカにもはや強力な軍事的敵対国がないという事実にもかかわらずに」

一般大衆とエリートは重要な外交政策問題では、おおむね同じような見解をもってきた。それでも、アメリカのアイデンティティと世界におけるアメリカの役割に影響する問題に関しては、かなり大きな違いが存在しつづけている。[*2]
大衆は圧倒的に軍事的な安全保障、社会的安全保障、国内経済、および主権の保護に関心をもつ。外交政策のエリートは大衆よりも、アメリカが国際的な安全保障、平和、グローバリゼーション、および他国の経済発展を促進することに関心を向ける。一九九八年に、一般の人びとと指導者は三四項目の主だった外交政策問題に関して、二二パーセントから四二パーセントの違いがあった。
アメリカの大衆はエリートより悲観的でもある。二十一世紀になれば二十世紀以上に暴力沙汰が増えると考える人が、一九九八年に一般大衆では五八パーセントいたが、指導者では二三パーセントにすぎず、一方、それが減ると考える人は指導者では四〇パーセント、大衆では一九パーセントだった。同時多発テロの三年前、一般大衆の八四パーセントは国際テロリズムをアメリカにたいする「重大な脅威」と見なしていたが、指導者でそう考えたのは六一パーセントだけだった。
大衆のナショナリズムと、エリートのトランスナショナリズムは、さまざまな問題において明らかである。一九七八年から九八年に実施された六度の世論調査で、外交政策エリートの九六パー

【表11-1　学者のリベラル度と宗教の関係】

信仰心	宗教的背景		
	ユダヤ教	カトリック	プロテスタント
きわめて信心深い	48%	33%	31%
宗教にはほとんど関心がない	75	56	50
基本的に宗教には反対	82	73	71

セントから九八パーセントはアメリカが国際問題に積極的に関与すべきだと考えていたが、大衆でそれを支持するのは五九パーセントから六五パーセントだけだった。わずかな例外はあるものの、大衆は指導者よりも一貫して、他国が侵略された場合に米軍をその防衛に使うことにたいして懸念を示している。たとえば一九九八年に、一般大衆では少数の二七パーセントから四六パーセントが、指導者では多数の五一パーセントから七九パーセントが、かりにサウジアラビアがイラクに侵略された場合、あるいはイスラエルがアラブ諸国に、韓国が北朝鮮に、ポーランドがロシアに、台湾が中国に侵略された場合に、軍事力を行使することに賛成だった。

一方、大衆は身近なところで起きる動乱により関心があった。一九九八年に、もしキューバ人がカストロ政権の転覆をはかったならば、アメリカの軍事介入を支持するかという問題で、大衆は三八パーセントがそれを支持したのにたいし、指導者で支持したのはわずか一八パーセントだった。一九九〇年には、メキシコが革命の危機に瀕したとしたらアメリカの軍事力を行使することに賛成だとしたのは、大衆では五四パーセント、指導者では二〇パーセントだった。

他国が侵略された場合にアメリカが防衛のための軍事行動をとることにたいして、一般の人びとは乗り気ではなく、七二パーセントという大衆のかなり多数が、アメリカは国際危機にさいして同盟国の支援なしに単独で行動すべきではないと回答した。かたや指導者で単独行動はとるべきではないと答えた人は四八パーセントにとどまった。他国との協調行動にたいする大衆の支持は、アメリカが「世界の問題地域で国連国際平和維持軍（ＰＫＦ）に」参加することを五七パーセントの人が承認していることにも反映されていた。

大衆は指導者にくらべて、世界にたいするアメリカの経済的な関与にも不満が大きかった。一九九八年に外交問題の指導者では八七パーセントが経済的なグローバリゼーションはアメリカにとっておおむねよいと答えたが、大衆でそう回答したのは五四パーセントにすぎず、一方、それがおおむねよくない、あるいはどちらとも言えないと回答した人は指導者では一二パーセントだったが、大衆では三五パーセントにのぼった。一九七四年から九八年までの七度の調査で、他国への経済援助を支持した人は、大衆は最高でも五三パーセントだったが、指導者では八六パーセントを下らなかった。

一九八〇年から九八年の四度の調査では、大衆の五〇パーセントから六四パーセント、および指導者の一八パーセントから三二パーセントが経済援助の削減を支持した。同様に、一九九八年には、アメリカも他国と一緒になって、「ＩＭＦ（国際通貨基金）により多く出資し、世界の金融危機に対処」すべきだと考える人は、指導者では八二パーセントだったが、大衆では二五パーセントにすぎず、アメリカはそうすべきではないと考える人は、大衆の五一パーセント、指導者の一五パーセントだった。

エリートや政府の指導者は国際貿易の障壁を減らすことに賛成する主張を展開するが、アメリカの大衆は執拗に保護貿易主義者でありつづける。一九八六年には、大衆の六六パーセントが関税は必要だと考えていたが、指導者では三一パーセントだけだった。一九九四年には、大衆の四〇パーセント、指導者の七九パーセントが関税の撤廃に賛同していた。一九九八年には大衆の四〇パーセント、指導者の一六パーセントが低賃金の国からの経済競争がアメリカにとって「重大な脅威」だと考えていた。

一九八六年と九四年および九八年の調査では、大衆の七九パーセントから八四パーセントが、アメリカ人の雇用を守ることはアメリカ政府の「とても重要な目的」であるべきだと考えていたが、指導者でそう考えるのは四四パーセントから五一パーセントだった。一九九八年に多国間で実施された調査では、アメリカの大衆は二二ヵ国のなかで保護貿易制度を支持する割合が八番目に高く、アメリカ人の五六パーセントが保護貿易はアメリカ経済のために最も望ましいと答え、自由貿易と回答したのは三七パーセントだった。二〇〇〇年四月に、アメリカ人の四八パーセントが国際貿易はアメリカ経済に悪影響をおよぼすと答え、好意的に受け止めている人は三四パーセントだった。この時期に、民主党政権も共和党政権もアメリカの国民の過半数もしくはかなりの相対多数に逆らい、エリートの好みを反映した自由貿易を推進した。

アメリカ人は自分たちの国を移民の国と考えたがるが、おそらくアメリカの歴史上いつの時代にも、アメリカ人の過半数が移民の拡大を支持したことはなかったと思われる。調査資料が入手可能な一九三〇年代以降は明らかにそうだった。一九三八年と三九年に行なわれた三度の世論調査では、アメリカ人の六八パーセント、七一パーセント、八三パーセントが現行の法律を変えて、ヨーロッパからの難民をより多くアメリカに受け入れることに反対した。

その後は、大衆が移民に反対する度合いは経済状態と移民の出身国によって変化したが、総じて大量の移民が快く受け入れられたことは一度もなかった。

一九四五年から二〇〇二年までの一九回の世論調査では、移民の増加を支持する大衆の割合が一四パーセントを上回ったことは一度もなく、一四回の調査では一〇パーセント未満だった。移民の削減を望む人の割合が三三パーセントを下回ったことはなく、一九八〇年代と一九九〇年代の初めには六五パーセントから六六パーセントまで上がり、二〇〇二年には四九パーセントだった。一九九〇年代には大衆の大多数が大量の移民と核の拡散をアメリカにとっての「重大な脅威」にあげており、国際テロがそのすぐあとにつづき三番目だった。一九九五年から九七年の世界価値観調査によると、アメリカは移民を禁止するか制限したいと考える人が人口の六二・三パーセントを占め、四四ヵ国中で五位（フィリピン、台湾、南アフリカ、ポーランドにつづいて）に位置した。この「移民の国」の人びとは他のほとんどの国の国民よりも移民に敵意を抱くようになったのである。

第二次世界大戦前は、アメリカの産業界と社会および政界のエリートはしばしば移民に反対した。一九二一年と二四年に移民制限の法律を制定させたのも、もちろん彼らだった。だが、二十世紀末になると、エリートの反対は目に見えて衰えた。『ウォールストリート・ジャーナル』紙のジュリアン・サイモンのようなネオ・リベラリズム経済学の信奉者は、人の自由な移動は、モノ、資本、産業技術の自由な移動と同様に、グローバリゼーションと経済成長に欠かせないものだと主張した。

産業界のエリートは移民によって労働者の賃金と労働組合の力が低下することを歓迎した。主だった自由主義者は人道的な理由と、富裕国と貧困国の甚だしい不平等を是正する手段として、移民を支持した。特定の国籍の移民を制限することは政治的に正しくないとされ、移民全般を制限しようとする取り組みは、アメリカにおける白人優位を維持するための人種主義的な動きだとして、本質的に疑わしいとされることもあった。二〇〇〇年には、アメリカ労働総同盟産別会議（ＡＦＬ－ＣＩＯ）ですらこれまで徹底して移民に反対していた路線を変更しはじめた。

エリートの意見がこのように変化したために、エリートと一般人の態度に大きな差異が生じ、それはもちろん政府の政策が後者ではなく前者の見解を反映しつづけることを意味していた。一九九四年と九八年のシカゴ外交問題評議会の世論調査では、大衆の七四パーセントと五七パーセントが、大量の移民はアメリカにたいする「重大な脅威」だと考えたが、指導者でそう答えたのは三一パーセントと一八パーセントだった。この両年に、不法移民を減らすことをアメリカにとって「きわめて重要な目標」にすべきだと考えていたのは、大衆の七三パーセントと五五パーセント、および指導者の二八パーセントと二一パーセントだった。一九九七年の世論調査で、連邦政府は一六の政策目標をどの程度達成しえたと思うかと質問したところ、「不法移民の取り締まり」は最後（麻薬乱用の削減）から二番目にあげられ、大衆の七二パーセントは不法移民の取り締まりはかなり、またはきわめて不首尾に終わっていると答えた。

反移民的な態度の継続的な広がりは、往々にして門戸閉鎖的なアプローチを反映している。「われわれがなかに入れたのはありがたいが、これ以上は悲惨な状況になる」という態度だ。一九九三年の『ニューズウィーク』の調査では、移民は「過去において、この国にとってプラスだったか、マイナスだったか」と尋ねた。五九パーセントの人はプラスだったと答え、三一パーセントはマイナスだったとした。移民が「今日この国にとってプラスかマイナスか」と聞かれると、回答の比率はその正反対になった。プラスが二九パーセント、マイナスが六〇パーセントになったのだ。つまり、アメリカの大衆はほとんど均等に分かれているのだ。過去も現在も移民に賛成の人が三分の一、過去も現在も移民に反対の人が三分の一、過去の移民には賛成だが現在は反対という門戸閉鎖型が三分の一というぐあいだ。移民もしばしば門戸閉鎖タイプになる。一九九二年のラティーノ全米政治調査によると、アメリカの市民またはメキシコ、プエルトリコ、キューバ人の合法的な住民の六五パーセントは、「この国には移民が多すぎる」と考えており、ロドルフォ・デ・ラ・ガルサが一九八四年にテキサス州のメキシコ系アメリカ人を調査したさいも、懐疑的な姿勢が回答からうかがわれた。

エリートと大衆の違いは、大衆の希望と法律化された政策とのあいだの差異を大きくした。多岐にわたる問題に関して、世論の変化が公共政策における同様の変化となって現われたかどうかを調査したある研究では、一九七〇年代には世論と政府の政策に七五パーセントの一致が見られたが、それ以降着実に低下して一九八四年から八七年には六七パーセントに、一九八九年から九二年には四〇パーセントに、一九九三年から九四年には三七パーセントになった。この調査報告の執筆者はこう結論した。「総合的に見ると、一九八〇年から持続的なパターンが見られることがわかる。世論の反映度は一般に低く、ときとしてそれがさらに低下し、クリントン政権の最初の二年間には特に低かった」。したがって、クリントンをはじめとする政治指導者が「大衆に迎合していた」と考える根拠は何もない、と執筆者は言った。

別の研究でも同様の結果がでた。政策の結果が大衆の多数の選択と一致している割合は、一九六〇年から七九年の期間には六三パーセントだったが、一九八〇年から九三年には五五パーセントに下がった。それとどことなく似ているが、シカゴ外交問題評議会の報告書は、大衆とエリートの見解が三〇パーセント以上異なる外交政策の件数が、一九八二年には九件、八六年には六件だったのが、九〇年には二七件になり、九四年には一四件、九八年は一五件だったとしている。大衆とエリートのあいだの違いが二〇パーセント以上開いた問題は、九四年の二六件から、九八年には三四件に増加した。これらの調査のアナリストの一人は次のように結論した。「一般のアメリカ人が、国際問題においてアメリカがはたすべき正当な役割だと考えるものと、外交政策の立案を担当する指導者の見解とのあいだに、懸念すべき差異が広がっている」

二十世紀末には、政府の政策はアメリカの大衆が望むものからますます乖離していたのである。

政界の指導者が大衆に「迎合」できなくなれば、どのような結果になるかは予測がつく。重要な争点で政府の政策が大衆の見解から明らかに逸脱すれば、大衆は政府への信頼を失い、政治への関心と参加が減り、政治的なエリートによって支配されない別の政策立案手段に訴えるようになると考えられるだろう。二十世紀末にはこの三つがいずれも起こった。三つのいずれについても間違いなく原因はたくさんあり、それについては社会科学者が詳細にわたって考察している。その一つである信頼の低下という傾向は、工業化した民主主義国家のほとんどに見られた。だが、少なくともアメリカでは、一般大衆の希望と政府の政策との差異の拡大が、三つの傾向すべての一因となっていたと言えるだろう。

第一に、政府およびアメリカ社会の主要な民間機関にたいする信用と信頼は、一九六〇年代から九〇年代にかけて激減した。信頼の低下は【図11－1】に反映されている。ロバート・パットナムとスーザン・ファーとラッセル・ダルトンが指摘するように、政府にたいする信用に関する質問のすべてにおいて、一九六〇年代には大衆のおよそ三分の二が信用しているとしたが、一九九〇年代にはそれは三分の一でしかなかった。たとえば、一九六六年四月に、「ベトナム戦争が悪化し、クリーブランド、シカゴ、アトランタで人種暴動が起こっていながら、アメリカ人の六六パーセントは『この国を動かしている人びとは国民に何が起ころうと実際は気にしていない』という見方を否定した」

平和と繁栄が二世代以上にわたって最も長くつづいたさなかの一九九七年十二月には、アメリカ人の五七パーセントが同じ見解を支持した。

主だった公共および民間の機関に大衆が抱く信頼に関しても、この数十年間に同じような衰退が見られた。一九七三年から、アメリカ人は毎年または隔年ごとに、これらの機関の指

【図 11-1　政治にたいする大衆の信用度】
（行政府と議会を「大いに」信用していると回答した人の割合）

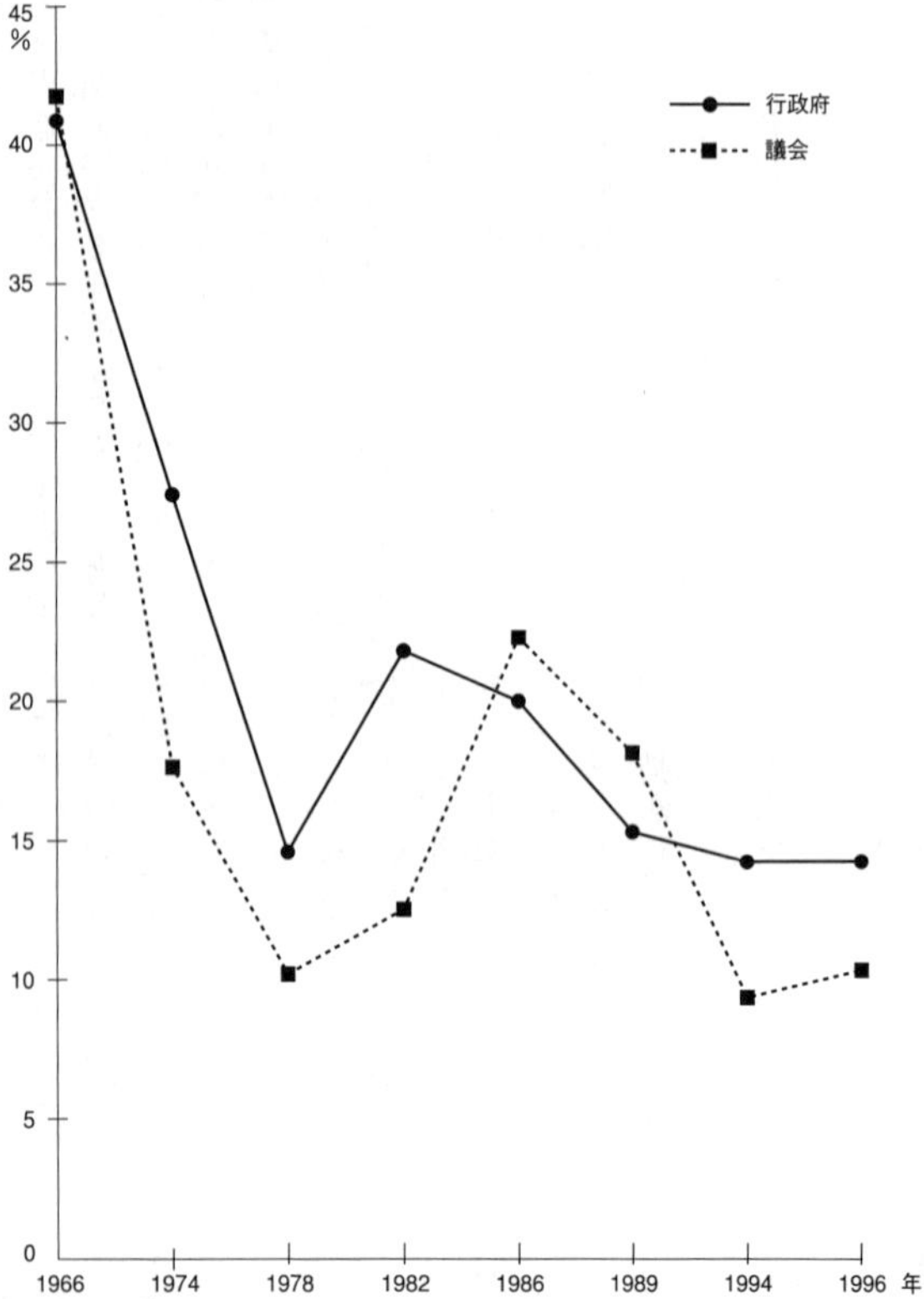

出典：Louis Harris Poll, 1996. Reprinted with permission from Joseph S. Nye,Jr., Philip D. Zelikow, David C. King, eds., ***Why People Don't Trust Government*** (Cambridge: Harvard University Press reprint, 1997), p.207.

導者を「たいへん信頼している」、「いくらか信頼している」、「ほとんど信頼していない」のいずれかと質問されてきた。「たいへん信頼している」という回答から、「ほとんど信頼していない」という回答を差し引いたものが、信頼のおよその指数になる。一九七三年には、労働組合とテレビ関係の指導者はそれぞれマイナス一〇とマイナス三という負の指数になった。その他の指導者はみな正の指数で、その値は報道関係のプラス八から医療機関のプラス四八までさまざまだった。

二〇〇〇年には、これらの機関の指導者の信頼度指数は二つを除いてすべて低下し、その多くはいちじるしく減少した。負の指数になったものも五つあった。予想どおり、政府の二つの政策立案機関に関しては劇的な変化があった。議会はプラス九から二五ポイント落ちてマイナス一六になり、行政府はプラス一一から三一ポイント落ちてマイナス二〇になった。それとは対照的に、信頼が増した二つは非公選の政府機関で、最高裁判所がプラス一六からプラス一九へ、軍隊がプラス一六からプラス二八に増加した。

第二に、多くの研究が示すように、アメリカ社会の主だった政府機関および民間機関にたいする一般の人びとの参加と関心は、一九六〇年代から九〇年代にかけてほぼ一貫して減少した。一九六〇年には成人人口の六三パーセントが投票したが、一九九六年にはそれが四九パーセントに下がり、二〇〇〇年には五一パーセントだった。そのうえ、トマス・パターソンが述べるように、「一九六〇年以来、選挙運動で働くボランティアから、テレビ討論を見る視聴者にいたるまで、選挙活動のほとんどあらゆる側面で人びとの参加が減ってきた。一九六〇年のアメリカは、二〇〇〇年とくらべて人口が一億人少なかったが、それでも一九六〇年十月の大統領候補者討論を見た人の数は、二〇〇〇年の視聴者数よりも多かった」。一九七〇年代には、納税者の三人に一人が税金の支払いから一ドル分を議会が政治キャンペーンを支援するために設けた基金に割り当てた。二〇〇〇年に同じことをした人は八人に一人だった[65]。

指導者と大衆の差異が引き起こした第三の結果は、ナショナル・アイデンティティに関連するものをはじめ、主要な政策に関する直接発案《イニシアティブ》が劇的に増えたことだ。イニシアティブは、第一次世界大戦前は革新的な改革手段だった。だが、イニシアティブの利用は着実に減っていき、二年の選挙周期ごとに五〇件あったものが、一九七〇年代初めには二〇件に減少した。立法機関が選挙民の関心事を顧慮しなくなるにつれて、イニシアティブは再び人気を回復した。一九七八年六月には、カリフォルニアで投票者の六五パーセントが提案一三号を承認した。州の政界、産業界、およびメディアの支配者層がこぞって反対したにもかかわらず、大幅な減税を要求した提案である。

これを機にイニシアティブは三倍に増え、一九七〇年代末から一九九八年までの期間、二年の選挙周期ごとに平均六一件に増加した。一九九八年には五五件のイニシアティブの投票が行なわれ、二〇〇〇年には六九件、二〇〇二年には四九件となった。前述したように、人種的優遇政策や二言語教育などの問題に関するエリートの態度にたいして、ウォード・コナーリーやロン・ウンズなどの財界または政界の発起人が効果的に疑問を突きつけ、イニシアティブを利用してこうした問題を住民投票にかけたのだ。この記録を調査したデイビッド・ブローダーはこう結論した。「代議政体が依存している統治者と被統治者のあいだの信頼はひどく傷ついた」

二十世紀が終わったとき、アメリカのエリートと一般大衆のあいだには、その他のアイデンティティにたいするナショナル・アイデンティティの顕著性と、世界におけるアメリカの適切な役割をめぐって大きな食い違いが生じていた。エリートのなかの多くは自分たちの国からますます遊離しつつあり、アメリカの大衆は政府にますます幻滅していたのである。

＊1　二言語化が進むにつれて、報奨制度はいずれ罰則に取って代わられる。二〇〇三年四月に、カナダ政府は英語とフランス語のバイリンガルとして充分な能力を習得しなかった二〇〇名の上級公務員を解雇、降格、または異動させると発表した。（『ニューヨーク・タイムズ』二〇〇三年四月三日）

＊2　シカゴ外交問題評議会が一九七四年に始めた四年ごとの世論調査は、大衆と外交政策のリーダーの双方が外交政策に関してどんな見解をもっているかを知るうえで不可欠な情報源である。特に明記していない場合、ここで使用したデータはこれらの報告による。

第12章　二十一世紀のアメリカ
——弱み、宗教、そしてナショナル・アイデンティティ

攻撃されやすい時代の信条

アメリカのアイデンティティは新世紀とともに新たな段階に入った。この段階では、アイデンティティの顕著性と実体は、外部からの攻撃にたいしてアメリカが露呈した新たな弱みと、宗教への新たな回帰——世界のほとんどの地域で宗教が復活している状況と並行してアメリカで起こっている宗教的大覚醒——によってつくられつつある。

ソ連の崩壊とともに、アメリカは世界で唯一の超大国になり、ほぼすべての次元で世界を支配する主導権を握るにいたった。だが、同時多発テロは、この国がほぼ二〇〇年にわたり保ってきた状態より、攻撃にたいして脆弱になったことを例証した。9・11に匹敵する出来事がアメリカ本土で最後に起こったのは、一八一四年八月二十五日にイギリス軍がホワイトハウスに放火したときだった。一八一五年以降、アメリカ人は安全かつ無敵であることが、この国本来の永続的な特徴だと考えるようになった。アメリカの二十世紀の戦争は何千キロも海をへだてた場所で戦われ、アメリカ人はその海に守られて安全かつ自由に暮らしていた。

地理的な安全性が、国家として自分たちを定義づける背景にあったのだ。

9・11はアメリカ人を荒々しく揺さぶり、距離がもはや完全な防備を意味しないという新たな現実に気づかせた。アメリカ人は多方面に戦線がある新たな戦争に自分たちが巻きこまれていることを悟り、しかも最も重要な戦線は自国内にあることを知ったのだ。9・11のあと、ブッシュ大統領は言った。「われわれは恐怖のなかで暮らすつもりはない」。しかし、この新しい世界は恐怖に満ちた世界であり、アメリカ人はたとえ恐怖のなかでなくても、恐怖とともに暮らす以外に道はない。こうした新たな脅威に対応するには、アメリカ人が伝統的な自由と考えてきたものの維持と、これまで当然のように享受してきた何よりも大切な自由——国内で敵の暴力的な攻撃から生命や財産、制度が守られている自由な状態——を、いま維持することとのあいだで難しい妥協をはからなければならないのである。

ナショナル・アイデンティティが変容しているこうした新たな段階で、この弱点はアメリカ人が自分たちを定義するうえで中心的な役割をはたす。以前は、アメリカ人が「祖国《ホームランド》」について語る場合、それは通常、自分もしくは祖先がアメリカにやってくる前にいた国を意味していた。第1章で引用したレイチェル・ニューマンの言葉のように、新たな弱みは、アメリカこそが自分たちの祖国だということを、そしてその国土《ホームランド》の安全を守ることが、政府の最大の役目でなければならない事実をアメリカ人にはっきり自覚させた。弱さはナショナル・アイデンティティに新たな顕著性を与える。だが、弱さは過去半世紀にわたるアイデンティティの傾向や対立を終わらせるものではない。その結果、二十世紀末、アメリカの信条が多くのアメリカ人にとってナショナル・アイデンティティの主たる源泉になっていた。その重要性を高めたのは二つの要因だった。

第一に、民族性と人種が顕著性を失い、アングロ - プロテスタントの文化が大きな打撃を受けるなかで、歴史的にアメリカのアイデンティティを築いてきた四大要素のうち、信条だけが唯一、攻撃を受けることなしに生き残った。第二に、この信条はドイツ、日本、ソビエトという敵のイデオロギーからアメリカをきっぱりと区別する明らかな特徴として、独立革命の時代に匹敵する新たな地位を獲得した。

こうして、多くのアメリカ人が、アメリカは多人種、多民族で構成され、核となる文化のない国になりうるが、それでも信条によってのみ定義されたアイデンティティがあるため、いまなお統一された国家となりうると信じるようになった。だが、はたして本当にそうだろうか?

国家は政治的なイデオロギーだけで定義できるのか?

いくつかの研究は、否定的な答えを示唆する。信条だけでは国家はつくれない、と。歴史的には、アメリカのアイデンティティは、信条のほかに三つの重要な要素によっても定義されていた。この信条がアメリカのアイデンティティの唯一の根源となれば、過去とは明らかに決裂することになる。そのうえ、これまでイデオロギーあるいは一連の政治的原則だけで定義されていた国家はほとんど存在しない。近年で特筆すべきケースは、共産主義国家に関連するものだ。そこでは、イデオロギーはソ連、ユーゴスラビア、チェコスロバキアがそうだったように、異なった文化や国民性をもつ人びとを統一するために利用されるか、東ドイツと北朝鮮のように同じ国民性をもつ人びとから一部の人を引き離すために用いられもした。信条によって、あるいはイデオロギーによって定義されたこれらの国家は、強制されて成立したものだった。

共産主義が魅力を失い、これらの統一体を維持する誘因が冷戦とともに失われると、こうした国々は北朝鮮を除いてみな消滅し、国民性と文化および民族性によって定義された国に取って代わられた。一方、中国では共産主義イデオロギーが衰退しても、何千年もつづいてきた漢民族の中心文化をもつ国の統一が脅かされることはなく、それどころか新たに中国のナショナリズムを鼓吹することになった。

フランスでもやはり政治的な原則がナショナル・アイデンティティの一つの要素となってきたが、それが唯一の要素となったことはない。フランス人は長い歴史のある国としてのフランスに帰属意識を抱いている。「ノ・ザンセートル、レ・ゴロワ（われわれの先祖、ガリア人）」と、彼らのアイデンティティの宗教的な要素はイギリスとのたび重なる戦争によって強化された。イデオロギー的な要素はフランス革命とともに加わったにすぎず、それをフランスのアイデンティティとして受け入れるべきかどうかをめぐって、二十世紀になってもまだ熱い議論がつづけられた。

人は政治的なイデオロギーであれば、比較的容易に変えられる。共産主義者は熱心な反共主義者になった。リベラルな民主主義者はマルクス主義を信奉した。社会主義者は資本主義を採用した。二〇〇〇年には、ドイツのドレスデンあたりに、若いころに心底からナチスを信奉し、やがて熱心な共産主義者になり、一九八九年以降は筋金入りの民主主義信奉者になった八〇歳代の人がいただろう。一九九〇年代には、かつての共産圏のいたるところで、元共産主義のエリートたちが次々と自らをリベラルな民主主義者ないし自由市場主義者、あるいは熱心なナショナリストとして再定義していた。だが、彼らはハンガリー人、ポーランド人、あるいはウクライナ人としてのアイデンティティを捨てはしなかった。政治的なイデオロギーだけで定義された国は、もろい国家なのだ。

アメリカの信条の原則――自由、平等、民主主義、市民権、差別をしないこと、法の支配――は、社会をどう組織するかを示す目安なのだ。こうした原則はその社会の範囲や境界線、または構成を定義するものではない。信条にもとづくアメリカの概念を支持する一部の人は、この信条はどこの国の人にも当てはまる一連の政治的原則だと主張する。だが、そうだとすれば、この信条は、アメリカ人をその他の人びとと区別する唯一の根拠にはなりえない。民主主義はさまざまな形態で多くの国に普及しており、世俗のイデオロギーとして重要なものは民主主義以外に存在しない。たとえば、ロシア人や中国人、インド人、インドネシア人でアメリカの信条の原則に賛同する人は、アメリカ人と何らかのものを共有するが、だからといって彼らが祖国にとどまり、祖国とその文化に帰依し、主に同胞のロシア人、中国人、インド人、インドネシア人に親近感を抱くかぎり、彼らはアメリカ人にはならない。彼らがアメリカ人になるとすれば、それは彼ら自身がアメリカに移住して、アメリカの生活に参加し、アメリカの言葉と歴史および慣習を学び、アメリカのアングロ－プロテスタント文化を吸収して、生まれた国よりもアメリカにたいして強い帰属意識をもつようになってからなのだ。

人は政治的な原則のなかに、身内と友人、血縁関係、文化と国民性がもたらす深い感情的な意義や意味を見出すことはないだろう。こうした強い愛着は実際には何ら根拠がないのかもしれない。だが、それらは意味のある共同体を求める人間の深い願望を満足させるものだ。「われわれはみなアメリカの信条を信じるリベラルな民主主義者」だという考えが、その欲求を満足させることはないだろう。エルネスト・ルナンが言ったように、国というものは「日々の国民投票」なのかもしれないが、それはこれまでの伝統を存続させるかどうかを問う国民投票である。これまたルナンが言ったように、それは「昔からの努力と犠牲および献身が成就したもの」なのだ。

その伝統なくしてはどんな国家も存在せず、国民投票でそれが否定されれば、国家の命脈は尽きる。アメリカは「教会の魂をもった国」である。だが、教会の魂は神学的な教義のなかにだけ存在するのではなく、本来そこにあるわけでもない。むしろ、その儀式や賛美歌、礼拝、道徳的な戒律と禁制、典礼、預言者、聖人、神、そして悪魔のなかにその魂は存在するのだ。だから、国家もやはり、アメリカのように信条をもったとしても、その魂は「神秘的な記憶の琴線」のなかに祀られた共通の歴史、伝統、文化、英雄と悪漢、勝利と敗北によって定義されているのである。

アメリカの信条はまぎれもないアングロ－プロテスタント文化をもった人びとの産物だった。その他の民族もこの信条に含まれる要素を支持してきたが、信条そのものはグンナー・ミュルダールが主張したように、十八世紀の入植者のイギリスの伝統と非国教派プロテスタンティズム、そして啓蒙思想の結果なのだ。「したがって、合衆国に住むアメリカ人の慣習こそが特殊な原因となり、アメリカ大陸にある諸国のなかで民主主義の政府を支持しうる唯一の国民にあの人びとを仕立てているのだ」と、トクビルは言った。その民主主義制度は「実際的な経験、習慣、見解、要するにアメリカ人の慣習の」産物なのである。「われわれ合衆国国民」は、まず共通の民族性、人種、文化、言語、および宗教をもって存在しなければならなかったのであり、そこから初めて「アメリカ合衆国のためにこの憲法を制定」〔合衆国憲法の前文より〕することができたのだ。アメリカ人が自らの信条の根拠となるアングロ－プロテスタント文化を放棄すれば、この信条もこれまでのような顕著性を保持できなくなるだろう。多文化のアメリカはいずれ多数の信条をもつアメリカになり、異なる文化グループごとに、その特定の文化に根ざした特有の政治的価値観と原則を信奉するようになるだろう。

９・11はイデオロギーの時代とイデオロギー対立の二十世紀が終わり、新たな時代が始まったことを劇的に象徴していた。それは、人びとが主として文化と宗教の観点から自分たちを定義する時代である。今日のアメリカの真の敵あるいは敵になる可能性をもつ相手としては、宗教色の強いイスラム武装勢力や、イデオロギーとは無縁な中国のナショナリズムなどがある。こうした状況では、アイデンティティのなかの宗教的要素はアメリカ人にとって新たな重要性をおびてくる。

アメリカ人の宗教回帰

一九八四年にリチャード・ジョン・ノイハウス師が『空っぽの公共広場――アメリカの宗教と民主主義』という本を出版し、アメリカ人の社会生活から宗教の影響、宗教的視野、宗教団体が欠落していることを非難した。その一〇年後、広場は急速ににぎわいはじめた。一九九〇年代には、宗教的な思想、関心事、争点、団体、および言説が急激に復活し、社会生活における宗教の存在感は、二十世紀前半をはるかにしのぐようになった。「二十世紀末のアメリカ人の暮らしのなかで何よりも予期しえなかった驚くべき特色は、政治と文化における一大勢力として、信仰心が再び勢いづいてきたことだ」と、パトリック・グリンは述べた。

二十世紀の終わりには、宗教の復活はかなり広範囲にわたり、歴史は自分たちの側についていると考えていた現世主義者のあいだに警戒心を起こさせるほどになった。「宗教はひどく気がかりな分野に進出しつつある」と、非宗教的な人道主義グループの責任者は二〇〇二年に不満を述べた。

こうした展開には、きわめて重要な二つの側面があった。第一に、福音派のプロテスタント、または自分は「生まれ変わったキリスト教徒《ボーン・アゲイン・クリスチャンズ》」だと考える人が二十世紀後半にいちじるしく増え、福音派組織がその数と活動を急増させたことだ。第二に、アメリカ社会の価値観、道徳性、およびそれらの基準の衰退と見なされるものについて、多数のアメリカ人が危惧の念を覚えるようになり、世俗のイデオロギーや制度では得られない信念と帰属意識の必要性を個人として感じるようになったことだ。キリスト教保守派による組織的な布教活動と、多くのアメリカ人の精神的欲求と道徳的関心事との相互作用によって、宗教は社会生活における欠かせぬ要素となり、キリスト教は再びアメリカのアイデンティティの中心をなす特徴となったのである。

キリスト教保守派の台頭

一九九〇年から二〇〇〇年のあいだに、信者の拡大という意味で最も急速に成長をとげた宗派は、モルモン教（一九・三パーセント増）と保守的な福音派のクリスチャン教会とキリストの教会（一八・六パーセント増）とアッセンブリーズ・オブ・ゴッド（一八・五パーセント増）であり、カトリック教会（一六・二パーセント増）がそれにつづいた。南部バプティスト連盟の信者数は一九七三年から八五年のあいだに一七パーセント増加したが、主流のプロテスタント・グループの勢力は減退した。長老派教会は信者が一一・六パーセント減少し、キリスト合同教会は一四・八パーセント減となった。

福音派の運動は信者を増やすと同時に、異なった信条、目的および支持者をもつ膨大な数の組織をつくりだし、アメリカ国民の三〇パーセント以上を引きつけるサブカルチャーに組織的形態と力を与えることになった。これらの支持者層を初めて包括的に組織しようと試みたのは、一九七九年にジェリー・フォルウェルが創設したモラル・マジョリティだった。この組織は一九八〇年代末に消滅し、一九八九年にパット・ロバートソンが創設したクリスチャン連合に取って代わられ、同連合は一九九五年にはおよそ一七〇万人を擁する団体になったとされる。その他の福音派組織としては、二〇〇万人の信奉者をもつフォーカス・オン・ザ・ファミリー、六〇万人の会員を擁する全米家族協会、数十万人の男性から支持されているプロミス・キーパーズ、そしてこの国最大の女性団体とされる会員数六〇万人の「アメリカを憂える婦人の会」（CWA）などがある。

キリスト教関連のメディアも、その数と発行部数を増加させた。一九九五年には、一三〇ほどの出版社がキリスト教関連の書籍を発行しており、さらに四五社が教科書をはじめとする学校関連の教材を専門に扱っていた。キリスト教関連の本は七〇〇〇のキリスト教系書店が販売しており、一九八〇年から九五年のあいだに売上高が三倍に伸びて年商三〇億ドルになった。キリスト教をテーマにした小説はベストセラーとなり、ティム・ラへイとジェリー・B・ジェンキンズの共著になる『レフト・ビハインド』シリーズは二〇〇一年までに一七〇〇万部を売り上げた。フランク・パレッティが書いた三冊の宗教小説は、一九九五年までに五〇〇万部が売れた。

一九九五年の時点で、宗教関連のラジオ局は一三〇〇以上もあり、テレビ局は一六三を数えた。一九九〇年代末になると、キリスト教関連の小売店の巨大なネットワークが出現し、キリスト教をテーマとした多様な商品を売り、年間数十億ドル相当のビジネスをするようになった。福音派はまた、二〇〇二年までに出現した信徒数二〇〇〇人から二万人規模の六〇〇余りの巨大教会で、その教会員の大半を占めていた。

一九九〇年代には、福音派の組織は中心となる信者以外にも勢力を拡大し、なかでもクリスチャン連合は政治に乗り出し選挙に候補者を立てるようになった。彼らは草の根組織づくりと身近な問題に焦点を合わせ、小口の寄付を多数の支持者から集めた。福音派は南部に多く、かつては民主党に投票していた。だが、政治意識が高まるにつれて、彼らの支持政党は大きく変化した。一九七六年には福音派の五一パーセントがジミー・カーターに投票したが、一九八〇年にロナルド・レーガンが彼らの取り込みに成功し、一九八八年になると彼らは圧倒的に共和党を支持するようになった。二〇〇〇年に、ジョージ・W・ブッシュは定期的に教会通いをする白人の福音派プロテスタントの票のうち八四パーセントを集め、福音派はおそらくブッシュの総得票の四〇パーセントを占めるにいたった。福音派は共和党内の主要な支持勢力になったのである。

クリスチャン連合などのグループは、特定の問題では一般大衆への訴求力をさほどもっていない。クリントンを弾劾しようとした彼らの運動は上院では奏功しなかったし、アメリカの大衆からも支持されなかった。妊娠中絶の禁止や、中道派の見解に抗議する政策を推進しようとする彼らの試みも水泡に帰した。一九九八年に彼らが展開した選挙活動の多くも、クリスチャン連合が四五〇〇万部も投票者の手引きを配布したことを含めて、予測され期待されたほどの効果はあがらなかった。選挙のあと、一部のキリスト教保守派は政治活動からあえて手を引き、個人または地域社会レベルで自分たちの価値観を広めることに専心するようになった。「キリスト教保守派による政治的な動員は頓挫した」と、アンドリュー・コートと同僚は二〇〇〇年に結論している。二年後、彼らの多くは「現世の支配者の世界に幻滅」し、クリスチャン連合は「かつての存在の影」にすぎなくなった、と報道された。

キリスト教保守派は、政治的な懸案事項のなかの特定の問題を推進することに関してはさほど成功しなかったが、彼らがアメリカ人の心理面および道徳面でのニーズにうまく応えたことはそうした結果を補ってあまりある。彼らは、道徳と価値観を社会や政治のなかに取り戻す必要があるという説得力のある主張をした。それらは究極においては信仰に由来するし、一九七〇年代と八〇年代に失われてしまったものである。「宗教的保守派の運動」は、一九九九年にデイビッド・シュリブマンが言ったように、アメリカの思想、価値観、言説におよぼした影響という点では、二十世紀半ばの公民権と女性解放の運動に匹敵するものがあった。「宗教的保守派はアメリカの会話を変えた。その会話に誰が参加するかを変え、その会話で展開される仮説を変え、会話の調子を変え、その内容も変えた。いずれはその結論も変えるかもしれない」。キリスト教右派に反対する主要組織であるピープル・フォー・ジ・アメリカン・ウェイのキャロル・シールズ会長もしぶしぶ同意した。「彼らがルールを変えてしまった。悪いものはよくなり、よいものは悪くなるというぐあいに。彼らのしたすべてのことが、われわれの民主主義にたいする考えを変えるのです」

一般大衆と宗教

宗教的保守派が宗教を公共の場に呼びもどせたのは、膨大な数のアメリカ人がそこに宗教を受け入れることを望んだからだ。一九八〇年代にアメリカ人の関心はますます圧倒的に、道徳的な退廃の証拠と見なされる問題に向けられるようになった。かつては許されなかった性的行動への寛容、十代の妊娠、一人親家庭、離婚率の上昇、高い犯罪率、麻薬使用の蔓延、メディアにおけるポルノと暴力、そして多数の人が福祉に頼り、勤勉な納税者のおかげで安易な生活を送っているという認識などである。より広範には、次のような悪しき感情があるようだ。

一つは、共同体と市民社会の状態が意味を失い、ロバート・パットナムが述べたように、アメリカ人はまとまりつつあるのではなく、むしろ別々に走りだしているという不快感である。もう一つは、一九六〇年代に始まり、絶対的な価値観あるいは道徳的な原則などなく、すべては相対的なのだ、と主張した知識人の思考様式にたいする反感である。そのため、学校における教育と行動面の基準が失われ、ダニエル・パトリック・モイニハンが言ったように、アメリカは「非行の定義を引き下げ」、明らかな犯罪を除いて、あらゆる形態の思想や行動が認められるようになったのである。

こうした難題に直面して、アメリカ人はますます宗教と宗教的概念へと向かうようになり、マイケル・サンデルが「より意味のある社会生活にたいする漠然としているが広く浸透した飢え」と呼ぶものを満たそうとしているのだ。アメリカ人の生活における宗教に関して、二〇〇〇年に実施された世論調査のスポンサーが結論したように、「一つの歴然としたメッセージが届いた。アメリカ人は宗教を個人的な倫理と行動と同等のものとして積極的にとらえており、今日われわれの国で見られる道徳的な退廃にたいする解毒剤だと考えているのだ。犯罪、貪欲、子供を放任する親、物質主義――アメリカ人はこうした問題はすべて、人びとがもっと信仰心をもてば緩和されると信じる。そして多くの人にとって、それがどんな宗教であろうと問題ではないのだ」

　一九八七年から九七年のあいだに、アンドリュー・コートらが示したところによると、神が存在するのは間違いないという考えに「強く賛成する」アメリカ人の割合は一〇パーセント以上増えた。さらに、最後の審判の日には必然的に自分の罪を償わなければならず、神は今日の世界に奇蹟を起こしたもうたのであり、祈りは日々の生活の重要な一部であり、善悪を区別する明確な指針はどこでも誰にたいしても当てはまるという考えに、彼らは賛同する。こうした賛同者の増加はすべての主要な宗派において見られた。福音派、主流派、黒人のプロテスタント、カトリック、そして非宗教的な人のあいだですら、そのように考える人が増えた。アメリカが攻撃されたあと、二〇〇二年にはアメリカ人の五九パーセントが、黙示録の終末論的な預言は現実に起こると信じていた。

　宗教から道徳的な安心感と心理的な安全保障を得たいというアメリカ人の欲求は、一般には一九九〇年代にアメリカ中で巻き起こった驚異的な天使ブームというかたちで現われた。一九九三年に、アメリカ人の六九パーセントは天使を信じると言い、それを受けてCBSは『タッチド・バイ・アン・エンジェル』を放映しはじめた。この番組は一九九八年には高視聴率の番組となり、一八〇〇万人の視聴者を獲得するにいたった。この番組は「心の琴線に触れた《タッチド》」と、CBSのある幹部はいみじくも述べた。「それはアメリカ人が心の底から欲しているものなのだ」

福音派の伝道師と作家もそうした要求に応えた。社会学者のジェームズ・デイビソン・ハンターが述べたように、フォーカス・オン・ザ・ファミリーの代表ジェームズ・ドブソンをはじめとする福音派の牧師が書いたベストセラーは、現代の心理学と伝統的な聖書の教えの「息をのむような」組み合わせなのだ。福音派は「治療の概念は聖書の教えに付随したものとして、心理学を自分たちの目的に利用」しようと試みた。「前提となるのは、心理学そのものは神学的にも倫理的にも中立的な道具を提供するだけだが、キリスト教の真理と結び合わせれば役に立つものになるという考えだ」

宗教への回帰は企業の世界でもいちじるしく認められた。一九九八年の報告によると、「ホワイトカラー労働者は意義を見出したいという思いにかられ、給料が増えて大いに昇進しても満足できず、再び信仰を取り戻そうとして、会議室や大学のクラブで開かれる朝食の祈りの会、または昼時の聖書研究会に押しかけている」。職場のキリスト教グループの数は一九八七年から一九九七年までに二倍の一万団体に増えたと言われ、それと同時期にアメリカの企業世界には推定一〇〇〇のトーラー（モーセ五書）研究会と、二〇〇のイスラム研究会があった。こうしたグループは、産業界で一般に見られる「激しい野心と熾烈な競争、貪欲さ」に解毒剤を与えたと言われた。

主要な宗派が伝統的な宗教儀式を復活させたり、採用したりすることも多くなった。一九七〇年代に、アメリカ最大のプロテスタントの宗派であり、一六〇〇万人の会員をもつ南部バプティスト連盟は保守的な傾向を強め、「聖書無謬性」、つまり聖書は神の言葉そのものであって、まったく誤りはないとする考えを支持した。その後の年月に、同連盟は妊娠中絶と同性愛への反対を謳い、女性は夫にしたがうべきだという考えに賛成した。だが、後者の立場はこの連盟の有力メンバーの一人だったジミー・カーター元大統領を失う原因になった。一九九九年に、改革派ユダヤ教の指導者は正統派ユダヤ教に関連する儀式と礼拝の多くを圧倒的多数で承認した。そのなかには男性信者が小さな頭巾ヤムルカをかぶることや、ヘブライ語を幅広く使用することなどが含まれていた。同じく一九九〇年代には、カトリック教区でミサをラテン語、または英語とラテン語で行なうことを許可する教区数が六から一三一に、あるいは全教区の七〇パーセントに増大した。

一九九〇年代には、アメリカ人は宗教がアメリカの社会生活においてより大きな役割をはたすことを圧倒的に支持していた。一九九一年のある調査では、子供が学校内で祈り、任意の聖書の授業にでて、任意のキリスト教徒会の会合を開くのを許可することに、回答者の七八パーセントが賛成だった。六七パーセントほどの人は、公共施設内でキリスト降誕の場面やユダヤ教の大燭台を展示することに賛成だった。七三パーセントはスポーツの試合の前にお祈りの時間を設けることを認めていた。七四パーセントは公職の就任宣誓で神についての言及を禁じることに反対だった。

この同じ調査のなかで、五五パーセントの人は、アメリカの暮らしにおける宗教の影響力はあまりにも小さいと考えており、三〇パーセントは適度であると考え、一一パーセント（不可知論者または無神論者と回答した割合とほぼ同じ割合）は多すぎると考えていた。アメリカ人は公共問題で教会がはたす役割をより好意的に見るようにもなった。一九六〇年代には、アメリカ人の五三パーセントが教会は政治に関与すべきでないと考えており、四〇パーセントがそれを容認していた。一九九〇年代半ばになると、その比率は逆転した。五四パーセントの人が教会は政治および社会問題で自由に発言すべきだと考えており、四三パーセントがそうすべきでないとしていた。

政治における宗教

宗教的保守派の活動と一般大衆の世論は、宗教をアメリカ政治の欠かせぬ要素に変えた。二〇〇〇年に、共和党穏健派のカンザス州知事ビル・グレーブズが宗教的保守派に言及して、一九九〇年には「誰もが与えられた時間の九〇パーセントは経済問題について語り、残り一〇パーセントの時間で彼らの〔宗教関連の〕問題に触れていた。いまでは彼らの話題が五〇パーセントになり、私好みの〔経済の〕話題には五〇パーセントの時間しか割いていない」

と述べた。キリスト教保守派と共和党につづいて、民主党をはじめとするグループも、「家族の価値」を中心とした価値観の復興運動に加わった。

「民主党に何よりも深い禍根を残したのは、宗教的体験と地域社会からの分離だった」と、ジョエル・コトキンは『ザ・ニュー・デモクラット』に書いている。「宗教的独断主義に反対するという名目で、民主党は道徳に関して相対的な教義を支持したが、多くのアメリカ人はそれを表面的で、人に霊感を与えないものだと感じる」。民主党のある議員も同意見だった。「こうした問題は、共和党だけが話題にするべきものではない。民主党もこうした議論を避けるわけにはいかない」

そして、実際に避けはしなかった。一九八八年以降、主要政党の綱領のなかで価値観や文化の問題に割かれるスペースの量は劇的に増え（それでも綱領全体の一〇パーセント未満だったが）、一九八八年と九六年の民主党の綱領は、共和党がこうした問題を扱ったスペースの約二倍をそれに割り当てていた。そして一九九九年に、アル・ゴアは政府が宗教を支持することに関して次のように宣言した。「いまやワシントンも、アメリカの他の部分に追いつくべき時である」

だが、ワシントンの政府はすでに追いつきはじめていた。第二次世界大戦後、憲法は完全な政教分離を定めているという考えが一般的になった。政府は宗教団体や宗教活動にどんな援助も与えるべきではなく、宗教団体が公共機関を使うことも許可すべきではないというものだ。連邦裁判所は公立学校の式典で神に呼びかけるのも、教室内で祈らせるのも、学校で聖書を読むのも違法だという判決を下した。政府機関は教会と宗教団体とのかかわりをもたないように努めた。宗教団体は実際、その他ほとんどの民間団体には開かれている社会生活や社会への参加から締めだされていた。

一九八〇年代と九〇年代の宗教的な高まりが、社会生活から宗教を締めだすことに疑問を投げかけ、議会と行政府、そして何よりも、裁判所が前向きに対応しはじめた。一九七一年に、教区学校の教師の給料に州が補助金をだすことを禁止したとき、最高裁はこう主張した。憲法に準拠するためには、政府の活動は非宗教的な目的でなければならず、宗教は推進も禁止もできず、政府は宗教と「過度のかかわり」をもつことはできない、と。

しかし、レーガンと初代ブッシュの両政権が連邦判事を任命した結果、法廷は公共の場の宗教に寛容になりはじめた。この変化のあらわれとして、ウィリアム・レンキスト最高裁長官は一九八五年にこう主張した。「教会と国家を分離していた壁は、まちがった歴史を象徴するものだった。それは率直に、きっぱりと放棄すべきだ」

そしてゆっくりと、だが確実に、放棄はされないものの、壁には割れ目ができていった。ジョゼフ・コビルカの研究をもとにした、ケネス・ウォールドの入念な分析によれば、一九四三年から八〇年のあいだに、政教分離問題に関連して最高裁で争われた二三の裁判のうち、一三件は分離を支持する結果となり、八件は政教融和的なものに、そして二件は中間的なものになった。一九八一年から九五年のあいだには、そのバランスは劇的に変化した。合計で三三回の判決のうち、一二回は分離的、二〇回は融和的、そして中間的な判決が一回となった。ここで取り上げられた争点は、宗教団体とそれ以外の団体によってさかんに議論され、三つの分野で争われた。

第一に、政府は宗教団体が行なう教育活動および慈善事業にたいして、どの程度まで、財政支援などができるかという点である。多くの民間団体──宗教団体もそうでない団体も──は、アメリカの大都市の中心部で広まっている犯罪、麻薬、非行、十代の妊娠、一人親家庭の問題に対処するうえで、教会などの宗教団体は特に適していると主張した。こうした議論に応えて、一九九六年に議会は「慈善選択」条項のある福祉改革法案を可決し、クリントンがそれに署名した。これは州政府が宗教団体と契約して、福祉と地域社会発展のためのプログラムの支援を認可するものだった。だが、このオプションはその他の社会プログラムにまでは拡大されず、また官僚の抵抗によって宗教団体に実際に渡った資金もかぎられたものになった。

テキサス州知事時代に、ジョージ・W・ブッシュは慈善選択と宗教団体による社会奉仕、たとえばキリスト教の聖職者がテキサスの刑務所で行なっている奉仕活動などへの政府援助を積極的に推進した。信仰にもとづいた組織を頼りとするのは、ブッシュの大統領選挙運動における中心的なテーマとなり、一九九九年にはアル・ゴアもこの問題で同調した。「大統領に選んでもらえれば、信仰にもとづいた組織の声は、私の政権が推進する政策の一部となるだろう……われわれはあえて信仰にもとづいたアプローチを支持し、アメリカ人としての共通の目的を推し進めなければならない」と、彼は救世軍に語った。

就任後一〇日目に、ブッシュ大統領は、社会的奉仕活動を行なう宗教グループを連邦政府が支援するプログラムを発表した。そのなかには、ホワイトハウスに「信仰にもとづく、またはコミュニティによるイニシアティブ局」（ＯＦＢＣＩ）を創設し、このプログラムの推進センターを五つの省に設置することが含まれていた。

このプログラムを実施するための法律を議会が承認しなかったため、結果として二〇〇二年十二月に、ブッシュは適用範囲の広い大統領命令を発し、連邦機関が地域社会のためのプログラムと社会福祉事業のための補助金の対象から宗教団体を除外することを禁じた。「単に宗教的であるからという理由で宗教団体を差別する時代は終わりに近づいている」と、ブッシュは宣言した。彼の声明は、『ニューヨーク・タイムズ』によれば、「信仰への言及に満ちており、宗教は公的および私的な生活のなかで中心的な位置を占めることができ、またそうあるべきだという考えにもとづくものだった」

しかし、政府による宗教への援助を可能にするうえで最大の前進となったのは、二〇〇二年六月に最高裁が五対四で判決を下し、教会経営の学校に通う子供の授業料を、親が政府発行の教育バウチャー（金券）で支払うのを認めたことだった。この判決は、学校内での強制的な祈りが違法とされて以来四〇年のあいだに、国と教会の関係について法廷が下したなかで最も重要なものとして、歓迎されると同時に非難された。この判決およびいくつかの判決から浮かび上がった一般的な主張は、次のようなものだった。政府は一般の民間団体と同様に宗教団体を援助することができ、宗教団体間で差別しないかぎり、宗教団体を利用して、容認された公的または社会的な目的を推進できるというものだ。

意見の対立と変化が見られた二番目の分野は、学校を中心とする政府の施設または敷地を、宗教グループが利用したり宗教目的で使用したりすることに関するものだった。一九六二年に、最高裁は学校での強制的な祈りを禁じている。この判決にたいする本格的な異議申し立てはまだでていないが、それ以外にどんな宗教活動であれば公共施設を使えるのか模索する努力はつづいている。一九八三年に議会は平等アクセス法を承認し、学校にたいして非宗教的な団体に対応するのと同じく、宗教団体にも施設の利用を許可することを義務づけた。一九九〇年に最高裁がこの法律の合憲性を支持したのち、南部と西部で生徒の宗教関連のクラブや祈禱会が急増した。一九九五年にクリントン政権はガイドラインを発表して、学校で生徒が祈り、宗教について討論するのを学校の職員が阻止することを禁じた。クリントンは言った。憲法は「子供が校舎の入口に宗教を置き去りにすることを求めてはいない」

二年後、アダム・メイヤーソンが言うように、同政権は連邦政府の職場に関する規則を発表し、「政府の監督者は、連邦職員の個人的な信仰の表現を尊重する」ように求めた。「キリスト教徒は聖書を机の上に置くことができる。イスラム教徒の女性はスカーフをかぶってもかまわない。ユダヤ教徒の職員で大切な祝祭日を祝いたい人には、できるだけ便宜をはからなければならない。連邦職員が休憩時間や昼休みに宗教について話したり議論したりするのを止めることはできない」。こうした決定を受けて、ある保守派の批評家は、クリントンの「最大の遺産」は、「ここ数十年間、民主党の大半とアメリカのリベラリズムが表明してきた、宗教にたいする偏狭な態度を緩和するうえで彼が見せた指導力」だろうと言った。

教会‐国家問題で議論を呼んだ三番目の分野は、政府による宗教活動の制限と関連していた。憲法修正第一条の「国教の樹立」〔を禁止した箇所〕ではなく、「自由な宗教活動」〔の保障〕にかかわっていた。過去には、末日聖徒教会にたいして一夫多妻を禁じる法律が支持されたことがあり、一方、宗教的な理由から強制的な兵役に反対する権利は認められた。一九九〇年代になると、議会は宗教にたいする政府のその他の規制を制限すべく行動を起こした。一九九三年には、宗教的自由復興法がほぼ全会一致で可決され、アメリカ先住民の宗教儀式で幻覚作用のあるウバタマを使用することへの禁止がくつがえされた。だが、最高裁はこれは各州の権限にたいする憲法違反の制限にあたると判決した。二〇〇〇年に、議会はこれまたほぼ満場一致で、「宗教による土地使用と収容者に関する法律」を可決した。自治体の建築規制検討委員会が住宅地での教会建設を禁止するのを防ぎ、また被収容者が礼拝にでられるように刑務所に義務づけることを意図したものである。

宗教的な選挙

宗教は二〇〇〇年の大統領選挙の主たる要素であり、おそらくアメリカ史上実施されたどの選挙よりも、宗教が重大な意味をもっていたにちがいない。その役割のなかで四つの面が特に重要だった。

第一に、この選挙で政権に就いた大統領と、司法長官を含めた閣僚たちは、アメリカの暮らしにおける宗教の重要性を強調し、社会的に有用な目的のために宗教組織が活動することにたいし、政府がもっと支援できるようにはからおうと決意していた人びとだった。ホワイトハウス内に「信仰にもとづく、またはコミュニティによるイニシアティブ局」が創設されたことは、それまでの政権では考えられない前代未聞の措置だった。宗教は先例を見ないかたちで、連邦政府の機能における正規の要素になったのだ。

第二に、一九九〇年代末は好景気であり、外国からの深刻な脅威がなかったため、道徳問題が政治的な駆け引きにおいて中心的な役割をはたすことが可能になり、その状態が選挙までつづいた。一九九八年三月の調査で、一般大衆の四九パーセントがアメリカは道徳的な危機に直面していると答え、さらに四一パーセントの人が道徳の荒廃は深刻な問題だと述べた。一九九九年二月に、この国が直面している問題として、道徳問題と経済問題のいずれをより危惧しているかと尋ねたところ、アメリカ人の五八パーセントは道徳問題を選び、経済問題を選択した人は三八パーセントだった。

二〇〇〇年には有権者の一四パーセントが妊娠中絶を最大の問題とし、学校での祈り、信仰にもとづく慈善への政府支援、および同性愛者の権利もやはり重要事項となっていた。ある評者はこう述べた。一九九二年とは異なり、「もう経済ではないんだ、ばか者」。道徳への懸念は宗教に関心を集めた。選挙直後に実施された世論調査で、アメリカ人の六九パーセントは「アメリカ国内で家族の価値と道徳的行動を促進する最善の方法は、宗教をもっと取り入れることだ」と答え、七〇パーセントの人はアメリカ国内で宗教の影響力が高まることを望んでいた。

第三に、宗教は道徳の荒廃にたいする解毒剤だという考えから、当然のことながら、宗教的な見解と献身度が票を大きく左右する要素に変わった。どの宗派に属するかは、これまでも政党の支持と連動していた。二十世紀半ばには、主流派のプロテスタントは共和党に投票することが多く、福音派を中心に、南部のプロテスタントの白人とユダヤ人の大多数とカトリックの過半数はおおむね民主党に投票した。二十世紀末には、前述したように、福音派プロテスタントの白人は圧倒的に共和党支持に変わり、黒人のプロテスタントは大多数が民主党に投票し、主流派のプロテスタントは民主党の方向に変わることが多くなり、非ヒスパニックのカトリック教徒は共和党支持に変わっていた。二〇〇〇年の投票の結果はこうしたパターンの変化を裏づけている。

しかし、こうした宗派ごとの違いと同時に、信仰の深さの違いに関連して新たな展開も見られた。一九七〇年代以降、宗教と文化の問題をめぐる二大政党の違いはいちじるしく拡大した。ジェフリー・レイマンが示したように、一九七二年から九二年まで、民主党大会にでる代議員のなかで週に一度以上教会に通う人が四〇パーセントを上回ったことはなく、一九九二年になると、その率は三〇パーセント未満に下落した。民主党代議員で、宗教が人生のなかできわめて多くの導きを与えてくれると述べた人は三〇パーセント以上になったことがなく、一九九二年には二五パーセントになった。

それに反して、共和党の代議員で定期的に教会に通う人は一九七二年の約四三パーセントから増えて、一九九二年には五〇パーセントになり、一九九二年に初めて代議員になった人に限定すると、そのカテゴリーに当てはまる人が五五パーセントを数えた。共和党の代議員で宗教がきわめて多くの導きを与えてくれると考える人の割合は、一九七六年の三五パーセントから九二年には四四パーセントになり、初めて代議員になった人のあいだでは四九パーセントだった。要するに、民主党の活動家は一貫して宗教的活動と献身度のレベルが低く、一方、共和党の活動家の宗教とのかかわりは二〇年のあいだにいちじるしく増大した。宗教をめぐる新たな「大きな溝」が出現したのだ。

「キリスト教のほとんどの主要宗派のうちの宗教的保守派、なかでも福音派プロテスタントは共和党を支持する傾向があり、かたや民主党は主要な宗派の宗教的リベラル派と世俗主義者から、散発的に支持を集めているのである」

こうした傾向は、二〇〇〇年の選挙に投票した人のあいだで明らかに見られた。教会に通う頻度は、投票行動を予測するものとして、人種ほどではないにしろ、所得と階級に匹敵するものになった（【表12－1】参照）。宗教への献身度の違いは各宗派内でも見られた。次のグループでブッシュに投票した人の割合は以下のとおりだった。

	信心深い	信心深くない
カトリック教徒	五七パーセント	四一パーセント
白人の主流派プロテスタント	六六パーセント	五七パーセント
白人の福音派プロテスタント	八四パーセント	五五パーセント

こうした違いは、妊娠中絶、男女平等憲法修正条項、銃規制、同性愛者の権利などの文化的問題に関して両党の活動家のあいだで広がる格差とも一致していた。一九九六年には共和党の代議員の五六パーセントが政府は伝統的な価値観を推進するための取り組みを増やすべきだと述べたが、民主党ではわずか二七パーセントであり、学校での祈りは共和党員の五七パーセントが支持したが、民主党代議員では二〇パーセントだけだった。

第四に、この選挙では大統領候補のあいだで、信仰に関するまったく新しいレベルの議論が展開された。他の傾向と同様、こうした風潮も過去二〇年間に発展してきたものだった。ジョン・F・ケネディは自らの信仰を政治的な役割から切り離そうと努力し、「宗教に関する見解は、当人の私事だと考える大統領」を信じると述べた。ジミー・カーターはそれとは異なったパターンの先鞭をつけ、自分の宗教観を明確に説明するようになり、彼のあとを継ぐ人びとも初代ブッシュを除いてみなそうだった。ウィルフレッド・マクレイは二〇〇〇年にこう述べた。「一九七六年にジミー・カーターが選ばれてからというもの、アメリカ政治の指導者が宗教的感情を表現することに関するタブーは着実に破られていき、現在、選挙運動中の大統領候補は、〔二十世紀初めの国務長官〕ウィリアム・ジェニングズ・ブライアンの時代以来の頻度で神やイエス・キリストを引き合いにだしている」

ビル・ブラッドリーだけは例外だったが、二〇〇〇年の大統領候補はみな、世論の関心事と思われるものに応えて、これまでにない方法で自らの信仰を説明し、それについて論じて宗教を是認した。なかでもそれを明確にした候補は、おそらくジョゼフ・リーバーマンだろう。彼は自らの宗教的信念と神への信仰についていつも言及し、旧約聖書から引用し、次のように主張した。「アメリカ人の社会生活のなかに、信仰のための場所があるはずだ。国民として、われわれは信仰を再確認し、神と神の目的のためにわれわれの国と自分たちを再び捧げる必要がある」

その他の候補者の発言も注目に値する。これまでの政治的指導者が宗教に関して言明してきたこととは異なり、彼らはキリスト教の信仰を肯定したからだ。アメリカの通貨と市民宗教の抽象的な神への信仰をあらわしただけでなく、イエス・キリストとキリスト教の神への信仰を表明したのだ。共和党の指名争いの各候補は「全米向けのテレビで、イエス・キリストへの信仰を宣言」す

【表12-1　投票者と信仰（2000年の米大統領選挙）】

礼拝に通う頻度	ブッシュ支持	ゴア支持
週に一度以上	63%	36%
週に一度	57	40
月に一度	46	51
めったに行かない	42	54
行かない	32	61

出典：Exit poll by Voter News Service reported by CNN at http://www.cnn.com/ELECTION/2000/epolls/US/P000.html

るにいたった。好きな政治哲学者は誰かと聞かれ、ジョージ・W・ブッシュはこう答えた。「キリストだ。私の心を変えてくれたからだ……心と人生をキリストに捧げ、キリストを救い主として受け入れれば、心が変わる。人生が変わるのだ。それが私に起こったことだ」。スティーブ・フォーブズは言った。「イエス・キリストが私の主であり救い主だと、私は信じている。そして、神がこの世をおつくりになったのだとも信じる」

ブッシュと同様、オリン・ハッチとゲーリー・バウアーも、歴史上の人物で最も尊敬するのはキリストだと言った。アラン・キーズはさらにその上を行った。「私はキリストを尊敬しない。崇めているのだ。彼こそが生ける神の生ける息子なのだ」

民主党側ではアル・ゴアが神学校で一年間どのように過ごし、「人生の目的とは何か、創造主との関係はどういうものか、われわれがたがいに負っている精神的な義務とは何かに関する最も重要な問題」を探求したと語り、こう結んだ。「人生の目的は神の栄光を称えることだ。私は人生における重要な問題にたいするアプローチの礎《いしずえ》として、信仰に救いを求める」。難しい決断を迫られたとき、ゴアは自分にこう問いかけると言った。「イエスならどうするか？」

初のユダヤ人大統領候補がいたこの選挙で、その他の候補者はこうして「神の話題」を「キリストの話題」に切り替え、一般的に敬虔さを言明するだけでなく、キリスト教徒としてのアイデンティティをはっきりと肯定するようになった。彼らは一般大衆の多くに賛同して、アメリカはキリスト教国であることを言外に述べているようだった。こうした発言はアメリカで宗教意識が高まり、再び公共の場に入りこむなかで、高い得点を獲得した。宗教がそこにとどまりつづけるかどうかは定かではない。有権者の関心が道徳よりも経済に向いている選挙では、候補者はキリストにたいする信仰よりも、仕事にたいする信念を告白する可能性が高いだろう。だが、アメリカ人が全体として信心深いことを考えれば、どんな大統領候補も反宗教的な存在とは見られたくないだろう。そのうえ、国外の強力な勢力がアメリカのアイデンティティにおける宗教の重要性を高め、アメリカ人が自分たちを信心深いキリスト教徒なのだと考えつづける可能性を強めている。

宗教の世界的な復活[*1]

ほぼ三世紀にわたって、宗教は人間の営為の要素として重要性を失いつつあった。十七世紀に血なまぐさい宗教戦争が一〇〇年以上つづいたあと、ヨーロッパの指導者はウェストファリア条約を締結し、宗教が政治におよぼす影響力を減らそう、あるいは制限しようと試みた。つづく一世紀には、啓蒙思想家が人間を理解するための根拠として、信仰よりも理性をもてはやした。十九世紀には、科学が宗教を追いやるだろうとの確信が高まった。人類は合理主義、実用主義、世俗主義の新たな段階へ移行していると、広く一般に信じられるようになった。フロイトは『幻想の未来』のなかでこう主張した。信仰は「証拠を受けつけない……世界の現実について、われわれが発見したあらゆるものと相容れない」。信仰など要するに、「幻想」なのだ、と。

近代化と現代性によって宗教は蝕まれたように見え、時代遅れで衰退しつつある邪悪な過去の遺物と見なされていた。アメリカ以外の西洋世界では信仰を実践する人が減ってゆき、教会はますます信者が少なくなり、信仰と宗教団体はほとんどの西洋社会で取るに足らない末端の役割しか担わないようになった。公共の分野では、宗教はイデオロギーに取って代わられた。人びとも政府も社会運動も、いずれかの主だった非宗教的なイデオロギー信奉によって定義づけられていた。自由主義、社会主義、共産主義、ファシズム、権威主義、協調組合主義、民主主義などである。こうしたイデオロギーは政治的な議論を支配し、国内でも海外でも提携するか対立するかを決め、国が政治と経済を動かすための手引きとなっていた。

ところが、二十世紀最後の四半世紀に、世俗主義への歩みは停滞した。世界規模に近い宗教の復活が始まったのであり、それは世界のほぼすべての場所で歴然としていた。例外は西欧だけだった。その他の地域は世界中のどこでも宗教的な政治運動が支持を拡大していた。こうした国々では、最も信仰心が篤いのは年配者ではなく、若者であり、貧しい農民ではなく、出世しつつある高学歴のホワイトカラー労働者や知的専門職にたずさわっている人びとなのだ。その典型的なあらわれが、トルコの医大で学ぶ女子学生たちが非宗教的な政府に逆らって、イスラム教徒のスカーフをかぶって授業にでた例である。

二大伝道宗教であるイスラム教とキリスト教は、世界各地で改宗者をめぐって競いあい、それなりに成果をあげている。なかでもイスラム原理主義の運動と福音派プロテスタンティズムの活動は目覚しく、後者は中南米諸国で強大な影響力をもち、いまやアフリカとアジアおよび旧ソ連邦の国々にも影響をおよぼしている。二十世紀末における世界の宗教に関する浩瀚《こうかん》かつ周到なある報告書は、あっさりと次のように結論している。「世界の人びとの過半数が住む過半数の国々は、信仰復興のさなかにある。復興の影響が最もいちじるしいのは、旧共産圏の東欧と中央アジアおよびカフカス地方、そしてもちろん中南米諸国、中東、アフリカ、中国、東南アジアである……（それに反して）先進諸国間では、宗教はほとんどの国で衰退しているようだが、注目すべき例外は、アメリカである」宗教の復活は、当然ながら学者も注目しており、『宗教の復讐』、『世俗的国家の問題』、『衰退する世俗主義』といった題名の本が出版されている。

二十一世紀は宗教の時代として幕開けした。西洋の世俗主義的な国家モデルは攻撃され、否定されている。イランでは、非宗教的な西洋式近代国家を建設しようとしたシャーの努力は、イラン革命の犠牲になった。ロシアでは、レーニンによる世俗的で反宗教的なソビエトが、東方正教会を「ロシアの精神性と文化の確立と発展」の中心に据えるロシアに取って代わられた。トルコでは、アタチュルクの考案した西洋化した非宗教的な国民国家は、力を増すイスラム教政治運動の攻撃にさらされており、二〇〇二年には宗教色の強い政党が選挙に勝利し組閣した。ネルーが構想した非宗教的な社会主義の議会制民主主義国家としてのインドは、いくつかの政治および宗教運動によって攻撃され、それに関係する組織であるインド人民党（ＢＪＰ）が選挙で勝利して政権を掌握した。

ベングリオンが描いた非宗教的なユダヤ人社会による民主主義国家というイスラエルのイメージは、正統派ユダヤ教徒のグループによって否定された。アラブ人の世界では、キレン・ショードリーによれば、「新しいナショナリズム」が台頭しており、これまで敵対していたナセル時代の古いナショナリズムと、現在ますます弾みをつけている政治的イスラムを融合させている。アラブ世界で選挙が実施されるところでは、新世紀の初めにイスラム教徒の政党がいたるところで勢力を伸ばしている。マーク・ユルゲンスマイヤーが述べたように、世界各地で政治指導者は「宗教的価値観にもとづく新しい国の秩序を築こうと苦心している」

空っぽの公共広場がにぎわいはじめているのはアメリカだけではないのだ。

宗教が国と国民のアイデンティティのなかで顕著性を増してきたことは、世界各地で起こる紛争に宗教がかかわる機会が多くなることも意味した。こうした紛争は往々にして領土や資源をめぐる政治的ないし経済的な原因に端を発している。だが、政治家は宗教的な情熱を利用し、激化させるほうが得策だと考える。紛争の焦点が宗教的な問題に向けられると、それは勝つか負けるかの争いになりやすく、妥協をはかるのが難しくなる。インドのアヨーディヤーには、ヒンドゥー教の寺院を建てるのかモスクなのか、エルサレムの神殿の山を支配するのはユダヤ人なのかイスラム教徒なのか、といったぐあいに。

「宗教はしばしば紛争の中心にある」と、英連邦ヘブライ民族連合（UHC）の首席ラビのジョナサン・サックスは二〇〇〇年に述べた。「宗教は、ボスニア、コソボ、チェチェン、カシミールおよびインドとパキスタンのその他の地域、北アイルランド、中東、サハラ以南のアフリカなどの紛争地域や、アジアの政党間では特に激しい様相を呈した」その翌年、アメリカもまた紛争地域に加わった。

イスラム武装勢力対アメリカ

オサマ・ビンラディンがアメリカを攻撃して数千人を殺害したとき、彼はそのほかに二つのことをやった。ゴルバチョフによってつくりだされた真空状態を、明らかに危険な新しい敵によって埋めたことと、キリスト教国家としてのアメリカのアイデンティティを的確に指摘したことだ。アメリカをはじめとする国を標的にアルカイダなどの武装勢力が一九八〇年代からつづけてきた一連の事件のなかで、このときの攻撃は最も大きな破壊力があった。

ビンラディンは、一九八八年二月に発した公式な宣戦布告によってこの攻撃を正当化している。「ユダヤ人とキリスト教信仰復興運動家にたいする聖戦《ジハード》」を呼びかけ、「アメリカ人とその同盟者を殺すことは、相手が民間人であれ軍人であれ、すべてのイスラム教徒の個人的な義務であり、それが可能な国ではどこでも実行しなければならないのだ」、とするものだ。アメリカが標的にされたのは、この国が強大だからであり、キリスト教国だからであり、イスラムの聖地に軍隊を配備しているからであり、「アメリカの支部か手先」でしかないサウジアラビアの腐敗した政権を支援しているからなのだ。

アメリカ人はイスラム世界を、その人びとや宗教あるいは文明をアメリカの敵と見なすわけではない。イスラム武装勢力は、信心深い者も世俗的な者も、アメリカとその国民と宗教および文明をイスラムの敵と見なす。そうなると、アメリカ人もこれらのイスラム武装勢力を同じ目でしか見られない。イスラム武装勢力とアメリカのあいだのこの新たな戦争と冷戦には多くの共通点がある。イスラム側の敵愾心《てきがいしん》はアメリカ人をあおり、宗教と文化の両面から自分たちのアイデンティティを定義させるようになる。それはちょうど冷戦のおかげで、政治と信条の面からアイデンティティを定義するようながされたのに似ている。ジョージ・ケナンが一九四六年にソ連の脅威について語った言葉は、イスラムというアメリカの新しい敵について述べたと言ってもいいほどだ。

いまここにある政治勢力は、アメリカが存在するかぎり、彼らの生活様式を永続させられないという考えに狂信的なほどとりつかれている。そして、われわれの社会の調和を乱し、従来の生活様式を崩壊させ、われわれの国の国際的な権威を損なうことが望ましく、かつ必要だと考えている。

共産主義インターナショナルがかつて実践したように、イスラム武装勢力も世界各国に活動のネットワークをはりめぐらしている。共産主義者と同様、彼らは平和的な抗議運動とデモを組織し、イスラム教の政党は選挙で争う。彼らは宗教と慈善または市民的な目的を合法的に追求する組織を後援し、メンバーのなかから暴力的な目的を実行する人間をリクルートする。西欧とアメリカの内部にあるイスラム教徒の移民社会は、そうした実行犯に安全かつ、たいていは同情的な環境を提供する。それは、ソ連の左翼支持者が提供した環境と似ていなくもないものだ。

モスクは基地および隠れ家として役立ち、モスクの支配をめぐる穏健派と武闘派のあいだの争いは、一九三〇年代と四〇年代にアメリカの労働組合で見られた共産主義支持者と反共主義者の争いを彷彿させる。レーガン大統領がソ連を「悪の帝国」と呼んだことと、ブッシュ大統領がイラクとイランという二つのイスラム教国に、北朝鮮を加えて、「悪の枢軸」と名づけたことにも類似性が認められる。アメリカが好戦的な共産主義とイデオロギー戦争をしているというレトリックは、イスラム武装勢力との宗教的および文化的戦争に置き換えられた。

しかし、二十世紀半ばに西洋民主主義社会のなかで見られた共産主義の運動と、現在のイスラム教の運動とのあいだには、二つの決定的な違いがある。第一に、共産主義の運動は一つの大国が支えていた。イスラム教の運動は、たがいに競いあうさまざまな国家と宗教組織および個人によって支えられており、イスラム教の政党とテロ組織には多数の異なる目的があり、敵対しあうことも多い。第二に、共産主義者は労働者、農民、知識人、および不満を抱く中流階級の人びとを大量に動員し、西洋社会の民主主義的政治体制と資本主義の経済システムを根底から共産主義の制度に変えることを望んでいた。

一方、イスラム武装勢力は、ヨーロッパやアメリカをイスラム社会に変えることは期待していない。彼らの主たる目的はそれらの社会を変えることではなく、深刻な痛手を負わせることなのだ。イスラムの活動家は労働会館にでかけて労働者にストライキをけしかけたりはせず、そのかわりに地下に潜行して人間と建物および制度にたいする暴力的なテロ攻撃を計画する。

ここ数十年間に、イスラム教徒はプロテスタント、カトリック、東方正教会信者、ヒンドゥー教徒、ユダヤ教徒、仏教徒、および中国の漢民族と戦った。ボスニア、コソボ、チェチエン、カシミール、新疆、パレスチナ、そしてフィリピンで、イスラム教徒は非イスラム教徒の支配からの独立または自治を求めて戦った。

アゼルバイジャンのナゴルノ - カラバフとスーダンでは、東方正教会と西方教会のキリスト教徒がイスラムによる支配と戦った。だが、こうした局地的な戦争に重ね合わされているのは、一方にイランとスーダンのイスラム政府、非イスラム軍事政権（イラク、リビア）、およびアルカイダや関連組織に代表されるイスラム・テロ組織と、もう一方にアメリカとイスラエルおよび場合によってはイギリスなどの西洋諸国のあいだの幅広い対立だったのだ。

こうした一連の紛争は一九八〇年代と九〇年代の準戦争状態から、二〇〇一年九月十一日以降の「対テロ戦争」になり、二〇〇三年にはイラクにたいする本格的な通常戦争へと発展した。こうした拡大はアメリカにたいするイスラム教徒の反感を買い、なかでもアラブ人の敵愾心をあおった。アメリカ人が対テロ戦争と見なすものを、イスラム教徒は対イスラム戦争と考えているのである。

アメリカにたいする不快感と敵対心は一九九〇年代に強まり、9・11以降、きわめて明白なものになった。イスラム教徒は一般にあの日の出来事にたいしては恐怖と同情をあらわすが、多くの人はすぐさまあの攻撃はCIAまたはイスラエルの保安機関モサドによって組織されたという説を支持する。アメリカがアルカイダと、アルカイダに活動基地を提供したタリバン政権にたいしてアフガニスタンでとった軍事行動に、イスラム教徒は激しく反対した。二〇〇一年十二月から二〇〇二年一月にかけて、九ヵ国のイスラム教国で一万人を対象として実施された世論調査のスポンサーはこう報告している。回答者はアメリカを「無慈悲で攻撃的、自惚《うぬぼ》れており傲慢、安易に挑発に乗り、偏向した外交政策をとる」と見ていた、と。

その翌年、ピュー・リサーチ・センターが行なった調査では、エジプト、ヨルダン、インドネシア、レバノン、セネガル、およびトルコの人びとは、五六パーセントから八五パーセントがアメリカの唱えるテロとの戦いに反対だった。トルコとレバノンでは、過半数の人がアメリカにたいして「いくぶん好意的でない、もしくは、きわめて好意的でない」見方をしていた。エジプト、ヨルダン、パキスタンでは、過半数がアメリカに関して「きわめて好意的でない」見方をしていた。調査の対象となったイスラム教国のうち、バングラデシュとインドネシアだけが、アメリカについて好意的でない見方をする人の数が過半数を割っていた。

アメリカにたいするイスラム教徒の敵意は、一つにはアメリカがイスラエルを支援することに由来する。だが、それはまたアメリカの国力への恐怖、アメリカの富にたいする羨望、アメリカの支配と搾取と見なされているものへの憤り、そしてイスラム文化の対極としてのアメリカの世俗的および宗教的文化にたいする反感のなかに、より深い根がある。こうした反米感情は、サウジアラビアをはじめとするイスラム政府と、東南アジアから北アフリカまでの個人および慈善団体によって援助されたイスラム学校マドラッサなど何千もの学校で広められている。

二〇〇三年二月、年に一度のハジ〔メッカ巡礼〕で二〇〇万人のイスラム教徒に向けて行なわれた説教は、『エコノミスト』の記事によれば、「文明の衝突」する音がこだまするような説教だった。イスラム教徒はますますアメリカを敵と見なしている。それが避けられない運命であれば、アメリカ人にとって残された唯一の道はそれを受け入れ、それに対処すべく必要な方策をとることだ。

近代の歴史を見ると、アメリカは近い将来、イスラム教国やイスラム集団、またおそらくはその他の相手とも、さまざまな軍事衝突に巻きこまれる可能性が高い。こうした戦争はアメリカを統一させるのか、分断するのか？　アーサー・スタインが説得力ある分析をするように、アメリカとイギリスの歴史的体験を見れば、戦争が統一または不和をもたらす割合と、そのためにナショナル・アイデンティティの顕著性におよぶ影響は、主に二つの要因によって左右されることがわかる。第一に、敵から感じる脅威が大きければ大きいほど、国の統一は緊密になる。第二に、戦争のために資源を動員する必要が高まれば、国民は特別な犠牲を払わなければならないため、不和はより生じやすくなる。これらの説は、近年、アメリカが関与した戦争では以下のような意味をもつ。

開戦時に、脅威のレベルが高い戦争（Aのケース）は統一感を大きく高めるが、戦争によって人や物資、生産力および税金が大規模に動員されることになれば、第二次世界大戦のときのように、戦争のさなかにも不統一感が高まるようになる。脅威のレベルが低く、かなりの動員が必要な戦争（Bのケース）は当初から相当な不統一を生じさせ、政府は動員のレベルを低くして不和を解消しようとするだろう。たとえば、ニクソン政権はベトナム戦争で米軍の戦力を縮小し、徴兵制度を終わらせた。脅威も動員も少ない戦争（Cのケース）であれば当初の不統一は少ないだろうが、戦争が長びけば不和が広がる可能性がある。さらに、脅威は大きいが動員は少ない戦争（Dのケース）の場合、国は戦争を遂行することによってそれなりに統一を保ちつづけることを意味する。これが9・11後の「対テロ戦争」の状況だった。

飛行機が世界貿易センターのタワーに突っこみ、ビルが崩壊した衝撃的なイメージは、アメリカ人のなかに永続的な深い脅威を埋めこんだ。そこでブッシュ政権は国民の結束と戦争への支持を最大限に高め、国民には物資不足に耐えることも増税も要求せず、若干の不都合が生じた以外には何ら苦しい思いもさせなかった。ブッシュ政権が戦争への支持を保持しえたのは、鋭い政治的センスで国民に犠牲を求めなかったからなのだ。一部の人びとは、この戦争を「本物」の戦争にするには犠牲を強いるべきだと考えたのだが。

したがって、アメリカへのテロ攻撃が繰り返され、多くの動員をともなわなければ、ナショナル・アイデンティティの顕著性と国民の結束はそれなりに高いレベルで保持できるだろう。一方、一国ないし複数のテロ国家との拡大された戦争で、相手がアメリカを直接攻撃せず、それでいて多くの動員が必要になれば、不統一と反対の声があがるだろう。二〇〇三年を通じて、ブッシュ政権はアメリカの世論の説得につとめ、イラクでの戦争は対テロ戦争の一環であり、Dのケースに当てはまるのだと主張した。イラクはアメリカの安全保障に深刻な脅威を突きつけており、ブッシュ政権はそれにたいし効果的かつ経済的に対応しているのだ、と。一方、批判的な人びとは、イラク戦争は実際にはBのケースに該当するのだと主張した。イラクはアメリカを攻撃したわけではなく、アメリカあるいはその重大な国益にたいする深刻な脅威でもなく、イラクにたいする戦争は戦費面（二〇〇三年十一月に議会は八七〇億ドルを承認）でも、人員面（イラクでの長期にわたる服務、州兵および予備役兵への召集）でもますます多くの資源を要求しており、その間にもアメリカの兵士がほぼ毎日殺されている、と。

世界のなかのアメリカ
――世界主義か、帝国主義か、それともナショナリズム？

アメリカ人が自分たちをどう定義するかによって、世界におけるアメリカの役割は決まる。だが、世界がその役割をどう見るかも、やはりアメリカのアイデンティティに影響をおよぼす。この新たな段階では、世界との関係におけるアメリカの一般的な概念は三通り存在する。

アメリカ人は世界を受け入れる、つまり他国の人びとや文化に門戸を開くこともできるし、他国の人びとや文化をアメリカの価値観に則してつくりかえようとすることもできるし、あるいは他国民からは区別された社会と文化を保持することも可能だ。

第一の世界主義的な選択は、9・11以前にアメリカで支配的だった風潮を一新させたものだ。アメリカは世界を受け入れ、その思想、モノ、そして何よりも、人びとを受け入れる。理想とされるのは開かれた国境のある開かれた社会であり、サブナショナルな民族、人種、文化のアイデンティティ、二重国籍、ディアスポラを奨励し、アメリカのものよりも、世界的な機関や規範や規則にますます共感を覚える指導者に率いられた社会である。アメリカは多民族、多人種、多文化の国になる。多様性は最も価値が高くはないにしろ、最優先されるべきものだ。

多くの人がアメリカに異なった言語、宗教、慣習をもちこめばもちこむほど、アメリカはそれだけよりアメリカ的になる。中流階級のアメリカ人は自分が勤めるグローバルな企業への帰属意識を強め、自分たちが住む地域社会や、職業上または能力不足のために地元に縛られている人との一体感は薄れる。アメリカ人の活動はますます連邦政府

【表12-2　戦争と国民意識】

感じられる脅威の度合	動員のレベル	
	高い	低い
高い	A.当初は統一、のちに不統一が増加（第二次世界大戦）	D.統一が持続（対テロ戦争）
低い	B.当初もその後も不統一（ベトナム戦争）	C.徐々に不統一が増加（湾岸戦争）

や州政府の管轄下から外れ、国連や世界貿易機関（ＷＴＯ）、国際司法裁判所、国際慣習法、国際条約と制度といった国際的な権威によって定められた規則に支配されるようになる。ナショナル・アイデンティティは、その他のアイデンティティにくらべて顕著性を失う。

このように、世界主義的な選択肢では、世界がアメリカをつくり直す。一方、帝国主義的な選択肢では、アメリカが世界をつくり直すことになる。冷戦が終結することで、世界におけるアメリカの役割を形成するうえで最も重要な要因としての共産主義は排除された。それによって自由主義者は、国家の安全を危険にさらすという非難をこうむることなく外交政策を推し進められるようになり、国民形成、人道的介入、「社会事業としての外交政策」を推進できるようになった。

アメリカが世界における唯一の超大国になったことは、アメリカの保守派にも同様の影響をおよぼした。冷戦時代に、アメリカの敵はこの国を帝国主義国として非難した。新しい世紀が始まると、保守派はアメリカ帝国という概念を受け入れ、世界をアメリカの価値観に合わせてつくりかえるためにアメリカの力を行使することを支持した。

帝国主義的な衝動はこのように、アメリカの力の優越とアメリカの価値観の普遍性への信念によってかきたてられていた。アメリカの力は他のどんな国もしくは国の集合体の力よりも勝っており、だからこそアメリカは世界各地で秩序を保たせ、悪と戦う責任があるのだと言われた。普遍主義者の考えによれば、他の社会の人びとも基本的にはアメリカ人と同じ価値観をもっており、そうでない場合は同じ価値観をもちたいと願っており、そう願っていなければ、自分たちの社会にとって何がよいのか誤解しているのであり、したがって彼らを説得または誘導して、アメリカが信奉する普遍的な価値観を彼らに抱かせる責任がアメリカ人にはある、という。そのような世界では、アメリカは国家としてのアイデンティティを失い、国家を超えた帝国の支配的な要素と化すことになる。

優越説も普遍説も、二十一世紀初頭の世界の現状を正確に反映してはいない。アメリカは唯一の超大国だが、大国はそれ以外にも存在する。世界的なレベルではイギリス、ドイツ、フランス、ロシア、中国、日本が存在し、それぞれの地域内ではブラジル、インド、ナイジェリア、イラン、南アフリカ、インドネシアがある。アメリカはこれらの国の少なくとも一部の協力がなければ、世界的には何ら重要な目的を達成しえない。他の社会の文化、価値観、伝統、および制度は、それらの社会をアメリカの価値観にそってつくりかえるうえで相容れないことが多い。他国の人びとも総じて独自の文化や伝統や制度に深い絆を感じているので、異なった文化からきた外部の人間がそれらを変えようとすれば、激しく抵抗する。そのうえ、エリートたちの目的が何であれ、アメリカの大衆は一貫して、海外に民主主義を広めることは外交政策の目的としては優先度が低いと考えてきた。「民主主義のパラドックス」のとおりに、他国への民主主義の導入はしばしば反米勢力を刺激し、彼らを権力の座に押し上げる。中南米諸国のナショナリスティックなポピュリズムの運動や、イスラム諸国の原理主義運動などがその典型だ。

世界主義と帝国主義は、アメリカと他国のあいだの社会、政治、文化における差異を削減または排除しようとする。一方、ナショナリスティックなアプローチは、アメリカをそうした社会から区別するものを認め、受け入れるものだ。アメリカが世界になり、それでもまだアメリカのままでいることはできない。他国の人びとがアメリカ人になり、まだ自分たちのままでいることもできない。アメリカは異なった国であり、その違いは主に信心深さとアングロ－プロテスタントの文化によって定義されている。世界主義と帝国主義の代案となるのは、建国以来アメリカを定義してきたこれらの特質を守り、高めようと努力するナショナリズムなのだ。

信心深さは、アメリカを西洋のほとんどの国から区別する。アメリカ人にキリスト教徒が圧倒的に多いことも、西洋以外の多くの国とアメリカを区別する要因になる。信心深いおかげで、アメリカ人は他国の人びとよりも善悪という観点からはるかによく世界を見ることができる。他国の指導者は概して、アメリカ人の信心深さを尋常でないと見なすだけでなく、政治、経済、社会の問題を考慮するあまり、危機にさらされた深い道徳性にたいする憤りなのだと考える。

宗教とナショナリズムは、西洋の歴史のなかで密接にかかわりあってきた。エイドリアン・ヘースティングズが示したように、前者はしばしば後者の意味を定義していた。「すべての民族性は言語によってかたちづくられるのと同じくらい、宗教にも大きく影響されている……（ヨーロッパでは）キリスト教が国家形成を左右してきたのだ」

宗教とナショナリズムの結びつきは二十世紀の終わりにはまだ健在だった。信心深い国のほうが、ナショナリスティックな傾向は強い。四一ヵ国で実施された調査では、人生のなかで神の重要性を「高く」評価する人の多い国は、自分の国を「とても誇りに思う」人の数も多い（【図12－1】参照）。

それぞれの国のなかでは、信心深い人のほうがよりナショナリスティックであることが多い。一九八三年にヨーロッパを中心に一五ヵ国で行なわれた調査によれば、「信心深くないと答えた人のほうが、国を誇りに思うことが少なかった」。平均して、信心深いと答えた人たちとの差は一一パーセントあった。ヨーロッパ諸国の多くは、神への信仰と国への誇りという面で下位に位置する。アメリカはそのどちらにおいても、アイルランドとポーランドと並んでトップに近い。

カトリック信仰は、アイルランドとポーランドのナショナル・アイデンティティに不可欠のものだ。非国教派プロテスタンティズムはアメリカのアイデンティティの中心である。アメリカ人は神と国家の双方に深く献身しており、アメリカ人にとってそれらは分離できないものなのだ。どの大陸においても宗教が忠誠と同盟と敵意をかたちづくる世界のなかで、アメリカ人が再び宗教に回帰し、自分たちのナショナル・アイデンティティと国としての目的を見出したとしても、それは驚くべきことではない。

アメリカのエリートの多くは、アメリカが世界主義的な社会になることを歓迎する傾向にあり、その他のエリートは帝国主義的な役割を担いたがる。だが、アメリカの国民の圧倒的多数はナショナリスティックな道を目指しており、何世紀にもわたって存在してきたアメリ

【図 12-1　国への誇りと神の重要性】

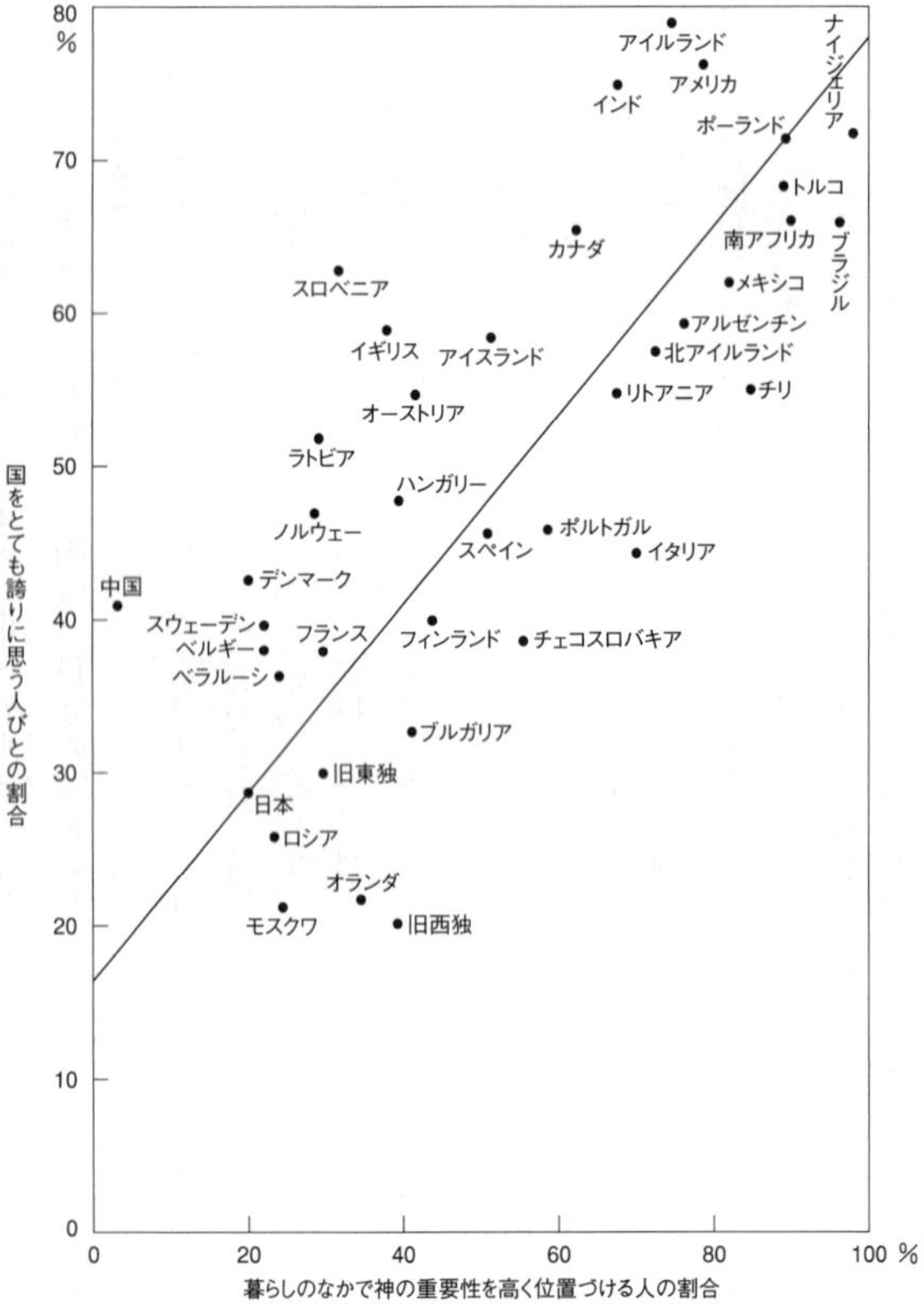

出典：1990-1991 World Values Survey, Ronald Inglehart and Marita Carballo, "Does Latin America Exist? (And Is There a Confucian Culture?): A Global Analysis of Cross-Cultural Differences,"*PS: Political Science and Politics*, 30 (March 1997), p.38.

カのアイデンティティを守り、強化しようとしている。

アメリカが世界となるのか。世界がアメリカになるのか。アメリカはアメリカのままなのか。世界主義か？　帝国主義か？　ナショナリズムか？

アメリカ人が何を選択するかが、国としての将来と、世界の将来を決めるだろう。

＊1　この項の一部は、私の書いた小論「世界政治における宗教」（チューリヒ大学スイス国際学研究所／二〇〇一年一月）より引用した。

謝辞

本書は、前著と同様に、私の講義から生まれたものだ。数年来、私はアメリカのナショナル・アイデンティティに関する講座を担当してきた。おかげでこのテーマについて、それなりに首尾一貫したかたちで自分の考えをまとめ、提示する機会と、その必要性を与えられた。学部生や院生から質問、コメント、批判が発せられるたびに、私は自分の考えやアプローチを再考し、より正確なものに練り上げてきたが、ときには考えを改めざるをえないこともあった。その功罪がどうあれ、本書は彼らの貢献がなかった場合よりも、はるかによい出来になっている。

原稿を準備した当初の段階では、タミー・フリスビー、マリウス・ヘンティ、およびジョン・スティーブンソンが資料に目を通し、データをまとめ、調査内容を要約するなど貴重な補佐をしてくれ、私の目論見にたいし有益な意見を述べてくれた。この段階では、キャロル・エドワーズとジーナ・フラヒブが原稿の初めのほうの章をタイプしてくれた。

だが、本書の文章量の多さから次の段階で問題が生じた。そんな折、ベス・ベイター、トッド・ファイン、ジェームズ・ペリーという優秀なアシスタントのチームに手助けしてもらえたのは、私にとってこのうえなく幸運だった。このブック・チームの援助がなければ、この原稿はまだ完成していなかったろうし、決して日の目を見ることもなかったかもしれない。ジェームズ・ペリーの協力は不可欠のものだった。彼は量的データを集計して分析し、われわれが直面した多くの問題にたいして優れたコンピューターの腕前を発揮し、法律の知識を生かしてくれただけでなく、何よりも、私が自説を展開するうえで平明かつ正確に、偏りのない方法で説明するにはどうすべきか、思慮に富んだ助言を与えてくれた。ジェームズは、信頼できる事実とその説得力のある解釈を伝える簡潔なメモを書く達人である。

　トッド・ファインは粘り強く、想像力を生かして、ハーバード大図書館の多数の洞窟で膨大な数の書物、記録、データセットをはじめとする資料を探りあて、掘りだしてくれた。だが、彼の最大の貢献は、正確を期すために尽力してくれたことだ。トッドは忠実かつ徹底的に、そして容赦なく事実や数字、引用、判決記録を再三チェックし、たとえばパーセンテージを概数にしたがる私の癖に抵抗し、少なくとも小数点第一位までは明記すべきだと主張した。本書のような本には何千もの情報が盛りこまれており、いつの間にか間違いが生じる可能性はいくらでもある。トッドはそうした誤りを最小限にとどめるために、人間として可能なかぎりのことをしてくれた。

　ブック・チームの三人目のメンバー、ベス・ベイターは中心《ハブ》であり、われわれはみな彼女の周囲をまわっていた。ベスがわれわれのコミュニケーション・センターであり、活動の調整役だったのであり、各自が何をすればよいのか、他のメンバーは何をすべきで何をしているのか、誰もが把握できるように心がけてくれた。楽天的なユーモアを見せながらも、彼女は締め切りを思い出させつづけ、同時にコーヒーやクッキーも補給してくれた。私にとっては欠かせないことだが、日々、職場に入ってくるさまざまな要望を、それが学生や同僚からのものでないかぎり、ベスは仕分けて処理し、私の時間と労力がとられないようにはからってくれた。彼女はまた、本書のすべての章にわたって原稿を次々にタイプしてくれた。

以前も、私のところには多くの優秀なアシスタントがいた。だが、多様な才能の集まりであるこのブック・チームには、かつてないほど助けてもらった。メンバーはたがいに仲良く、熱心に、建設的に仕事をしてくれた。これは私にとって本当にすばらしい経験だった。

友人のローレンス（ラリー）・ハリソン、ピーター・スケリー、およびトニー・スミスは原稿の下書きを読み、たいへん貴重なコメントと批評をくれ、おかげで本書の最終稿を大いに改善しえた。また、ラリーには、本書を準備してきた長い年月のあいだ与えてくれたすべてのアイデアと提案と、つねに励ましつづけてくれたことにたいし、特に恩義を感じている。

私およびブック・チームが本書の仕事をすることができたのは、スミス・リチャードソン財団、ブラッドリー財団、ウェザーヘッド財団、ハーバード大学、およびハーバードのウェザーヘッド国際問題研究所からの資金援助のおかげである。

本書の当初の構想から最終段階にいたるまで、デニーズ・シャノンはエージェントの通常の職務をはるかに超えて、励まし支援してくれた。とりわけ効果的だったのは、私の望みは本を出版することなのだと思い出させてくれたことだ。こうした過程を通じて、サイモン・

アンド・シュスター社で編集を担当してくれたボブ・ベンダーは、本書が予定どおり進むようにあらゆる手をつくしてくれ、締め切りを守らない傾向にある私に、その間ずっと冷静に対応してくれた。ジョアンナ・リーは彼を陽気にアシストしていた。

これらすべての方がたおよび団体に、わたしは心からの感謝の意をあらわすしかない。彼らはみな、さまざまな意味で、本書を実現させてくれた。だが、明らかに本文については、そこに書かれたことも書かれなかったことも私一人が責任を負っており、したがって作為の欠陥も、不作為のそれも私だけに帰するものである。

最後に、何よりも重要なことだが、私は妻のナンシーに一九五六年に出会い、一年後に結婚した。当時、私は最初の著作『軍人と国家』を終えたばかりで、まだ新たな本を書きはじめてはいなかった。その後、十数冊を執筆する過程で、妻はしばしばこう言った。仕事をかかえこみすぎ、苦悩し血眼の大学教師が、苦痛とフラストレーションと向きあい、深刻な学術書を書くために信じがたいほどの時間を費やさなければならないことを知っていたら、私たちは結婚しなかったかもしれない、と。それでも、妻は本書を執筆しはじめた当初から耐えつづけ、われわれの結婚生活は壊れなかったばかりか、彼女の努力のおかげで、驚くほど幸せで報いのあるものになった。それを可能にしてくれたことにたいし、私は心の奥底からの賞賛と感謝の気持を、半世紀近く連れそった最愛の人にも伝えるばかりである。

S・P・H

訳者あとがき

かつてアメリカのものは、コカコーラから自由の精神にいたるまで、すべてが輝いて見えた。第二次世界大戦で疲弊した国々にとって、アメリカは豊かさの象徴であり、見習うべきお手本だったのだ。そんなアメリカに翳りが見えてきたのは、いつごろからだろうか。同時多発テロのあと、アフガン攻撃、イラク戦争とつづくにつれて、アメリカは急速に変貌していった。アメリカは変わってしまった、それは現在のブッシュ政権内のネオコン勢力のせいだとよく言われる。だが、本当の問題はもっと根の深いところにあることが、本書『分断されるアメリカ』を読むとよくわかる。

著者サミュエル・ハンチントンは、『文明の衝突』で冷戦後の世界を衝撃的に予測したことで有名だが、本書ではその鋭い視点を自らの国アメリカに向けている。この本の原題は“*WHO ARE WE?: The Challenges to America's National Identity*”という。つまり、アメリカ人とは誰なのか、という国民の定義を問いかけるものだ。「われわれ」とは誰なのか、と改めて問い直さなければならないほどにアメリカの現在は変わりつつあるのだ。「われわれ」は誰かが定まらなければ、国の進むべき方向も決まらない。

ハンチントンは十七世紀の入植者の子孫であり、サミュエル・ハンチントンという同姓同名の祖先が独立宣言に署名しているほどに由緒ある家柄の出自である。それだけに、アングロ－プロテスタントの文化とキリスト教と英語という共通項に賛同する人びとこそがアメリカ人なのだという著者の主張は、ＷＡＳＰ流の強引な理論づけと思われるかもしれない。

だが、あっさりとそう結論していいのだろうか。日本のようにほぼ同質の人で構成され、他の国々からは海によって隔てられ、ことさら努力しなくても統一されている国とは異なり、アメリカは目的をもって意図的に建設された国であり、存続するためにはつねに明確な方向性と正統性を必要とする。内外のさまざまな要因によって国が大きく変化しているいま、祖先が築いてきた国を守りたいという気持ちを人一倍強くもつハンチントンが、国の行く末を案じ、今後進むべき方向を見定めようとするのは無理からぬことだろう。著者の提起する問題は多岐にわたっていて、実に興味深い。

たとえば、「アメリカの信条」と呼ばれる、いわばアメリカのイデオロギーを奉ずることが、はたしてアメリカ人としての定義になるのだろうかという問題がある。アメリカがいまも世界中の多くの人を惹きつけるのは、一つには人種や民族とはかかわりなく、宗教的信条も問われることなく、誰でもアメリカ人になりうるからだろう。だがこうしたイデオロギーは、もともとアメリカが同じ民族であるイギリスから独立するさいに、それを正当化する根拠としてもちだしたものだ、とハンチントンは指摘する。

リベラルな傾向が強く、グローバリゼーションを推進するエリートたちは、こうした信条による定義を好む。だが、それがアメリカ例外論やアメリカを普遍的な国だとする主張につながり、民主主義やアメリカの文化を他国に押しつける帝国主義的志向へと発展した。それはまた、アメリカに毎年、何十万もの移民が押しかける状況も生みだし、その結果、この国は多文化がひしめきあう世界主義的な社会となり、国としての統一が失われつつある。その一方で、アメリカの大多数を占める一般大衆はもっと保守的で、それぞれの地域社会に深く根ざしており、保護貿易主義的傾向をもつ。

イデオロギーは国民を一つにまとめる絆としては弱く、アメリカの信条だけでなく、文化や宗教という、理性では説明のつかない絆で結ばれなければ、国民としての結束をはかれないとも著者は言う。それは共産主義というイデオロギーだけで括られていたソ連があっさりと崩壊したことを考えればわかる、というハンチントンの主張は確かに的を射ているだろう。

移民問題に関して、著者は人種主義ともとられかねないほど忌憚《きたん》なく自分の考えを述べる。だが客観的に読めば、彼の立場はきわめて明快だ。移民そのものに反対なのではなく、問題はアメリカ社会に移民が同化しないことなのだ。アメリカ人になるからには、それまでの国民性や母国への忠誠は捨て去り、アメリカの価値観と生活様式に順応し、英語を話すべきだ、と著者は論ずる。過去の移民はそうやってアメリカ社会に同化していったのであり、同化さえすれば、その人間の肌の色がどうであろうと同胞と見なされるのだ、と。

ハンチントンはここでアメリカがかかえる大きな問題を浮き彫りにする。南フロリダや南西部のヒスパニック化である。これらの地域では、スペイン語を母語とし、いわゆるアメリカの文化には染まろうとしないヒスパニック系の人びとが急増しており、マイアミでは英語を話す一般のアメリカ人が逆にマイノリティになってさえいる。とりわけ、陸つづきのメキシコから合法的ないし非合法的にじわじわと流入しつづけ、高い出生率ゆえにいっそう人口を増やしつづけるメキシコ移民に、著者は大きな不安を感じている。移民が各地に分散していれば、世代を経るにしたがって徐々にアメリカ社会に吸収されていく。だが移民が独自の社会を築き、そこへ新たな移民が流入しつづければ、巨大なスペイン語圏が形成されることになる。これらの移民は貧しく、教育程度の低い人が多いが、それでも彼らは安価な労働力を提供し、自らも消費者となり、いずれは選挙権を獲得するようになる。民主主義や消費経済においては、数こそ力である。しかも、これらの地域はつい一五〇年ほど前までメキシコだった土地であり、彼らはそれを再征服《レコンキスタ》しているのだという。

『文明の衝突』でイスラム圏との対立を予測し、それを的中させたかたちになったハンチントンの新著とあれば、今後、イスラム世界との関係がどうなるかということに強い関心をもつ人も多いだろう。著者はここで、国としての統一を保つためには敵や戦争が必要なのか、という本音にもとづく議論を展開する。オサマ・ビンラディンもサダム・フセインも、アメリカにとっては適度な脅威を与えてくれる恰好の敵だったが、イラク情勢が今日のように泥沼化してくれば状況は変わるだろう、というのがハンチントンの分析だ。

　世界的な宗教の復活のなかで、アメリカを今後、キリスト教国として再定義しようとする著者の見解には違和感を覚える人も多いのではあるまいか。宗教は個人の道徳性を高めるうえできわめて有益だが、宗教ほど人の心を容易に支配するものはなく、ときには恐るべき行動に人をかりたてもすることが、世界各地で日々示されているからだ。だが、キリストの受難を描いた映画『パッション』がアメリカで大ヒットしていることからしても、今後こうした傾向は間違いなく強まるだろう。

　アメリカは普遍的な国になろうとするのをやめ、アングロ－プロテスタントの文化を中心にした固有の国として発展すべきだとする著者の見解にたいしては、賛否両論があるだろう。だが、本書のなかで著者が展開するさまざまな議論は、アメリカとの関係を見つめ直すうえでも、われわれの今後を考えるうえでも大いに役立つにちがいない。「二〇二五年になってもアメリカがまだ二〇〇〇年と同じ状態の国でありつづけることのほうが、驚くべきことなのかもしれない」という著者の言葉は、多くの人の心に警鐘を鳴らすものとして受け取られるだろう。

　本書は、集英社編集部の慫慂《しょうよう》によって手がけることとなった。集英社編集部と本訳書の編集にあたった綜合社出版部に深くお礼申し上げる。なお、翻訳を終えて編集過程に入ったところで鈴木が健康を損ね、東郷えりか氏の全面的な協力を仰いだ。ここに記して感謝の意を表するしだいである。

二〇〇四年四月

鈴木主税

編集協力／集英社クリエイティブ

本書は、二〇〇四年五月、集英社より刊行されました。

集英社文庫

分断《ぶんだん》されるアメリカ

2017年1月25日　第1刷
2023年8月12日　第2刷

定価はカバーに表示してあります。

著　者　サミュエル・ハンチントン
訳　者　鈴木主税《すずきちから》

発行者　樋口尚也
発行所　株式会社 集英社
東京都千代田区一ツ橋2-5-10　〒101-8050
電話　【編集部】03-3230-6095
【読者係】03-3230-6080
【販売部】03-3230-6393(書店専用)
印　刷　中央精版印刷株式会社　株式会社美松堂
製　本　中央精版印刷株式会社

フォーマットデザイン　アリヤマデザインストア　　マークデザイン　居山浩二

ISBN978-4-08-760730-7 C0197